大风

之 汉祖刘邦

于泽俊 著

华夏出版社

HUAXIA PUBLISHING HOUSE

图书在版编目（CIP）数据

大风之汉祖刘邦/于泽俊著. —北京:华夏出版社,2013.5
ISBN 978 – 7 –5080 –7597 –6

Ⅰ.①大… Ⅱ.①于… Ⅲ.①长篇历史小说 – 中国 – 当代
Ⅳ.①I247.5

中国版本图书馆 CIP 数据核字(2013)第 096894 号

大风之汉祖刘邦

| 作　　者 | 于泽俊 |
| 责任编辑 | 田红梅　陈　默 |

出版发行	华夏出版社
经　　销	新华书店
印　　刷	三河市李旗庄少明印装厂
装　　订	三河市李旗庄少明印装厂
版　　次	2013 年 5 月北京第 1 版
	2013 年 5 月北京第 1 次印刷
开　　本	720 × 1030　1/16 开
印　　张	23
字　　数	450 千字
插　　页	2
定　　价	39.80 元

华夏出版社　地址:北京市东直门外香河园北里 4 号　邮编:100028
网址:www.hxph.com.cn　电话:(010)64663331(转)

卡赠泽俊贤弟

胸中自有豪气在
敢遣霸雄战笔端

二〇〇九年十月十二日于京

梁晓声

家天下是不可持续的

我喜欢这部书稿。

两部书共八十章,约六十万字,众多历史人物,巨细纷呈,驾驭起来委实不易。然而,我读时的感觉是,作者驾驭得很自信,因而很从容,一切了然于胸,十分稔熟,故体现着一种娓娓道来,行云流水般的叙述风格。

我之喜欢这一部书稿,是逐渐的过程。起初,却是有些讶异的。

当刘邦口中骂出"他娘的",我讶异了。

刘邦、萧何、樊哙、张良……这些历史人物之间"起事"之前便有交往了吗?对此我怀疑,便也讶异。

那是一段刀光血影、铁马金戈、征战不息的历史。为什么对两军拼杀,每每几万人、十几万人、几十万人恶战得天昏地暗、鬼哭神泣的大场面缺乏"落日照大旗,马鸣风萧萧"、"刀剑千万一夜杀,平明流血浸空城"、"将军夸宝剑,功在杀人多"的渲染描写呢?不解。讶异。

怎么起初的刘邦们、项羽们,其言其行,其喜其怒,其冲动其城府,读来竟仿佛如今的些个农民兄弟呢?困惑顿生,讶异大矣。

然而还是被作者自信满满、从容不迫,娓娓道来的铺展所吸引。这是一部可读性很强的文稿。终于罢读,结果是感慨多多。

我曾因我的种种讶异,与作者交换了一次看法。

泽俊先生笑问:"你对那段历史,那些古人,一向已有定见,是吧?"

我点头。

连中国象棋历来都以"楚河"、"汉界"分开红黑棋子,足见那段古史对后世的影响是多么深远,我当然亦知二三的。依我看来,那一段大事件在中国古代史中的分量,与战国时期,与三国时期,是难分轻重的。

泽俊先生又问:"那么,在你心目中,刘邦们项羽们等历史人物,究竟应该是怎样的呢?"

于是我想到了"霸王别姬"、"鸿门宴"、"韩信点兵"、"萧何追韩信"等等京剧剧目;想到"四面楚歌"、"项庄舞剑"、"沐猴而冠"等成语典故;想到了"力拔山兮气盖世"、"普天之下,莫非王土"、"大风起兮云飞扬,安得猛士兮守四方"等等豪言壮语;

想到了各种开本、各种画法的刘邦们和项羽们，他们一个个气宇轩昂，神威凛凛，皆如天生的英雄，胎里形成的霸王种子一般。正所谓成也了得，败也了得。尤其刘、项二人，哪个不是"运筹策于帷帐之中，决胜于千里之外"，一叱咤风云陡转，一挥师地动山摇的雄霸呢？

我说："总而言之不该像些个农民吧？"

泽俊先生又微笑了："撇开萧何、张良、韩信、叔孙通等儒者人士，刘邦以及当初与之起事的那些人物，其实都是古代走投无路，被迫造反的农家子弟呀！项羽虽有贵族血统，但也是亡国贵族的后代，所受古文化的影响极有限，在起义之前，气质上终究还是'愤青'的成分多一些的。所以，我对自己的要求是，写农民造反，应像造反的农民，切莫先入为主地已视他们为英雄，于是沿袭英雄该怎么写的套路。英雄不英雄，那是他们后来的事。起初的吕雉，我也只当她是一个普通的农妇来写；起初的妙逸(虞姬)，我觉得与现今沦为'三陪女'的农家少女大约也没什么两样的。刘邦与女人们的多角关系，项羽与妙逸的生死恋，都带有得势前后的农家子弟、一朝称霸的破落贵族子弟与女人们的关系色彩，依我想来似乎更符合古事古人的原貌。还有他们和她们的语言，我也要求自己以白话文甚至现代语来写。我不想写成一部文言连篇的书。古代的那样一些人物们究竟怎么说话，其实是我们今人谁都不敢断定的。我们已经接受了的人物语言，都是修史的古代史家们以自己的文采加了的。按那种语言水平看，刘邦们，项羽们，陈胜们，吴广们，岂不都成了文言大师了么……"

我茅塞顿开，困惑全释，连刘邦动辄"他娘的"，也一并认同了。

泽俊先生的书稿，某种程度上颠覆了我对古史今写一类书的看法。我因我的阅读习惯被颠覆而更加喜欢它。

这部书稿中，有些人物的对话给我留下极深印象，如——

刘邦对吕雉说："我这么拼死拼活地打天下容易吗？我又为了谁？还不是为了你，为了这个家吗？"

刘邦对刘太公说："儿臣小的时候，太上皇常骂儿臣无赖，不如刘仲能治产业，现在大人看看，谁治的产业多？"

还有刘太公与王陵的母亲的一段对话：

刘太公："咳！这些孩子们瞎折腾，也不知能不能成事，害得我们这些快入土的人整天跟着他们提心吊胆的。"

"太公不必担忧，孩子们肯折腾是好事，好男儿就该如此，哪怕不成，也不能失了男儿这口气。况且，我看汉王行事，一定能成！"

"果真如此，我们这些罪也没白受。"

又如妙逸对吕雉说："我从来没想过让他(项羽)当什么王、什么帝，只要两个人能在一起就好。"

还有刘邦去世前与诸臣刑白马盟誓时说的话："非刘姓而王者，天下共诛之！"

也有一些事情给我留下极恐怖的印象,如吕雉对戚姬的残酷迫害,将彭越的肉熬成羹分送给被她视为"敌对势力"的人,与美国恐怖电影中变态杀人魔的行径没什么两样。

于是联想到"文革"时期毛泽东对江青的评价:"有吕后之心,无吕后之才。"——不禁脊上一阵发寒。

毛泽东在其著作中曾经写道:"阶级斗争,一些阶级胜利了,一些阶级失败了,这就是历史,这就是几千年的文明史……"

如果说刘邦们、项羽们当初造反是为了推翻秦暴政,属于阶级斗争的性质,那么,他们之间后来的连年大战,致使民不聊生,哀鸿遍野,又说得上是哪门子阶级斗争呢?还不都是为了自家当皇帝!他们的追随者们,还不是图的封王封侯,各人日后的荣华富贵?在这一种性质的征战中,战而败者,只有死路一条。不战而降者,也只有死路一条。当时幸免一死,日后也几乎必死无疑。因为,企图将天下一统之后当成"家业"的人,他是谁都不信任的。君不见,韩信的下场如何?刘邦对萧何那样鞠躬尽瘁、死而后已的忠相,也是多么的惕心重重!对张良那么轻功名、求淡泊的谋士,居然也腹议再三啊!萧何被刘邦下过大狱,樊哙也几乎被刘邦杀了。甚至对皇后吕雉,不是也曾暗暗叹过——夫妻关系,只剩下了相互利用的权力关系了吗?结果怎样?自己一命呜呼之后,他刘姓家族的皇亲以及忠于他们的臣将,还不是被自己老婆吕姓家族的势力赶尽杀绝吗?而吕雉亡后,她家族的权贵人物,同样也被周勃、陈平几乎斩草除根,京城里死了几千人,血腥弥天……

谈开去,一部中国史,尧、舜、禹三帝时代,乃"天下为公"的时代。神话也罢,传说也罢,起码有文字的史中,确曾那么记载过。之后,"家天下"的史页就翻开了。

于是争来战去,一时你是"贼",一时我成了"逆",左不过都想使天下有朝一日姓了自家的姓,并且能将天下作为祖业,代代相传,千年万年,固若金汤。

大清王朝经营家天下的时间算是长的了,但也不过二百多年。在历史的长河中,那叫"一瞬"而已。

国土沦丧了,大清的皇子皇孙们,每对皇祖皇宗们的牌位愧曰:祖上传下的社稷江山怎样怎样……

疆土成了一家一姓的江山;国家成了一家一姓的社稷,封建统治之根子上是腐朽的,正是腐也腐在此点,朽也朽在此点。即使明君贤主,坐在"家天下"的皇位上,迟早也要连自己一并腐掉了,朽掉了。因为人类社会的文明进程是历史大趋势,而"家天下"终究是不可持续的。

一部书稿能引我发出这些情不自禁的议论,我认为便是很值得我读的书了。

如果说我对此书付印前还有什么建议,那就是——我赞成作者并不在战前事后的谋略和战争场面两方面耗散太多笔墨,而侧重于对人物之间的种种复杂微妙的关系的揭示。但,有几场战争的惨烈,该渲染的还是以渲染一下为好,比如楚汉两军的最后一役、项羽之死。毕竟，从文学的角度，那是很值得以泼墨笔法与工笔笔法交错呈现给读者看的……

　　　大兵如市，
　　　人死如林，
　　　持金易粟，
　　　粟贵于金。

　　抄一首汉代童谣，结束此序。

梁晓声

2009 年 9 月 10 日于北京

四

目　录

大风之汉祖刘邦

第一章　黄老之学

　　四月的关中，正是花红柳绿、百鸟云集的季节，但是公元前 206 年的四月却不同于往年。一场持续了三年的反秦大战刚刚结束，十九路诸侯的兵马依然驻扎在咸阳四周。项羽一把火烧了咸阳，那些没有燃尽的废墟上还到处冒着黑烟，诸侯兵马烧杀抢劫，难以约束，百姓们四出逃命，咸阳四周大片的土地荒在那里，几乎看不到农民耕种的身影。只有汉军屯兵的灞上，依然秩序井然，和往年一样，农民们照常扛着锄头下地干活，路过汉军的营地，还有说有笑地和官兵们打着招呼。

　　刘邦骑着一匹白马，垂头丧气地回到灞上，将马鞭一撂，气急败坏地骂道："他娘的，我就知道这两个混蛋要算计我。把他娘这么个寸草不生、流放犯人的地方封给我，老子不服！章邯算什么东西？凭什么让他坐享关中！"

　　他刚刚参加完戏下的分封仪式，项羽作为各路诸侯的盟主，将他封为汉王。当初从彭城出发向关中进军时，怀王曾经有约，先入关中者为关中王。眼下项羽坐大了，挟巨鹿大战之威，凭借诸侯不可抗拒的实力，把怀王抛在一边，将瓜分天下的权柄抓到了自己手里。项羽操刀，范增在一旁出谋划策，硬是把关中一分为三，分给了秦降将章邯、董翳和司马欣，而将率先入关的刘邦赶到了汉中。刘邦当时未敢发作，可心里怎能咽得下这口气！

　　萧何见刘邦怒不可遏，急忙端过一杯水来，劝道："汉王先喝口水，消消气。不要和他们一般见识。巴、蜀之地虽路途遥远，教化未施，却也并非不毛之地，那里土地之肥沃，物产之丰饶，民风之淳朴不亚于关中。汉王此去正可以养精蓄锐，避诸侯之锋芒，日后再做他图。正可谓祸兮福之所倚，福兮祸之所伏。焉知去汉中不是件好事呢？"

　　一席话说得刘邦气消了一大半，问道："你怎么知道巴蜀的情况？"

　　"臣于咸阳遍收秦之图书、籍册，想汉王日后打天下能用得着。故而对巴蜀的情况略有所知。"

　　刘邦知道，眼下实力不如人，惹不起项羽，心里再不服气也得忍着。别说汉中土地肥饶，就算真是块不毛之地，他也得去，于是又高兴了起来，道："你可真是个有心人。好！那咱们就暂且到汉中委屈一下吧，你来给我做丞相如何？"

"臣恐力不胜任,误了汉王的事。"

"别他娘的跟我来这一套,我就讨厌你们这些读书人,明明心里愿意,嘴上还要推让一下。"

萧何道:"不是我故意做作,即使我愿意助汉王一臂之力,还恐众人不服。该有个公议才好!"

"议什么议!谁敢不服?有我呢!"

正说到这儿,张耳来了。张耳一是来看看老朋友,两个人已经三年没见面了;二是发泄对项羽分封的不满。张耳自视甚高,项羽只给他封了个常山王,区区弹丸之地,司马卬曾是他的部下,项羽分给他的地盘比他和赵王的还大,且都是地肥水美的膏腴之地,而令他和赵王迁出赵地,这无异于发配,张耳心中着实不服,同时,他也在为刘邦鸣不平。

对分封不满的,还不止张耳和刘邦两个人,张耳刚刚坐下一会儿,燕王韩广、胶东王田市、赵王歇等人也先后来到,纷纷为刘邦鸣不平,同时也发泄一下自己的不满。诸侯之中,除了项羽,就属刘邦势力最大,大家都希望刘邦能出面说句公道话,刘邦安慰了这个,又劝说那个,可是心里掂量了一下自己的分量,恐怕还没有改变这个结局的实力,只好摆上酒宴,一边招待众人,一边煽风点火,借机挑动诸侯对项羽的不满。大家边喝酒边骂街,喝到一半,又有韩王成和韩公子信来访,他们的问题更严重,项羽因为韩王成没有追随他,而是跟着刘邦进关的,心中恼恨,不准其就国,让他随自己一同回彭城去。

"这不是刚封了王就不算数了么?怎能这样出尔反尔?"公子信愤愤不平地说道。公子信是韩襄王的孙子,现为韩国大将军,身长八尺,长得一表人才,入关作战中曾屡立战功,刘邦对其十分欣赏,端起一杯酒来说道:"来,我先敬你们君臣一杯。别跟他们治气,这笔账迟早是要算的。"

韩成脸色很不好,接过酒杯来说道:"话是如此说,可是国将不国,这酒哪里喝得下去?诸位虽然心中也有不平,但是却不像我韩成有家不能回。还望汉王和诸位能给我说句公道话。"

刘邦道:"我也是泥菩萨过河,自身难保啊。我要是能主持公道,何不先给自己讨个公道?"

燕王韩广道:"咱们干吗要受他这个气,项羽有什么了不起的?谁给他的分封天下的权力?不行咱们就联合起来反了他!"

"就是,反了他!"

"汉王带头,我们去串联诸侯,不满的人还多着呢!"

韩广一说,众人都跟着附和。正说着,张良来了。韩成迫不及待地问道:"怎么样?"

张良只是摇了摇头,没有说话。他是找项伯为韩成活动去了,但是项羽说什么也不答应，坚持要韩成跟他去彭城。韩成无可奈何地问道："那怎么办？"

张良见这里人多，不便再说什么，道："再想办法吧。"

众人发了半天牢骚，见没什么结果，纷纷散去，只剩下韩成君臣三人，刘邦对韩成说道："韩王若不嫌弃，就先在我这里暂时栖身，日后再寻找复国的机会。"

张良看了看韩成，道："这倒不失为一个办法，汉王为人宽厚，暂且在汉王麾下寄居一段无妨。"

韩成说什么也不肯："不！他说去彭城我就跟他去彭城，看他到了彭城怎么向我交代？"

张良和刘邦都知道去彭城凶多吉少，因此都不同意他这样做，但是韩成决心已定，再怎么劝也没用，于是张良道："那好吧，我陪主公前往彭城。"公子信也要去，张良道："公子不能去。公子可留在汉王处暂且栖身，待我与韩王回来之后再作打算。"

"可是此去千里迢迢，万一项羽不怀好意，我王身边无一兵一卒，何以保证安全？"

"正因为如此，公子才不能去。公子不去，尚有这几万兵马在，项羽多少还要有点顾忌，公子若随之去了，项羽反而没了后顾之忧。"

刘邦道："子房说得对，公子就先同我去南郑吧，你我联手，也有十几万人马，项羽不能不有所顾忌，他不会把韩王怎么样的。"

计议已定，韩成君臣准备告辞，临出门，张良对刘邦说道："项王近日准备就国，汉王当早早去谢恩才是。"

"谢恩？谢什么恩？我不兴兵讨伐他就便宜他了。还给他谢恩？"

"在人屋檐下，不得不低头啊。项王一直怀疑汉王有争霸天下的野心，应使其彻底消除疑虑，汉王方可安然无事，否则不得安宁。"

"好，我听你的。不过派谁去呢？"刘邦挠了挠脑袋说，"还是你最合适。麻烦你再替我走一趟，你和我那个傻瓜亲家熟，就托他在项王面前美言几句。多带点金银珠宝，见人就塞，别吝惜钱财。"

第二天，刘邦派人给张良送去两箱珠宝，张良分文未动，如数将其转给了项伯。

这次分封，刘邦遭到了项羽的排挤，却使他在诸侯中的威信大大提高了，那些对项羽心怀不满的人，纷纷集结到了刘邦的旗帜下。诸侯闻刘邦不日将动身之国，有送金银珠宝的，有送兵马粮草的，还有诸侯部下听说刘邦贤能，私自跑来投奔的，几天之内，刘邦麾下竟多出了三四万人马。

出发之前，刘邦对内部机构进行了一次大调整，对起事以来的作战有功之臣纷纷进行了封赏。任萧何为丞相；封樊哙为临武侯，迁为郎中；封夏侯婴为昭平侯，号滕公，拜为郎中；封曹参为建成侯，迁为将军；赐周勃为威武侯，拜为将军；赐郦商为信成君，以将军职拜为陇西都尉；封刘交为文信君，其他各将也各有封赏。其时刘邦的部队已经发展到了十几万人马，不仅有步兵，还有车兵、骑兵，为了训练和作战的

方便,刘邦将这两个兵种单独分离出来,由夏侯婴统帅车兵,灌婴统帅骑兵。

内部的分封同样矛盾重重。诸将跟随刘邦三年多,都想有个好结果,这个分封不仅是对众将的奖赏,也是对他们三年来功绩的评价。首先是曹参不服气,起事以来,曹参每阵冲锋在前,身上负伤十余处,几次差点把命都搭上了,而萧何从来没有上阵打过一仗,每逢有战事还要专门派人保护他,曹参想不通的是,连刘邦都要亲自上阵厮杀,你萧何有什么资格坐享其成?

曹参心中闷闷不乐,独自坐在帐中翻看《吕氏春秋》。一翻开书,立刻被书中的内容吸引住了,心中那些不快顿时消失得无影无踪。这部《吕氏春秋》是秦相吕不韦集合了天下几乎所有著名学者写就的一部奇书,虽然其中夹杂有各个不同学派的观点,但其核心是黄老之学,堪称是秦汉时期黄老之学的代表作。曹参早就知道这部书,对其中所言深有同感,但是过去看到的传抄本皆残缺不全,这次得到原本,视若珍宝,正看得津津有味,陆贾来了。

陆贾是个书生,官职不大,在刘邦身边帮办一些文书之类的事情,有时候跟着郦食其到诸侯处做些联络说和的事,按说和曹参这样的大将是搭不上话的,但是在军中久了,曹参发现这个年轻人颇有见识,特别是对黄老之学情有独钟,两个人常在一起交流各自的读书心得,因而很有共同语言。陆贾是奔着曹参这部书来的。

"曹将军,听说你捷足先登,把宫中唯一的一部《吕氏春秋》拿来了?"

"你怎么知道书在我这里?"

"可不是我一个人在找这部书啊。"

"还有谁在找?"

"我呀!"正说着,萧何进来了,"曹大将军什么时候看完,也借给我看看。陆贾,我可不是以官职压人,排队在你前面。当初进宫找书,曹将军前脚走,我是后脚到的。"

陆贾道:"自然是丞相在前,晚生不敢僭越。可惜这是部前朝旧作,不好公开弘扬之,若有一部自己的春秋才好。"

萧何道:"那好啊,陆生正年轻有为,何不就动手做一部我朝的春秋?"

"现在正忙着打仗,哪有那种闲空?再说,晚生才疏学浅,也没有这等德能。"

曹参道:"事情还不都是人干的吗?既是有这想法,就该早做打算,一旦天下太平了,就动手把他写出来。"

萧何问道:"你刚才说不是一个人关注这部书,难道还有谁在找它吗?"

陆贾道:"我听说子房先生也在打听这部书,我观子房先生谈吐行事,倒像是个黄老之学的大家。"

曹参道:"子房的道德文章恐怕非我辈能比。"

"谁在这里背后说人哪?我可是听见了。"正说张良,张良到了,他是来向萧何、曹参等人道别的。

萧何道:"幸好没说坏话,听见也无妨。"

曹参道:"我倒想说先生几句坏话,仔细一想,竟挑不出毛病来。子房可称得上是完人哪。"

"看来问题严重了。俗话说,金无足赤,人无完人,若是别人挑不出毛病,那一定是有大毛病了,我该好好反省才是。诸位若有什么忠告可不要瞒我。"张良在刘邦这里一直是客居的身份,所以说话比较客气。

萧何道:"子房真是虚怀若谷,在下唯一的忠告是注意身体。先生可能是过于操劳,近来气色可不大好。"

"是,我自幼多病,经不起劳累。休息一下就好了。"

曹参道:"方才还说你是道学大家,能否给我们传点真经啊?"

"怎么会认为我是道学家?"

"从先生的言行来判断。"

"如果说我是道家,那可相去太远了。"

"那先生所学属哪一家呢?"

"其实我不过爱看些杂书,各家有用的东西我都吸取,若说学问,可以说没什么学问,因而也就什么家都不是。"

曹参这里今天分外热闹,四个人正说着话,樊哙和卢绾也来了。卢绾带着揶揄的口气说道:"呦,丞相在这儿,小的这厢有礼了。"

樊哙也趁火打劫跟上一句:"丞相日理万机,怎么有空在这闲聊啊?"

张良听出话不对味,知道有是非,急忙告辞,陆贾是小辈,更不想掺和,也跟着走了。萧何没有走,刘邦封他为丞相,他知道众人不服。特别是曹参,自起事以来,刘邦一直把他当做武将来用,只有萧何知道,曹参是个文武全才,刘邦要打天下治天下,离不开曹参这样的人。萧何曾一再和刘邦提起,刘邦也不是听不进去,但是打起仗来却离不了曹参,即使他有再大的本事,目前也离不开军中,打仗是第一位的。萧何到曹参这里来,是想和他沟通一下,眼下正是形势吃紧的时候,内部不能产生隔阂,大家应当携起手来协助汉王度过眼前这一关。于是对众人说道:"汉王选我做丞相不过是权宜之计,我萧何知道自己德不当其位,能不胜其职,不过目前天下未定,还望诸位顾全大局,共同协助汉王把事情办好。切不可自家内部起纠纷。诸位见识比我高,特别是曹将军,文武双全,德才兼备,汉王视将军若股肱,你我更应该携起手来协助汉王成就一番大业。诸位都是功臣,我萧何希望诸位将来都能发达,我情愿给各位做个垫脚石,绝不想与谁争什么。"

萧何这番话完全是肺腑之言,但是众人却听不进去,觉得他这么说是得便宜卖乖,曹参本不想说什么,可是萧何点到他,他不能不说话了:"丞相这话是什么意思?难道是我与你争丞相之位不成?"

这里还没解释清楚,灌婴和郦商又来了,原来他们是约好了来找曹参的。几个人你一言我一语,连讽刺带挖苦,根本不容萧何说话,萧何一片苦心付之东流,只好告辞了。

众将心中不服,就拿曹参说事,一起来找刘邦,七嘴八舌地嚷嚷道:"萧何有什么功劳,凭什么让他做丞相?"

"就是,我们在前方卖命,他倒吃现成的。他上过一次阵吗?杀过一个秦兵吗?"

"曹将军哪一点比他差?光看曹将军这一身伤,也该在萧何之上。"

刘邦道:"诸位不要强人所难嘛,萧何手无缚鸡之力,教他如何上阵厮杀?"

"既然不能上阵,就不该厚着脸皮坐享其成!"

刘邦一听就火了:"什么叫坐享其成?你们他娘的有点良心没有?他享什么成了?平时你们只管打仗,打完仗就什么都不管了。每到一地,你们喝酒的喝酒,找女人的找女人,就萧何一个人在那忙乎,给你们准备住房,准备粮草,帮你们照顾伤员、病号,你们看看都把他累成什么样了,你们还来说这种话?让你们来当这个丞相,你们当得了么?你们自己说说,哪一个敢说比萧何强,谁敢说,我就让他来当!"

众人心中自忖,确实比不上萧何,一个个都低下了脑袋,只有曹参心中仍然不服,他自认为是军中第一功臣,文武兼备,哪一点都不比萧何差,从在沛县做狱掾起,他就一直在关注着天下大事,琢磨治国安邦的道理,三年来征战于野,他一刻也没有停止思考,一直在琢磨秦亡国的原因,考虑如果刘邦得了天下,该如何总结经验教训,不再重蹈秦的覆辙。在咸阳,他第一个跑到秦宫书室,拿走了《吕氏春秋》,是有他的打算的。他早就想和刘邦好好聊聊,可是刘邦哪里听得进去?刘邦这个人急用现学,来得很快,但是你和他谈将来的事,他根本没那个心思,戏下分封已定,曹参打算到了汉中再和刘邦细聊,不料刘邦已选定丞相,让曹参大为失望。但是,既然刘邦已经把话说到这个份上了,曹参也不好再说什么。众将见拱不动萧何,又扯出其他的是非来,说这个不公,那个不平,让刘邦臭骂了一顿,讨了个没趣,走了。

众将离开大帐的时候,已经是深夜了,刘邦感到十分疲劳,想好好睡上一觉。最近确实把他累坏了。事情一件接着一件,连喘口气的工夫都没有,这会儿心里一放松,立刻觉得腰酸背疼,上下眼皮直打架,刚要躺下歇会儿,忽然想起好久没见到玉君和小儿子如意了,于是一个人朝玉君的住处走来。还没到地方,就听见玉君连哭带喊地在和谁吵架,刘邦实在烦得要命,不想再陷入女人们之间的是非,转身就往回走,可是不巧被玉君看见了,玉君抱着孩子朝他跑过来,把孩子往他怀里一塞,说:"你的儿子还要不要,自己看着办吧,我可是受不了了,我要回我的定陶老家去。"

刘邦伸手接过孩子。如意受了惊吓哇哇大哭起来。这时吕雉从玉君房子里走出来,也不说话,只是望着刘邦,看他怎么发落。刘邦问道:"怎么回事?半夜三更闹得大哭小叫的,这是在军中,成什么体统!"

吕雉道:"你问她自己,我是打她了还是骂她了?不过是让她搬个家,她就这么嚷起来了。"

"哦,是我让搬的,玉君,你就按夫人说的去做,让我省点心好不好?"

原来,刘邦继在高阳纳了双妾之后,又有了新的女人。进了咸阳,虽说听从樊哙的劝告从宫里搬了出来,但还是偷偷摸摸带回了几个宫女,加上近来又有诸侯进献美女,他身边已经有十几个女人了。俗话说,三个女人一台戏,这么多女人到一块儿,那就更热闹了,刘邦害怕家里一天到晚吵吵闹闹的影响不好,所以让吕雉找个远离军营的地方,把这些女人统一安置起来,免得到处惹是生非,吕雉自然也乐于这样做,从现在起,她必须得拿出后宫之主的威风来,否则,日后这些女人还不把她吃了!吕雉命令一下,其他人不敢不从,可是玉君就是拖着不搬,吕雉三番五次催促,说什么她也不走,无奈,只好叫了几个士卒来强行搬东西,玉君哪受过这种气,当场就闹了起来。

玉君梗着脖子说道:"我就是不搬。"

刘邦把脸一沉说道:"军中有军中的规矩,家里也得有家里的规矩,我说搬就得搬!"

"要搬也可以,你先说搬过去你儿子还要不要?"玉君不搬还另有原因,她知道吕雉对她和如意不怀好意,当初坠马早产她就怀疑是吕雉搞的鬼,前几天,吕雉到她这里来过一次,只是一转眼的工夫,不知道她给孩子喂了什么,她刚走,孩子就上吐下泻直翻白眼,差点没把小命送掉。通过这段时间的接触,玉君已经把吕雉看透了,这个人心狠手辣,什么事都干得出来,她怕集中到一起住,人多眼杂,一眼看不住会把孩子的性命送了。因为没有证据,这话玉君一直说不出口,但是此刻逼到这了,她只好把话说了出来。吕雉一听这话,立刻恼羞成怒:"我只是奉汉王之命让你搬家,你别血口喷人好不好?那孩子好好的怎么了?难道说我还会害你的孩子不成?"

"那可说不准,你什么事干不出来?天下没有比你再狠毒的人了。"

"说话可要有证据,我怎么狠毒了?我干了什么见不得人的事了?"

"你自己做的事自己知道。前几天那孩子又拉又吐是怎么回事?"

"小孩子吐奶拉肚子算什么,你别胡扯好不好?"

刘邦见玉君话里有话,而且越吵越凶,不耐烦地说道:"好了好了,都给我闭嘴!"然后对吕雉说道:"你先回去,我慢慢跟她说。"

当晚,刘邦就住在了玉君处。玉君哭诉了一晚上,说吕雉要谋害如意,刘邦不大相信,但是也没有强行叫玉君搬家。这样一来,吕雉就没法做人了,过了两天,大军就要出发了,吕雉对刘邦说道:"你去当你的汉王吧,我不去了。"

"怎么了?"

"我得回家。人家有孩子,我也有孩子,我不能不要自己的孩子。"

"哎呀,孩子以后再去接嘛,怎么在这种节骨眼上还跟我过不去?"

"是谁跟谁过不去？我把自己的孩子撂在家里，在这儿伺候别人，最后还怀疑我谋害人家的孩子。我在这图什么？"说着，眼泪就下来了。毕竟是多年的夫妻，刘邦看了十分不忍，道："谁说怀疑你了？我说了么？"

"反正我是不去了，人家怀疑我谋害她的孩子，我自己的孩子还不知道是死是活呢。"说到这里，吕雉哭得更凶了。女人毕竟是女人，两个孩子一年多没见，生死未卜，平时忙起来不提还能忍得住，可是一旦触动了这根神经，感情的闸门就再也关不住了。刘邦劝慰了半天，吕雉执意要走，刘邦道："那也好，子房也要去彭城，你就和他一块儿走吧。快去快回，把孩子接到南郑来。"

"我坐妙逸的车走。孩子接不接再说吧，我想一个人带着孩子过了，日后你什么时候想起我们来，回来看看吧。"

刘邦见吕雉说得凄惨，不由得自己也掉下眼泪来，道："你道我是为谁打天下？还不是为了你和孩子吗？难道你真的要和我离心离德？"

吕雉已经泣不成声，一句话也说不出来，刘邦只好命人去把吕泽、吕释之找来劝慰，自己好脱身去处理别的事情。

吕泽、吕释之也没能留住妹妹。吕泽道："当初妹妹劝我们好好跟着汉王干，该忍的要忍，如今大业已成，妹妹怎么反倒这般任性起来了？"

吕雉很不冷静，道："可惜我没个有本事的哥哥，否则也不至于在人家手底下受这样的气！"

吕释之道："妹妹要如此说，我现在就去给你出这口气，把那个小娼妇杀了！"

吕泽呵斥道："你不要再火上浇油了好不好？"

这一年多吕泽长进多了，经他劝了一番，吕雉已经不再意气用事，但是心里抑制不住地想孩子，说什么也要先回去看看，吕泽只好同意了。不过这和赌气出走性质完全不同。吕泽一五一十将情况报告给刘邦，刘邦觉得让她离开一段时间消消气也好，于是亲自把她送到了项羽的大营。

第二章 拜 将

汉元年四月,汉军离开灞上,准备越过秦岭前往南郑。张良一直将刘邦送到杜南(今西安市东南)。

刘邦大军是从蚀中谷道(子午谷)进入汉中的。关中与汉中之间隔着秦岭,汉初只有两条主要通道,一条是蚀中古道,又称子午谷,北口在长安,称子口;南口在今洋县,称午口,全长八百余里;另一条是褒斜道,北口在今眉县的斜谷,南口在褒水附近,故称褒斜道,长度比蚀中道还要长将近一百里。除了这两条路外,还有党骆道、陈仓道、连云道、祁山道、荔枝道等十多条栈道,都是在长达几千年的时间内逐渐修筑起来的。由于战争、自然灾害(如洪水)等原因,这些栈道经常遭到毁坏,不能经常保持通畅。刘邦进入汉中时,几乎只剩了蚀中一条路。

部队进入子午谷,谷中怪石嶙峋,两边是悬崖绝壁,中间是万丈深渊。由于往来通商和军事上的需要,人们在峭壁上修起了栈道。那栈道已年深日久,踩上去咯吱咯吱响,人还勉强可以通过,马匹和辎重就没有办法了。刘邦不得不下令丢掉车马辎重,把能背的东西背上,背不了的统统扔掉。

张良站在谷口,怀着依依不舍的心情说道:"送君千里,终有一别。汉王多保重,我走了。"

刘邦问道:"子房还有什么嘱我的吗?"

张良道:"大军过完之后可命人将栈道烧毁。"

"为何?"

"以示汉王永无还心,这样项羽就放心了。"

"难道我还真的不回来了?"

"汉王若要回来,自然能找到回来的路,您看这栈道是用兵的地方吗?"

刘邦会心地笑了。

张良走了。刘邦站在一块儿大石头上,望着张良远去的背影,直到望不见了,才拨转马头朝山里走去。

队伍行进得很慢,刘邦前后察看着,发现后面队伍中有人逃跑。

士卒们开始恐慌起来,这是要到哪里去?士卒多为关东人,进关以来,无日不盼着早日东归,今日非但不能东归,还要到更远的地方去,他们不想走了。开始是仨一群俩一伙儿地跑,后来则整队整营地开小差,还有不少将校率领部下集体逃亡。刘邦下令,有逃亡者,抓住一律处斩,并宣布实行连坐法,这样稍稍止住了逃亡,但是

军心仍然不稳。将士们思念故乡,夜间,唱起了家乡的民歌,开始时有人唱,有人和,后来整个军中都跟着唱起来。刘邦心烦意乱,忍不住一个劲地骂项羽。但是骂有何用? 反过来还得安抚将士们。

刘邦软硬兼施总算把队伍带出了蚀中谷道,进入汉中地界,清点人马,虽然跑了不少,也还剩了有十万人左右,主要将领都在,唯独不见了萧何。刚刚立国,百事待举,怎么能没有萧何? 刘邦顿时如失左右手,命人到处找,找遍了全军也没找到。有人报告说,两天前看见萧丞相骑着马朝后跑了,刘邦骂道:"萧何这个王八蛋,把我骗到这儿来,他倒跑了,赶快给我追! "

樊哙立刻带了一拨人去追, 刘邦问那个看见萧何的人:"萧何带了多少人跑的? "

"单人独骑。"

"唉呀,怎么也不多带几个人?万一出了事怎么办?灌婴,你再带些人去追,见了萧何好言相劝,说什么也得让他回来。樊哙太鲁莽,我怕他把丞相得罪了。"

灌婴又领命去了。刘邦冲着卢绾、周勃等人骂道:"就是你们一天瞎起哄,看,把萧何气跑了吧? 这回让你们争,看你们谁能当这个丞相! "

周勃道:"关我什么事? 我又不想当丞相。"

卢绾也不服气:"跑就跑呗,这种不讲信义的人,有什么值得可惜的,跑了让别人当! "

刘邦骂道:"放屁! 你来当一个试试? 你当得了吗? "

刚走了一个张良,又跑了一个萧何,这两个人是刘邦一刻也离不得的,两个人都走了, 对刘邦来说简直跟天塌了一般。一连几天, 刘邦坐立不安, 吃不下, 睡不着。

萧何并没有跑,他追韩信去了。

却说当日韩信随项羽大军到了戏下,一个人偷偷溜进了咸阳,想投奔刘邦,但是汉军高层将领中他一个认识的人也没有,托那些小人物引荐,还不如不托,于是一个人直奔兰池宫而来,因为兰池宫是咸阳城里最大的一座宫殿。到了宫门,侍卫将他拦住,问他找谁,韩信道:"找刘邦。"侍卫见他说话口气这么大,不敢怠慢,便领他来见夏侯婴。夏侯婴道:"沛公已还军灞上,不在宫中,先生有事在下可代为禀报。"

"我原以为沛公乃礼贤下士之人,看来也不过徒有虚名。这样怠慢天下英雄,想也成不了什么大事,不见也罢。"说完,转身就走。

夏侯婴见此人相貌奇特,口出狂言,想他必定有些来历,于是追上去拦住说道:"先生留步。沛公并非慢待先生,他的确不在宫中,先生不妨先住下,明日我带先生去灞上见沛公。"夏侯婴与韩信长谈了一夜,知道遇上了大才,第二天便备车送韩信去了灞上。刘邦进关后,前来自荐的秦时旧官僚、书生、谋士不计其数,却没有几个真正的有用之才,他把他们都打发到下边安置了,因此,对夏侯婴的举荐也没太当回事,随口说道:"既然是个人才,就留在你手下当个差吧,随便封他个什么官就是了。"当时刘邦正忙,夏侯婴也不好再多说什么,就让韩信先留下帮他管管粮草。他知道这样是留不住韩信的,一再对韩信说:"沛公近来实在太忙,没空见你,等他闲一点我再去禀报,你且耐心等等。"后来夏侯婴果真去又和刘邦说了几次,但是都没有引起刘邦的重视,只是给他封了个治粟都尉。日子久了,韩信心中烦闷,学着喝起闷酒来。一日,酒喝得有点多了,想起自己半生潦倒,好不容易学有所成,却又无人赏识,心中不禁伤感起来,坐在宫门口抽出宝剑敲着剑鞘唱道:"长铗归来乎,食无鱼……"

恰好这时萧何从旁边走过听见了,他进宫找到夏侯婴,问:"你门口坐的是什么人?"

夏侯婴将韩信来投奔刘邦的前前后后详细和萧何说了一遍,萧何道:"你既然要养士,就该对人家好点,怎么还克扣人家?"

"谁克扣他了?"

"还说没克扣,你听他唱的什么?食无鱼,出无车。"

"你听他胡说呢,我顿顿都是好酒好饭招待,他有什么不满意的!不过是吃饱了没事在那发发牢骚。"

"他还要求什么,尽量满足他,看他能干什么。我不信我们还养不起几个门客。"

"他的要求恐怕满足不了。"

"他要求什么?"

"他想做大将军。"

萧何吃了一惊:"什么人敢出此狂言?快快把他请到宫里来。"

萧何与韩信进行了一次长谈,从主将的内养到治军、谋略、指挥各个方面都涉及到了,韩信不仅精通兵法,而且亲自参加了东阿、定陶和巨鹿三大战役,并且从中总结出许多宝贵的作战经验。说起汉军在南线作战的主要战役,韩信也是如数家珍,把其中的成败得失总结得清清楚楚,这让萧何感到十分惊讶,但是,只有这些还不足以说服萧何,接下来的谈话更使他震惊。

"有一事我不明白,贵军为何忍气吞声,甘受鸿门之辱?"

"人强我弱,不得不低头。"

"楚军强在哪里,贵军又弱在哪里呢?"

"楚有四十万大军,我军只有十万。"

"巨鹿之战,楚军十万,秦军四十万,与今日之势恰恰相同,却为何战而胜之?"

"楚军兵精将勇,项王勇冠天下,秦军四十万大军尚且不敌,我小小沛军怎敢与之争锋?"

"萧公岂不闻将在谋而不在勇乎?项羽再勇,不过一人,如此匹夫之勇,何足惧哉？"

"那你的意思是……"

"贵军之弱，不在兵少将弱，弱在没有用兵之人。"

"此话怎讲？我文有子房、郦生、陆贾、随何等一班谋臣，武有周勃、樊哙、灌婴、卢绾等数十员猛将，况且还有曹参这样的文武兼备的全才，如何说没有用兵之人？"

"这班文臣，除了张子房，其余只能做谋士，而不能上阵指挥。张子房算得上一个帅才，但体弱多病，不能亲自带兵打仗。武将中樊哙是个草莽英雄，周勃人虽忠厚，也不过是个将才，不堪大用，只能上阵厮杀，不能统领全军，卢绾、灌婴之属和他们俩差不多，而吕氏兄弟则是靠着他妹妹上来的，还不如前面那几个……"

韩信把刘邦手下的文臣武将挨个数下来，的确没有一个能统领全军的人；更让萧何感到惊讶的是，韩信把刘邦属下所有将领的情况了解得一清二楚，连每个人的性格、爱好、谁和谁友善、谁和谁不和都知道得清清楚楚，萧何问道："这些你是怎么知道的？"

韩信笑了笑，说道："知彼知己，百战不殆嘛。我还知道萧公一进咸阳就去宫里收集图书籍册，此举说明沛公必欲与项羽争天下。如若项羽用我，萧公可知我这样的对手之可怕；相反，当初鸿门宴上若有我在，也绝不至于让沛公受辱，而且项羽连关都进不了……"

谈话至此，萧何确信韩信能带兵，而且正如韩信所说，这样的人才如果成为敌方主将，那真是太可怕了。他劝韩信无论如何留下来，他一定会在沛公面前鼎力举荐，让他如愿以偿。于是韩信在汉军中留了下来。可是，刘邦和萧何都忙得不可开交，几乎连面都很难见上，直到汉军出了子午谷，韩信仍没有得到萧何的回话，他估计萧何早已和刘邦说过了，刘邦大概是不会用他了，在汉军即将到达南郑的时候，他悄悄地离开了大部队。

萧何是在离南郑大约一百里的马道镇追上韩信的。马道镇在古褒斜栈道的路上，是个三岔河口，一边是褒河，还有一条横向的支流叫寒溪(现在叫西沟)，平时寒溪水流较浅，行人可以徒步涉水过河，恰巧那天上游下了一场暴雨，寒溪河水暴涨，韩信找不到渡船，才被萧何追上了。因此当地民间有"不是寒溪一夜涨，哪有汉朝四百年"的说法。

这天中午，刘邦正在房子里打瞌睡，忽然听见外面嚷嚷说萧何回来了，刘邦急忙趿拉着鞋跑了出来。见了萧何，又是高兴，又是气恼，一把将萧何拉进屋子里，一面命人泡茶，一面骂道："你他娘跑得倒快，当初你说这里如何如何好，把我骗到这来，你倒跑了，早点说咱们一块儿走啊，干吗这么偷偷摸摸的？"

萧何笑道："臣岂敢撇下汉王独自逃跑？臣是为汉王追逃将去了。"

"追谁？"

"韩信。"

"胡说！军中逃跑的将校不是一个两个，恐怕有几十个了吧，别人跑你怎么不追？单单追什么韩信，韩信是个什么东西？你这是借口。"

"非也。几十员将校跑了并不足惜，将来还可以有几百员几千员，如韩信者，国士无双。汉王若欲久王关中，不做他图，可不用韩信；若欲争天下，舍韩信无人能当此重任。"

"你不是说这儿好吗？谁说好谁在这儿待着，我可不能在这鬼地方待一辈子。"

"如此则请汉王重用韩信，汉王若能用之，信留；如不能用，信终将离去。"

"你说的这是个什么人哪？这么邪乎！那就给他个将军做！"

"那恐怕还是留不住。"

"那你说怎么办？难道还让他统帅三军不成？"

"如此甚好。"

"什么如此甚好！一个无名鼠辈，我连见都没见过，你就让他统帅三军？这不是开玩笑嘛。"

"这样大的事我怎敢和汉王开玩笑！臣愿以身家性命担保。"

"既然是丞相看中的人，想必不会错，那就赶紧叫他来见我。"

"汉王对待臣属素来傲慢无礼，三个月前，夏侯婴曾带韩信来见过汉王，汉王将其拒之门外，此韩信之所以逃亡也，今拜大将若唤小儿，怎能使其归心？必欲拜之，须择良辰吉日，斋戒沐浴，设坛俱礼乃可。"

"萧何，你今天算是把我逼上了。这韩信到底是个什么人，让你这么动心思？"

萧何把前次和韩信所谈的内容一一向刘邦做了陈述，刘邦听后大喜："好，我听你的，你去准备吧。不过我可把话说到前边，日后这个人要是打不了仗，我可找你算账！"

这是一个阳光明媚的夏天。天空中飘着几朵白云。白云下面是一望无际的绿色田野。田野上，成群的牛羊在山坡上欢快地奔跑、跳跃，追逐着他们的主人。主人们荷着锄头，唱着山歌，来到自己的土地上。地里的麦子已经黄梢，给辛勤的农民带来丰收的希望，唤起人们对美好生活的向往。

山那边，连绵不断的战火已经燃烧了整整三年，而这里却仿佛世外桃源，并没有几个人知道和关心这场你死我活的战争。刘邦大军的突然到来，在当地引起了不小的震动，人们不知道这支从天而降的大军会给他们带来什么。但是，这场震动很快便平息了下来。萧何派人到各县、乡、邑，将安民告示贴满了大街小巷，汉军严明的纪律让百姓们称道，非但汉军秋毫无犯，连往日那些时常前来骚扰的小股盗匪也不见了。汉中百姓大喜。

萧何奉刘邦之命很快在南郊筑起了一个拜将坛。诸将听说要筑坛拜将，各个满

心欢喜,皆以为大将军之职非自己莫属。首先是曹参,他觉得刘邦没有封他做丞相已经负了他,这次必定是要以大将军之职来安慰他,况且,军中诸将,曹参功劳最大,这是大家公认的;樊哙觉得自己是最早跟随刘邦起义的,不仅战功卓著,而且在鸿门宴上孤胆救出刘邦,这个大将军不让他当让谁当;灌婴虽然来得晚,但是骑兵是军中第一师,刘邦肯将骑兵交给他指挥,说明他才能高过其他诸将;卢绾觉得众将虽然英勇,但都是匹夫之勇,若论心计韬略均不如他;而吕泽则记着吕雉那句话:刘邦里外分得清楚着呢,这么重要的职务绝对不会交给外人的;郦食其则以为诸将都是武夫,没有统帅三军之才,张良不在,则大将军之职非他莫属。只有周勃什么都没想。

拜将坛高一丈,宽五丈,阔三丈。到了拜将这一天,坛上坛下插满了五颜六色的彩旗,十万大军齐集坛下。在众人的纷纷猜测中,刘邦和萧何、韩信走上了拜将台,接着,众将也都上了台。大家谁都没注意韩信,还以为是刘邦的卫士。萧何司仪,宣布拜将典礼开始。刘邦站起来说道:"诸位将士随我斩蛇起义,征战南北已有四年,我刘邦能有今日得谢谢大家,然我战胜而不得东归,反受制于人者何也?是因为我们打不过人家。是众将不勇吗?非也,是士卒不用命吗?也不是。以汉军将士之勇,我们可以和天下任何一支劲旅一战,但是,我们缺乏一位统领全军的大将军。今天,我从万军之中选了一位,此人就是站在我身边的韩信!"说着,刘邦执起韩信的手,向大家致意。

这个结果谁都没有想到,众将哗然,一军皆惊。刘邦挥了挥手,示意大家安静,但是台上台下一片议论之声,刘邦下面讲了些什么,谁也没有听清。等众人安静下来,萧何宣布授军旗、印信,韩信庄严地从刘邦手里接过汉字大旗,交给身后的侍卫,刘邦向韩信拜了三拜,韩信回拜了三拜,萧何宣布道:"请大将军宣誓就职!"

这时,台上台下都安静下来,想听听韩信说什么。韩信拔出身上所佩宝剑,举向空中,宣誓道:

> 汉大将军韩信向天、地、汉王及三军将士宣誓:臣自今日受命起则忘其家,临军约束则忘其亲,援枹鼓之急则忘其身。誓死忠于汉王,为天下黎民除害,与三军将士共存亡,不扫除天下,誓不还家!

众将士听完韩信的誓词,又开始议论起来。其实大家只不过想看看他的相貌听听他的口才、声音,对宣誓的内容并没有多少人注意,刘邦却听得字字真切,心想,这小子没准能行。

典礼结束之后,刘邦对韩信说道:"韩大将军,待会儿到我帐中来一趟,我得和你好好聊聊。"

韩信十分神秘地笑笑,说:"一个月以后吧。"

刘邦有些不悦,道:"怎么?连我都请不动你?"

"汉王莫疑,臣知道汉王在想什么,然臣初到军中,无所进献,不愿空口说白话,况大军急需整训,无暇他顾。一个月后,我定给汉王进献一份厚礼。"说完,转身对众将说道,"众将听令,各自将自己的兵马带回,巳时三刻到我帐中议事。"

"这小子葫芦里卖的什么药?"刘邦嘴里嘟哝着走了。

韩信上任后第一件事就是抓队形训练,这些农民军士卒平时散漫惯了,对这样正规的约束很不习惯,而且,每天从早到晚列队操练,无非是些进退左右,走步跑步之类的简单动作,甚觉无趣,士卒们更感兴趣的是擒拿格斗和兵器武功的训练,那才叫真本事,整天这么跑来跑去有什么意思,跟小孩子做游戏似的。一些将领听了士卒们的意见,不再训练队形,而改练剑法、骑射等项目。韩信召集众将说道:"队形乃三军之威仪,士气之所在,阵法之基础,不可轻视。兵器武功要练,但现在还不到时候,首先要从队形练起。队形不整,军无士气,临阵必乱。"

樊哙道:"我们和秦军打了三年,也没学过队形阵法,还不是照样打进了咸阳?"

韩信知道他是故意刁难,耐心解释道:"秦军乃强弩之末,偶然取胜,不足为奇,若使三军永远立于不败之地,不能凭侥幸,必须进行正规训练。"

卢绾道:"我们打了三年仗,攻城上百座,杀敌数十万,怎么能说是侥幸取胜?"

"虽然打了三年,仍属侥幸,秦军主力不在南线;若碰到一支劲旅,如此打法,必一败涂地。远的不说,我们为何要到这巴蜀之地来?就是因为我们打不过楚军。诸位虽然打过不少胜仗,但是我军目前还做不到攻无不克,战无不胜。现在,我们就是要训练这样一支部队。"

这番话说服了一部分将领,但是还有人不服气,曹参道:"自古胜败乃兵家常事,何言攻无不克,战无不胜?"

韩信道:"攻无不克听起来似乎不可能,因为能否取胜不但取决于己方,还要看对方是否可胜;然立于不败之地是可以做到的;胜败有常那是因为对手相当,假如我高出对手许多,百战百胜也不是没有可能。"

韩信这几句话很耐人寻味,曹参不是个不讲道理的人,他在心里认真琢磨着这几句话,没有再吭气,韩信接着说道:"众将莫再狐疑,回去抓紧训练,不得有误,三天后拜将坛下会操。有违令者,军法从事!"

众将散去,韩信巡视来到周勃营中,只见士卒们随着将校手中旗帜的挥舞跑过来跑过去,一边跑一边笑,跑累了,便擅自坐在地上休息,如小儿嬉戏,没有一点军人的样子。韩信皱了皱眉头,从一个校尉手中接过一面令旗,命令金鼓手侍立左右,对士卒们说道:"大家听令,操场即是战场,军中禁止喧哗,明听鼓音,谨视旗帜,闻鼓则前,闻金则后,旗左则左,旗右则右。不听令而擅自前后左右者,斩!听清楚了没有?"

士卒们齐声喊道:"听清楚了!"

韩信道:"擂鼓!"

鼓声响起,士卒们踩着鼓点向前走去,随着鼓点节奏加快,士卒们开始跑步前

进。韩信命令旗手挥舞令旗向左,队伍一下乱了套,许多士卒只顾低着头向前跑,没看到令旗,一下子冲到了韩信跟前。队伍中爆发出一阵笑声。韩信重新将队伍整理好。严肃地说道:"操场即是战场,训练不是儿戏,我刚才说的大家要是没听清楚,我再说一遍,明听鼓音,谨视旗帜,闻鼓则前,闻金则后,旗左则左,旗右则右。不听令而擅自前后左右者,斩!听清楚了没有?"

韩信把军令重申了一遍,重新开始,这一次比上一次好多了,但是仍有人精力不集中,跑错了方向,于是韩信第三次重申了军令,再次擂鼓,这次士卒们跑得十分认真,一个士卒鞋跑掉了都没敢捡,光着脚朝前跑去。后面一个士卒将他的鞋捡了起来,挑在刀尖上挥舞着追了上去,惹得周围的人哈哈大笑。韩信令鸣金,队伍收缩回指挥台前,韩信道:"号令不申,约束不明,乃将之过也,如今我已三次详申军令,仍有人目无军纪,擅自离队,依法当斩,来人,把那个拾鞋的给我押上来!"

韩信当场斩了那个士卒,然后宣布提升丢鞋的那个士卒为伍长,赏金十两。全军为之整肃。韩信将令旗交给周勃,道:"知道怎么带兵了吧?"

周勃大惭。

从周勃军中出来,韩信又来到樊哙营中。樊哙根本没搞队形训练,正在组织自己的人马练习剑术,韩信大怒,将樊哙叫到跟前,问道:"樊将军可知军法?"

"知道又怎么样?"

"违抗军令该当何罪?"

樊哙不吭声。

"当斩!"韩信喝道,"你马上给我改为队形训练。否则定斩不饶!"

樊哙当场命令将剑术训练改为队形训练,可是韩信一走,他立刻又改成了剑术训练。

三天后,韩信如约组织了会操。众将所部水平参差不齐,但多多少少都比从前有所进步,唯独樊哙的队伍稀稀拉拉,队不成队,伍不成伍,惹得满场将士笑起来。最后出场的是周勃的部队,随着鼓角声响起,部队齐刷刷竖起矛戟张开旗帜,全军万人,排成九个方队,朝拜将坛走来,走到中间,周勃将令旗一举,全军将士齐声喊道:

"收——复——关中,扫——平——天下!"

"收——复——关中,扫——平——天下!"

万人一声,震动了山谷,全军将士齐声为之喝彩。

军人是需要一点精神的。周勃喊出了收复关中的口号,不仅是为会操增了彩,也让全军上下振奋起来。

会操完毕,众将齐集台上,韩信道:"以周将军所部为例,众将今日知道什么叫军威了吧?汉军不是流寇,也不是荷锄头的农夫,我们要成为一支攻无不克、战无不胜的正规军,就得这样训练。周勃组织队形训练卓有成效,赏金百斤,赏周勃军将士每人金一两!"

周勃所部齐声答道："谢大将军！"

韩信将话锋一转，说道："连日来，各军皆已开始训练，然进展缓慢，成效不大，还望诸将共同努力，早日赶上和超过周勃军。另外，有人故意违抗军令，屡禁不止，大军作战，如若这样各行其是，成何体统？来人，把樊哙押起来！"

几个彪形大汉走到樊哙面前，樊哙骂道："我看你们敢动老子一根毫毛！"那几个武士不由他分辩，把他绑了个结结实实，韩信道："我当面禁止、派人传令，不下十次，你为何不遵守军令？"

"我就是不遵令，你能把我怎样？"

韩信怒不可遏，厉声喝道："押下去，斩了！"

众将见真的要斩樊哙，纷纷跪下给樊哙求情，韩信铁青着脸，一言不发，等众将说完了，道："国有国法，军有军规，今日不斩樊哙，三军皆无约束，将置军中法度于何地？众将不要说了，押下去，行刑！"

众人一面给樊哙说情，以拖延时间，一面早有人将事情报告了刘邦，不一会儿，刘邦和萧何骑着马赶来了。刘邦下了马，气喘吁吁地走过来，满脸的不高兴，心想为这么点小事要斩我一员大将，太小题大做了，萧何拉了拉他的袖子，刘邦才忍住没有说话，萧何道："樊哙违抗军令当斩，然念其有功，暂且饶他不死，令其戴罪立功如何？"

刘邦也跟着说道："是啊，就饶他这一回吧，让他戴罪立功！"

韩信知道樊哙是杀不得的，无非是想拿他开刀，给众人看看，以树立将威，见刘邦发了话，就顺坡下驴说道："看在汉王和丞相的面子上，饶你不死，来人，押下去打一百军棍！"

樊哙哪里受过这种羞辱，一边挨打还一边骂着："韩信，我操你八辈祖宗！"

刘邦在一旁有点看不下去了，阴沉着脸要发作，萧何强拉硬扯地把他拽走了："汉王万万不可意气用事。"

"有点太过分了。"

"韩信初到军中，众将不服，无法带兵，今日无非是想教训教训樊哙，给众将看看，以树立将威，汉王不可因人而废法。"

"随便找个什么人不成，单单拿他开刀？让我这脸往哪搁？"

"汉王岂不闻赏贱罚贵之说？不拿您亲近的人开刀，这一群虎狼之将如何能震得住？"

"他把阵势拉这么大，到底能不能打仗？"

"用人勿疑。"

这边一百军棍打完了，韩信问道："将军知错乎？"

樊哙梗着脖子说道："不知！"

韩信道："押回军中反省！"

第三章　有情人

　　吕雉坐着妙逸的车，一路晃晃悠悠，走了将近一个月才到彭城。此刻，她心急如焚，恨不能一步迈回家门，看看两个孩子究竟怎么样了。过去她也想孩子，但是从来没有像现在这样抓心挠肝地想。快到彭城的时候，吕雉要下车自己走，妙逸说什么也不答应："快到彭城了，无论如何在我那里住两天，也让我尽点心，多少还姐姐一点人情。到时候我派人送你回去。"吕雉拗不过，只好跟着她进了彭城。

　　彭城自古以来就是兵家必争之地，东、南、北三面环山，山都不高，丘陵起伏，恰是兵家大显身手的好战场。这里连接着几条南北、东西的交通大动脉，南来北往的客商、行旅都要从这里经过，三教九流都在这里汇聚，是个英雄辈出的地方，非大英雄不敢在此称王。

　　进城后的第二天，妙逸陪着吕雉去游城南的云龙山。刚刚入夏，山中林木遮天，到处开满了五颜六色的野花，北方有句俗话，小满鸟来全，此刻那些鸟儿正站在树顶上唧唧喳喳地叫着，仿佛在讨好这两个不同寻常的女人。顺着山回路转的小道漫步过去，突然飘来一阵浓郁的香味，妙逸吸着鼻子说道："好香！啊，好香啊！"吕雉也很喜欢这个地方，若不是心中有事，这山里的景色真有点让人流连忘返，又转过一道山坡，妙逸问道："这是什么花香？真好闻。"

　　吕雉道："看来你是城里长大的，乡下人对这种香味再熟悉不过了。"

　　"姐姐不要光卖关子，到底是什么花呀？"

　　"你连这个都不知道？这是槐花呀。槐花不仅闻着香，还能吃。春天没粮的时候，它可以救命呢。"

　　"花也能吃？"

　　"当然能吃。到了春荒季节，还吃不上这么好的东西呢。"说着，吕雉跳起来摘下一串槐花，递给妙逸，妙逸尝了尝，道："果真好吃，还带点甜味。"

　　吕雉没有说话，望着远处几个人直出神，妙逸问道："姐姐看什么呢？怎么不说话？"

　　林中不远处有个衣衫褴褛的男子带着两个孩子正在摘槐花，吕雉看了半天，终于看清楚了，原来是审食其！她没命地跑了过去，一把将元元和盈儿搂在怀里："我的孩子，你们都还活着！"说着，眼泪像断了线的珠子扑簌簌流了下来。

"娘！"两个孩子没想到在这里见到了妈妈，扑在吕雉的怀里放声大哭起来，母子三人哭成了一团。审食其在一旁也忍不住流下了眼泪。

哭了一阵，吕雉擦干了眼泪，站起来看了看审食其，审食其瘦得皮包骨头，胡子老长，脸色蜡黄，身上的衣服补丁落补丁，到处露着肉，脚上一双破鞋已经露出了脚趾，吕雉问道："怎么会落魄成这个样子？"

审食其惨淡地笑了笑，说道："好点的衣服都让乱兵抢走了。"说着，不好意思地将两个大脚趾往回缩了缩，"我没带好汉王的孩子，让他们受苦了。"

吕雉哽咽着说道："别说了，你是我们一家的大恩人。"说着，吕雉扑通一声跪了下去，给审食其磕了一个头，审食其急忙将她扶起说道："这使不得，使不得，夫人快快请起！"

妙逸在一旁不好多说什么，只是陪着掉眼泪。她命人飞马回到城中，叫了两辆车来。回去的路上，妙逸道："姐姐这次回去和汉王说说，再也别打仗了。我回去也要好好劝劝项郎。"

吕雉道："这帮男人，谁说得上呢？"

回到城中，妙逸将吕雉一家安排在一个幽静的小院里，命人送来各种各样的补品，还专门派了个上等的厨师来。

审食其洗了澡，换了身干净衣服，饱饱地吃了一顿饭，吕雉不敢让他吃得太多，看差不多就把碗收了，问道："天下不是已经太平了么，怎么还跑这么远来讨饭？"

"关内有项王、汉王镇着，不打了，可是咱们这边就没停过。一会儿这个王，一会儿那个王，整天打来打去。现在是彭越和田荣在争咱们老家这块地方。"

"我爹我娘怎样了？"

"还都在，也是吃不上喝不上的。多亏吕媭能干，这个家全靠她了。"

"太公和我婆婆呢？"

"已经两个月没见了。我走的时候还都好，我给他们留了粮食，不知道能不能藏得住。就是藏得住，也吃不到现在。唉！——"

两个人唠了一会儿家常，审食其已经困得眼睛都睁不开了，吕雉让他上床去睡。审食其身体极度虚弱，刚躺下就发起了高烧。郎中来看过，说病没有大碍，只是偶感风寒，吃几副药就会好的。但是气血不足，需要好好调养，吕雉这才放了心。她日夜在床边服侍着，开始审食其发着高烧，身不由己，吕雉怎么做只好由她，后来渐渐好些了，就觉得十分过意不去。这一天，吕雉端了碗粥来喂他，审食其挣扎着要自己起来喝，但是刚坐起来就挣得满头大汗、气喘吁吁的了，吕雉道："你老实躺着别动，有我呢。"说着，拿起调羹一勺一勺地给他喂粥。审食其道："嫂子现在已经贵为王后了，怎好让嫂子这样伺候我？"

"再别提那些让人伤心的事了。"

"怎么？嫂子当了王后还不高兴？"

“早知今日,当初真不该让他出来,还不如老老实实在家当个农民呢。”

吕雉一边给审食其喂着饭,一边诉说着自己的不幸。审食其听着,深为吕雉感到不平。喂完了饭,吕雉拿过脸盆,兑了些温水,来给审食其擦脸,审食其坚持要自己洗,吕雉道:“老实待着,别动!”

吕雉给他洗完脸,闻着他身上汗味很重,又解开扣子给他擦胸、擦背,审食其感动得热泪盈眶。

审食其的病渐渐好了,体质也一天天恢复起来,过了十来天,已经能在院子里舞剑了,脸上的气色渐渐恢复,人也胖了不少。这天晚上,孩子们都睡下了,审食其正在院子里练剑,听见吕雉在房子里哎呦叫了一声,急忙进屋来问是怎么回事。吕雉道:“灯太暗,让锥子扎了一下。不要紧的。”

吕雉发结挽得高高的,穿了件紫红色的丝绸睡衣,正在灯下纳鞋底。审食其问道:“夫人怎么还亲自纳鞋底?”

“我想给你做双鞋。”

“我这不是有鞋了吗?”

“有鞋那是别人做的。”

“就算夫人想送我一双鞋,还用得着您亲自做吗?您现在是王后啦!”

“别提这个好不好?我就是不想当这个王后才跑回来的!近来,我时常想起当姑娘的时候做针线的情景,那时候就想着能嫁个本本分分的人,男人好好种地,我好好给他纳纳鞋底、做做饭、补补衣裳,没想到嫁了这么个东西。现在还想过那样的日子,可惜没有那样的福气呀!跟你说,我当姑娘那会儿,针线还是蛮不错的。别站着呀,坐下说。”

审食其拉了条凳子坐在一边道:“那是,夫人何等灵秀人物,做什么都会比别人做得好。”

一句话夸得吕雉红了脸,抬起头望着审食其问道:“我老了吧?”

“不老,夫人还和当年一样年轻。”审食其说的是实话,在他眼里,吕雉还是当年的吕雉,她依然是那么美,那么光彩照人。

“瞎说,当年我嫁到刘家来,还不到二十岁,如今十年过去了,怎么能不老?我知道,你这是在奉承我。”

“不是。真的不老,尤其这次回来,显得更年轻了,可能是当了王后的原因吧?”

“看,还是奉承吧?我要是不当王后呢?”

“那也一样。”

“真的?”吕雉眼睛里放出了异样的光芒。

“真的。”

“那你看我还配得上你吗?”

审食其有点紧张,说话磕巴起来:“夫人,我……”

"我知道,我老了。配不上你了。当初我要是依了你,你会喜欢我的。可是天下男人都一样,一做了官,发达了,也就把我忘了。"

"不。夫人,男人不一样,这些年来,我无时无刻不在想着……"审食其说到这里突然打住不说了。吕雉不错眼珠地望着他,问:"想着什么?怎么不说了?"

"我瞎说什么呀!对不起,夫人,实在是造次。您现在贵为王后,可是我……"

"又是王后,王后,你能不能不提这个?我讨厌这个称呼。我不是王后,我还是我,一个普通的女人,还是当年那个刘家媳妇,还是老想给你说一房好媳妇的那个大姐,你就这样想,你说,说吧,说出来,我想听。"吕雉紧紧地抓住审食其的手,审食其再也按捺不住,一把将吕雉搂在怀里,吹熄了眼前的那盏小油灯。

月亮升起来了,银白色的月光从窗户照了进来。

项羽率军吹吹打打回到了彭城,义帝芈心亲自率领吕青、吕臣、陈婴等一班朝臣出城迎接。项羽连马都没下,只在马上拱了拱手就大摇大摆进城去了。他是故意做给天下人看的。义帝准备的庆功宴他也没去,只是让范增前去将封王之事说了一下,义帝道:"吕青、吕臣父子勤王有功,陈婴忠厚谨信、终日操劳,为何封王没有他们三人?"义帝的不满当然不止这一处,但是他首先想到的是这三位功臣,范增自己也觉得理屈,似乎不给这三个人封王有点说不过去,他将话带给项羽,项羽给这三个人每人封了两个县,然后补了份文书让人给义帝送去,义帝大怒,吕臣、吕青劝道:"义帝且息怒。如今权柄握于他人之手,只好暂且忍耐。我等追随义帝,并非为了尺寸之封,只求天下太平,百姓们能安居乐业,项王想怎样,由他去罢了。"

陈婴也说道:"臣也不想要这两个县的封地。臣正准备奏明义帝,如今天下已定,臣准备告老还乡,作个逍遥自在的百姓。躬耕于垄亩,就读于田园,乃臣半生之心愿,恳请义帝允准。"

义帝听说陈婴要走,心中不胜伤感,但是陈婴去意已决,而且说了也不是一次两次了,只好同意他回东阳老家去了。

陈婴走后,项羽更加肆无忌惮,非但不来朝拜,反而经常将义帝呼来唤去,完全不顾君臣大义,吕臣看不下去,据理力争,还希望能维持一个表面的君臣纲常,这下惹恼了项羽。项羽心中早已经没了这个义帝,本来一回来就准备废了他,但是吕臣手里还有几万人马,彭城守军及宫中防卫大部分是吕臣的部队,项羽不能不有所顾忌。经过一个多月的准备,项羽已经把城内部队换得差不多了,在一个漆黑的夜晚,他突然下令包围了吕臣的住所。

对这个结局,吕臣早就预料到了。近来项羽不停地调兵,吕臣早就明白他是什么意图,可是又能怎样呢?把部队拉出去,重开战端?彭城四周全是项羽的兵马,早就在虎视眈眈地盯着他这点部队,不要说起兵没有把握,即便能活着冲出去,结果也是千百万人头落地;拉起旗帜和项羽干,岂不又要天下大乱?那样将置天下苍生于何地？因此，他已经做好了为义帝尽忠的准备。前些天，他已经将父亲吕青和妻儿送到了东阳陈婴那里。此刻，闻到兵马声，他从容走出自家的院门，对包围吕宅的将校们说道："项王要我死，我不敢不从命，你们将我的头拿去，告诉项王，我吕臣愿以此头换取天下太平，望项王不要再滥杀无辜！"说完，拔剑自刎。

项羽闻吕臣已死，心中一块儿石头落了地。命人将毕心唤来，道："我闻古之帝者地方千里，必居上游。义帝何不择上游之地迁都？"

义帝见吕臣已死，余者众叛亲离，已经预感到自己的末日快要到了，于是说道："你要将我赶到何处去？要杀就在这里杀好了，我哪里也不去！"

范增道："义帝言重了。项王完全是一片好心，已经为义帝选择了一块儿风水宝地，在郴县，那里山清水秀，乃龙脉所系，义帝若迁都于此，必能保万世之基业。"

义帝根本不相信范增的这套鬼话，但是抱着一线求生的希望离开了彭城。项羽、范增早就在预谋杀害义帝，但是为了掩人耳目，不愿意让他死在彭城。义帝一走，项羽立刻派人给衡山王吴芮送去密令，让吴芮在义帝经过其领地时将其就地解决。过了几天，吴芮向项羽报告说："义帝在过江时不幸溺水而死。"

张良跟随韩王来到彭城，一心想为韩王讨回封地，他托了项伯上上下下活动，把关中带来的一点金银珠宝都用光了，也没个结果。项羽正忙着扩建宫室，根本没把这点事放在心上，张良和韩王等了一个多月，好不容易见到了项羽，张良力陈应遣韩王之国的种种理由，项羽一面听他说，一面拿着韩国的印玺把玩着，那印玺是三个月前刻就的，本来应该是棱角分明的，可是已经磨得十分光滑圆润，失去了棱角，可见印玺在他手里已经玩了很久了。项羽现在富有天下，张良知道用别的办法是没法打动他的，只有据理力争。但是张良说来说去，韩成所做的一切，都是跟着刘邦一起干的，越是说他功劳大，越给刘邦脸上增光，因此项羽越听越不耐烦，"我听说韩国大将军韩信跟着刘邦到汉中去了？"

韩王成一听这话，吓得头上汗都出来了，张良答道："确有此事。如今天下分封已毕，我王尚无立锥之地，韩信带有几万兵马，无处容身，暂且到汉中避一避，一旦我王归国，韩信立即就会回来的。"

项羽见张良说得振振有词，气不打一处来，道："哼！我还听说，你这两年给刘邦出了不少主意？"

张良道："这也是实情，不过都是针对秦军的。暴秦无道，天下人皆得而诛之，臣以为这也是助项王成就反秦大业，不知有何不妥？"

"鸿门宴上弄个假刘邦来骗我，也是你干的吧？"

"项王与汉王情同手足，臣不忍心看着两位英雄反目，故而出此下策。"

"两位英雄？刘邦算哪门子英雄！"

张良没有答话，项羽又问道："刘邦离开关中之前曾大宴诸侯，其志不在小，我听说他走前所有对分封不满的人都到他那里去了，你可知道此事？"

"臣不知。"

"我知道刘邦心里不服，日后还要与我一争天下是不是？"

"非也，汉王走时，臣曾前往去送韩信，臣亲眼见大军过处已烧毁栈道，汉王不会再回来了。"

"哼哼，烧毁栈道能说明什么？大军真要出关，难道会从栈道出吗？本来我是可以给你们这颗印的，但是，就冲你们君臣跟着刘邦跑这一点，我还是不能给！"

"大王这样做，天下人心中皆不服，言而无信是要遭天下人耻笑的。"张良知道想从项羽这里讨回公道是不大可能了，索性豁出去激他一下，或许还有三分希望，没想到项羽大怒，道："谁敢耻笑我？谁敢不服？"

张良道："臣闻齐国田荣已经公开举起旗帜反楚，还有梁地彭越也已经反了。大王若不顾信义，是逼天下人反也！"

"你以为我会害怕田荣、彭越之流？我偏要这么做，看看谁敢与我作对！来人！昭告天下，废韩成韩王之位，贬为侯！"

出了霸王宫，韩成一个劲地埋怨张良，怪他不该这样硬顶，惹得项羽生了气，张良道："今日顶也是如此，不顶也是如此，项羽已经决心赖账，靠乞求是不可能从他手里讨回公道的。"其实张良本来就不同意韩成来彭城，他知道不会有什么结果，但是韩成执意要来，他不能把一国之君撇下不管，他跟着韩成来，只是为了尽到做臣子的义务。

"那现在怎么办？"

"马上离开彭城，否则我王有性命之忧。"

"我不走，一日不讨回这个公道，我一日不离开彭城，死也要死在彭城！"

张良劝了韩成半天，韩成说什么也不肯走，张良也只好陪着他暂住在这里。不久，刘邦打出了汉中，项羽下令将张良和韩成抓了起来。韩成死在狱中。多亏有项伯相助，张良才得以逃脱。

第四章 暗渡陈仓

汉中地名的由来是因为其地位于汉水中游,且横跨汉水。《汉中府志》说是因为"郡临汉水之阳,南面汉山,故名汉中。"汉中是中华民族的重要发祥地,早在二十万年前就有人类的祖先在此繁衍生息。"华夏"一词的由来即源于汉中,古时称秦岭为华山,称汉江为夏水,而汉中恰恰是秦岭呵护和汉江滋润着的一块儿风水宝地。汉中自古就有"天汉"之美称,《诗经》中有"唯天有汉,鉴亦有光"的句子,而在古人眼里,天上的银河和地上的汉水是相对应的,汉水是效法天上的银河而存在的,并且放射着同样的光辉。因此,汉与大是联系在一起的,古汉语中的"漢"字下面就是一个"大"。在某种意义上汉就是大。

刘邦来到汉中后,秦汉中郡守田叔立刻赶来拜见。刘邦听说此人为官清廉,政绩卓著,又让萧何到民间了解了一下,果真是个贤才,官声也不错,便继续留用,让他负责民间事务的管理。田叔听说刘邦要来汉中,早就把自己的郡府腾了出来,稍加修缮,作为刘邦的临时住所。后来刘邦得了天下,此处便作为重要历史遗迹被保存了下来,称为汉台。古汉台一直被视为汉室基业的象征,历代名人经常来此凭吊,北宋张少愚有"留此一抔土,尤为汉家基"的诗句流传至今。

来到汉中后,刘邦不再为分封的事烦恼,在田叔和萧何的陪同下,认真考察了这里的山川地理民俗,确信来这里是天命所归。后来的历史也告诉我们,恰恰是因为刘邦从这里出发,统一了天下,使这个古老的民族树起了大汉雄威,获得了周围国家和少数民族的推崇、尊敬,才把我们的人民称为汉人,文字称为汉字,于是才有了汉族、汉人、汉字、汉语等称谓和文化积淀,就连人们称赞一个男人也说"彪形大汉"、"像条汉子"。大不列颠百科全书对汉族的解释说:"汉族的形成,始于汉代。"

汉中,给了汉军休养和喘息的时间,给了汉军可靠的根据地和后方,也给了刘邦夺取天下的信心。刘邦在这里养精蓄锐,正在酝酿一场让整个世界感到震惊的军事行动。

一日,韩信请刘邦来阅兵,他让人把樊哙也带来了,令其坐在台上观摩。诸将的队伍排成一个个方阵,随着旗鼓的指挥,迈着整齐的步伐,高喊着"收复关中,扫平天下"的口号依次经过拜将台前,每支队伍经过台前时,主将便发出向右看的指令,士卒们随着口令整齐地转过头来向汉王刘邦行注目礼。刘邦大喜,道:"这才像支队伍。"

　　检阅完部队,开始演练阵法。韩信高举令旗,十万大军随着他的指挥,不断变换着队形,忽而聚起,忽而散开,阵形一会儿圆一会儿方,一会儿成八卦形,一会儿成太极阵,往来穿梭,丝毫不乱,看得刘邦眼花缭乱。演毕,韩信向刘邦说道:"这支队伍现在可以赴汤蹈火而不辞,不信汉王自己试试。"韩信将令旗交给刘邦,刘邦道:"怎么发令?我不会呀。"

　　韩信道:"旗左则左,旗右则右,您随便往哪边挥,队伍就跟着您的旗帜走。"刘邦觉得很新奇,将旗使劲朝左面一挥,十万大军迈着整齐的步伐向左面走去,刘邦又将旗帜向右一挥,队伍又向后转,回来了。刘邦问:"那我怎么让他们停下来?"

　　韩信道:"将令旗高举正中即可。"

　　刘邦收了旗帜,队伍停了下来。刘邦问:"向前呢?"

　　"擂鼓。"

　　"向后呢?"

　　"鸣金。"

　　"可是刚才我并没听见你擂鼓鸣金哪。"

　　"这是为汉王阅兵采用的令旗指挥,打仗的时候要金鼓旗帜并用。"

　　"我说的呢,我刚才还纳闷,打起仗来将士们向前冲锋,总不能老是回头看令旗吧?你用金鼓试试。"

　　韩信令人擂起战鼓,只见周勃的队伍向前走去,刘邦问:"其他的队伍怎么不动?"

　　"这是鼓语,叫谁动谁动,各部将领都能听懂。"

　　"这玩意真好,我们那时候打仗,全靠扯着嗓子喊,根本听不见,这可比喊声大多了。"

　　刘邦和韩信说着话,周勃的队伍已经走到了河边,鼓声停了,队伍也在河边停了下来。韩信将鼓槌交给刘邦,道:"汉王亲自试试。"

　　"你这不是有鼓语的吗?怎么敲?"

　　"您敲两下停一下,就按这个节奏敲。"

　　刘邦按照韩信说的使劲敲了起来,部队继续前进,前面的部队走进了河水当中,刘邦停了下来,队伍也停下了,韩信道:"汉王别停。"刘邦道:"不停队伍就走到河里去了。那还不乱套啊?"

　　"不会乱的,不信汉王试试。"

　　刘邦又敲了几下,队伍果然又朝前走去,前面的将士已经走进没膝深的水中,整个队伍矛戟旗帜依然不乱,刘邦停止了击鼓,叹道:"我今日知将军能带兵矣!赶快鸣金让他们回来吧!"韩信下令鸣金收兵,刘邦回过头来对樊哙说道:"这回你该服气了吧?快来给大将军认错。"

樊哙亲眼目睹了这场阅兵，看到自己过去的部队一个月内变成了这个样子，简直不敢相信自己的眼睛，他心服口服，立刻跪下给韩信磕了个头，嘴里说道："请大将军恕罪！"

韩信将樊哙扶起说道："樊将军请起，我韩信在投汉王之前就已闻知将军大名，可以说仰慕已久，对樊将军之为人深表钦佩。我这样做完全是为了汉王统一天下的大业，还请将军见谅。"

"大将军放心，我樊哙不是那种小肚鸡肠的人，今后你指到哪儿我打到哪儿，我要是和大将军记仇，那成什么人了！"

"那好，樊将军速速回营去，一会儿还有重要事情派你。"

"诺！"

阅兵式结束之后，韩信约了萧何来见刘邦。刘邦正和韩公子信说话，萧何见公子信在场，打趣道："真巧，两个韩信碰到一起了。我来给你们引见一下，这一位是韩国公子韩信，这一位是汉大将军韩信，不知二位谁是真信，谁是假信？"

公子信道："君子有信，有信者皆信，汉王若不信，请问韩信。"

韩信也不甘示弱，道："公乃国（姓）信，信乃家信，然一笔写不出两个信，既然有信，汉王不妨全信。"

说完，四个人哈哈大笑。笑完了，刘邦忽然指着韩信腰间的佩剑说道："你这把剑我看着怎么这么眼熟啊？"

韩信解下剑来递给刘邦，道："这就是传说中的干将、莫邪剑。此为莫邪剑，是雌剑，还有一把雄剑不知流落何处。据说并得两剑者必得天下。"

公子信道："臣也听到过这样的说法。"

刘邦没有答话，从墙上摘下自己的佩剑，韩信问道："这就是汉王斩白蛇的那把剑？"

刘邦点了点头，把两剑放在一起比了比，谁知两剑刚到一起，还没拔出鞘来，就发出一阵悦耳的鸣声，嘤嘤嗡嗡，似小儿低语，又似金玉敲击出来的乐声，四个人都觉得甚为奇怪，一起凑过头来看剑，韩信惊讶地说道："汉王所佩正是干将剑！"大家仔细看来，两支剑的长短、剑鞘装饰都一模一样，只是剑鞘上一支上面雕的是龙纹，一支是凤纹。刘邦又将剑抽出来，两支剑放在一起，不仅鸣声比刚才更加响亮清晰，而且放射出一股奇异的光芒。韩信惊呼道："没错，就是它！"

公子信道："看来汉王真的要得天下了。"

刘邦道："说这话还早，况且我也并未得两剑。"

韩信："臣愿将此剑献给汉王。"

刘邦道："我怎能夺人心爱之物？况且那也不是天与，而是人为，我不信那些，你自己留着吧，马上要打仗了，大将军怎能离得了它？"

萧何道："怎么不是天与？大将军连人带剑都来到汉王麾下，岂不正是天意？"

公子信坐了一会儿，看他君臣有话要说，便借故告辞，萧何因为公务繁忙，便和他一起走了。剩了刘邦和韩信两个人，刘邦揶揄道："大将军公务如此繁忙，今天怎么有空光临我这里了？"

"汉王休要怪罪，臣今日是专门献计来的。"

"噢！你闲了？可是今日我国务繁忙。"

"果真如此，那臣就不打扰了。"说着，韩信起身要走，刘邦道："你给我站住！少跟我玩这些花花肠子，明知道我找你找了一个月了，还故意跟我卖关子，你说，为什么要躲着一个月不见我？"

"臣初来乍到，人微言轻，汉王疑我无能，我料汉王必不能用我计。故避而不见。"

"你不是说一个月后还要送我什么礼物么？你是说这把剑？"

"非也。"

"你还有什么好东西？拿出来我瞧瞧。"

"臣已送给大王了，上午的阅兵式即是臣的觐见礼。"

"哦，你说的是这个，不错不错，比什么礼物都好。"刘邦高兴起来，"快说说你下一步的打算。"

"汉王日夜所盼者，无非东归以图天下也。"

"废话，这还用你说！快说什么时候归，怎么归？"

"臣以为越快越好，此地不宜久留。目前东归有种种有利条件，项羽贬谪汉王，诸侯不服，人心向汉，此其一也；项羽火烧咸阳，残害关中百姓，坑杀二十万降卒，关中百姓对其所封章邯、董翳、司马欣三王恨之入骨，日夜盼汉王归，民心可用，此其二也；汉军将士皆关东人，日夜歌思东归，军心可用，此其三也；有此三者，可一举收复关中。如若久待，将士们在此娶妻生子，人皆自宁，恐大王就难以争权天下了。"

"说得不错，可具体的步骤呢？"

韩信早已成竹在胸，如此这般一说，刘邦不禁拍案叫绝："太好了！"稍稍停了一下，刘邦又说道，"按你刚才说的，收复关中可能是问题不大了，可是平定了关中之后呢？"

"大王担心的是项羽是吗？"

"正是。"

"项羽并不足畏。"

刘邦道："说实话，我还真有点怕他，和楚军较量，目前咱们可能还不是对手。"

"非也。大王了解项羽吗？"

"在一起打过几次仗，谈不上有很深的了解。"

"臣试为大王言之，大王看对不对。项羽之骁勇，天下无双，阵前一声厉喝，虽成百上千人不敢近前，然不能任属贤将，采纳人言，故其骁勇不过匹夫之勇；而大王知人善任,从谏如流,天下豪杰之士竞相来投,此其可胜一也。"刘邦点了点头,韩信继续说道,"项羽待人恭敬慈爱,言语呕呕,人有疾病,涕泣而分食饮,而诸将有功当封赏时,却思来想去不肯割舍,此所谓妇人之仁也。而大王使人攻城略地,所降下者因以予人,与天下同利,此其可胜二也。"

刘邦听得很认真,不自觉地把椅子朝前挪了挪。

"项王残暴,所过之处无不残灭,民怨甚深,百姓畏于其威而不敢言;大王仁厚爱人,所过之处秋毫无犯,百姓争相拥戴,如水之载舟,此其可胜三也。"

"说得不错。"

"项王不守信,有背义帝之约,分封诸王皆其亲爱者,诸侯不平,又迁义帝于江南而杀之,是为反者树旗,必将致使天下大乱;而大王重言守诺,布信于天下,此其可胜四也。大王诚能反其道而行之,战胜项羽不难。"

听了韩信的分析,刘邦心中顿觉云开雾散,对战胜项羽充满了信心:"走,到军中看看去!"

阅兵式结束后,部队转入了兵器、武功训练。将士们皆知不久就要打回关中去,因而精神十分振奋,训练很刻苦。樊哙没有参加训练,而是带了一万人马去修复栈道。韩信要求三个月完工,樊哙立下军令状,保证按时竣工,可是到了工地上一看就傻眼了。悬崖峭壁上布不开人马,只能修复一尺,推进一尺,纵有千军万马也使不上劲。樊哙召集他的部属一起想办法,诸如悬空作业、日夜轮班、分段施工等等办法都想到了,还是效果不大,一个月过去了,才修复了几里路,照这样速度,别说三个月,就是三年也修不完,急得樊哙整天提着鞭子在工地上转来转去,哪个士卒动作稍慢一点,便一顿鞭了抽过去。有一天,韩信到工地上来视察,见工程进展缓慢,斥责道:"怎么才修了这么一点?"

樊哙见过军礼,答道:"启禀大将军,人马无路可走,不能全线同时施工,只能一步一步地往前推进。"

"我不管这些,我只要求三个月完工。"

"三个月实在困难,不是将士们不努力,是没办法。"

"没办法想办法,有困难解决困难,没困难要你来做什么?"说完,韩信拨转马头就要走。

"大将军!"

"什么事?"

樊哙看着韩信,想说又不敢说,韩信道:"樊将军怎么变得这么黏黏糊糊的,有话快说,我还忙着呢。"

"从这里出关恐怕不行,莫说三个月修不好,就算修好了,章邯只需派一支伏兵守在谷口,咱们谁也出不去!"

"谁说的？出得去得出,出不去也得出,大军还没出师就说这种丧气话,亏你还是个将军!"

"当然,话不该这么说,我是给大将军提个醒。"

"是我当大将军还是你当啊?难道我还不如你吗?让你们修就赶快修,休得再胡言乱语,三个月修不好,我要你的脑袋!"

"诺!"

韩信飞马离去。工地上,大家看见樊哙和韩信在那里争辩,纷纷停下了手里的活,听他们说什么,韩信走后,樊哙把眼睛一瞪,骂道:"都在这愣着干什么? 还不快点干活去!"

樊哙不停地召集神仙会,找当地的老人咨询,怎样才能加快进度,这个从来不思考问题的人这次可真动了脑筋,工程进度也加快了不少,但是按韩信的要求依然差得远。正是大夏天的,骄阳似火,动一动就是一身汗,士卒们吃尽了苦头,樊哙手里提着鞭子,来回不停地督促着、喝骂着,生怕有一点延误。一天中午,樊哙正在工地上督促进度,忽见刘邦的侍卫赵尧骑着马来了:"樊将军,汉王有令,让你立刻停工,率领全部人马回南郑。"

"怎么? 栈道不修了?"

"不修了。"

"还是汉王英明,我说的么,这么修法,哪年哪月才能完! 停工!"

樊哙跟着赵尧回到南郑大营,大营早成了一座空营,只有御史大夫周苛和周昌兄弟俩领着几个人在做善后,樊哙问道:"这是怎么回事?"

周苛道:"汉王命你留守南郑待命。"

"汉王呢?"

"汉王和大将军三天前就率兵走了,这会差不多已经把关中平定了。"

"什么? 打关中怎么不叫我一声? 韩信这个王八蛋,他把我骗了!"

汉元年八月,韩信率领十万大军从故道(今甘肃两党县)出,渡过渭水,占领陈仓,以雷霆万钧之势迅速收复了关中。

陈仓在樊哙修栈道的子午谷西面大约五百里处。章邯一直在关注着汉军的动向,听说刘邦任用了一个钻裤裆的小儿做大将军,又在修复栈道,准备收复关中,章邯暗自嘲笑道:"慢慢修去吧,等你修好了,我这里早已经是兵强马壮了。"因此,章邯毫无戒备,连章邯派到南郑的密探都被韩信蒙蔽了,他们不断地向章邯报告汉军训练和修复栈道的情况,并且私下里嘲笑汉军竟然企图收复关中扫平天下。正当他们得意忘形的时候,发现汉军一夜之间突然不见了。汉军究竟要朝哪个方向运动,他们也判断不准,只好先将这一情况报告给了章邯。章邯接到密报之后,对着地图找了半天,还没有判断出汉军的进攻方向,陈仓守军派人来报,汉军已打到陈仓了。章邯一面传令让陈仓守军死守待援,一面率领援军来援陈仓。

汉军与章邯军在陈仓展开了一场激战。兵法云,穷寇勿迫,归师勿遏。汉军将士人人思归,各个如猛虎下山,章邯军哪里抵挡得住?战不多时便开始溃退,汉军乘胜追击,一直追出两百多里,章邯军退到好畤(今陕西乾县东)。章邯好不容易止住了溃退,汉军又杀了过来,章邯率军守了两天,损失很大,他担心汉军去劫他的都城废丘,不敢在好畤久留,率领剩下的人马退回了废丘,据城死守。

章邯毕竟在废丘经营了几个月,废丘周围布满了鹿砦、滚石,汉军一时攻不下来,韩信不想在这里耽搁太久,因为汉军这次行动,全靠出奇制胜,速度决定一切,时间一久,便失去了奇袭的效果。远的不说,单是关中三王的人马集中起来对付汉军,汉军就难有胜算。可是章邯军不解决毕竟还有后顾之忧,倘若贸然东进,章邯从背后杀来,汉军将陷于十分被动的局面。正在两难之际,关中的百姓们推举了几位代表来找刘邦,要求协助大军攻打废丘。

关中百姓恨透了章邯,听说汉军来了,早有几万农民军自动组织起来,从四面八方向废丘开来。百姓们对刘邦说:不须汉王动手,我们要自己亲手除掉关中这一害。

韩信一看有这么多农民军,立刻放心了,他只留了郦商带领几千人马指挥农民军攻城,同时命令樊哙火速进关,解决废丘之敌,然后继续挥师东进,直指栎阳。塞王司马欣闻知汉军进关,章邯大败,料不能敌,于是开门投降。关中三王已经拿下两个,刘邦打算分出一部分兵马去打翟王董翳,其余的人赶快布防四周关口,韩信道:"关中如此之大,靠汉军十万人马是守不住的。"

刘邦道:"守不住也得守,不然咱们到关中干什么来了?人马不够可以扩充嘛!"

韩信道:"我军初到关中,立足未稳,如若分兵把口,采取守势,诸侯军立刻就会打进关来。到那时,顾前顾不了后,各处守军很容易被诸侯军各个击破。因此,必须采取以攻为守的策略,打出函谷关去!"

刘邦简直不敢相信自己的耳朵了,惊讶地问道:"你说什么?打出函谷关去?"

"对,而且越快越好,诸侯军绝对料想不到我军会在这个时候出关,我们就打他个出其不意,措手不及!"

"照你这么说各个关口都不守了?"

"对,消极防守是守不住的,如今必须使绝大部分部队处于机动状态,集中起来打运动战,打得诸侯军胆寒,不敢进攻关中。"

"那对翟王董翳怎么处置?"

"董翳那里派灌婴率领一万骑兵就可以解决了。"

"其余的人呢?"

韩信打算派曹参、卢绾、周勃率领三万人马出函谷关,平定河南,同时派吕泽、吕释之兄弟率两万人马随后守住函谷关并伺机接应曹参,派韩公子信率领两万人马出武关,防止项羽从南部进犯关中,刘邦见兵力太分散,十分担心,道:"战线是不是拉得太长了？"

韩信道："兵贵神速。此次进关，全仗出其不意，关中广大，必须速战速决，不给诸侯以喘息的机会。否则，一旦他们醒过梦来，联合对付我们，后果不堪设想。"

"这样关中岂不成了一座空城？"

"兵法云虚则虚之，实则实之。这样虽然有些冒险，但是比之消极防守要安全得多。"

刘邦听从了韩信的意见，各路大军纷纷领命出发，刘邦身边只剩了不到一万人马，尽管韩信很有信心，刘邦还是捏了一把汗，万一有个意外情况怎么办？韩信道："请汉王放心，这样的打法是到敌后去打，把敌人都引到几百里以外去了，他们哪还顾得上来打关中？"

诸将走后，刘邦坐立不安。他不仅担心关中和自己的安全，更重要的是怕一下把这点老底折腾光了，几年来的心血就白费了。韩信看出了刘邦的心思，道："汉王不必为前方战事焦虑，曹参乃百战之将，即使一时打不赢也不会轻易输掉，公子信面对的是小股楚军，并无太大风险，汉王若无事，可随我到废丘转转，咱们先把章邯解决掉。"

刘邦和韩信来到废丘，樊哙大军已经到了。章邯知道自己没有退路，因此拼命死守，樊哙和郦商几次组织攻城都没有成功。樊哙见了韩信，本想骂他一顿，但是自己没拿下废丘气也不壮，因此，也不和刘邦、韩信打招呼，还在那里气急败坏地指挥攻城，韩信道："樊将军，把你的部队交给郦将军指挥吧。"

"干吗？"

"跟我和汉王去转转。"

"我哪有工夫跟你们闲转？等我攻下废丘再说吧。"

"我让你走你就走，别罗嗦！"

樊哙向副将交代了几句，骑了匹马跟着刘邦、韩信向南去了。

樊哙问："咱们这是上哪儿去呀？"

"跟我去察看一下地形。"

三个人边走边说着话，樊哙道："大将军，上次你打了我一百军棍，我心服口服，可是这次我不服。"

"你有什么不服的？"

"你事先明明知道三个月修不好栈道，干吗要骗我？"

"兵不厌诈嘛。"

"你怎么连自己人都诈呀？"

"谁说我诈自己人？我那是诈章邯，哪是诈你？"

"那为什么不跟我明说？"

"你不是都已经看明白了吗？那天不是你告诉我的吗？就算修好了栈道，咱们也过不去。当着那么多人,你让我怎么回答?"

"就算是我的错,可是你们都走了,还让我在那傻修了好几天,这有点不够意思吧?"

刘邦插言道:"让你停下来,那不等于告诉章邯我们不从这儿走了吗?"

"呵呵,我真笨!"樊哙憨厚地笑了。

三个人走了不远,来到渭河边,韩信下马趟着河水走了一段,试了试水深,又骑上马沿着上游下游各跑了十几里路,樊哙问道:"大将军这是做什么?"

"我看你攻城伤亡太大,想给你省点力。"

"水攻?"

"又让你猜对了。"

当天夜里,韩信命郦商部监视城里敌军的动向,将农民军和樊哙的部队集合起来,一夜之间将渭河拦腰截断了。同时,开始在废丘周围修筑一个环形大坝,将废丘围了起来。百姓们心齐,不多时日,大坝就筑好了,渭河水位也涨得差不多了,韩信将部队撤至坝上,命人掘开了北面的河堤。

废丘离渭河只有十几里,顷刻之间,城内城外变成了一片水泊。大水淹没了民房,甚至漫过了城墙。人马、牲畜以及百姓们的家具、用物纷纷浮上水面,城里的百姓和士兵夹杂在一起,拼命向大堤靠近,以求活命,那些还没有淹死的士卒已经完全失去了抵抗能力。汉军士卒守在岸上等着收容俘虏,救助百姓。章邯还没有死,抱着一块儿木板浮出水面,看见四周堤上都是汉军,他彻底绝望了,爬上一段还没淹没的城墙,拔剑自杀了。

后来,刘邦又重建了废丘,更名为槐里。

过了两天,从塞外传来翟王董翳投降的消息。又过了两天,曹参那边也传来喜讯,河南王申阳率军投降,曹参大军已经占领洛阳。

第五章　王陵归汉

刘邦迅速平定了关中,将关中之地划为六郡:陇西、北地、上郡、渭南、河上、中地,将原河南王申阳所辖之地改为河南郡。刘邦将战事交给韩信,自己则忙着选贤任能、派遣官吏,他发现平日里来他这里求官的人不少,但是真到用人时,可用的却不多。刘邦心里十分着急,一下子到哪里去找这么多人手呢?他碰到的另一个困难是看不懂奏报,一拿起来不是这个字不认识,就是那个字念错了,有些还能连蒙带猜地看个大意,有些干脆看不懂。平定关中后,摊子大了,诸将纷纷领兵而去,再也不能像过去那样,刘邦一挥手,大家往上冲就是了。诸将和各郡县越来越多地采用书面文件请示报告。有萧何、周昌在,他还可以请教,他俩不在就抓瞎了。问人吧,堂堂汉王看不懂奏报实在让人笑话,不问吧,怕把事情耽误了。刘邦恨自己过去读的书太少,开始学习了。一日,刘邦正在看书,萧何进来了,他急忙将书掖在枕头下面,不料萧何已经看见了:"可喜可喜,汉王今日知读书了。"

"谁说我读书来着?方才玉君让我找点点火的柴火。"

萧何忍不住笑道:"点火的柴火为何要掖在枕头下面?啊?哈哈!"

刘邦孩子般地说道:"千万别告诉别人啊。"

"读书是好事,汉王带头读书,是给臣属们做出了表率,为何要瞒人呢?"

"都知道我平日里最讨厌读书人,现在自己却读起书来,岂不遭人耻笑?唉,我问你个字,这个知彼知己,百战不什么来着?"

"哦,原来汉王在读《孙子》,那个字念'殆',一是危险的意思,一是几乎、差不多的意思。"

"就是说百战而无忧?"

"对。"

"他娘的,韩信跟我说话经常带这些字眼,有些我根本听不懂,他肯定看出来了。"

"看出来有什么,难道大将军还会笑话汉王不成?"

"韩信不笑话,碰上生人人家还不笑话你?"

"这就叫知耻而后勇啊。"

"去,少拿我开心!给我讲讲这一段。"

"汉王不是讨厌读书人吗？我也是读书人哪。"

"不讨厌不讨厌，咱们也得多学点，学会了也可以之乎者也去蒙人哪！"

两个人正在打趣，忽然门上通报说张良回来了，萧何道："这不，讲书的人来了！"

刘邦喜出望外，急忙跑出门去迎接，见了张良，一把将他抱起来，原地转了一个圈，然后将他放下，抓着他的两个肩膀，仔细端详了半天，道："你可瘦多喽！"

进得屋里，刘邦一面命人设宴款待张良，一面不停地问这问那。正说着话，忽然发现张良脸色煞白，豆大的汗珠直往下淌，刘邦急忙扶他躺下，命人去叫郎中。

张良大病了一场。在床上躺了一个多月。开始，刘邦急得坐卧不安，一天三次前来探望，有时还亲自为他端汤喂药，生怕他有点什么意外。过了几天，病情有了好转，刘邦才把心放下，他亲自选了一个漂亮姑娘送来，专门伺候张良。那姑娘名叫莺儿，说话也如黄莺一般，嗓音清脆，口齿伶俐，长得如花似玉，而且很有眼色，伺候张良尽心尽力，生怕有半点不周到。张良是有妻室的，起事以后，妻子带着两个孩子一直住在下邳，因为没有一个安定的环境，所以一直也没有接他们母子出来。张良一生对自己要求极严，非礼不视，非礼不听，非礼不动，可是他也是人，而且还年轻，一个天仙似的美女在眼前晃来晃去，也不由得感到心动。刘邦走后，张良就劝莺儿回去，可是莺儿见他病得厉害，躺在床上连动都动不了，加上刘邦有令在先，不敢把他一个人撂在这里，因此，不管张良怎么说，就是不走。张良病体虚弱，只好暂时让她留下。莺儿每天给他洗脸、梳头，伺候汤药茶饭，殷勤备至。过了几天，张良感到精神好多了，身上似乎也有了力气，便让莺儿扶着他下地走走，莺儿过来，拉起他的手，张良觉得那只手是那样的绵软光滑，心中不由得一阵悸动，脸上泛起了两团红晕，于是急忙把手抽回来说道："算了，我自己来吧。"莺儿不明就里，还要上来扶他，张良厉声说道："别碰我！"

莺儿不明白是怎么回事，问道："大人这是怎么了？是莺儿有什么做得不对么？"

张良红着脸说道："不不不，这和你没关系。你走吧。"

"大人让我到哪里去？"

"从哪里来就到哪里去。"

"是汉王派我来伺候大人的，没有汉王的命令，臣妾不敢回去。"

"汉王那里我去和他说，你放心走吧。"

"可是……"

张良火了："让你走你就走，还可是什么？快走！"

莺儿不敢再申辩，急忙收拾东西走了。张良从来没有和人发过这么大的火，莺儿走后，自己也觉得不该这样待她。过了一会儿，刘邦来了，问道："你怎么把我派来的人打发走了？是不是看不上她？你要是觉得不满意，我让人再给你送几个过来，你自己挑。"

张良道："谢谢汉王的好意,臣自幼多病,不宜多近女色。"

"子房都快成圣人了,居然可以坐怀不乱。"

"坐怀不乱还做不到,目前至多只能做到闭门不纳。"

"就算你不想纳,留下伺候你也好呀,长得那么漂亮,看着心里也舒服,病也就好得快了。"

"留下只能扰乱心神,恐怕病得更厉害了。"

"你的心神也会乱?啊?哈哈。"

"凡夫俗子,哪能没有七情六欲?不过知节制而已。我劝汉王也适当节制一些,汉王戎马倥偬,日理万机,身体要紧。"

刘邦脸一红,道："我不怕,我宁可少活几年。人生在世就那么几十年,想那么多干什么?你们这些读书人清规戒律太多,这么着吧,明天我派人到下邳把弟妹和孩子接来。身边没个人照顾哪行!"

两个人正说着话,玉君提着个篮子进来了,篮子里装了几样精致的小菜,是她特意给张良做的。玉君打开篮子一样一样摆在桌子上,张良看了一眼,道："多谢夫人好意,以后别再麻烦了,这些东西臣无福消受。"自从张良病倒以后,每日只吃些五谷杂粮、清水煮菜,一点荤腥都不沾,病好之后依然如此。刘邦劝道："这怎么行?吃那点东西身体哪能撑得住?我还指望你帮我打天下呢。"

"臣正要向汉王禀报此事,臣这次回来,心灰意懒,不想再参与天下的战事纷争了。"

"为什么?当初你弟死不葬,以万贯家私求客刺杀秦始皇;为了复韩又花了那么多年的心血去读书求学,现在突然罢手,不是半途而废了吗?你不是这样的人吧?"

"汉王只知我这一面,还不知我另一面。臣年轻时不谙世事,有些轻狂,后来读了些书,渐渐开始厌恶人世间的纷争,无时无刻不想逃避。春秋以来,几百年战事不断,生灵涂炭,国无宁日。尤其是眼前这场战争,是我亲眼目睹的,看见那些四处漂泊的难民和漫山遍野的死尸,我心里都发抖。韩王之死,让我想了很多,人们这样争来争去到底是为了什么?不就是为些吃、用、钱财、地盘么?我若想要这些,早就有了,又夹杂在其中做什么?我不争行不行?过去韩王在,还有些割舍不下,现在我已经是一身轻了,真想找个清净地方,种几亩薄田,钓几尾闲鱼,读一点杂书。不知汉王能不能满足臣的这点心愿。"

"看来你是想当神仙哪。行啊,我满足你。关中这么大地方由你挑,你愿意种哪块地就种哪块,愿意种多少就种多少,萧何那里有的是书,你喜欢读什么就读什么。别说这点要求,你要什么我刘邦都舍得给。可是,这关中还没说姓刘呢。过两天项羽就打来了,你不帮我,让项羽来把我灭了,他能让你安安稳稳种田读书吗?"

张良沉默良久,没有说话。

"子房,眼下天下大势未定,你想当隐士也当不成。我也不想打仗,可是由不得人哪。你就别瞎想了,索性帮助我把天下安定了,让老百姓都能过上安居乐业的日子,那时你想做什么我都依你。"

张良没有再说什么。过了一会儿,问:"不知公子信现在何处?"

"他不在关中,出武关去了,估计这会儿在你们韩国地盘上。你找他干吗?"

"我得对他有个交代。"

刘邦大喜:"子房,你想通啦?"

第二天,刘邦封张良为司徒。接着,又令人从前方召回韩公子信,韩信听说韩王已死,抱头痛哭了一场,惹得张良也跟着落了半天泪。等韩信稍稍冷静一点,张良道:"公子节哀,如今复韩的重任已经落在你的肩上了。"

韩信道:"大司徒何出此言?我年轻不谙世事,复韩之事全仰仗先生,晚辈绝不敢僭越。"

韩信本是韩成的晚辈,张良一直辅佐韩成,因而韩信以晚辈自称。

"公子差矣,公子乃韩室贵胄,理当继承大统,谈何僭越?况且,公子文武兼备,德才并茂,胜良十倍,就不要谦让了。"

刘邦知道下面的话张良不好说,于是接过来说道:"好!我就封你个韩王,趁着项羽跟田荣打仗,这会顾不上这边,你马上去就国,若是人马不够,我给你。"

"谢汉王。不过韩国离了大司徒可不行。"

"这个你可别想,当初韩王在世时我们就说好的,我帮你们复国,你们得把子房借给我。"

韩信苦笑道:"汉王这哪里是借,分明是抢嘛。"

"借也罢,抢也罢,反正你休想把他带走,别的你要什么都行。"

张良道:"公子,汉王盛情难却,就不要勉强了,虽然韩已复国,然仍在汉王麾下。本来就是一家人,不用分那么清楚。如若不是汉王相助,单凭子房一介书生,哪有韩国立足之地?"

"就是,本来就是一家人嘛,你有什么难处,我刘邦能看着不管吗?"

韩信无奈,只好带着人马回前线去了。

韩王信出关走的仍然是刘邦进关的路线,从武关出关,准备经南阳去都城阳翟,半路上听说项羽也封了一个韩王,名叫郑锠。这个郑锠不在戏下封侯的名单之中,是项羽杀了韩王成之后才封的,此刻项羽正在齐国忙着对付田荣,他已经得知刘邦出关,害怕刘邦派人偷袭他的后方,于是匆匆忙忙封了一个郑锠到这里来先顶着。韩信听说后,十分气愤,因为郑锠占的正是他的故土,他急于要打回韩国去,替韩王成报仇,于是下令部队日夜兼程,向韩国进发。不料部队刚到宛城就遇到了强烈的阻击。韩信以为是郑锠的部队,下令猛攻,但是对方打得非常顽强,部队攻了半日攻不下来,前方一个校尉来报,说守宛城的部队不是楚军而是王陵的部队。韩信不认识王陵,于是来到城下,喊对方主将出来讲话。

　　王陵自离开薛城之后,一直是孤军奋战,到处打游击,在秦军和诸侯部队的夹缝里求生存。王陵很自负,无论是项梁、项羽还是刘邦,他都没放在眼里,以他的性格,不想依附于任何人,再加上在薛城受到宋义和龙且的欺侮,更不愿意依附在别人麾下,一心要自己打出一番天下。但是经过两年多来与秦军的较量,他深感一己之力的单薄,不但与秦军作战每每失利,有时碰到义军还要提防着被兼并。稍不小心,就会被人吞吃掉。他的兵马一度曾发展到上万人,后来又听说怀王有先入关中者为关中王之约,便也想试试自己的实力,从薛城附近一路向西杀来。到了商南,只剩了不到三千人了。刘邦经过商南附近打进武关的时候,他就在附近打游击,对刘邦的行踪一清二楚。看到刘邦在短短一年多时间内发展到五六万人马,王陵心中十分佩服,有心归附,但是看到刘邦兵强马壮,自己被秦军打得狼狈不堪,不愿意在这个时候去见刘邦,于是带着自己的部队悄悄进山藏了起来。后来听说刘邦和项羽先后进了关中,觉得天下大事已定,有点心灰意冷。他没想到,刘、项进关之后,诸侯为了争夺封地,纷纷带着自己的部队随项羽进关去了,没有进关的田荣和彭越等人远在齐、梁之地,韩国一带成了真空地带,王陵大喜,真是天赐良机,于是他放手招兵买马,扩大地盘,很快招募了四五万人马,在宛城一带给自己打出了一块儿天地。趁韩王成不在,他又顺便吞并了不少韩国旧地。项羽得知以后,便派了郑锟前来征讨。两军在这里已经相持了数月,旧韩国之地,大部分为郑锟夺去,而宛城一带,仍在王陵控制之下。两军以伏牛山为界设下防线,在这里打拉锯战,可以说是势均力敌。正在这时,韩信率军打了过来,王陵顿时处于腹背受敌的境地。

　　韩信来到城下,早已有人告诉他,王陵乃沛县人,当初是和刘邦一齐起义的,韩信心中有了底,让城上守军请出王陵讲话。

　　王陵来到城上,问道:"来将何人?"

　　韩信道:"在下韩信,奉汉王之命前来收复故土。请将军快快开门受降,以免城中军民遭大军屠戮。"

　　王陵道:"汉王刘邦乃我故人,然不知将军何方人士,竟然口出狂言,曰收复故土,请问何为故土?"

　　"将军可能还不知道吧,我乃韩国大将军,汉王已封我为韩王,请将军快快开门受降才是。"

　　王陵冷笑道:"你还有脸自称韩国大将军,你身为一国之将,不能安国保君,令韩王死于项羽刀下,反来窃取韩国故土,可知天下有羞耻二字?你果真有胆量前去收复故土,请绕道而行,去打郑锟。我王陵可以给你让开一条路,绝不阻拦,若没有那个胆量,休得在这里无理取闹,还是赶快带着你的人马回关中去吧!"

　　韩信被王陵说到疼处,顿时大怒,道:"王陵,你不要敬酒不吃吃罚酒,我来劝降是给你一个机会,如若不降,我可要攻城了!"

"不怕死的就来吧,我王陵不降你这种败军之将。"说完,王陵走下了城墙。

韩信见劝降不成,于是下令继续攻城。但是连攻了几天丝毫没有进展,部队伤亡很大。有部下劝道:"韩王不可意气用事。王陵与汉王毕竟是故交,何不派人报告汉王,派人来与王陵谈判?果真派一辩士前来,晓以天下大意,要使王陵归顺不难。"

韩信问道:"出关以后,诸将攻城略地,战功卓著,我韩国军队连个宛城都拿不下来,有何面目去见汉王?"

"我王不可固执。戏下分封之后,天下大致已定,如今战端重开,乃刘、项两家争天下,王陵夹在两强之间,必然投靠一方,否则只有死路一条,今若逼之太甚,王陵必然投靠项羽,如若王陵与郑锠联起手来对付我军,复韩的难度就更大了。"

韩信有心采纳这个建议,但是实在觉得面子上下不来,下令继续攻城。过了两天,果然听说郑锠已经派使者进了宛城。韩信不敢再攻,下令部队后撤十里,派人去报告刘邦,同时也向宛城派出了谈判使者。

半个月后,萧何匆匆忙忙地从关中赶到了宛城。萧何到了韩信营中,一刻也没停留,直接来到城下,让守城的将士通报王陵,说有沛县故人萧何前来拜见。守城的士卒通报进去,不一会儿,王陵亲自迎了出来。王陵万万没想到萧何会亲自来宛城见他,感动得热泪盈眶。进了城,还没容萧何开口,便把心里话全都倒了出来:"萧丞相,当初王某不自量力,另立山头,企图干一番惊天动地的事业,孤军奋战数年才知自己才疏学浅,不堪大任,要想在强手如林的诸侯征战中打出一片立足之地绝非易事,即使能够暂时偏安一方,臣也不愿再孤军奋战下去了。薛城别后,几经挫折,臣已知汉王德才胸怀均在我之上十倍,今愿投在汉王麾下做一个摇旗呐喊的马前卒,不知汉王还肯不肯收留我?"

萧何道:"王将军把话说到哪里去了,薛城别后,汉王时时念起将军,无日不思能与将军共谋天下大业,岂有不容之理?本来汉王要亲自来宛城接你,无奈战事脱不开身,所以才让我来拜见将军,并且嘱我,将军但有所求,无不应允。"

"丞相说这话就见外了,我王陵一无所求,只想助汉王一臂之力,以迅速扫平天下。"

萧何相信他说的是真话,王陵这种人,要想强迫他做什么是不可能的,但是一旦归顺,就会义无反顾地真心相助。于是说道:"那我就小看将军了,适才若有言语冒犯之处还请将军海涵。"

"丞相与我相知多年,在下怎会和丞相计较什么说话深浅,今后在汉王麾下供事,如有不妥之处,还请丞相多多指教。"

"你一口一个丞相,叫得我心里发毛,还是像在沛县那样直呼萧何的好。"

王陵不好意思地笑了笑,但萧何二字始终叫不出口。两人各自表明了心迹,关系立刻变得融洽起来,于是王陵问道:"不知汉王近来可好?两年多没见了,真想立刻见到他,看看这位当年的小亭长究竟是用什么征服了天下人心以及丞相这样的大英雄。"

"汉王很好,此时大概正在率军攻打魏国。如今汉王指挥千军万马如心之使臂,臂之使指,得心应手,再也不是当年那个小亭长了。将军若想见他,可将部队交韩王指挥,立刻随我到关中去。不知将军是否放得下心?"

"既然丞相这样安排有何不放心的?咱们说走就走,明日起程如何?"

"如此甚好,因为我还要回关中去料理后方,耽搁不得。"

萧何和王陵并肩从宛城走了出来,韩信见了大吃一惊。当下,王陵将兵马移交给韩信,第二天便跟着萧何走了。

第六章　知遇

　　曹参占领洛阳之后，关中获得了彻底的安定。汉二年(公元前205年)三月，刘邦亲自率军从临晋渡过黄河，收复魏地，魏王豹无条件投降并以国相属，率军随同汉王一起向东进军。

　　同月，韩信收复了殷国，生擒殷王司马卬。汉改殷地为河内郡。刘邦与韩信会师于修武。刘邦在修武大宴群臣，汉军将领完全陶醉在这巨大的胜利当中，一个个喝得酩酊大醉，刘邦自己也有了七八分醉意，与将领们一起猜拳行令，狂歌乱舞。打下关中之后，萧何就留在了栎阳，负责镇守关中和大军的粮饷及后勤供应，张良还在关中养病没来，全军上下只有两个人还保持着清醒的头脑，一个是韩信，他在筹划下一步的作战方案；另一个是郦食其。酒宴上，郦食其见刘邦已经喝得差不多了，便上前劝道："汉王可愿出去醒醒酒？"

　　"到哪儿去？有美人吗？"

　　"有，有。"

　　"想不到你这个老家伙还会干这个，你是从哪儿弄来的？"

　　"全国各地，哪儿的都有。"

　　"吹牛！"

　　"……"

　　郦食其将刘邦扶到自己帐中，命侍卫给刘邦泡了一杯浓茶，刘邦东瞅瞅西看看，问道："你不是说有美人么？在哪里？"

　　"等大王得了天下，天下的美人任您挑选，还愁找不到美人？"

　　刘邦醉醺醺地说道："原来你小子骗我，我还没喝够呢，走，再扶我回去！"

　　"大王不能再喝了，再喝就要误事了！"

　　"有什么大不了的事情，走，陪我回去再喝一杯！"

　　"大王，项羽就要打来了，难道您不知道？"

　　刘邦一听，酒立刻醒了一半，坐直了身子问道："有消息么？项羽打到哪儿了？"

　　"项羽要打咱们，那还不是说到就到，咱们不能不防啊。汉王，咱们出关以来战事为何这样顺利？就是因为项羽让田荣缠住脱不了身哪，这可是难得的机会。如果我们不抓住这个机会迅速扩大战果，等项羽腾出手来，马上就会杀过来，那时可就来不及了。"

刘邦以为郦食其得到了什么军情密报，一听是这话，立刻泄了气。把身子往后一仰说道："你这老家伙说话怎么没谱呀，我以为项羽真的打过来了呢。"

"这次出关咱们给他闹了个天翻地覆，他能不管吗？就是打不垮田荣，他也会把主要矛头对准咱们。"

"可是咱们不是也没闲着吗？短短几个月的工夫取得这么大战果，这还小吗？"

"我问大王，大王是想得天下呢，还是想就打到这儿为止了？"

"当然是想得天下。"

"如果大王一心想得天下，目前是最好不过的机会。要抓紧时机扩大战果。"

"你以为我不着急呀？我也知道扩大战果，可是部队需要修整，后方需要巩固，再往前打，我哪有那么多兵马？"

"臣有一策，可不用一兵一卒，让诸侯前来归附。"

"什么计策？说来我听听。"

郦食其将自己的想法一一和刘邦说了，刘邦连连点头称是。第二天，刘邦命人布告天下，诸侯以万人或以一郡降者，封万户侯。诸侯闻之，纷纷背楚降汉，从出陈仓算起，出关才半年多时间，刘邦已经平定了半个中国。

取得这样辉煌的战绩，韩信当然是第一功，同时，他也遭到了众将的嫉妒。郦食其刚走，卢绾就来了，喝得醉醺醺的，借着酒劲说道："汉王，这次出征殷国，你怎么敢把大军交给韩信一个人指挥？"

"怎么，有什么不妥吗？"

"韩信带了七八万人马，而且远离关中，跑到了最前线，你就不怕他趁机反了？"

"用人不疑，你们别老这么疑神疑鬼的好不好？"

"用人不疑是不错，可是也不能不防。人心隔肚皮，谁知道他心里是怎么想的？"

别看卢绾平时大大咧咧的，这句话可说到了点子上，过去刘邦只是强调不疑，此刻他觉得卢绾说的这个不能不防很有道理，"嗯，你说得有道理，发现过什么疑点吗？"

"那倒没有，不过我总觉得这个人阴沉沉的，跟谁都不交心，说话倒客客气气的，但是他心里怎么想的你根本不知道，不像沛县出来的这班老人儿，肚子里想什么，全在嘴上挂着呢，一眼就能看透。"

卢绾不过是喝醉了酒，随便说说，刘邦也没在意。过了两天，又有人来说，刘邦也没当回事，可是诸将不停地在他耳朵里吹风，有的说人心隔肚皮，对韩信不可不防；有的说韩信既然能背叛项羽，将来也一定会背叛刘邦；还有的说要接受曹无伤的教训，不可把兵权都交给韩信，等等，不一而足。从沛县出来的一班老将说得最多。出关以来，刘邦对韩信言听计从，众人无论说什么，刘邦都不听，坚决支持韩信，所以韩信才得以在军事上取得这样大的战果。可是刘邦耳朵根子再硬，也经不起这么多人忽悠,他开始对韩信有点不放心了。张良、萧何不在身边,也没个可以商量的人,于是,他将郦食其找来,将众将所言一一对郦食其说了,想听听他的看法,郦食其道:"众将所言不可全信,也不可不防。臣所担心的还不是众将所说的这些,依臣之见,目前韩信翅膀还没长硬,不会做出背汉王之事,怕的是日后尾大不掉。"

"尾大不掉?什么意思?"

"说白了就是:不可将众将所部全部交给他,如果长期交给他调度,天长日久,众将心中将只有大将军而无汉王。"

于是,刘邦任命卢绾为太尉,这样对韩信可以有一点制约。可是,大将军是统揽全军的,太尉也是统揽全军的,究竟谁指挥谁,刘邦却没有明确。众将私下里建议刘邦把指挥权明确下来,刘邦道:"不用了,不用了,就这样吧,这不挺好吗?"其实刘邦心里是有数的,他这样安排有他的用意。

打到修武后,韩信一直没有出门,对着地图思索了几天,拟定了一个长途奔袭彭城的作战计划,考虑成熟之后,他卷起地图兴致勃勃地来到刘邦大帐,一进门,一眼看见刘邦面前的案几上放着刚起草好的任命卢绾为太尉的文书,一下傻了眼,半天没说话。刘邦问道:"找我有事?"

"没,没什么事。"

"你想和我说什么就直说吧,干吗这么吞吞吐吐的?"

"我没想说什么。"

"哦,你看见这个了是吗?别多心,我是看你太忙,找个人帮帮你,打起仗来还是由你指挥。平时嘛,你就多休息休息,让卢绾帮你管管部队。"

韩信知道众将一直在排斥他,刘邦能够力排众议支持他,他从心里感激,可是没想到刘邦也把他当做外人,心里立刻凉了半截,想长途奔袭彭城的那股热情顿时飞到九霄云外去了。他只是答了一声哦,就没有再说什么。刘邦道:"你是不是要和我商讨下一步的作战计划?"

"正是。"

正在这时,一个十四五岁的孩子走了进来。那孩子长得眉清目秀,趋步进前给韩信深深地施了一个礼,道:"大将军在这里。"韩信点了点头,那孩子又冲刘邦施礼道:"汉王,您约的人来了。"

刘邦到修武之后,又纳了一位当地的美人,姓石,长相、性格都很好,只是总放心不下家里,每天都要回去看看,并要给家里带些吃的。刘邦问她:"你家里还有什么人,这么放心不下?"

石美人道:"还有一个弟弟尚未成年。"

"多大了?"

"十四岁。"

"那你就把他带到我这儿来不就行了？"

"我怕给大王添麻烦。"石美人嘴上这么说,心里却巴不得。有了汉王的指令,她立刻把弟弟带到军中来了。石美人的弟弟叫石奋,年龄虽小,却很懂事,他怕在军中白吃饭,给姐姐带来麻烦,每天帮助大人们干这干那,从不闲着;他读过一些书,无论见了什么人,都恭恭敬敬,礼数十分周到,刘邦见这孩子这么机灵,讨人喜欢,就把他留在大帐,专门负责迎来送往接待客人。小石奋对这个差事十分重视,而且胜任愉快,有时刘邦发了火,惹得客人们怒冲冲走了,石奋总是陪着小心送出老远,再说上一两句暖人心的话,客人也就不生气了。

刘邦听石奋说客人到了,对韩信说道:"等我把这拨客人打发走了再说吧。"

刘邦一次约了七个人,因为来这里举荐人才的太多,他没有时间逐个接待,就把他们约到了一起,刘邦每个人只问了三言两语,便把他们一一打发到下面去了。刘邦走南闯北,见的人多了,对推荐来的这些人,究竟有多大才干,适合做什么,他基本上一眼就能看出个七八分,有些他怕吃不准,就交给下面的将领们再接着考察。七个人不一会儿就让他打发走了六个,只剩了一个高个子美男子,长得眉目清秀,脸色白里透红,像个大姑娘,两眼顾盼神飞,刘邦一看便知,此人绝非凡夫俗子,他仔细打量了他一番,觉得好面熟,于是说道:"我好像在哪儿见过你。"

"汉王记得不错,我在鸿门宴上见过汉王。那时我在楚军中做郎中。"

"哦,我想起来了。原来是你呀!叫什么名字?"

"陈平。"

陈平是刘邦帐下一位郎中客名叫魏无知的推荐的。据魏无知讲,此人乃天下之才。刘邦道:"哪来那么多天下之才?这几年到我这里举荐人才的不计其数,这个也是天下之才,那个也是天下之才,到头来无非就是想要个官做,真到用人的时候,屁事也不顶,倒花去我不少时间听他们扯鸡巴淡!"

魏无知道:"此人曾做过魏王太仆、楚王都尉,绝非沽名钓誉之辈,汉王一见便知。"

刘邦听了魏无知的介绍,这才答应见陈平。

陈平是阳武县户牖乡(今河南兰考县东北)人,从小便没了父母,是哥哥陈伯把他拉扯大的。陈平自幼好读书,家里虽然很穷,但陈伯省吃俭用想尽办法供他读书。陈平长到十六七岁时,个子就超过了哥哥半头,面色鲜若桃花,秀气得像个女孩子,乡里人见人爱,可是地里的活儿却一点不会干,终日里游学四方,倒是交了不少朋友,整天在一起高谈阔论。陈平的嫂子见他整天不干活儿,在家吃闲饭,十分厌恶。一次,邻居问她:"你家小叔子吃什么好东西了,气色这么好?"

"我们整天吃糠咽菜的,能有什么好东西给他吃!整天不干活儿,养的呗。"

"你看你这个小叔子多好,知书达理的,谁见了谁夸。"

"好什么呀?光知道吃饭,人家十七八的汉子早都下地干活儿了,他什么也不会。有这样的兄弟，不如没有。"

这话不知怎么传到了陈伯耳朵里，陈伯把她狠狠揍了一顿。陈平见嫂子为自己挨了打，心中十分不忍，偷偷安慰了嫂子几句，没事时，也经常帮助嫂子做点家务。嫂子见他说话通情达理的，人又长得这么帅气，便改变了对他的态度，开始对他好了起来。这一好又好过了头，整天用火辣辣的眼睛看着陈平，看得陈平心慌意乱，他拼命地逃避嫂子的眼神，从来不敢正眼去看她，可还是没能逃掉。一天，天不亮陈伯就下地了，陈平还在睡懒觉，嫂子钻进了他的被窝……

好事不出门，恶事传千里。很快，两个人的关系就被街坊邻居看出来了，全村都传遍了，慢慢地也传到了陈伯耳朵里。陈伯不信，只当是人们没事嚼舌根子，可是有一天，陈伯下地带的种子不够，回家来取，恰好碰见叔嫂两个在被窝里还没起来，陈平羞愧难当，当即给哥哥跪下了。陈伯道："这不是你的错，都是这个贱人惹的祸。"陈伯一怒之下将妻子休掉了。从此，陈平盗嫂在乡里出了名。

陈平已经到了娶妻的年龄，婚事还没有着落。富家女不肯嫁给他，贫家女陈平又不愿意，加上又有盗嫂之名，眼看二十多岁了，还没娶上媳妇。嫂子走后，家里家外全靠哥哥一个人，陈平这时才慢慢体会到哥哥为他所付出的艰辛，自己已经成年，不能再靠着哥哥吃闲饭了，他想搬出去，独立生活，哥哥不允："你出去能做什么？少不了还得饿肚子，你老老实实在家读你的书吧，有我吃的就有你吃的。"

陈平道："我总不能让哥哥养活我一辈子吧？"

"就是养你一辈子我也心甘情愿。"

于是，陈平便在里中帮人办点婚丧嫁娶之事，以补贴家用。陈平做事极认真，每次一大早便去，晚上总是最后一个回来，里中人纷纷称赞陈平办事靠得住。有一次，里中社祭，大家推举陈平为宰，主持分那些祭祀之后撤下来的猪牛羊肉。过去别人为宰，刀底下总有些偏向，根据远近亲疏下刀，多少肥瘦是有差别的，而陈平为宰，大家都说他分得公平，陈平道："他日得宰天下，亦如是。"

听了这话，乡亲们知道陈平胸有大志，于是又有人开始为他提亲，但是没一个陈平看得上的。他心中已经有了一个人，是本乡大户张老太太的孙女雪娇。雪娇生得天姿国色，是这一带有名的美人，十里八乡都知道，但是无人敢娶，原因是她嫁了三次人，三个丈夫都死了，人们都说她克夫。陈平说，我不怕。于是托了媒人去张家提亲。张家一家人皆反对，唯独雪娇的奶奶张老太太想法和别人不一样，道："先别忙着回绝，陈平家虽穷，但我听说这孩子素有大志，待我去查访查访。"

这位张老太太是个很有主见的人，第二天便来到陈平帮助办丧事的那家人家，装作来吊丧，暗中观察了陈平许久，见陈平长得一表人才，说话办事十分得体，心中已经有意，晚上，等陈平办完事回家，她又悄悄地跟在他后面，一直跟到陈平家门口。回到家里，对儿子说道："我看可以把雪娇嫁给他。"

儿子问道："为何？"

"陈平家虽贫寒,然我观其门前皆长者车辙。"

"这有什么用?整日里高谈阔论又不能当饭吃。一县人都嘲笑陈平的所作所为,母亲为何要把雪娇嫁给他?"

张老太太道:"你懂什么?就凭陈平那一副长相,就不会长久贫贱的,何况他还是满腹经纶?不用再犹豫了,听我的没错。"

张老太太说服了儿子,将孙女嫁给了陈平。陈平没钱娶妻,张老太太便背着儿子给陈平送了一大笔钱,又明着陪嫁了不少。雪娇上轿前,老太太嘱咐孙女道:"千万不可因贫穷而怠慢尔夫,事其兄若事父,事嫂如母。"

雪娇点头答应了,一一谨记在心。

陈平娶了雪娇,借着张家的财力,交游比以前更广了。

陈胜起义后,陈平辞别了哥哥,投奔了魏王咎。魏王见其一表人才,谈吐不俗,封其为太仆,以便能随侍左右,时时问计。秦军攻临济时,陈平劝魏王暂时放弃临济,率军东撤,与齐军会合,日后再图收复失地。魏王不听,陈平道:"秦军来势凶猛,不可与之争锋;如若死守临济,势必国破军亡。"

魏王听了这话很不高兴。陈平见魏王不听劝阻,不想与之玉石俱焚,逃离了魏国。不久,果如其言,秦灭了魏,魏咎被迫自焚。巨鹿大战之后,陈平投奔了项羽,先在项羽帐下做了一段时间的郎中,后来项羽发现陈平很有才干,于是赐爵为卿。汉二年三月,韩信打到殷国,司马卬率军降汉。项羽正忙着对付田荣、田横兄弟,问帐下何人能收复殷国,陈平愿意领军前往。项羽给了他一支人马,陈平去了不到一月便打败了司马卬,收复了殷国。项羽大喜,派族兄项悍前往殷国,拜陈平为都尉,赏金二十镒。可是不久韩信又率汉军打了过来,驱逐了楚军,占领了河内。项羽大怒,骂陈平等无能,欲将其所率诸将统统杀掉。陈平得到消息后,将将印和项羽给他的封赏如数包好留在军中,连夜从楚军中跑了出来。

路上过河,船夫见陈平生得一表人才,不像个普通百姓,又是单身独行,猜测此人一定是逃将,身上必带有金玉宝器,于是动了杀机,盯着陈平的腰间不停地看。陈平见船夫的眼神不对,立刻猜到了是怎么回事,急忙装作洗衣服,将身上的衣服一件一件脱掉,最后只剩了一条短裤,光着膀子。船夫见其并未携带什么贵重物品,才把他放过了。

刘邦与陈平畅谈了一个下午,大喜,问道:"你在楚国任什么官职?"

"都尉。"

"好,我仍封你一个都尉。"刘邦让陈平做自己的参乘,并负责监军。

监军的职责主要是维护军纪,监督命令执行情况。这个职务可不是好干的,当初周昌、周苛兄弟俩干过,得罪过不少人,可是毕竟还能管得住。如今周苛做了御史大夫,周昌正在关内协助萧何镇守后方,刘邦一直找不到一个合适的监军。他手下这帮虎狼之将不服任何人管束,任用原来那些老将吧,他们处理事情总是偏心,任用新人又压不住阵,来一个监军干不了几天就气跑了,再来一个还是如此。陈平一上任就碰到了周勃、灌婴的下属抢占民房的事情,陈平下令让他们搬出去,这些人仗着周勃和灌婴的势力就是不搬,陈平下令把他们抓了起来。周勃来要人,陈平说什么也不放,可是到了晚上,陈平却把灌婴的人放了。周勃一打听,原来是灌婴派人给陈平送了礼,于是气呼呼地来找陈平:"同样的过错,灌婴的人放了,为何我的人不放?"

陈平道:"灌将军的下属认错了,你的下属不认错。"

周勃一听就火了:"放屁!你以为我不知道?灌婴给你送了银子。"

"你知道又怎样?"

"我到汉王那里告你去!"

"随便你去哪里告,我不怕!"

于是周勃真的告到了刘邦那里,刘邦知道这些老资格的将领难缠,不问青红皂白,把周勃臭骂了一顿。

陈平做监军不久,众将就知道了他受金。各部将领带了那么多兵,哪能一点纪律不犯!于是纷纷给陈平送礼。不过陈平对监军一职还是很负责的,受金也有个度,一般小事,能通融的,他就把礼收下了,真要是犯了大事,送再多的金银他也不敢收。

众将之中,唯有周勃、樊哙不肯给陈平送礼,仗着自己是老资格,看陈平能把自己怎么样?于是陈平专门挑周勃和樊哙部的毛病。这下把周勃和樊哙惹急了,他们串联了一大批将领到刘邦那里去说陈平的坏话,那些送了礼的将领心里也不服,一个楚国降将,也没见他立过多大功,有多大本事,凭什么这么张狂!这一天,几员老将来到刘邦帐中,卢绾气冲冲地说道:"汉王任用的什么人哪?陈平长得虽然人五人六的,肚子里却未必就有。此人先投奔魏王,魏王危急的时候却跑掉了,后来又投奔项羽,项羽待他不薄,可是他又背叛了项羽来投汉王,如此反复小人,汉王不审其为人,就把这么重要的事情交给他,能放心吗?"

刘邦并不了解陈平的过去,卢绾这么一说,心里忽悠的一下,灌婴接着说道:"我听说陈平在家就有盗嫂之名。"

"有这事?"

"当然有啦。"樊哙在一旁添油加醋地说道,"不仅如此,陈平还收受贿赂,才做监军不久,就向诸将索贿,诸将所部违犯军纪,贿赂少即重罚;贿赂多即轻罚或免罚。如此德行怎可以做监军?"

刘邦急了,骂道:"他娘的,我上了魏无知的当了。把姓魏的那小子给我找来!"

众将退下。不一会儿,魏无知来了。刘邦骂道:"你他娘给我引见的什么人?"

"大王此话从何说起?"

刘邦将卢绾、灌婴等人所言重复了一遍,魏无知笑道:"我当是什么大事,原来是为这个。臣所言,平之才也,能也;大王所问乃德也,行也。今有如尾生、孝己之行而无益于胜负之数者,大王能用之乎?楚汉相距,臣进奇谋之士,只虑其能否助大王战而胜之,是否拿得起天下大事。至于盗嫂受金之事,恐怕是他人道听途说之言,大王未可轻信。即或有之,于大王争天下又有何妨?"

"那他两次背主是怎么回事?"

"详情臣也说不清楚,但臣知陈平绝非反复无常之辈,大王可将陈平找来当面责问,以免生疑。"

于是,刘邦命人将陈平找来,当面责问道:"我听说你曾追随过魏王,后又离去投奔项羽,今又背之来投我。讲信义的人有这么三心二意的吗?"

陈平将魏王不听劝阻,导致临济惨败以及项羽反复无常欲杀功臣之事详细述说了一遍,刘邦疑虑顿消,又问道:"我听说你做护军,还收受诸将贿金,可有其事?"

"有,臣裸身而来,身无分文,不受金无以为生。"

"那别人靠什么活着?"

"臣正欲问大王,军中诸将皆无饷银,却各个花钱如流水,钱是从哪儿来的?"

"嗯?"一句话把刘邦问住了。

"这正是军纪败坏的原因。"

"是该有个饷银制度。他娘的,萧何怎么连这点事情都想不到?可是话说回来了,诸将捞钱你不能也跟着捞啊,我让你去监军,就是管这些事的,你怎么也跟着捞银子去了?难道你到军中是发财来了?"

"臣所受金有限,诸将言过其实。臣来两月,所为大王计划,如有可采纳者,大王采纳之;如无,金俱在,臣可封还,臣如何来便如何去,绝不贪恋大王半分钱财。"

"这帮小子,满嘴胡说八道,这不是害人嘛!得了,你别生气,我错怪你了,行了吧?"

"护军乃执法官,众将违反军纪,或诋毁之,或谄媚之。大王诚欲整肃军纪,则需鼎力支持,否则,任何人都无法护军。"

"这个我明白。不过,你以后用钱从我这里拿,要多少我都不心疼,不要再找他们要了。回去你搞一个饷银发放办法。军纪非得彻底整顿不可。"

于是刘邦厚赐陈平,拜其为护军都尉,尽护诸军。诸将从此无人再敢诋毁陈平。

第七章　千里奔袭

　　刘邦出陈仓之后，频频出击，连连得手，以势如破竹之势迅速平定了大半个中国，而项羽眼睁睁看着刘邦将诸侯国一个个攻破，眼看就要打到楚国境内来了，却拿不出任何办法，因为他陷入了另外一场战争。

　　当初项羽分封天下时，对齐国采取了化整为零、分而治之的办法，将原齐国划成了三块，将齐王田市徙至胶东，封为胶东王；齐将田都因在巨鹿大战时曾追随项羽救赵，后又随项羽入关，封为齐王；齐王田建的孙子田安被封为济北王。而最早跟随田儋起义的田荣、田横兄弟却没得到任何封赏。项羽不封田荣兄弟是因为当初楚军在定陶与秦军对峙，田荣不肯发兵，而最后导致了项梁之死。从此，田、项两家结了怨，项羽救赵、入关，田荣皆不肯积极追随。然而，诸侯争锋是以实力说话的，在齐国这块土地上，田荣说了算。无论项羽封与不封，田荣都是实际上的齐王。田荣听说田都要回来坐享其成，气得七窍生烟，早就摆好了阵势等在那里，田都一入境，立刻被田荣打得落花流水，匆匆逃往楚国去了。齐王田市打算去胶东就国，田荣不准，田市害怕项羽怪罪，便私下带着人走了。田荣见田市这么没骨气，后悔不该扶植这无用的家伙，于是派人追到即墨，将田市也杀了。随后，田荣又杀了济北王田安，将三齐之地重新合而为一，自立为齐王。

　　对项羽分封不满的还大有人在，陈余就是其中一个。巨鹿突围后，张耳气走了陈余，又在项羽面前说了不少陈余的坏话，加之陈余未随项羽进关，故只给陈余封了南皮周围的三个县。陈余哪里咽得下这口气，当初赵国被困，他面对四十万秦军坚持了半年之久，到处联络诸侯救赵，一直坚持到楚军的到来。如今张耳贪天之功为己有，不但把他撇到了一边，连赵王都不管了，只顾着自己争王位，让项羽把赵王歇发配到代地边陲做代王，天下哪有这样的道理！陈余越想越不服气，来找田荣借兵，要向张耳出这口恶气，田荣正巴不得有个盟友一齐反楚，而且，陈余若得了势，也可以作为齐国西面的屏障，于是欣然允诺。

　　陈余本为赵国大将军，张耳为相，当初打仗的事都是靠陈余，如今张耳被封为常山王，手下既无重兵又无大将，陈余来攻，张耳抵挡不住，很快便被陈余打败了。张耳带着一家老小逃往关中，投奔老朋友刘邦去了。

　　陈余收复了常山，从代国迎回赵王歇，君臣相见，不胜唏嘘感慨，两个人大骂了一通张耳,赵王歇感念陈余之德,立其为代王。陈余因赵国初定,赵王手下又无得力之人辅佐,不忍心离去,于是任命夏说为丞相守代,自己则暂留赵国辅佐赵王歇。

就在陈余与张耳打得不亦乐乎的时候,田荣怂恿彭越在梁地反了。彭越也是由于未随项羽进关而不得封地,然而,就在诸侯纷纷跟着项羽进关,企图分一杯羹的时候,彭越趁着关外空虚,迅速发展壮大了起来,俨然成为一支不可忽视的力量。项羽不给他封地,当然要想办法自己封。彭越所处的旧梁地,是齐、楚交界的地方,彭越既然与田荣修好,自然不会去侵占齐国的领地,于是,借着田荣的支持,不断地向南发展,侵蚀楚国的地盘,项羽对此绝对不能容忍,于是发兵讨伐彭越、田荣。就在两军鏖战正酣的时候,刘邦收复了关中。

项羽并不是不清楚刘邦是自己的头号敌人,但是他估计刘邦收复关中需要些时日,一时还不至于打到关外来,没想到刘邦这么快就收复了大半个中国。范增见形势不妙,劝项羽暂时放弃攻齐,退回彭城,项羽不肯。他先派了韩王郑锠率军前去抵挡韩公子信的进攻,以为权宜之计,打算先灭了齐、赵,再回过头来对付刘邦。

项羽过低地估计了田荣和彭越的力量。他以为以楚军之雄威,兵到之处,齐军只有投降的份,不出一月便可以平定齐、梁之地,不料却遭到彭、田联军的顽强抵抗,齐楚之战打了半年多还未见分晓。

楚军第一仗便受挫。项羽以萧公角为先锋,进攻彭越。萧公角根本没把彭越放在眼里,让楚军的仪仗队举着旗帜走在前面,敲锣打鼓地列队进入梁地,一入境便遭到彭越迎头痛击,损失惨重。萧公角以为是骄傲轻敌所致,整顿兵马再战,这才知道彭越的厉害,无奈已经孤军深入,又被彭越劫了粮草,于是慌忙向项羽求救。项羽援军未到,田荣已派大军前来助彭越,项羽闻讯,亲自率军前来。有了萧公角的教训,项羽不敢再轻敌,号召将士们拿出巨鹿之战的勇气来,一举将齐军彻底歼灭。然而,项羽急着回头去打刘邦,求胜心切,不听范增、钟离眛之计,一心想速战速决,结果,屡中田荣之计,损失十分惨重。即使两军面对面的交锋,楚军也占不到便宜,齐军人自为战、伍自为战,没有一个人后退,更没有一个人投降。项羽心中暗暗为之叹服。过去,他只知道齐鲁之地是礼仪之邦,孔夫子的教化使这里的人民温柔和顺,却不知齐鲁人也是不可侵犯的。

几战之后,楚军元气大伤,项羽暂且后撤至黄河南岸,派人征调九江王黥布率军前来助战。恰好黥布的老岳父衡山王吴芮在六城,吴芮劝黥布道:"昔日反秦乃义举,今项羽攻齐非义战,项羽击杀义帝于前,今又灭齐于后,是结天下怨也。多行不义必自毙,劝君勿去。"

当初诛杀义帝,吴芮不但参与其谋,而且是他亲自派人将义帝溺死江中,如今却把责任推到项羽身上,是有原因的。原来,吴芮和黥布对项羽的分封也不满意。当初项羽进关,吴芮迫不及待地从九江跑到关中去,就是怕女婿黥布智谋不足,在分封上吃亏。翁婿俩一起追随项羽进了关,是想加重点分封的砝码,结果项羽还是只给了他们一块儿弹丸之地,两个人的地盘加起来还不如秦时的九江郡大。黥布堪称楚军中第一员大将,每仗冲在最前面,为项家打下了半壁江山,项羽独占九郡却只给了他们翁婿俩一郡之地,黥布心里很不服气,当时就要和项羽闹起来,吴芮私下里把他劝住了。

黥布听了老岳父的劝告,称病不出,只派了一员副将带了些老弱残兵前来应付。项羽大怒,欲发兵攻黥布,范增劝道:"项王不可意气用事。如今刘邦已经打到关外,前有狼后有虎,何敢再树敌?项王且忍耐一时,容臣派得力之士再去说服黥布。"

项羽撤到黄河南岸休整了一个多月,补充了粮草兵马,头脑也冷静多了,乃用范增之计,再次渡过黄河,大破齐军。项羽乘胜追击,田荣逃到平原(今山东平原县南)时,已经溃不成军,被城中百姓杀死。

原来田荣在齐国并非王室嫡系,他先后杀了齐国王室后裔田市、田安,又将田假、田角、田间、田都等赶出齐国,不准归国,引起了齐国人对田荣称王的质疑。被赶走的人都是齐王室的后裔,田假乃故齐王田建的亲弟弟,田安是田建的嫡孙,而田荣不过是田氏旁支。当初田假亡命楚国之后,一直在项羽军中,因没有什么作为,一直不得封地。这次楚国攻齐,田假觉得立功的时候到了,于是阵前喊话劝降,希望城中军民擦亮眼睛,看清田荣的本来面目,杀田荣以迎楚军。百姓们受了田假的蛊惑,果真杀了田荣,开门迎接楚军。不料项羽进城后,非但对杀田荣的有功之臣没有任何奖赏,反而下令屠城。一城军民皆被坑杀。

项羽自从进入齐国这块土地,处处被动挨打,伤亡将士无数,此刻打败田荣,心头之恨仍不能消,定要把城中百姓杀光。范增劝道:"项王切不可意气用事,眼下刘邦才是楚军的头号大敌,应该尽早撤出齐国,安定后方,将这里交给田假处理,好腾出手来对付刘邦。"项羽不听,竟然置刘邦已经出关的大局于不顾,继续派兵追缴田荣残部,一直追到胶东,所到之处,大肆烧杀,男子尽皆坑之,妇女财宝掳掠无数。最后,在范增、曹咎等人的反复劝说之下,才决定立田假为齐王,班师回国。不料大军在南渡黄河的时候,又一次遭到齐军的猛烈阻击。齐军主将是田荣的弟弟田横。

项羽对田横的崛起帮了大忙,楚军在齐国各地的大屠杀,使齐人看清楚了是田假引狼入室,招来了楚军,给齐国带来了灭顶之灾,于是各地军民纷纷团结在田横周围,向楚军展开了猛烈的反击。

项羽以为田荣一死,齐军必作鸟兽散,没想到田氏三兄弟一个比一个厉害。田横在齐军中是最能得士的,齐鲁豪杰都甘心为他驱使,只是当初有堂兄田儋、哥哥田荣在,他的才干还没有得以充分展现。田荣战死后,田横立田荣的儿子田广为齐王,自任丞相。田广还年轻,国中大小事皆决于田横。齐军非但没有垮,战斗力反而比以前更强了。

田横设伏之处正是当年项羽伏击章邯的地方,项羽触景生情,更增加了几分对田氏的仇恨,拍马来战田横,恨不能一戟将他挑下马来,田横不慌不忙,手挺长枪,沉着应战，几十个回合下来，项羽竟然奈何他不得。田横见项羽求胜心切，故意装作不敌，卖了个破绽，拍马向后跑去，项羽紧追不舍，一下追出十几里，两面埋伏杀出，项羽身中数箭，险些被挑下马来。幸亏钟离昧和龙且及时赶到，才把项羽救出重围。

田横虽勇，但是在楚军强大的攻势面前，不得不采取守势，退到了城阳附近。众将劝项羽暂且放弃城阳，先去对付刘邦，但是项羽已经输红了眼，发誓要拿下城阳，亲手杀了田横。可攻了两个多月也没有攻下城阳，军报不断传来刘邦继续东进的消息，项羽心急火燎地想迅速拿下城阳，然而齐军就像一块儿卡在喉咙里的鱼骨，咽又咽不下，吐又吐不出。这一天，项羽正在指挥攻城，亲手杀了几个退下来的士卒，正杀得眼红，忽然有一匹快马来报，说刘邦已经打进彭城。项羽大吃一惊，不得不从城阳撤了出来。

城阳，是个让他胆寒的地方。

修武会师之后，刘邦从平阴津渡过黄河，将中军大帐设在了洛阳。此时张耳、王陵、陈平等英雄皆已归附，刘邦兵强马壮，踌躇满志，决心与项羽一争天下。到了洛阳，刘邦命人将张良从关中接来，商讨下一步的作战部署。张良大病初愈，身体还十分虚弱，刘邦陪着他在城里城外转了转，顺便听听他对局势的看法。

洛阳因地处古洛水之阳而得名。以洛阳为中心的河洛地区是华夏文明的重要发祥地。洛阳是夏、商、周三朝古都，可以说是中华民族的摇篮。古代伏羲、女娲、黄帝、唐尧、虞舜、夏禹等神话，多出于此。秦始皇二十六年，秦统一中国，置洛阳为三川郡，封相国吕不韦为洛阳十万户侯。吕不韦在古城周城的基础上，大兴土木，扩建城池，并在洛阳东郊修建了一座风景优雅、规模宏大的园林式宫室——南宫。刘邦的大帐就设在南宫。

张良到达洛阳的时候，正值春暖花开的季节，满城里开遍了牡丹花，空气中到处弥漫着花香，令人陶醉。洛阳似乎特别适合牡丹生长，几乎家家户户都种牡丹，路边、村头到处可见盛开的牡丹花，红的、黄的、白的、紫的，一丛丛、一片片，煞是好看。张良来到这里，顿觉神清气爽，病也似乎好了许多。他顺手摘了一朵牡丹，放在鼻子前闻了闻，刘邦有点不屑地说道："一个大男人家摘花做什么？"

"男人怎么就不能摘花？"

"我总觉得男人爱花就沾上了女人气，不像个男人了。"

"汉王可闻大雄若雌之说？这牡丹乃花中之王，自有一种雍容华贵的王者之气，为许多男子所不及也。"

"行了，就你们读书人说道多，什么东西都能说出点道道来。不过是一朵花，哪有那么多说道。我就知道小时候我们常说，小子爱花怕媳妇，所以我们那里的男孩子都不动花。"

"那汉王到底怕不怕呢？"

"啊？啊,哈哈哈!"

两个人出了城,漫步来到洛水边。天空一片晴朗,一群大雁排成人字,由南向北飞来。张良仰望着天空,半天没说话。刘邦问:"想什么哪?"

"我在想,要是不打仗有多好。就在这河边搭个避雨的草棚,过几天闲云野鹤的日子,有多自在!我真羡慕那群大雁,它们比人自由多了。"

"你看你,又来了。咱们不是说好的吗?再别想那些了,你还是多替我想想这天下事吧。"

张良这才回过神来:"哦哦,我不过说说而已,还是大王的正事要紧。我想知道,大王此刻在想什么?"

"我想,将来要是得了天下,我就在这里建都。你看这地方多好。昨天城里一个老头来见我,说这里依山傍水,有王者之气,在这里建都,可保万世基业。"

"地方是不错。不仅山好水好,而且是兵家必争之要冲,周朝在此建都,就是为了控制中原。然而,如今天下形势大变,复以此为都城,未必是最佳选择。"

"我也不过是随便说说,那还早呢。说说眼前吧,下一步怎么办?前几天韩信拟了一个长途奔袭彭城的计划,我总觉得有点玄,没敢动,一直在等你来。项羽迟早要打,但是什么时候动手打,怎么打,我想听听你的。"

"最好是联络诸侯一起进攻楚国,诸侯虽然未必真的出力,但是一经联合,就把项羽孤立起来了。"

"这个我知道,我已经派了几路使者分头游说去了,我让使者告诉他们,将来打败项羽,我刘邦照样给他们封王封地。你说怎么样?"

"大王虑事每每能抓住要害。如此甚好,然还须师出有名。"

"你说得对,是得有个理由才好。不过用什么名义好呢?"

"项羽诛杀义帝,天下可以共讨之。"

刘邦兴奋得一击掌:"太好了!这个理由好!如果没这么个理由,还真难把诸侯联合起来。就在这上面做文章!"

几天以后,刘邦召集了洛阳附近百里之内的军民人等数十万人于洛水边为义帝发丧。刘邦亲自主持祭典,当着几十万人,他慷慨激昂地控诉了项羽诛杀义帝的罪行,述说义帝的宽仁厚德,说着说着激动了,他将衣服袖子一扯,坦出右臂,放声大哭,那份真诚如死了亲生父亲一般,感动得在场之人无不为之落泪。

祭奠完毕,军民人等皆为义帝戴孝三天,不食荤,不举火。同时,刘邦派使者送信给各路诸侯,号召天下共同为义帝举丧,讨伐项羽,这封信实际上是一封讨伐檄文:

夫义帝乃怀王之后,天下共立之。暴秦无道,迫义帝于民间牧羊十余载,帝忍辱含垢,卧薪尝胆,不负天下人愿,高举义旗,率诸侯一举铲灭暴秦,德被天下,泽润四海。项羽寡廉鲜耻,冒父祖之名,贪天下之功为己有,结党营私,排斥异己,诛杀义帝于江南,大逆不道。寡人今为义帝发丧,诸侯皆缟素,悉发关内兵,收三河之士,南浮江汉以下,愿从诸侯王共击楚之杀义帝者,以慰义帝在天之灵。

刘邦出关后,诸侯都在观望,随着刘邦在军事上的节节胜利,诸侯感到项羽已经快不行了,加上原本就有不少人对项羽不满,这篇檄文一出,诸侯纷纷倒戈,前来投奔刘邦,只有衡山王吴芮和九江王黥布没有表态,其余诸侯几乎全数投靠了刘邦。刘邦集结了五十六万大军,亲任三军总指挥,以排山倒海之势,向彭城发起了进攻。四月底,刘邦攻占了彭城。

刘邦接受了进咸阳的教训,进城之前,与诸侯约法三章,部队一律撤到城外,只有诸侯王的随身侍卫可以留下,周苛、周昌兄弟迅速安排好了诸侯的下榻之处,城内秩序井然。刘邦四处察看了一下,觉得不会有初进咸阳那样的乱子了,于是带着陈平、夏侯婴来到楚王宫。

这里本是项羽所居之处,虽赶不上咸阳的壮丽辉煌,也是极尽奢华,到处离宫别馆,曲径回廊。项羽在咸阳掳掠来的秦宫中的珠玉珍宝,尽皆藏于宫中。刘邦对这些东西不感兴趣,直奔后宫而来。因为秦宫中几个有名的美女,都被项羽带到彭城来了。更主要的是,刘邦心里还惦记着妙逸。自从在薛城第一次见到妙逸,刘邦就一直念念不忘,虽然刘邦身边已有无数美女,但是在他眼里,就是把天下所有的美人加起来,也不及妙逸一半的风采。但是碍于朋友关系和项羽的威势,刘邦从来没敢对妙逸起过邪念,这次他可以不管那些了。进宫之后,刘邦命人四处寻找,没怎么费劲就把妙逸找到了。

妙逸就在自己房中,然而士卒们却不敢进去,她手持利剑架在自己脖子上,与站在门口的士卒们对峙着,只要士卒们一动,她就马上结束自己的生命。刘邦闻讯赶到,嬉皮笑脸地说道:"项夫人息怒。这是何苦呢?我与项王情同手足,你与我家稚儿形同姐妹,不会有人伤害你的,快把剑放下!"

妙逸冷笑道:"汉王怕是又要把我当做你们的筹码吧?这回我这个筹码的分量可是加重了。说吧,打算把我带到哪里去?"

"夫人不要误会。咱们哪儿也不去,就在这,你原来怎么着今后还怎么着。有我在你放心就是了。"

"那就让你的人退出去!"

"是。是。都给我退出去!"刘邦把众人赶了出去,一个人蹭进门来,刚要坐下,妙逸问道:"汉王还有事吗?"

"没,没有。"

"那就请忙您的军务去吧。我在这里等着,不会跑的,等你们的交易做成了再来找我!"

刘邦十分尴尬地退了出来。回到自己的住处,夏侯婴已经命人将那几个有名的

秦宫美女都送到了,但是刘邦对她们提不起一点兴趣。他心里还在惦记着妙逸。这几个美女,虽然也是千人万人堆里选出来的,但是和妙逸一比,刘邦顿时觉得她们毫无趣味。他命人将楚王宫里最好的厨子找了来,做了一桌丰盛的楚国风味的饭菜,然后,让夏侯婴套了四匹马拉的御辇去接妙逸。妙逸不来,刘邦只好亲自来请。妙逸道:"汉王有什么话就在这里说吧,不必那么兴师动众的。"

刘邦道:"我也没什么事,只是备了一桌薄酒,给夫人压压惊。"

"那就不必了,臣妾已吃过了。"

"我已经问过侍卫了,夫人一天水米未进,这样会搞坏身体的。这样吧,既然夫人不肯屈尊前往,我就让她们把饭菜摆到这里来。我陪夫人小酌一杯如何?"说完,也不等妙逸同意,便命令道:"来人!传令把宴席摆到项夫人这边来!"

妙逸正色说道:"汉王要在这里设宴饮酒,那就请给臣妾找个安身的地方。"

"你可不能走,这酒是为你饮,宴是为你设,你走了,谁唱主角呀?"

"大王自饮自唱罢。"说着,妙逸起身要走,被几个门卫拦住出不去。不一会儿,送菜的黄门和厨子来了,三下两下就摆满了一桌丰盛的酒席,刘邦坐在桌边,对妙逸说道:"夫人请!"

妙逸见无处可躲,无可奈何地坐在桌边,道:"汉王既然要臣妾陪你饮酒,那我就陪你饮几杯,大王说怎么个饮法?"

刘邦见妙逸肯坐下来,心中窃喜,道:"随便,随便。"

妙逸道:"那不行,喝酒也得有个喝酒的规矩,我说个办法,我饮一杯,大王饮两杯。"

刘邦笑道:"别说是两杯,只要夫人肯喝,你饮一杯,我饮三杯四杯都没问题。"

"军中无戏言,大王说好,到底是几杯?"

"你饮一杯,我饮三杯!"

"好,拿酒来!"

刘邦自以为好酒量,一比三对付一个小女子没有一点问题。他不知道,妙逸常陪项羽喝酒,也是有些酒量的。一上来妙逸就连饮了三杯,刘邦不得不将九杯酒喝了下去。九杯酒下肚,就有点上头了,妙逸故意激他:"汉王若不能饮时便说话,臣妾绝不难为汉王。"

"哪里哪里,这点酒算什么。接着来!"

妙逸又饮了三杯,然后斟满九杯酒放在刘邦面前。侍卫们见不对劲,把陈平和夏侯婴找了来,陈平要为刘邦代酒,妙逸道:"那不行,两位将军要喝可以坐下,一样的规矩,先把前面九杯补齐,臣妾可以奉陪到底。"

陈平一看就知道,慢说一比三,就是一比一,他和夏侯婴也未必是对手。于是一个劲地说好话,给刘邦打圆场。妙逸也不愿与他们纠缠,给了刘邦一个台阶下:"大王若不胜酒力,就到此为止吧。"

可是刘邦不干:"那不行!说好的,该怎么喝就怎么喝,看我的!"说着,抓起酒杯,一杯一杯倒进了嘴里。陈平和夏侯婴怎么拦都拦不住,十八杯酒下肚,刘邦已经有点招架不住了,可是他还要逞能:"再来!"

妙逸又倒满了三杯,一饮而尽,然后又给刘邦倒满了九杯,刘邦端起一杯酒,自己也知道,再喝完这九杯酒,就得让人抬着回去,于是借酒遮脸,一把抓住妙逸的手说道:"这杯酒你替我喝了吧!"

妙逸抽出手来,正色说道:"汉王放尊重些。"

当着下属的面,刘邦脸上有点下不来,又往跟前凑了凑,夏侯婴和陈平一看这般情景,只好退了出去。妙逸一面躲一面摸着腰间的剑柄,以防万一。刘邦站起身来,猛地向前一扑,企图抱住她,妙逸一闪身抽出了佩剑,直指刘邦的喉咙。外面的侍卫听见动静,一起拔剑冲了进来。刘邦尴尬地笑了笑:"这是何苦呢?来来来,接着喝!"说完又嬉皮笑脸地坐在了桌边。侍卫们见没事,又退了出去。

妙逸知道,要让刘邦下不了台,她也很难活过今晚,于是耐着性子坐下来又陪他喝酒。刘邦又喝了几杯,就醉得不省人事了,陈平和夏侯婴将他扶回了住处。过后,刘邦装作送衣送饭又来过几次,都被妙逸冷冷地打发走了。刘邦甚觉无趣,见根本近不得妙逸的身,也就把心思挪到别的宫女身上去了。但在这里软禁着妙逸觉得有点不放心,怕有什么意外,因此还是下令把她收进了牢中。

进了彭城,刘邦早已将张良、樊哙在咸阳说的话丢在了脑后,整日沉浸在温柔乡里不理事。张良留在后方,没到彭城来,只有陈平整天跟随在刘邦左右,众将劝阻刘邦不听,便推举樊哙来找陈平,想通过陈平给刘邦进言。樊哙来至宫门,和在咸阳碰到的情况几乎一模一样,侍卫挡在门前,任何人不让进。樊哙道:"我不进去,你们把陈平给我叫出来。"

"陈都尉不在。"

"他上哪儿去了?"

侍卫吞吞吐吐不肯说,樊哙看出他们不敢说,厉声喝道:"快说!我有紧急军情禀报,找不到陈平,我要你的脑袋!"

侍卫们都认识樊哙,知道是惹不起的,只好朝宫门旁边指了指。原来宫门旁还有一个门,是供大臣们上朝之前等候、歇息的地方。里面是个僻静的小院,陈平就把自己的都尉府设在了这里。门上也有两个侍卫,见樊哙过来,拦住不让进,樊哙懒得和他们费口舌,一膀子将门卫撞到一边,直冲冲进了院子,扯着嗓子喊道:"陈平!陈都尉!你在哪儿?"

院子里静悄悄的,没有一点声音。樊哙站下来听了听,正房里仿佛有人声,便朝正房走了过去,没想到一进门,看见陈平正在那里提裤子,一个年轻女子瑟缩在床上,用被子掩着赤裸的身体。陈平没见怎么样,樊哙倒臊了个大红脸,急忙退了出来。陈平急忙中找不到裤带,一只手提着裤子追出来说道:"樊将军何事?快快里边请。"

樊哙站住说道："算了吧，我找别人吧。"

陈平知道樊哙一定有重要事情，也顾不上害臊了，道："樊将军平时也是个痛快人，今日怎么这样吞吞吐吐的？我虽不够检点，可也知道不能误了汉王的大事，樊将军快说吧。"

"汉王躲进宫中不理事，我本想请你去劝劝，可是你自己都这个样子，还怎么劝别人！"

"那倒无妨，只是……"

樊哙一听那倒无妨几个字，忍不住扑哧一声笑了："你小子脸皮可真够厚的！只是什么？"

"只是臣人微言轻，怕劝说不动。要请丞相和子房前去劝说才更妥当。"

"可是眼下两个人都不在，怎么办？"

"王陵不是到丰邑接夫人去了吗？要不等等？等夫人来了，让她去劝。"

"她才不会管呢。"

正说着，王陵陪着吕雉来了。一起来的还有刘太公、审食其和两个孩子。侍卫们不敢阻拦，只好放他们进来了。陈平一面命人进去报告刘邦，一面陪着太公和吕雉进了宫。一路边走边介绍宫里的山水园林，慢慢磨蹭着，好给刘邦腾出应付的时间。

部队打到彭城之后，王陵部驻扎在沛县附近，王陵趁机回家看了看老母亲，顺便把刘太公和吕雉以及审食其和两个孩子接来了。刘邦听说父亲来了，赶紧出宫来迎接，他伸手抱起刘盈，嬉皮笑脸地冲着刘太公说道："爹！你老人家还活着哪？"

太公已经三年没见到刘邦了，心中日思夜想，总怕他打仗有什么闪失，害怕这辈子再见不到这个儿子了。见了面，太公本以为刘邦会很难过，没想到却冒出这么一句话来，太公长叹了一声道："天下父母的心都长在儿女身上，儿女的心却是长在石头上的。"

"爹这话是挑理了，要不要儿给您磕一个？"

"都当了王了，还是这副无赖样，让大家怎么服你？"

吕雉道："他就是当了皇上也是这副德性，您别指望他有什么长进。"

刘邦嬉嬉一笑说道："知我者，我妻也。"

"别跟我嬉皮笑脸的，我先问你，你把妙逸怎么处置了？"

"我怕她跑了，关起来了。正好你来了，要不，待会儿你去看看她？"

第八章　血染濉水

就在刘邦得意忘形地尽情享乐的时候，项羽率领楚军悄悄逼近了彭城。

项羽根本没把刘邦的五十六万大军放在眼里，他只带了三万人马就要攻城，范增劝道："攻城阳的部队正在陆续撤出，很快就能赶到。敌人毕竟有五十六万之众，兵力相差太悬殊了。"

"怕什么！五十六万也不过是乌合之众，楚军什么样的劲敌没有碰到过，打他们就像快刀切豆腐一样，亚父放心，明日我必破彭城。"

"远的不等，至少要等等黥布，我已派人前去说服黥布，多一个援手毕竟更有把握一些。"

项羽听从了范增的劝告，令楚军在离彭城三十里外的地方驻扎下来，等待黥布的援兵。可是他三次派人前去敦促黥布发兵，黥布都婉言谢绝了。项羽大怒："我就不信离了你黥布我破不了彭城，传我的命令，明天一早攻城。"

范增见项羽执意要打，只好说："汉军虽乌合之众，也不可轻敌，若我王一定要打，可如此如此……"

项羽听了范增之计，连连称妙，暂且取消了攻城的命令。第二天，范增派了使者四处联络，劝说诸侯退出楚汉之争。首先是做司马欣的工作，司马欣本与项家有旧交，投降刘邦是不得已，眼下见项羽并未追究其投降之举，心中便开始活动，又怕刘邦将来得了势，不好交代，犹犹豫豫不肯表态，使者已得范增旨意，进一步说道："恕在下直言，将军若不便反汉，可持中立态度，楚汉两军打起来之后，将军只作壁上观就是了。到时楚胜即归楚，汉胜即归汉，岂不左右逢源？"司马欣未语，实际上已经与楚使者达成了默契。使者用同样的方法说服了翟王董翳。追随刘邦攻打彭城的诸侯军，主要是翟王董翳、塞王司马欣、魏王豹、殷王司马卬和河南王申阳，其余各路诸侯，不过派了点人马来做做样子，如今五路诸侯去了两路，彭城防御顿时出现了缺口。更为可怕的是，刘邦还不知道这一变化。刘邦之所以敢这样放心大胆地去玩乐，是因为有韩信。进城之前，他对韩信做了交代，所有军事问题全权交给他处理，可是他忘了，这次进军彭城，他是总指挥，韩信根本调不动这些骄兵悍将。进了城，刘邦躲在宫里不出来，其他将领也到处吃酒玩乐，任何人都约束不住。汉军出陈仓时，韩信是有职有权的大将军，自从任命了卢绾做太尉，韩信在军中的指挥便不大灵便了。连汉军自己的部队尚且难以调动,更不用说诸侯军了。韩信已经预感到危险正在逼近,眼前的情景,和楚军定陶惨败的前夜一模一样,他不能再坐视不管,于是来找卢绾,希望能和卢绾一起约束一下部队,可是卢绾一到彭城就跟着刘邦进了城,连个影子也找不到。他又三番五次地派人去给刘邦送信,刘邦几次答复的都是同一句话:"让大将军全权处置。"韩信只好死马当活马医,骑了匹马沿着彭城四周到处督促防务。大军初胜,上上下下都沉浸在一片欢乐的气氛之中,根本没有人把他的命令当回事,不过当面应付一下,他转身一走,部队照样该喝酒的喝酒,该要钱的要钱。当天夜里,项羽在司马欣的驻地上经过,攻破了彭城。

刘邦在众将掩护下逃出了彭城,才走出几里,就中了范增预先设下的埋伏。楚军将士围住了刘邦,个个奋勇向前,欲争头功,双方杀得难解难分,从辰时一直杀到午时,汉军仗着人多势众,又有樊哙、灌婴等一班猛将在前开路,终于冲出包围圈,向灵璧(今淮北市南)方向逃去。

范增早已在沿途设下埋伏,汉军仓促应战,很快被楚军打得落荒而逃。大军转过头向东南方向撤退,迎面看见一面"董"字大旗,刘邦知是董翳的队伍,心中大喜,正要上前会合,董翳却在马上说道:"刘邦!你夺我城邦,毁我家园,今日落在我手中,看你还往哪里逃?"

刘邦这才知道董翳已经叛变,骂道:"董翳!你这个反复无常的小人,今日背秦,明日叛楚,让我抓住非把你剐了不可!"正说着,董翳已经拍马杀了过来,灌婴、樊哙两员大将拍马相迎,把刘邦护在了身后。刘邦不敢恋战,鸣金令樊哙、灌婴撤回,企图从北面冲出去。但是项羽已亲率大军从北面追了上来,汉军处于三面包围之中,只好又回过头去向南跑,一直跑到濉水边,由于找不到渡河的船只,被楚军追了上来。此时汉军人数远远多于楚军,若能在这里整顿兵马,背水一战,仍有取胜的可能。但是汉军并非有组织的撤退,而是溃逃,各级指挥完全失灵,士无战心,只顾逃命,见楚军三面杀来,争相渡河,人马互相践踏,楚军呐喊着从四面八方紧逼过来,竟有汉军十余万人马被挤入水中,汉军将士被淹死的不计其数,濉水为之不流。

刘邦退至河边,身旁只剩了几百人。楚军从四面包围上来,呐喊着要活捉刘邦。刘邦陷入了绝境。就在这时,一阵大风刮起,折树发屋,飞沙走石,天昏地暗。大风正迎面对着楚军,刮得楚军将士睁不开眼睛,阵脚大乱,刘邦心中暗喜,命令道:"快冲,顺着风向走!"

刘邦顺风一气跑出十几里地。风渐渐停息下来,众人放慢脚步,缓辔而行,刘邦骑在马上,哈哈大笑:"看来是天助我也。今日我刘邦大难不死,这天下注定是我的了。"刘邦正得意,忽见后面又有一股追兵追了上来,为首的一员大将乃丁固。此时刘邦身边只剩了夏侯婴和纪信两员大将和十几名骑兵,若打,肯定不是对手。纪信道:"夏侯兄保护汉王先走,我来对付他们。"

刘邦道:"楚军人多势众,你一个人抵挡不住,还是让我来劝劝这位丁公吧。"

纪信和夏侯婴争着要留下，刘邦道："就算你们俩都留下也打不过他们。听我的，你们先走，到前面等我。"

两人说什么也不肯，刘邦把眼睛一瞪，骂道："到底听谁的？是你们说了算还是我说了算？赶快给我滚，否则大家一块儿完蛋！"

夏侯婴和纪信无奈，带着一肚子的疑惑和不放心走了。丁固远远地看见刘邦，快马加鞭追了上来，把楚军大队甩在了后面，刘邦在马上一拱手说道："丁公别来无恙乎？"

"刘邦！你的末日到了，还不快快下马受降？"

"哈哈，丁公！你我也算是老朋友了，我知道我这颗脑袋还能值几个钱，所以特在这里等待丁公，给你拿去领功去吧！"

一句话说得丁固有些不知所措，道："你这是什么意思？难道我还打不过你不成？既然你口出狂言，那就挺枪与我一战，分个胜负，我若死在汉王刀下绝无遗憾！"

"丁公乃天下贤人，如今两贤相厄，岂不遭人耻笑？我不想和你动手，留着这颗脑袋就是让你砍的，看在老朋友的份上，我也不能让别人把它得了去，哈哈！来吧，动手！我刘邦要是眨一眨眼睛就不算好汉！"

这下真把丁固将住了，骑在马上不知该如何是好。刘邦趁机说道："男子汉大丈夫，做事不要犹豫，要砍就砍，不砍我可走了！"

"你走吧，我不能做遭人耻笑之事。"

刘邦见激将有效，心中大大地松了一口气，在马上拱了拱手说道："那我就谢谢丁公了。"说完，拨转马头追自己的部队去了。

夏侯婴和纪信未敢走远，一直在关注着这边的动向。等刘邦追上来，两个人才把心放到肚子里。三个人才跑出不远，远远地看见两个孩子，夏侯婴眼尖，嚷道："那不是元元和盈儿吗？"

刘邦道："别管他们，是死是活由他们去！"

"那哪儿行？毕竟是汉王的亲骨肉。"说完，飞马跑过去，把两个孩子带了过来。刘邦问元元："你娘呢？"

"出城时跑散了。"

于是，夏侯婴和季信各把一个孩子抱上马背，一行人来到一个村庄，夏侯婴让纪信去搞点吃的来，自己则到村里找了辆马车，用他和刘邦的坐骑套上了。刘邦道："你把马套了车还怎么打仗？"

夏侯婴道："不套车这两个孩子怎么办？"

刘邦气得冲着元元骂道："不老老实实在家待着，谁让你们出来到处乱跑的？"

正说着，楚军追兵又跟踪而至。季信拍马前去迎敌，夏侯婴让刘邦和两个孩子坐在车上，赶起马车就走。马车跑不过骑兵，楚军很快就追了上来。眼看楚军越来越近，刘邦把两个孩子往车下一推，冲着夏侯婴的背影说道："快点！"夏侯婴听见两个

孩子的哭声，回头一看，孩子已被刘邦推下车去，于是停下来把两个孩子重新抱上车，刘邦骂道："你怎么这么婆婆妈妈的，带着他们，车能跑快吗？"

"这不关他们的事，两个孩子能有多少分量？"

"轻一点是一点，哪顾得上那么多！"说着，一脚把元元踹了下去，盈儿抓着车帮不肯松手，刘邦使劲掰开他的手，把盈儿也推了下去。夏侯婴再次停下车去抱那两个孩子，刘邦用剑指着他说道："你敢去？再去我杀了你！"

"你杀了我我也得去！我绝不能让他们落在楚军手里！"

夏侯婴重新把孩子抱上车，楚军已经追到跟前了。正在走投无路之际，忽见前面一支大军杀来，军旗上大大的一个"吕"字，原来是吕泽、吕释之兄弟。吕氏兄弟按照刘邦的命令，一直驻扎在下邑做战略配合，没到彭城来。此刻得知彭城已被项羽攻破，赶紧率兵前来营救。此时，季布和丁公已经冲到阵前，吕泽对夏侯婴说道："你陪汉王先回营中去，我来对付他们。"说着，便与吕释之一齐冲了上去。

吕雉进城后的第二天，就把妙逸从狱里放了出来。她将妙逸安置在她和审食其曾经住过的那个小院儿里，并从樊哙那里要了些兵马负责警卫。两个女人各有各的立场，各有各的心思，已经不可能再像从前那样融洽，但是表面上依然姐姐妹妹地叫着，显得十分亲热。落在吕雉手里，妙逸觉得安全多了，至少可以保证不失身、不受辱。加上吕雉在生活上无微不至的照顾，妙逸更是心存感激。吕雉在妙逸这张牌上下了大工夫，她是个有心计的女人，刘邦和项羽正在争天下，无论谁胜谁负，无论局势怎样变化，妙逸都是一张分量不轻的牌，她凭着一个女人特有的敏感，看到了妙逸的重要性。所以，她见了刘邦头一件事就是问妙逸的去向。她要为丈夫打好这张牌。可惜，牌刚到她的手里，项羽就打回来了。刘邦匆忙突围，根本顾不上她和太公，还是樊哙派人来接他们一家出城的。吕雉不甘心，还想把妙逸带走，审食其劝道："虞夫人是个烈性子，未必就肯跟着走，若强行逼迫，搞不好会激出变故，不如放过她，对今后可能更有利。"

吕雉觉得有道理，才没有硬带妙逸走。真是冤家路窄，吕雉才出城，恰好碰上项羽和范增骑着马迎面走过来，吕雉想躲没有躲过，项羽已经认出了她。项羽翻身下马，冲着吕雉拱了拱手，道："刘夫人别来无恙乎？"

吕雉心里一阵紧张，心想，幸亏没有绑架妙逸，否则这下完了。吕雉尽量使自己镇定下来，心里琢磨着对付眼前局面的办法："还好。项王可好？"

"好！好！刘大哥要是不来打我，那就更好啦。啊？哈哈哈！"

"他哪是项王的对手，真是不自量力，项王别和他一般见识。"

"嫂子这话当真？"

"当真。他那两下子，别人不知道，我还不知道吗？"

"哈哈哈哈！嫂子真会说话。不过眼下我和刘大哥还未分出胜负。说这些没用，我还得和咱们大哥说去。恕小弟不奉陪了。"说完,项羽骑上马就走。

范增和项羽并辔而行,问道:"这是刘邦的老婆?"

"正是。"

"大王何不就此把她扣下,留做人质?"

"亚父说到哪里去了?两军对垒,战场上见胜负,扣人家妻小算什么本事!我项羽绝不做这种小人!"

范增道:"只要能取胜,管他用什么手段。这可是咱们的一个重要筹码呀!"

"不行!秦四十万大军都灭了,我就不信灭不了刘邦,我绝不做那种遭人耻笑的事情。"

范增见劝不动项羽,冲身后的项庄偷偷使了个眼色,项庄心领神会,趁项羽不注意,悄悄带了一些人马走了。

吕雉和太公一行还没走出三里路,就被项庄追上了。吕雉知道事情不好,把两个孩子一推,道:"快跑,找你爹去!"

却说韩信冲出重围之后,早已不见刘邦和众将的影子,韩信一口气跑出三四十里,才摆脱了楚军的追击,身边只剩下二十余骑人马。韩信命众人停下来,稍事休息。将士们疲惫不堪,纷纷下马卸鞍,躺在山坡上歇息,马也跑乏了,在山坡上悠闲地吃着草。由于征战惯了,尽管只有二十多人,韩信仍然选择了一个依山面水的有利地形。众人正在山坡上吃着干粮喝着水,忽见远处尘土飞扬,楚军一彪人马朝这里杀来。众将士立刻从草地上一跃而起,纷纷去寻自己的战马。韩信厉声说道:"都别动!坐在原地吃干粮。"

众将士不解地望着韩信,韩信道:"你们看楚军来势,至少有几千人马,我们能打得过吗?动一动我们就全完了。"说完,他命一名小校将他的韩字大旗插到山顶的制高点上去。不一会儿,楚军逼近了,已经能看清将旗上"钟离"两个大字。如果换一个人,可能会立刻向韩信发起进攻,可是钟离眜太了解韩信了。他远远地看见韩信的将旗飘在山顶上,再看看山坡上人马悠闲,完全是一副满不在乎的样子,韩信依山面水,抢先占据了有利地形,钟离眜断定韩信已经在这里设了埋伏,只等他上钩了。再往左右一看,四周皆是丘陵,用兵家的眼光来看,这是一块儿绝地,他已经是孤军深入,如果此时汉军从左、右、后三面杀来,他这几千人马立刻就被包了饺子。钟离眜担心汉军有埋伏,急忙下令后撤。

众人见楚军退去,纷纷围到韩信身边,问他是怎么回事,韩信道:"以后再告诉你们,赶快撤,楚军马上还会回来。"他紧握的双拳这会儿才松开,手心已经是湿漉漉的了。

吕雉重新回到了她和审食其住过的那座小院,这里已经三易其主了。不过这次审食其没有在这里陪伴她,不知他们把他关到哪里去了,只有刘太公和她两个人住在小院里。除了审食其不在,其他吃喝穿戴用度,都和以前一样,只要不出这个院子,想干什么都是自由的,只是没个人说话,闷得慌。妙逸每日都来陪她一会儿。作为敌对的双方,在一起能有多少话说?也只是礼节性的问候而已。吕雉除了每天下厨房做好她和太公两个人的饭,没有任何事可做。这一日,吕雉正坐在床上做针线,妙逸又来了,同来的还有项羽。项羽是路过这里,妙逸硬把他拉来的。

吕雉见项羽来了,有些意外,急忙起身相迎,道:"项王日理万机,怎么有空到这里来?"

"我来看看太公和嫂子。"说完,项羽到正房拜见了刘太公,说起和刘邦的情谊,太公趁机将了他一军:"既然你们是这么好的兄弟,为何把我和雉儿关在这里?那就赶快放我们走吧!"

吕雉不想激怒项羽,道:"太公不要急。我与妙逸形同姐妹,在这里住着不是一样嘛。"

依着妙逸,是主张放他们走的,她已经一再对吕雉说过,一定要说服项羽放人。项羽拜见过刘太公,又和妙逸回到了吕雉住的厢房。吕雉望了望项羽。当初在薛城,项羽还是个稚气未脱的毛头小伙子,几年不见,项羽已经变得十分成熟老练了,说话不紧不慢,坐立行止皆透着一股从容不迫的王者之气,眉宇间英气勃勃,说起话来声若洪钟,满屋子嗡嗡的回音。吕雉道:"项王真乃天赋神威,几个月不见,越发显得老成持重了。"

吕雉的镇定从容让项羽感到吃惊。这个女人不卑不亢,应对自如,哪里像个囚犯,俨然是这里的主人,倒比刘邦还难对付。他只知道有妙逸这样的女人,不知道天下还有吕雉这样的女人。

"哈哈,夫人过奖了。"

"我并非阿谀之词,若论天下英雄,大王举世无双,对待女人又是这样的体贴,不知妙逸是几世修来的福气!"

"那嫂子说说,我为什么会败在大哥手里?"

"哪里是败?不过是一时疏忽而已。这不是大王又打回来了吗?"

"当今天下英雄,唯我和刘大哥而已,就请夫人说说,我与刘邦之争,最后谁胜谁负?"

"要我说实话吗?"

"当然。"

"若论勇力,十个刘邦也抵不过大王。"

"论智慧呢?"

"大王似不及也。"

"这么说,我迟早是要败在他手里了?"

"两军正在交战,现在言胜负还有点过早。"

"可是我已料定胜负之数。"项羽两只眼睛露出得意和自信的目光,直盯盯地望着吕雉,吕雉毫不回避,目光平和地望着项羽说:"大王有战胜刘邦的信心我不怀疑,否则项羽就不是项羽了。"

"哈哈哈哈!这么说这仅仅是我的看法,夫人还另有结论?"

"是的。不过,要让我重新选择嫁人,我宁可选择项王而不是刘邦。"

"哦?"项羽对吕雉的大胆和她的选择感到意外,"为什么?"

"大王是真正的男人。"

"难道刘邦不是?"

"对男人来说,他是。对女人来说,他不是。"

"可是我不明白,既然你认为我必败无疑,为什么要选择一个失败者呢?"

"因为我是个女人。作为女人,只要她爱的男人是真心对他好,哪怕只和他过一天,这一辈子也值了。"说完,吕雉羡慕地望了望妙逸,妙逸羞涩地低着头没有吭声。

"夫人说话这样大胆直率,难道不怕我一怒之下杀了你?"

"项王眼下正是春风得意,不会杀我的,真的要杀怕又何用?"

"哈哈哈哈,说得好。夫人多保重,项羽告辞了!"

项羽在战场上没有败给过任何人,可是在这个柔弱的小女子面前,他始终没有占到上风。他发出的力被吕雉轻轻一拨就化解了,或者说男人的力对女人没有效用。在驾驭男人方面,女人似乎有着天生的智慧,男人永远无法战胜她们。

第九章　文武之道

　　吕泽和吕释之兄弟俩拦住季布、丁公厮杀。刘邦下了车,将孩子交给吕泽的部下照管,和夏侯婴一起骑马来到吕氏兄弟的营门,远远地看见张良站在那里迎接他们,刘邦翻身下马,一只脚才落地,另一只脚还跨在马鞍子上,就迫不及待地说道:"子房,真可惜呀,功亏一篑!我都打进彭城了,又败给他了,心里真他娘的窝囊,快帮我拿个主意,有没有什么破楚军的妙计?"

　　张良从刘邦手里接过缰绳道:"胜败乃兵家常事,汉王不必焦虑,先进去歇歇脚,吃点饭再说。"

　　"看样子你肚子里已经有了?快说!否则我怎么吃得下饭?"

　　"汉王果欲战胜项羽,无须什么奇谋妙计。只要舍得割地就行。如今天下豪杰争来争去,无非为了尺寸之封,汉王诚恳封地给他们,何人调动不至?"

　　"这有什么舍不得的?只要能打败项羽,我把关东之地统统分给他们都行。这次讨伐项羽,我封的人还少吗?可是五十六万大军,转眼就被人家打垮了。"

　　"汉王所封非其人也。"

　　"那你说该封谁?"

　　"南面黥布,北面彭越,这两个人均对项羽不满,可急使。汉军之中,独韩信可属大事,能独当一面,汉王果欲封,封此三人,则楚军可破也。"

　　听了张良之计,刘邦心里有了底,可是要说服黥布、彭越也并非易事。项羽已经数派使者前往说服黥布发兵,黥布均未理睬。刘邦派人就能说得动么?刘邦踌躇不定,于是让夏侯婴将谒者们统统召集到一起。夏侯婴问:"叫那么多人来做什么?"

　　"吃饭。"

　　谒者最早设于春秋时期,是为国君掌管传达等事的官,秦时仍沿袭设置。汉代的谒者不光是掌管传达事宜,还兼有礼仪、外交官的性质。汉初时谒者一职很不规范,那些前来投奔刘邦的文人学子,都想谋个官做,刘邦安排不下的,就统统封为谒者,实际上是一群清客相公,里面什么样的人都有,可以说是刘邦的一个人才储备库。这些谒者在刘邦打天下的过程中起了不小的作用。眼下彭城新败,刘邦请众谒者吃饭,谒者们知道这饭不是好吃的,一边吃一边猜测刘邦的用意。刘邦给众人敬了一杯酒,叹了口气说道:"唉!想不到彭城一败如此。可惜我军中没有冯谖那样的人才,否则怎么会败得这么惨?"

众人知道刘邦话里有话,其中一个年轻人问道:"大王有什么难心的事么?"

"难心的事不少啊。可是跟你们说有什么用?你们这些人,在一起喝喝酒聊聊天说个笑话还行,真到碰上点事,一个顶用的也没有。"

只见那年轻人把碗一推,筷子一撂,沉着脸说道:"我不知道大王这话是什么意思?"

"什么意思?我养了一群清客,一群白吃饱!你们当中哪一个能像冯谖那样,替我刘邦出把力?唉,算了吧,说也白说,你们这几个人我还是养得起的。"

"大王,士可杀不可辱。大王有难处,臣等不惜赴汤蹈火,愿为大王一死。我们这些谒者、清客,日夜盼望能为大王做点什么,大王若瞧不起我们,认为我们无能,我们也不愿意在大王这里吃闲饭,不知别人如何,至少我不愿意。大王有话直说,否则在下告辞回家种田去了。"

"嗬!说话口气不小,你叫什么名字?"

"在下隋何。"

隋何看上去不过二十多岁,长得眉清目秀,说话伶牙俐齿的,刘邦一看,对他就有了几分信心,不过他还想再激他一下:"我是有难处,不过这事难度太大,就是萧何、张良出马,也未必能办得成。你就是有这个心,恐怕也帮不了我。"

"大王有什么事说吧,臣不信天下有办不成的事。"

"出使六城。"刘邦眼睛盯着隋何,一字一顿地说。

"说服九江王黥布归汉?"

"正是。眼下楚汉相争,黥布在楚、汉之间举足轻重,若能说服黥布归汉,把项羽拖几个月,我军就有把握战胜楚军。"

隋何想了想,不卑不亢地说道:"臣愿前往说服黥布。"

"好!拿酒来!"

第二天,隋何带着二十多个人从虞城(今河南虞城东北)出发,经过几天的跋涉,来到六城。到了九江王府,黥布不见。隋何一行住在传舍中,一连三天,都是太宰出面招待他们,礼节十分周到,可是只要一提见黥布,太宰就顾左右而言他,隋何对太宰说道:"英王躲着不见我们,想必是认为楚强汉弱,请你对英王讲,让他务必听听我的看法。我若说得对,对英王必定有益;说得不对,英王可以将我们这二十余人一起斩首于市,向楚王表明反汉的心迹,如何?"

太宰将隋何的话如实转告了黥布,黥布这才同意见隋何。隋何献上随身所带的珠宝礼品和刘邦的信,黥布看了看,信上无非是些问候之语,带来的礼品黥布也不稀罕。黥布抖了抖那封信问道:"隋先生远道而来,不仅仅是为了问候我的身体吧?"

"当然不是。我有一事不明白,想请教大王。大王为何与楚国这样亲近?"

"不错。老子是和楚国要好。当初项王率领我等推翻暴秦,裂土封侯,我乃一介布衣,亏得项王才得以有今日。我黥布不但与之修好,而且以臣子的身份事之。怎么?有什么不妥吗?"

"大王说的恐怕不是心里话吧?想当初,大王南征北战、出生入死,推翻暴秦乃天下首功,楚军所到之处,哪里不是大王做先锋?楚国天下之大半是大王打下来的,而项羽却贪天之功为己有,自己独占九郡之地,却把九江这块穷地方分给大王,地不过百里,兵不过数万,难道大王心里真的认为项羽公平吗?"

隋何一席话说到了黥布的疼处,立刻勾起了他对分封的不满,当初在咸阳要不是老岳父吴芮劝着,他早就和项羽闹起来了,如今虽然表面上还和项羽保持着和和气气的关系,但是他再也不会像从前那样傻乎乎地为他卖命了。黥布心中虽然对项羽不满,在隋何面前却不动声色,道:"我黥布追随项王,不过是为了推翻暴秦,并非想得到什么。我与项王亲如兄弟,绝不会为了尺寸之封而斤斤计较的。"

隋何道:"这恐怕不是大王的心里话。当初项王起义时,大王每临战事,必身先士卒,而如今项王身负板筑以为士卒先,大王理应悉九江之兵而助之,为何只派了四千老弱残兵去应付?这能说是亲如兄弟吗?"

"这……"

黥布有点支吾其词,隋何接着说道:"汉王下彭城,项王来不及回救,大王为何不发兵相助?这也算不上亲如兄弟吧?"

"我这是……"

"项羽对大王不公,天下人皆知,大王不必掩饰了。我还有一事不明白,想请教大王。项羽有难,大王袖手旁观,不发兵援楚,难道不怕惹怒项羽?既是以臣子身份事人,又不能尽臣子之责,这样进退失据,恐怕就要大祸临头了。"

"你他娘的少来吓唬我,我又不是三岁两岁的孩子,他们打他们的仗,干我屁事?恐怕项羽还不至于为这个和我动武吧?"

"哼哼!"隋何冷笑一声说道,"大王想得太简单了吧。项羽回救彭城,三次催促大王发兵,大王皆按兵不动,已经惹恼了项羽。项羽目前只是腾不出手来,否则早就踏平九江了。大王可知当初项羽为何将大王封在九江而不是其他地方?"

"我就是在这里起家的,不把我封在这封到哪里去?"

"非也,大王能征善战,这是项羽的一块儿心病,放在远处他不放心,所以把您安置在他身边,以便就近控制,一旦有变,可以立即发兵讨之,难道大王连这点用意都看不明白?"其实对这一点,黥布和吴芮心里比谁都清楚,自从封王之后,范增派来的密探遍布九江,这边咳嗽一声都有人向范增、项羽报告,翁婿俩不得不处处小心,不知哪句话说得不对,立刻就会招来杀身之祸,这是黥布对项羽的另一个不满之处。还没容他答话,隋何接着说,"大王睡于猛虎身旁,又不能尽臣子之责,还想自保,岂不是空想?大王已经大祸临头却全然不知,在下深为大王担忧啊!"

这一席话说得黥布心里直发毛:"那依你说我该怎么办?"

"归顺汉王。"隋何坚定不移地说,"如今天下人皆知汉王将得天下。项羽杀义帝而负不义之名,贪天下之功为己有,擅天下之利为己用,诸侯皆已背楚归汉,汉王扶义而东,诸侯兵马响应者五十六万。项羽虽暂时占据彭城,但已成强弩之末,攻一小小齐国尚且吃力,怎敢与汉军和诸侯之兵相争?如今两军胶着在下邑一线,项羽进则不能攻,退而不能解,而汉王下蜀汉之粟,约诸侯之兵,振臂一呼,天下响应,破项羽乃迟早之事,大王不与万全之汉自托反托于危亡之楚。臣窃为大王惑之。"

隋何这一番话彻底说服了黥布。黥布问道:"那么汉王要我做什么呢?"

"发兵反楚。从背后拖住项羽。只要拖住项羽数月,汉王必得天下。"

"那汉王能给我什么呢?"

"自然是裂地封王。"

"封我什么? 还是九江王?"这是黥布最关心的问题。

"何止九江,天下之地可由大王任选。"

"好,一言为定。请隋先生转告汉王,我黥布并不是那种小肚鸡肠、斤斤计较之人。只要汉王对得起我,我黥布一定不负汉王。"

黥布害怕隋何说话不算数,还想再探探汉王的底细,隋何也明白他的意思,道:"我来时汉王曾授予全权,无论大王有什么要求都一律满足。"黥布这才把心放到了肚子里,可是隋何却还不能放心。项羽和范增也在拼命争取黥布,若一走了之,恐怕事情还有变数。隋何知道自己的使命还没有完成,必须亲眼看到黥布和项羽打起来他才能走。

果然不出隋何所料,他刚回到传舍,楚国的使者就到了。隋何灵机一动,有了主意。他以黥布的名义写了一篇讨项檄文,派了一个敢死之士送往彭城。第二天,隋何打听好了黥布会见楚使者的时间,直闯黥布王宫大门。侍卫挡住不让进,说九江王有要事,任何人都不见,隋何道:"大王就是找我来商议要事的。"侍卫一听,不敢怠慢,领着隋何进了王宫。进了宫,隋何不客气地坐在楚使者的上首,直截了当地说:"九江王已经归汉,你们不要再费口舌了。"

黥布和楚使者皆大吃一惊,使者问道:"这位是?"

"我是汉王使者隋何。大王,我已以大王的名义写了一篇讨项檄文,派人送到彭城去了。这是副本。"

黥布接过檄文副本,扫了两眼,气得直发抖:"你? 你怎么不经我同意就擅自这样做? 来人,把这个不知死活的家伙推出去斩了!"

门外几个武士听到命令呼啦一下闯了进来,隋何笑道:"大王现在要杀我已经晚了。大丈夫当断则断,大王不要再犹豫了。事已至此,项王是不会放过你的。不如杀了楚使,以向天下表明心迹。"

黥布无奈,挥了挥手让武士们退下,低头沉思了一会儿,决定采纳隋何的建议,杀了楚使者,起兵伐楚。

黥布一反,仿佛在项羽背后插了一把刀。范增扼腕叹息道:"可惜!可惜!"项羽道:"事到如今,还可惜它做什么。龙且!"

"在!"

"你立刻带五万人马把九江给我夷为平地。"

"诺!"

隋何走后,在彭城被打散的汉将纷纷向下邑集中,可是唯独不见韩信。众将又在刘邦面前说起风凉话:"八成是打了败仗没脸回来了吧?"

"都一个多月了还不回来,肯定是跑了。"

"就是,他这也不是第一回跑了。"

"我早就知道他靠不住,像这样朝秦暮楚的,早点走了好。留下也是个祸害。"

"就是,五十六万大军交给他指挥,转眼之间输了个干干净净。"

开始听到这些闲话,刘邦还能沉得住气,可是说得多了刘邦心里也没了底,他问张良:"你说韩信到底是怎么回事?活不见人,死不见尸,该不会出什么事吧?"

"大将军为人机警,当不会有事。"

"那他怎么还不回来呀?他会不会投靠别人?"

"我看韩大将军不是那种朝秦暮楚之人。韩信素有大志,绝不会去投靠那些鼠目寸光之辈,而项羽那里他又回不去,还能去哪里?汉王再等等看,他一定会回来的。"

过了几天,韩信果真回来了,只见他面黄肌瘦,衣衫不整,一见面,就给刘邦跪下了:"彭城之败,臣有不可推卸之责。启禀汉王恕罪。"

刘邦正在吃饭,一看韩信这幅狼狈样子,急忙将他扶起来,道:"胜败乃兵家常事,何罪之有?你能回来就好。快来吃饭。"

"不用了,臣一会儿到军营里去吃。"

"还跟我客气什么?让你吃就吃。"

韩信已经饿了几天,也顾不上礼节了,狼吞虎咽地吃了起来,不一会儿就把桌子上的东西扫了个精光。吃完了,才发现刘邦一直没动筷子,在看着他吃,韩信擦了擦嘴,不好意思地笑了笑:"汉王您,没吃?"

"我看着你吃高兴,怎么饿成这样?吃饱了么?"

"饱了。"

"要不要再给你做点?"

"不用了。"韩信心中一阵感动,突然想起小时候挨饿的情景,不由得一阵心酸。

"你怎么这么长时间才回来呀?"

"臣本不打算回来了。仗打成这样,还有何面目来见汉王?"

"看你说的,败了一仗就不来见我了?那你又回来干什么?"

"我想，不管怎么样，也要见汉王一面，把话说清楚。汉王若还能用我，我不惜肝脑涂地把彭城失败的损失挽回来；若不能用我，宁愿给汉王做个马前卒，为汉王摇旗呐喊。"

"彭城之败，我又没怪你。你还接着当你的大将军就是了。"

"不。话不说清楚，臣当不了这个大将军。"

"怎么了？"

"臣这个大将军有名无实，指挥不了这些骄兵悍将。"

"原来是为这个。"刘邦刚才满是笑容的脸立刻沉了下来，反问道，"这么说，彭城之败是怪我没给你交权喽？"

"也可以这么说。"

"放肆！"刘邦气得拍案而起，"打了败仗我不怪罪你你倒怪起我来了，岂有此理?!"

韩信也不示弱："不管汉王怎么看，反正我要把这个话说出来。憋在心里不吐不快。"

"住嘴！五十六万大军交给你转眼间化为乌有，你还有什么说的？"

"五十六万大军不过乌合之众，没有统一指挥，与市人何异？"

"你还敢跟我顶嘴？我撤了你这个大将军！"

"听凭大王处置。臣这次回来，就没打算再当这个大将军。"

"你，你，你气死我了，你先回军中去给我反省！"

"诺！"

韩信回到军中，如释重负。他终于把想说的话说了出来。这会儿吃饱了肚子，闲得没事，嘴里打着口哨，信步走出了营帐。一出门，远远地看见刘邦过来了，他害怕再惹他生气，赶紧转过身朝另一条路走。走不多远，看见刘邦也朝这条路上来了，于是韩信又换个方向。回头一看，刘邦还跟在身后，看样子是躲不过去了，只好站下，等刘邦过来。刘邦气喘吁吁地追到跟前，骂道："你他娘的跑什么？说你两句就不行啦？还躲着我走！"

"臣没有躲。臣是怕惹汉王生气。"

"走，到你那去！我还得跟你理论理论。"

韩信惴惴不安地将刘邦让到屋里，恭恭敬敬泡了杯茶捧到刘邦面前，刘邦接过来问道："你知道我要和你理论什么吗？"

"彭城败因。"

"对了！你刚才说什么来着？彭城之败是赖我？"

"正是。"

"你说对了。"

"什么？"韩信大吃一惊，以为是自己听错了。

"你不是说赖我么？"

"臣是这么说的。可是汉王您……"

"我也是这么说的呀。啊？没想到吧？哈哈哈哈，这回不用躲我了吧？"

"汉王真是这么想的？"

"我本来就是这么想的，彭城之败是我的错，不能怪你。这回别跟我怄气了，我把指挥权全部交给你，赶紧帮我拿主意吧，眼下这仗怎么打？"

下邑一线，正相持不下，楚军连连发动进攻。虽然少了一个龙且，可是汉军仍占不了上风。韩信建议刘邦将部队后撤，刘邦道："我好不容易说服了黥布归汉，如今局势已经扭转，为何还要后撤？"

韩信笑笑说："打个比方吧，大王可先打我一拳。"

刘邦不明白韩信的用意，伸手打了他一拳，韩信一把抓住刘邦的手说："大王手不要缩回去。您再打一拳试试。还能用上劲么？"

刘邦伸直的胳膊停在那里，道："是这么个理儿。"

韩信道："文武之道，一张一弛。眼下两军对垒，谁也胜不了谁，只是在这里消耗，只有后撤，才能找到战机。"

于是，刘邦连连后撤，一直撤到荥阳附近。项羽以为汉军招架不住了，紧追不舍，韩信早已在京、索之间设下埋伏，令王陵前去挑战。王陵阵前大骂项羽，项羽怒不可遏，挥起青龙戟直奔王陵杀来，王陵挺枪来迎，两人战了十几个回合，王陵装做不敌，拖枪便走，项羽紧追不舍。王陵跑出二三里，停下又战，战不数合再次向西逃跑。项羽不知是计，还在紧紧追赶。自从起事以来，项羽在两军阵前还没有碰到过对手，今见王陵武艺高强，一时杀得兴起，竟不管不顾地追杀起来，转眼已经跑出十几里地。王陵拐过一个山坡忽然不见了，项羽这才感到有点孤军深入，急忙后撤，可是后面汉军已经堵住了去路，为首一员大将乃灌婴。灌婴骑在马上，指着项羽说道："项羽还不快快下马受降！"项羽不防，吃了一惊，命令部队向左突围，左面又有一支汉军杀出，为首的将领乃樊哙、周勃，项羽只好令部队向右冲，右边曹参、卢绾早已埋伏在那里，拦住项羽又是一阵厮杀。三面汉军都已事先占据了有利地形，项羽只好继续向西前进，这时王陵又重新出现了。王陵挺枪拍马来战项羽，全不似先前作战时模样，而是步步紧逼，毫不相让，一支长枪在他手中如惊蛇狂舞，枪法之灵活多变，简直是神鬼莫测。两人大战了二三十个回合，竟然不分胜负。项羽暗暗赞叹王陵的好枪法。可是眼看汉军从四面八方杀来，项羽不敢恋战，率领部队向东南突围出去了。

这一仗，大大振奋了汉军的士气，全军上下一片欢腾。刘邦正和诸将饮酒庆贺，萧何带着关中的父老押着粮草和猪牛羊酒劳军来了，萧何不仅带来了丰富的粮草，还从关中带来了新招募的三万人马。这三万人马对刘邦来说太重要了。彭城之败，使刘邦的主力损失殆尽，诸侯兵散去之后，他身边只有吕氏兄弟和王陵两支人马还算完整,加起来也不过五六万人,后来虽然又收集了不少散兵,但是在与楚军周旋中又伤亡了不少,兵员仍然奇缺。刘邦问萧何:"能不能在两个月内再募集几万人马?"

萧何苦笑了一下说道:"我尽力想办法。秦在关中把十五岁至六十岁的男子几乎全部征召入伍了,募集到这些已属不易。"

刘邦望了望萧何,只见他瘦了一大圈,眼睛里布满了红红的血丝,忙道:"丞相辛苦了,赶快到屋里歇息。"

萧何进了刘邦的大帐,还没说几句话,坐着就睡着了。刘邦把自己的衣服脱下来给他盖上,并问跟随萧何的鄂千秋:"你们路上走了几天?"

"七天。丞相知道前方粮草不济,兵员奇缺,日夜兼程往这里赶,这几天几乎没睡。"

"辛苦你们了。"

"我们年轻,倒没什么,就是苦了丞相。丞相日理万机,才半年的时间,把关中治理得井井有条,百姓们无不称颂,还给他送了一块儿金匾呢。"

"哦?有这等事?"刘邦心里一惊,不过他很快就镇定下来了,"金匾上写的什么?"

"黔首救星。"

刘邦坐不住了。当晚,他找到张良,问派谁镇守关中合适,张良一听便明白,刘邦对萧何不放心了。如果对萧何都不放心,还有谁人可以相信?张良思忖良久,道:"汉王可立太子,令太子守关中。"

"可是盈儿还不到十岁,怎能担当得起这么大的事情?肥儿虽然大些,可是不及盈儿聪明伶俐。恐怕不是个可塑之才。"

"年纪小倒也无妨,只是要这个名分。大有何用,还能代替丞相治国吗?只要有这么个有名分的人在关中住着,就表示汉家天下是姓刘的,上下人等就得有所顾忌。"

"说得好!就按你说的办。"

过了两天,刘邦和萧何一起回到了关中。不仅他回去了,还把众将都带回去了,只留了韩信和王陵守荥阳。刘邦离开关中才半年多,关中已经大大改变了模样,路上再也看不到那些讨饭的了,百姓们脸上露出了笑容,则收完庄稼,百姓们正忙着深翻土地,往地里送肥,期待着下一年的收获。听说刘邦回关中来了,百姓们杀猪宰羊夹道相迎。刘邦十分高兴,频频向人们招手致意。还不时停下来问问百姓们的生活、生产情况。只要百姓们一张口,无不称赞萧何治国有方,几乎是人人称颂,万民爱戴。听了这些话,刘邦心里酸溜溜的,很不是滋味。对萧何的为人和才干,他既佩服又嫉妒;对他的治绩,既高兴又担心。心想,幸亏及早发现,否则这天下姓了萧都不知道。

刘邦在栎阳举行了一个盛大的仪式,宣布立刘盈为太子。文武百官齐集栎阳,向刘邦表示祝贺。同时,刘邦还让诸将都把自己未成年的子弟集中到栎阳来,协助太子镇守关中,实际上是让将领们留下人质。恰好张耳一家大小都逃难在关中,张敖已经长大了,元元也已经十四岁了,于是顺便把两个孩子的婚事也办了。刘邦嫁女,众文武都觉得应该有个名分,于是赐刘元为鲁元公主。出嫁那天,鲁元公主哭得死去活来,说什么也不上轿,众人劝了半天都不得要领,只好把刘邦请了来,刘邦问她怎么了,她说要等母亲回来再嫁。自从彭城突围之后,鲁元再也没有见到过母亲,她还是个孩子,打懂事起,就跟着母亲东奔西跑,躲避战乱,没有过过一天安定的日子,眼下刚刚回到关中,才安定了没几天,又要她出嫁,她实在有点想不通。可是刘邦已经许下张耳,不能再反悔,况且,眼下诸侯皆已叛他而去,张耳成了他的一个重要砝码,他还要用张耳给他卖命,于是对公主好言相劝,他告诉元元,已经派人去侦察过了,母亲还活着,他正在和项羽谈判,项羽很快就会放她回来,元元这才勉强答应上轿。

刘邦在关中期间,前方报告活捉了秦将司马欣,刘邦令人将其押到关中,当众枭首,并将司马欣的人头挂在城门口,用以警告那些敢于反叛的人。之后,刘邦又带着太子刘盈到咸阳、槐里、高奴等地巡视了一圈。刘邦在关中整整停留了一个月,仍觉得有点放心不下,可是前方送来了紧急战报:魏王豹反了。刘邦只好离开关中,匆匆忙忙赶回了前线。

刘邦回关中之前,魏王豹曾向刘邦告假,说是母亲病重,想回去探望一下。探视亲疾本是人之常情,刘邦也没有多想,就准了他的假。刘邦进关这一个多月,楚军也没闲着,一面积极备战,准备卷土重来,一面在积极策反诸侯。刘邦成功地争取了黥布,在项羽背后捅了一刀,范增对此耿耿于怀,也要在刘邦背后来他一刀。早在汉军后撤的途中,范增便派了秘密使者前往魏营说服魏豹叛汉。魏豹早就对刘邦不满,当初刘邦出关,魏豹是诸侯王中第一个追随他讨项的,刘邦对他没有加尺寸之封,反而把魏国的军队调到最前线去给汉军充当替死鬼,加之刘邦素来待人无礼,对他这个一国之君张口就骂,稍不如意就给脸子看,魏豹早就忍耐不下去了,只是在人屋檐下,不得不低头。如今有了楚国的支持,有心叛汉复魏,但又觉得没有把握,毕竟魏国与汉只有一河之隔,刘邦随时可以派军前来征讨。使者见魏豹犹犹豫豫,将情况报告了项羽,项羽立即派项它率领一万人马前来协助魏豹复国。魏豹回到河北,立刻反了。宣布反汉之后,魏豹封锁了临晋渡口,断绝了两岸交通。

范增不仅成功地策反了魏豹,趁着刘邦进关的工夫,他还派了秘密使者来做王陵的工作,企图在汉军内部制造一场分裂。王陵在厚礼重宝面前毫不动摇,范增所说的裂土之封,也没能打动王陵。范增了解到王陵是个孝子,便从沛县将王陵的母亲劫持到彭城,以项羽的名义给王陵写了一封信,派使者带给王陵,欢迎他到彭城来看望老母。王陵看了信，心如刀绞，当即就要带兵前去讨伐彭城。韩信劝道："将军不可意气用事，此去别说没有战胜楚军的把握，就算战而胜之，项羽能放过令堂吗？不如也派几名使者前去，以理说服项羽、范增，老母或许还能有救。"于是，王陵派了两个心腹之人随同楚使者前往。

项羽和范增亲自接待了王陵的使者，首先对关中封王漏封王陵一事表示歉意，并答应一定加倍补偿。说完，又带着使者来看王陵的母亲。

范增将王陵的母亲劫持到彭城后，就安排在吕雉住的院子里，让吕雉陪她说话，照顾起居。吕雉闻知是王陵的母亲，不敢怠慢，像对待自己的亲生母亲一样，每日端茶倒水，床前床后地伺候。老夫人也是知书达理之人，对太公和吕雉十分敬重。对于吕雉的恭敬，老夫人不敢贸然领受，道："夫人贵为王后，我怎敢让你这般伺候？"

吕雉道："什么王后不王后，王大哥是刘邦的兄弟，王大哥的母亲就是刘邦的母亲，您就当我是您的儿媳妇就是了。"

刘太公道："是呀，那年我家卖了地，多亏王陵这孩子慷慨相助。到现在我们种的还是你王家的地呢。"

"快别这么说，普天之下，莫非王土，汉王马上要得天下了，还说什么王家的地，我倒是庆幸陵儿投了位明主，否则将来连个立锥之地都没有啊！"

"咳！这些孩子们瞎折腾，也不知能不能成事，害得我们这些快入土的人整天跟着他们提心吊胆的。"

"太公不必担忧，孩子们肯折腾是好事，好男儿就该如此，哪怕不成，也不能失了男儿这口气。况且，我看汉王行事，一定能成！"

"果真如此，我们这些罪也没白受。"

就这样，三个人相敬如宾，过得如同一家人一般。共同的境遇也使他们的心紧紧地联结在了一起。然而，表面上轻松愉快的气氛，掩盖不了做人质的事实，项羽究竟会如何处置他们，三个人心里都没有底，但是三个人都绝口不提此事，而是尽量以笑脸来给对方解除压力。

项羽和范增陪同王陵的使者来到小院，王夫人与之周旋了一阵，明白了范增的用意。作为母亲，她深知儿子此刻的心情，也对范增的所作所为感到不齿，她决心要让儿子无牵无挂地跟着汉王走下去，彻底战胜项羽。两个使者她认识，都是王家的老仆，老夫人问了问王陵的情况，问得很细，从一顿吃多少饭，到几天洗一次衣服都问到了，问完说道："陵儿无恙，我就放心了。你们回去告诉陵儿，汉王乃仁义之君，让他忠心辅佐汉王，不要牵挂我，日后我与他九泉之下相见。"说完，猛地拔出使者腰间的剑自杀了。

老夫人的义举成为千古传诵的佳话，至今徐州云龙公园内还有王陵母墓。后人路过这里无不为之肃然起敬。

第十章　木罂渡军

　　却说龙且得到项羽的命令之后,率领五万人马来讨黥布。当初江东子弟渡江时两个人初次见面,曾交过一次手,那次有钟离眜助战,未曾分出胜负,今日龙且独自来战,黥布根本没把他放在眼里。两人阵前相见,黥布本想三下五除二就把龙且解决了,没想到,龙且武艺十分了得,两个人从辰时战到午后,交手一百多个回合,也没有分出胜负。龙且知道黥布骁勇,不敢轻敌,临来时,范增曾有嘱咐,一定要智取,不可强攻,于是便主动后撤。黥布以为龙且招架不住了,率军追了上来,不料中了楚军埋伏,损失惨重,被迫撤回六城。龙且跟踪而至,将六城团团包围起来。黥布封王之后,以为从此天下太平了,就刀枪入库,马放南山,大肆享乐起来。部队久不训练,战斗力大不如前,加之部下还有一些项梁旧部,本就不愿反楚,于是龙且很快就攻破六城,黥布只身跟着隋何逃往荥阳去了。

　　楚军打败了黥布,解除了后顾之忧,很快又集结了二十万大军,重新向汉军反扑过来。

　　刘邦进关安顿后方这段时间,韩信以攻为守,很快又将战线推至下邑一线。将以前让出的地盘全部收复了。韩信打仗历来神出鬼没。汉军将领大部分不在军中,如果让楚军得知这一消息,不仅荥阳守不住,楚军甚至可以直接打到关中去,所以他必须采取进攻的姿态,不能让楚军看出任何破绽。可是刘邦率领众将回到前线之后,形势已经和一个月前大不一样了。楚军刚刚集结了二十万大军,韩信不得不下令再次后撤。好不容易收复了的旧地怎能再让出去?汉军将领大部分不同意后撤,主张与楚军决一胜负。刘邦见将士们士气可用,决定死守。韩信反复劝说,刘邦就是听不进去,于是韩信只好听任众将去与楚军拼命。楚军来势汹汹,汉军每战必败,节节后退,最后又撤到了荥阳一线。这个结果早在韩信意料之中,可是众将却把失败的责任推到了韩信头上,觉得这位大将军已经江郎才尽,拿不出什么战胜楚军的妙方了。彭城战败之后,众将对韩信一直心存疑虑,觉得他对付章邯、董翳之类的残兵败将还可以,与楚军作战不行,部队越是打败仗,将领们越是不听他的。

　　汉军退到荥阳之后,慢慢稳住了阵脚,楚军很难再向前推进了。当初项羽进关时,曾对这一带的地形做过详细的考察,在这黄土高原上,到处是雨水冲击出来的沟沟坎坎,过了荥阳再往西去则是崇山峻岭,随处可以伏下千军万马,不消灭汉军的主力,绝不敢贸然西进。因此,项羽打算在这里与汉军展开决战,彻底歼灭汉军主力,然后再图谋进关。汉军也要死死守住荥阳一线,否则,让项羽进了山,汉军就失去了地理优势,真在大山里打起拉锯战来,汉军也难说一定有把握战胜楚军。因为地形复杂并非上天专为汉军设置的,双方均可以利用。于是,两军皆使出最大的力气,要在荥阳一线拼个你死我活。战场以荥阳为核心,战线大致以鸿沟为界,从黄河边一直拉到荥阳以南,大约有五六十里长,双方阵地犬牙交错,你来我往,争来夺去,像一条长虫在地面上来回蠕动着。看样子,这场战争一时半会难以分出胜负。

韩信见双方处于胶着状态,一时难分胜负,于是来找刘邦,要求率领一支人马去平定河北魏豹之乱。刘邦道:"底下有闲话,我都听到了,你别在意。部队守不住下邑,是因为楚军太强,和你没关系,不要意气用事!"

"大王,我不是意气用事,魏豹也是非打不可的。"

魏豹一反,刘邦后方立刻出现了缺口。不仅在对项羽的作战中两面受敌,连关中的安全都受到了威胁。刘邦想暂时将魏豹搁在一边,先集中力量对付项羽,可是后方不安定,也难以彻底战胜楚军。韩信道:"河内乃肘腋之地,魏军可随时渡河犯我关中,亦可配合楚军从背后袭击我军,我闻楚将项它已经率领一万楚军开进魏国,如不及早安定之,将来必成大患。"

"你是说项它?这个人我认识,没什么大作为,当初章邯包围临济,项梁派他去援救,去了不到三天,就被章邯打得全军覆灭,一个人跑回来了。此人并不足畏,魏军中倒是有几员大将不可轻视。不过,前线这么吃紧,我现在到哪去给你调兵呢?"

项羽几乎将楚军全部精锐都投到了荥阳一线,摆开了一副决战的架势,刘邦凑来凑去不过十几万人马,对付眼前的楚军已经是捉襟见肘,很难再抽出兵力对付魏豹,刘邦左右为难。韩信道:"汉王不必发愁,只需给我一万人马,我便可收复河北。"

"你走了,我这里怎么办?"

"有大王在,这里应当不会有什么差错。"

"你先别忙,我让郦食其先去劝劝他,看他能不能回心转意。"

郦食其走后,楚军又向汉军发起了猛烈进攻,几乎每天都有战事,双方打得十分惨烈。后方魏豹为了配合楚军的行动,不断进行骚扰,还派兵渡过黄河,占领了临晋渡口。魏豹一反,燕、赵也都跟着反了,形势对汉军十分不利。刘邦问张良:"韩信要去收拾魏豹,可我这里又抽不出人马给他,你说怎么办?"

张良道:"抽得出要抽,抽不出也要抽。魏豹眼下没有成势,但若置之不理,必成大患。蚁穴可决千里之堤,大王绝不可轻视。依臣之见,韩大将军此去就不必再回来了,不仅要平定魏国之乱,还要在河北另外开辟战场,否则河北诸侯今日反,明日叛,若不彻底解决,永无太平之日。"

"可是韩信一走,这里就更困难了。"

"汉王要往远处看,韩大将军若在河北站住脚,对汉王是极好的战略配合。荥阳之战我军占有地利,楚军一时打不进来。有臣等协助汉王,这里当不会有什么闪失。"

郦食其到了魏国之后,劝魏豹看明天下大势,不要一时糊涂,受了楚人的蛊惑,将来后悔就来不及了,并许之以厚封,魏豹道:"汉王之封虽厚,然寡人受不了那个气。汉王慢而侮人,詈骂群臣如骂奴婢,身为一国之王,寡人绝不再受此辱。"

郦食其摇动三寸不烂之舌,说破了嘴皮子,魏豹还是没有半点回心转意的余地,郦食其只好回来复命。刘邦见魏豹不肯回心转意,便开始认真考虑起收复魏地的问题,于是问道:"魏大将为谁?"

"柏直。"

"乳臭未干的小儿,他哪是韩信的对手,骑将呢?"

"冯敬。"

"哦,是秦将冯无择的儿子,那他不是灌婴的对手。步将为谁?"

"项它。"

刘邦听罢哈哈大笑:"原来是他,让曹参去就把他收拾了。"

于是,刘邦拜韩信为左丞相,命曹参、灌婴各率两千人马随同前往,渡河伐魏。临行前,刘邦对韩信说道:"我是抽不出更多的人来了。你只能回关中找萧何想办法,他那边大概还有点守关的兵马,估计能凑起一万多人,你就统统带走吧。人马少了点,可是这边实在吃紧,只能给你这么多了。"

韩信道:"不少了,臣到了河北,可因敌补充兵马粮草。"

"你知道我为何要封你个左丞相吗?"

"汉王是恐诸将不服,特授以重权,以便于调度。"

"此其一也。还有其二。你到了河北,如果得手,就不要回来了,在那边另外开辟战场,与我形成战略配合。封你个左丞相,好管理地方事务。"

韩信一惊:"这是谁给您出的主意?"

"怎么?这个主意出得不好?"

"不不不,这是一个极好的战略构想,也正是臣的想法,只是还一仗未打,臣不便口出狂言,原打算平定了魏豹再来向大王建议,不料有人先替汉王想到了。"

"你怎么知道是别人替我想的,我自己就不会想吗?"

"呵呵,臣说话冒失,汉王恕罪。汉王真是高瞻远瞩,臣不胜钦佩。"

"不过实话告诉你,这主意还真不是我的,是子房出的。"

临出发前,刘邦又将曹参找来,私下问道:"你可知我为何派你去协助韩信?"

曹参想了想说道:"诸将多与大将军不和,独臣和灌将军能与大将军谈得来。"

"你还是没明白我的意思。此去将要开辟河北战场,你们几乎是赤手空拳去打天下,所以才让你和灌婴出马,任重而道远,此其一也;其二,你们这一去,不知咱们何年何月才能见面,你可要把汉家的部队给我看好了,千万别让它姓了别人的姓,明白吗?"

曹参的确没有想到这一点, 也没想到平时大大咧咧的刘邦心计居然会有这么深,心中不禁感到佩服,他认真地点了点头,刘邦接着说道:"我没有和灌婴交代这一层,因为现在还不是时候,必要的时候,你可以和他挑明了说。"

曹参道:"汉王放心,不管部队走到哪里,我都不会让它失去控制。任何人都休想把汉家的队伍拉出去!"

曹参领了命要走,刘邦道:"别急,我还有件事要问你,最近外面纷纷传闻说萧何要反,你和他共事多年,你觉得萧何这个人靠得住吗?"

这话曹参也听到过。这本是楚军瓦解汉军的攻势的一部分,范增派了人,在荥阳城里到处散布谣言,说萧何在关中收买人心,准备自立。刘邦刚从关中回来,根本不相信这些谣言,可是谣言越传越凶,连军中的将领们也跟着说,刘邦就有些坐不住了。

曹参本来并不相信这些谣言,但是这么大的事,他也不敢随便给刘邦打保票,想了半天说道:"萧何的道德文章是没的说。可这是天下之争,不能以人品论,要看有没有反的条件。要说丞相的心可是够大的,从年轻的时候起就有天下之志。还是加点小心为好。"

听了曹参的话,刘邦心里忽悠的一下。当下他没有再说什么。曹参走后,他慢慢品味,觉得曹参说得有道理,可是按照曹参的逻辑推去,萧何根本没有反的条件,因为关中的兵马全部集中到前线来了,萧何手里几乎没有一兵一卒,这倒使刘邦大大地放心了。第二天,刘邦派人专程到栎阳去慰问萧何,给萧何带去不少珠宝珍玩和贵重补品。

刘邦这样关心萧何,令萧何十分感动,他并没有多想,只是问了问前线的情况和刘邦的身体状况,就把东西收下了。可是过了十来天,刘邦又派人来慰问,萧何就感到有点不对劲了。半个月后,刘邦又派人来了。萧何不能不考虑其中的原因了。他拉住来使问道:"前方到底发生了什么事?汉王为何这样三番五次地派人来慰问?"

来使过去就认识萧何,加之萧何对待下属历来仁爱有加,汉军中无人不知晓,来使也就不想瞒他,道:"丞相听了不要生气,前方有些说法对丞相十分不利。"

"哪些说法?"

来使把军中的谣言一五一十对萧何说了。萧何道:"仅凭这些汉王还不至于疑我。"

"主要是一些将军们也跟着说。汉王就疑心了。"

当初萧何做了丞相,众将有些不服气,萧何是知道的,但是他没想到居然会有人在这样的事情上说长道短,心里感到一股透彻骨髓的寒意。以萧何的修养,不该再追问下去,可是仍然忍不住问道:"是哪些人在议论?都说了些什么?"

"具体的在下也没听到多少,只是听说曹将军临走时对汉王说过一些话,对丞相十分不利。"

"他说了什么?"

"好像是说反不反不能以人品论,而要看有没有反的条件。还说丞相的心是够大的,从年轻的时候起就有天下之志。"

刘邦与曹参的谈话是在极秘密的状况下进行的,这话是怎么传出来的不得而知。萧何万万没有想到带头说他的竟是曹参,从此,萧何与曹参结了怨,直到萧何去世,也未能解开这个结。

萧何安顿使者住下,将鄂千秋找来,把来使所言一一对他讲了,然后问道:"汉王疑我,真是让我想不通,难道我的心迹汉王还看不出来吗?"

鄂千秋道:"这又有何奇怪?丞相在关中政绩卓著,万民称颂,在百姓中的声望已经高过了汉王,汉王能放心吗?"

萧何摇摇头道:"人言可畏,人心难测呀!"

"丞相先不要感叹了,您目前的处境很危险。"

"看来我还得到荥阳去一趟,当面向汉王解释清楚。"

"这种事情怎么能解释得清楚?"

"那怎么办?"

"目前唯一的办法是把您的已成年的儿子和萧姓子弟全部派到前线去,这样方能解除汉王的疑虑。"

当晚,萧何把家族里兄弟子侄全部召集到一起,向他们申明大义,动员家族里十五岁以上的男子统统到前线去。萧何到关中以后,家族里来投奔他的人不少,连平时多年不来往的一些远亲都来了,这些人都住在栎阳,靠着萧何吃闲饭,现在听说有事,很多人不愿意去,萧何道:"凡是萧家的人,必须去。不是的,可以就此离开栎阳。"于是,家族里聚集了十几口男丁,随着新从巴蜀征来的士卒开往荥阳去了。还有一些年龄大一点,不适合从军的,也都编进了支前大军。刘邦见萧何举家男子都来从军,这才彻底打消了对萧何的疑虑。

正在楚汉两军在荥阳征战不休的时候,隋何陪着黥布来了。黥布这次来很狼狈,几万人马被龙且打得落花流水,丧失殆尽,他害怕龙且追杀,和隋何等人从小路逃到了荥阳。黥布觉得没脸来见刘邦,隋何道:"没关系。只要大王人在,还愁没有东山再起的日子?"于是,黥布扭扭捏捏地跟着隋何来到刘邦的大帐。刘邦正在洗脚,两个女子一人抱住他的一只脚在揉捏。刘邦连日来疲惫不堪,这么一捏,觉得很舒服,黥布进来也没停,嘴里还嚷着:"使点劲。再重一点,好好给老子去去乏。"黥布和隋何站在一边,刘邦冲他们挥了挥手,示意让他们坐下,然后接着洗他的脚。隋何知道刘邦的秉性,倒没觉得怎么样,黥布脸上却挂不住了。他以为是自己打了败仗,刘邦故意这样羞辱他,脸涨得像猪肝一般,恨不能有条地缝钻进去。好不容易等刘邦洗完了脚,外面又进来一大群奏事的文武官员,刘邦对隋何说道:"这么着吧,你先安排英王住下,回头我闲了再给英王接风。住处我已经让夏侯婴安排好了,你找他就行。"

从刘邦那里出来,黥布已经忍无可忍,拔剑就要自杀,隋何急忙按住他的手说道:"大王这是何苦?汉王就是这么个人,从来不知道尊重人,他对谁都这样,你可千万别往心里去。"

隋何找到夏侯婴,陪着黥布一起来到住处。黥布一看,院落的大小,屋内的家具摆设都和刘邦的住处一模一样,这才相信隋何所说不假。过了两天,刘邦闲了,设宴款待黥布,并许诺将来封他为淮南王, 地方比原来项羽封给他的九江之地要大几倍。黥布的兵马已经打光了,知道自己没有本钱和刘邦讨价还价,刘邦想怎么处置他就怎处置。他没想到刘邦会这么器重他,心中感激不尽,大喜过望。于是派身边的亲信回九江去招募被打散的人马,得到四五千人,但是黥布的妻小一家几十口人却都被楚军杀光了。

却说韩信到了关中, 萧何将所有关中能调动的部队全部给了他, 约有一万人马。韩信和曹参、灌婴到军中一看,这哪叫军队呀!老的老,小的小,身强力壮的没几个。比起渡陈仓那会儿,真是天壤之别。曹参和灌婴看了直皱眉头。韩信道:"别灰心,没有打不好仗的兵,只有带不好兵的将。当年孙武子为吴王训练了两队宫女,尚称可与之赴汤蹈火,如今有这许多热血男儿,还愁打不好仗?"说完,韩信来到军前,对士卒们说道:"有人说,留在关中的军人都是些老弱病残,是打不了仗的,是这样吗?"

"不是!"士卒们齐声喊道。

"怎么声音不大呀?你们摸摸裤裆里那一把还在不在?"

"在!"士卒们一听都笑了,嘻嘻哈哈地答应着。韩信把脸一沉,提高声音问道:"还在不在?"

"在!"这一次回答的声音比刚才响亮多了。

韩信又问:"你们还是不是男人?"

"是!"

"是男人就别装孬种,不是的现在就把它割了去。明天咱们就去打魏豹,大家有没有打胜的决心?"

"有!"

韩信几句话就把士气调动起来了。第二天,部队开拔前往临晋(今陕西大荔县东)。魏军早已知道韩信的威名,一听说韩信来了,纷纷撤往河东,并带走了所有的

渡河船只。魏豹在蒲坂设下重兵把守。蒲坂与临晋隔河相望,是黄河的重要渡口。黄河从北面南流回来,到了山陕交界的地方开始进入山陕大峡谷,两岸皆是高山峻岭、悬崖峭壁,水流湍急,到了临晋,水势才逐渐减缓下来,所以在这里形成了渡口。

关于临晋渡口,最早的著名历史事件是韩信渡军,后来的人们又在这里创造了许多奇迹。唐开元年间,由兵部尚书张说主持,在这里修建了一座铁索桥,两岸各用两头大铁牛拉着铁杠,铁锁就拴在铁杠上。每头铁牛重达七十五吨,铁牛之旁各有一铁人牵引,分别代表维吾尔、蒙、藏、汉四个民族。整个铁索桥所用的铁相当于当时全国一年的冶铁总量。后来,由于河水年深日久的冲击,桥毁了,铁牛也被埋到了泥沙之下。直到本世纪初,才使之全部重见天日。比铁牛更有名的是建于北周时期的鹳雀楼。提起鹳雀楼,人们自然会想起唐代诗人王之涣的著名诗篇《登鹳雀楼》:"白日依山尽,黄河入海流,欲穷千里目,更上一层楼。"其中"白日依山尽"的山,指的是华山,在天气晴朗的情况下,从鹳雀楼上可以望见日落华山的美景。这里还发生过张生和崔莺莺的一段风流故事,离鹳雀楼不远,就是故事里提到的普救寺,和别的寺院不同的是,寺院门前立着一个巨大的连心锁,锁上刻着:愿天下有情人终成眷属。可以说是寺院一绝。韩信当年不可能知道后来这些故事,但是我们却可以从这些故事中更清楚地知道韩信是在一个多么富有诗意的地方渡河的。当年韩信带着自己的队伍,就是从华山脚下来到临晋的。

韩信和曹参、灌婴来到河边看了看,别说渡船,连根像样的木头都找不到。曹参和灌婴望着韩信,意思问他怎么办,韩信带着他俩一起到附近找了几个船工问了问情况,然后让灌婴率领他的两千骑兵去造船,其余的让曹参去组织训练。灌婴道:"我的这些兵只会骑马打仗,哪会造船?再说,等船造好得到什么时候?恐怕那时河水早已封冻了,还要船干什么!"

韩信道:"让你造船就去造船,别管那么多。"

"诺!"

灌婴领命去了。曹参问道:"大将军不是真的想等船造好了再渡河吧?"

韩信笑了笑说:"当然不是,造船只是为了迷惑魏豹,咱们还得另外寻找渡河的办法。"

"大将军想必已经胸有成竹了?"

"还没有,曹将军还得帮我想想办法。要快,慢了魏豹就会有所防备。"

于是两个人来到附近村子里,找当地的农民询问渡河之法。当地农民告诉他们可以用羊皮筏子,可是一只羊皮筏子只能载三五个人,而且造价高,不容易凑集;还有一个办法是扎木筏子,比造船要快,但是木筏很难控制方向,容易被河水冲到下游去,把部队拉散了,不利于登陆;再有一个笨办法就是让士卒们抱着木板过河了,那样也没有把握,而且很危险。两个人转了几个村子,太阳快落山了,也没拿出一个像样的办法,末了来到一户人家,聊了几句天,主人要留韩信和曹参吃饭,说着便去瓮中舀米，韩信一眼看见了那个盛米的瓮，眼睛一亮，问道："这玩意叫什么？"主人答："叫木罌缶，是专门用来盛粮食的。"

"家家都用这个盛粮食吗？"

"是的，用木罌缶盛粮食，不怕热，不怕潮，还能防虫，所以家家户户都用它盛粮食。"

韩信让主人把粮食倒出来，拿起空缶掂了掂，很轻，而且肚大口小，很容易把口封住，将士们可以把衣服、干粮塞进缶中，抱着罌缶过河。于是，韩信立即下令三军将士分头到农民家中搜集木罌缶。几天以后，韩信的部队从临晋上游两百多里外的夏阳渡过了河水。

渡河之后，韩信命曹参率军前往蒲坂，伺机夺取蒲坂渡口，接应灌婴骑兵渡河，自己则率其余部队去攻打魏国都平阳。曹参道："大将军身边无一员大将，怎么攻城？不如我与大将军一起去，拿下平阳之后再来打蒲坂。"

韩信知道曹参对他不放心，道："曹将军放心，我身边虽无大将，然古人云，十步之内必有芳草，我可以随时从军中提拔可用之才。曹将军此去不要轻易开战，先在附近埋伏下来，不要让魏军察觉，待我攻下平阳之后，蒲坂之敌必回军来救平阳，那时你再对蒲坂发起攻击，必能奏奇效。占领渡口之后，立即派船接应灌婴骑兵渡河，那时我可真需要你们，切不可耽搁过久！"

"诺。"

韩信来到平阳附近，魏军还毫无察觉，韩信利用魏军的麻痹，迅速组织了一支一百人的敢死队，化装成百姓，准备趁天黑之前混进城，作为内应。出发之前，韩信给敢死队做了简短的战前动员："平阳之战，关系到我军生死存亡。大家都知道，我们是在敌后孤军作战，这一仗打不赢，魏豹马上就会回师来包围我们，我军将死无葬身之地。全军安危都系在你们这一百人身上了，因此，此仗只准打胜，不准失败，大家有没有必胜的信心？"

一百名壮士齐声答道："有！"

"好，你们都是好样的，我相信你们一定能打胜。不过，这支敢死队还缺个领头的，谁敢自告奋勇当这个队长？"

大家相互看了看，一个二十多岁的士卒举起拳头答道："我！"

韩信看了看他，只见他长得高大结实，臂粗腿长，两道眉毛就像两把黑刷子，眼睛明亮有神，韩信一看便对他有了几分信心，问道："你叫什么名字？"

"孔聚。"

"怎么叫这么个名字？是不是见了敌人就恐惧呀？"

"回大将军，在下从不知什么叫做恐惧。"

"胡说，那你怎么知道自己叫孔聚？"

韩信这么一说，大家都笑了，孔聚答道："此孔聚非彼恐惧也，在下只知此孔聚，不知彼恐惧。"

"答得好，看样子你还读过几天书？"

"然也，在下乃孔夫子之后，虽在军旅之中，不敢忘先人教诲，只要有时间就要学。"

"看你长得五大三粗，想不到居然还是书香世家，名门之后，在军中任什么职务？"

"伍长。"

"过去只带五个人，现在让你指挥一百人有把握吗？"

"莫说是一百人，就是千军万马，在下也不含糊！"

韩信对他这种信心表示欣赏，但也不敢让他太狂妄，以免对完成任务带来不利影响，于是说道："你先不要吹牛，军中无戏言，完不成任务可是要杀头的。"

"先祖曾经教诲我等，君子有杀身以成仁，无求生以害仁，臣此去不成功便成仁！"

"好！我即命你为敢死队队长，但是你给我记住，只能成功，不能成仁！"

"诺！请大将军放心，臣此去定不辱使命，不辱先人！"

敢死队誓师出发了。天黑之前，一百名精兵顺利混入城内。半夜里，孔聚率领敢死队杀了守城门的魏军，韩信大军直接开进城中。魏军还在睡梦之中便做了俘虏，魏豹率领一支人马逃出城去了。

韩信进城之后，将孔聚叫到他的大帐，笑着说道："任务完成得不错，现在还有一个更艰巨的任务你敢不敢承担？"

"唯大将军之命是从，大将军指到哪里臣打到哪里。"

"这回可不是一百人了，我任你为校尉，即刻带三千人马前往城西设伏，准备拦截魏军回援的部队。"

孔聚有点犹豫，道："臣昨日还是个伍长，大将军竟委以百夫之长，一夜之间又让我统领三千兵马，臣怕一时顾不过来。"

韩信道："你昨日还说千军万马也不含糊，怎么才三千人就害怕了？"

"不是害怕，而是臣从来没有带过这么多的兵，一下子怕指挥不好。"

"没关系，打一仗就熟悉了，我也是从一个郎中直接做大将军的，没什么神秘的。"

"那臣就试试看吧。"

"不是试试看，而是必须把这支队伍带好，我就把这三千人交给你了，你要把它带成一支能征善战的钢铁队伍！"

听了这话，孔聚立刻打起了精神，挺身答道："诺！"

"不过此去可以相机行事，不必死顶，打得过就打，只要能坚持一天，灌婴和曹参就到了,实在顶不住,可以逐步向后撤,把他们引到城下来,我自有办法对付他们。"

韩信带兵走后,曹参一直为他捏了一把汗,不知韩信带的那点老弱残兵能否把平阳拿下来。他按照韩信的部署,很快将部队带到蒲坂附近埋伏下来,等待韩信那边的消息,第二天,韩信果然攻下了平阳。曹参还没有得到韩信的军报,只见蒲坂魏军营里已经乱了套,不一会儿,魏国坚守蒲坂的部队便陆续离开,朝平阳方向开去。曹参害怕韩信那边压力过大,还没等魏军回援的人马全部出营,便向蒲坂发起了猛烈的攻击。魏军主力已经驰援平阳走了,剩下的见到汉军从背后杀来,知道留下也是送死,巴不得赶紧逃出去追赶大队,于是,曹参顺利占领了蒲坂渡口。曹参一刻也不敢停留,立即组织渡船开往对岸,去接灌婴的骑兵。两军会合之后,立即向平阳出发,才走到半道,看见魏军被一彪人马拦住正在厮杀,灌婴率领两千精骑兵冲进了敌群,魏军被冲得七零八落,紧接着,曹参的步军也投入了战斗。魏豹虽然是仓皇出逃,但是从蒲坂撤回的部队足有几万人马,汉军加上孔聚的人马也不过才七千人,却把魏军打得落花流水,孔聚于乱军之中生擒魏豹。

孔聚领兵走后,韩信估计他此去很难顶得住魏豹大军的攻击,因为魏豹救平阳心切,人数上比孔聚多十几倍,派孔聚去只是拦截一下,一来打乱敌军部署,挫败敌军的信心;二来为城里布防争取一点时间。韩信在城里调兵遣将,布置好各路人马,准备迎击魏豹。可是一直等到中午也不见孔聚的踪影,韩信有些不放心,担心灌婴和曹参不能及时赶到,孔聚被魏豹包了饺子,于是亲自率领一支人马前来接应。到了前线,看见曹参、灌婴、孔聚三支大军正在与魏军厮杀,于是将自己带来的部队也投入了战斗,魏军将士见魏豹已被擒,汉军又有新的兵马投入进来,顿时失去了斗志,很快就土崩瓦解了。

韩信没想到孔聚三千人马居然能把魏几万大军拦在半路,很为自己的敢于用人感到欣慰。他拉着孔聚的手来到灌婴、曹参面前,道:"来来来,让两位将军看看,这就是攻打平阳,活捉魏豹的勇士孔聚。"

曹参仿佛没听清韩信的介绍,拉着孔聚的手问道:"什么什么? 你叫什么? "

孔聚不好意思地答道:"孔聚。"

"可是我看你在阵前一点也不恐惧呀? "

"大将军说我这个名字不好,其实我想,家父给我取这么个名字大概是为了让敌人恐惧吧? "

韩信对孔聚的这份机灵劲十分欣赏,道:"说得好。在战场上我们就是要让敌人恐惧。"

灌婴道:"两日不见,不知大将军从哪里找到这样一位将才? "

韩信道:"他就在汉军之中,可惜你们没发现。"

灌婴道:"大将军真是慧眼识人哪,小伙子,到我军中来做骑将吧,步军有什么干头?"

曹参道:"别听他的,还是到我军中来吧,战争的胜负最终要取决于步军。"

孔聚笑而不答,韩信道:"你们谁也别争了,我已决定让他做将军,单独统领一支人马,这样岂不又多了一员大将?"

孔聚一夜之间从伍长升为将军的佳话立刻传遍了全军。这对那些英勇奋战的将士们也是一个巨大的鼓舞,他们从孔聚身上看到了自己的前途。从此,汉军将士作战更加勇猛,每逢战事,个个奋勇争先,如猛虎下山,所向披靡。

第十一章　背水一战

　　拿下平阳之后,韩信迅速扫平了魏国全境,他将俘虏来的魏军分别编进汉军之中,汉军立刻变得兵强马壮了。韩信准备乘胜向北进军,却碰到了一个十分棘手的问题,打下来的大片魏国土地没有足够的官员来接管。完全交给魏国旧吏是不行的,魏豹本来就是个反复小人,下面用的人也是乌七八糟,什么样的都有,这些人只知鱼肉百姓,升官发财,根本不把百姓的死活和汉军的政策放在眼里,交给他们非乱不可。韩信知道曹参曾做过秦吏,便与曹参商议道:"我听说曹将军乃文武全才,对于治道颇有研究,不如就把军中的事暂且放一放,帮我把后方整顿好。"

　　曹参一听,立刻警觉起来,他还一直记着刘邦那句话,绝不能让汉家的军队姓了外人的姓,于是说道:"大将军过奖了,臣不过一介武夫,哪里懂得治道。况且,军中无大将,我怎能把大将军丢下不管?"

　　"曹将军不必自谦了,我知道将军在沛县治狱,深得民心,治理小小魏国当不在话下,至于我这里,将军不必担心,我可以随时于军中提拔将领,打仗不是问题。"

　　曹参一听这话,更着急了,道:"区区一个沛县,怎能和魏国相比!依臣之见,魏国之治不是靠一个人能完成的,需要一大批官吏,因而最好报告汉王,派专人带领官吏们前来接管。"

　　"曹将军过谦了,汉王麾下的大将我还略知一二,即便汉王派得出人来,除了萧丞相,恐怕也没有能出将军之上者。"

　　曹参见说不服韩信,只好硬顶了:"即便如此,没有汉王的命令,我也不敢擅自离开军中啊!"

　　韩信心里掠过一丝不快的阴影,现在他才明白,为什么荥阳前线那么紧张,刘邦却把曹参和灌婴抽出来配合他,原来刘邦对他还是不放心。可是大敌当前,最忌讳的是君臣互相猜疑,韩信想,反正自己做得光明磊落,何必想那么多?况且,自己这么想又有什么根据,岂不是以小人之心度君子之腹?于是提笔给刘邦写了一封信,要求他立即派专人带领大批官吏前来接管魏地。韩信派了使者到荥阳去给刘邦送信,顺便将魏豹押回了荥阳。

　　为了安抚诸侯,刘邦没有杀魏豹,仍以贵客相待,并封之为荥阳守。刘邦看了韩信给他的信,且喜且忧。喜的是韩信这么快就把魏国平定了,忧的是到哪里去找这么多合格的官吏呢？派谁去率领这些官吏更是个大问题。他手下能干的文武大员，几乎是一个萝卜一个坑，抽谁出来都难，况且，像萧何那样能镇守一方的大员也没几个。曹参当然是再合适不过的人选，但是曹参绝不能离开军中，否则这支部队就有失控的危险。刘邦再次感叹人才的匮乏，他掰着指头一个一个地数也找不出一个合适的人来，于是来问张良。张良道："汉王不必局限于汉军中寻找人才，看看谒者相公中有合适的吗？"

刘邦想了半天，也没个合适的人，张良又问："汉王可知什么人最愿意担当此任？"

刘邦一拍大腿："有了。张耳！他急于恢复赵国，而且能文能武，他和韩信加到一起，真可谓所向无敌。原来子房心里早就有数，何不直说？让我猜来猜去费这么大劲！"

张良道："臣并不认识张耳，只是觉得一心想去的人，必有完成使命的动机和办法。"

于是，刘邦命张耳前往魏国，协助韩信管理政务，并伺机收复赵、代。张耳在刘邦军中闲了几个月，正愁没事干，刘邦给他派了这么个美差，而且还有希望收复赵国，别提多高兴了，他很快从刘邦的谒者、清客当中挑选了一批官吏，加上一些赵国故旧，准备走马上任。临走，问刘邦："汉王还有什么嘱托的吗？"

"韩信那里如有多余的人马让他给我拨过一些来。这边实在吃紧。"张耳点了点头。刘邦左右看了看，又附在张耳耳朵上说，"听说河东的女子十分多情、缠绵。"

张耳听了，哈哈大笑："知道了。"

张耳去了不久，果真从河北调回三万人马，同时派人送来一批女子，其中大部分是魏豹宫中的。刘邦大喜，从中挑选了两个最漂亮的，一个叫管秀儿，一个叫赵子儿。这两个女子果真十分温柔、缠绵，搞得刘邦有点神魂颠倒，看着这个，舍不得那个，抱着那个，心里又想着这个，前方再怎么吃紧，他都不管了，整天把这两个女子带在身边，吃酒玩乐。一日，刘邦陪着子儿、秀儿荡秋千，正玩得高兴，有重要军情来报，刘邦不得不丢下她俩来听奏报。等奏事的走了，刘邦又凑过来，听见她俩在说话，只听赵子儿问道："这两天看见秋雁了么？"

管秀儿答道："没有。听说给弄到织室干活儿去了。"

"那活可不是好干的，听说一天要干六七个时辰，累得腰都直不起来。"

"唉，那可苦了秋雁了，她哪干过这个！"

"那有什么办法？谁让她长得不漂亮呢！"

"可是算命的说她有齐天之福，当生贵子，还要母仪天下呢。"

"算命的不过顺嘴胡说，哪能当真？都快成老姑娘了，还生什么贵子？"

刘邦插嘴问道："你们说的这个秋雁是谁呀？"

管秀儿答道："当初和我们一起进宫的姐妹。我们说好的，苟富贵，一定要互相提携的。可是她给分到织室去了。”

“既然你们当初有约,你们俩怎么把人家给忘了?”

赵子儿道:“没有啊,我们正准备去织室看她去呢。可是不忘又能怎样?我们两个弱女子也帮不了她什么。”

“你们怎么不早和我说?我可以帮她呀!”

“我们不敢说,怕大王怪罪。”

刘邦叹了口气道:“唉,这女子可怜。”过了一会儿又说,“你们俩也真够无情无义的。”说着,刘邦出了院子,奔织室去了。到了织室,只见几百名女子集中在一个大工棚底下,织布的织布,纺线的纺线,哪一个是秋雁?怎么找啊?管织室的官员看见刘邦来了,不知有什么重要事,赶紧过来陪着。刘邦道:“你们忙你们的,别管我,我找个人。”

“汉王要找谁?我们找到送去就是了。”

“不用你们管,我自己找。”

刘邦沿着一排排的织机向前走去,看哪个都不像,最后,在织布的那群姑娘里发现了一个人,长得圆脸盘、大眼睛,秀丽而又端庄,是那种看了就让人肃然起敬而又不会引起邪念的美丽和端庄,刘邦指着她说道:“就是你!”

那姑娘脸一下红到了脖子根,低着头不敢看刘邦。管事的官员说道:“薄秋雁,还不快快拜见汉王!”

织室的官员派车将秋雁送到了汉王府邸。秋雁个子很高,长得大手大脚大大方方的,初看似乎并不艳丽,但是却很耐看:高鼻梁,大眼睛,睫毛忽闪忽闪地闪动着,浑身上下透着一股娴静之气。刘邦不错眼珠地盯着她看,把她看得有点不好意思了,腮上那点红晕便总也退不下去,配上粉白的皮肤,好像一颗熟透了的桃子。刘邦抓着秋雁的一只手问:“是谁给你算的命?怎么说的?”

“那是进魏宫之前,一个老先生算的,说我贵为皇母,那不过是算命的瞎说,信不得的。”

“谁说的,我今天就给你一个皇子。”

说着,刘邦就上来给她脱衣服。秋雁没经历过这种事情,既紧张又害怕,任凭刘邦怎么摆布,她只是不动。事过之后,刘邦觉得她笨手笨脚的,没什么趣味,第二天便不再来找她了。

过了几个月,刘邦偶然看见秋雁和管秀儿、赵子儿在一起,发现秋雁的肚子大了。刘邦大喜,问道:“怎么?有了?”

秋雁羞涩地点了点头,刘邦笑道:“好肥的地呀,种上就长。”然后指着管秀儿和赵子儿说道,“你们俩看看你们那不争气的肚子,跟你们费多大劲都白搭。”

刘邦这么一说,三个人都红了脸。这时,刘邦已经另有新欢,早把赵子儿和管秀儿忘在了一边,此刻见了,对她俩说道:“刚好,你们俩就伺候她的月子吧,你们是拜过把子的姐妹,你们俩伺候她,我放心。"

又过了几个月,薄秋雁生下了一个男孩,这男孩就是后来的汉文帝刘恒。

张耳到了魏国,将荥阳前线楚军攻势凶猛,汉军伤亡惨重,急需补充兵员的情况一说,韩信立即拨出三万精兵送往河北。张耳将带来的官吏一一分配了任务,分别下到郡、县、乡去宣传汉军政策、安抚百姓,有些官吏便留在当地不再回来了。这里还没有完全安置妥当,韩信已经下令三军整装出发,去攻代国。

汉二年闰九月,张耳和韩信打垮了代军,在阏与(今山西和顺县西北)生擒代相夏说。韩信给刘邦送去三万精兵,所剩兵马已经不多了,攻下代国后,部队又发展到了几万人马,正准备乘胜进攻赵国,刘邦又派人来征调部队。荥阳吃紧,韩信又点出三万精兵交给曹参,令其送往河南。张耳才来了几个月,眼看着韩信送走了六万精兵,于是问道:"大将军把主力都送走了,剩下这些老弱残兵,怎么开辟河北战场?"

韩信道:"不送不行啊,楚军太强,我知道他们那种战法,简直是吃人的机器。汉王能顶得住,已经算得上是大英雄了。"

"可是咱们刚刚打下代国,不能就这么白白丢掉啊!"

"先生可能过虑了吧,有你我在,代国怎么会白白丢掉呢?"

"大将军可能不知,代国是赵王歇封给陈余的,虽有窃取之嫌,但陈余一直将其视为自己的领地,丢掉代国,陈余绝不会善罢甘休的。我听说陈余已经集结了二十万大军,正要寻找机会与大将军拼死一战。敌强我弱,大将军还是多加小心为妙。"

"我的看法和先生正相反。恰恰由于敌强我弱,才需强我弱敌。既然陈余要打,咱们不妨就跟他打一仗。打完之后强弱之势就颠倒过来了。"

张耳觉得韩信年轻气盛,有点过于自信了,于是劝说道:"大将军不可轻敌,自古以来骄兵必败,还是小心谨慎为好。"

"先生的好意我明白,咱们先不说这个。我听说先生与陈余曾是至交,想必对陈余有很深的了解,我想知道陈余究竟是怎样一个人。"

于是,张耳把陈余的为人详详细细介绍了一遍,韩信听完之后说:"本来我想等曹将军回来之后再打赵国,听先生这么一说,我倒觉得咱们现在就可以动手了。"

听了这话,张耳大吃一惊,"动手?怎么动手?"

"大军立即出发,出太行山,攻打赵国。"

张耳简直有点不相信自己的耳朵了:"可是咱们总共只有两万人马呀!"

韩信笑笑说道:"兵不在多而在精,两万人足够了。"

一说这个,张耳更加不放心了:"这些兵不是老弱病残,就是刚招募来的民夫,哪里谈得上精?"

"精不精要看能不能打仗,到了前线你就知道了。"

"不行,我无论如何不能同意大将军去冒这样的险!"

"我已成竹在胸,何险之有?先生若不相信,可以留在这里整顿后方,我一人率军前往。"

张耳见劝不住韩信,只好和他一起率军进入了太行山。

当初刘邦伐楚时,曾派人敦请赵国发兵相助,陈余知道张耳在刘邦军中,便对来使说道,要想让赵国发兵,除非汉王杀了张耳。刘邦急于用兵,便命人在俘虏中找了一个长得像张耳的杀了,并将人头送给陈余。人头送去,早已面目模糊了,陈余未辨真假,于是出兵随同汉王一起攻打彭城。刘邦兵败之后,陈余一方面畏惧项羽的势力,另一方面也弄清楚了张耳未死,仍在刘邦军中,心中怨恨刘邦骗了他,于是又叛汉降楚。

陈余正要寻找机会夺回代地,听说张耳、韩信主动率军来犯,正中下怀,于是屯兵二十万聚集在井陉口,准备与汉军决一死战。赵国一位叫李左车的听说后,立刻来见陈余。

李左车号广武君,乃赵国名士。此人深通兵法,满腹韬略,只是一直没有得到施展的机会。见了陈余,李左车问道:"听说韩信已经带兵进入赵境,准备进犯赵国?"

"是呀,他占了我的代国,我还没找他算账呢,他倒自己送上门来了。"

"韩信此次进犯来势凶猛,大将军不可轻敌,我听说他只用了两万人马就破了魏国,生擒魏豹,之后又灭了代国,连夏丞相也落于他手,今又有张耳辅佐,其锋不可挡,我军不宜与其正面交锋。"

陈余听了,有点不悦:"广武君为何长他人威风,灭自己志气?"

"何谓长他人威风?孙子曰,知彼知己,百战不殆。臣所言乃敌之所长。我应避其所长,击其所短才是。"

"广武君认为什么是汉军之短?"

"臣闻千里馈粮,士有饥色,樵苏后爨,师不宿饱。今井陉之道,车不得方轨,骑不得成列,行数百里,必有粮草辎重尾随于后。臣愿领三万奇兵,从间道劫其辎重,将军可深沟高垒,坚壁不与其战。如此则汉军前不得斗,后不得退,我绝其后,令其攻无所获,野无所略,如此不出十日,张耳、韩信的首级便可送到将军帐下。请将军纳臣之计。"

陈余仗着有些才气,素来听不进别人的规劝,道:"义兵不用奇谋。今张耳犯境,乃弑君谋逆之举,天理不容,民心不容。我军民万众一心,加之井陉天险,何愁打不赢汉军?"

李左车听了这话,心理咯噔一下,心想赵国危矣,急忙劝道:"将军不可轻敌。韩信乃天下奇才,张耳也非等闲之辈。将军若能用臣之计,可立擒二子;若不能用,必为二子所擒。"

陈余冷笑道:"哼!什么天下奇才,不过一个钻裤裆的小儿。刘邦把五十六万大

军交给他,还不是一败涂地?张耳何许人我又不是不知道,他哪里懂得打仗?广武君不要危言耸听,汉军号称数万,其实不到两万,今千里奔袭,疲惫已极。此时不破之,更待何时?以我赵国二十万人马,如此小敌若不敢碰,今后如有大敌来犯,何以加之?"

李左车还想再劝陈余,陈余早已经听得不耐烦了,对身边的侍者喊道:"送客!"

韩信率军来到井陉一带之后,便停了下来,等待战机。韩信按兵不动,主要是担心粮草被截,在这荒山野岭之中,一旦失去粮草辎重,大军将不战自败。韩信打仗历来重视用间,大军行动之前,早已派了细作前往赵国,得知陈余不用广武君之计,韩信大喜,遂引兵东进。离井陉口还有三十里的时候,韩信令部队停了下来。

韩信令灌婴率领两千骑兵,每人手拿一面红旗,趁黑夜从小道上山,埋伏在井陉关周围,并吩咐灌婴:"明早我与张耳等从正面与赵军交锋,之后便向后撤,引诱陈余出动,陈余见我后撤,必倾巢来追,你可率军火速冲进赵营,尽拔其旗帜,遍插汉军红旗,听清楚没有?"

灌婴称诺,韩信道:"这可是场硬仗,敌众我寡,既要造声势,又要真打实拼,有把握么?"

"请大将军放心,我灌婴在战场上还没有败给过谁。"

"汉军精锐只有这两千人马,全部在你手中,全军的命运可都攥在你手里了。"

"大将军请放心,臣定不辱使命。"

"好!明天中午在赵营会师。"

拂晓前,韩信发布了准备进攻的命令。将士们正在吃饭,有人小声嘟囔着,饭还没吃完呢,也不在这一会儿嘛。韩信听到了,大声说道:"我就是不让你们吃得太饱,吃得太饱就跑不动了。再说,这粗米水菜有什么吃头儿,中午破了赵军,我请大家到赵营吃猪肉炖粉条!"

众人听了,只当是玩笑话,一面笑一面使劲往嘴里扒拉饭,韩信道:"你们笑什么?不信我和你们打个赌!"

众人不敢言声,一个伍长胆大,站起来对韩信说:"我和大将军赌一把,我要输了,中午这顿猪肉粉条不吃了。大将军要是输了呢?"

"我送你百两黄金。"

"好!一言为定!"

天空中寥落的星辰开始逐渐退去,天渐渐亮了。山谷里静悄悄的,一阵阵秋风吹得树叶沙沙作响。突然,一阵军鼓声响起,汉军的进攻开始了。

汉军前锋大将乃孔聚,然而,无论孔聚怎样挑战,陈余就是坚守不出,张耳道:"陈余是不是又听了李左车的呀?"

韩信道:"从先生的介绍来看,陈余不是那样的人。他是未见我大将旗帜,怕你我跑掉,故而不肯出击。我看是时候了。咱们俩也该过去会会他了。"

于是,韩信令全军渡过绵蔓河,万余人马背水列阵,两面大旗一左一右树在阵前,左面旗帜上大书一个"张"字,右面旗帜上大书一个"韩"字。韩信站在旗下,亲自擂起了战鼓。陈余在关上望见韩信背水列阵,不禁哈哈大笑,部下问其原由,陈余道:"我笑韩信不懂常识,兵法云列阵须依山面水,今韩信背水列阵,不死更待何时?"

正说着,汉军已经擂着鼓冲了上来,陈余下令全军出动,勿使汉军一人逃脱。于是双方在关前展开了激烈的战斗,汉军抵挡不住赵军的攻击,开始节节败退,不一会儿,就退到了刚才列阵的河边。汉军士卒不是老弱病残,就是些刚招募来的农民,看见赵军气势汹汹地杀过来,都有点害怕,此刻退到了河边,已经没了退路,只好拼命厮杀,刚才那支不堪一击的队伍,顷刻之间变成了一只虎狼之师,越战越勇,一以当十,十以当百,赵军开始时那股子锐气渐渐消失了。在这十比一的战场上,双方只是战了个平手,赵军并没有占到上风。陈余不甘心,盯住韩信厮杀,几员大将围在他左右,慢慢地将韩信逼到了河边,韩信已经没有了退路,只好使出浑身解数来战陈余。韩信身边无大将,眼看就要支持不住了,一个伍长带着十多个士卒冲过来,挡住了陈余等人的进攻,把韩信护在了后面。韩信一看,正是早晨和他打赌的那个伍长。那人十分英勇,武艺也不错,盯住陈余厮杀,步步进逼,倒把陈余打得难以招架,不断向后退。就在这时,灌婴率领他的骑兵冲进了赵军的大本营。汉军拔下城上赵军的旗帜,全部换上了汉军旗帜。韩信大喝一声:"陈余,回头看看吧,你的死期到了!"陈余回头一望,见关上遍插汉军旗帜,不知道汉军有多少人马,急忙下令后撤。汉军趁机掩杀过来。赵军大乱,二十万人马顷刻之间土崩瓦解。陈余率领数十骑逃到泜水(今怀沙河)岸边,被汉军团团围住,赵军力不能敌,陈余被乱箭射死,赵王歇被汉军活捉。

中午时分,战场已经打扫完毕,三军果然在赵营内会师聚餐,将士们有说有笑地蹲在院子里吃饭。韩信从一边走过,恰好看见了那个和他打赌的伍长正蹲在地上吃饭,韩信一把抓住他的肩膀,把他揪了起来,笑问道:"你说话怎么不算数?"

那位伍长一看是韩信,端着碗笑着说:"我承认我输了,可是这碗饭大将军还得让我吃吧?"

"那不行,愿赌服输,你放下碗跟我走吧。"

那位伍长糊糊涂涂跟着韩信来到大帐,问道:"我这顿饭不吃就是了,大将军还要怎么处罚我?"

"你以为不吃就算完了?你战前就对胜利没有信心,该当何罪?"

伍长一听,立刻给韩信跪下了:"大将军,我不过是看着没人敢赌,和大将军开个玩笑,其实我早知道大将军能赢的。"

韩信笑着将他扶起,说道:"壮士请起,我是和你开个玩笑。你叫什么名字?"

"陈贺。"

"你知道我为什么叫你来么？"

"不知道。"

"我封你为将军。曹将军到河南去了，一时回不来，你先协助孔聚管管步军。"

"可是臣，臣从来没有带过这么多的兵，怕是不能胜任。"

"哪个人生来就是将军？还不都是学着干？你放手干去吧，我相信你一定能行！"

这时，张耳正在院子里和众将吃饭，见韩信来了，众人端着碗来到韩信帐中，张耳问道："兵法云，列阵要右后背山陵，前左面水，今者将军令三军背水列阵，我等十分疑惑，不料却打胜了，不知将军用的是什么计，其中奥妙何在？"

韩信笑道："其实也没什么奥妙。破赵之计亦在兵法中，只是诸位没有留心而已。岂不闻兵法云'陷之死地而后生，置之亡地而后存'乎？正如先生所言，我等所部除了关中来的老弱之兵就是刚俘虏来的魏、代农夫，和出陈仓时那支训练有素的部队不可同日而语，正所谓'驱市人而战'，如若不置之死地，岂不尽皆跑散了，还打什么仗？"

众将听了，无不叹服。灌婴又问道："今日以我军这点老弱之兵，尚可背水一战，当初濉水之战汉军十几万人马，也是背水而战，为何却一败涂地？"

韩信道："这是士气问题。今日我军虽不足两万人，却是有备而来，将士们各个抱定必胜的信心；而濉水之战是仓皇溃逃，将士们人人惴恐，在士气上就已经先输了。"

正说着，门上报抓住了广武君李左车，已经押到营门。韩信急忙放下碗，迎至营门外，亲手为广武君松了绑，请至大帐之中。韩信请广武君东向而坐，自己西向面对，以师礼待之。

李左车问道："将军已破赵地，大功告成，不杀老夫，留做何用？欲辱老夫耶？"

韩信急忙施礼道："先生息怒。晚生奉汉王之命，征讨河北，如今赵、代已定，齐、燕尚未归附，臣德薄才浅，欲北攻燕、东伐齐，然无计可施，特求教于先生，先生切勿推辞，请受晚生一拜。"

说着，韩信就要跪下给李左车行大礼，李左车急忙将其扶住说道："臣闻败军之将，不可以言勇，亡国之大夫，不可以图存。今臣为败亡之虏，何足与将军共论天下大事？"

"晚生从井陉之战知先生非寻常人也，只是成安君未肯采纳先生之言。晚生还听说百里奚居虞而虞亡，在秦而秦霸，非愚于虞而智于秦也，用与不用，听与不听也。倘若陈余用先生之言，则信早已为阶下囚矣。先生满腹经纶，切勿自误。"

"自古忠臣不事二主，还恳请将军赐臣一死，以全老夫节名。"

"先生差矣！如今天下汹汹，连年征战不已，汉王扶义而东，欲解民于倒悬，先生若肯助一臂之力，乃万古流芳之事，何毁于名节？为天下苍生计，恳请先生赐教。"

韩信终于使李左车打消了顾虑。李左车道："臣闻智者千虑,必有一失;愚者千虑,必有一得;故曰'犯夫之言,圣人择焉'。臣计未必足用,愿效愚忠,对与不对,请将军自择。夫成安君有百战百胜之计,一旦而失之,军败鄗下,身死泜上。今将军涉西河,虏魏王,擒夏说于阏与,一举而下井陉,一日之间破赵二十万众,诛成安君,名闻海内,威震天下,农夫莫不辍耕释耒,倾耳以待命。此将军所长也。然百姓劳苦,士卒疲敝,其实难用。若屯兵于燕坚城之下,欲战恐久,力不能拔,旷日粮竭,而弱燕不破,齐必距境以自强也。燕、齐若与将军相持不下,则刘、项之争难分伯仲,此将军之所短也。"

这话正说到韩信的心坎上,连日来他担心的正是这些问题,于是问道："依先生之见,该如何是好呢?"

"方今为将军计。莫如案甲休兵,抚恤阵亡将士之遗孤,安抚赵国百姓,养精蓄锐,摆出攻燕之态势,然后派人送一纸书信到燕。将军只要自己强大,则燕不敢不从。燕若归顺,再图齐国,齐断难与将军抗衡。燕若不从,再攻不迟。"

韩信用李左车之计,以一纸书信攻下了燕国。然后派人报告汉王,请求立张耳为王,以镇抚赵国。于是,刘邦立张耳为赵王。

第十二章　运筹帷幄

刘邦与项羽在荥阳相距了一年多，经过大大小小上百次战斗，死伤几十万人马，仍未分出胜负，双方皆疲惫已极。刘邦在敖仓与荥阳之间筑起甬道，以保证荥阳的粮草供给，可是筑起一次，被楚军破坏一次。为保护这条甬道，汉军先后牺牲了十几万人，楚军专门在汉军抢修甬道的时候发动攻击，汉军十分被动。韩信先后从魏、代输送来六万人马，萧何也不断从汉中巴蜀招募新兵以补充兵员，但是楚军就像一架吃人的机器，几万部队填进去，用不了几天就打光了。随着兵员一天天减少，汉军不得不放弃甬道，敖仓的粮食再也运不进来了。城中粮食渐渐接济不上了。刘邦派人与项羽谈判，愿割荥阳以东为楚，荥阳以西为汉。汉军一次次的袭击也把楚军消耗得筋疲力尽，楚军后方兵源渐渐枯竭，将士们吃不上喝不上，伤的伤病的病，真正能拉到战场上打仗的已经没有多少人了。项羽欲答应刘邦的条件，但是范增不同意："眼下刘邦已经是食尽兵竭，今若不取，无异于养虎遗患。一旦放虎归山，日后必为其所擒。若说难，双方都难，就看谁能坚持到最后，胜负在此一举，大王可勉励将士，再振往日楚军之雄风，一鼓作气拿下荥阳。"

项羽听范增之言，动员了所有能动员的力量，切断了荥阳对外的一切联系，包围了荥阳城。

城中的粮食彻底断绝了。百姓和将士们已经剥光了所有的树皮，街上别说鸡鸭猫狗吃光了，连耗子都看不见了。战马养不起，开始一批批地倒下，更进一步削弱了汉军的战斗力。一日，刘邦从街上往家里走，闻到路边有一股煮肉的香味。他已经很久没闻到过肉香了，便循着香味走进路边一户人家。只见这家几个人瘦得都只剩了皮包骨头，围着一口大锅在发呆，眼睛里透着一股贼惺惺的光，看见刘邦进来，一个个都把头低下了，谁也不敢吭声。刘邦觉得诧异，他伸手掀开锅盖一看，差点没晕过去，原来锅里煮着一个死孩子。

刘邦回到家，玉君已经把饭准备好了。刘邦早就饿得不行了，可是一想起那家锅里煮的孩子，说什么也吃不下去。玉君在一旁看着，十分心疼，问道："汉王是不是有心事？无论怎样也要把饭吃饱，这样才有精神打仗啊。"

刘邦不愿意解释，挥了挥手说："我知道，撤下去吧。"

玉君把刘邦剩下的饭菜倒在了马槽里。过去这里拴着四五匹好马，近来刘邦把它们都送到前线去了,只留下一匹枣红马,以备急需。那马也饿坏了,三口两口就把那点剩饭舔光了。刘邦火冒三丈:"谁让你把剩饭倒掉的?人还没得吃呢,怎么敢拿这么好的东西喂马?"说着,伸手给了玉君一巴掌,玉君顿时昏倒在地,不省人事了。刘邦后悔不该出手这么重,忙命人请来郎中给她诊治。郎中号过脉后说:"没什么大要紧,她是饿的。"刘邦万万没有想到事情会是这样,心中一阵阵发酸,他用臂弯托起玉君的脖颈子,说道:"城中再缺粮也不能没有你吃的呀,怎么把自己饿成这样?"

玉君眼里含着泪说道:"妾是无用之人,吃那么多有什么用?那马已经十多天没有料了,妾想把自己的一份省下给它,将来突围时,汉王还要靠它呢。"

"你这是何苦呢?来人,赶快给她弄吃的。"说着,刘邦眼圈一红,急忙把身子背了过去,害怕众人看见。

玉君吃了一碗粥,立刻有了精神,第二碗,她还是倒进了马槽,看着马把那碗粥舔得干干净净,然后心疼地对刘邦说道:"你看,它也瘦多了。"

这匹枣红马来自西域,是萧何新近从关中送来的。马的个头奇高,马背能遮住人的视线,浑身的毛色锃亮发光,跑起来飞一样,刘邦抚摩着马背说道:"真是匹宝马,从今以后我绝不再亏待这匹马,你也给我吃饱行不行?别再让我着急了。"

"那可不行,要让它吃饱,那得几个人的口粮给它?"

"别管它怎么样,反正你得给我吃饱。"

趁这会儿刘邦有空,玉君拉着他去看儿子。小如意已经两岁多了,正是好玩的时候,刘邦格外喜欢这个儿子,每次回来都要抱一抱。小家伙也淘气得要命,有一次,刘邦正在睡觉,他居然照着刘邦头上撒了一泡尿,刘邦非但没有生气,还说:"这孩子像我,不像盈儿,太老实。"

玉君见刘邦高兴,趁机说道:"妾不想给大王增加负担,可是大王突围时,一定要把如意带上。只要如意能活着出去,妾就是死了也心安了。"

"你这是什么话?要死死在一块儿。"

正说着话,陈平来了。刘邦急忙放下孩子,迎了出来。

"美男子,吃饭了没有?没吃在我这吃点。"

"谢汉王,臣已用过餐了。"

"吃什么好东西了,脸色这么好?我这可是好几天没肉吃了,有好东西可别藏着,也给我们分点好不好?"

"军中缺粮,连将军们都是粗茶淡饭,臣安敢独自享乐?臣天生这种肤色,怕是有口难辩了。"

"别他娘的跟我卖乖了,你小子不会亏待自己的,我知道。倒是子房整天不吃饭,让我担心。听说他正在辟谷,练习什么导引之术,可以几天不吃饭,那不把人饿坏了?不知道哪传来的邪门歪道,你告诉他,别饿坏身子,汉家的天下还指望他呢。"

"大王放心,导引之术乃道家修身养性之术,不但可以几天不吃饭,修好了甚至可以数月数年不食。"

"瞧你说的,还成神仙了呢。"

"大王还别说,道家还真有仙学修炼之法。据说当年黄帝在崆峒山问道于广成子,那个广成子就是个神仙。"

"扯淡,你见过神仙是什么样?"

"臣这一辈子大概是与神仙无缘了。"

"为什么?"

"臣整天给大王出谋划策,多阴谋诡计,此乃道家所忌。"

"这么说你成不了仙是赖我喽?瞎扯淡,子房不是也整天给我出主意,人家不是还照样修炼吗?"

"子房之策与臣之策有所不同。"

"哦?这我倒没注意。有什么不同?"

"子房之策多为堂堂正正之策,可称阳谋,不像臣这般不择手段。"

"管他什么阴谋阳谋,管用就行。再说,你也赖不到我头上,就你那副贪酒好色的样子,哪路神仙像你这样?你看人家子房,身边有你那么多女人么?"

一句话说到了陈平的病根上,陈平脸一红,不吭气了。刘邦道:"别瞎扯了,说正事,眼前有什么破敌之策?"

"计策倒是有一条,恐怕要花点钱。"

"花钱倒不怕,怕的是不管用。你说吧,有什么妙计?"

"范增不是一直在离间我军吗?我们给他来个以其人之道还治其人之身。项羽麾下重臣无非范增、龙且、周殷、钟离眛之属,大王若能施反间之计,使其君臣相互猜疑,则楚军不攻自破。"

"怎么个离间法呢?"

"项羽为人,恭敬而爱人,士人中廉洁好礼之士多归附之。然而,项羽封功行赏却极为吝啬,手下多有不满,此乃项羽所短。他有这一短处,我即有机可乘。何况他还不止这一个弱点!"

"嗯,此计好是好,可是怕救不了眼前之急。"

"来得及,此乃权宜之计,只能紧急时候用一下。时间长了楚军自然会识破。只是汉王要舍得银两。"

"命都快保不住了,我要那些银两做什么!"当下,刘邦令府库中开出四万斤金,供陈平使用。

陈平走后,刘邦又派人去请张良,看他有什么对策。张良到时,刘邦已摆下酒菜,准备和张良痛饮几杯。张良发现刘邦的案几上摆着一堆刚刻好的印玺,于是问道:"汉王刻了这么多印玺是做什么用的?"

"我准备复立六国之后,以分楚权。"

"这是谁的主意？"

"郦食其。怎么了？这主意不好？"

"他是怎么跟你说的？"

两日前，郦食其曾来过这里，对刘邦说："昔日汤伐桀，封其后于杞。武王伐纣，封其后于宋。今秦失德弃义，侵诸侯社稷，灭六国之后，使无立锥之地。陛下诚能复立六国后世，其君臣百姓必皆戴陛下之德，莫不向风慕义，愿为臣妾。德义已行，陛下可南向称霸，楚必敛衽而来朝。"

刘邦听了郦食其之言，命人刻好了印，督促郦食其尽快佩印而行，去联络六国之后。刘邦请张良坐下，把郦食其的话大致叙述了一遍，然后问张良："这主意怎么样？"

"不怎么样。"

刘邦好不容易从郦食其那里讨来一根救命稻草，又让张良否了，十分着急，问道："为何？"

张良坐下，从酒桌上拿起一把筷子对刘邦说道："臣借箸为大王筹之。昔者汤伐桀而封其后于杞者，度能制桀于死命也。今陛下能制项籍于死命乎？"

刘邦道："不能。"

"此其不可行一也。"张良从左手中拿出一根筷子放在桌上，接着说道，"武王伐纣，封其后于宋者，度能得纣之头也。今陛下能得项籍之头乎？"

"不能。"

"其不可行二也。"张良又从左手中拿出一根筷子放在桌上，接着说，"武王入殷，表商容之闾，释箕子之拘，封比干之墓。今陛下能封圣人之墓，表贤者之闾，式智者之门乎？"

"我连自己的死活都不知道呢，哪顾得上那些？"

"其不可行三也……"

张良说一条理由，数出一根筷子，一连数了十根，最后说道："大王知道陈胜是怎么败给秦的吗？"

"不知道。"

"就是因为六国之后各自忙着抢占自己的地盘，见死不救，甚至有意让秦消耗陈王的实力，才导致最后的失败。前车之鉴，不可不察。今若复立六国之后，必将重蹈陈王覆辙。到那时，不但六国之后将离大王而去，现在追随大王的这些文武百官亦将追随而去。谁还来管大王的事?! "

这一席话，说得刘邦汗珠子直淌，拍着腿骂道："郦食其这个酸腐儒！差点坏了老子的大事！"

楚军包围了荥阳城，却迟迟拿不下来，两军对峙一年多，虽说楚军胜多败少，可

是汉军也不是好惹的,打垮一批又补充上来一批,不知汉军从哪里动员来那么多兵员,源源不断地向前线开来。汉军的伤亡人数要比楚军多几倍,但是前线的汉军依然不见减少。楚军攻城的部队死伤惨重,攻坚战正打到关键时候,军中忽然断粮了,攻城的兵马也显得严重不足,于是项羽下令暂停攻城,等待后方补充的粮草和新兵。留守彭城的大司马龙且和周殷,半个月前就已经调集了一万担粮食和三万人马向前线开来,但是半路上遇到了彭越的拦截,粮草几乎悉数被截,人马也被打得退回了彭城。项羽派人传令,让龙且亲自押解粮草、新兵到前线来,并且派季布前去接应,打通粮道。可是龙且的人马迟迟不见踪影。楚军远离后方作战,粮草不足是它最大的弱点。后方的粮草运不上来,前方的伤员也转移不回去,一批批地死于伤病饥饿之中。项羽急得如同热锅上的蚂蚁,团团转。八月的中原,热得人喘不过气来,可是项羽每日仍要用烈酒来打发时光。一日,项羽又在帐中喝起了闷酒。几杯酒下肚,便浑身冒汗,妙逸在一旁劝道:“项郎不要再喝了,这么热的天,小心中暑。妾陪你出去走走吧。”

项羽放下酒杯,随着妙逸来到帐外,一阵轻风吹来,顿觉浑身凉爽。两个人信步来到一条小河边。只见河边麦浪滚滚、绿柳依依,几只知了在树上哇哇地鸣唱,小麦刚刚黄梢,再有半个月就可以收割了,黄绿相间的麦浪随风起伏,煞是好看。妙逸道:“你看这里风景多美,要是不打仗该有多好!”

项羽道:“我也不想打,可是不打不行啊!”

“本来不是要讲和了吗?都是那个范先生,非要争什么天下!”

“这个你不懂,不要乱说,范先生也是为我们好。”

“为我们好?项郎,有些话不知你听到没有,我听说范先生看楚军不行了,私下里在和汉军联络,你知道吗?”

项羽一惊,问道:“哦?有这事?你听谁说的?”

“我昨日到一个村里去看伤员,听见两个校尉悄悄讲的。”

“你还能认出那两个校尉吗?”

妙逸一听话头不对,害怕项羽急了乱杀人,便动了个心眼,说道:“那会儿天都黑了,我没看清那两个人的面目。”

“还记得那个村子吗?”

“记得,就在前面不远。”

“走,带我去看看。顺便看看那些受伤的将士。”

妙逸领着项羽朝前走去,边走边问道:“我听说范先生又把刘太公和雉儿姐姐弄到前线来了,可有此事?”

项羽道:“我说你真是善良到家了,她是你哪门子的姐姐?楚汉相争这么久了,几乎所有的楚军将士都和汉军结下了仇恨,你怎么还叫他姐姐?”

“我就是不懂得仇恨。”

"谁说你不懂？当初你不是也恨秦始皇吗？"

"那不一样,秦始皇作孽多端,可是汉王并没有像他那样。"

项羽吃惊地望着妙逸,仿佛不认识了一般,"你真是这样想的？"

妙逸点点头说道:"是。项郎,听我的,别再打下去了。干吗非要拼个你死我活？楚军将士死了这么多,将来我们回去,怎么向父老乡亲们交代？"

项羽有点生气了:"你怎么这么糊涂啊？是我愿意打吗？你不打他他打你呀,刘邦打进彭城你又不是没看到,你说那会儿我惹他了吗？"

妙逸想都没想,脱口说道:"那是因为范先生分封不公。"

项羽火了,冲着妙逸吼道:"妙逸! 你怎么能连敌我都不分？"

妙逸见项羽生气了,半天没有说话,过了一会儿又说:"你一定要打我也管不了,但是绝不能拿人家妻子父母来出气,我求求你,把他们放了行吗？"

项羽冷冷地说道:"不行!"

这下妙逸也生气了,一路上两个人一句话也不说。不一会儿,来到了妙逸说的那个村子。村里的百姓已经全跑光了,满村里住的都是楚军的伤员。刚到村口,只见几个士卒正在挖坑,项羽走过去问道:"这是做什么？"

一个领头的校尉看了一眼项羽,低着头答道:"启禀项王,这是为阵亡的将士们挖的。"

话音未落,只见从村子里抬出几具尸体,都用草席遮盖着,妙逸不敢正眼去看,急忙把头扭向了一边,项羽问道:"就这么把他们埋了？连口棺材也没有吗？"

校尉答道:"启禀项王,军中每天死的人太多,根本来不及做棺材。也找不到那么多木料。"

项羽挨个掀开那几张草席,看了看死者,突然发现其中一个还活着,把他吓了一跳,项羽怒喝道:"人还活着,你们怎么也不看清楚就埋？"

那个活着的伤员开口对项羽说道:"项王,是我让他们埋的。我疼得实在受不了了,这里既没有药,也没有吃的,活着还不是等死？"

项羽含着眼泪说道:"再坚持一下,粮食很快就到了。来人,把他扶回去!"

两个士卒上来搀扶那个伤员,可是他们刚把他扶起来,那个伤员立刻疼得大叫起来。项羽皱着眉头说道:"忍着点,男子汉大丈夫,别这么娇气!"

那伤员疼得满头大汗,气喘吁吁地说道:"项王,您就别再费心了,您要是真可怜我,就让我快点走吧!"

项羽见不得一个男人这样,抽出腰间的宝剑,一剑刺穿了他的胸膛。鲜血溅了他一身。妙逸看到这幅情景,赶紧用双手捂住脸,不忍再看下去。

项羽本要进村去找出那两个传播谣言的人,可是妙逸说什么也不进村了,项羽只好作罢。两个人闷头走回大营,临进门时,项羽对妙逸说道:"你听到的话不要对任何人讲。明白么？"

"明白。"

项羽的嘱咐完全是多余的，因为谣言已经传遍了全军，比妙逸听到的要多得多。说什么的都有，有的说范增、龙且、钟离昧三人自跟随项王起义以来，立功最多，而分封最少。楚国的地盘都分给了项氏自家的人。有的说，范增暗中通汉，否则为何一年多拿不下荥阳？有的说，龙且受了汉军的收买，准备在彭城自立为王，所以迟迟不肯将粮草送到前线；还有的说，钟离昧与韩信是同乡，韩信的使者常年住在钟离昧军中。这些话传到项羽的耳朵里，项羽根本不信，下令在军中追查谣言，并且杀了几个传播谣言的军官，谣言才渐渐平息下来。

汉军派到楚军中的细作将情况报告了陈平，陈平道："那是因为你们说得还不够多，不够狠。接着干！三人成虎。说得多了，由不得他不信！"于是，项羽军中又传出新的说法，说荥阳总攻是个阴谋。钟离昧准备和汉军里应外合消灭楚军。而且越传越神，说得有鼻子有眼的，不由得项羽不信。恰好这时，季布押运着粮草回来了，还带来了五万新兵。项羽见龙且没有来，顿时起了疑心，问季布："龙且怎么没来？我不是让他亲自把粮草送到前线来吗？"

季布道："是臣没让他来。"

"你怎敢擅自更改我的命令？"

"臣以为确有把握能把粮草安全运回，加之彭城方面田横、彭越不断骚扰，臣担心后方不稳，故而让龙将军回去了。"

"哦。"如果在平时，项羽一定会赞赏季布几句，可是此刻他却忧心忡忡，不知这消息是凶是吉。

听说季布带着粮草、援军来了，楚军士气大振，上上下下都在做总攻荥阳的准备。范增冒着矢石之危，亲自到前线视察，督促各部队做好总攻的准备。为了确保知彼知己，打胜这一仗，他还化装成农夫，深入到汉军后方亲自探看汉军的虚实。荥阳城已经危在旦夕，但是范增此举却让陈平钻了空子，陈平得知范增不在军中，立刻让细作们编了个弥天大谎，说范增已经投靠了刘邦，汉军尽知楚军部署，一旦楚军发起总攻，范增与钟离昧将为内应，与汉军里应外合，将楚军消灭于荥阳城下。这天晚上，项羽正独自喝闷酒，项伯、项庄、项声等几个项家子弟，一起来到项羽帐中，项羽十分诧异，问道："你们这是怎么了？这么晚了一起跑来做什么？"

项庄道："难道大王还不知道？范增投敌了。"

项羽将酒杯往桌子上一撴，道："不可能，胡说什么！你们都中了汉军的离间计了！"

项庄道："有人亲眼看见他化装成农夫往汉军阵地去了。"

项庄说完，几个人又把最近听到的情况一一报告了项羽。这下项羽也不敢肯定了，他已经几天没有见到范增了，范增临走时和他打过招呼，说是到前线看看，但是走了三四天了没有一点消息。

"难道真的会有这种事情？"

项伯道："事情到了这种地步，咱们不能不防了。"

项羽问："那你们说怎么办？"

项伯道："立即派兵监视钟离昧的部队，同时派人到汉军中去，以谈判为名，探探汉军的虚实。"

项羽又问道："季布那边靠得住吗？"

项伯道："这种节骨眼上，除了项家的人，谁也不敢相信。"

项羽道："好吧，你们暂且回军中去，严密监视钟离昧和季布的动向。我马上派人到汉军中去。"

正说着，范增突然风尘仆仆地回来了。众人十分尴尬，项羽命他们退下，不动声色地对范增说道："亚父这几日辛苦了。"

"没什么，只要打好这一仗，楚汉之争大致就可以见分晓了，老夫辛苦一点算不得什么。"

本来这话没什么错，荥阳之战，胜负对于双方来说至关重要，但项羽因为有了疑心，听着却觉得很不对味，于是问道："荥阳离关中还有千里之遥，打胜这一仗怎么就能见分晓了？"

"巨鹿比之荥阳哪个离关中更远呢？我们还不是打进了关中？"

"那倒是，不过巨鹿之战，众志成城，大家一心都想推翻秦王朝。"

范增根本未意识到项羽语带机锋，不解地说道："巨鹿之战，参战者大都是诸侯部队，不过是些乌合之众，哪里比得了今日之楚军？"

项羽未置可否，转而问道："前线情况如何？"

一听项羽问到前线的情况，范增立刻兴奋起来："可以说众志成城，将士们都已经准备好了，只等大王一声令下即可攻城！我看明天一早即可发起总攻。"

"唉！不忙不忙，我打算明天派几位使者前往汉军中，以谈判为名，探探汉军的虚实。"

"人王不必再派人去了，老夫已经亲自探看过了，汉军粮草已经完全断绝，兵员也无新的补充，士气低落，士无战心，可以说一触即溃，大王不必再犹豫了。"

范增越是这样说，项羽越是不放心，道："虽说如此，小心没有大错，兵法云，知彼知己，百战百胜，这么大的仗还是多加小心为好。"

"我担心再耽搁几日，汉军后方的粮草兵马又补充上来了，机不可……"

还没等范增说完，项羽就把他打断了："亚父累了，早点回去歇息吧！"

第二天，项羽派了几名使者来到汉军中。陈平对刘邦说道："送上门来了。这回咱们要好好演一场戏给他们看看。"

楚使者一到，汉军立刻杀猪宰羊，准备盛宴款待。等宴席摆好了，陈平从容地走了进来，问道："是谁派你们来的？"

"是项王派我们来的。"

陈平眉头一皱,对身边的侍者呵斥道:"谁让你们摆酒设宴的,都给我撤了!"

侍卫们答道:"不是大人您让摆的吗?"

"我还以为是亚父的使者呢,少废话,让你们撤就撤!"

正说着,刘邦进来了。刚要和使者打招呼,陈平把他的袖子一拽,道:"汉王这么忙,怎么把你给惊动了?"

"我再忙亚父的使者也不能不见呀!"

"汉王随我来。"陈平拉着刘邦就往外走,边走边小声说,"咱们把人搞错了,来的不是范先生的使者,让隋何来跟他们谈就行了……"

刘邦和陈平走后,几个侍卫三下两下把宴席撤了,然后端上一筐箩糠菜饼子放到了使者面前。几个使者疑疑惑惑地吃了几口,等着谈判使者来,可是等了半天也不见隋何的影子,于是问侍卫:"你们谈判的人呢?怎么还不来?"

侍卫道:"隋大人说了,他今晚没空,让你们先住下,等他的话。"

使者们满腹狐疑,便盯着侍卫套话,想进一步打探点消息。一个使者问道:"听说贵军中有位军师叫张良的,颇得汉王器重,不知这位张先生比之亚父如何?"

领头的侍卫是赵尧,他未加思索,随口答道:"差远了,三个张良也抵不上一个亚父。汉王常说,汉军要是有一个亚父这样的军师,早把楚军打败了。"

"哦?这么说你认识亚父?"

"是不是那个白胡子老头,牙齿都不全了?"

"你见过他?"

赵尧急忙摇摇头说道:"没有没有,我没见过。"

赵尧将使者安排在传舍中住下。使者们刚睡到半夜,听到院子里有脚步声,仿佛有人从墙上跳下来,使者们都还没有睡着,支楞着耳朵听着动静。只听赵尧在院子里小声说道:"这些人一个也不能留,他们是来打探消息的。手底下利索点,要快。否则范先生他们就全完了!"

使者们一听,推开后窗就往外跑。赵尧带着人追杀过来,使者们边跑边应战,最后几乎全数被杀,只有一个人带着满身的伤跑回楚营报信去了。

范增还不知道这一变化,不停地催促项羽立即下令发起总攻,项羽道:"我已下令推迟攻城时间。"

范增大惊:"项王为何做此部署?怎么也不和我商量一下?"

"我想把钟离眜和龙且两军调换一下,让钟离眜回守彭城,由龙且率部来打荥阳。"项羽一面说,一面盯住范增的脸,看他有什么反应。

范增道:"临战易将乃兵家大忌,况龙且远在彭城,何时才能到这里?不能坐失良机呀。钟离眜有勇有谋,哪一点也不比龙且差,何苦来回这么折腾?"

项羽进一步试探着说道:"钟离眜故有勇有谋,可是却不像龙且那样忠心耿耿。

亚父说是不是呀？"

"项王何出此言？钟离眜跟随项王征战多年，若论谋略武功尚可别论，若说忠勇，绝无半点二心。臣愿以性命担保！"

他这样一说，项羽更加疑心了，因为范增过去并不认识钟离眜，是来到楚军营中之后才认识的，他怎敢为钟离眜打这样的保票？索性又十分露骨地问道："亚父保得了钟离，谁保得了亚父呢？"

"什么?！难道你还怀疑我不成？"

"不不不，我不是那个意思，我只是说把两军主将调换一下。攻城之事暂缓一缓吧。"

范增一听，肺都要气炸了："想不到项王竟然会相信街上那些流言。那些话连三岁的小孩子都不信。我范增无子无孙，要封地做什么？我已经是土埋到脖颈子的人了，要官做能当几天？要利禄还能享受几日？不过看你名将之后，指望你重振楚国雄风，所以才不辞劳苦，跟随你南征北战。不料你竟是这等愚蠢，这等不成器，如此则离亡国不远了。天下大势已定，你好自为之吧。我范增不伺候了！"

说完，范增摘下头盔，解下佩剑，朝地上一摔，走了。

项羽有点后悔，对着范增的背影喊道："亚父不要误会，听我把话说完。"

曹咎、项伯等人在一旁劝道："事已至此，就让他走吧。留下也尴尬，用也不是，不用也不是。"可是项羽终究不忍心。此刻他明白自己错了，想起这几年范增对他父亲般的呵护和关怀，心中一阵难过，不由得掉下泪来。他派了几个人去护送范增回乡，并送去了许多金银珠宝，范增什么也没要，一个人雇了辆毛驴车走了。

时值盛夏，范增背上起了个疖子，开始没当回事，可是疖子越肿越大，后来索性发起了高烧，荒郊野外的也没处去治，赶车的农夫想就近找个地方落脚，为他看病，范增不允，一来觉得活下去已经没有什么意义了，二来怕死在半路上，归不了故土，于是说道："算了，治不治的都没什么了，我这把老骨头只要不扔在半路上就行。快赶路吧。"

那辆破旧的毛驴车吱吱嘎嘎地响着走在崎岖不平的山间小路上，范增躺在车上，两眼望着天空，慢慢地回忆着自己的一生。他把一生的积累全部给了项羽，把自己的全部希望都寄托在了项羽身上，虽然没有过于亲近的溺爱，但是在他的心灵深处，确实是把项羽作为自己的亲儿子一般看待的，他为他的每一个胜利感到欣喜，感到骄傲，也为他那些要不得的缺点感到忧虑，感到焦心。项羽的事业就是他的事业，项羽的成功就是他的成功。为了项羽，为了楚国，他可以说是呕心沥血，不遗余力，可是没想到竟落得这般下场，想到这里不由得两行热泪顺着面颊流了下来。

车快到居巢时，范增突然感到后背一阵钻心的疼痛，胸口闷得发慌，想咳咳不出来，憋了半天，一口鲜血猛地喷了出来。车夫扶着他坐起来，范增喝了两口水，觉得精神好一些，指着前面一道小山梁说："翻过那道梁就是我家了，我好像今天才注

意到,我的家乡是这么美,早知道如此,为什么要出去呢?快,快点走,让我再看一眼我的故乡。"

车夫按照范增的要求,赶着马车拼命地往前走,翻过那道山梁,车夫对身后的范增说道:"咱们到了。"

可是范增却没有回答,车夫回头一看,范增已经仰面朝天死在车中,他两眼睁得大大的,直直地望着天空,张着嘴,好像还有什么要说的话没有说出来。

第十三章 义士

八月的黄土高原，烈日当空，天空中没有一丝云彩。荥阳城里静悄悄的，街上除了偶尔路过三两个巡逻的士兵，几乎见不到一个人影，整个城里，除了知了的鸣唱，听不到一点声音，仿佛这座城市已经死去了一般。街边到处可见饿死的百姓和士卒们的尸体，开始还有人收拾掩埋，现在人们连掩埋尸体的力气都没有了。空气中飘着一股难闻的腥臭味。若在往常，人们也许正在大树下面乘凉、聊天、下棋，可是今日荥阳城里的军民，心里却笼罩着一层厚厚的阴云。就在楚军即将发起总攻的时候，陈平用计除掉了范增，为汉军赢得了一段宝贵的喘息时间。

大兵压境，刘邦已经无心顾及那些后宫美人，静下心来考虑下一步的对策。这一天，他正一个人在房中独坐，张良来了。刘邦长叹了一声，对张良说道："看来荥阳是守不住了，咱们得考虑突围的事情了。"

张良道："是该突围了，但是撤退之前还要在战略上做一些准备。否则荥阳一丢，楚军将尾随而至，那样就成了溃逃，后果不堪设想。"

刘邦不明白张良的意思，问道："做什么准备？"

张良道："楚军几乎集中了全部兵力来围荥阳，此时后方正空虚，若能在其背后发动一场袭击，楚军必乱。"

"你说得轻巧，可是我从哪儿去调兵啊？"

"当然是就近。"

"子房真会开玩笑，我这点家底都在这，就近哪里去调？"

"自己没有就调别人的嘛。"

"你是说彭越？哪有那么容易？那小子滑着呢。我几次派人去游说，他都给我打发回来了。答应事后给他封王都不干。"

"那是因为汉王出的价码太小，若许以加倍之地，彭越就动心了，若许以三倍之地，彭越即刻就能发兵，若许以十倍之地，彭越立至荥阳。"

刘邦眼睛一亮："好，那就马上派人再去！还有什么好办法吗？"

"九江王黥布在鄱阳一带颇有影响，英王若能重回九江召集旧部，对项羽亦是莫大的威胁。"

项羽赶走了范增之后，一连十多天没有采取任何军事行动。冷静下来之后，他知道中了汉军的离间计，但是对龙且和钟离眜却仍心存疑虑，这两个人在楚军中的影响太大了，一旦要反，真是难以控制，因此，他仍坚持要把钟离眜和龙且对调，在曹咎和丁固等人的再三劝说下，才改变了主意，但是最后还是把攻城的主将换成了季布。

刘邦还想再拖延一段时间，等彭越和黥布在楚军后方打起来，那样就可以不做撤退的打算了。于是他将陈平找来问道："你能不能再想个主意把季布也除掉？那样咱们就可以在荥阳坚守下去了。"

陈平道："不行，前面我已经和汉王说过了，离间计只是权宜之计，只能用一次，楚军既然已经识破了，就不能再用了，兵法云'战胜不复'就是这个意思。现在我军必须放弃荥阳，立即撤退，否则有全军覆灭的危险。"

刘邦知道陈平的话不是戏言，不敢有半点犹豫，于是说道："那好吧。你马上召集各部将领来我这里来商议突围之事。"

不一会儿，众将就到齐了。

虽说楚军内部发生了重大变化，但是成功突围仍然不是件容易事。武将们个个摩拳擦掌，信誓旦旦地要保刘邦出去，可是张良和陈平心里清楚，靠死打硬拼是没有把握的，还得智取。大家七嘴八舌地议论了半天也没个结果，刘邦看了看张良和陈平，问道："二位可有什么好主意吗？"

张良和陈平对望了一眼，似乎在有意追求一种默契，异口同声说道："声东击西。"

荥阳之战，多亏了张良和陈平，两个人不离刘邦左右，出了不少奇谋妙计，否则汉军早就被楚军消灭干净了。所以，只要这两位军师在，刘邦就觉得心里踏实，"看来二位早已经胸有成竹了。可是具体怎么个打法呢？"

陈平道："可先派一两员大将，带领主力从城东突围，以吸引楚军，然后汉王在率领另一支人马从西门冲出去。"

刘邦道："事情不会那么简单吧？"

陈平道："当然还需要具体的设计，请汉王给臣一点时间，容臣再想一想，明天天亮之前，臣定能拿出可靠的突围方案。"

武将中纪信站出来说道："陈督军不用再想了。臣有一计，请汉王思之。臣与汉王相貌酷似，可冒充汉王假降出城以吸引楚军，然后汉王再率军突围。"

纪信话一出口，大家皆不作声了。众将心里都明白，纪信果真假扮汉王出城，绝难生还。众人无不钦佩纪信的肝胆。大帐里鸦雀无声。刘邦看看张良，又看看陈平，两个人谁都没有说话。这还用说吗？刘邦站起来，走到纪信面前，双手抓着他的肩膀说道："好兄弟，在鸿门宴上，你救过我一命，彭城之败还是你救了我，今天又是你。你记得刚起事那会儿我和你说过的话吗？我说，将来得了天下，我还要和你一块儿坐坐龙椅呢。"说着,刘邦眼圈一红。

纪信道:"当时我也说过一句话,不知汉王记不记得?我说如果哪一天官军再来抓大哥,我情愿再顶替大哥一回。"

刘邦一把抱住纪信的肩膀,眼泪止不住流了下来。纪信挣脱刘邦的拥抱,拱手说道:"汉王不必难过。为了大汉江山,臣死而无憾。汉王多保重,臣去了。"

纪信昂然走出门外,陈平追出去叫住他说道:"纪将军且慢,我还有话说。"

纪信和陈平走后,刘邦继续安排突围的事宜,给诸将一一分派了任务,最后问张良,"子房看这样安排妥当吗?"

张良道:"突围之后,汉王对荥阳作何处置?"

刘邦道:"只好丢给楚军了。"

张良道:"臣以为这样不妥,兵法云善战者不败,善败者不乱。臣以为主力突围之后荥阳还要守下去,一来掩护主力顺利突围,二来不能把荥阳白白送给楚军,要让他们付出代价。"

刘邦觉得张良说得对,用眼睛扫了众将一眼,看留谁合适,众将为纪信的精神所感,争着要留下守城,御史大夫周苛站起来说道:"大家都别争了,我留下!"

听说周苛要留下,众人皆感到十分吃惊,因为周苛是个文官,并没有打过什么大仗,他留下怎么行?周苛道:"楚汉相争,汉王最需要的是能征善战的武将,绝不能为守荥阳再损失一员大将。臣追随汉王多年,还不曾立过尺寸之功,汉王就给臣一次机会吧。"

刘邦道:"虽说你有这个心,可是你毕竟没有带兵打过仗呀!"

"臣虽不能上阵厮杀,却也熟读兵法,汉王把荥阳交给我就放心吧,臣定不辱使命!"

听说周苛要留下,周昌也要跟着留下,刘邦道:"绝对不行,你们哥俩只能留一个。"

诸将争来争去,最后谁也没有争过周苛。刘邦心情十分沉重地对周苛说道:"兄弟,你们这样甘心为我去死,让我刘邦如何报答?"

"汉王不要这么沉重,焉知臣守城就必死?臣还等着汉王整顿兵马回来会师呢!"

正说着,陈平回来了。刘邦问陈平:"你和纪信说了什么?"

陈平摇摇头说道:"咳!别提了,我这辈子算是损了阴德了。我已经算定将来必是个短命鬼。"

刘邦道:"你先别给我打哑谜,你到底怎么跟他说的?"

陈平趴在刘邦耳朵上,嘀嘀咕咕说了一阵,刘邦连连称妙:"真要是能安全突围出去,少活几年也值了,你算你能活多少年?"

"最多不超过七十二。"

"七十二岁还短命？吃了喝了享受了就行了，活那么长干什么？孔圣人才活了七十三。"

当天下午，陈平在城中集中了两千多名妇女，让她们穿上铠甲，每人手里都发了兵器，并且进行了突击训练，教给他们如何使用，妇女们吵吵嚷嚷地喊着说她们打不了仗，陈平当场斩了两名妇女，于是这支临时组建起来的娘子军很快就变成了一支像样的队伍。

后半夜，汉军开始行动了。荥阳城东门大开，妇女们身披铠甲手持长枪冲了出去，楚军早就防备着汉军突围，一见城门大开，立刻从四面八方包围了过来，可怜这些妇女顿时一片一片地倒在血泊中。楚军打了一阵，发现都是些女人，觉得不对头，又害怕汉军主力在后面，不敢松懈。正在犹疑间，听见城墙上有人喊："楚军弟兄们，不要打啦，汉王已经决定投降，请楚军弟兄让出一条路来，让汉王出城。"夜深人静，喊声传遍了四面八方，楚军很快把消息报告了项羽，项羽命令道："让部队后撤五里，放他出来，难道还怕他跑了不成？"

于是，纪信乘坐着刘邦日常坐的辇车大摇大摆出了东门。那些还没有战死的妇女被驱赶着跟在后面。楚军听说刘邦已经出降，立刻放松了警惕。项羽担心有诈，开始把围城的部队向城东集中，那些没有接到调动命令的部队，也在自动向城东靠拢，将领们要争功，士兵们想看看热闹。于是其他三面的防御立刻松懈下来。就在这时，刘邦率领曹参、樊哙、卢绾、周勃、王陵、夏侯婴等一班武将从西门冲了出去。

纪信出了城门大约三四里路，看见楚军几员大将簇拥着项羽迎了上来。纪信掀开车帷，从容地走了出来。天已经亮了，可是项羽并没有认出纪信，下马迎上来拱了拱手说道："汉王别来无恙乎？你我征战两年，闹得天下不宁，也伤了兄弟和气。早知今日，何必要与我一争……"项羽正说得得意，忽然一名校尉骑着马跑来报告说，刘邦已经从西门突围跑了，纪信听说刘邦已经安全突围，觉得没有必要再装下去了，趁着项羽不备，抽出腰间的剑朝项羽刺去。项羽身子一闪，想躲过这一剑，没有躲利索，被刺中了肩胛。身边恰好项庄在，一剑挑飞了纪信手中的剑。几个大汉上来把纪信捆到了一棵大树上，项羽用手捂着受伤的肩膀，大声吼道："给我烧死他！"

树下堆满了干柴，熊熊大火燃烧起来。纪信哈哈大笑，高声喊道："项羽，你作恶多端，已经没几天活头了。天下是汉王的！"

刘邦与众将出西门不远，便有一股楚军围了上来，吕氏兄弟上前与楚军厮杀，诸将不敢恋战，趁着吕氏兄弟缠住楚军的机会，护卫着刘邦继续向西撤，夏侯婴赶着一辆马车，上面载着戚夫人、薄夫人和如意、刘恒，才走出不远，夏侯婴就被楚军截住了，周勃、樊哙急忙率军赶去救援，刘邦身边又少了两员大将，刘邦顾不得许多，骑着那匹枣红马，与其余诸将继续向西。连续突破楚军几道防线之后，刘邦身边已无一兵一卒，剩了单人独骑。正在这时，又有一股追兵从后面追了上来，刘邦见势不妙,打马便跑。慌乱之中找不到方向,眼看追兵已至,忽然发现前面有个荒芜了的村庄,那里多少是个遮挡,于是便朝村里跑去。村庄里已经没有人居住,只有一个讨饭的老汉蹲在村头,那老汉认得刘邦,站起来说道:"这不是汉王么?快,这儿有口井,汉王下去躲一躲。"刘邦抓住老汉的讨饭棍子,下到井下。棍子太短,离井底还有一段距离,他也顾不得那些了,一松手,"扑通"一声,人已掉到了水里。那老汉扒着井沿问:"汉王没事吧?"只听井底下答道:"没事!"老汉听到刘邦的声音,觉得放心了,于是骑上刘邦的枣红马飞快地跑了,楚军一窝蜂似的追了过去。

刘邦掉在井里,好在井口离水面不是太高,没有摔伤。这口井口小肚子大,刘邦爬到水边,刚好有块石头,他便蹲了上去,把身上的湿衣服脱下来拧了拧,听上边马蹄声、人声渐渐远去,心里放松下来。一放松,立刻觉得饥饿难挨,他捧了几口水喝,肚子越发咕噜咕噜叫了起来。忍了一会儿,听到上面没动静了,便开始向上爬,可是这种下面大上面小的井筒子,使不上劲,只能用两只手抓着井壁的石块向上攀,整个身体都悬在空中。他肚子空空的,手上一点劲也没有,攀到半截,两只胳膊又酸又疼,实在支撑不住,扑通一声重新又落到了水里。这样试了两三次都没有成功,人已经累得筋疲力尽,他知道不能再消耗体力了,坐在水边石头上大口大口地喘着粗气。现在只有等着人来救他了。有几次,他听到上面有脚步声,想喊又怕招来楚军,就忍下了。他还对那位讨饭的老汉抱着一线希望,他相信只要他还活着,一定会来救他的,可是一直等到天黑,也没见老汉来。

月亮升起来了,月光从井口照射下来,水面上泛起星星点点银色的亮光。外面的暑气渐渐消失,井下已经有点冷了,刘邦抱着肩膀,瑟缩在井底,心想,这他娘的不饿死也得冻死。这回他下定了决心,只要听到人声就喊,哪怕是落在楚军手里也不能死在这里。正在无奈之际,忽听一阵马蹄声响,而且越来越近,他兴奋地站了起来:是讨饭老汉救他来了!果然,马蹄声一直到井边才停下来。不一会儿,从井口垂下一根绳子,刘邦对着井口轻轻喊道:"老人家。是你吗?"上面没有回答,刘邦以为声音太小,上面没听见,又提高声音问了一句:"老人家,你还活着?"还是没有声音。刘邦抓住绳子,趔趔趄趄蹬着井壁上的石块爬上了井台。上面的情形让他大吃一惊。原来井边并没有人,是那匹枣红马,将缰绳垂到井下救了他。刘邦摸着枣红马的脖子,心里一阵发酸,嘴里喃喃地说道:"看来玉君没有白疼你。"那马跑了一天,肯定也饿了,他不忍心骑上去,牵着马边走边絮絮叨叨地说:"多亏了你呀!这回回去我得好好犒劳犒劳你。那个讨饭的老汉呢?还活着吗?"那马似乎能听懂刘邦的话,不停地打着响鼻。可是它根本不按刘邦牵它的方向走,而是执着地朝另一个方向走去。刘邦知道其中必有缘故,于是骑上马背看它究竟要去哪里。那马飞奔向前,跑了大约十几里路,在一棵大树下停了下来。刘邦下马一看,树上绑着一个人,头已经被砍掉了,只有血肉模糊的身子还被绑在树上,刘邦知道是那讨饭的老汉,急忙上前解开绳子,将尸体放在树下,和头拼在一起,然后,又找了些树枝盖上,跪下给老人

家磕了三个头,趁着月色骑上马离开了。

关于刘邦井下避难,还有一则传说,说刘邦下到井底之后,一群蜘蛛来帮忙,在井口织起了蛛网。楚军追兵赶到,看见井口满是蛛网,不疑有人藏在下面,刘邦才躲过了这场危机。

刘邦回到关中,浑身的骨头就像散了架,疲惫不堪,萧何赶来向他报告关中的情况,刘邦摆了摆手说:"什么都别说了,一切你看着办。我只问诸将都回来了没有?"

萧何道:"除了夏侯婴,其他人都回来了。"

"那如意和恒儿呢?"

萧何焦急地说道:"还没有消息。诸将要杀回去找,我把他们拦住了。眼下大家都在等汉王的命令。"

"告诉他们,谁也不准动。"

"还是派一支人马去接应一下吧。"

"不行!好不容易突围出来了,再杀回去还不是送死?我不能再白白损失一员大将。"

"那如意和恒儿怎么办?"

"生死有命,富贵在天,能不能活着回来,看他们的造化吧。"说完,刘邦眼睛一闭,呼呼地打起了呼噜。

刘邦这一觉睡了两天两夜。第三天醒来,发现玉君正坐在床边冲他微笑着,刘邦眼睛一亮,忽地一下坐起身来,问道:"你们都回来了?如意呢?"

"在外面玩呢,我去叫他。"

不一会儿,玉君领着如意进来了,如意一进门,冲着刘邦说道:"爹!你没死呀?"

玉君照着如意的脖子给了一巴掌:"这孩子,怎么说话呢?"

如意也不在意,扑到刘邦怀里说道:"我还以为爹死了呢。"

刘邦笑道:"你爹命大,死不了的。唉!恒儿呢,恒儿回来了没有?"

玉君答道:"你放心吧,都回来了。"

刘邦迫不及待地说道:"赶快去给我抱过来呀!"

玉君应声出去了,不一会儿,薄夫人抱着恒儿来了。

刘邦在关中休息了几天,感觉浑身疲惫,每天好像有睡不完的觉,一倒下去就不想起来了。一天上午,他刚起来不一会儿,正逗着如意玩耍,门上通报说,张良来了。刘邦对门卫说道:"不见!让他明天再来。"

门卫出去了一下,又回来报告说:"子房先生不走,说有重要事情向汉王禀报。"

刘邦无可奈何,只好让门卫请张良进来。见了张良,刘邦脸一拉说道:"你一来准没好事。"说完,将孩子递给了戚夫人。

张良笑道:"我今天给汉王带来的可都是好消息。"

刘邦用两手捂住耳朵说道："我不听我不听,我知道你又要催我上前线。好不容易回到关中来了,你就不能让我清闲两天?"

张良站起身来说道："那就等汉王清闲够了我再来吧。"

刘邦把张良一拉,说道:"你给我坐下!跟我卖什么关子,快说!"

"楚军总攻荥阳,没有拿下,周苛还在坚守!"

"你说什么?周苛还在坚守?"刘邦简直不敢相信自己的耳朵了。刘邦以为汉军一撤,楚军立即就会占领荥阳,没想到半个月过去了,荥阳还在汉军手中。他深为周苛的献身精神所感动,同时也感到有些后悔,不该把这位文武双全的奇才留在荥阳。

"是的,这是我给汉王带来的第一个好消息。"

虽说是个好消息,可是刘邦听了,心情却十分沉重,"不行,咱们得立刻回军去救荥阳!我得想办法把周苛救出来!"

张良揶揄道:"不忙不忙,汉王先清闲几天再说吧。"

"屁话!这都什么时候了,还拿我取笑!快说,还有什么好消息?"

"韩信已经平定了魏、代、赵、燕四国,如今正在向修武集中,下一步就可以进攻齐国了。"

刘邦听了,十分振奋,道:"打得好,看来韩信真是个大将之才,如今六国已去其四,只剩下项羽和齐国,就好办多了。还有呢?"

"彭越和楚军开战了,先后夺得了楚地十几个县,黥布那边也聚集了几万人马,很快就要成势了。"

刘邦将双掌一击,道:"太好了!那咱们怎么办?"

"立即出关,准备战略反攻!"

"战略反攻?"刘邦对这个说法感到十分陌生,"我手里就这点残兵败将,拿什么反攻呀?

"萧丞相不是又募集了三万新兵吗?"

"对,是有一批新兵,那又能干什么?"

"韩王那里不是还有几万人马么?有这些兵马足够了。"

刘邦精神一振,站了起来,"走,马上召集众将一起商量商量。"

刘邦在关中只停留了半个月,就又带领人马出了关。这一次他没有走函谷关,而是从武关出发,经韩国故地,从南面向楚军发起了进攻。

楚军正面阻击的力量很强,如果硬在这里拼消耗,等楚军拿下荥阳汉军也未必过得去,于是刘邦只留了少部分人马牵制楚军,自己则率领大部队避开楚军正面,迂回到荥阳西北去打成皋。楚军集中了重兵拦截刘邦的部队,不料两天之后,汉军主力却突然出现在荥阳西北,楚军不防,被汉军夺了成皋。

刘邦刚刚占领了成皋,荥阳就失守了。刘邦得知周苛、枞公皆已死难,心中十分

难过。当即命人传下令去,任命周昌为御史大夫。

荥阳离成皋只有三十多里,刘邦十分担心楚军拿下荥阳后再来攻成皋,于是急忙部署成皋和巩、洛一线的防御。安顿罢了,心里刚刚松了一口气,郦食其来了。刘邦斜卧在榻上,问道:"有什么事吗? 说吧。"

"臣闻知天下之事者,王事可成,不知天下之事者,王事不可成,王者……"

刘邦摆摆手打断他的话说:"行了行了,有什么就说什么,别给我跩了,我这儿忙着呢。"

郦食其被打断,有点扫兴,仍接着自己的思路说:"王者以民为天,民者以食为天。大军作战,兵马未到,粮草先行。敖仓乃天下转运之交通要道,至今仍有秦时所储谷粟,楚人据荥阳而不守敖仓,此乃天赐良机,大王可急复进兵,收复荥阳,据敖仓之粟,塞成皋之险,杜大行之渐,据蜚狐之口,守白马之津,如此则中原大致可定,诸侯知所归矣。"

"这个我比你清楚。我已经派了韩公子信收复荥阳去了。还有什么新鲜玩意儿吗? "

郦食其所言,张良一路上已经为刘邦筹划过了。天下大势,英雄所见略同。郦食其的看法大体上和张良差不多。见刘邦已经想到前面了,郦食其知道是张良、陈平等人谋划的,很扫兴。上一次为刘邦谋划立六国之后,被张良否定了,郦食其甚觉惭愧,急于将功补过,便问道:"如此则中原大势已定。不知大王对河北做何打算? 方今燕、赵已定,唯齐未下,如若早日拿下齐国,则河北大势可定,项羽将陷于完全孤立。"

"我已传令韩信,不日出兵,攻打齐国。"

"方今田广据千里之齐,田横将二十万之众,军于历城,田氏宗族势力强大,背靠大海,前依河、济,南依楚,人多变诈,且英勇剽悍,足下虽遣数十万之师,短期内亦难以破齐。"

郦食其说话的时候,刘邦一直皱着眉头,郦食其不知深浅,以为刘邦心情不好,就把话头打住了。刘邦道:"说呀,怎么不说了? 对齐国怎么办? "

"臣愿奉大王之诏前去说服齐国,以三寸不烂之舌使其归顺。"

"好!你说了半天,这才说到点子上。你马上去准备,需要什么金银珠宝玩物,尽管到府库中去领,不够派人去找萧何要。尽早出发,越快越好! "

郦食其高高兴兴去了。相处这一段时间,郦食其对刘邦已经有所了解,尽管他对人傲慢无礼,但是只要你说得对,他立刻就采纳。郦食其喜欢他这种处事风格,因此早把刘邦对他的傲慢无礼忘到了脑后。

在攻取成皋的同时,刘邦派了韩王信去夺敖仓。但是刘邦没有料到,楚军放弃敖仓不守,是一个设计好的圈套,项羽早已派了钟离眛和项伯率领一支大军埋伏在半路,专等汉军前来劫粮仓。韩信率领三万人马来到敖仓山脚下,被楚军团团包围在山谷之中。韩信在谷中坚持了多日，军中断粮，援军无望，再打下去已无任何希望。为了保全将士们的生命，韩信决定率军投降。不料投降之后，项羽仍没有放过他的部下，将剩下的人马全部坑杀于敖仓，只剩了韩信一人。韩信追悔莫及，但是事已至此，再后悔也没用了。钟离昧执着韩信的手来见项羽，项羽傲慢地问道："你就是韩成的侄子？"

韩信见了项羽，恨不能立刻把他杀了，但是求生的欲望控制了他的胆量，他什么也没说，只是点了点头。项羽道："看你长得仪表堂堂，比起你那位叔叔可强多了。怎么样？刘邦已经败在我的手下，你还要给他卖命吗？留下跟我一起干吧，将来彻底打败了刘邦，我仍封你为韩王。"

韩信没有回答。项羽道："我给你一刻钟的时间考虑，若肯降我，我封你为将军，否则我送你去见你那些部下！"

钟离昧见韩信不说话，似有争取的余地，便出来打圆场："项王军务繁忙，此事交给我吧，容我和韩王慢慢谈谈。"

"也好。你们下去吧。"项羽挥了挥手，钟离昧带着韩信走了。

钟离昧将韩信留在自己帐中，连着给他做了几天说服工作，韩信终不肯为项羽做事，钟离昧只好将情况如实报告了项羽。项羽令人将韩信暂时囚禁起来。韩信万万没有想到，和他关押在一起的竟是刘太公和审食其。两个月前，范增就把太公和吕雉等人秘密押到了前线，准备在必要时作为给汉军施加压力的砝码。见了刘太公，韩信问道："他们怎么把您老人家弄到这儿来了？"

"谁知他们搞什么鬼！季儿可好？"

"汉王很好。嫂子怎么样？"

"他们把她也押来了，只是不知道关在什么地方。我那几个孙子呢？"

"都挺好，汉王最近又添了一个小儿子，名叫刘恒。"

太公听说儿孙们都还好，心里觉得放心了，这才想起问韩信的情况："你是怎么让他们抓住的？"

一提起被俘的情况，韩信羞得无地自容，他真后悔没有和将士们一起战死，这样苟活下来，将来怎么见人？听了太公的问话，他什么也没说，眼睛四下里不停地张望，太公见他眼神不对，急忙说道："先别说这些了，来，先喝口水吧。"说着，将一碗水递到韩信面前，韩信没有去接，站起身来，一头朝监狱的墙上撞去……

却说刘邦突围时，留下御史大夫周苛守城，有位枞公坚决不肯跟着刘邦突围，要求留下来和周苛一起守城。魏豹也没有走，因为当初刘邦封他为荥阳守。如今连城守都走了，似乎有点说不过去。

刘邦刚走，魏豹就给周苛出主意，要他投降："汉王带那么多大将都守不住，留下你我不是白送死吗？我与项王有旧交，公若肯降，我保证项王不会杀你，还可望有

尺寸之封。不知周公意下如何？"

周苛冷笑道："魏公可知道你哥哥是怎么死的吗？"

魏豹听着话头不对，急忙辩解道："家兄是为反秦而死。秦无道，当反。而项王乃仁义之师，此一时彼一时也。"

"哼！好一个此一时彼一时，我看你到什么时候都是个软骨头！你今日反楚明日叛汉，要是让你哥哥看见了真要羞死。来人，把这个反复无常的小人推出去斩了！"

周苛斩了魏豹，环城巡视了一遍，鼓励士卒们效法纪信将军，英勇作战，不辱汉帜，又动员了城中还能动弹的百姓向城上运送矢石，准备迎战。

周苛率领城中军民坚持了一个多月，终因寡不敌众，被楚军攻破了城池。周苛落入楚军手中。

项羽进城后，把所有的汉军俘虏集中到一起，只剩了几百人，一个个骨瘦如柴，风一吹就要倒的样子，项羽不知道这些人是哪来的力量，周苛是用什么办法动员了这些士卒们拼死战斗到最后一刻的。他命人将周苛带到面前问道："周将军，城中既无粮草，又无壮男，不知将军凭什么守了这么多天？"

周苛道："凭什么，就凭着对汉王的一片赤胆忠心！"

"说得好。我项羽历来敬重英雄，就佩服你这样的硬汉子，来人，给周将军松绑！"项羽亲自端来一把椅子，请周苛坐下，道："周将军，如今刘邦惨败，弃城而逃。留下将军守城，你明知是让你送死，为何还要为他卖命？"

"汉王秉天下之大义，救苍生于水火，黎民百姓争相拥戴，臣甘愿为其一死。"

"寡人佩服你的忠勇，然楚汉相争，胜负已见端倪，刘邦败在我手下只是早晚的事，寡人感将军之德，不愿意看着将军为他去送死，何不就此弃暗投明，与我共享天下？我可封你为上将军，三万户侯。"

"哼！你别高兴得太早了，得道多助，失道寡助，天下迟早是汉王的。你根本不是汉王的对手。我倒是劝项王及早投降的好，免得将来受辱。"

项羽大怒："你这个不知好歹的家伙，我就不信你真的不怕死。来人，把烹锅给我架起来！"

楚军士卒抬来一口大锅，放在一棵大树下，开始烧水。项羽命人将周苛和枞公捆了，头朝下吊在树上，锅里的水已经沸腾了，两个人的头离滚开的锅只有几寸的距离，锅里热气蒸腾，熏得他们满头大汗。项羽喝问道："周苛，你现在说一声不再追随刘邦我还可以留你一条活命，否则，我立即把你放到锅里烹了。"

"要烹就烹，要剐就剐，想让我周苛投降，办不到！"

项羽走到树旁，抽出剑来放在绷紧的绳子上，问道："你真的不怕死？"

"不怕！"

项羽挥剑砍断了绳子……

第十四章　潍水半渡

　　楚军攻破荥阳、剿灭了韩王信之后,立即集中兵马向成皋扑了过来。刘邦立足未稳,经不起楚军这样猛烈的攻击,不得不再次突围,逃出了成皋。成皋城西面几里路之外是汜水(发源于今河南巩县东南,流经荥阳、成皋,注入黄河),过了汜水就是虎牢关。虎牢关因传闻周穆王曾将进献的猛虎圈养于此而得名。关内到处是深沟密林,只要退入虎牢关,楚军绝不敢再向关内追击。突围之前,刘邦命令卢绾为先锋,率领周勃、樊哙等人冲出西门,试图杀出一条血路,渡过泗水,退进虎牢关。楚军早已看透了汉军的企图,早在攻城之前就在泗水河边布下了重兵,防止汉军西撤。任凭汉军怎样冲击,也无法靠近泗水河。为了争夺这条生路,汉军死伤了无数人马,楚军的阻击部队就像一道铜墙铁壁,矗立在河边,虽然只有几里路之遥,汉军却前进不得半步。刘邦见归路已被楚军切断,只好率领其余将领冲出了北门。这次突围,不像上次那样从容,刚出城门,队伍就被楚军冲散了,刘邦的坐骑中了箭,从马上栽了下来。恰好这时夏侯婴驾着一辆破旧的战车冲了过来, 冲着刘邦喊道:"汉王快上车!"

　　刘邦趁着两军正在厮杀,上了夏侯婴的马车,夏侯婴驾着战车冲出重围,一口气跑到黄河边。刚好有一艘渡船停在那里,于是夏侯婴从车上卸下战马,连人带马上了船,两个人逃到了河北。这时,天已经快黑了,他们一刻也不敢停留,骑上战马,直奔修武而来。

　　刘邦渡河的地方,离修武还有一百五十多里,两个人狂奔了半天,到达修武时,已经是半夜了。夏侯婴要去韩信营门联络,刘邦道:"不要惊动他们,先在馆舍中住下。"

　　夏侯婴道:"这怎么行?到了军中岂不就安全了?"

　　"谁说的?我现在惨败而逃,就剩了你我两个人,而韩信将兵十数万,跺跺脚河水都得倒流,他要是认你,你还是汉王,可他万一要是不认呢?"

　　"该不会吧?就算有个万一,还有曹参和灌婴在呢。怕什么?"

　　"军权在人家手里,曹参顶个屁用?再说,这种节骨眼上,能信得过谁?曹参就那么可靠?"

　　夏侯婴未语,心里十分佩服刘邦的机警。

第二天一大早,刘邦和夏侯婴飞马驰入韩信军中,营门上哨卫要上来盘问,刘邦喊了一声"我们是汉王使者",就拍马冲了进去。刘邦直接来到韩信的中军大帐,一名值班校尉认识他,惊慌失措地迎了上来:"汉王请坐。韩大将军和赵王尚未起床,臣马上就去通报。"

刘邦笑眯眯地眨么眨么眼,说:"不用了。大将军和赵王辛苦,就让他们多睡会吧。你,去通知各部将领到这里来议事,别说是我来了,就说是韩大将军的命令。"

"诺!"校尉领命转身要走,刘邦又道:"慢着!韩大将军的印信呢?"

"俱在案上。"

"好。你去吧。记住,不要惊动大将军。"

不一会儿,各路将领都已到齐,刘邦得意地坐在案前,逐个询问他们的兵马数量以及装备粮草等情况。正说着,张耳和韩信慌慌张张地跑来了,两个人脸都没洗,双双跪在刘邦面前,韩信道:"启禀汉王,不知大驾光临,有失远迎,请汉王恕罪。"

刘邦站起来,走到韩信、张耳面前,将他们扶起,笑道:"人说好吃好睡,大富大贵,你们俩好福气呀。睡醒了没有?没睡醒接着睡去,这里我替你们守着,放心不放心?"

张耳道:"汉王英明,有汉王亲自坐镇,我等当然可以高枕无忧,岂有不放心之理?"

其实刘邦并没有疑心韩信会谋害他,主要是怕韩信居功自傲,在他面前耀武扬威,那样这支军队便没法指挥了。如今夺军的目的已经达到,便与众人说笑了一阵,让众将退下去了。之后,刘邦对韩信和张耳说道:"你们在河北干得不错,比我强,看我这副狼狈样,让项羽追得到处跑。"

张耳道:"汉王这话说到哪里去了!自陈胜起义以来,楚军打遍天下无敌手,唯汉王能与之相抗衡,如果不是汉王在正面顶着,河北战场哪有今天的局面!"

韩信接着说道:"楚军确实骁勇,项羽亦是当今数一数二的名将,汉王能与之抗衡这么久,真是了不起。"

话虽这么说,可是刘邦心里仍感到不是滋味:"可我最终还是败给人家了。"

韩信道:"大王不能这么看,成皋之战是败给楚军了,但是在战略上我们却赢了,楚军远离后方作战,长达两年之久,如今已经是强弩之末,今河北四国已尽属汉王所有,楚军背后又有彭越、黥布之患,还能坚持多久?我军只要再坚持一下,战略反攻的日子就要到了。"

这是刘邦第二次听到战略反攻这个词,眼睛为之一亮,看到韩信兵强马壮,真的萌生了要与项羽决一死战的念头,于是说:"我这次来就是要和你商量此事。大将军可将河北的事务全数交与赵王,立即随我渡河,我要与项羽决一死战。"

韩信沉吟了一下说道:"大王有令,臣等不惜赴汤蹈火而从之。然依臣看来,目前似乎还不到决战的时候。我军新败,若从正面渡河,必遭楚军拦击,兵虽众却没有胜算。不如先派一支偏师从下游渡河,配合彭越从背后袭击楚军,这样可收出其不意之效。"

刘邦急于消灭项羽,迅速结束这场战争,因此对韩信的意见并不赞同,听了韩信的话直摇头,道:"那都是小打小闹,伤不到楚军的根本,如此打法则还要和楚军继续拼消耗,不知胜利何日才能到来。"

韩信道:"虽然我军战略上处于优势,但决战的时机还不到。从兵法上讲,没有十分把握或万不得已,应尽量避免战略决战,一旦展开决战,不是你死就是我活,存不得半点侥幸。消耗该拼还得拼,拼消耗是我军的优势,虽然异常艰难,但最后拼不起的是项羽。"

刘邦琢磨了半天,觉得韩信说的有道理,道:"好,听你的。先派一支偏师从下游渡河。那剩下的人马怎么调度?"

韩信道:"当然是加强正面战场。汉王需要多少兵马,可以尽管带走,其余的给我留下,攻打齐国。"

"现在就去打齐国?"

"诺。北面战场不能半途而废,这里不光是齐国的问题,齐国不灭,燕、赵也不稳,军事上还会有反复。不彻底平定齐、赵、燕,则不能最终战胜楚军。"

"我知道,可是我已经派了郦食其去说服齐国归降,是否等等他的消息?"

"自古以来谈判皆是以实力说话的,没有大兵压境,只凭郦生一张嘴,谈判恐怕很难成功。"

"说得对。那就兵分两路,你带一半人马先走,这里由我来调度。"

刘邦在修武待了几天,成皋突围出来的众将纷纷来到修武与刘邦会合。一日,刘邦悄悄将曹参叫到自己帐中,问道:"当初韩信写信要我派人镇守河北,是你出的主意?"

"诺。当时韩大将军要我离开军中,去管政务,汉王当初有交代,臣不敢擅离军中。故而提议另派人来。"

"这个主意出得好,灌婴知道内情吗?"

"臣一直没有告诉他。"

"为何?"

"自渡河以来,大将军与我和灌婴等人同心协力,情同手足,毫无二心,臣以为没有必要告诉他。"

"那就还是不要告诉他为好,你自己多留个心眼就是了。不过这个心眼到什么时候都得留,知道吗?"

"臣明白。"

几天之后,刘邦派卢绾、刘交、刘贾率领两万人马从白马津渡过黄河,会合彭越从背后对楚军展开了攻击。其余人马则兵分两路,一路由韩信率领,开始向齐国边境进军;一路由刘邦亲自率领,准备重返河南,伺机收复荥阳。

郦食其到达齐国的时候,韩信大军也正在向齐国边境进发。齐王田广见汉王的使者来了,不敢怠慢,盛宴款待郦食其。席间,田广问道:"先生远道而来,必有以教我,寡人愿闻之。"

郦食其不客气地说道:"楚汉相争,齐王可知天下所归乎?"

"寡人不知。"

"大王若知天下之所归,则齐国存;若不知,则齐国亡矣!"

田广故意问道:"依先生之见,天下当何所归?"

"归汉。"

"哈哈,寡人早已知先生的结论,前者楚使来,说天下归楚;如今先生又说天下归汉,无非是看我齐国尚强,在楚汉之争中举足轻重,说我倒向一边。如此则先生不必多言,替我谢过汉王。齐国哪一边也不靠,齐国就是齐国。"

"大王差矣。老夫此行并非为汉王而来,实为大王您而来。"

"哈哈哈哈哈,先生真不愧为辩士,千里迢迢为寡人而来,我倒要听听如何为我。"

"项羽攻齐,烧杀抢掠,齐人恨之入骨,难道先生不知项羽的为人?"

"寡人亦恨之,无奈楚军强大,只好委曲求全。"

"为何要委曲求全?今汉王扶义而东,天下响应,何不应汉王而一举歼灭之?"

"灭楚谈何容易?项羽乃当今天下霸主,无人能敌,汉王恐怕也不是他的对手。"

"未必。项羽分封不公,失信于天下,诸侯怨声载道,此其必败也一;迁杀义帝,负不义之名,其必败也二;于人之功无所记,于人之罪无所忘,战胜而不得其赏,拔城而不得其封,天下叛之,贤才怨之,此其必败也三;残忍无道,滥杀无辜,劫掠百姓,此其必败也四。有此四者,项羽必败无疑。而汉王乃先入咸阳,立灭秦之首功,天下无人不知,闻项羽迁杀义帝,则起蜀汉之兵击三秦,出关而责义帝之处,收天下之兵,立诸侯之后,降城即以侯其将,得赂即以分其士,与天下同其利,豪英贤才皆乐为之用。诸侯之兵四面而至,蜀汉之粟方船而下。汉王发蜀汉,定三秦;涉西河之外,援上党之兵;下井陉,诛成安君,破北魏,举三十二城;此蚩尤之兵也,天之助也。今已据敖仓之粟,塞成皋之险,守白马之津,杜大行之阪,拒蜚狐之口,灭项羽指日可待,大王何言项羽无人能敌?大王早日归汉,则齐国可保,迟则危亡立可待也。"

郦食其抖动着雪白的胡子,越说越快,越说越激动。起初田广还不以为然,听着听着,脊背上就冒出了汗。他让人把郦食其等安置在馆舍中住下,刚刚安置妥当,外面送来军报,说韩信大军已经兵临城下。

田广投降了。

韩信大军集结于齐国边境,见齐军防备森严,未敢贸然发动进攻。等到韩信摸清敌情,准备进攻时,却闻郦食其已经说服田广投降了,韩信甚觉无趣。他所有的军事行动,都成了郦食其谈判的砝码。这一日,韩信正独自坐在帐中闷闷不乐,人报范阳人蒯通求见。

当日蒯通帮助武臣拿下赵国二十余城,却为张耳所不容,只好离开赵国,以后便一直游说于齐、燕、魏诸国。他一直期望能碰到一位名主,做出一番惊天动地的大事业,但是始终未能如愿。几年来他游走于各国之间,给诸侯们出了不少好主意,可是事情一过,人们就把他忘了,诸侯王似乎谁也没想到重用他,也许是由于他性格过于狷傲,难以驾驭的原因吧。因此,心里不免感到失落。诸侯看不上他,他也瞧不上这些诸侯王。蒯通看得很清楚,天下非楚即汉,诸侯皆无大的作为。可是楚汉两家都没有他的容身之地,项羽不能用人,天下英雄纷纷归附了刘邦,刘邦身边有张良、陈平、郦食其等一大批谋士,估计也很难有他的进身之阶,况且张耳又在那里,他更不愿意去讨那个没趣了。就在他走投无路的时候,韩信像天空中的一颗新星冉冉升起,使蒯通看到了希望。他早就开始注意韩信了,一直无缘结交,如今韩信打到了齐国边境,他决心前去投靠。到了营门,侍卫通报了进去,韩信却说太忙,无暇见客。蒯通对侍卫道:"你告诉大将军,我和他一样钻过裤裆,一样怀才不遇,请他不要错过。"

其实韩信早就知道蒯通这个人,听说他几年来游说于各国之间,始终没有归宿,像条丧家之犬,所以不想见他。后来门卫又来通报,把蒯通的话如实一说,韩信想起自己当年怀才不遇的坎坷经历,心想或许真是个人才也未可知,于是让门卫把他带了进来。

蒯通一见面便要为韩信看相,韩信问道:"先生的相术如何?"

蒯通道:"贵贱在于骨法,忧喜在于容色,成败在于决断,以此参之,万无一失。"

韩信本不大相信这些,但听蒯通说话,知道他不是那种江湖骗子,便让他看了看。蒯通先看了手相、面相,然后让韩信转过身去,摸了摸他的骨骼,从头顶沿脊椎向下,一直摸到脚踝。然后坐下来,欲说又止,表情十分复杂。韩信道:"有什么直说,不要顾忌。"

蒯通道:"顾忌倒也没有,只是君相前后不一,颇难下断语。"

"那你就说说有什么不一,咱们一齐来断。"

"相君之背,乃贵不可言。"

"我可不信这个,你得说怎么个贵法。"

"通常相者只可意会,不可言传。先生定要穷根究底,我可告诉先生。先生上身长,脊椎较常人多出三节,此乃龙骨,贵不可言。先生当王天下也!"

"哈哈,我可没那么大造化。也从来没想过。那前后不一是怎么回事?"

"相君之面,却是相貌平平,至多不过封侯,且危而不安。"

"这也不奇怪,军人吗,整天在战场上冲杀,自然是有危险的。"

"还不是那种危,只怕是……"

"怕什么?直说,别吞吞吐吐的。"

蒯通有点后悔失言,但事已至此,也只好说了出来:"怕是不得善终。"

韩信听了,心里咯噔一下,但是很快就恢复了镇静:"大丈夫马革裹尸乃荣耀之事,怕那些做什么?咱们不说这个了。先生师从何人?所治何学?有何以教我者?"

"在下无师无门,诸子百家皆有所涉猎,所治乃帝王之学。"

韩信很不愿意听这种大话,讥讽道:"先生所治之大,韩信恐无暇请教,我关心的只是目前的战局。"

"那就说说目前的战局吧。大将军闷闷不乐者可是为了郦生?"

一句话说到了韩信的病根上,韩信没有回答,蒯通接着说道:"是呀,郦食其一介书生,以三寸不烂之舌,扶轼而下齐七十余城,而将军率众数万,打了一年多,才下赵五十余城。将军为将数载,反不如一竖儒乎?"

"你这话是什么意思?"

"将军奉汉王之命攻齐,郦生虽已说服齐国投降,然汉王并未命令将军停止攻齐呀。"

韩信听了这话不禁一愣,难道还有这种考虑问题的方式?蒯通见他的话韩信已经听进去了,于是接着说道:"无毒不丈夫。到手之功怎能拱手让给他人!"

于是,韩信下令发兵,趁着齐军不备,几天工夫便打到了齐国都临淄。

却说田广答应降汉以后,觉得可以高枕无忧了,日日与郦食其高谈阔论,豪饮至醉,不料韩信突然打了进来,田广大怒,以为郦食其是来做内应麻痹他的,无论郦食其怎么解释他也不相信。郦食其这会儿就是有一百张嘴也说不清楚了。田广揪着郦食其的胡子,恶狠狠地说道:"你若能让韩信退兵,我留你一条活路;否则,我烹了你!"

郦食其无论如何也想不到韩信会做出这种事来,他始终以为是误会,但无论是误会也罢,争功也罢,他都不能辱没了汉家的使命,于是对田广说道:"该说的我已经都说过了,何去何从由你自择吧,尔公不为汝更言!"

田广一怒之下烹杀了郦食其。

几天之后,韩信攻破临淄,田广、田横率军向东撤去。韩信乘胜追击,一直追到高密,齐军渡过潍水继续向东撤退,曹参、灌婴等欲过河追杀,韩信将他们拦住了,他站在河边望了望,说:"好像是楚军的援兵到了。"

韩信入境之初,田广就派人去楚国求援。项羽大喜。楚汉相争,齐国倒向哪面举足轻重,能争取到这样一个同盟者太不容易了。自从与刘邦交手以后,项羽便改变了对齐国的策略,希望能化敌为友,共同对付刘邦,范增生前就派使者来与其谈判,范增死后,项羽仍在继续努力争取齐国作为反汉的同盟者,可是齐国始终没有答应,如今使者自己找上门来,如同天赐。项羽立即派了龙且率领十几万大军,号称二十万来援齐国。项羽之所以下这么大的本钱，是因为他判断刘邦在韩信军中。刘邦兵败成皋之后一直没有露面，而且，韩信军是刘邦的最后一点本钱，打垮韩信，就等于战胜了刘邦。即使刘邦不在韩信军中，也等于斩掉了他的一只翅膀。

楚军进至高密，田广、田横前来拜见龙且，商议破敌之策，田横道："汉军远道而来，欲速战速决，其锋正锐，其势正强，我军不可急于交战，不如深沟高垒，挫其锐气，如今韩信千里客居他乡，齐人皆反之，无处补充粮草，时日一久，不战自溃。"

龙且自跟随项梁起事以来，几乎没打过败仗，哪里把韩信放在眼里，道："齐王怕是让韩信吓破胆了吧？以楚军二十万人马，破汉军如探囊取物，何须费那么多时日？"

田横道："韩信善用兵，多奇计，将军不可轻视。"

"我认识韩信，不就是那个钻裤裆的小子吗？当初在项王帐下不过是个郎中，也没见他打过什么硬仗，刘邦大概实在找不出大将来了，才把这么个胆小鬼用上了。将军不必担忧，看我明日怎样破韩信！"

这边在商议破敌之策，韩信那边也在积极准备迎战。韩信判断楚军兵力匮乏，必急于速战速决，因此连夜派人搜集了数万条麻袋，装上沙石泥土，让士卒们背往上游，将潍水拦腰截断了。第二天拂晓，楚军果然集结到潍水边上，准备渡河，两军隔河相望，摆出了一副决战的架势。韩信命人到阵前叫骂，龙且欲渡河交战，田横劝道："将军且慢，今日河水异常，往日水流湍急，今日却缓而浅，一定是韩信截了上游，待我派人前去探看一下。"

汉军叫骂了半天，不见楚军动静，韩信命人杀过河去，诱楚军来战。于是孔聚、陈贺各率领一万人马冲到了河对岸。为了进一步迷惑楚军，韩信大张旗鼓也跟着过了河，龙且见韩信过了河，心中大喜，拍马直取韩信，韩信虚晃一枪，向后退去，龙且穷追不舍，一直追到对岸。这时田横派去查看的人已经搞清了上游的情况，回来向田横报告。可是已经晚了，楚军已经开始向对岸进军了。汉军且战且退，退到岸上之后，便不再后退，将楚军大部拦在河道中，只有龙且一人率领少数先锋部队冲上了河岸。就在这时，上游决开了口子，河水卷着沙石呼啸而下，十几万楚军顿时没了踪影，已经跟随龙且上了岸的，被汉军团团围住，缴械的缴械，被杀的被杀。

龙且上岸后一直盯着韩信追杀，才追出没几里，忽听河水奔腾而下，知道大事不好，回头一看，楚军的队伍大部已经被淹没在滔滔河水之中。再看韩信，已不知跑到哪里去了。慌忙之中，只好沿着河向南跑，跑不多远，只见对面一支骑兵杀了过来，为首大将乃灌婴，看到汉军铺天盖地而来，龙且知道战不过，掉转马头又向北跑，跑不多远，又有一支汉军杀了出来，为首大将乃曹参。龙且只好离开河岸向西，才出三四里，只听前面金鼓齐鸣，汉军早已设好了埋伏等在这里，韩信一身白色铠甲，骑马立于"韩"字大旗下，左边站着陈贺、右边站着孔聚，一百多名弓弩手在两面一字排开，弯弓搭箭瞄准了龙且，龙且身后灌婴、曹参两支大军也围了上来。龙且已陷于绝地。他身经百战,从来不知道什么叫害怕,此刻却感到一阵透彻骨髓的恐惧,韩信不紧不慢地问道:"龙且,你是下马受降呢,还是在此就死?"

"哼!靠阴谋诡计取胜算什么本事?有种的刀对刀枪对枪和我干一场!"

韩信冷笑道:"哼,匹夫之勇,亏你还是个将军!"

"不敢了吧?我料你也不敢,你只配钻别人的裤裆!"

韩信大怒:"龙且!你死到临头了还猖狂什么?我韩信能忍人所不能忍,故有今日之胜。此等胸怀将军不曾有过吧?若有,将军出我胯下,我韩信饶你不死,回去领兵再来战。若没有,就别怪我不客气了。"说完,韩信跳下马来,将两腿叉开,注视着龙且。龙且哪里受过这种羞辱,拍马要取韩信,数百名弓弩手乱箭齐发,将龙且射死马下。

第十五章　进退失据

潍水一战,楚军主力损失大半,元气大伤。龙且的失败,大大地动摇了项羽战胜刘邦的信心。过去,有范增为他谋划,项羽从来不为战略上的问题操心,现在他不得不腾出精力来考虑一下整个战局了。

韩信的崛起在项羽心中引起了强烈的震动。过去,他对刘邦重用韩信始终不以为然,尤其是在潍水之战战胜刘邦之后,他更加不把韩信放在眼里。这两年,眼看着韩信在河北一再获胜,先后平定了魏、代、赵、燕,又咄咄逼人地进入了齐国境内,这才引起了项羽的重视。但是,他无论如何也没想到,龙且二十万大军一仗就让韩信消灭得干干净净。现在,他不仅得承认韩信的军事才华,而且还得承认,韩信已经成了楚汉相争中一支不可忽视的力量, 这个力量足可以和楚汉两家中的任何一家一争高低。如果能争取韩信保持中立,则楚汉还有一争,如若韩信仍死心塌地为汉效命,则楚军必败无疑。因此,项羽不得不面对这个现实,派了盱眙人武涉前往齐国争取韩信。

正面战场上,项羽仍不肯认输,气急败坏地想拿下巩、洛,去端刘邦的老窝咸阳。原来项羽判断刘邦在韩信军中,想趁着刘邦不在,一举打进关中去,可是汉军在巩、洛一线设置了重兵防守,楚军每前进一步都要付出惨重的代价。汉军人数非但没有减少,反而越打越多了。近日刘邦又突然出现在巩县一带,这使项羽判断不清究竟哪边是汉军的主战场。卢绾和刘交从白马津渡河以后,会合了彭越,不断向楚军发起进攻,彻底截断了楚军的粮道,项羽不得不暂时放弃正面进攻,转过身来对付彭越。临走,他把成皋托付给了大司马曹咎,令塞王司马欣辅之,项羽嘱咐二人道:"无论汉军怎样挑战都不要理他,只要守住成皋、荥阳一线,使汉军不得东进即可。我十五日内必定梁地,等我回来再和刘邦算账。"

范增出走,龙且阵亡,使项羽顿失左右手,如今楚军中能勉强代替范增的,唯有钟离眛,但是项羽对钟离眛始终存有戒心,不敢让他独当一面。龙且征韩信时,钟离眛害怕他有闪失,要求一同前往,可是项羽知道钟离眛与韩信是同乡,当年曾在他和叔父面前力荐过韩信,且荥阳阵前又风传过钟离眛通韩信,项羽就更不敢让他去了。这次打彭越,项羽本来不必亲自前往,有钟离眛去就足够了。可是把主力交给钟离眛,项羽放心不下。临走,又将成皋托付给两个不懂军事的将领,命钟离眛守荥阳,目的是把钟离昧和汉军隔开。项羽已经成了孤家寡人。

这一段时间,刘邦一直在修武指挥着汉军,不断地向巩、洛一线输送兵员,萧何水陆两路保证了粮草供应,汉军兵广粮足,越打士气越高。韩信破齐之后,刘邦觉得反攻的时机到了,亲自率兵回到了河南,趁着项羽回兵去打彭越的时机,迅速包围了成皋。楚军坚守不出,汉军连攻了数日攻不下来。

刘邦命樊哙等人前去骂阵,想把曹咎赚出城来。可是连骂了几天,曹咎就是不出战。刘邦问左右有什么好办法,陈平道:"臣倒是有一计,只是太阴损了点,不便出口。"

刘邦道:"不妨说说看,管他损不损,能把曹咎赚出来就行。"

"汉王不忌讳说死吧?"

"你看我忌讳过什么?都死了多少回了,还怕人说?"

"那好,臣有一计……"

第二天,汉军中张起了白幡,部队开始逐批后撤。十六个士卒抬着一口紫红色的棺材行进在队伍中,一群戴孝的妇女跟在棺材后面哭汉王,哭得死去活来。曹咎听说后,急忙到城楼上来观看,他确信这消息是真的,欣喜若狂。急忙和司马欣商议,准备出兵袭击汉军。钟离昧听说曹咎要出城去打汉军,飞马跑了三十多里路,从荥阳赶到了成皋,劝道:"此乃汉军诱兵之计,汉王若真的死了,必秘不发丧,悄悄后撤。如今大张旗鼓地发丧,其中必有诈。"

曹咎道:"即使用计,岂能拿汉王的生死开玩笑?机不可失。"司马欣也赞同曹咎的看法,钟离昧力劝不听,最后说道,"只恐大军一出成皋便全军覆灭。"

曹咎道:"钟离将军恐怕言重了吧?即便有诈,我多加小心便是,何至于全军覆灭?"

钟离昧见劝不住他,便说道:"大司马若真要出战,臣愿做先锋。二位大人皆非武将出身,可在城中接应。"

曹咎觉得这话十分不入耳,况且项羽有言在先,怎么能把军权交给他呢?

"我看不必了,钟离将军还是回去守荥阳吧。"

对于项羽的不信任,钟离昧并非没有感觉,但是他觉得这是一场误会,迟早会消除的。他的一言一行都是为楚军考虑,却遭到如此误解,这使他感到一阵心寒。在回荥阳的路上,他仰天长叹:"楚军休矣!"

曹咎、司马欣率兵尾随汉军之后,展开了追击,汉军且战且退,退到了汜水边,楚军跟踪追击,追到了河边。汉军早有准备,担任诱敌的郦商部撤到汜水西岸,并且带走了所有船只。楚军追到汜水边,被汉军从后面包围上来,楚军兵马展不开,几万大军被汉军将士挤入汜水,几乎重现了当年潍水之战楚军挤压汉军的情景。曹咎和司马欣好不容易冲出汉军的包围圈,回到成皋城下一看,城上已遍插汉军旗帜。城外追兵又至,将楚军团团围在城下。楚军被分割成数块,越战越少,剩下的纷纷缴械投降。最后只剩下曹咎和司马欣被围在中央。这时，城门大开，刘邦骑着枣红马从城里走了出来，身后的士卒还抬着两口棺材。将士们看见刘邦来了，纷纷向两面退去，刘邦来到曹咎和司马欣面前，笑道："二位司马是来为我送丧的吧？可是这里多了一口棺材，二位睡进去是不是正合适呀？"

曹咎和司马欣羞惭万状，双双拔剑自刎。

钟离眜回到荥阳，一刻也未敢停留，将荥阳仅有的一万多守军如数带了出来，增援成皋。可是曹咎没有能坚持到他的到来。钟离眜未能解救曹咎大军，反而被汉军咬住了尾巴。凭着多年的作战经验，他知道不能再回荥阳了，否则必遭汉军埋伏。于是率领楚军绕过荥阳直接向东撤退，可是仍然未能逃脱。部队才出荥阳东不远，就遇到了阻击。钟离眜来到阵前一看，漫山遍野到处都是汉军旗帜。旗帜开处，走出一位文弱书生，拱手施礼道："钟离将军，在下奉汉王之命，在此等候将军多时了。"

"可是子房先生？"

"在下正是。久闻将军大智大勇，追随项王多年而未得一展雄风，反遭项王疑忌。如今汉王广纳天下贤才，共图大业，将军何不弃暗投明，随我一同去见汉王，共图天下大业？"

"先生贤名闻天下，岂不闻忠臣不事二主乎？今劝我行此不义之事，可见也是徒有其名。念你是个书生，不忍杀之，还不快快退下？"

张良见劝不动钟离眜，将手一挥，四面八方的汉军立刻冲了上来，将楚军团团包围。

项羽回师不久即收复了陈留，很快又打到了外黄城下。在外黄，他遭到了彭越军的强烈抵抗。出发时曾和曹咎约好，半个月即平定梁地，回师成皋，可是光一个外黄就攻了半个月。项羽恨外黄的百姓帮助彭越作战，城破之后，在城东挖了一个大坑，将城中百姓统统赶往坑边，又要展开大屠杀。手无寸铁的百姓们惊恐万状，但是他们除了等死没有任何办法。这时，一个十二岁的名叫旺儿的孩子站了出来，对押送他们的士卒说道："我要见项王！"

押送的士卒踹了他一脚："见什么项王！项王是你能见的吗？找死呀，快走！"

旺儿毫不惊慌，道："你才找死呢，赶快去给我通报项王，我有要事相告，耽误了大事，项王不杀你才怪呢。"

旁边一个校尉见这孩子说话这么大口气，心中不免疑惑，于是将事情报告了项羽。项羽也觉得这事有点奇异，便让侍卫把那个孩子带到大帐来。项羽看这孩子忽闪着两只大眼睛，浑身透着一股灵透气，心里就有几分喜欢。他故意逗他，先是问他多大了，叫什么名字，家住哪里，然后趁他不备，突然大喝一声："大胆小儿，闯到军中来做什么？"

旺儿不防，吓得一激灵，但是很快就镇定下来，道："臣要向大王进一言。"

"乳臭未干,臣什么臣?你知道这是什么地方?"

"是项王大帐。"

"大帐是干什么的你知道吗?是杀人的。你跑到这里来不怕死吗?"说着,项羽拔出宝剑搁到了旺儿脖子上。

"怕也是死,不怕也是死,怕有什么用?"

"真的不怕?"

"不怕。"

"那好,来人,把他带到城东去,和那些人一起活埋了!"

一个大汉上来就要拉他,旺儿喝道:"且慢!容我把话说完。大王杀我一个倒没什么,可要是把这一城百姓都杀了,恐怕对大王不利。"

项羽对这孩子的胆略感到震惊,问道:"你说说看,如何对我不利?"

"彭越劫外黄,与外黄百姓无干,彭越令百姓助之,百姓不得不助之。今大王若坑杀这一城百姓,则梁地百姓必助彭越拼死抵抗。大王攻一座外黄花了半个月的时间,再向东去,还有梁地十余城,大王何时能平定梁地?"

"嗯,还有呢?"

"没了,臣这就去城东。"说罢。旺儿扭头就走,项羽喝道:"站住!你说得不错,看你的面子,我把他们都放了。你坐下,陪我一起吃饭吧。"

"对不起,大王,臣还有事,恕不奉陪。"说完,旺儿大摇大摆地走出了项羽的大帐。

项羽放过了外黄百姓,继续东进。果如旺儿所言,没费多少时日便平定了梁地诸城。可是,形势刚刚有所好转,曹咎就丢了成皋,身死汜水,钟离眛又被围在荥阳东,项羽不得不拖着这支疲惫之师再次回师荥阳,来解钟离眛之围。

楚汉相争,汉军几乎是百战百败,很少有打胜的时候。项羽一到荥阳东,很快就将汉军击退了。汉军退入荥阳,又被楚军重新包围在里面。刘邦愁眉苦脸地正与张良、陈平商议突围之策,忽报韩信使者到,刘邦大喜。连日来刘邦一直在琢磨怎样使用韩信这支部队,见使者来,以为韩信和他想到一块儿去了。使者呈上书信,刘邦打开一看,只见信上说:"齐人伪诈多变,反复之国也,且南临楚地,不为假王以镇之,其势不定,臣愿为假王,以为汉王镇之。"

这简直是要挟!刘邦气得火冒三丈,拍着桌子骂道:"我被楚军围困在此,日夜盼望……"张良和陈平一左一右坐在刘邦身边,听着话头不对,两个人几乎同时踩了踩刘邦的脚,刘邦把后半截话又咽了回去。陈平附在刘邦耳朵上说道:"我军不利,焉能阻止韩信为王?如今韩信手握数十万大军,封亦王,不封亦王,汉王若不封之,是逼其反也。"

张良也道:"不如因而立之,使自为守。"

刘邦反应极快,复又拍着桌子骂道:"我日夜盼望韩大将军称王齐国,好对楚军形成压力,他怎么这么婆婆妈妈的!男子汉大丈夫要做就做真王,做什么假王?"

当下,刘邦命人起草了分封文书,刻制了印玺,并派张良为特使前往齐国,立韩信为齐王。

韩信大败龙且之后,乘胜追击,又杀了齐王田广。齐军被打散,分成了两股,一股由田横率领,逃往博阳一带;另一股由将军田既率领,转战到胶东。田横闻齐王田广已死,自立为齐王。汉军也兵分两路,灌婴、孔聚率领一部追击田横,在嬴下(今山东莱芜县西北)大破田横军,田横只身逃往梁地,投奔彭越去了;不久,曹参和陈贺率领另一支汉军又打败了田既,斩杀田既于胶东。至此,齐地已全部平定。韩信遣使者归报汉王,请求封他为齐王。

却说武涉受项羽之命来到齐国,见了韩信,先客套了一番,然后问道:"君知天下之势乎?"

韩信新胜,底气正足,盛气凌人地答道:"楚将灭,汉将兴。"

武涉并不计较韩信的态度,继续说道:"臣亦以为如此。然若将军按兵不动,则楚汉两家谁胜谁负?"

韩信想了想道:"未可知也。"

"将军权重已经撼动了天下,而将军竟全然不知也。如今两王相争,权在将军之手。将军右投则汉王胜,将军左投则项王胜。将军知之乎?"

韩信确实没往这方面想过,他是一个出色的军人,但不是政治家,经武涉一说,他才明白他所处的地位之重要。但是,"我为何要左投助楚呢?"

"适才将军言楚将灭,汉将兴。然而将军想过没有,灭楚只是为他人作嫁衣裳,于将军何益?楚灭则将军危矣!"

"先生不要危言耸听。"

"在下并非危言耸听。汉王为人,贪而无信。昔日项王率诸侯之军戮力攻秦,秦已破,项王计功割地,分土而王诸侯,以休士卒。而汉王复兴兵而东,侵人之分,夺人之地,已破三秦尚不知足,又引兵出关,收诸侯之兵以东击楚,其意非尽吞天下者不休,其不知厌足如是也。汉王几次几乎落入项王手中,项王不忍杀之,然只要得脱,便即背约复击项王,其不可亲信如此,岂可与之共天下之事?今将军自以为与汉王交厚,为之尽力用兵,而一旦汉胜楚,则将军危亡立至。将军之所以得存,汉王之所以厚待将军,是因为项王尚存。项王今日亡则将军明日危矣。何不反汉与楚联合,三分天下而王之?"

对武涉的话,韩信认真听了,也认真想了,但是终不忍背叛汉王,道:"臣事项王,官不过郎中,位不过执戟,臣曾数以策干项王,然项王言不听,计不用,故臣背楚而归汉。汉王授我上将军印,全军人马任我调度,解衣衣我,推食食我,言听计从,故吾得至于此。汉王如此待我,我背之岂不遭天下人唾骂?天理不容也。替我谢过项

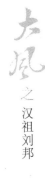

王,臣不能从命。"

"将军太固执了。俗话说,识时务者为俊杰……"

"先生不必说了,我意已决,虽死不易。来人!送客!"

武涉没有说服韩信。过了几天,蒯通又来了。蒯通近来已是韩信座上常客,他倒没有受谁指使,只是看明白了天下大事,不吐不快:"如今楚汉相争,势均力敌,百姓疲敝已极,容无所倚。其势非天下之圣贤不能息天下之祸端。当今两主之命悬于足下,足下为汉则汉胜,与楚则楚胜。臣愿披腹心,输肝胆,效愚计,诚能听臣之计,莫若两利而存之,三分天下,鼎足而立,其势莫敢先动。以足下之贤圣,有甲兵之众,据强齐,从燕、赵,出空虚之地而制其后,因民之欲,西向为百姓请命,制止楚汉纷争,则天下风走而响应矣,孰敢不听!盖闻天与不取,反受其咎;时至不行,反受其殃,愿足下熟虑之。"

蒯通为自己的见解感到兴奋不已,生怕韩信不能采纳他的意见,把披肝胆、输腹心的话都说出来了,可是韩信不是一个头脑清醒的政治家,在军事上,他是一个无与伦比的天才,但是在政治和人生上,他却是一个低能儿,既不懂得从政治的高度看问题,也不知道该如何进退,所以,他始终不能透彻地理解蒯通和武涉的用意。"汉王遇我甚厚,载我以其车,衣我以其衣,食我以其食。吾闻之,乘人之车者载人之患,衣人之衣者怀人之忧,食人之食者死人之事,吾岂可向利而背义乎?"

蒯通道:"足下知常山王张耳与成安君陈余乎?张、陈当初为布衣时,以父子相称,然而却为张黡、陈泽之事反目成仇。最后张耳与将军斩陈余于泜水之上,此乃将军亲眼所见。将军自以为与汉王交厚,欲佐其建万世之功业,臣窃以为误矣。昔日大夫文种、范蠡存亡越、霸句践,立功成名而身死。人言飞鸟尽,良弓藏;狡兔死,走狗烹;敌国灭,谋臣亡。将军不可不察也。以交友而言,足下与汉王之谊远不如张耳与陈余,以忠信而言,则不过大夫文种、范蠡之于句践也。如何便深信与汉王之交不可破也?臣闻勇略震主者身危,而功盖天下者不赏。今足下涉西河,虏魏王,擒夏说,引兵下井陉,诛成安君,徇赵,胁燕,定齐,南摧楚人之兵二十万,东杀龙且,此所谓功无二于天下,而略不世出者也。今足下戴震主之威,挟不赏之功,归楚,楚人不信;归汉,汉人震恐。足下欲持是安归乎?夫势在人臣之位而有震主之威,名高天下,窃为足下危之。"

蒯通这番话说得韩信心烦意乱,从直觉上他知道蒯通说的是对的,但是感情上却无论如何转不过这个弯来。他沉思良久,终不忍背汉,自以为功劳大,又没有做什么对不起汉王的事,无论从哪方面讲,刘邦都不会对不住他,因此还是没有接受蒯通的建议。蒯通见韩信如此执迷不悟,心中悲愤莫名,站起身来朝外走去,边走边狂呼道:"天哪!苍天哪!"

韩信对手下侍卫说道:"去看看他是不是疯了。"

蒯通走后,张良带着刘邦的诏书和印信来了。韩信素来敬重张良,常与之探讨兵法。在汉军中,除了张良、萧何,韩信自以为无可与之言者。此次张良又是作为汉王的分封使者来的,韩信就更加重视。他将几十万大军集中在临淄,列队迎接张良,并带领曹参、灌婴等一班大将迎出郊外十里。其旌旗、仪仗不亚于皇帝出行。到了临淄城外,韩信请张良下马,令十万大军为张良表演阵法、骑射和格斗。韩信治军有方,张良深深为之赞叹,同时也为韩信捏了一把汗。物禁太盛,韩信有点过于张扬了。

当晚,韩信在齐王宫中举行了盛大的宴会,一方面欢迎张良,一方面庆贺自己被封齐王。韩信很少饮酒,今晚也有几分醉意了。张良只草草吃了一点东西,趁着众将觥筹交错没人注意的时候,以小解为由悄悄离开宴席回住处休息去了。韩信中途发现张良不在了,急忙派人去请,可是张良推说累了,没来。等客人差不多散尽,已经半夜了,韩信仍觉得意犹未尽,亲自来到张良的住处。

韩信给张良安排的是齐王宫中最好的住所,是齐王曾经下榻的地方。韩信进来之后这摸摸,那瞅瞅,生怕有什么不周到的地方。

"怎么样子房兄? 住的还可以吧?"

张良笑笑答道:"这么大一座齐王宫,让我一个人住,岂不是糟蹋了,我这个人哪,有半间茅屋,一张绳床就足够了,何必这么奢侈。"

"唉,大司徒是贵客,到我这里岂敢慢待!"说着,韩信一挥手,侍卫们立刻摆上来一桌山珍海味。张良道:"不是刚吃过吗? 怎么又摆上了? 岂不是浪费?"

"今晚我要与子房兄喝个痛快,不醉不休。"说完,又一挥手,一群宫女抱着丝竹管弦进来了。张良素喜清净,哪里经得起这么闹腾,道:"大将军的美意我领了,可是我这个人清净惯了,既不能多食,更不喜饮酒。大将军若有兴致,今晚月色不错,不如将这些东西撤去,你我二人到庭院中去赏月如何?"

"也好,也好!"韩信多少有点扫兴,但还是接受了张良的建议。两个人来到宫苑中。明月高悬,微风习习,树影婆娑。两个人漫步在亭台楼榭之间,月亮将他们的身影投在地上,一个高大威武,一个潇洒轻盈。两个人纵论了一会儿天下大势,韩信将蒯通和武涉之言如实告诉了张良,最后说道:"今日只有你我二人,子房兄无须讳言,汉王得天下之后,将如何对待你我之属?"

张良对蒯通、武涉之言并不感到吃惊,对韩信如此简单幼稚却没有想到,于是想趁这个机会点他一下,道:"汉王从不吝惜封赏,有功之臣自当封侯拜将。然而,裂土封疆又能怎样? 纵有广厦万间,晚来睡的不过半张床;纵有良田千顷,一顿也不过吃得两碗饭。古往今来,人们征战不止,皆为名利而起,世人争名于朝,争利于市,闹得国破家亡而不知自忌,细细想来,这些东西生不带来,死不带去,争之何用?"

"话是这么说,可是古往今来又有几人能免俗呢? 难道子房兄就不想封侯拜相,耀祖光宗?"

"这些东西于我如浮云。"

"此话说说可以,当真如此,岂不枉活一生?"

"人生之美妙当不止于此。"

"在下愚钝,不知先生之所云。我倒想听听,将来我属得了天下,先生不做将相,去做什么?"

"我只想随赤松子一游。做个闲云野鹤,彻底摆脱这人间的纷争。"

"先生是想做神仙,可是细想想,做神仙就真的那么好么?人世间确有许多烦恼,可是也有无尽的乐趣,真的彻底解脱了还有什么意思?"

"怎么能说没有意思?无牵无挂,无喜无忧。秉天地之灵气,沐四时之清风,游离于五行之外,留意于山水之间,春听风,夏观雨,秋看云,冬赏雪,还有什么比这更惬意的呢?"

看着张良那副心驰神往的样子,韩信感到很不理解,"那先生半生之功业尽皆抛弃岂不可惜?"

"弃之何足惜?只怕是到时候想弃都来不及呀。"

张良已经将话说到头了,但是韩信仍然执迷不悟,"先生既已决意成仙,为何还要跟着汉王这么苦苦奔波呢?"

"为了天下苍生,也为了过我自己的好日子。"

第十六章 夫妻之间

　　张良到了齐国不久，就给刘邦调来了几万人马。加上关中萧何输送来的新兵，汉军实力大增。楚军兵员粮饷却越来越接济不上了。龙且死后，彭城缺了一员得力的守将，项羽封周殷为大司马，可是周殷比之龙且就差得远了，能守住彭城已经不易，再指望他供应粮草，几乎是不可能的事。如今只有敖仓还有秦时留下的一点粮食，但是汉军三天两头就来袭击一次，为了保住仅有的这点粮食，项羽不得不放弃围攻荥阳，将大本营撤到了广武，就近坚守敖仓。

　　广武位于河水边(古称河为水，称黄河为河)，河边有一条深涧，称为广武涧。广武涧是鸿沟的起点。鸿沟是古人为了引黄灌溉开凿的一条运河，从广武开始经荥阳东一直延伸到内地。然而，黄河就像一把利刃，不断地将黄土高原向下切割。随着岁月的流逝，黄河河道越来越低，原来作为灌溉水渠用的鸿沟，非但不能再引黄河之水灌溉农田，反而倒过来，成了一条在雨季向黄河排水的排洪沟。如今的广武涧，两岸制高点的距离至少有两千米，两军不可能隔涧交战，甚至连喊话都听不见，这是两千年来洪水不断冲刷的结果。根据史籍记载判断，刘项在此对峙时，广武涧窄而深，涧宽最多不过几十米，隔涧能射死对方的人马。

　　两军在广武涧相持数月，楚军有些坚持不住了，于是项羽使出了最后的杀手锏。这一日，项羽约刘邦阵前对话。项羽命人做了一张一丈多高的台案，将刘太公和吕雉五花大绑置于案上，抬到阵前，旁边摆了一口大锅，锅里的水烧得滚沸。刘邦隔着广武涧远远地望见是自己的父亲和妻子，脑袋嗡地一下，差点没晕过去，但是他很快就强迫自己镇定下来，他知道项羽要干什么，心想跟我耍这种流氓手段你还差得远，于是高声喊道："项羽老弟，叫我来有什么事吗？"

　　"什么事你还不明白吗？看见那案上绑的是谁了吗？"

　　"看见了又怎么样？"

　　"那就赶快给我投降，否则，我立刻把你爹烹了。"

　　"哼哼，原来是为了这个，你以为靠这个能吓唬住我？你愿意烹就烹，当初你我同事怀王，曾结拜为兄弟。既是兄弟，我爹就是你爹，你果真欲烹咱爹，别忘了分我一杯肉羹。"

　　项羽本想以这种流氓手段制伏刘邦，没想到碰上比他更流氓的了，于是气急败坏地当场就要杀了刘太公。项伯在一旁劝道："为天下者不顾家,杀之无益,徒遭天下人唾骂耻笑而已。如今天下事未定,还是不要把事情做绝了。"项羽这才忍住没有动手。

过了几天,项羽又约刘邦阵前相见,刘邦摸不清项羽葫芦里卖的什么药,问陈平去还是不去,陈平道:"当然要去。项羽已经技穷,汉王可在阵前揭露其罪行,号召天下人共讨之,动摇楚军士气。"

约见地点是在涧底的一片开阔地。第二天,刘邦如约来到阵前,两军列阵而对,见了项羽,刘邦问道:"项羽! 你三番五次地叫我来,又有什么新招啊? "

项羽道:"天下汹汹数岁,百姓不得安宁,皆为你我二人,今我欲与你单独挑战,决一雌雄。"

刘邦嘲笑道:"哈哈,堂堂西楚霸王怎么像个小孩子? 事情要是这么简单,我早让你杀过一百回了。我和你斗的是智而不是勇。"

项羽不再答话,一挥手,身后一名壮士骑马冲了出来,直取刘邦。刘邦早有防备,他身边带着一位神射手,名唤楼烦,此人不仅有百步穿杨的本领,还善于骑射,抬手一箭射中那位壮士的喉咙,项羽连派三人出阵,三人皆被楼烦射下马来,项羽大怒,亲自拍马冲了过来。楼烦刚刚拉开弓,只见项羽眼睛瞪得铜铃一般恶狠狠地朝他冲了过来,他清清楚楚地看见项羽是双瞳孔,吓了一跳,他还从来没有见过这么凶的人,拉满弓的手直发抖,不敢正眼去看项羽,眼看项羽就要冲到跟前,楼烦拨转马头就跑,一直跑回汉军营中。刘邦见楼烦跑了,也只好向后撤,等回到营中,问楼烦:"好好的你跑什么? 前面不是射得很准吗? "

楼烦惊魂未定,道:"那个人太可怕了! "

刘邦十分不解:"你说谁? 项羽? 怎么会把你吓成这样? "

"他,他是双瞳孔。"

"双瞳孔有什么可怕的? "

汉军重整旗鼓来到广武涧边,楚军也撤到了涧东。刘邦隔着涧高声说道:"楚军将士们听着。项羽背信弃义,为害天下,十恶不赦。当初我与项羽俱受命于怀王,曰先定关中者王之,项羽负约,王我于蜀汉,罪一;项羽矫怀王命杀卿子冠军宋义,罪二;项羽已救赵,当还报,而擅劫诸侯兵入关,罪三;项羽烧秦宫室,掘始皇帝冢,私收其财物,罪四;杀秦降王子婴,罪五;诈坑秦子弟二十万于新安,罪六;项羽皆王诸将善地,而徙逐故主,令臣下争叛逆,罪七;项羽出逐义帝彭城,自都之,夺韩王地,并王梁楚,多自予,罪八;弑义帝于江南,罪九;为人臣而弑其主,杀已降,为政不平,主约不信,滥杀无辜,为害天下,大逆无道,罪十也。吾以义兵诛残贼,天下共响应……"刘邦还没说完,项羽已经怒不可遏,令弓弩手上前向刘邦射箭,众人要保刘邦后撤,刘邦不肯,他越说越气愤,一口气将项羽的十大罪状说完,不防当胸中了一箭,差点从马背上栽下来。卢绾等人护着刘邦急忙向后撤,卢绾骑在马上问道:

"汉王哪里受伤？重不重？"

刘邦为了不影响士气，强忍着疼痛说道："没事，脚上中了一箭，不碍事，就是他娘的疼……"说着，刘邦从马背上掉了下来。当时有不少将士看到了刘邦胸前的箭，于是军中纷纷传说刘邦不行了，楚军中也在到处散布谣言，说刘邦中箭身亡，要在三日之内踏平成皋，打进函谷关。汉军军心一下子乱了。刘邦躺在卧榻上，正发着高烧，陈平来了。陈平用一条汗巾沾了冷水敷在刘邦额上，让他清醒一下，然后禀报了军中的情况，道："汉王虽病，也要坚持起来到军中视察一下，否则很难平息谣言。"

"我恐怕是动不了了，你代我去吧。"

"大王，此事是别人代替不得的。军中传言说汉王危在旦夕，臣若是代汉王视察，岂不正应了谣言？我军战斗力尚强，然军心不稳则危亡立至，请汉王强起巡视之。"

陈平硬是将刘邦从病榻上拖起来来到军中。刘邦这会身上也不知哪来的力量，装作没事人一般到营中视察了一圈，和将士们在一起谈笑风生，根本不像个病人。将士们立刻精神大振。可是一回到大帐，刘邦立刻晕倒了。楚军安插在汉军中的密探见刘邦还活着，立刻将情况报告了项羽，项羽没敢轻举妄动，汉军度过了十分危险的一关。

刘邦受伤以后，楚军频频向汉军发起攻击，楚军因兵少粮缺，欲速战速决，因此攻击一次比一次猛烈。汉军渐渐有些招架不住了。刘邦还想继续坚持下去，无奈楚军攻势凶猛，如果硬坚持，很可能被楚军一举打垮，甚至打到关内来，那样士气将不可收拾。加之他自己伤还没好，身体十分虚弱，便决定与楚军讲和。他先后派隋何、陆贾前往楚营谈判，都没有成功。这使刘邦想起了郦食其，心中不免感到一阵难过，同时也勾起了对韩信的怨恨。当初郦食其死的时候，刘邦也曾难过了一阵，但是韩信既然已经拿下齐国，也不好再责备他什么。眼下真是国难思良将，家贫念贤妻呀。张良不在，陈平要亲自去楚营谈判，刘邦没有答应，因为项羽对陈平恨之入骨，刘邦担心谈判不成反把陈平扣下就麻烦了。

刘邦又请谒者们吃了一次饭，还想再从谒者中间找出一位隋何式的人物，可是这一次没人敢请缨，连隋何都说服不了项羽，谁还敢应承？于是刘邦向所有的文武官员开出了赏格："谁能说服项羽休战，封万户侯。"还是无人敢应。不知道这话怎么传到外面去了，第二天，有位姓侯的老者求见，自称能说服项羽罢兵。刘邦抱着试一试的态度让他去了。侯公到了楚营，很快说服了项羽，双方商定以鸿沟为界，鸿沟以西为汉，鸿沟以东为楚，从此罢兵休战。项羽将刘太公、吕雉、韩王信和审食其等人放回，汉军也释放了数十名俘虏来的楚军将校，两军在阵前交换了俘虏，将士们山呼万岁。

隋何、陆贾都是有名的辩士，两人均未能说服项羽，而这位侯公只三言两语便说服项羽退了兵,一时名噪天下,军中有点头脸的文武官员都想见见这位奇士,刘邦也想委之以重任,但是侯公自此之后便隐匿不出了,刘邦怎么劝也没用,于是刘邦便封了他一个平国公,允许其回乡隐居。有人问起,刘邦便道:"那是位天下辩士,所到之处,能够倾人之国,不到关键时候不能启用,哪是什么人都能见的?"

刘邦接回吕雉和太公,一家人叙了会儿话,在一起吃了顿饭,刘邦说要去军中巡视一番,出门就没了影子,一夜没有回来。吕雉万万没想到刘邦对她会这样无情无义。在楚营中做了两年多人质,吕雉想了不少事情,她觉得对楚汉双方以及刘项二人的强弱优劣,她比任何人都看得清楚。她本想回来和刘邦好好说说,可是刘邦却不见了人影。她知道刘邦心思早已不在她身上了,也没有打算再和那些年轻姑娘们去争风吃醋,一心想着帮助刘邦完成他的天下大业,没想到刘邦连和她说说话的兴趣都没有了。刘邦竟这样对待她,让她感到心寒,她躺在床上不停地掉眼泪,把枕头都打湿了。

第二天,吕泽、吕释之来看望她,给她带来了一个更不好的消息:汉王越来越不喜欢太子刘盈了,总说刘盈没出息,不像他,相反,对小儿子如意却越来越偏爱。弟兄俩担心刘盈的太子之位不保。这比她自己的失宠更加可怕。吕雉阴沉着脸半天没说话。正沉默间,玉君领着十几个后宫佳丽前来拜见。吕泽兄弟只好先告辞。

按说玉君此举正是吕雉目前需要的。她知道自己已经人老色衰,没法和她们争宠了,唯一能保住的只有这个后宫之主的位子。可是她一看见这些长得粉嫩桃花似的宫女们气就不打一处来。尤其是玉君,生完孩子以后仿佛比以前更妖精了,把个小细腰勒得恨不能一把就能握过来,吕雉真想上去一把把它拧断。更让吕雉生气的是,玉君居然能号召动所有的后宫佳丽,俨然一个后宫之主,这是她无论如何不能容忍的。她强装笑脸挨个问了一下宫女们的姓名、年龄、家世,然后正色说道:"我一年多不在,听说你们都反了天了,从今以后,咱们后宫得有个后宫的规矩,汉王已经老了,日夜操心战事,身体可禁不起你们这么折腾,你们一个个整天打扮得妖精似的,想干什么?从明天起,都给我换上布衣!"

玉君一看吕雉要找事,赶紧泡了一杯茶递了过去。吕雉趁机说道:"尤其是你。不好好在关中带孩子,跑到这里来做什么?打扮得跟个狐狸精似的,还嫌不够扎眼吗?"

玉君急忙跪下答道:"娘娘息怒,是汉王召臣妾到前线来的。"

"你还敢顶嘴?擅自统领后宫也是汉王教给你的吗?"

"臣妾不过为了让娘娘高兴,才……"

"你给我住嘴!为了让我高兴?你觊觎这后宫之位恐怕不是一天两天了吧。"

玉君此举本是为了讨好吕雉,不料恰恰犯了吕雉的忌讳,加之本来就没把吕雉放在眼里,心中后悔不该来这里自讨没趣,于是垂着眼皮辩解道:"臣妾不敢。臣妾是一片好心,没想到热脸贴了个冷屁股。"

"你说什么?你敢这样跟我说话?"吕雉正在气头上,端起刚泡好的那杯热茶照着玉君脸上泼了过去,玉君嗷的一声嚎叫,捂着脸跑出去了。恰好这时刘邦从外面进来,和她撞了个满怀,刘邦拉开玉君的手一看,脸上已经烫起一片水泡。刘邦不禁怒从心起,抽出宝剑冲着吕雉冲了过去,骂道:"你也太狠毒了。我杀了你这个臭婆娘!"吕雉见刘邦动了杀机,拔腿就跑,刘邦在后面紧追不舍。一个侍卫见刘邦动了怒,想上前拦阻,被刘邦一剑刺穿了胸膛。刘邦怒气未消,拔出剑来又去追吕雉。吕雉没命地朝吕泽的营帐跑去,刘邦追到跟前才发现将旗上赫然一个"吕"字,想收住脚步,已经来不及了。吕雉已经钻进帐中,吕泽也看见他了,吕雉一下扑到哥哥怀里,放声大哭:"大哥,你可得给我做主啊!"

刘邦反映极快,此刻吕雉如果说出一两句难听的来,恐怕双方都不好收场。他急忙将剑插回鞘中,换上一副笑脸,钻进帐来:"嘿嘿! 大哥!"

"你们这又是怎么了?"

"嘿嘿! 家里怄了点气,是我不对,这不是,我来给她赔不是来了。"

"他要杀我!"

吕泽不用问已经明白了七八分, 他是个聪明人, 此刻绝对不能让刘邦下不了台,否则,有灭族之灾,于是说道:"妹妹,你看你说哪儿去了?谁家两口子不打架?汉王不过吓唬你一下,怎么会杀你呢?"说着,他暗中狠狠掐了吕雉一把,然后一把把她推开,也装作没事人似的说道:"都坐下吧。汉王别怪我,今天我也不把你当汉王,咱们这是家事,不论国法,都说说,谁对谁不对我给你们评评理儿。"他边说边给吕雉使眼色,可是吕雉这会儿正在气头上,道:"你问他吧,不知道从哪儿又弄来一大群狐狸精。"

吕泽笑道:"呵呵,就为这个?这可是妹妹的不对了。自古以来哪一个帝王不是三宫六院的? 老百姓有了钱还要娶个妾呢,你老这么吃醋得吃到哪年哪月呀?"

"我一个妇道人家,跟着他出生入死,给他生儿育女,他去打仗,我给他养活这一家人,几次差点把命都搭上了,你说,他这样做对得起谁?如今看我老了,没用了,连街上捡来的那些破烂货都不如,是不是?"

吕雉说一句,吕泽心里咯噔一下,生怕哪一句说得不合适惹恼了刘邦。他偷偷看了刘邦一眼,见刘邦还在笑着,便给刘邦递了个话:"哪能呢! 汉王与你是结发夫妻,对别人不过是逢场作戏,等将来汉王当了皇上,这皇后还不是你的?"

刘邦最讨厌这种趁机敲竹杠的做法,可是这会儿他心里不踏实,害怕惹怒了吕氏兄弟,闹出一场兵变来,也就顺水推舟说道:"这么多年的夫妻了,你还不知道我吗?我就这点毛病,你也别老盯着不放。大哥说得对,我要是当了皇上,你就是皇后,你跟那些小丫头片子们争什么呀?"

"你以为谁稀罕当你那个皇后呀?我要是不当这个皇后呢?我也去找野男人,你心里怎么想？"

一听这话，吕泽脸都吓白了，厉声喝道："雉儿，不许胡说！"

可是刘邦倒满不在乎，道："那随你便，我不在乎。"

吕泽害怕再说下去吕雉不知还会说出什么更难听的来，忙对刘邦说道："要不汉王先回去，我再劝劝她。"

"也好。"

刘邦出了营帐，忽然又转回身对吕雉说道："今晚我等你呀！"

吕雉没料到刘邦当着她哥哥的面会说出这样的话来，脸一下红了，冲着刘邦啐了一口："呸！"

刘邦走后，吕泽狠狠地把吕雉教训了一顿，可是这个哥哥平时在妹妹眼中就没有多大分量，他的话吕雉也不信服，有一搭没一搭地听着，不时地还还两句嘴："皇后怎么啦？皇后也是人。难道我后半辈子就该这么守活寡？要是这样，还不如找个相好的私奔了算了。"

"你张口野男人闭口相好的，一个女人家怎么说出这样不要脸的话来？再说，这是关乎身家性命的事，怎么能顺口胡说？"

"你说谁不要脸？许你们男人家三妻四妾，女人怎么就不能找相好的？"

"我说雉儿，你今天是怎么了？你不为自己想也为大家想想，我们吕家上百口子人都在汉军中，这一家子的盛衰荣辱可都在你一人身上啊！"

"哼，原来你们一心想让我当皇后，就是为了你们的富贵，我不当！我告诉你，我就是有相好的，我明天就和他私奔！"

"真的吗？是谁？我非亲手杀了他不可！"

"你敢！哼，就会在自己家里逞英雄，人家老百姓的姑娘在婆家受了气，娘家兄弟还能给撑个腰呢。想不到我的兄弟竟是这样的窝囊废！"

说完，吕雉怒冲冲地离开了吕泽的营帐。她没有回自己家，而是直奔审食其的住处去了。一进门，抱住审食其放声大哭，审食其轻轻把她推开，道："娘娘这是怎么啦？大天白日的，这要让人看见可怎么得了？"

"看见怕什么？我就是要让人看见，我要让天下人都知道，刘邦是个大王八！"

审食其急忙用手捂住她的嘴，道："娘娘，可不敢胡说！"

"怕什么？大不了是个死，反正我也不想活了。你不是说你不怕么？怎么这会吓成这样？"

"怕倒不怕。和娘娘相好一场，哪怕今日去死，也值了。"

"这还差不多，我来就是想和你商量一件事。"

"什么事？"

"我想和你私奔。"

"私奔？那不过是说说，丢掉这现成的荣华富贵不享，到哪里去？"

吕雉冷笑道："我知道你不敢,知道你不过是说说而已,算了,我也不难为你了。往哪走? 普天之下莫非王土,走到哪也是人家的天下。你说得对,放着现成的荣华富贵不享,走什么呀? 我得留下,给你们当皇后。"

　　"我不懂娘娘的意思,你们是谁? "

　　"还有谁! 太子、兄弟、吕氏宗亲,还有你! 我不就是为你们这些人活着么? 眼看着我也快成个男人喽。好啦,不说这些啦,来,帮我把衣服脱了,热死我了。"

　　审食其站在一边没动,道："娘娘,这恐怕不太好吧? "

　　"怎么啦? 看把你吓的! "

　　"娘娘,后宫之属马上就要撤回关中去了,咱们是不是也该收敛收敛,可不能让别人说出闲话来。"

　　"怕什么,你不是说死都不怕么,你不是说敢做敢当么? 怎么这会儿又不敢了? "

　　"不是不敢。我死了倒没什么,可是这关系到汉王和您的名声啊! "

　　"别跟我说那么多好听的。我算看明白了,这普天之下只有两个男人,一个是项羽,一个是刘邦。可惜呀,这两个男人都不属于我。你们这些男人,都是被阉过的。没一点男人味儿。"

　　"娘娘,你怎么这样说话? "

　　"我就这样说话! 我这样说怎么了? 不对吗? 你看你像个男人吗? "

　　审食其涨红着脸说道："我怎么不像个男人? "

　　"你当初信誓旦旦,说得天不怕地不怕的,私奔也行,去哪里都愿意,可是怎么到头儿来就不敢了呢? 你说你像男人不行,你得拿出个男人样来让我看看。看你是不是已经被阉了……"

　　吕雉只顾痛快,嘴里不停地骂着,骂得审食其脸上红一阵白一阵,血一个劲地往头上涌,最后,他实在忍无可忍,像一头暴怒的狮子,一把撕破了吕雉的前襟,将她按倒在地上,恶狠狠地说道："好! 我这就让你看看我是不是个男人! "

第十七章　月下箫声

　　吕雉没有想到,刘邦晚上果真到她房中来了。这倒让吕雉感到十分羞愧。想起白天和审食其那一场,心里顿时如翻倒了五味瓶,说不上是一种什么滋味。她后悔没有听从审食其的劝告,觉得自己已经污秽不堪,恨不能找把剑来立刻抹了脖子。刘邦不知其中的隐情,嬉皮笑脸地往跟前凑,吕雉把他往旁边一推说道:"算了,你也别跟我假装亲热,我也不和她们争了,以后你爱怎么样怎么样吧。"

　　"怎么?你还是不能原谅我?"

　　"我说的是真心话。其实我早就想明白了。白天一时气不过又犯起了糊涂。"

　　"不是你糊涂,是我对不住你。"

　　刘邦说着,还要往跟前凑,吕雉心烦意乱,一时不知道该怎么应付,厉声喝道:"你别碰我!"

　　刘邦不防备,吓了一跳,一边望着吕雉的脸一边悄悄把手缩了回去。吕雉看他那副可怜兮兮的尴尬样子,觉得自己有点过分,起身倒了杯茶给他,道:"你老老实实坐会儿,咱们说说话好不好?我这会儿没那个心情。"

　　刘邦呷了一口茶,道:"你别以为我刘邦就那么无情无义,这些年你跟着我吃了多少苦受了多少罪,我心里都明白,虽然我那点毛病改不了,可是谁薄谁厚,有多厚,我心里都清楚,你别恨我行不行?"

　　只这几句话,吕雉的心一下就软了,道:"别说了,我也有对不住你的地方。"

　　"没有没有,千错万错都是我的错,你没有错,只有我对不住你,你没有任何对不住我的地方,我刘邦是个混蛋,我知道。"

　　这一说,吕雉越发觉得有愧,又没法说出来,眼泪扑簌簌掉下来,刘邦伸手替她擦了去,然后又顺势将她搂住了。这一次吕雉没有拒绝。

　　两个人熄了灯,聊起别后这两年的情况,说到女儿刘元,刘邦道:"我差点忘了,今天河北来报说张耳病死了,得马上派个人去看看,别出什么乱子。"

　　"那就让我去吧,听说元元生了个千金,我还没见过呢。"

　　"你觉得我给你选的这个女婿怎么样?"

　　"你是说张敖?有点像他爹,挺有城府的,将来也是个能成大事的。你问这个干吗?"

"我在想你去了封他个什么,让他承袭赵王之位?"

"那恐怕还早了点,那么大个赵国,怕他镇不住。"

"不要紧,有元元在,底下人不会不服的。真找个镇得住的,倒不一定能放心。要去马上就得走,明天让你哥哥陪你去吧?"

"我不要他陪,还是让审食其陪我去吧。"

吕雉走后,刘邦开始安排撤退事宜。正忙得不可开交,陈平来了:"汉王忙什么呢?"

"安排撤退呀。"

"汉王真的准备撤退?"

"你小子又动什么鬼心眼呢?不撤还能怎样?费这么大劲才把项羽说动了,容易吗?"

"是不容易,可是说动了他,我们不一定要撤呀。汉王已有天下大半,且诸侯已纷纷归汉,而楚军已经兵疲粮尽,此正是天亡楚之时,何不趁此机会一举将其消灭?"

"消灭项羽谈何容易!这两年对峙,汉军可以说是百战百败,要不是侯公一张铁嘴,你我这会儿都已经成了项羽的俘虏了。别忘了,是咱们向人家求和,人家不打你就不错了,你还敢打他?"

"那有什么不敢?兵法云,出其不意,攻其不备。楚军战力虽强,然讲和之后,将士们归心似箭,无心再战,若乘胜追击,必胜无疑。汉军虽百战百败,可是我们只要这最后一仗的胜利。"

刘邦犹豫不决,恰好这时张良从齐国回来了。

"子房,你来得正好,你说这一仗打不打?"

张良毫不犹豫地说:"打!此乃天赐良机,此时不打,更待何时?"

刘邦苦笑着说:"可是你让我拿什么跟人家打呀?就这么点儿兵,见了楚军就害怕,打一仗败一仗,这不,你才走了几个月,我就跟人家讲和了,而且是我求人家。不是万不得已,我能走这一步嘛!"

张良道:"楚汉媾和虽说是我方提出的,然楚军也已经到了山穷水尽的地步。目前楚军充其量不过十几万人马,而汉军仅荥阳、成皋一带就能聚起十万大军,韩大将军已经发展到四十万人马,若再调动黥布、彭越两军前来参战,加起来有七十万大军,该是与楚军决一死战的时候了。"

"什么什么?你慢点说,韩信有多少人马?四十万?"

"正是。"

"我不是让你从他那多带点兵马回来么?你怎么一个人回来了?"

"臣已经从韩大将军那里带回了十万人马。"

"你怎么不早说呀?部队驻在哪儿了?"

"臣命他们前往楚军的归路上拦截楚军去了。"

"他娘的,十万人马我连个人影都没见着!你总得带回来让我看看嘛。"

张良笑道:"将在外,君命有所不受。这十万人马带回来也派不上多大用场。"

"谁说的?再给我二十万也不嫌多。你把那十万大军给我放到哪了?"

"臣在陈留一带留了两万人阻击楚军,由刘贾将军指挥,臣料楚军遇到阻击后必向南从阳夏、固陵一线撤回彭城,故将其余人马交给了卢绾、刘交两位将军,在固陵一带待机。"

"好,干得漂亮!子房真是料事如神哪!不过这回不算数啊,你还得再给我找十万人马来。"

"汉王用兵时,臣再设法去找就是了。"

于是,刘邦又派出了几路使者分头去联络韩信、彭越和黥布,准备最后与楚军决一死战。

楚汉罢兵,楚军将士顿时松了一口气,各个脸上挂着轻松的笑容。项羽换了一身便装,和妙逸同乘一辆马车,踏上了归程。这好像是他两年多来第一次穿便服,有一种久违的感觉,浑身上下感到无比轻松。最高兴的是妙逸,她终于可以守着心爱的人踏踏实实过几天太平日子了。她抓着项羽的手,兴奋地说道:"咱们终于可以回家了。"项羽感到她手指冰凉,问道:"手怎么这么凉?是不是穿少了?"

"不少,我就这样,手脚老是冰凉。"

"来,坐在这儿。"项羽一把抱过妙逸,放在自己腿上,用宽大的衣襟把她包在了怀里。

"别这样,我不舒服。"

妙逸从项羽怀里挣脱出来,仍坐到一边。这么一折腾,加上路又不平,车子颠簸得厉害,妙逸突然感到一阵控制不住的恶心,喊道:"快停车,我要吐。"

车子停了下来,妙逸在路边蹲了一会儿,觉得似乎好些,重又上了车,项羽疑疑惑惑地问道:"你怎么了?是不是又有了?"

妙逸脸色蜡黄,紧闭着嘴唇点了点头。这已经是她第三次怀孕了,前两次都因为跟着项羽到处奔波而流产了。这对妙逸打击很大,她请教过一些前辈,如果再流产,很可能会造成习惯性流产,搞不好这辈子都怀不住孩子了。项羽也知道事情的严重性,可是自从刘邦打进彭城之后,他再也不敢把妙逸一个人留在彭城了,尤其是在目前这种后方空虚的情况下。

"忍着点,如果走得快,半个月就能到彭城。"

妙逸点点头,没说话。忽然听到后面一阵喊杀声,项羽掀开车帷问道:"怎么回事?"周围的侍卫也不知道是怎么回事。不一会儿,只见担任断后的季布骑着马跑了过来:"启禀项王,汉军又追上来了。"

项羽道:"不会吧?刘邦在广武吓得屁滚尿流,三番五次派人来求和,我不打他就罢了,他还敢来打我?"

季布跳下马来,走在项羽的辇车旁边,边走边说道:"是真的,而且来势汹汹,看样子是把所有兵马都带来了,项王不可轻视。"

"这个流氓,言而无信,看我怎么收拾他!"

说着,项羽一跃跳下了车,只听妙逸在后面喊道:"项郎,别再打啦!"

项羽根本没听见妙逸的话,夺过季布手里的马骑上就奔后军去了。来到阵前一看,汉军果然声势浩大,凭直觉判断,至少有十万人马。项羽一直冲到最前沿,两军正在激战,项羽令鸣金收兵,一个人骑着马来到两军之间的空地上,冲着汉军阵营喊道:"请汉王刘邦说话!"

不一会儿,刘邦来到阵前,笑嘻嘻地冲项羽说道:"项老弟,是你找我吗?你怎么也不打个招呼就走了?"

"你这个无耻之徒,还有脸来见我!"

"老弟这是什么话?我来送送你嘛。"

"你这个厚颜无耻的家伙,刚刚达成的协议就反悔,如此背信弃义,难道就不怕天下人耻笑?"

"嘿嘿,兵不厌诈嘛,求和那是我的计谋,谁让你上当来着?你以为你讲信用?那是你笨蛋!你上当,你活该!"

项羽气得咬牙切齿:"你这个流氓!"

"我是流氓你又不是不知道,生那么大气干吗?当心伤着身子。"说着,刘邦冲身后一招手,汉军铺天盖地掩杀了过来。

两军在荥阳东战了两天,杀得天昏地暗,死伤了不少人马,未分胜负。项羽一心要杀退汉军,出出这口恶气,钟离眜劝道:"看样子汉军是有备而来,我们不能被他拖住。如今韩信已经平定了北方,汉军可以放心南进了。因而大军不可在此久留,必须尽快赶回彭城,以防不测。"

于是,项羽留下季布阻击汉军,大军继续向东撤去。走到陈留,遇到了刘贾率领的两万汉军的阻击,这里离外黄不远,再往前走就是彭越的领地了,若侵犯了彭越的领地,那就更难脱身了。楚军不敢恋战,且战且走,向南寻找归路。才走到阳夏和固陵之间,碰上了卢绾率领的阻击部队。项羽根本没把卢绾放在眼里,本以为三下五除二就把他解决了,没想到打了十多天也没能突破卢绾的防线。项羽还是在打外黄的时候和卢绾交过手,那时卢绾和刘交刚从白马津渡过黄河,身边只有两万多人,几个月不见,没想到卢绾竟然发展到十来万人了,这让项羽感到十分吃惊。这时,刘邦的追兵也到了,汉军二十万人马两面夹击,打得楚军顾头顾不了尾,损失十分惨重。双方在固陵相持了数十日,固陵几易其手,最后,楚军又渐渐占了上风,刘邦反被楚军包围在固陵城里。

刘邦顺利地揪住了楚军,但是却像咬住了一块儿带刺的骨头,吞不下吐不出。刘邦日夜盼望韩信前来支援,一举将楚军消灭,可是韩信大军却迟迟不来,彭越和黥布离得倒不远,可是也不肯发兵助战。汉军再次陷入危机之中。刘邦问张良:"怎么办?"

张良道:"目前只有敦促彭、英、韩三王尽快出兵。"

"我动员了,使者已经往返了几次,他们答应得都挺好,可就是不见人影。"

"汉王可许以重利乎?"

"许啦,韩信不是已经当了齐王了吗?彭越也是上次答应好的,让他当梁王。还要我怎么样?"

"消灭了项羽,汉王就要坐天下了,他们害怕汉王说话不算数,需要重新确认一下。"

"怎么个确认法?"

张良道:"这几个人胃口都不小。"说着,他走到墙边,指着地图说,"汉王可将陈郡以东至海全部划给韩信;淮阳以北至河尽与彭越;陈郡以南至鄱阳划给黥布。"

刘邦站在张良身后,紧皱着眉头说道:"这样他们三个就占了半壁江山,合着我是为他们打天下呀?"

"大王若听臣言,三王可立至。"

"我要是不听呢?"

"那臣就不知道了。"

"他娘的,给他们就给他们。这三个混蛋,卡住老子的脖子要价钱,有朝一日我非把他们都宰了不可。"

张良听了,心中为之一动,心想:"到了该退步抽身的时候了。"

刘邦按照张良所言,又重新派了使者前往联络三王,三王果真立刻率兵出发了。韩信、彭越的先头部队先后到达彭城附近,完成了对彭城的战略包围,并带信给刘邦,希望再把楚军拖住几天,以保证顺利拿下彭城。刘邦大喜,对张良说道:"子房再辛苦一趟,到彭城去会合韩信,看看他下一步怎么打算。派别人去我怕往来传话耽误时间,你去了有些事可以直接定,不必来回我。"

张良明白刘邦的用意,立刻打点行装准备出发,临走,还有点不放心,又嘱咐刘邦道:"楚军正在作困兽之斗,不可小视。卢绾、刘交未必能挡得住楚军东归,还须再派人催促黥布日夜兼程赶到城父一带设置第二道防线。"

却说刘邦派了隋何再次来到六城,敦促黥布尽快发兵。黥布整顿好兵马刚要出发,发生了一点意外,楚军大司马周殷突然出现在六城一带。

原来周殷是奉项羽之命来的。项羽在固陵被刘邦拖住,想撤撤不了,想打一时又打不下来,于是派了丁固、项庄回到彭城,接手彭城防务,把周殷换了下来,命周殷前往六城招兵买马,准备另外开辟一条战线,从背后对汉军构成威胁。黥布得知后大怒:"他娘的,跑到我的地盘上招兵来了。"于是当即就要发兵打周殷。隋何道:"英王莫急,周殷是有备而来,我军重新组建不久,匆忙开战恐怕没有战胜楚军的把握,待我去楚军中劝劝这位大司马,看看能否使他归汉;英王可速派人报告汉王,请求援军。"第二天,隋何带了几个人去会周殷,这边黥布也派人将情况报告了刘邦。刘邦得知后立刻派刘贾率领两万人马渡过淮水,和黥布一起对付周殷。刘贾率军火速赶到寿春,准备和黥布两面夹击消灭周殷部。他刚刚到达寿春,黥布的使者就到了,让他将部队留在寿春,火速赶往六城,说情况有变,有要事相商。刘贾来到六城,只见黥布、隋何和周殷正坐在黥布的大帐里饮酒,隋何起身介绍道:"我来介绍一下,这位是楚军大司马周殷……"

几个人寒暄了一阵,隋何道:"汉王有令……"

隋何刚说完这几个字,黥布、周殷和刘贾一起站了起来,隋何接着说道:"命周殷、刘贾继续统帅原班人马,随同英王火速赶往城父一线拦截楚军,三军统一由英王指挥。"

三个人齐声答道:"诺!"

周殷的叛变从精神上彻底打垮了项羽。这位从来不知道什么叫做失败的西楚霸王,现在也开始感到一丝恐惧了,他已经预感到末日即将来临。现在,他已经顾不得刘邦了,心里只有一个念头:立刻率军赶回彭城。于是,楚军不惜一切代价,突破了卢绾的防线,飞速向东撤去。

张良率领着二十几个人前往彭城去会韩信。快到城父时,已近黄昏了。张良道:"大家快点走,今晚到城父落脚。"

话音未落,一位谒者慌慌张张地指着西边说道:"子房先生快看,那是什么?"

张良回头一看,只见西边尘土飞扬,遮天蔽日。张良也吃了一惊,道:"是楚军大部队撤退了。"

那位谒者紧张地说道:"那咱们怎么办?城父怕是去不了了,是否向南去会合九江王?"

张良道:"别慌,先看看再说。"

张良带着随行的二十多人一起登上一道小山岗,望见楚军铺天盖地而来,众人个个神色紧张。张良道:"不知黥布的部队到达城父了没有,楚军这一撤,对韩大将军攻城十分不利!"

一位谒者道:"到没到咱们也管不了了,赶快逃命要紧,否则楚军马上就追上咱们了。"

张良没有回答,看了看周围的地形,道:"这个地方倒可以打一场伏击战。"

"可惜先生没有带兵来。"

"那就我们这些人来打嘛。"

"先生不是开玩笑吧？"

"不是和你开玩笑,是和项羽开个玩笑。来,大家都过来。"张良如此这般吩咐了一番,众人领命散去了。

天已黄昏,正是部队埋锅造饭的时候,四周山上出现了一堆堆的火光,楚军这时已经成了惊弓之鸟,前锋部队立即停了下来,将发现的情况报告了项羽。项羽和钟离眜来到前面,天已经黑了下来,一轮明月从东方升起。钟离眜数了数火堆数量,共有一百多处,道:"按锅灶计算,估计也就是一万多人马,但是对方先占据了有利地形。"

项羽道:"不管他,冲过去! 否则何时能够赶到彭城？"

钟离眜道:"只怕往前走还有汉军伏兵。天已经黑了,汉军以逸待劳,恐于我军不利,不如等天亮再战。"

这时,只听对面山岗上传来一阵轻缓悠扬的箫声。钟离眜道:"是《广陵散》。张良! 你听,这箫声清丽婉转,意蕴深长,乃阳春白雪之作,汉军将领不是农民就是些市井无赖,只有张良能吹出这样的曲子。"

"这么说韩信大军已经到了？"

"是呀,张良这半年来一直在韩信军中。"

"命令部队后撤十里扎营。"

楚军撤出很远还能听到张良的箫声在空中回荡。张良见楚军已经后撤,将随行的人马召集到一起,继续向前赶路,张良骑在马上,又吹了一曲《秦宫月》。悠扬的箫声向四面八方飘散开去,渐渐消失在夜空中……

第二天拂晓,黥布大军赶到了城父,截住了楚军的归路。

第十八章　十面埋伏

黥布在城父拦住了楚军，韩信趁机夺取了彭城。刘邦在城父西咬住了楚军尾巴，一时吃不掉，便扎下营寨，等待韩信那边的消息。此刻，他迫不及待地想见到韩信，好商量一下彻底消灭楚军的方案。张良去了多日没有回音，于是刘邦又派了一拨儿使者去催："让韩信立刻到城父来见我！"

过了几天，使者随同张良一起回来了，刘邦很吃惊："你怎么回来了，我不是让你待在那儿吗？韩信呢？他为何没来？"

张良道："韩大将军请汉王到彭城议事。"

刘邦大怒："他娘的，反倒指挥起我来了。这小子怎么专到节骨眼儿上给我添病？"

"汉王言之有理，眼下正在节骨眼儿上，不必计较这些。大王宜速去彭城。"

"要去彭城带个话来我去就行了，你何必又跑回来？"

"臣担心谒者请不动汉王，贻误了大事，故而亲自回来请您。"

"那好，你也别歇脚了，咱们这就走。"

"臣就不必去了。"

"你不去，有事我找谁商量？"

"彭城决战，韩大将军已有成竹在胸，臣去了也是多余。臣在这里协助诸将拖住楚军，以保最后决战万无一失。"

"韩信准备怎么打，和你商量了吗？"

"韩大将军正忙于战事，还未及细谈。"

"那你还是得跟我去，咱们三个人一块儿商量。"

"这里交给谁？"

"交给卢绾。"

刘邦和张良骑马来到彭城，韩信正忙得不可开交，既没有举行什么欢迎仪式，也没有设宴席款待，三个人在楚国豪华的王宫里简简单单吃了顿饭，刘邦迫不及待地要问破敌之策，韩信将刘邦和张良引到墙边，指着地图说道："城北九里山是设伏的好战场，我已布下重兵，准备在这里与楚军决战。"

刘邦大惑不解，"项羽如今还在彭城西南四百余里，如何在这里设伏？"

"我自有办法叫他们到这里来,这个以后再慢慢跟汉王解释,眼下有一件急事须汉王解决。"

"什么事?你说吧。"

"请汉王将所有各军交与我一人调度,任何人不得插手指挥,包括汉王您。"

刘邦对韩信已经到了忍无可忍的地步,但他还是忍住了:"行,听你的。你说怎么打吧!"

"到时候我自有安排,请汉王和子房兄先到宫中歇息,我这里安排完了就来看你们。"

回到住所,刘邦大骂道:"他娘的,大老远把我叫来就为这一句话?"

张良道:"这一句话至关重要。"

"可是,都交给他,能放心吗?"

"用人不疑。"

"我倒不怀疑他会造反,在我手里,他也反不了。"

"不疑,亦包括不疑其能。"

"嗯,你说得对。不过我还是有点不放心,这些虎狼之将,我就是真交给他,他能调得动吗?"

"那就看汉王是真交还是假交了。指挥权贵专忌分,真有调不动的,汉王还得暗中帮他一把。韩大将军年轻气盛,虑事有不周之处,汉王还得帮他补台。"

"这倒好,他指挥,我给他打下手,他娘的!也好,落个清闲自在。唉,听说项羽宫里有不少江南美女,走!看看去,你看中哪个,带回你府中去。"

"呵呵,这个臣就不能奉陪了。"

"你这个人哪,不好吃,不好喝,又不近女色,那他娘的活着还有什么意思呀!"

两天以后,各部将领纷纷来到彭城,刘邦令诸将到楚霸王项羽的议事大厅里听命。除了卢绾还留在城父指挥拦截楚军外,其余各部将领都到齐了:黥布、彭越、曹参、灌婴、周勃、樊哙、陈平、王陵、夏侯婴、郦商、吕释之、吕泽、刘交、刘贾、周殷、任敖、雍齿、鄂千秋、周继、孔聚、陈贺等几十员大将分列两旁,各个脸上带着庄严肃穆的表情,准备迎接这最后的决战。刘邦身着便服,神情庄重地坐在项羽往常理事的案几前;韩信一身白盔白甲,显得格外英武,满怀信心地坐在刘邦的右面;张良一身布衣,面色平静,不声不响地坐在刘邦左面。整个大厅里一点声音都没有。刘邦扫视了众将一眼,不紧不慢地说道:"楚汉战争打了四年,到了该结束的时候了。今天召集众将来,就是布置与项羽的决战。关于这场决战,韩大将军已有成竹在胸,待会由他跟你们说。我要说的就两件事:其一,所有参战各部统由韩大将军指挥。大家都看到了,我今天是穿便装来的,为什么?就为强调韩大将军的指挥权。指挥权贵专忌分,韩大将军打仗比我强,大家切莫有什么疑惑,有疑惑也得听从调动,大将军令即汉王令,违者立斩!都他娘的听清楚了没有?"

众将齐声高呼:"诺!"

"其二,传令所有参战将士,有阵前斩杀或生擒项羽者,赏千金,封万户侯!"

接着,韩信亮出了连日来苦思冥想的一整套作战方案——十面埋伏。他用了整整一个上午来说明他的作战意图,回答将领们提出的各种问题,几乎把每一个细节都想到了。然后将众将分成十组,每组一员主将,一员副将,逐个分派了任务。众将领命已毕,韩信向大厅外一招手,进来了十位壮士,个头高矮、胖瘦都和韩信差不多,长得也都和韩信有点像,各个身着白盔白甲。韩信指着这十位壮士道:"这都是假扮的韩信,为了迷惑楚军而扮的,各路主将可将他们分别带回依计而行。"

众将领命而去,最后,大厅里只剩下了周勃和灌婴,二人几乎异口同声问道:"大将军给我分派什么任务?"

韩信对灌婴说道:"你率领三万骑兵作为总预备队,专门盯住项羽。项羽从哪里突围逃跑你就从哪里追击。"

周勃道:"我呢?"

"你的任务我不知道,你去找子房吧。"说着,韩信用手指了指张良。张良示意周勃过去,趴在他耳朵上说了几句,周勃也去了。韩信如释重负地出了一口长气,对刘邦说道:"汉王,这几日忙于军务,冷落了汉王,今日闲了,我陪汉王去钓钓鱼如何?"

"得了得了,你还有闲心去钓鱼呢,你忙你的吧,我用不着你陪。有子房陪着我就行了。"

"我已通知卢绾放项羽东归。项羽到彭城至少还有两三日路程。"

张良道:"韩大将军既然有安排,不可拂了他的美意,我看汉王倒可以陪大将军轻松一下。"

三人来到城外河边,韩信沿河看了看,找了一个相对平静的水湾,道:"就这里吧。"

于是他和刘邦先后下了钩,一面望着水湾中的鱼漂,一面聊着天。刘邦道:"韩信,我听说你还没结婚是吧?"

"这些年忙于军务,还没顾上考虑这事呢。"说起结婚,韩信脑海里立刻浮现出苏琴的身影,八年没见,不知她怎样了。脑子里只是一闪,韩信立刻强迫自己转移注意力,不去想她。大战在即,他必须使自己心澄如镜,绝不能让这种事情来干扰情绪。

"马上战事就要结束了,回头让你嫂子给你操个心。你喜欢什么样的?听说楚王好细腰,你呢?是喜欢粗腰还是细腰啊?啊?哈哈!"

张良见他们聊得正投机,就站起身来说道:"汉王,大将军,你们聊着,我换个地方。"

韩信道:"我上游下游都看了,只有这里最好。"

张良道:"未必吧？我试试。"

张良走出不远,看见一棵垂柳,枝叶茂密,树下还有一块儿石头,觉得地方不错,就在那里坐了下来,将鱼钩向河里一甩,把鱼竿别在石头下面,眼睛半睁半闭开始调息。虽然战事繁忙,但是只要一有空,张良就要练一会儿道家功。他早已经打通了小周天,只要静下心来一坐,便觉腹中一团气聚集在下丹田,越聚越多,然后沿着会阴、尾闾经命门渐渐上升到玉枕、百会穴,聚集在上丹田,再沿着中丹田回到下丹田,完成这样一个循环,便觉浑身舒畅,头脑清晰无比。开始,为了打通小周天,他花了几个月的时间,现在只需一刻钟便可完成这样一个过程。任督二脉一通,这股气就沿着这条线路不停地循环往复,什么时候觉得够了,想让他停下来,便可随意停下。完成小周天之后,张良一直在寻找更高的境界,试图打通大周天,达到人与天地之间的沟通,可惜整日忙于战事,一时还无法达到他要求的境界。但是,仅一个小周天就已经使他受益匪浅,至少健康状况比以前好多了,因此,即使暂时达不到更高的境界,他也一直没有放弃练功。他现在已不必拘泥于形式,非要坐下来才能练,而是在坐卧行走中随时练。几年下来,身体状况有了很大改善,原来吃这药那药治不好的病渐渐都好了,面色红润,印堂发亮,每日精神十分饱满。刘邦对此十分不解,经常问,你吃了什么灵丹妙药了,这么年轻?有什么秘方也给我说说。张良打趣他说道:"我的秘方汉王用不了。"刘邦问他为什么,张良道:"用我的秘方首先就得不近女色。"说得刘邦很难为情。此刻,他把鱼竿一插,很快就沉浸到自己的美妙境界中去了。

那边,韩信已经钓上了两条一斤多的鱼,刘邦的鱼漂还在水面上浮着,没有一点动静,刘邦道:"咱俩一块儿坐着,怎么鱼光往你那儿跑,我这儿一条都没有啊？"

"汉王别着急呀,根据我的经验,半天没有鱼上钩,那就是要有大鱼上钩了。"

刘邦心急,又想起了眼前的战事,问韩信:"你这十面埋伏也是兵书上有的吗？"

"说有也有,说没有也没有。"

"你怎么也学会儒生说话的腔调了？到底有没有啊？"

"兵书上是古人千百年来总结出的作战原则,不按这些原则去打,肯定要吃败仗,可是完全按照书上去打,还是要吃败仗。只有把这些原则烂熟于胸、融会贯通,才能存乎一心,运用自如,故臣的打法既在兵书之中又不在兵书之中。"

"越说越他娘的糊涂,你能不能简单点?人家子房就不像你这么说话,他打仗或许不如你,可是讲书比你讲得明白。"

"汉王等等,子房那边咬钩了。"说着,韩信起身向张良那边跑去,边跑边喊,"快提竿,提竿！"

张良正沉浸在自己的美妙境界之中,忽听韩信大喊,睁眼一看,鱼漂已经沉下去了,他急忙抓起鱼竿,往上一挑,鱼已经跑掉了,只剩下空空的鱼钩。韩信拍着手走过来,嘴里一个劲地说:"可惜! 可惜! "

张良冲韩信笑笑,重又下好鱼食,把鱼钩甩到了河里。韩信在他身边坐下来,问道:"子房兄想什么哪?精力怎么这么不集中?"

张良指着天上一块儿云彩道:"你看那块云像什么?像不像一朵莲花?"

"怪不得把一条大鱼放跑了,子房兄心思就不在这上面嘛。"

"世间事本不必那么认真,有意无意之间最好。钓到大鱼又能如何?"

"原来子房兄是在琢磨钓道。说起来我倒是也琢磨过。"

"哦?有可以教我的吗?"

"那倒不敢,不过钓经倒是总结了不少。"

"都成经了,还说无以教我?快说说。"

"那我就说说,子房兄不要见笑。钓鱼一是心性,钓者要心澄如镜,不存半点杂念,越是想钓大鱼越要沉得住气;二是审时度势,比如这个季节,正是鱼产卵的时候,鱼群就往下游跑,寻找安静的水湾。到了秋季,鱼群又要回上游去。一日十二个时辰,几时位于何处能钓到什么样的鱼都是有讲究的。"

"听起来倒有点像奇门遁甲之术。"

"是的,其实钓道和奇门之术,和兵法都有相通之处……"

韩信滔滔不绝地讲起了他的钓经,张良耐心地听着,不时点点头,提个问题,等韩信说得差不多了,张良道:"听大将军谈钓道受益匪浅。韩大将军从钓者的角度总结的不少,可从被钓者的角度想过?"

韩信一愣神,"没有。先生有何高见?"

"算不得什么高见。大将军可知为何大鱼难上钩?"

"饵不足也,饵大自然来。"

张良笑笑,又问:"大将军钓过的最大的鱼有多大?"

"三十多斤。"

"将军可知有更大的钓者如姜太公乎?"

韩信笑道:"那是钓人,并非钓鱼了。"

"正是。我在想,我等在这里垂钓的同时,是否也有人在钓我等呢?那等待我等上钩者是否也在嘲笑我等只知水中鱼儿之沉浮,而不知世事之沉浮呢?"

韩信听了,心中为之一动。刚要说话,听见刘邦在喊他:"大将军,快来看,上来一条大的!"韩信抬头望了一眼,只见刘邦拼命地往上扯鱼竿,鱼线绷得笔直,已经把鱼竿拉弯了。韩信和张良一起跑了过去。韩信一看就知道是条大鱼,接过鱼竿,对刘邦说道:"钓大鱼不能硬往上拉,要先遛,把它遛得筋疲力尽了再起竿。就这样,跟着鱼走,它进我进,它退我退,手底下始终绷着点劲,既不让它脱钩,也不至于把鱼线扯断。"

"好好,我知道了。给我吧。"刘邦接过鱼竿,按照韩信的指导开始遛那条鱼,遛了差不多有半个时辰,鱼累了,刘邦往哪边走鱼便跟着往哪边游,不再挣扎了。韩信道:"差不多了。"

刘邦拉直了鱼线,身子往后退了几步,一条大鱼被扯到了岸边,扑扑棱棱地抖动着尾巴,看样子有十多斤重。韩信和张良一起上前把鱼收进了鱼篓。刘邦过来伸头看了看,兴奋得孩子一般,道:"好玩。以后你们再来钓鱼把我叫上啊。"

三个人乘兴而归。路上,韩信对刘邦说道:"汉王刚才不是问十面埋伏出自何典吗?就出自钓鱼。"

刘邦恍然大悟:"哦!我明白了。楚军太强,得先消耗它,消耗得差不多了再起竿!"

正说着话,一匹快马飞奔而来,前方有紧急军情要向韩信奏报。韩信对刘邦、张良拱了拱手道:"臣先走一步。"说完,骑马飞奔而去。刘邦望着韩信的背影,问张良:"你听了韩信的部署感觉如何?"

张良道:"汉王放心。十面埋伏乃天罗地网,非人力所能为也。"

两天之后,项羽率领楚军到达了萧县。中国历史上一场空前规模的大决战打响了……

从广武到萧县,千里溃逃,楚军消耗了不少人马,但是沿途小股的楚军又不断加入进来,楚军仍然有十万之数。项羽令部队休息了一夜,准备第二天攻打彭城。

黄昏时分,项羽带领钟离眜、季布、项伯等一群武将到前线察看敌情。远远地,望见汉军旌旗林立,当中树着两面大旗,一面红旗,上书"汉"字,一面黄旗,上书一个"韩"字。众将骑着马跟随在项羽左右,一个个心情沉重,谁也不敢多说一句话。钟离眜与项羽并辔而行,劝道:"项王,汉军在彭城周围集结了七十万人马,准备与我决一死战。形势于我军十分不利。不如暂且放弃彭城,趁汉军后方空虚,直捣关中,打他个出其不意。"

"七十万大军不过乌合之众,上次刘邦来打彭城,不是也号称五十六万人马吗?还不是一触即溃!"

"今非昔比,上次诸侯军群龙无首,这次主要是汉军部队,仅韩信从齐国带来的人马就有三十万。韩信乃用兵鬼才,大王不可轻视。"

"我亦知此仗难打,可将士们归心似箭,若打彭城士气尚可一用,若再回头西进,恐怕到不了关中人马就跑光了。如今只有拿出巨鹿决战的勇气来拼死一战,别无退路。"

项羽不听钟离眜之计,决意要战。他决定从西、北两个方向同时向彭城发起攻击,北路由钟离眜、项伯率领,西路由他亲自率领。第二天一早,项羽率军来到阵前,韩信早已等在那里,只见他穿一身白盔白甲,骑一匹白马,威风凛凛地走出阵前,在距离项羽一百步左右的地方停了下来,拱手说道:"项王别来无恙乎?臣韩信受汉王之命,在此恭候多时,请项王下马受降。"

项羽仔细看了韩信一眼，似乎想从他脸上看出这位当年他帐下的郎中哪里来的这么大力量。看完之后的结论是：如果韩信还在他军中，他依然不会用他。对韩信的傲慢他感到十分恼火，但仍不失礼节地拱手还礼道："韩大将军，昔日我项某不识人，未能重用将军，实为失策。然刘邦小人，何苦为之卖命？念你我故交，不忍兵戎相见，劝你引兵还去，以免自讨苦吃。"

"乞项王恕罪，臣已布下天罗地网，今日楚军插翅难逃，唯有投降一条路，还是请项王下马受降吧。"

"看样子你是非要领教一下我项羽的厉害不可了？那就叫人出战吧。"

"信自与项王战之，再叫何人？"

项羽以为韩信左右必有几员大将保驾，不料韩信竟然亲自出战，项羽哈哈大笑："你？你个钻裤裆的小儿竟敢与我来战？简直是天大的笑话，你还是从我裤裆底下钻过去吧。"

"项羽休得无礼！"韩信弯弓搭箭，一箭射中项羽的头缨，缨穗应声掉在地上，项羽恼羞成怒，拍马过来。韩信不慌不忙地将手一挥，百余名骑兵冲到前面，围着项羽展开了厮杀，项羽身边几员大将企图前来助战，又有数百名骑兵将他们分割开来。项羽挥舞长戟，左劈右砍，杀退了面前的骑兵，看见韩信就在前面不远，在马上冲他微笑着说道："恭请项王下马受降。"

项羽哪里受过这种侮辱，又拍马向韩信冲了过去。韩信一挥手，又有一百余名骑兵冲上来围住了项羽，项羽杀退这一拨骑兵，韩信又出现在前面不远处，嘴里仍然在说："恭请项王下马受降！"项羽又追了过去，又被韩信的兵马围住，项羽怒不可遏，非要亲手斩了韩信不可，连攻城的目的都不顾了。追了一上午，韩信就像一个影子在他眼前晃来晃去，可就是抓不住。项羽一个人脱离大队很远，才发觉自己上当了，急忙又回头去会合季布等人。中午时分，项羽与季布等会合，不再去追韩信，打算先集中兵力攻彭城。汉军早已在城西布下重兵，事先占据了有利地形，并且设下鹿砦、滚石，楚军伤亡惨重。正在打得不可开交之时，南面一支人马杀出，为首大将乃曹参、孔聚，曹参手握长枪直取项羽，项羽与之战了十几个回合，曹参渐渐不支，向后退去，项羽追了一段路，见前面一面白色将旗，韩信白衣白马还在冲他微笑，项羽不知韩信又要玩什么花招，不想和他耽误工夫，转回头又去攻打汉军的城西守军。汉军已非昨日汉军，项羽花了三天时间才突破韩信设置的第一道防线，为了保证攻城顺利，项羽不得不分出一部分兵力来对付曹参。突破第一道防线后，楚军才前进了不到十里，又遇到了汉军的第二道防线，楚军刚刚发起攻击，又见韩信骑着白马从北面杀来，身后两员大将乃郦商和鄂千秋，楚军在这里又丢下了几百具尸体。

萧县距离彭城将近百里，楚军突破两道封锁线，不过才前进了三十里，人马已经损失了一万多，后面汉军还有几道防线也未可知。照这样打法，即使打到彭城，人马也损失得差不多了。季布对项羽说道:"项王,我们恐怕得换一种打法了。"

"你说怎么打?"

"先会合钟离将军,再做他图。"

项羽想了想,道:"我合汉军也合,仍然是敌众我寡,不如各自为战,等等钟离昧那边的消息。"可是两军分开几天了,钟离昧那边却一点动静也没有,连个信使都过不来。项羽已经感到形势不妙,正在踌躇间,西面又一阵喊杀声起,为首一将仍是白衣白马,项羽知道这是假扮的韩信,没有去理他,可是这一路的大将雍齿和任敖却十分凶猛,转眼间连斩楚军几员大将。项羽未曾闻汉军中有这等人物,亲自前来迎战,正杀得不可开交,南面曹参,北面郦商重又杀了回来,正面吕释之、吕泽兄弟已经等不得楚军来攻,也从阵地上冲了出来。项羽一看,四面皆有一面韩信的帅旗,每面有一位白衣白马的韩信,究竟哪一个是真的韩信,项羽已经分不清楚了。

楚军被数倍于己的汉军包围了……

钟离眜迂回到城北并没有费太大的力气，但是攻城却付出了惨重的代价。正面阻击的汉军占据了地利优势不说，两翼的攻击更让他难以招架。东面是彭越，西面是陈贺、刘交，在这左右夹击之下还要去攻城，这仗实在是太难打了。但是，只有攻下彭城才有可能与项羽会合，才有可能打垮汉军，重振楚军的士气。因此，不管多么被动，钟离眜还是坚持要从北面突破汉军的防线，拿下彭城。然而，这正是韩信所期望的。韩信料定项羽不肯放弃彭城，因而，已在彭城四周设下一道又一道防线，而且还在不断地向西面、北面增派兵马，就像筑起了一道铜墙铁壁，楚军在这堵铁壁面前碰得头破血流。十天下来，钟离眜的人马十成已经损失了三成。他不断地派人去给项羽送信，报告北线战况，同时建议项羽改变战略，暂时撤出彭城战场，但是已经晚了，无论是他还是项羽，都已经落入韩信布下的天罗地网，想撤已经来不及了。派出去的信使全数被汉军抓获，没有一个能到达西线战场。钟离眜终于放弃了攻城的打算，决定回师向西，重新和项羽会合。

在钟离眜攻城的同时，陈贺、刘交已经在西面筑起了无数鹿砦、工事，阵地上插着一面黄色旗帜，上书"韩"字，一位武士白盔白甲立于旗下。钟离眜知道韩信的厉害，未敢贸然进攻，令部队扎下营寨，等摸清敌情再说。大帐刚刚设定，门外忽报说有汉王使者求见，钟离眜令将人领进来。使者进了门，钟离眜大吃一惊，原来是韩信。

"你怎么来了？"

"这也算出其不意吧！忙里偷闲，来看看钟离将军。今日不来，只怕以后再难见面了。"

"好一个出其不意！韩大将军是来说降的？"

"你我本是兄弟，还是以兄弟相称吧，话也不要说得这么难听，不是投降，而是共襄天下。汉王让我来请你去做楚王。"

"替我谢过汉王。也谢谢大将军的美意。你我既为兄弟，难道你还不知道我的为人吗？何苦白跑这一趟？"

"汉王对将军之名仰慕已久，且汉王最能礼贤下士，将军且看汉王今日待韩信如何，便知明日待将军如何。"

"呵呵，我还忘了恭喜大将军，如今已经做了齐王了。"

这话明显带着揶揄的口吻,但是韩信并不和他计较,十分诚恳地说道:"不说汉王如何诚心,我亦不忍心看着将军与楚国玉石俱焚,同归于尽。"

"这话说得早了点,汉军人数虽众,但是阵前还未分出胜负,怎知失败的就是楚军?"

"我已布下天罗地网,楚军断无取胜的可能,将军不要再固执了。"

"在下佩服大将军之勇略,然你我还未在战场上相见,今愿与大将军在战场上一见高低。"

"我倒也愿意与见个高低,但兄恐怕没有机会了。今日我已占尽先机,你我不是在对等条件之下较量。"

"尽管如此,仍愿意与兄战场上相见,苟死于大将军刀下,也是我的荣耀。"

"既然将军如此固执,那也只好如此了。"

韩信走后,钟离眛向陈贺的阵地发起了冲击。战场上金鼓齐鸣,喊杀声震天,双方的士卒一片一片地倒在血泊之中。这样连打了三天,楚军只前进了不到五里。第四天,钟离眛加强了攻势,一心要在这个方向上突破,陈贺渐渐感到吃力,这时,周殷和刘贾率领从城父撤下来的部队赶到了。钟离眛又打了两天,汉军人数越打越多,钟离眛感到这个方向很难突破,如果一意孤行,恐怕上了韩信的圈套,于是转而向东、北两个方向试着突围。然而,汉军从四面八方铺天盖地而来,不知道究竟哪个方向是它的薄弱环节。他感到不能再这样盲目打下去,便在城北扎下营寨,暂取守势,等待项羽的消息。

项羽终于接受了季布的建议,开始向城北开进,准备与钟离眛会合。这是韩信专门给他留下的一条路,向西、向南的路已经被曹参、雍齿彻底堵死,郦商且战且退,吸引项羽来追,原来用作对付钟离眛的陈贺、周殷两支大军又转过头来拦截,消耗了楚军大量有生力量。

七天之后,项羽和钟离眛在城北九里山下会合,清点了一下人马,损失过半,还剩下不到五万人。汉军也开始逐渐向九里山周围运动,包围圈越缩越小,楚军在十里方圆的地带扎下营寨。项羽沿四周视察了一圈,只见四面八方皆是汉军,每个方向上都有一面韩字帅旗,一匹白马,到处都能看见韩信在远远地冲他微笑。看完回来只觉得满脑子都是白马,都是韩信得意的笑容。项羽已经失去了夺回彭城的信心,目前只是考虑怎样突围了。

一弯残月从东方升起,经过一天的厮杀,双方将士均已疲惫不堪。几十万人的战场突然安静下来,没有一点声息。夜,平静得可怕。项羽回到大帐时已是深夜。妙逸温好了一壶酒正在等他。项羽接过酒壶对着壶嘴喝了一口,长叹一声道:"嗨!想不到竟落到一个钻裤裆的小儿手里。"

妙逸劝道:"胜败乃兵家常事,大王何必放在心上?"

项羽沉默良久,道:"今日决战关系到楚国生死存亡。必须得想办法突围出去。"

"以大王之雄威,加上江东八千子弟的豪勇,突围当不成问题。"

"别的我都不怕,我只是担心你。"

前日阵前,妙逸已被劫过一次。项羽冒死冲入重围将她夺回。楚军为此伤亡很大。想到这里,妙逸就觉得不安,"大王一切从国家考虑,不必为贱妾担心,妾自可与将士们一样战斗。若真的不幸落入汉军手中。妾当自尽,绝不受辱。"

"别胡说!我拼死也要把你带出去。"

"大王切莫如此,若为贱妾而贻误国家,妾还有何面目活在世上?"

两人正说着话,一阵喊杀声起,打破了夜的沉静。妙逸惊慌地问道:"怎么回事?"

项羽坐着没动:"汉军劫营。不用管它,我已经安排好了。"

汉军按照韩信的命令,各部轮流在夜间袭击楚营,目的是不让楚军得到很好的休息。楚军一会儿这边营寨被突破,一会儿那边又着了火,闹得全军上下惊慌失措,不能成眠,项羽一夜没睡。

城中刘邦也是一夜没睡。天黑前,刘邦派人给韩信送去了一车珠宝;夜半时分,又命人做了一顿可口的夜宵,叫上张良一起送到韩信大帐。韩信眼睛熬得通红,已经几天几夜没睡了。仗越是打到后面,他越是小心,时刻关注着战场上每一个细微的变化,生怕一不小心被楚军钻了空子跑出去。看见刘邦亲自来给他送夜宵,韩信十分感动。刘邦陪着他边吃边聊:"下一步你打算怎么办?"

"放项羽出去。"

"好不容易围住了,为何又放他出去?"

"兵法云:穷寇勿迫。项羽被围,陷于绝地,必做困兽之斗。我虽数倍于敌,仍无把握将其一口吃净。与其让他到处乱跑,不如放开一个口子让他跑。再设法逐步消灭之,就像那天遛鱼一样。"

"你打算让他往哪儿跑?"

"这得猜猜项羽的想法。汉王试想,如果您是项羽您会撤到哪里去呢?"

刘邦道:"项羽大败之后肯定是向南跑,回江东去重整旗鼓,他绝不肯向北。"

"汉王说得极是。故臣已派黥布、卢绾、曹参、雍齿等前往下邳、取虑、灵璧一线拦击楚军。"

"万一他们顶不住或者项羽不走那面呢?"

"还有灌婴的骑兵,随时可以咬住楚军。"

"这边呢?项羽要是不从西面突围,而从东面或北面突围怎么办?"

"那可由不得他。如果一定从这两面走,那就要把他就地解决。故除了上述预设埋伏的部队,我想把剩下的部队全部调到东、北两个方向上去。"

"那谁来守城?"

"有汉王和子房兄守城就足够了。"

"那可不行,万一项羽趁着城内空虚打进来怎么办?"

"项羽已经放弃了攻城的打算。他可能从任何方向突围,唯独不会来攻城。"

"一个兵马不留,我看有点玄。"

"一点都不玄,子房兄一个人足可以当得十万人马。汉王可能还不知道,子房来彭城的路上一个人挡住了项羽十万大军。"

"哦?有这等事?子房怎么没和我说过?"

张良道:"大将军太夸张了。不值一提。"

说到最后,刘邦对不留人守城还是有点不放心,道:"你在东北两面集中那么多兵力用得了吗?"

"要彻底解决项羽,我还担心不够呢。"

"那你这十面埋伏不成了两面埋伏了吗?"

"谁说是两面?加上汉王这一面不是三面吗?十面埋伏有虚有实,有真有假,果真知道项羽从哪里突围,何须十面埋伏?连两面埋伏都不要,只要一面就够了。"

"好!那就看你的了,赶紧抓紧时间睡一觉。"

回到居所,刘邦久久不能入睡。对楚汉决战,他并不担心,他在考虑战后如何对付这些虎狼之将,特别是像韩信这样的将领,手握重兵,跺跺脚天下都颤动,一旦驾驭不好,反目成仇,则又是一个项羽。若无长远之计,天下纷争何时能止?想着想着,不觉天已大亮,从城北传来一阵阵喊杀声,楚军开始突围了。

韩信陪着刘邦、张良来到城北山上,找了个清净地方泡了一壶茶悠闲地聊着天,樊哙手持一杆大纛站在一旁,按照韩信的命令,不时挥舞着用以指挥山前的部队。楚军是分三路突围的。项羽、钟离眜和季布各带了一部分人马。钟离眜向东,项羽向北,季布向西。向西的部队不一会儿就去远了,向东向北的楚军部队也越来越远。可是,过了一会儿东线的楚军就退了回来,被汉军分割成无数小块展开了大厮杀,不一会儿这些小块又渐渐合并到一起,并成了几个大块,呼啸着向北向东冲了过去。东面的部队很快又退了回来,可是北面项羽率领的楚军却不见踪影。韩信道:"汉王慢慢品茶,我得到北面去看看。"临走,韩信又命樊哙将西线部队全数调往北线。说完,骑马去了。

传说韩信在九里山设下十面埋伏,令樊哙在山顶树立大纛,左右挥动以调动部队。每当樊哙停止挥动时便将旗杆插在石头上,因而将石上插出一个大凹洞,这块岩石后人称之为磨旗石,至今还在,石长三米,旗眼深一米七。

韩信走了大约一个时辰,东线楚军发起了第三次冲击,而北线项羽的部队却退了下来。刘邦远远地望见韩信骑着白马在战场上飞奔着,心里有几分担忧,对张良道:"这小子一个人跑来跑去的别出什么危险。"

张良道:"大将军机警过人,当不会有什么危险。"

说着,只见韩信越跑越近,直朝这边山上跑来,后面一匹黑马紧追不舍,刘邦定睛一看，骑在马上的不是别人，正是项羽。刘邦大惊，樊哙也放下旗帜跑过来，抽出身上的剑准备战斗。张良道："樊将军还去舞旗发令，令北线部队掩杀过来，这里不要你管。"樊哙疑疑惑惑地去了，张良悄悄对刘邦说，"汉王不必忧虑，这里山势陡峭，骑马上不来，项羽一个人绝不敢丢掉马匹上山。"

坚守北线的主要是王陵的部队。韩信到达北线时，楚军的攻势正猛，看样子，汉军很难顶得住。韩信设法引开了项羽，大大减弱了楚军的攻势，给部队的调动争取了宝贵的时间。可是这一次韩信真的惹恼了项羽，项羽非要杀了他出这口恶气不可。韩信哪里是项羽的对手，被项羽追得只有满山跑的份。项羽一直紧紧盯住韩信不放，可是追着追着，韩信拐过一个山坡不见了。项羽抬头一望，只见刘邦和张良正坐在山顶上喝茶，那个鸿门宴上见过的樊哙挥舞着大纛正在调动部队。再回头一看，北山上汉军潮水般杀了过来，楚军顶不住，向南退了过来。项羽大恐，不敢再追韩信，拨马回头找自己的部队去了。

韩信来到山顶，笑嘻嘻地对刘邦说道："让汉王受惊了。"

"屁话！老子什么阵仗没见过？"

季布向西突围，开始还遇到一些阻击，后来就不见了汉军的影子，季布知道这不是什么好事，他担心韩信又在玩什么鬼花活，同时也为项羽和钟离眛捏了一把汗。他犹豫再三，觉得不能再向西走了，于是又回过头来接应项羽，项羽的部队被汉军扭住正杀得昏天黑地，看见季布杀了回来，顿时士气大增，两军很快会合到一起，楚军将士归心似箭，不等项羽和季布下令，自动向西南退去。韩信在山顶上望见，心中大大松了一口气，对刘邦说道："汉王，咱们也该走啦。"

韩信留下一部分人马解决钟离眛残部，然后将其余部队统统调往南线。楚军南撤的途中，受到雍齿、曹参两支大军的猛烈阻击，大大降低了前进的速度。然而，曹参和雍齿仍顶不住楚军的攻击，楚军拼命杀开一条血路，渡过了濉水。过河之后，项羽突然发现妙逸不见了。项羽在突围时嘱咐妙逸寸步不离地跟在他身边，不料渡河时还是被汉军冲散了。项羽重新杀回北岸，救出妙逸，然后继续南进，到达垓下，进入了黥布和卢绾的预设阵地。紧接着，灌婴的骑兵也赶到了。楚军只剩了不到三万人马，而陆续到达垓下的汉军已经超过三十万人，将楚军团团围定。

韩信来到垓下，将众将召集至大帐，调度已毕，最后说道："楚汉决战，到目前为止，我军采用的是阻击、击溃、消耗的打法，允许楚军前进、后退、撤离、逃跑，目前楚军已经消耗殆尽，陷入绝境，这些打法皆已不适用，从现在开始，必须将楚军铁桶一般围住，不允许其在任何方向上突围。项羽从哪个方向跑出去，哪方主将提头来见！"众将闻令，个个震悚。

楚军开始突围，一道一道防线杀出去，杀出一重还有一重，而韩信还在不断地在楚军可能的突围方向上增设防线。楚军从几个方向试着突围，左冲右突冲了三天也没有能够突出去,战线随着楚军突围方向的变化来回蠕动着,楚军始终无法找到一个突破口。对项羽最不利的是身边有个妙逸,汉军已经抓住了项羽的弱点,只要一看到妙逸,必定要想办法把他俩分隔开来,引诱项羽来救。项羽身上已经五六处负伤,无法再打下去,只好暂且在包围圈内五里方圆的地方暂时扎下营寨。汉军虽然日夜不停地发动攻击,但是一时半会也奈何不得楚军。

汉军伤亡也很惨重,楚军每次突围,汉军都要付出数倍于敌的代价。楚军的英勇给汉军将士带来了恐惧,尽管韩信一再提醒各部将领注意鼓舞士气,可是士卒们见了楚军还是害怕,往往还不到顶不住的时候精神先垮了下来。韩信担心再这样打下去还会让项羽跑掉,急得吃不下睡不着。一日巡视战场,看见张良悠闲地坐在一棵大树下面吹箫,便走过去,苦笑了一下,对张良说道:"子房兄真有闲情逸致呀,我在这里急得吃不下睡不着,你倒清闲自在。"

张良道:"能者劳,智者忧嘛。我等无智无能之辈,只好如此啦。"

"子房兄莫要挖苦我,快帮我想想办法,如何才能一举将楚军消灭?"

张良顺口答道:"大将军岂不闻'心战为上,兵战次之'之说?孙子曰,不战而屈人之兵乃善之善者也。"

韩信恍然大悟,道:"有了!子房兄,你为何不早说?"

"大将军有令在先,任何人不得插手指挥,我有几个脑袋,敢在大将军面前说三道四?"

韩信自觉惭愧,自言自语道:"这么简单的事我怎么就没想到呢?真是智者千虑,必有一失呀。"

"是呀,愚者千虑,必有一得。"

韩信自知失言,忙道:"小弟失言,望子房兄见谅。弟还有一事要请你帮忙。"

"大将军之令即汉王令,让我干什么?说吧。"

"今晚我要借用你这支箫。还得请你亲自来吹。"

"愿为大将军效劳。不过光我一支箫恐怕还不够,你再找找周勃吧。"

韩信在一个农家的大院子里找到了周勃。只见院子里已经集中了好几百名楚国的百姓,周勃带着一支乐队正在教他们唱歌,韩信恍然大悟,原来当初张良留下周勃是为了这个,看来张良早就替他考虑好了。

是夜,一片漆黑。激战了一整天的战场刚刚平静下来,忽然响起一阵悠扬的箫声,接着,从四面八方传来了低沉的楚歌,声音由低到高:

　　　　天之不纯命兮,
　　　　何百姓之震愆。
　　　　民离散而相失兮,
　　　　方仲春而东迁。
　　　　去故乡而就远兮,

遵江夏以流亡。

……

疲惫不堪的楚军士卒刚刚睡下,忽闻箫声,纷纷披衣而起,走出帐外。接着又传来阵阵楚歌声,许多将士不由得掉下了眼泪。不知是谁,跟着唱了起来,将士们仿佛突然醒悟,一齐跟着唱了起来:

> 哀时命之不合兮,
> 伤楚国之多忧。
> 内怀情之洁白兮,
> 遭乱世而离尤。

……

汉军将士们听了几遍就听熟了,也跟着一起唱,于是山上山下,营里营外,歌声响成了一片。项羽和妙逸刚刚睡下,忽听帐外歌声四起,声音越来越大,响成了一片,项羽大惊:"难道汉军已经尽得楚地乎?"

项羽走出帐外,来到军营中察看,只见士卒们唱得泪流满面,没有一个人理他。

"你们这是怎么了?"项羽抓住一个小伙子的肩膀,使劲地摇晃着。那小伙子如醉如痴地唱着,仿佛着了魔一般,不管项羽怎么喊,还是只顾唱他的。

"别唱了!都给我停下来!"项羽一面厉声呼喊一面做着手势。这一营的歌声停止了,士卒们望着项羽,一个个傻了似的,不知如何是好。沉默了一会儿,刚才那个小伙子突然问道:"项王,我们为什么要打仗?"

项羽还没想好怎么回答,又一名士卒问道:"项王,这仗什么时候能打完?"

士卒们仿佛被提醒了,七嘴八舌地问道:"当初过江是为了灭秦,如今秦朝已灭,我们为什么还要打?"

"难道就没有别的办法,非打不可吗?"

"我们还能不能回江东去?"

"……"

听起来是普普通通的问题,但是项羽却没法回答,只觉得脑袋嗡嗡直响。他尽量使自己冷静下来,高声说道:"胜败乃兵家常事,大家不要冲动。今日战事我军不利,非战之罪也。大家切勿灰心丧气,不要上汉军的当。明日我就率领你们突围,回去重整旗鼓,彻底消灭刘邦。"

然而,项羽的话没有丝毫的说服力,项羽刚走,营中又唱了起来:

> 出国门而轸怀兮,
> 甲之朝吾已行。
> 发郢都而去闾兮,
> 怊荒忽兮焉及。
> 楫齐扬以容与兮,

哀见君而不再得。

……

　　项羽回到大帐,听到外面歌声依然不止,心中烦闷,独自喝起闷酒来。外面歌声一直唱到半夜。歌声刚停,汉军营中又传来喊话声:"楚军弟兄们。你们已经陷入绝境,要想活命的,就到汉军中来。汉王有令,凡投降者,一个不杀,愿意回家的听便,将校保留官职,赶快过来吧!"

　　喊话声从四面八方传来,一遍接着一遍。楚军营中骚动起来,开始有人向汉营跑去。将校们慌了手脚,起来阻拦,无奈士卒已无战心,有的杀了将校跑了,有的干脆把将校们也裹胁上一起跑了。季布、丁固、项伯、项庄等一班将领纷纷跑来问项羽怎么办,项羽挥挥手说:"别管了,愿意跑的就让他们跑吧。来,大家都坐下,喝一杯。"

　　项羽和众将干了一杯酒,道:"军心已经散了,明日必须突围。"说完,两眼凄惶地望着妙逸。妙逸知道项羽对她放心不下,心中十分不安,她已经打定了主意,道:"项王切勿以妾为念,自己多多保重。"

　　正说着话,夜空中又响起一阵箫声,声音离得很近,仿佛就在大帐外面,妙逸不由自主地走出帐外,对着箫声传来的方向问道:"是子房先生吗?"

　　箫声停了下来,对方没有回答。项羽跟着从帐中走了出来,手里拿着一件斗篷,披在了妙逸身上,十分关切地说道:"回去吧,别冻着。"

　　妙逸仿佛没听见他的话,对着敌营方向说道:"子房先生,再吹一曲吧。"

　　项羽道:"你怎么能这样?"

　　妙逸不耐烦地说道:"你别管我,我想听!"说着,两行热泪顺着她的脸颊流了下来。

　　箫声又响了起来。项羽冲着对方喊道:"张良,有胆量你明天到阵前来见我! 半夜里装神弄鬼的算什么本事!"

　　作为对项羽的回答,对方的乐队轰然响了起来,紧接着,四面歌声又起。项羽无可奈何地向四周望了望,把妙逸拽回了帐篷。

　　项羽不再管外面的事情,摘下墙上的琵琶对妙逸说道:"来,弹首曲子,我来为你唱!"

　　妙逸含着眼泪拨响了她心爱的琵琶,项羽借着酒劲儿唱了起来:

力拔山兮气盖世,

时不利兮骓不逝。

骓不逝兮可奈何,

虞兮虞兮奈若何?

　　项羽唱了一遍又一遍,唱着唱着,两行热泪情不自禁地流了下来。诸将也都不由得掉下了眼泪。妙逸从未见过项羽流泪,心中十分感动,她掏出手帕为项羽擦干

眼泪,重新弹起琵琶和道:

汉兵已入境,
四面楚歌声。
大王拼死战,
贱妾何偷生?

项羽听罢,一把抱住妙逸,说道:"妙逸,你不能死!你不能离开我!"众人见此情景,纷纷退出大帐。妙逸躺在项羽的臂弯里,伸出手来抚摩着项羽的脸,说道:"我不死。我永远陪伴着我的项郎。"说罢,伸手解开了项羽的衣带……

项羽睡着了。妙逸轻轻走下床来,给项羽披好被子,摘下墙上的短剑,最后望了项羽一眼,毅然决然地举起了宝剑……

项羽正在酣睡,突然被一阵嘈杂的人声吵醒,他睁开眼,听见帐外侍卫在喊他:"项王,项王,快起来,汉军杀过来了!"项羽翻身下床,一眼看见倒在血泊中的妙逸,顿觉肝肠寸断,他抱起妙逸,狂呼道:"天哪!还我妙逸!还我妙逸!"

侍卫们听见项羽的呼叫声,知道出事了,也顾不得忌讳什么,一齐冲了进来。不一会儿,季布、项庄等也纷纷赶来,见此情景,无不为之落泪。众人一起规劝项羽节哀,季布道:"虞夫人此去正是为了大王能顺利突围,大王若一味儿女情长,反违背了虞夫人的本意,目前须立即整顿兵马突围,再晚就来不及了。"

项羽已经傻了,众人说了些什么,他几乎一句也没听见,仿佛是在梦中一般,听凭季布等人将妙逸抬出去埋了,然后,在侍卫们的簇拥下,晃晃悠悠地上了战马。及至冲到阵前,他才仿佛清醒过来,发疯一般地冲进敌群。

项羽在前,季布紧随其后,侥幸活下来的几百名江东子弟跟随左右,呼啸而出,终于杀开一条血路冲了出去。项羽点点身边的人马,只剩了八百余骑,季布、丁公等主要将领也都不见了。后面灌婴率领五千骑兵已经追了上来。项羽边打边撤,向南渡过淮水,来到东陵(今安徽定远县西北),再看身边人马,还剩了百余骑。众人来到一个三岔路口,不知该向哪方走,恰好一位农夫路过,项羽的部下拦住他问乌江渡口怎么走,农夫伸手指了指左边一条路,项羽率领这百余名骑兵向左狂奔而去,不料上了农夫的当,闯进一片沼泽之中。等再回到原来的路口,灌婴已经追了上来。项羽且战且走,逃到东城(安徽定远县西南),被汉军骑兵团团围住。这时,项羽身边只剩了二十八骑。项羽料难逃脱,索性在一个小山包上停了下来,对左右将士说道:"我项羽起兵至今已八岁矣,身经七十余战,所当者破,所击者服,从未败于任何人之手,遂霸有天下。今困于此,天亡我也,非战之罪也。今既然要决一死战,那就在这儿打个漂亮的,不要给后人留下笑柄。我必三胜之,为诸君溃围、斩将、刈旗,不信你们看。"于是他将这二十八骑分成四队,分别向四个方向同时出击,并约好突围后在山东会合为三处。汉军围了上来,项羽道:"我先斩他一将给诸位看看。"说着,项羽一声呼叫向山下冲去,挥手斩了汉军一将。汉军骑将杨喜来追项羽,项羽回头大喝

一声,杨喜人马俱惊。项羽一路斩杀汉军数十人,冲出了重围。随着项羽一声呼叫,其他三路楚军也向山下冲去,汉军阻挡不住,三路人马均冲出包围,如约在东山下会合为三处。项羽问道:"怎么样?"众人皆叹服。汉军重又将他们围为三处,项羽挥戟又斩汉军一都尉,杀汉军数十人,三处楚军合为一处,还剩下二十六骑。五千汉军骑兵在项羽的二十六骑面前束手无策,楚军如入无人之境。项羽又问:"如何?"

众人齐声回答:"果如大王所言。"

"你们是想回江东去呢,还是与我一起战死在这里?"

二十五个人齐声答道:"项王到哪里我们就到哪里!"

项羽没有说话,犹豫了一阵,复又带着人向南奔走,来到乌江浦。乌江亭长认识项羽,亲自驾一叶小舟前来,准备接项羽过江。项羽犹豫再三,不肯上船,亭长道:"江东虽小,亦地方千里,众数十万,大王此去,江东父老必箪食壶浆以迎,大王不必再犹豫了,快上船吧。现渡口只有我这一条船,汉军无法追赶。"

项羽笑道:"算了吧。想当初我项羽已经霸有天下,如今落得一败涂地,今天亡我,我何渡为!且籍与江东子弟八千人渡江而西,今只我一人生还,纵江东父老怜而王我,我何面目见之?纵彼不言,我独不愧于心乎?"众人闻之,无不为之动容。项羽又道:"你把这匹乌骓马渡过去吧。这匹马自我起事以来一直跟随着我,一日千里,所向无敌,我不忍心看着它死,就送给你吧。"

亭长渡马而去,项羽步行迎敌,随行将士见此,也都纷纷下马,与汉军展开了步战。从中午一直战到黄昏,二十五人全部战死,只剩了项羽一人。他身上已经十几处负伤,身边倒下了数百名汉军将士的尸体。包围他的汉军将士不敢靠得太近,都在百步之外,在将校们的督战下,包围圈在逐渐缩小,快到五十步的时候,项羽突然大喝一声,四周汉军吓得慌忙后退,然后,又逐渐逼近;项羽再喝一声,复又后退。项羽哈哈大笑:"哈哈,围着我干什么?看我这颗头值钱是不是?汉王出的价码不小啊,赏千金,封万户侯,可是你们怎么不来取呀?你们这些懦夫。哈哈哈哈!"

项羽已经筋疲力尽,忽然看见几个汉军骑兵将领挤到包围圈里来,其中一个是汉军骑司马吕马童,曾在楚军中供过事,项羽看着面熟,问道:"来者莫非我故人乎?"吕马童对身边一个叫王翳的骑将小声说道:"他就是项羽。"

项羽道:"对了,我就是项羽,你们认识了吧?我正琢磨着把我这颗头给谁呢。既是故人前来,那就成全你了,来,把这颗头拿去!"

吕马童不敢近前,项羽道:"来呀!怕什么?"

吕马童仍不敢近前,项羽道:"谁敢来?谁敢来谁就把这颗头拿去!"

仍然没有人敢到近前来,项羽扔下长戟,拔出宝剑,道:"你们这群懦夫,难道非要我亲自动手吗?"说完,一剑割断了自己的喉咙。殷红的鲜血喷射出来,在灿烂的阳光照耀下,带着美丽的光环洒向四野……

第二十章　汉祖即位

汉军将士见项羽已死,纷纷上来争夺项羽的尸体。为了争夺尸体,死了上百人,最后,王翳抢到了头,郎中骑杨喜、骑司马吕马童、郎中吕胜、杨武各抢得一部分。五人共会其体,皆是。于是刘邦给这五人各封了两千户。封吕马童为中水侯,封王翳为杜衍侯,封杨喜为赤泉侯,封杨武为吴防侯,封吕胜为涅阳侯。

历时两个多月的大战结束了。各路大军纷纷集结垓下,刘邦、张良、韩信站在一座土岗上,向漫山遍野的将士们挥手致意,将士们举起手中的刀枪剑戟,高呼:

"汉王万岁!"

"大将军万岁!"

韩信终于完成了一项军事史上的杰作。他激动不已,拔下插在土岗上的汉军大旗,来回舞动着,将士们一看,情绪更加高涨,一个劲地狂呼:

"大将军万岁!"

"大将军万岁!"

韩信只顾了高兴,忘了刘邦和张良还在身边,等他高兴劲过了,回头看时,刘邦和张良已经走了。

项羽一死,各地残存的楚军纷纷投降。但是钟离眛和季布、丁固等几员大将却纷纷逃匿,不知去向了。当初楚怀王封项羽为鲁公,封地在鲁城(今山东曲阜)。鲁城父老愿为项羽死节,不肯投降。刘邦欲举兵屠之,张良道:"如今天下大定,不宜再动干戈,当以德服天下。鲁城乃孔夫子故乡,素来讲究礼义,今为项羽死节乃义举,屠之,天下不服。"

"那怎么办?"

"可派人持项羽头示鲁军民,然后许之以厚葬,并申明鲁城降后不杀一人,如此则鲁城可下。"

于是,刘邦命人将叔孙通请了来。

叔孙通逃出咸阳之后,便投奔了项梁,项梁死后,又追随义帝左右,希望能有所作为,可是不久义帝又被放逐江南,叔孙通又改投到项羽帐下。汉二年,刘邦攻破彭城,叔孙通又投靠了刘邦。刘邦封他为博士、太子太傅。

叔孙通到了鲁城,按照张良的嘱咐,果真说服了鲁城军民开门迎接汉军。叔孙

通带领汉军进了城,城中百姓对汉军依然心存疑虑,叔孙通派了不少官员去大街小巷宣传汉军的政策,百姓们反映十分冷漠,来听的人很少,多数人家关起门来,不与汉军打交道。于是叔孙通给刘邦写了一封信,派快马送往彭城,请刘邦速来鲁城安定民心。刘邦正忙得不可开交,怪叔孙通太大惊小怪,小小一个鲁城,还要他亲自来一趟,但是叔孙通信中情词恳切,说此举关系到天下人心的安定,无论刘邦有何要务都必须放下,立即到鲁城来。刘邦把信给张良看了,张良对叔孙通的用意已猜到了八九分,于是说:"叔孙先生既然这样恳切,一定有他的道理,汉王不妨去一趟。"

于是,刘邦和张良一起来到鲁城。叔孙通安排刘邦一行住下,天色已晚。叔孙通让人预备了一些素食果品招待刘邦一行,刘邦问道:"我大老远来了,怎么连点酒也没有?"

叔孙通道:"这里不是饮酒的地方。"

"屁话!喝酒还分什么地方?老子走到哪里还不是照样喝?"

叔孙通道:"汉王走到哪里都可以随便喝,唯独这里不能随便。明天我要陪汉王去拜谒孔庙、祭孔子,祭孔之前要洗沐斋戒,饮酒是大不敬,让鲁人知道了,恐失民心。"

"祭他干什么?老子最讨厌儒生,难道你不知道?"

叔孙通投奔刘邦已经两年了,早就摸透了刘邦的脾气,并不和刘邦计较,道:"汉王哪怕真的讨厌儒生,表面上也要装一装,在鲁人眼里,祭孔如祭天,来不得半点含糊。齐鲁之地乃礼仪之邦,比不得关中,只需约法三章就可以使民心归附。要真正让百姓心里服气,恐怕要拿出一点诚意来。我请汉王到鲁城来就是这个意思,汉王明天只要在孔夫子庙前拜上三拜,齐鲁之地民心立刻就可归附。"

"蒙三岁的孩子去吧,我不相信齐鲁人就这么傻!"

叔孙通所处的时代,早已礼坏乐崩,是儒家学说最不受重视的时代,儒生们到处碰壁。叔孙通是最善于变通的,他知道和刘邦讲那些之乎者也没用,因此专拣最实用、刘邦最容易接受的话来说,正是由于叔孙通的这种变通处理,才使得儒家学说在汉初统治思想中占了一席之地,比起道家学说来,虽然影响要小得多,但是却为后来儒家学说取得统治地位打下了基础。

"事情当然不是这么简单,但是这是一个姿态,有没有这个姿态至关重要,的确关系到天下的安定,汉家的兴亡。"

"那好,这酒今晚就不喝了。我听说这鲁乐可是有名的,能不能找个乐舞班子来让我们乐呵乐呵呀?"

司马迁说刘邦好酒及色,一点也不假,他走到哪里也离不开这两样。叔孙通知道他的毛病,正色道:"鲁乐虽好,然眼下大战刚刚结束,伤者未起,死者未葬,便起乐声,百姓们会怎么看?汉王岂不闻桑濮之音,可以亡国之说?"

刘邦满脸的不高兴,挥了挥手说道:"行了行了,我知道了。"说完,刘邦起身要回军中去。叔孙通知道他军中还带着几个女人,眼见刘邦出了门,叔孙通无可奈何地说道:"我未见有好德如好色者也!"不料这话被刘邦听到了,他回身问道:"你说我什么?"

叔孙通道:"这话不是我说的。"

"我刚才明明听见是你说的。"

"是我说的不假,可这是孔老夫子的话。汉王若是不想要这天下,就随你的便吧。"

刘邦听后大惭,于是又留了下来。

第二天,叔孙通陪刘邦拜谒了孔庙。庙是孔子死后第二年建的,由鲁哀公的故宅改建而成,气势十分宏伟,可以和六国的王宫相比,共有九进院落,以南北为中轴,分左、中、右三路,有殿、堂、坛、阁四百多间。尽管大战刚刚结束,从齐鲁各地赶来拜谒的儒生、学子依然络绎不绝。刘邦没想到孔夫子在齐鲁一带居然会有这么大的影响,这才明白叔孙通叫他来鲁城的用意,头天晚上的一肚子气顿时全消。叔孙通趁机向他灌输了不少正心诚意修身齐家治国平天下的道理。刘邦虽然听得云里雾里的,但是拜孔庙之举却震动了齐鲁大地,刘邦很快就赢得了齐鲁人民的称赞、爱戴,其影响比叔孙通事先预料的还要大。

紧接着,刘邦为项羽举行了隆重的葬礼,以鲁公之礼葬项羽于谷城(今山东平阴县西南)。对项氏亲族,刘邦亦未诛杀,封项伯为射阳侯、赐姓刘。项氏封侯的还不止项伯一个,桃侯、平皋侯、玄武侯等都是项氏后裔,皆赐姓刘。

安葬了项羽之后,刘邦和张良准备率军回定陶,与韩信会师。两个人并辔而行,谁都没说话。天下初定,百废待兴,要做的事情可以说千头万绪,刘邦这个心里从来不装事的人,近来也变得深沉起来。

过了一会儿,张良问道:"汉王在想什么?"

"想得太多了,简直理不出个头绪,你说眼下当务之急是什么?"

"称帝。"

刘邦眼睛一亮,问道:"现在是时候吗?"

"是时候了,机会一旦错过,马上又会出现诸侯纷争的局面。"

"可是我总不能自己出来说我想当皇帝吧?"

"近日我问过不少将领,几乎众口一词拥戴汉王。"原来,早在战事还在进行的时候,张良已经开始做舆论工作了。刘邦听了,心中非常感激,但是表面上仍不动声色:"还有一件比称帝更急的事——收回兵权。兵权一日不收回,我心中一日不得安宁。"

"自然,这是称帝的必要准备。"

"子房,现在天下太平了,你来做我的丞相如何?"

"现成的丞相在那里您不用,请我做什么?"

"萧何自然是少不了,再加上你岂不更好?你们俩一左一右,我就可以放心睡大觉去了。"

"龙多不治水,韩大将军指挥垓下之战不准任何人插手就是这个道理。"

"别提他了。萧何跟他可不一样。"

"然指挥权贵专忌分的道理是一样的。"

"那你做什么?御史大夫?太尉?反正三公之位由你挑,你愿意做什么就做什么。"

"我什么都不做。只做个平民百姓就知足了。"

"这是为何?"

"汉王等等,我去前面看看。"说着,张良下了马,朝前面一座小山包走去。刘邦不知何意,也下马跟了过去。

谷城处于丘陵地带,小山一座挨着一座,山上草木茂盛,风景秀丽。山中多泉水,行路人若渴了,不用寻找人家讨水,只需用脚踩出一个坑,就会渗出一汪清泉。这里的山虽然不像泰山那么高,却也不乏奇伟险峻之处,时有怪石奇峰突兀而立,或如鹰隼,或如虎豹,仿佛在极力向过往的人们强调,这里不是一个平凡的去处。张良站在山前感叹道:"真是藏龙卧虎之地,怪不得齐鲁之地多豪杰之士。"

刘邦跟在他身后问道:"你在找什么呀?"

"臣也不知,只是走到这里心中为之一动,仿佛有什么东西在呼唤着臣。"

"简直是发癔症!这荒山野岭的,没事赶紧走吧。那边还一大堆事等着咱们呢。"

"汉王稍等,臣的感觉没错,这里一定有什么不同寻常之处,否则臣不会如此不安。"说着,张良绕过小山包,来到山后,只见前面奇峰突起,一座百丈来高的山峰拔地而起,山上长满了苍松翠柏,郁郁葱葱,甚是庄严。只见山腰一块儿峭壁上刻着赫然醒目的两个大字:谷城。张良立刻想起十三年前在圯桥上师傅说过的话:"十三年后你在谷城山下当见到一块儿黄石,那就是我。"张良急匆匆地向山脚下走去。山前果然有一座新坟,土还未干,坟前立着一块儿黄石,观其形状,恰似眼前这座奇峰,不过是缩小了无数倍而已。张良顿时悲从中来,扑倒在坟前放声大哭:"师傅啊,你既知我来,为何不等等我?"哭罢,向师傅行过三跪九磕大礼,才站起身。刘邦一直在身后看着,没有吭声,等张良拜完了,刘邦问道:"是什么人的坟让子房这样悲伤?"

张良道:"这就是我对汉王说过的十三年前在圯桥上碰到的那位赠我兵书的老人。不料师傅竟已驾鹤西去。"

刘邦感叹道:"真有这等奇事?"说着,也到坟前给老人磕了三个头,起身说道,"老人家既已去了,悲伤也没用,咱们走吧。"

"汉王,臣恐怕不能跟你走了。"

刘邦大惊:"这是为何?"

"汉王不觉今日之事蹊跷吗?当年师傅授我兵书,乃是让我协助汉王除暴安良,如今天下刚刚平定,师傅就在这里等我,显然是示我留步之意。臣的使命已经完成了,臣要在这里结庐为师傅守丧。"

刘邦一听就急了,连说了几个不行:"不行不行不行,说什么我也不能让你待在这种地方,什么你的使命完成了!还早着呢!赶快跟我走!不然,我让人抬也得把你抬回定陶去。"说着,拉着张良的手就要走,张良知道拗不过,只好说道:"那就让我把这块黄石带走吧。"

张良找了一块儿红绸子将黄石裹了,叹道:"尘缘未了,我将奈何?"

《史记》载:"子房始所见下邳圯上老父与《太公书》者,后十三年从高帝过济北,果见谷城山下黄石,取而葆祠之。留侯死,并葬黄石冢。每上冢伏腊,祠黄石。"

定陶城里,锣鼓喧天。百姓们喜上眉梢,将士们载歌载舞,战争结束了,军民们无忧无虑地在一起共同欢庆这彪炳史册的伟大胜利。韩信抑制不住满心的喜悦,也走上街头,加入了军民们庆贺胜利的行列中。

"那不是韩大将军吗?"不知是谁发现了韩信,人们一下把他抬了起来抛在了空中,嘴里还不停地喊着:"万岁!万岁!"

韩信还陶醉在垓下之战的胜利之中,刘邦已经悄悄地回到了定陶。趁人们不注意,骑着马直接驰入韩信的大帐。大帐中静悄悄的,将领们都到街上去了,只有曹参一个人在,刘邦问道:"怎么样?"

"没有异动,汉王放心。"

"兵符印信呢?"

"俱在。"

"城里驻了多少兵马?"

"人数不多,都是臣和灌婴的属下。"

"告诉周勃、樊哙,悄悄把部队调到城下,以防不测。"

"那卢绾呢?"

"卢绾还得留在原地,盯着点黥布。"

"诺!"

"办完这些事,你去召集众将到齐王大帐听令。包括黥布、彭越,都给我一起找来。从沛县一起出来的那些将领也得来。调动兵马的事交给下面的人去办,以免引起怀疑。"

"臣明白。"

不一会儿,众将纷纷来到齐王大帐。韩信一进门,看见刘邦坐在正中,心中大惊,刘邦这已经是二次夺军了。他没想到,到了现在,刘邦对他还是不放心。不过韩信内心是坦荡的,因而并没有多想,跪下就给刘邦磕头:"臣韩信拜见汉王。"

刘邦急忙走下座位,拉着韩信的手说道:"韩大将军,我刘邦今日得有天下,多亏了你呀。垓下之战我算领略了大将军的风采，今晚我要在城中设宴，专门为大将军庆功。"

"大王说到哪里去了？垓下之战若无大王的信任，众将的鼎力配合，我韩信纵有三头六臂也奈何不得项羽。若说庆功，先要向大王祝贺，然后是给诸将庆功。我韩信何德何能，敢贪天下之功为己有？"

韩信历来重视将德修养，因此说出的话也是堂堂正正，众将心里皆服。刘邦道："大将军说得有理，今日之功在座的皆有份。不过大将军也不必客套，你是第一功！"

"对，大将军是第一功！"

刘邦原打算正式升帐，宣布一些重要的人事变动，但见大帐中气氛活跃，又改变了主意，以唠家常的方式开始实施他的权力调整："下一步大将军有什么打算哪？"

"率我原班人马回齐国，为大王守土安疆。"

"说实话，封你个齐王太委屈你了，你本是楚人，现在项羽死了，义帝又无后，我想封你为楚王，大将军意下如何？"

韩信大喜，忙跪下给刘邦叩头："谢大王恩典！"

刘邦将他扶起说道："大将军太见外了，你我亲如手足，何须行此大礼？将军快请坐。"

韩信坐下，道："臣所率兵马，齐人居多，其余皆为燕、赵之人，若带回楚地，恐将士们不安。"

"这个你就别管了，把这些兵马统统交给我。你去安心当你的楚王，享你的荣华富贵，将来再打仗，我会找你的。"

韩信没想到刘邦在这等着他呢，他觉得受了愚弄，转眼间那个叱咤风云的大将军仿佛立刻被拔去了翅膀，连自己都觉得身上顿时没了那种男人应有的豪情和力量。几天来，他一直沉浸在胜利的欢乐中，此刻却仿佛一下从天上掉到了地上，头脑立刻清醒了。他想起蒯通的话：飞鸟尽，良弓藏；狡兔死，走狗烹。莫非真的应了他的话？想到这里，他脸上的笑容一下子消失得无影无踪。刘邦心里也紧张起来，不过他毕竟比韩信老练，笑着问夏侯婴："宴席准备得怎样了？"

"差不多了，大家动身走吧。"

张良拉着韩信的手先走了，众将也纷纷离开韩信的大帐，刘邦身边只剩了曹参一个人，刘邦道："传我的命令，待会儿宴席上给沛县的将领们传话，谁也不许喝醉，今晚要严加戒备！"

晚宴上，韩信脸色很不好，刘邦生怕在这个节骨眼上出点什么事，于是大讲特讲韩信的功劳，韩信听着听着，脸上渐渐泛起了笑容。可是刘邦顾了这一头却忘了另一头，众将心里开始不服气了。彭越坐在下边对黥布悄悄说道："不过一个钻裤裆的小儿,有什么了不起的,走,会会他去!"

彭越和黥布端着酒杯来到韩信面前,彭越道:"韩大将军劳苦功高,我来给大将军敬一杯!"

韩信举杯欲饮,彭越道:"这个酒杯不行,侍者,拿大觥来!"

侍者很快拿来两个大号的青铜酒觥,彭越倒了满满两觥酒,拿起一觥递给韩信,韩信没敢接,道:"臣不胜酒力,还请彭大将军见谅。"

彭越见他不敢接觥,心中便有几分得意,道:"我先干了,大将军看着办。"说完,把一觥酒干了,韩信无奈,硬着头皮也把酒干了。黥布接着过来又倒了两觥,说道:"我也来敬韩大将军一觥。"

韩信平时极少饮酒,一觥酒已经勉为其难,哪里喝得下两觥?于是再次向黥布告饶,黥布仿照彭越的先例,自己先把酒干了,韩信无奈,端起觥来又要干,陈贺知道他酒量不行,夺过酒觥来说道:"英王见谅,大将军不胜酒力,这觥酒我替他干了!"

黥布骂道:"谁的裤子没系好,把你露出来了?你算是什么东西!"

陈贺顿时就火了,伸手去拔佩剑,韩信一把将他拦住说道:"这个酒我喝!"说完,又将一觥酒喝了下去。这杯酒一下肚,韩信顿时觉得天旋地转,他实在是不能再喝了。可是卢绾领着一帮沛县的将领又走了过来,刘邦喝道:"你们干什么?没看见韩大将军不能喝吗?"可是众将都已经喝得差不多了,刘邦根本阻拦不住,周勃、樊哙、雍齿、王陵等十多位将领围着韩信要给他敬酒,非要给韩信一个好看不可,陈贺、孔聚一左一右护住韩信说什么也不让他再喝了,卢绾骂道:"你们俩算什么东西?当初老子们跟随汉王起义的时候,你们还在家和尿泥玩呢,给我滚开,否则别怪我不客气!"

孔聚和陈贺一个劲地给卢绾说好话,卢绾依然不依不饶,仗着自己的太尉身份,不仅骂他们俩,连韩信也捎上了,"我说韩信,你他娘的到底是不是个男人?不就是喝杯酒么。怎么这么费劲?"

韩信道:"在下的确不胜酒力,还请太尉见谅。"

卢绾这杯酒劝了半天劝不进去,觉得很没面子,也火了:"喝杯酒就吓得尿裤子了,怪不得当年钻人家裤裆!"

韩信被人戳到了疼处,顿时怒从心起,啪地一下将酒杯摔在了地上,骂道:"卢绾,酒桌上逞什么英雄?有本事去把你的部队拉出来,咱们战场上较量较量!"

卢绾自知失言,没敢答话。整个大厅立刻安静下来,一片尴尬紧张的气氛,刘邦的心提到了嗓子眼,可是脸上依然是满脸笑容,他端起一杯酒走到韩信面前,道:"酒后之言,不必认真,我看他们是喝醉了。别跟他们计较。我心里有数,来,韩大将军,我敬你一杯!"

韩信铁青着脸说道:"谢汉王,臣不胜酒力,先告辞了!"说完,转身而去。刘邦指着那帮沛县将领骂道:"还特意告诉你们不要喝酒,怎么都喝成这样了?都他娘的给我滚!"

庆功宴不欢而散。刘邦一夜没睡,支楞着耳朵听着外面的动静。他让张良去劝劝韩信,张良不肯:"汉王放心睡觉吧,不会有事的。"

韩信一个人闷在房子里整整躺了三天。一是累了,二是借此机会好好整理一下自己的思路。第四天,他来到张良的住处,张良问道:"大将军是来道别的?"

"正是。道别,还要道谢。"

"谢我什么?"

"谢那日指教钓经。还想请先生详细指点。"

"大将军何等聪明之人,只要想到,自然知道怎么做,何须我来指点?"

"我真的不知今后将何以自处。"

"如果一定要问我,我送大将军两个字。"

"哪两个字?"

"守弱。老子曰:兵强则不胜,木强则折,故强大处下,柔弱处上。"

韩信有些不解地问道:"何谓'兵强则不胜'?"

"眼前就是现成的例子,楚军百战百胜,项羽为何败给了大将军?"

韩信似有所悟,但仍不是十分明白。他与张良聊了整整一个上午,心中顿觉开朗了许多,几天来满脑子的不快化解得干干净净。临走,张良道:"大将军现在还不能走。"

"为何?"

"你我人臣之道尚未尽完。"于是,张良与韩信谈起拥戴刘邦为帝之事。韩信欣然允诺。

拥戴皇帝的消息一经传出,在定陶的文武官员无不赞同,大家公推张良、韩信、彭越三人率百官上表,请汉王即皇帝位。

第二天一大早,张良、韩信、彭越三人率领文武百官,来到刘邦的住所。刘邦刚刚起床,听见门外人声嘈杂,出来一看,只见文武百官跪了满满一院子,张良拿出事先拟好的上表念道:

臣张良、韩信、彭越暨文武百官奏于汉王陛下:夫暴秦无道,滥施刑罚,残贼百姓,横征暴敛,大兴徭役,民不聊生,百姓摇手即犯法,天下父子不相安,致使天怒人怨,隐王陈胜振臂一呼,百姓揭竿而起。汉王起于细微,带领我等斩白蛇起义,率义军先入关中,诛灭暴秦,为民除害,天下苍生无不感戴汉王之德。然楚霸王项羽贪天之功为己有,擅天下之利为己用,无功者擅受其禄,有功者反遭挞伐,不思为天下苍生牟利,反穷奢极欲,再兴刀兵,侵伐诸侯于齐鲁,诛杀义帝于江南,致使战端重开,再置百姓于水深火热之中。汉王秉天下之大义,为义帝发丧于洛水之阳,联合诸侯共讨项逆,历时四载,经百战,终于剿灭大逆不道之项贼,使天下归于一统。今为天下苍生计,请汉王即皇帝位,以安天下!

　　臣汉大司徒张良

　　臣汉大将军韩信

　　……

　　张良念完,刘邦推辞道:"我闻帝位乃大贤大德之人当之,我刘邦无才无德,仰仗诸位才得以有今日,我不敢即皇帝位。"

　　群臣不依,有人道:"大王起于细微,诛灭暴逆,平定四海,有功者辄裂地而封为王侯。大王不尊号,臣等皆疑不信,大王若不即帝位。我等以死守之。"汉王三让而群臣不依,于是说道:"果利,利国家。"

　　汉五年二月三日,刘邦即皇帝位于氾水之阳。定都洛阳。

第二十一章　荣归故里

韩信将兵权交与刘邦，只带了两千人马来到楚国都下邳。他迫不及待地想回淮阴老家看一看。于是将国中之事草草做了安排，便匆匆赶到了淮阴。

这个消息震动了淮阴。城中的父老乡亲倾城而出，争相一睹大将军的风采，连附近十里八乡的百姓都来了。新上任的县令已经提前做了安排。离县城还老远，韩信就望见前面一眼望不到边的黑压压的人群。彩旗飞舞，鼓乐喧天，人们站在大路两旁夹道相迎。一支由一百多名青年男女组成的秧歌队，迎面走了过来，年轻人挎着腰鼓、扭着秧歌来到韩信面前，绕着韩信围了一个圈，韩信也情不自禁地跟着扭了起来。扭着扭着，众人把韩信推到了前面，随着他向县城方向扭去。城门口，县令领着一班吏员正恭候在那里，见过礼之后，县令一挥手，几个人抬过来一块儿巨大的匾额，上书"千古将星"四个大字，韩信十分高兴，命随行的人接过匾来，在官吏们簇拥之下进了城。进城之后，秩序一下乱了，一帮好事的年轻人挤到前面，把韩信抬起来抛到了空中。百姓们欢声雷动，高呼：

"大将军万岁！"

"楚王万岁！"

"韩信万岁！"

士卒们在县尉带领下，好不容易分开一条路，牵过一匹马来。韩信骑在马上，望着阔别了八年的故乡，心中百感交集，他频频向路边的百姓们挥手致意，脸上流下了激动的泪水。

来到县庭，韩信依然久久不能平静，酸甜苦辣一起涌上心头。县令按照他的旨意，将淮阴的三老豪杰召到了县庭。韩信见人数不多，索性让县令把县庭外年龄大一点的老人都请了进来。韩信问了问他走后这八年淮阴的变化以及去年的收成如何，乡亲们的陈述令人心碎。八年来淮阴的人口减少了一半，十六到六十岁的男子，剩下的已经不多了。去年产的粮食早已被征的征抢的抢，没有几家能过到夏收的，搞不好又要饿死人。韩信一面听一面在心里盘算着怎样帮助百姓们度过春荒，医治好战争的创伤，使他们尽快安定下来。

政事处理完毕，韩信开始寻访故人的踪迹。那个卖肉的钱仲还在，他曾经被楚军裹胁到前线，当了几年兵，新近兵败才跑回来的；河边给他饭吃的那位漂母，因为不知道姓名,一时打听不到;苏琴已经出嫁了。尽管他对此早有思想准备,可是事到临头,他仍然感到抑制不住的难过。他让人给苏琴捎话,希望能见她一面,可是苏琴不肯来。韩信亲自来到苏琴家中,苏琴却躲出去了。韩信带着满腹的惆怅来到河边。还是他当年垂钓的地方,仍有一群妇女在河边说笑着洗衣裳。韩信走过去,想打听一下当年那位漂母的去向,没想到老人家就在她们中间。韩信走上前去将老人家扶起,只见她头发已经全白了,脸上的皱纹纵横交错,明明白白地写着八年来她所经受的苦难辛酸。韩信扑通一声跪在老人面前,道:"老人家,请受韩信一拜。"说罢,给老太太磕了三个头。妇女中有人认出了韩信,失声喊道:"是韩大将军!"

老太太扶起韩信问道:"你是韩大将军?"

"我是韩信。"

"你就是当年在这儿钓鱼的那位公子?"

"大娘,正是我。"

"没想到这孩子真的出息了。来,让我好好看看你。"老人家用一双颤抖的手抚摩着韩信的脸颊、头发、肩膀,从头到脚把韩信仔仔细细打量了一番,道:"公子还是当年的公子,一点没变,就是胖了点,比以前结实了。"

"老喽。"

"老什么呀?正活人呢。老妪才真是老了呢。孩子,大娘当年在这骂过你,你还记恨我吗?我是老糊涂了,有眼不识泰山。"

"骂得好啊,大娘!您这一顿骂,骂出了我的志气,否则哪有我的今天!大娘,您这么多年是怎么过来的?"

"我呀?唉,从打年轻时候起就给大户人家洗衣做饭,四十年了,天天如此。"

"家里人都好吧?"

"家里没人啦。三个儿子都死在战场上了,媳妇改嫁的改嫁,回娘家的回娘家,就剩我自己啦。"说着,老人流出了眼泪。

"大娘别难过,从今以后,我就是您的儿子,您也不用再给人干活了,跟我走吧。"

"那哪成啊,我去了不是给大将军添乱嘛。"

"大娘,我从小没了父母,您就当我是您的亲生儿子吧。"

"不成不成,我可不能给你添麻烦。要是给你洗洗衣服做做饭还差不多。"

"那您就去给我洗衣服做饭好不好?"

"那敢情好。"

"那咱们就走吧?"

"现在就走?"

"现在就走。"

"那我也得跟东家说一声啊。"

"不用了,我派人去跟他说。"说着,韩信拉着老太太的手就走,老太太回头望着那堆衣服说:"至少我得把衣服给人送去呀。"

"您就别管了,我赔他新的还不成吗?"

回到县里,韩信刚把老太太安顿下,听见庭院里吵吵嚷嚷地好像有什么事。出来一看,只见钱仲被五花大绑押了进来,边走边嚷着:"我就是见了韩信本人也敢说,我没打他,没骂他,是他自己从我裤裆底下钻过去的。"

韩信一皱眉头,冲着县令说道:"我让你们请他来,谁让你们捆人的?松绑!"

那钱仲当了几年兵,也见过一些市面,松了绑,立刻给韩信跪下了:"谢大将军不杀之恩!"

韩信问道:"谢哪一次呀?是谢我当年没杀你,还是谢现在呀。"

"当然是现在。"

"你怎知道我不杀你?"

"大将军当年没杀我,现在必不会杀我。"

"是的,我不杀你。我只想问你一个问题,我现在要是给你一把剑,你是从我胯下钻过去活命呢,还是来杀了我?"

钱仲一听,以为韩信要重演当年故伎羞辱他,因此把脖子一梗说道:"大将军要杀就杀,不要羞辱我!"

"我不会羞辱你的,我只要你回答我的话。"

"那我还是要杀了你。"

"好样的,我欣赏你的勇气。起来吧,以后你也不用去杀猪了,就留在我军中做个中尉吧。"

钱仲没想到事情会是这样的结果,真是千恩万谢,不停地给韩信磕头。韩信命人将他扶起说道:"不过你记住,当初我不杀你,不是不敢杀你,而是杀了你这无名之辈就毁了我一生为之奋斗的事业。"

"这个我知道,我知道。"

钱仲当官的消息不胫而走,一时传为佳话,人们听说后纷纷称赞韩信仁义、大度。

韩信再次来到苏琴家中,苏琴又不在,只有两个孩子在家,大的是个女孩,因为韩信来过一次,已经认识他了,道:"大将军以后不要再来了,我娘她不会见你的。"

"为什么?"

那孩子不知从哪里听来的大人的话,道:"她说她没脸见你。"

韩信被孩子的话所触动,不由得一阵心酸,拉着孩子的手问:"你娘到哪儿去了?"

"下田去了。"

"能带我去看看吗？"

孩子把韩信领到了地头，只见苏琴头发乱蓬蓬的，背上还背着一个不满周岁的孩子，手里拿着把锄头在刨地。那地根本没有犁过，地里长满了荒草，苏琴用锄头刨一个坑，丢下几粒玉米种子，汗水顺着脸往下淌，她不时抬起手来用袖子擦着额上的汗水，擦得脸上黑一道白一道的。见了韩信，苏琴差点晕了过去，低声说道："不是说不让你来么？"韩信什么也没说，接过她背上的孩子，两个人在地头上坐了下来。

八年不见，苏琴已经完全变了一个人。过早的苍老且不说，当着韩信的面就把衣襟撩了起来给孩子喂奶，两个奶头直撅撅露在外面也不知道避人。看见她这副样子，韩信比看见她落魄地生活还难受。往日那个聪明、活泼、充满幻想的苏琴早已不见了踪影。

八年来，韩信一时一刻也没有忘记过苏琴，不断地托人给她带信，可是却没有一点回音。这些信，有的或许没有带到，带到的也被她父亲扣留了。父亲告诉她，韩信已经死了。在父亲的逼迫下，苏琴嫁给了一个商人。战乱之中，那商人几经洗劫，赔光了本钱，最后还被裹胁到前线去当了兵，至今下落不明。后来，苏琴得知韩信还活着，当时难过了一阵就没有再去想他。八年过去了，八年间人世间发生了太多变化，她猜想韩信即使活着也已经是妻妾成群，他们之间不可能再有什么了。可是，当她知道韩信一直在等她时，精神上彻底崩溃了。她觉得活在世上已经没有什么意义了。可是，为了孩子，她还必须得活下去。

韩信现在知道了苏琴为什么躲着不见他，同时他也知道，这次见面对苏琴来说是一次伤害。可是，他所受到的伤害也不比苏琴小。

两个人简单地叙述了别后的情况，默默地坐在地头，谁也没有说话。快到中午了，苏琴的父亲提着一个破瓦罐来给她送饭。苏完也老了，背驼眼花，走路低着头，到了跟前，才发现韩信，慌忙给韩信跪了下来："大将军，我对不起你，对不起琴儿呀！"说着，放声大哭起来，苏琴在一旁冷冷地说道："起来吧，别在这丢人现眼了。早要是有点志气比什么不强？"

韩信万念俱灰，一句话也没说，把身上的银两统统掏出来放在地头，走了。

回到寓所，刚刚躺下想静静地待一会儿，又有人来报，说是韩氏家族的人看他来了。韩信有点莫名其妙，在他的记忆里，已经没有什么亲人了，勉强记得几个族里的人，也多年不来往了，于是对传信的县吏说道："不见！"县吏出去传话，可是那些人不走，这个说是韩信的叔叔，那个说是韩信的兄弟，县吏不敢得罪，又来通报，韩信只好让他们进来。韩信以为不过是几个近支亲属，没想到院子里黑压压站了一片，男女老少加起来足有一百多人。韩信看了看，除了几个近支亲戚还多少有点印象，大部分他不认识。看见这些人，又勾起他心中一段痛苦的回忆，他烦躁地在这些人面前踱着步，问道："你们都姓韩？"

众人答道:"是,我们都姓韩。"

韩信指着自己问道:"我也姓韩?"

众人听这话不对味,没敢回答。韩信接着说道:"早知道你们姓韩,我真不该姓这个韩。你们知道咱们同姓一个姓有多别扭吗?当初你们嫌我给你们丢人,现在我怕你们给我丢人!"

这时一位年长者出来说道:"大将军息怒。过去族里人确实有对不住您的地方,您大人不记小人过,事情过去就过去了,毕竟一笔写不出两个韩字来嘛。"

"哈哈哈哈……"韩信狂笑不止,笑得众人心里发毛,笑得他自己心里也一阵阵地发酸,"一笔写不出两个韩字?可我姓的和你们不是一个韩!当初我落魄的时候你们这些姓韩的在哪儿?我吃了上顿没下顿的时候你们在哪儿?大年三十,我韩信为了不丢韩家的人,跑到几百里外去要饭的时候你们又在哪儿?那时候我知道你们姓韩,可是我走到谁家门口谁家把门关上,你们谁认识我这个姓韩的?我发着高烧躺在床上快要病死的时候你们谁认识我这个姓韩的?"说着说着,韩信说不下去了,眼泪刷刷地往下淌。众人纷纷低下头去,一声不敢吭,韩信指着那位长者说道,"你口口声声说一笔写不出两个韩字来,可是当初我上你家借一升米,你都不肯借,在你手底下不是分明写出了两个韩字吗?我考县吏考了个全县第一名,可是你却跑到县庭里说不能录用我,怕丢了你韩家的人!那是我唯一的生路,被你断绝了,我不得不去要饭。你说,我和你姓的是一个韩吗?"

韩信从未生过这么大的气,气得脸色煞白,浑身发抖,上下嘴唇哆嗦着,说不出话来。停了半天,突然狂呼道:"苍天哪!为什么让我和他们姓一个姓啊?"说罢,放声大哭。众人见此情景,纷纷拔腿准备向外溜,韩信喝道:"都给我站住!"

众人不知如何是好,站在原地听候发落。韩信道:"你们给我听着,你们今天来找我,无非是想沾点光,我可把话说在前面,想靠着我升官发财,没门!谁要是敢借着我的名义在乡里横行霸道,欺压百姓,严惩不贷!真要是哪一位日子过不下去了来找我,我不会像你们一样连一升米都不借给你们的。记住了吗?"

众人齐声回答:"记住了!"

"你们走吧!"

韩信带着晦暗的心情离开了淮阴。回到下邳,留守的官员告诉他,有位老朋友来找他,已经等了他好几天了。韩信让把客人请进来,客人来到面前,韩信大吃一惊,原来是钟离昧。

第二十二章 人 杰

韩信走后，刘邦又封彭越为梁王，王旧梁地，彭越感激不尽。刘邦道："我不日要回洛阳，这里就做你的国都吧。不过你那点兵马我得带走。没别的意思，我把他们带到洛阳也是要遣散回乡，以示天下永不用兵。梁王意下如何？"

彭越心中虽然不悦，可是却说不出什么反对的理由，韩信三十万大军都交了，自己区区十万兵马怎敢与刘邦对抗？

刘邦用同样的方法不客气地收了黥布的兵权，封黥布为淮南王。黥布和韩信一样，带着两千人马之国去了。其余诸侯，燕王臧荼、赵王张敖皆如是处置，然后，刘邦又徙衡山王吴芮为长沙王，都临湘，封故韩王信为韩王，都阳翟。诸王皆表示愿意臣属皇帝，刘邦这才大出了一口长气，终于可以把心暂时放到肚子里了。

初春时节，刘邦率领六十万大军离开定陶，来到洛阳。

萧何早已先期到达，率领在洛阳的文武官员迎候于郊外。远远地看见刘邦骑着马过来了，官员们齐刷刷跪倒在路旁。见到萧何，刘邦感到格外亲切，顿时觉得肩上的担子轻了许多。离得老远，他便下了马，跑过去扶起萧何，抓着他的手说："这几年可辛苦你了。"

萧何心中一热。有皇上这一句话，纵有千辛万苦也算不得什么了。萧何老了许多，头发已经花白了，却梳得整整齐齐，一丝不乱，两只眼睛熠熠放光，显得精神十分饱满，"臣等不过坐守家中，比起陛下和众将士们，实在算不得什么。这几年陛下征战于野，披坚执锐，出生入死，臣等方得有今日，该给陛下道辛苦才是。"

接着是张良、曹参等诸将一一上前相互问候。胜利的喜悦在人们心头荡漾着，一个个脸上带着发自心底的笑容，相互拍打着、笑骂着、拥抱着，闹成了一团。关中别后，曹参还是第一次见到萧何，他满腔热情地上前和萧何打招呼，萧何却一扭脸和别人说话去了。曹参感到有点诧异。

众人见了面，有说不完的话，萧何道："诸位都辛苦了，有什么话进了城再说吧。请诸位上马，抓紧时间进城。"话音未落，夏侯婴赶过来一辆四匹马拉的辇车。四匹马三种毛色，两黄一黑一白，刘邦感到诧异，问："怎么不搞成一个颜色的？"

萧何不好意思地对刘邦说道："陛下不要怪罪，经过这么多年的战争，洛阳城里已经找不出四匹一样毛色的马了。"

刘邦听了心不由得往下一沉，他回头看了看，他乘坐的是唯一的一辆马车，萧何、张良等人乘坐的皆是牛车、驴车，于是问道："百姓们生活怎样？洛阳没饿死人吧？"

萧何没有正面回答，道："臣正在组织人马从关中调粮赈济百姓，估计这两天粮食就该到了。"

刘邦下榻的地方仍在南宫。进城之后，百废待举，刘邦一时不知该从何处下手，于是派人将萧何、曹参、张良、周昌、陈平和卢绾等人找来，共商建国大计。刘邦道："天下初并，百废待举，我真不知该从何处下手。诸位都说说看，前朝失败在哪儿？咱们应该怎么办？这么多事，先干什么后干什么？"

周昌磕磕巴巴地抢先说道："当、当务之急乃——乃废除旧法，制定新、新法。否——否则……"

刘邦听着着急，道："我替你说吧，废除旧法，制定新法，我听明白了，秦法过于严苛，百姓动不动就犯法了，老子年轻的时候就被这俩家伙整治过好几次，"刘邦指着萧何和曹参说，逗得众人直想笑，"说我犯法，我他娘连犯的什么法都不知道，这些法统统得废除。咱们自己搞，不要搞得那么复杂，简单点，就像灞上的约法三章，简单明白，一看就懂，当然不能只有三章，但是一定要简单易行。这个不用再说了，还有别的吗？"

周昌道："余——余者不、不属于臣——臣的职责范围。"

刘邦又看看其他人，萧何道："周大夫所言极是，不光是废除旧法，制定新法，目前还急需制定官制、兵制、税制以及徭役制度。"

刘邦道："这些事就由你主持，弄一帮书生来帮你起草。"

曹参道："秦虽败亡，然亦有得有失，其成功之处也不少。许多旧制及做法仍可以因循沿袭。例如官制，已经十分成熟，大体可以沿用。"

刘邦不知曹参说得对不对，望望萧何，萧何点点头道："可以。"又看看张良，张良道："曹将军因循二字说得好。非但秦旧制有可以因循的，自古以来好的制度、好的做法均可因循。要我再说两个字，是无为。老子曰：'为学者日益，为道者日损，损之又损，以至于无为。'为无为，则无不为，事无事，则事事妥帖。"

刘邦道："你说的这个为学者日益我懂，就是越多越好嘛，为道者日损我就不明白了，你能不能再说得明白点？"

曹参道："我来为子房做个注解，不知解得对不对，若不对，再请子房先生指正。譬如陛下方才所说废除旧法，这就是损，损了这一项，符合百姓的心愿，故而离治道就近了一些。该损的还不止这一项，再如秦的苛捐杂税，大部应当免除，这也符合百姓的心愿，把它损了，我们离道就更近一些。还有陛下带来的几十万大军，糜费颇多，将其遣散，既节省费用，又示天下永不用兵，不是离道就更进了一步吗？秦政之失就是什么都多，兵多则战事多、税多则民怨多、法多则罪犯多，始皇帝只知加法不懂减法,陛下要使天下长治久安就要反其道而行之,在减法上做文章。是不是这样,子房? 怕是把子房的治国真经解歪了。见笑见笑。"

张良笑而不答。刘邦问:"怎么? 解得不对?"

张良道:"不不不,曹将军讲得非常好。我不是说解得不对,而是第一次听见人这样解老子。"

刘邦道:"看来英雄所见略同,那咱们就做减法。你说呢,萧何?"

萧何道:"臣这些年来整日忙于俗务,只知什么事该办,什么事不该办,于经于道考虑甚少,知之不多,至于加法减法之类更是不知所云。"

张良没想到曹参于戎马倥偬之中还能认真思考这些问题, 其言语也不乏真知灼见,本想再说几句,但见萧何话里有话,不便多言,便没有吭气。曹参依然沉浸在与张良产生共鸣的兴奋之中,道:"臣以为陛下若要治理当今之天下,必须采用黄老之学。"

刘邦莫名其妙地问道:"什么是黄老之学?"

曹参答:"黄老之学从字面上解就是黄帝、老子之学。黄老之学博大精深,三言两语很难解释清楚,方才子房所言乃黄老之学的精华,简言之就是四个字:因循,无为。"

"什么时候有空,你们再给我详细说说。"

曹参道:"陛下若对此感兴趣,臣可向陛下推荐一人。"

"谁?"

"陆贾。"

众人正说得兴奋,韩信派人来报,故临江王共驩为项羽不平,在楚地反了,已经占领了江东几个县。韩信因没带兵马故紧急报告了刘邦。刘邦对卢绾说道:"看来你这个太尉不能坐在这儿和我们论道了。"

卢绾立刻起身告辞,准备带兵前往镇压。临出门,刘邦嘱咐道:"这么点事你去办了就行了,不必惊动楚王。"

卢绾道:"明白,请陛下放心。"

卢绾走后,这边的神仙会还在继续开,不过气氛已不似先前那么融洽。刘邦提出让曹参担任左丞相,萧何道:"臣正想禀报陛下,臣已老迈,不中用了,不如就让曹将军任丞相。"

刘邦骂道:"你他娘的才比我大几岁,就在我面前卖起老来了? 不行,这天下离了你可不行。"

萧何道:"除了陛下,这天下离了谁都不是不行,这些年来陛下网罗了不少天下英才,比我年轻的,比我心大的有的是,还请陛下满足臣的心愿。"

这话一出口,刘邦和曹参脸上都有点挂不住了,显然是有人给萧何传话了。刘邦见天色不早了,对众人说道:"诸位鞍马劳顿,都早点回去歇息吧。"末了,又把萧

何留了下来,百般安慰了一番,萧何才算勉强答应继续做这个丞相。

第二天上朝,刘邦宣布,任命萧何为相国,取消丞相称谓,赐带剑上殿,入朝不趋;任命周昌为御史大夫;任命卢绾为太尉。是为三公。宣布之后,文武百官一片哗然。特别是卢绾,当初任命他为太尉,大家就不服气,都以为是权宜之计,没想到建国之后还是他。周昌担任御史大夫不能说不称职,但是周昌没有多少军功,大家普遍认为是沾了他哥哥周苛的光。最想不通的是曹参,头天晚上刘邦当面许诺让他担任左丞相,今天一宣布却突然变了。曹参以为是萧何在背后说了他什么,从此,萧、曹之间的矛盾更深了。

汉五年五月,刘邦将大部分部队遣散,同时,公布了新的赋税法和徭役制度,新税法规定十五税一,比之秦的赋税、徭役不知轻了多少倍,大大减轻了百姓们的负担,百姓们奔走相告,对新朝之制交口称赞。

刘邦称帝不到半年,天下已经初步呈现出太平景象,百姓们安居乐业,公侯百官各守其份,刘邦有点志得意满。一日,置酒南宫,大宴群臣。宴会开始之前,众将就已经听说,今日宴席上刘邦要论功封赏,因此一个个都十分兴奋。刘邦几杯酒下肚,也有点兴奋,道:"列侯诸将尤敢隐朕,大家说说,我为什么能得天下,而项羽又何以失天下?"

王陵站起来答道:"陛下慢而侮人,项羽仁而爱人。然陛下能与天下同利,有功者赏之,攻城略地者因以与之,所以得天下也;项羽妒贤嫉能,有功者害之,贤者疑之,战胜而不予人功,得地而不予人利,此所以失天下也。"

刘邦道:"你这叫只知其一,不知其二。夫运筹策帷帐之中,决胜于千里之外,吾不如子房;镇国家,抚百姓,给馈饷,不绝粮道,吾不如萧何;连百万之军,战必胜,攻必取,吾不如韩信。此三者,皆人杰也,吾能用之,此吾所以有天下也。项羽有一范增而不能用,此其所以为我擒也。"

刘邦原以为此言一出,众将皆会叹服,不料众将却哗然而起。曹参、周勃、樊哙、灌婴等一般武将皆不服,七嘴八舌地嚷道:"我等披坚执锐,冲锋陷阵,难道反不如摇唇鼓舌者乎?"

"韩大将军不管怎么说还在前线指挥,张良不过每日追随陛下左右,从未曾上阵杀过一个敌军士卒,何功之有?"

"萧何有什么功劳?这些年我们在前方打仗,他在后方享清福,功劳反倒比我们还大,天下哪有这样的道理?"

"陛下如此封功,我等不服!"

刘邦对武将们的粗鲁、放肆十分恼火,站起来喝道:"嚷什么?都给我坐下!"

众将安静下来,刘邦道:"你们知道打猎吗?见过猎狗吗?猎狗是用来追杀兽兔的,而牵着猎狗,放开绳索,指示他们如何去追杀兽兔的,是猎人。朕承认你们这些人有功,然充其量不过猎狗之功,而张良、萧何乃猎人之功。争什么?你们有何资格和他们争？再者，诸位跟随我打天下不过一身随我，多者不过两三人，而萧何举族数十人皆随我，你们能比得了吗？"

众将不敢再言，于是刘邦对张良道："子房，你先在齐国自择三万户吧。"

张良道："臣起下邳，偶与陛下相遇，蒙陛下不弃，常为策划，时而有中，乃天授臣于陛下，臣不敢望裂土封侯，但求余生清净，谢陛下隆恩，请陛下封他人吧。"

张良的话大出众人意料之外，宫中顿时安静下来，人们迷惑不解地望着张良，不知他为何不愿意受封。刘邦笑道："你就别客气啦，没看见诸将都等着呢吗？你不受封，让别人怎么办？"

张良没想到这事竟由不得自己，如果再坚持，会显得太不近人情，惹人反感，只好顺其自然，道："当初臣与陛下在留县相会，陛下一定要封，臣愿封留足矣。"

"那可是个小县，统共没几户人家，你不后悔？"

"不后悔。"

"好，那就封你个留侯。另外，封萧何为攒侯，食三万户。有不服的吗？"

"有！"刘邦话音刚落，曹参站了起来，"哧"的一下撕开了上衣，露出了满身的伤疤，"臣不服！臣自跟随陛下起义以来，参加战斗一百余次，破城上百座，杀敌逾千，身上负伤七十余处，难道功劳反不及萧何吗？"

刘邦皱了皱眉头欲待发作，又忍了，若是别人，他早就骂他个狗血喷头了，可是看着曹参满身的伤疤，实在不忍心再让他受委屈。道："封曹参为平阳侯，食万六百三十户。"

曹参仍不服，道："封邑多少，臣并不在意，只是要与萧何比个高低，究竟谁的功劳大？"

刘邦心想，才封了张良、萧何，就惹出这么大的事，再封下去，还不知要惹出多少麻烦，不如把事情摊开，让大家有个公论，免得众将不服，闹出事端来。于是说道："既然一定要论，索性咱们就论个明白，按功劳大小排个座次，免得说我分封不公。一个一个说，不许乱嚷。"

在场的武将居多，经过一场唇枪舌剑的辩论，几乎一致认为曹参功劳第一，刘邦有心让步，但心中仍为萧何不平，于是扫视着众人问道："诸位认为这样公平吗？"

"不公平！"群臣中有一人站起来说。此人乃关内侯鄂千秋，新近押运粮草至此，"陛下若不论位次便罢，若论，就要论个明明白白。臣以为众将所言皆误。曹将军虽有野战略地之功，然乃一时之功也。夫陛下与楚相距五岁，常失军亡众，孤身败北，然丞相常从关中派遣兵员补充缺额，关中人马数万人刚到而恰遇汉王之危急者就有多次。楚汉相距荥阳两年多，丞相克服重重困难，从水旱两路供应粮草，为保证大军粮源不断，不知费了多少心血。陛下能放手征战关东，无后顾之忧，全赖丞相保全了关中，若无关中作为根据，陛下几次败北将以何处为存身之地？今缺一曹参，无损于汉室，然若少一萧何，汉室天下今安在？若以曹参功为第一，是以一旦之功加于万世之功也。必欲论功,萧何第一!曹参次之!"

刘邦道:"好一番宏论,说得好!曹参,你服气吗?"

曹参惭愧地低下了头,道:"服气。"

众将也都为鄂千秋这一番宏论所折服,无人再有异议。刘邦道:"这么说来,我给萧何的封邑还少了,再增益两千户。为何增益两千户,我也说在明处,当初我为亭长,每次公出,众同僚皆送钱三百,独萧何送我五百,我刘邦一直感念其恩,今以报之。我闻进贤者受上赏,萧何功虽高,得鄂君之力乃益明,否则几乎被埋没了,增益关内侯鄂千秋两千户,徙为平安侯。"

萧、曹位次之争解决了。然而,其他诸将的名次尚未排定,于是又陷入了激烈的争论,诸将互不相让,吵得脸红脖子粗,有的甚至把剑都拔出来了。有刘邦弹压着,虽没有出人命,却把宫里的柱子砍得到处是刀痕。

既然开了这个头,刘邦只好硬着头皮听他们吵下去。大臣们日夜争功不绝,刘邦花了几天时间把二十多位大功臣的分封解决了,其余的实在顾不上,只好先由着他们去吵,以后再逐步分封。争功争了一年多,最后功臣的位次也没能确定,但是大致有了一个顺序。高后二年,吕后让陈平又重新整理了功臣表,前二十名的排名顺序是:

第一,酂侯萧何;

第二,平阳侯曹参;

第三,宣平侯张敖;

第四,绛侯周勃;

第五,舞阳侯樊哙;

第六,曲周侯郦商;

第七,鲁侯奚涓;

第八,汝阴侯夏侯婴;

第九,颍阴侯灌婴;

第十,阳陵侯傅宽;

第十一,信武侯靳歙;

第十二,安国侯王陵;

第十三,棘蒲侯陈武;

第十四,清阳侯王吸;

第十五,广平侯薛欧;

第十六,汾阴侯周昌;

第十七,敬侯丁复;

第十八,曲成侯虫达;

第十九,博阳侯陈濞;

第二十,梁邹侯武虎。

汉初封侯的功臣共有一百多位,从前二十名的排位来看,并不是十分公平的,把张敖排在第三,显然是由于吕后和鲁元公主的原因。而没有卢绾和韩信,大概是因为他们后来犯了谋逆罪。但是在韩信死前,刘邦和群臣在论及功劳位次时,已经把萧曹列为第一第二,显然是刘邦君臣的一种心照不宣的排挤韩信的做法,或者说,根本就没把韩信当成自己人。《汉书》中对吕氏封侯的诸将一个不录,干脆不承认,表现了作者对吕氏篡权的痛恨和刘氏为正统的观点。在《汉书·高惠高后文功臣表》中陈平排在第四十七位,张良排在第六十二位,又表现出这份功臣表主要是以战功排列顺序的。

这一日,刘邦封完二十多位大功臣,刚要退朝,隋何站出来说道:"陛下将大功臣都封完了,还有一人未封。"

"谁?"

"我。"

"你?你有什么大功劳?说说看。"

"当初陛下兵败彭城,曾派臣前往说服九江王黥布归汉,难道此功不大吗?"

"你不过一番言语,怎能和诸将相比?"

"这一番言语并非人人都能说得出的,正可谓一言可以兴邦,一言可以丧邦。当初陛下初到彭城,项羽尚在齐国。陛下完全可以一举拿下九江,陛下为何不取?兵力不足也,倘若陛下发五万步卒五千骑兵能拿下九江否?"

"不能。"

"然陛下命我带二十人出使九江,到即说服了黥布。此一番言语可抵得上五万步卒五万骑兵乎?"

"嗯,算你说得有理,那就封你个护军中尉,食邑两千户。"刘邦害怕再有人扯出什么别的事情来,赶紧宣布道:"退朝!"

第二十三章　礼之用

九月的洛阳，秋高气爽。这一日，刘邦退了朝，在吕雉、戚姬、薄姬、石美人等一班后宫佳丽陪伴下，来到庭院中赏菊花。太子刘盈也随侍在一旁。刘盈已经十岁了，刘邦问道："盈儿，近来叔孙师傅教你读什么书啊？"

刘盈答道："启禀父皇，儿臣正在从叔孙太傅读《论语》。"

"读《论语》有什么用？《孙子》读过了吗？《太公兵法》读了没有？"

"儿臣窃以为，父皇打天下，离不开《孙子》，将来治天下，则要靠《论语》。"

"胡说！你这个师傅真是误人子弟，看来我得给你换个师傅了，让子房先生教你兵法吧？"

"子房先生名闻天下，儿臣若能拜子房先生为师，当然是求之不得。不过，儿臣仍以为圣人之道乃天下第一要务，兵法次之。"

"这孩子怎么这么死脑筋。"

正说着，只听后院一阵哭喊声，原来是赵子儿和管秀儿为争住房打起来了。吕雉过去弹压了一下，两个人还不服，吕雉命黄门将她们各打二十大板。赵子儿听见前院似乎是刘邦的声音，知道刘邦素来怜香惜玉，舍不得打她们，于是披头散发地跑出来，跪在刘邦面前求情："陛下，饶过臣妾这一次吧，臣妾再不敢了。"

管秀儿听见动静也跑了过来，脸上还带着刚抓破的血痕，跪下说道："陛下，这事根本不怪我，那三间北房是我早就看好的，昨日就派人把东西搬进去了，可是她硬把我的东西全都扔了出来。"

还没等刘邦发话，赵子儿又争辩道："那几间房是夏侯将军安排给我的，你凭什么要把东西搬进去？"

"你已经占了一处房子，难道还不许我有个存身的地方吗？"

刘邦本想替她们说句话，但是看这两个人这么不知深浅，顿时就火了："都给我起来！为了争几间房子打架，知不知道害臊？该打，打二十板还是轻的，再加二十！"

几个黄门走过来，把管秀儿和赵子儿拖到一边去打，两个人都是被刘邦宠惯了的，细皮嫩肉的哪里受过这个，于是杀猪般地嚎叫起来。刘盈历来心肠软，看见这样的场面就受不了，扑通一声给刘邦跪下了："父皇，看在儿臣面上就饶了她们吧。"

刘邦看着儿子这副样子，气不打一处来："你小小年纪管这些做什么？看你这样一副妇人心肠,将来怎么领兵上阵打仗?"

吕雉也火了:"盈儿,你怎么不像个男儿,给我起来,没出息的东西!"

刘邦叹道:"这孩子,怎么就一点不像我呢?唉!如意呢?如意怎么没来?"

戚姬见刘邦找如意,急忙跑回自己房里把如意领了过来。如意已经五岁了,生得十分乖巧。过来看见满院子大人,先是愣了一下,马上就分出了这些人里谁最重要,上前给刘邦和吕雉作了个揖,道:"给父皇、母后请安。"那副滑稽的小大人样子,把满院子的人都逗笑了。

刘邦一把将他抱起,脸上露出了笑容:"这孩子倒有点像我。"

吕雉立刻拉下脸来,冲着玉君发邪火:"还有你,那个赵子儿抢房子,是不是你挑唆的?"

玉君有点丈二和尚摸不着头脑,顶撞道:"赵子儿抢房与我有何关系?我知道你是看着我们母子不顺眼,我们躲开你还不行吗?"说完,拉起如意就走。众姬妾见吕雉不高兴,生怕挑毛病挑到自己头上,也纷纷退下。刘邦十分扫兴,冲着吕雉吼道:"这边还没安定,你把这帮娘们都弄来做什么?简直是给我添乱!"

"我这不是替你着想嘛,往日里到处征战不得安生,好不容易得了天下,身边没有女人照顾哪行?看来我是老了,怎么看都不顺眼。看我不顺眼也行,我不是把你喜欢的人都带来了吗?还给我脸子看,你还要我怎样?"

这一番话说得刘邦哑口无言,道:"好好,你有理,是我不对,行了吧?"

"本来就是你不对嘛。"吕雉陪着刘邦回到屋里,给他倒了杯茶,缓和了一下口气道,"得了,我知道你最近让封功的事闹得心烦,我也不和你争这个理,你要是烦我们母子,明日我还带着盈儿回关中去,行了吧?"

"我说这么多年的夫妻了,你别老拿话来堵我行不行?我什么时候说烦你们了?"

其实吕雉也不想来这里讨没趣,是她的两个哥哥撺掇着她来的,因为洛阳只有戚姬一个人陪着刘邦,分封功臣之后,封后的问题马上就要提上日程,这哥俩害怕事情有变,三番五次带话让吕雉立即到洛阳来。吕雉此行目的十分明确,就是奔着封后来的。吕雉心里十分清楚,目前后宫还没有人能取代她,尽管玉君比较得宠,离皇后的位置也还差得远。但是两个哥哥说得也有道理,这么大的事不能含糊,早一天明确下来早一天放心。因此她把刘邦最喜欢的那些后宫佳丽全部带来了,目的只有一个,夺戚姬的宠,她自己虽然没这个本钱了,可是这群后宫佳丽还都年轻着呢,一个个打扮得妖妖娆娆的,不怕你刘邦不动心。

吕雉道:"我来是想着天下初定,你肯定忙不过来,想来帮你干点什么。"

"我什么也不用你管,你就把这些娘们给我管好就行。"

"我怎么管?一个个都是你的心肝肉,我名不正言不顺的管得了谁呀?"

刘邦这才明白吕雉为什么急火火地跑到洛阳来,他长叹了一口气说道:

"唉——没想到这么多年的夫妻,你竟是这么不信任我,你就老老实实在关中待着,这皇后的位子还跑得了吗?"

吕雉一下子被刘邦说中了心事,脸腾地一下红了。不过既然话已经说开,吕雉也就不避讳了,索性将了刘邦一军:"那可没准,说不定让哪个狐狸精迷住,还杀了我呢。我得自己来看着点。"

第二天,刘邦宣布封吕雉为皇后。可是吕雉并不以此为满足,紧接着又提出了吕泽和吕释之的问题,刘邦十分恼火:"你急什么?自家人我还能忘了吗?"

"可是外人都封了那么多,自家人却一个不封,你让别人怎么看?你以为先外后内,别人就会认为你公平?人家会说,汉家的天下都是他们打下的,刘、吕两家的人都是些笨蛋,跟着来沾光的,吃闲饭的。"

刘邦觉得她说得也有道理,这些年,吕氏兄弟也打过不少硬仗,为汉家天下立下了汗马功劳。彭城突围,若不是吕氏兄弟,他早就没命了。于是封吕泽为周吕侯,封吕释之为建成侯。可是吕雉还不罢休,又提出封任敖和审食其,刘邦实在忍无可忍,道:"你还有完没完?要不干脆你来替我封算了,你想封谁就封谁!"

吕雉毫不相让:"我提出封他们怎么了?这两个人,一个在危难之中救过我,一个是你刘家的大恩人,不封他们封谁?"

刘邦无奈,只得又封了任敖和审食其。

吕雉的目的达到了,可是也伤了刘邦的心。近来,为了争功刘邦的心已经伤透了。那些功臣们战场上本是生死之交,可是却往往为了争一个位次的先后反目成仇,甚至拔刀相见,让刘邦感到寒心。没想到家里居然也会这样,连这么多年的夫妻都信不过了。当初起义,谁也没想到能得天下,不过为了能把日子过得好一点,如今得了天下,封万户侯还不知足,不知还要多少才能满足这些人的胃口。

刘邦回到寝宫,正在为大臣们争功不绝、分封进行不下去而发愁,叔孙通来求见。

侍卫石奋将叔孙通领了进来,一直领到惯常大臣和客人们坐的地方,叔孙通刚要坐下,石奋发现椅子上有尘土,急忙用袖子拂了去,然后弯下腰恭恭敬敬说了声先生请坐,之后,又给叔孙通倒了一杯茶,说:"先生请用茶。"说完,一溜小碎步倒退着走了出去。叔孙通大惊,问道:"陛下,此何人也?"

"什么人?一个小孩子家呗,在我这做个侍卫,你问他干吗?"

"我见汉王麾下未有知礼如此小儿辈者。故奇之。"

"那有什么奇怪的,小孩子家没见过世面,看见人害怕呗。"

"若文武群臣都能和此少年一样知礼,则天下安矣!"

"甭跟我说那么玄乎,一个礼数问题有你说得那么重要么?"

"当然重要。礼乃治国安邦之要务,陛下不可不察也。"

"我倒要听听小小一个礼数对治国安邦有什么用?"

"子曰：'克己复礼为仁，一日克己复礼，天下归仁焉。'春秋以来，人心不古，礼崩乐坏，故天下征战不止，孔夫子大呼克己复礼，以警醒天下。今陛下成天下之大功，正可以……"

"得了得了，你就别跟我子曰诗云了。直截了当说，礼有何用？"

"陛下不见近日朝堂上争功，动辄大呼小叫，拔剑击柱，甚至喝醉了酒来上朝，如此下去成何体统？"

这是刘邦近来最头疼的一件事，于是问道："有什么好办法能约束他们？"

"可约之以礼。陛下若能以礼约束之，非礼勿视，非礼勿听，非礼勿言，非礼勿动，如此则有规矩，成方圆，天下可治也。"

"你说得这么玄，可我还是不知道这个礼到底是个什么东西？"

"简言之，礼就是秩序，就是君君臣臣父父子子……"

"等等等等，你慢点说，什么君君臣臣父父子子，怎么越说越糊涂？"

"简单来说就是，君要像君，臣要像臣，做君王的要有君王的权威，做臣子的要守臣子的本分，这样才能尊卑有序，长幼有别，才能使天下人各安其分，各守其职，天下人皆能做到上尊下辈父慈子孝兄友弟恭，就不会有朝堂上大呼小叫，人人皆以为自己是救世主的事情发生了。"

刘邦听了，眼睛一亮，这正是目前他所需要的，于是说道："果真能这样当然好。可是具体怎么个约束法？"

"子曰：'礼之用，和为贵'，和者，平和、祥和之谓也，从容不迫之谓也。譬如朝仪，进退行止，启奏回复，均应有一定之程序、规则、仪式，如此方能从容不迫。不能再像马上征战之时，呼来唤去，尔应我答。天下之大，无礼则无以约束臣民，无礼则不足以树立陛下之威仪，不从容则不足以震慑天下……"

叔孙通讲得头头是道，刘邦听得似懂非懂，但是他从直觉上感到叔孙通的话很重要，于是说："那就按你说的试一试吧，不会太难吧？"

"臣闻五帝异乐，三王不同礼，臣可广采古礼与秦之朝仪掺杂而制之。"

"一定不要太烦琐，要易学易知，简便适用。"

"臣明白。不过臣还要跟陛下要一个人。"

"要谁？"

"就是刚才领我进来的那个小家伙。"

叔孙通回到居所，把制定礼仪之事向诸位儒生弟子言明，众人十分高兴，他们跟了叔孙通几年，终于可以有用武之地了。叔孙通是秦汉之际的名儒，当初投奔刘邦的时候，追随他的有一百多人，但是叔孙通向刘邦举荐人才时，从不举荐这些人，这些所谓的弟子们背后都骂他，说他专看刘邦的脸色行事，举荐的都是些地痞无赖盗匪大猾，而跟随他的人一个也得不到重用。这话传到叔孙通耳朵里，他向众人解释道："汉王如今是打天下，是要蒙矢石之危，冒生死之险的，诸位让我保举，我果真保举了，你们能干得了吗？所以我先举荐那些搴旗斩将之士。你们果真愿意追随我，我不会忘记你们的，等着吧，有你们大显身手的时候。"虽然如此，还是有不少追随他的人半道跑了。如今要制定、演练朝仪，人手还不够，于是他又跑到鲁城去征召儒生，共召集了三十人，其中有两个人打听到一点叔孙通的底细，又不想去了，叔孙通问他们为什么，其中一个答道："公所事者且十主矣，皆靠阿谀奉承而得以亲贵，今天下初定，死者未葬，伤者未起，又欲起礼乐。古人云，礼乐所由起，需积德百年而后可兴也，公所为不合古人之训，公愿往则往，莫辱我等。"

叔孙通笑骂道："二位真是食古不化，不知世事之变迁，腐儒！"

叔孙通带着余下的二十八人回到洛阳，加上原来的那批人，共一百多人，叔孙通把他们带到洛阳郊外，又向军中借了些士兵，以宫廷为摹本画出地方，每人扮演一位朝臣，演练了一个多月，觉得差不多了，来到宫里向刘邦禀报。

刘邦一看见叔孙通就想笑。当初叔孙通来投奔时，穿的是长衫儒服，刘邦看了心里很不舒服，于是令他们一律改穿短衣裤子，像楚人的服制那样。本来短衣也不难看，可是叔孙通穿惯了儒服，乍一换上短衣很不习惯，与人说话时总是低着头摆弄衣襟，看上去很滑稽，所以刘邦一看见穿短衣的叔孙通就想笑，"呵呵，你来啦？"刘邦伸手拉起叔孙通的衣襟，又笑了起来，"我给你们做的衣服怎么样？"

"不错不错，着短衣行走坐卧都方便，比起长衫来舒服多了。"说着，叔孙通又伸手抻了抻衣襟。刘邦忍不住笑出声来，连站在一旁的戚姬都笑了。

"陛下笑什么？好就是好嘛。我这个人从不墨守成规，世事在变，人也在变，服饰岂有不变之理？"

"这倒有点像我，我他娘的就不愿意循规蹈矩，否则我刘邦今日可能还在丰西大泽边上犁田呢，哈哈！"

"不过，该立的规矩还得立，该循的还得循。否则陛下将何以治天下？恕臣直言，如今陛下做了皇帝，与往昔不可同日而语，处事不可太随便了。"

"那是那是。说正经的，你们演练得怎么样了？"

"臣正是为此事而来，目前朝仪已初步确定，臣等也演练得差不多了。想请陛下前去看看，如若可行，还要大臣们进行演练。"

刘邦随同叔孙通来到郊外，看了看儒生们的演练，十分满意。第二天便在城中选了块空地，命文武百官散朝后去练习。这些武将们平日散漫惯了，哪里受得了这种约束，动不动就给叔孙通和儒生们出难题。倒是石奋从中起了不少调和作用。直到正式启动实行朝仪，这些大臣们还没有完全练好。

这一天，天还没亮，文武百官便齐集在宫门外，一位谒者引导着所有官员按次序穿过庭院进入大殿。庭院中排列着战车、骑兵、步兵和侍卫，皆佩带刀剑，四周旗帜张列，十分威武肃穆。殿下，上百名郎中立于台阶两旁，上了台阶，只听谒者喊道："趋！"群臣立刻踮起脚尖，快步走入正殿，没有一点声息，别看那些武将平时吊儿郎当不好好练,这会却没有一个人敢吭气,一个个乖乖地跟着谒者进了大殿。进殿后,谒者引导文武官员分东西两面按次序而列,西面是功臣列侯、众将军,面朝东;东面是文官,由御史大夫、相国打头依次排列,面向西。这时,只听鼓乐声起,刘邦乘着车辇从后殿来到殿中,一个黄门侍者走上前去伸出一只手臂,刘邦搭着小黄门的手臂缓缓走下车辇,坐上龙椅,两名宫女手持鹅毛扇立在刘邦身后。刘邦用威严的目光扫视了群臣一眼,然后对身边的谒者说了一声:"上朝!"九名傧相依次向下传去:"上朝!"

"上朝!——"

"上朝!——"

"上朝!——"

声音一声接着一声,一直传到殿外。上朝声落,一位谒者喊道:"跪!——"本来两队相向的群臣一齐转向皇帝跪了下来。谒者又喊道:"拜!——"群臣齐声高呼:"吾皇万岁!万岁!万万岁!"

刘邦声音平静而悠长地说了声:"平身!——"

众将起身仍相向分列两旁,刘邦宣布了几道上谕,然后说道:"卿等有何要事可奏来。"

于是,周昌、萧何等十多位大臣分别出列奏事,刘邦一一听完,有的当场做了答复,有的交有关官员复议,也有的留下奏折未做处理。

政事处置完毕,刘邦对身旁谒者说道:"赐宴!"

"赐宴!——"

"赐宴!——"

……

九名傧相仍像刚才一样一一高呼传令。随着声音落下,一百多名黄门列队而入,给每位大臣面前放了一个案几,并在案几前铺下坐垫,刘邦道:"赐坐!——"

群臣齐声答道:"谢坐!——"

宦官们开始上菜斟酒,几百名黄门进进出出都是踮着脚尖,一点声息都没有。大臣们在谒者引导下,按官阶品次分批起身向皇帝敬酒。余者皆俯伏几前,悄悄饮酒吃菜,不敢发出一点声响。樊哙抬头望了望,想起平日在大厅里猜拳行令、大呼小叫的情景,这会一个个却都装得正儿八经的,忍不住扑哧一声笑了。大臣们都抬起头看他。他立刻意识到自己犯了禁,急忙用手将嘴捂住,可是已经晚了,一位谒者走过来,严肃地对他说道:"将军请随我出去。"

樊哙道:"我刚才是没忍住,再不笑了,不笑了。"说着忍不住又笑了起来。一直在旁边监场的叔孙通以十分威严的口吻说道:"朝堂不得喧哗!"

身旁那位谒者还在催促着:"将军请随我出去。"

樊哙见整个大厅里都在瞅着他,只好站起身跟着谒者出去了,一边走一边还在

捂着嘴笑,惹得其他几个人也跟着笑起来。立刻又有几位谒者将那几个跟着笑的人也带出去了。席间,在谒者引导下,按官阶品次分九次站起身来向皇帝敬酒。敬酒完毕,谒者宣布退朝,周勃喊道:"这就完了? 我还一口都没吃呢。"这下众人忍不住全笑了,可是很快就止住了。又有一位谒者走到周勃面前将他带了出去。至此,群臣人人震恐,再也没人敢喧哗了,直到刘邦退出朝堂,仍不敢出声,在谒者们引导下,悄悄退出了大殿。

退朝之后,刘邦命人将叔孙通找来,说道:"我今日方知当皇帝之贵也。"于是,拜叔孙通为太常,赏金五百斤。叔孙通见皇帝高兴,趁机谏道:"诸弟子儒生跟随臣多年,因征战不止,一直无用武之地。这些人个个饱读诗书,满腹经纶,今天下初定,正是用人之际,陛下何不拣其优秀者擢拔重用之? 据我所知,其中就有几人可当大任。"

"既是各个满腹经纶,那就把他们都给我留下,先做谒者。这么大个天下,就是养也养得起这一百多人。有大才的,我还要重用。"

"臣本欲逐次向陛下推荐,不料陛下早已胸怀天下,臣不胜钦佩。臣代诸弟子谢陛下隆恩!"

叔孙通回到寓所,将刘邦所赐黄金悉数分给众弟子,并传达了皇上全体留用的旨意,众儒生大喜,称赞道:"叔孙先生知当世之要务,真圣人也。"

这位大直若屈的叔孙先生,后来被尊崇为汉代儒学的宗师。

韩信平定胶东之后,田横走投无路,率领五百余人逃到了一个海岛上。刘邦素闻田横贤,在齐鲁一带很得民心,害怕他日后作乱,于是派使者前往说服田横来降。使者乘船来到岛上,以天下大义说服田横,田横道:"君不必说了,这些道理我都明白,只是臣在临淄烹杀了郦食其,今郦生之弟郦商仍在皇帝左右,且为贤将,臣恐惧不敢奉诏。请先生转告陛下,臣愿为庶民,终生为陛下守海岛。"

使者回到洛阳,将田横的顾虑如实转告了刘邦。刘邦当即命人把郦商找了来,问道:"你哥哥郦食其有几个儿子?"

"只有郦疥一人,现在陛下军中。"

"唉!你哥哥为大汉朝立下了汗马功劳。可惜他没看到今天的胜利。你回去对郦疥说一声,封他为高粱侯。告诉他,这侯不是封他的,是封他老爹的。让他好好干,争取将来自己立功。"

"谢陛下隆恩!"郦商跪下给刘邦磕头谢恩。

"起来说话吧,你们郦家有多少人在我军中?"

"郦氏一族共有十余人在陛下军中效力。"

"其中数你的爵位最高,官职最大了吧?你回去告诉你们族中人,就说我要把齐王田横召回来,田横来到之后,任何人不得挟怨报私仇。包括田横带来的人,谁敢动他们一指头,我要他的脑袋!"

"诺!臣一定严厉约束族中子弟,以国事为重,请陛下放心。"

郦商走后,刘邦对使者说道:"你再去一趟,告诉田横,只要他肯来,我就封他为王,地方由他挑,如果不来,我可要兴兵讨伐了。"

使者重返海岛,把刘邦如何约束郦商之情一一向田横说明,田横没有再说什么,带了两个跟随他多年的宾客,乘官家驿站的马车来到洛阳。一路上,田横一句话也没说。到了尸乡驿站,离洛阳还有三十里,田横对使者说道:"先生先回洛阳吧。"

"那齐王您呢?"

"人臣见天子当沐浴,我洗沐之后,明天一早即去拜见皇上。"

使者走后,田横对二位幕僚说道:"当初陛下为汉王,我为齐王,俱南面称孤,而如今汉王为天子,我为亡虏,其耻已甚,且吾烹人兄,又与其弟并肩而事其主,纵然郦商畏惧天子之威,不敢动我,难道我自己就问心无愧吗?今陛下欲见我,无非是想看看我长得什么样,今斩吾头,驰三十里至洛阳,面目还不至于改变,二客替我为之。"说完,田横举剑自刎。两位宾客大惊失色,悲痛不已。惊慌过后,其中一人说道:"你我既然追随齐王多年,不如且按照齐王的意思,送他去见皇上。"于是,二人以车载田横的尸体来到洛阳。

朝野上下无不为田横之死感到震惊,刘邦亲自赶来凭吊:"田横真乃天下贤人也,昔日起于布衣,兄弟三人相继为王,如今舍去王侯不做,而义死他乡,天下能有几人似君?可惜我不得见也!"说着,刘邦流下了眼泪。

刘邦发卒两千人,以王侯之礼葬田横并命田横的两位宾客主持其事,谁知下葬那天,两位宾客竟在田横墓坑旁双双自杀,随田横去了。刘邦大惊,道:"田横宾客皆贤人也。"于是命人将海岛上的五百人悉数召至洛阳。使者第三次来到海岛,不料岛上五百余人听说田横已死,皆举剑自杀了,无一人苟且。使者望着被鲜血染红的海水叹道:"田横兄弟真能得士也!"

却说丁固在垓下突围后,害怕死于乱兵之手,在乡下藏了一段时间,觉得天下已经太平了,就跑到洛阳来找刘邦。他心中暗自庆幸当初没有把事情做绝,如今给自己留了一条生路,说不定还会封他个王侯、将军什么的。他来到洛阳宫门,理直气壮地通报了姓名,要见刘邦,不一会儿,两位谒者将他引进宫中。丁固比刘邦大几岁,长得精瘦,却红光满面,一点不显老,见了刘邦,先叩头施礼,然后站起身问道:"陛下别来无恙乎?"

"啊,还好。多亏了你呀,当初你放了我一条生路,才赖赖巴巴活了下来。"

"区区小事,何足挂齿!"

"这可不是小事。你说我该怎么报答你呀?"

"陛下太见外了,难道我丁某当初救你是为了报答不成?"

"不为报答你放了我做什么?快说吧,别不好意思,到我这来无非是为了求个官做,封个王侯什么的。直说吧,多少封地、多大的官才能满足你的胃口?"

丁固有点受不了刘邦那种盛气凌人的口气,但又舍不得白来一趟,只好厚着脸皮说道:"有楚地两郡足矣。"

刘邦笑道:"你身长多少啊?"

丁固没明白他的意思,道:"不足七尺。"

"不足七尺之躯能占得了那么大地方吗?我给你七尺之地不就够了吗?"

"陛下这是什么意思?"

"什么意思还不明白吗?不能让你死无葬身之地呀。"

丁固一听,脸都吓白了:"陛下该不是要杀我吧?"

"不杀你杀谁?我今天就是要借你这颗人头来警告天下那些卖主求荣之辈!"

丁固慌了,跪在地上磕头如捣蒜:"陛下,你可不能恩将仇报啊?"

刘邦冷笑道:"恩将仇报?什么叫恩将仇报?你为人臣而不忠,项羽败就败在你们这些人手下,天下事坏就坏在你们这些人手里。我今天不杀你,明日不知有多少人要背叛我。来人,推出去斩了!"

刘邦杀了丁固,却没有杀他的外甥季布。季布突围后逃到了濮阳,在一位姓周的朋友家中藏着。朝廷悬赏捉拿季布和钟离眛的布告贴满了城乡,濮阳城里开始有人注意起周家这位客人来。周生担心季布迟早会被人发现,于是对季布说道:"县里已经有人注意你了,得想个办法。"

季布道:"老友放心,我绝不会连累你的,万一藏不住,我当自裁,你可拿我的头去领赏。"

周生生气了:"你这是什么话?我是那种卖友求荣的人吗?我并不怕死,怕的是死了也保不住将军。近日我出外打听,鲁城有位叫朱家的大侠,豪气干云,专门为人排忧解难,而且三教九流都能对付,官府上也走得通,将军若信得过我,我送你去那里,或许还能找到一条活路;若信不过,我愿与将军同归于尽。"

季布见老友一片诚心,十分感动。当下两个人商量了一套办法。第二天,周生剃掉季布的长发,给他穿上一套粗布衣服,放在一辆装载货物的马车上,连同自己的十几个家奴,一起来到鲁城。周生将十几个家奴带到朱家的门口,让门上人请朱家出来讲话。不一会儿一个中年汉子走了出来,周生上前施礼道:"久闻大侠之威名,未曾得见,今日小弟遇到难处,不知大侠可否出手相助,将这几个家奴买下。"

朱家打量了周生一眼,说道:"只是我这里不缺家奴,你若缺钱我倒可以相帮。"

周生道:"小弟之难不在钱上,难在这几个家奴卖不出去。"

朱家听出话里有话,把这几个家奴挨个打量了一番,立刻看出季布器宇不凡,心中已经明白了几分。他不动声色地说道:"那我就把他们买下,你开个价吧。"

"价钱好说。兄弟还有急事要办,日后再来谈价钱。"

朱家"买"下这些家奴,一一给他们派了差事,季布被派到田里干活。派完,朱家嘱咐管事的:"地里的活由他去,干多干少都不要管,只把他的饭食弄好就行。我吃什么给他做什么。"

过了几天,朱家装做散步来到田间,季布正在扶犁耕地,那犁把左歪右拐,在他手里就是不听使唤,犁头不是扎进地里出不来了就是跑出了地面,地犁得深一处浅一处。季布累得满头大汗,依然锲而不舍。朱家心中赞叹道:英雄就是英雄,看他那架势,真做庄稼人也是个好庄稼把式。看着季布那趔趔趄趄的样子,朱家又觉得好笑,走上前去接过犁把,一下将犁头插进地里,吆喝耕牛朝前走去,只见地里的土十分均匀地向两面翻开了。季布不好意思地笑笑,说:"我再试试。"

朱家道:"算了,你哪儿是干这个的料?坐会儿歇歇吧。"

两个人在地头坐下来,朱家开门见山问道:"先生到底是什么人?"

"在下是您的奴仆,祖上世代为奴,不敢称先生。"

"得了吧,装都装不像。在下,祖上,世代为奴,这是奴仆嘴里能说出来的话么?"

"先生不必问了。我在先生这里暂且混碗饭吃,先生若能容得,在下日后定当厚报,若不能,便放我走,赎身之钱日后我会加倍奉还。"

"哈哈,你以为我图你那点钱?告诉你吧,我早就猜中了,你就是季布季将军,对不对?"

季布心中一惊:"在下正是季布,先生准备拿我怎么办?"

"怎么办?拿你去邀功请赏,我不缺那几个钱。我今天要和将军把话挑明了,是想问将军一句话,到朝廷做官你愿不愿意去?"

"如今能苟全性命就不错了,哪还敢望做官?"

"非也,将军若不想去,待在我这里,谁也动不了将军一根毫毛,只是老死终生不得见天日了。当今圣上乃仁义之君,不如出仕,还可再展宏图,何去何从我只要将军一句话。"

"我亦闻圣上贤明,只是我追随项王多年,怕是圣上难以用我。"

"这个你就别管了。"

朱家弄明白了季布的意思,来到洛阳找到了夏侯婴。两个人是多年的故交,当年夏侯婴穷困潦倒的时候,朱家曾慷慨解囊相助,老朋友相见格外亲热,夏侯婴盛情款待,酒过三巡,朱家问道:"季布犯了什么大罪,皇上追捕得这么急?"

"他为项羽卖命,几次困窘圣上,皇上的命险些丧在他手里。"

"季布对项羽忠心耿耿,并且数陷圣上于窘境,如此正说明此人有德有才,你说呢?"

"季布确是德才兼备,文武双全,乃天下不可多得之士。可惜错投了项羽。"

"这有何妨?两国交兵,各为其主,难道追随过项羽的人都要杀掉不成?况且,以季布之能,中原若无立足之地,将来不是南投南越,就是北走匈奴,真把他逼走了,岂不是资敌?"

"你这样关心季布,是不是知道他的下落?"

"这个你别管,你只管把我的话说给皇上,看他怎么说。"

第二天,夏侯婴进宫去,把朱家的话如实报告了刘邦,刘邦沉思良久,道:"季布在哪儿?告诉他,我已经赦免了他,让他来见我。"

于是季布来到洛阳宫中,向刘邦谢罪。刘邦道:"过去的事就过去了。谢什么罪!我就喜欢那些忠贞不二的人。不过有件事我要问你,我杀了你舅舅,你不恨我吗?"

"舅父所为乃在下所不齿,卖主变节,理应服诛。陛下圣明,对我甥舅二人一杀一赦,臣不胜钦佩。换了臣,臣也会这样做。"

"好,那你就留在我身边先做个郎中吧。"

刘邦派出的另一路使者由陆贾率领来到了番禺（今广州市）。南越王尉佗十分傲慢，接待陆贾一行时，故意穿了条兽皮裙，光着膀子，叉着两腿当庭而坐。陆贾进门时，几百名蛮兵抽刀而立，脸上涂得红一道白一道的，借以吓人。陆贾走到庭中，四名蛮兵"唰"的一下将刀架在了陆贾的脖子上。陆贾脸不变色心不跳，从容言道："天子使者到，不以礼相迎，反而舞刀弄枪炫耀武力，难道是尉王心虚不成？"

尉佗眼睛盯着陆贾，半天没说话，然后突然放声大笑："哈哈哈，我试试你的胆量如何，怎么样？这会儿尿到裤子里了吧？"

"放肆！我乃大汉天子之使，辱我即辱天子也，还不快把你的人撤出去！"

尉佗故意一声怪叫，那几个蛮兵收刀入鞘，尉佗道："呵呵，先生不要怪罪，此间就是这等风俗礼节，所有客人都要过这一关的。有什么事，坐下说吧。"

"足下箕居（叉腿坐）见天子之使，是非礼也，请足下先更衣束带，再来谈。"

"我乃南蛮之人，不知中国礼节，有什么话你就说吧。"

陆贾见他一副无赖相，想杀杀他的威风，道："尉佗，休得无礼！你是什么南蛮？你以为我不知道你的底细？你是中国人，本姓赵。老家在真定，至今兄弟姐妹还在真定。你出身于诗书礼义之家，真定有你的祖坟，作为炎黄子孙，怎能忘本？"

尉佗听见这话，心有所动，不由得坐直了身子，"是又怎样？我到南越十八年了，早把你们那套诗书礼义忘光了，就是大汉皇帝来，我也是这样。"

陆贾见尉佗心有所动，决定再逼他一步，使其彻底就范："尉佗！我今日来是奉天子之命召你归顺的，你反天性，弃冠带，践踏礼仪，口出狂言，欲以区区之南越与天子为敌，大祸及身矣！"

"你不要危言耸听，我在南越十八年，还没有谁敢动我一根毫毛，我倒要听听大汉皇帝能把我怎样？"

"我且问你，昔日秦始皇并六国而统一天下，比你强不强？然秦失其政，诸侯并起，汉皇先诸侯而入关中，一举攻破咸阳，项羽背约，自立为西楚霸王，诸侯皆仰而视之，比你强不强？然汉王五年之间诛灭项羽，平定海内，此非人力所为，乃天之所建。今足下自王南越，不助天下除暴逆，满朝文武皆曰可杀，诸将争相来讨，然天子怜百姓苦，不忍再动干戈，乃罢众将之议，遣臣来使。足下理应迎至郊外，北面称臣，今却以区区之南越欲与大汉抗衡，诚若汉闻之，使一偏将率十万之师，扫灭越国如反复手尔，到那时，将掘王先人冢而烧之，足下将死无葬身之地矣！"

一席话说得尉佗背后直冒凉气，急忙起身拜道："先生息怒，寡人居蛮夷中久矣，殊失礼仪，不胜惶恐，还请先生恕罪。"说罢，尉佗喝退了蛮兵，让陆贾等稍坐，回后堂更衣去了。

原来，陆贾在出使南越之前，已经摸清了尉佗的底细。南越亦称南粤，是古代南方越人的一支。越原为族名，后又成为尉佗所建之国的国名，其疆域包括今广东、广西地区，南至今越南北部，北至湖南、贵州两省的南部。秦统一六国后，在这一地区设置了桂林、南海、象郡三个郡,因军事需要,未设郡守,以尉为郡的最高军政长官。秦从内地迁徙了大量移民到南越三郡,与越人混居杂处十三年。秦二世元年,陈胜反,南海郡尉任嚣一病不起,他将龙川县令赵佗召到床前嘱咐道:"中原陈胜已反,更有刘邦、项羽等起兵响应,秦为无道,天下苦之,豪杰之士相叛而立,兴军聚众,虎争天下,未知几时能安。我本欲兴兵绝新道,自备以待诸侯之变,无奈病势沉重,将不久于人世。我为郡尉数载,观南越之地负山险,阻南海,且有许多中原人士协助,此亦一州之主,可以立国。然三郡长吏无足与言者,故召君告之。"说罢,即任赵佗代行郡尉之职。

尉佗本是真定(今河北正定南)人,姓赵名佗,以职为姓曰尉佗。任嚣死后,尉佗向横浦、阳山、湟溪关等处传送檄文,说:"盗兵且至,急绝道聚兵自守。"尉佗在采取军事措施的同时,趁机杀掉了一些秦官吏,换上了自己的亲信。秦亡后,尉佗正式起兵占领了三郡,自立为南越武王。

不一会儿,尉佗整装束带而出,再次谢罪之后,坐下来说道:"先生口若悬河,唇枪舌剑,真乃天下第一辩才也。"

"大王此言差矣,汉朝廷中似我之辈比比皆是,且才高我十倍之士大有人在。"

"先生是自谦呢,还是故意夸大其词来吓唬我?"

"并非夸大其词,大王若不信,在下可举一例,汉立国之初,皇帝置酒洛阳南宫,曰:'运筹策帷帐之中,决胜于千里之外,吾不如张良;镇国家,抚百姓,给馈饷,不绝粮道,吾不如萧何;连百万之军,战必胜,攻必取,吾不如韩信,此三者,皆人杰也。'此为皇帝原话,大王可知臣并非夸大其词了。此三人才皆高我十倍。"

"寡人不解的是,汉皇处处不如人,何以能得天下?"

"皇帝虽一技一能不如人,却善用人。皇帝用人之道确非古今之王者所能比,天下英雄,几乎尽集于皇帝麾下,文有萧何、张良、周昌、陈平、叔孙通等数十位谋臣,武有韩信、卢绾、周勃、樊哙等百余员大将,真是谋士如云,猛将如雨,人才济济呀。"

"先生以为寡人比之张良、萧何、韩信孰贤?"

陆贾明白尉佗的用意,是想看看皇帝把他摆在什么位置上,陆贾动了个心眼说道:"大王似贤也。"

"寡人比之皇帝呢?"

"那还差得远。皇帝起沛丰,讨暴秦,诛强楚,为天下兴利除害,继三皇五帝之业,统理中国。中国之人口以亿计,地方万里,居天下之膏腴,人众车舆,万物殷富,自天地剖泮未始有也。今王众不过数十万,且皆蛮夷,崎岖山海间,譬若汉一郡,王何乃比于汉?"

尉佗大笑道:"哈哈,好一张利嘴!我没有起于中原,故王此地,若使我居中原,焉知不如汉?"刚才尉佗是让陆贾镇住了,一听说三杰还不如他,立刻反守为攻。陆贾马上还击道："我不过尊重大王，故言大王贤于三杰，果真贤否，大王可随我去洛阳亲自见一见诸文武大臣就知道了。"

"那就不必了，说正题吧，汉皇打算如何安置我？"

"汉皇遣臣追立大王为南越王。"

"追立？说来说去我还是我，那你来这一趟没多大意思呀，你立我也是王，不立也是王，我称王已数年，还要人立吗？"

"非也，大王本是秦吏，自立为王名不正言不顺，人人得征而讨之，就是有一天大王之部下起而问之，大王都无言以对，封与不封，授与不授，关乎正名大事，岂能说没意思？"

尉佗觉得陆贾说得有道理，其实他所希望的也正是这样。他最担心的是朝廷重设郡县，调他回京，那样可真是进退两难了，如今见朝廷并没有为难他的意思，立刻顺水推舟答道："寡人愿受封。请转告皇帝陛下，臣尉佗愿为大汉皇帝守土安疆，不惜肝脑涂地效忠皇帝。"对于中原礼仪，尉佗并不陌生，既然还能继续在这里称王，还有人给他撑腰，尉佗也就不吝惜"肝脑涂地"之类的话了。

第二天，在番禺举行了隆重的封王仪式，尉佗跪接圣旨，向汉称臣。陆贾的使命完成了，准备收拾行装回洛阳，尉佗却不肯让他走："越中无足语者，先生来此，令我耳目一新，每日所闻都觉受益匪浅，请多留些时日以教我。"于是，每日与陆贾宴饮畅谈，这一留留了几个月，最后陆贾实在不得不回去复命，尉佗才恋恋不舍地放他走了，临走，送给陆贾珠玉宝物价值千金，另又送黄金千斤。陆贾回到洛阳，向刘邦禀报了事情的经过，刘邦大喜，拜陆贾为太中大夫。

　　反秦起义加上楚汉战争，整整打了八年。这八年，洛阳的百姓吃尽了苦头。大兵往来过境不算，光是在这里发生的大战就有好几次，百姓们屡遭劫难，日子过得困苦不堪。刘邦定都洛阳后，免了洛阳百姓一年的赋税，驻军帮助百姓很快修复了民房，几处大的集市也恢复了，城中秩序井然，百姓安居乐业。洛阳已经开始重现往日的繁荣。

　　深秋的一天中午，一队戍卒开进了城东驿站，他们是从齐国来，准备开往陇西去的。领头儿的叫娄敬，三十多岁，中等身材，穿了件老羊皮袄，衣服上还打着几块补丁，衣服虽旧，却洗得干干净净，看上去利利索索的。娄敬跳下马车，放下手中的鞭子，把众人的吃住安排好，一个人来到城里，找他的同乡虞将军。见面之后寒暄了一阵，虞将军问他在洛阳有没有什么需要帮忙的事，娄敬道："正有一件事想拜托将军，我想见见皇上。"

　　虞将军一听，吓了一跳："你疯啦，皇上是能随便见的么？"

　　"我见皇上有事。"

　　"你可别胡来，要没什么正经事，惹恼了皇上，那可是要掉脑袋的。"

　　"自然是重要事情。将军只说能不能带我见皇上罢？"

　　"能倒是能，我可以进宫禀报，不过得是大事我才敢禀报，你先告诉我什么事。"

　　"三言两语说不清楚，总之是利国家利百姓的事。你就对皇上这么说：齐人娄敬欲向皇上进言，皇上若见，我就等着；不见，我明天就走了。"

　　虞将军知道娄敬不是开玩笑，道："我这就进宫去禀报，不过你得先跟我去换一身衣服，万一皇上要见你，你这身打扮可不行。"

　　"不用了。我穿的是绸缎就穿绸缎见，穿的是布衣就穿布衣见。"

　　虞将军进宫见了刘邦，将娄敬的话一一转述清楚，刘邦道："这个齐人口气倒不小，说不定还真是个奇人，那就让他进来吧。"

　　娄敬进得宫来，刘邦问道："你叫什么名字？"

　　"小民娄敬。"

　　刘邦没听清楚，道："哦，是一家子，我也姓刘。"

　　"在下姓娄，不敢冒充皇家姓氏。"

"啊,刘、娄听起来差不多嘛,这么叫着多绕嘴,你干脆就姓刘算了。"

"谢陛下赐姓。"

"我不过随便说说,你爱姓娄还姓你的娄,我不管。"

"陛下金口玉言,小民不敢含糊。"

"也行,又多了一门亲戚,你说吧,要进什么言?"

"陛下定都洛阳,是欲比周室之隆乎?"

"正是。有什么不妥吗?"

"有。昔日周朝定都洛阳,乃以德服天下,自后稷至成王先后积德累世达十余世,方敢在此定都。周朝之所以定都洛阳是因为这里居天下之中心,诸侯四方纳贡赋税里程均等。然依兵家形势之说,则洛阳并非可守之地。故定都于此者,须无征战之忧,必欲以德服天下,而不依险阻者。居此地,有德则易于王天下,无德则易失国……"

"你的意思是让我迁都?"

"正是。"

"迁到哪儿去?"

"关中。"

"……"

刘邦与刘敬聊了一个下午,觉得这个人颇有见识,但是对于刘敬建议迁都之事,心里还拿不定主意,于是说道:"这么着吧,明日早朝,你到朝堂上把你刚才所言再说一遍,听听大臣们怎么说。"

第二天,刘敬依然穿着他那件破羊皮袄来到朝堂上。刘敬话刚讲到一半,就有人站出来反对:"你这话是什么意思?是说大汉朝无德还是说皇帝陛下无德?"刘邦摆了摆手,示意让刘敬继续说下去。刘敬不慌不忙地答道:"臣既不是说皇帝陛下无德,也不是说大汉无道。而是说德之所积、道之所行需要时日。刚刚经过八年征战,天下百姓肝脑涂地,死者未葬,伤者未起,父子曝骨于野,哭泣之声未绝,实不能与成康之时相比。况天下初定,立国未稳,南有南越未收,北有匈奴犯境,中原若再有人振臂一呼,八年征战之功尽弃矣!而关中之地被山带河,东有肴、函之险,南有武关、峣关,西有陇山、乌兰关,北有河水之南塞,乃四塞之地也。一旦有不测,立可聚百万之众。且八百里秦川乃膏腴之地,天然府库,进可以攻,退可以守,此乃扼天下之咽喉而拊其背也。故而建议陛下定都关中。"

等刘敬说完,刘邦俯视着群臣问道:"卿等以为如何?"

叔孙通首先反对:"臣以为不可。臣借用娄君一言,即'以德服天下',孔子曰:'为政以德,譬如北辰,居其所而众星拱之。'关中虽有肴函之险,秦却为何失?乃行不道于天下也。故臣以为定都哪里并不关乎天下治乱,果行无道,纵有肴函之险也守不住;而以仁政施之,定都在何处不能治?大汉国初立,虽然德积之不厚,道行之不久，终须以德为本，教化天下，行圣人之正心诚意、修齐治平之大道，方为长治久安之策。"

众臣皆山东人，大部分不愿意迁都，因此赞同叔孙通意见的居多数，只有萧何、周昌等少数人支持刘敬。刘邦委决不下，问道："子房呢？你怎么看？"刘邦四处张望着，却找不见张良的影子，这才想起张良病了，没来早朝。

散朝之后，刘邦叫夏侯婴备了车，来到张良的住所。张良不在家，家人说一早就到河边去了。刘邦知道张良经常去的地方，于是驱车奔城南而来。果真，出城不远，就听见从洛水边上一片树林中传来阵阵箫声。刘邦循着箫声来到树林中，远远地看见张良倚在一棵大树下面，正悠闲地吹着一支古曲，那曲子听来十分熟悉，却叫不出它的名字。刘邦示意左右停下来，不要打断他，可是张良已经发现了他们，起身迎了过来。走至近前，张良欲跪下施君臣之礼，刘邦将他拦住了。刘邦见张良红光满面，哪里像是有病的样子，指着张良笑骂道："装病不上朝，不想给我干了是不是？"

张良不好意思地答道："臣近来的确有些不适，今早稍稍觉得好些，便来河边转转，还请陛下见谅。"

"好啦好啦，我相信你。不过，我听说你们道家养生不是忌讳声色犬马吗？你怎么还整天曲不离口地吹箫啊？"

"我算不得是道家。不过据臣所知，道家最少忌讳，讲究顺其自然。养生亦是如此。虽说忌讳声色，可也要看声是什么声、色是什么色。靡靡之音，使人颓废，固不可取；铿锵之乐令人振奋，宜用于军旅，然却伤五内，不利于养生；和和之声，能浸润肝脾，陶冶性情，不可一概废之。更有一种天籁之音，乃天地万物自然之声，用心领略之，可融自身于天地间，何害之有？古人云：知乐，则几于礼矣，礼乐皆得，谓之有德。故而知乐乃修德必经之途也。又如色，臣只是不近女色，而于这山光水色，春光秋色却有无尽的留恋，故臣以为养生亦是有声有色，声色兼修，方为捷径。如若连这天籁之音都不能听，春光秋色都不能赏，那还用什么来养生？"

"你们这些读书人，满嘴的大道理，我是说不过你们。不过你也好意思，我整天累得吃不下睡不着，也不说帮我一把，自己活得跟神仙似的，什么心也不操！"

"汉王是个天塌下来都不在乎的人，怎会吃不下睡不着？"

"过去是这样，现在不同喽！咱们俩这一辈子，正好走了个相反的路。当初我是个吃凉不管酸的人，什么事都不放在心上，天塌下来有大个的顶着呢，怕什么！可是现在，事事都得操心，近来晚上常常睡不着觉，过去可从来不这样。你呢？年轻时血气方刚，恨不能一锥把秦始皇砸死，现在倒什么都能放得下了。"

"是呀，苟有所求，必有所忧。臣现在是无欲无求，故能无忧无虑。"

"得了便宜还卖乖，快帮我出出主意，迁都还是不迁？"说着，刘邦将刘敬的建议和朝堂上的争论简单向张良介绍了一番。张良道："记得初次来洛阳时臣和陛下说过此一时彼一时的话，周朝定都洛阳有当时的背景，现在有现在的情况，依目前情况看,臣以为刘敬的话是对的。"

"好,那就听你的,马上就迁。我还有一事问你,你说我封的左一个王右一个王的这算怎么回事?我这是给谁当皇帝呀?纯粹是这些王侯的傀儡、大管家。人家秦始皇那才是真正的皇帝呢,郡县制,政令畅通无阻,一道命令下来,连我这个小亭长都支使得了,可我这个皇帝能管得了谁呀?"

"已经形成这种局面,恐怕只能因势利导。"

"我想改成郡县制,统一政令,你说怎么样?"

张良听了,心里咯噔一下,因为此事非同小可。张良看得非常清楚,刘邦称帝,虽然表面上统一了天下,但是问题还没有从根本上得到解决,这么多国中之国,迟早还要分裂。可是要搞郡县制,没有血的代价是难以实现的。搞不好又要大开杀戒,导致千百万人头落地。这是他所不愿意看到的。他已抱定退步抽身的打算,所以闭口不谈此事。

"臣对政制一向不熟,未曾多加考虑,陛下问问萧相国和周大夫吧。"

刘邦接着说道:"不是我要改制,而是不改不行。不改恐怕天下统一难以长久。俗话说,一百个猴一百条心,这么多的诸侯,谁能保证他们不再兴兵造反?"

张良考虑了半天说道:"天下事自有其自身发展的轨迹,该发生的到时候必然会发生,想防也防不住。该解决的到时候自然会迎刃而解,陛下不必过于忧虑,还是顺其自然吧。"

两个人边说边往回走,不知不觉间来到复道(天桥)上,刘邦望见河边沙滩上有几十名武将坐在那里,慷慨激昂地说着什么。刘邦问道:"那些人在做什么?"

张良望了望,道:"在商量谋反。"

刘邦心里一惊:"为何要谋反?"

"众将跟随陛下打天下,都指望有尺寸之封,如今陛下所封无非所亲爱即萧、曹等故人,所诛者皆平生仇怨。将领们私下议论,天下之土有限,且我等皆多有过失,陛下不能尽封我等,必寻借口以诛杀,故相聚谋反。"

"这可怎么办?娘的,我马上派人灭了他们。"

"不可,如此则会激出更大的变故。"

"那你说怎么办?"

张良想了想问道:"陛下平生最恨者谁?"

"雍齿。这家伙多次当众出我的丑,我早就想杀他,可是他打仗还行,立过不少战功,故不忍杀之。"

"陛下可急封雍齿,众将见雍齿得封则无忧矣。"

刘邦按照张良所说,给雍齿封了个什方侯。果如张良所言,众将见雍齿受封,立刻打消了顾虑:"陛下那么恨雍齿都给他封了侯,我等无忧矣。"

第二十六章　家　事

汉五年六月，刘邦听从了刘敬的劝告，将都城迁到了关中，都城暂设在栎阳。刘邦拜刘敬为郎中，号奉春君。同月，刘邦下令大赦天下，士卒皆复员回家，诸侯之子凡在关中安家的，免除徭役十二年，回封国去的，免除六年。

回到关中，刘邦感到疲惫不堪，想好好休息一段时间，过几天清静日子，可是事情一件接着一件，没完没了。上朝日理万机，退朝回到后宫，依然不得安宁。后宫美人一百多人，哪一个也不是省油的灯，像赵子儿、管秀儿这样不服管教的多的是。吕雉做了皇后以后，让叔孙通仿照朝仪略作变通，制定了一套后宫礼仪。征得刘邦同意之后，吕雉开始整治后宫。起初，因为有刘邦宠着，这些美人各个都以为自己是刘邦的心爱之人，没把吕后放在眼里，吕后决心要让这些小丫头片子们尝尝她的厉害。

一日，众姬妾前来给吕雉请安，唯独不见管秀儿。吕后命人去叫。过了半天，管秀儿才懒洋洋地来了，头没梳脸没洗，吕雉看着她那一头乱蓬蓬的头发，气不打一处来，厉声问道："你知不知道宫里的规矩，怎敢不梳洗就来朝见本宫？"

那管秀儿自从上次挨了二十大板，就对吕雉怀恨在心，存心要她的好看，加之近来颇受刘邦宠爱，夜夜侍寝，所以有恃无恐，懒洋洋地答道："臣妾一大早就要来拜见娘娘，可是皇上不让。这不，皇上刚走，臣妾就来了，要不臣妾先去梳头吧，回头再来拜见娘娘。"说完，她得意地望了望众姬妾，众人皆畏惧吕雉，表面上不敢表示什么，可是心里都暗自称快。

这一番娇滴滴软绵绵不紧不慢的话语，把吕雉气得差点儿没背过气去。她不知管秀儿说的是真是假，未敢贸然发作，但是心里却动了杀机。过后，她派了两个小黄门专门盯着管秀儿，管秀儿从早到晚一举一动都有人向她报告。一日，管秀儿又故伎重演，让吕雉抓住了把柄，她冷笑道："皇上不在，别在这儿撒娇耍赖的啦。据我所知，近来皇上好像没有召过你吧？"

管秀儿一听，立刻就慌了，顺口编起了谎："是皇帝恩准臣妾可以不来的，皇帝让臣妾等他退朝回来。"

吕雉本不想把事情闹到刘邦面前去，可是管秀儿的话里露出了破绽，立刻让她抓住了："大胆！你坏了后宫的规矩不说，还敢败坏皇上的名声？皇上上朝已经走了一个时辰了,这一个时辰你在哪里?"

管秀儿见赖不过去,立刻软了下来,边叩头边说道:"皇后娘娘饶命,秀儿下次不敢了。"

"来人,把她绑了,等皇上退朝回来发落。"

不一会儿,刘邦下朝回来了。这边吕雉还压着人没散,她让人将刘邦请了来,将刚才的事情复述了一遍,刘邦当着众宫女丢了丑,有点恼羞成怒,照着管秀儿就是一脚:"你满口胡说什么?"

管秀儿自知理亏,只是不停地磕头求饶,吕雉反过来劝道:"陛下不用和她生气,交给我来处置吧。"

从此管秀儿失宠,过了不久就从宫中消失了。从此,后宫的宫女们知道了吕雉的厉害,再也不敢仗着一时得宠耀武扬威了。

如果光是后宫,吕雉还勉强能够应付。可是迁都后不久,宫里又来了两个女人,让吕雉大为头疼。一个是刘邦的大嫂,一个是刘肥的母亲曹氏。

吕雉历来与大嫂不和,而且这位大嫂也不知深浅,什么事都敢掺和,管你什么皇后不皇后,仗着是刘家长房媳妇,经常满宫里雉儿雉儿地乱喊,吕雉又没法和她计较,只好躲着走。曹氏倒是不张扬,也不住在宫里,而是住在刘肥的军营中。但是她给吕雉带来了另一种威胁。刘肥是长子,曹氏又比吕雉大,究竟谁是正宫娘娘?虽然没有人对此提出异议,可是吕雉不能不想,何况还有刘肥,这孩子已经大了,可以领兵上阵打仗了,他能不想么?

刘太公也住在宫里,看见整天鸡吵鹅斗的,心里烦,非要搬出去另住。自从彭城战败后,刘邦就失去了和母亲的联系,战后到处找也没有找到,估计已经不在人世了。刘邦希望父亲和儿媳妇们住在一起,照顾起来方便,可是劝了几次劝不动,只好另外给他找了个院子。刘邦每隔几日便来探望一次,陪老父亲说说话,问问身体如何,缺什么不缺。这一日,刘邦来到太公寓所,看见大嫂也在,心中十分厌恶。太公使了个眼色,把大嫂支了出去,对刘邦说道:"季儿,你大哥死得早,只留下信儿一个孩子,你可得多照应点。"

刘邦一听就知道了是怎么回事,答道:"她就是为这事来找您的?跟我说了好几次了,要给信儿讨个封,我没理她。"

"信儿这孩子还是不错的。"

"信儿倒是不错,可是他娘太不厚道,要不是她当年那样待我,我早就封了信儿了,哪用太公张口!"

"看在你老爹的面子上就给他封个侯吧。"

刘邦想起当初大嫂让他刮锅底的事情,给刘信封了个羹颉侯(意为刮羹侯),令其带着他母亲回封地去了。

刘邦每次来看望太公,太公都坐在卧榻上,刘邦磕头请安之后,才坐下来与父亲聊天。太公还是季儿长季儿短地叫着刘邦的小名,父子俩都没有觉得有什么不正常。有一天,刘邦又来了。远远地看见太公和几个老家人抱着扫帚迎候在门外(一种礼仪,表示为帝王清扫道路的恭敬态度),看见刘邦过来,刘太公抱着扫帚一步步退入门里,跪在路边,嘴里喊着:"陛下请!"刘邦大惊,上前将太公扶起,问是谁让他这样做的。太公答是周绁。周绁也是沛县出身的将领,刘邦起义后,一直追随左右,屡立战功,八年中无论军情利与不利,一直跟在刘邦身边,曾经几次救过刘邦的命。太公从宫里搬出来之后,周绁看太公一个人太孤单,就搬过来陪他一起住。刘邦把太公扶进屋里,问周绁:"你为何要让太公这么做?"

周绁答道:"俗话说,天无二日,国无二主,臣以为不可为父子之情而废天下法度。"

刘邦感叹周绁之言,又念他忠心耿耿,封他为蒯成侯,赏金五百斤。但终不忍让老父亲给自己下拜,回去以后,他把这事对萧何说了,问他这事该怎么办,萧何道:"人伦之道、天下之法皆不可废,依臣之见,可封太公为太上皇。"

于是,刘邦封太公为太上皇。可是太上皇在关中过得并不舒心,总是怀念家乡,天天嚷着要回丰邑老家去,刘邦无奈,只好让萧何在新都城长安辟出一块儿地方,仿照丰邑原貌重建了一处住处,长安城建好之后,又从丰邑迁来若干户老邻居陪着太公一起住,太公这才算安下心来在关中安度晚年。

把曹氏接到关中来是刘邦的主意。刘邦一直觉得愧对刘肥母子,如今天下安定了,他让刘肥把他母亲接了来,想让她安安稳稳过个晚年。曹氏没想到刘邦这样有情有义,对他一肚子的怨恨也都随之解消了。曹氏已经老了,对于什么夫妻之情,什么名分之类的事,想都没有想,只要能守着儿子安安稳稳过日子她就已经满足了。可是,自打来到关中,她心里就惴惴不安,她从直觉上感到吕雉是不会让她安安稳稳在这里过下去的。尽管表面上吕雉没有难为过她,见了面也是客客气气的,然而,越是这样她越是感到害怕。自己倒没什么,她担心会给儿子带来不幸。于是,她找到刘邦,提出要回丰邑老家去,刘邦问道:"怎么了?有人给你气受了?"

"那倒没有。从皇后以下,待我都挺好,只是觉得在这里碍手碍脚的,碍你们的事,自己也不自在。"

"又没人撵你,你急着回去干吗?你就这么一个儿子,离了他,将来老了谁照顾你?"

曹氏觉得也是这么个理,儿子不可能回丰邑去,那样就把儿子的前程耽搁了。犹豫了一阵就又住下了。可是吕氏一族为此却深感不安,即使曹氏威胁不到吕雉,吕雉脸面上也不好看,更重要的是,刘肥是长子,将来再有了战功,恐怕还会威胁到刘盈的太子地位。为此,吕泽、吕释之亲自找到吕雉这里来商量对策。吕释之道:"必须想办法除掉这母子俩,否则将来后患无穷。"

吕雉道："闭嘴！这是灭九族之罪，可是能随便说的？"

吕泽道："二弟说的也不无道理，无毒不丈夫，今日不动手除掉他们，难道等着他翅膀硬了动手杀我们不成？"

吕雉斩钉截铁地说道："不行！你们就别再往这条道上想了，不到万不得已，绝不能对刘氏后代下手。想想有什么办法把他们母子赶出去吧。"

兄弟俩商量了半天，也拿不出什么好办法。吕雉只好来找张良，张良道："这是皇后的家事，臣怎敢乱插嘴？"

吕雉再三恳求，张良仍不肯开口。无奈，吕雉又来找陈平，陈平未加思索便答道："皇后娘娘可向陛下建议封公子刘肥为王。"

"封王也得有个封王的道理，不是我一说皇上就能封的。"

陈平道："娘娘按照我教您的去说，皇上定会封刘肥为王。"接着，陈平如此这般给吕雉交代了一番。第二天，吕雉趁刘邦空闲，建议道："皇上如今所封诸王皆异姓，将来一旦有变，谁能为皇上分忧？何不封刘氏子弟为王？"

一句话说到了刘邦的心坎上，刘邦道："知我者夫人也，我也正这么想呢，可是孩子们都还太小，怕镇不住啊。"

"肥儿已经长大了，我看可以先封。"

"你说把他封到哪好？"

"齐国千里沃土，差不多是皇上的半壁江山了，韩信走后，一直无人镇守，何不就封他个齐王？"

"我亦知齐地重要，可是肥儿哪行啊？他能镇得住？"

"这有何难？派个稳妥的人为相辅佐不就行了吗？当初盈儿还不到十岁，你让他镇守关中不是也守得挺好吗？肥儿是我一手拉扯大的，我知道这孩子，再历练几年，镇守齐国肯定没问题。"

"说得好，你可帮我解决了大问题了。"

于是，刘邦封长子刘肥为齐王，命曹参为相国，即日起程前往封地。曹氏自然是要跟着儿子走的，从此吕雉去了一块儿心病，可是一想起给了刘肥那么大一块儿封地，心里仍然觉得不舒服。

吕雉去了两块心病，心里仍不踏实。这两个人虽说让她难堪，但是最大的威胁还不是来自他们，而是来自戚姬和如意。后宫美女越来越多，但是刘邦似乎也越来越对她们不感兴趣了，他的心思越来越多地转移到了孩子身上。刘邦现在已经有了六个儿子，除了刘肥、刘盈、刘如意、刘恒之外，又添了两个小的，分别取名为刘恢、刘友。近来，刘邦每日下朝之后，除了这些给他生了儿子的姬妾，别的宫女那里他几乎不去。也许人老了更注重天伦之乐，也许是在考虑他的江山社稷的继承问题。在这些孩子中，刘邦最喜欢的是如意，因而泡在戚姬那里的时间也最多。玉君能歌善舞，过去多年征战不息，将士们每天在前方流血，乐舞之事自然是不合时宜的，她这方面的才能几乎被埋没了。如今天下太平了,玉君又把琴摆在了地中央,刘邦一来,她便轻轻拨起琴弦,根据刘邦的情绪、兴致,选择不同的曲子为他演奏,常常在刘邦暴怒的时候使他渐渐平静下来,在他消沉的时候,使他慢慢兴奋起来,而在他充满豪情时,能够得到淋漓尽致的抒发。刘邦对音乐似乎有着天然的感悟,常常闻声起舞,边舞边唱。戚姬身旁有十几个使女,其中也不乏能歌善舞者,每逢这种时候,戚姬就会让别人弹琴,自己绕着刘邦伴歌伴舞,给他助兴。戚姬的舞技更是不同凡响,细腰长袖,能以袖击梁,折腰至地,常常一个人舞得满庭生辉,让刘邦看得如痴如醉。有时,刘邦觉得两个人舞不过瘾,就让使女们也加入进来,不分上下主仆,随意笑闹。这样还觉得不够尽兴,刘邦索性让戚姬把后宫能歌善舞的姬妾包括使女统统组织起来,会吹拉弹奏的分一班,善歌的分一班,善舞的分一班,隔三岔五就聚起来乐一次,有时一直唱到半夜,兴致高时,甚至几百人上千人一齐唱,歌声响彻云霄,震动了整个栎阳城。史籍记载更甚,说是千人唱,万人和。

吕雉封后之后,戚姬仿佛一下子掉进了万丈深渊。过去,她从来没有把这个又老又土的乡下女人放在眼里。她知道刘邦有多爱她,虽然后宫里比她年轻的有的是,但是始终没有人能取代她在刘邦心目中的位置。她一直以为刘邦迟早会休了这个黄脸婆,即使不休,留着也不过是个管家婆的角色。直到吕雉封后之后,她才真正意识到两个人的地位差距有多大。不仅如此,还有吕氏一族的人为她撑腰,相比之下,戚姬更感到自己孤零零一人,势单力薄,根本没办法和这位皇后抗衡。于是她不得不收敛自己,处处让三分,再也不敢像过去那样对待吕雉了。她以为这样就能求得安生,保全自己,没想到吕雉却得寸进尺,处处挟制、挤兑她,有一次,竟然当着所有后宫姬妾们的面要她给她梳头。

自从刘邦迷上了乐舞,戚姬的地位便发生了十分微妙的变化。吕雉对音乐、舞蹈一窍不通,这给了戚姬一个绝好的机会,她投刘邦所好,将后宫变成了歌舞场,同时也给了她发号施令、笼络人心的机会。她在后宫可以说是一呼百应,在众姬妾眼里,权威已经超过了吕雉。但是她心里十分清楚,她的权威是没有根基的,一触即溃,后宫佳丽们讨好她,无非是为了发泄发泄对吕雉的不满,出出气。这样做的结果只能使吕雉更加恨她。但是她和吕雉之间的矛盾已经势同水火,她再忍耐也没用,不如索性借机发泄出来,出出这口恶气。

戚姬就像一把刀插在了吕雉心上。每当晚上歌声响起的时候,她便如坐针毡,强烈的失落感像千百只虫子在啮咬着她的心。更重要的是,她感觉到危险正在慢慢地向她袭来,像这样下去,要不了多久,戚姬和如意母子就会取代她和太子刘盈。一个夕阳惨淡的黄昏,宫中丝竹声又起,吕雉坐立不安,一个人出来散心,远远地看见儿子刘盈和如意在一起捉蜻蜓,心里一股邪火冲了上来,走上前不分青红皂白给了刘盈一巴掌:"不长进的东西,不去好好读书,跟这么大的孩子一起玩,能有什么出息?"

刘盈急忙跪下答道："启禀母后，儿臣已做完一天的功课，是叔孙师傅叫出来活动的。"

"你还敢犟嘴？"吕雉说着又要打，小如意机灵鬼似的上来拉住吕雉的手说："母后别生气，不是哥哥的错，是我不好，是我拉着哥哥出来的。"吕雉见这孩子这么机灵，相比之下，刘盈确实不如，心中越发恼恨，冲着刘盈骂道："还不快给我滚回去?!"

刘盈起身走了，如意转身也要走，吕雉不知是出于什么心理，把如意叫住了："如意，你跑什么？你又不急着读书，走，跟母后玩去。"

两个宫女一直跟在如意身后，形影不离，这是戚姬交代的。吕雉道："你们跟着做什么？如意今晚跟我住，你们回去吧。"

两个宫女回去立刻报告了戚姬，戚姬正在为刘邦弹琴，一听这话就急了，顾不得刘邦兴致正浓，赶紧出来找如意。她连跑了几个院子都没见孩子的影子，天已经渐渐黑了下来，戚姬急得心里像着了火，对身边的两个宫女恶狠狠地说道："如意要是有个三长两短我就要你们的命。"刚说完，转过一座假山，看见如意和吕雉正坐在一口井边，戚姬心中大惊，这要是没人，一把将孩子推下去，鬼都不知道。她三步并作两步跑过去，抱起如意就走。吕雉冷冷地喝了一声："站住！你这是干什么？孩子我领着你还不放心吗？你不好好陪皇上，跑到这里来做什么？"

戚姬情急之中抱起孩子就走，竟忘了她没有理由这样对待吕雉，让吕雉一喊，她才意识到失礼，抱着孩子又不便跪，嘴里忙说道："我只顾找孩子，忘了给皇后殿下请安。请皇后恕罪。"

"哼，别跟我来这些虚客套了，你们眼里哪儿还有我这个皇后！"

戚姬急忙把孩子放下，跪下说道："请皇后娘娘恕罪！"戚姬不停地磕头，等磕完了抬头一看，吕雉已经走了。

戚姬领着孩子往回走，边走边问："皇后娘娘和你说什么了？"

"没说什么，就是给我讲了好多故事。"

"都讲什么了？"

"……"

对于如意所说的故事，玉君一句也没听进去，满脑子想的都是刚才那口井。回到寝宫，越想越怕，吕雉想对这孩子下手已经不是第一次了，当年在咸阳就已经起了这个心，玉君既无父母又无兄长，果真被人算计上，连个商量的人都没有。想来想去，她还是把事情告诉了刘邦。她知道刘邦不会相信，但是不对他说又能对谁去说呢？刘邦道："你不用怕，我不信还有谁敢把我刘家的人怎么样。"玉君求助无门，思来想去，只有一条路，于是这个曾经无比单纯的女孩，开始给自己的儿子设计前程了。

却说卢绾带了三万兵马前往楚地讨伐共驩,连攻了几个月攻不下来,韩信实在有点看不过眼去,在当地临时募集了几万人马,很快就消灭了共驩,然后随同卢绾一起来朝栎阳。接着,淮南王黥布、长沙王吴芮、梁王彭越、韩王信、赵王张敖、燕王臧荼皆来栎阳朝拜。事先萧何已经向诸侯王打了招呼,关中要新建一座都城,花费巨大,希望诸王各尽所能给予支持。因楚国最大,萧何特意给韩信去了一封信,让他带个头。因此,这次来朝拜,诸王都随驾带了不少粮食、金银珠宝以及当地的名贵木材、石料等等稀缺物品。尽管如此,刘邦对诸侯王的进献还是不满意,尤其是燕王臧荼,带来那点东西实在看不过眼去。刘邦当着诸王和朝臣们的面就发了火:"你他娘的拿这点东西来糊弄谁呀?老子封你个燕王你就这么报答老子?这个燕王你还想不想当了?不想当老子换人了。"

臧荼脸上红一阵白一阵,一个劲地谢罪,表示下次一定补上。嘴上虽然这样说,心里却不服气,因为梁王彭越、淮南王黥布进献的东西也不多,刘邦是吃柿子先拣软乎的捏,黥布、彭越他不敢惹,只好拿他出气。臧荼越想越窝火,回去以后就反了。不久,臧荼攻陷代地。

刘邦对诸侯的反叛是有思想准备的,但是没想到事情来得这么快。他亲自带领卢绾、樊哙前往镇压。关中的政务有萧何在,不用担心。关内防务就交给了吕氏兄弟。但是刘邦仍然不放心,临走,将周勃召到宫里,问道:"我走了,关中若有人造反怎么办?"

"谁敢?我灭他九族!"

"你谁都敢杀吗?"

"只要有人敢危刘氏天下,不管他是谁,我必诛之!"

"好!倘若万一有变,当务之急是什么?"

"保住太子和诸公子,待陛下归来。"

"这我就放心了。"

刘邦走后,后宫顿时冷清了下来。吕雉重新恢复了往日的权威,戚姬不得不收敛一些。她日夜守着如意,不敢让他离开自己一步,生怕有什么不测。可是,宫里到处风声鹤唳,让她心惊胆战。先是有人投毒,把她养的两只大白鹅毒死了,接着厨房的一个伙夫又不明不白地死了,之后两个跟她最贴心的使女突然失踪。夜里睡觉,她总是觉得房顶上有脚步声,吓得整夜整夜不敢合眼,支楞着耳朵听着外面的动静。后来,她觉得实在无法保证如意的安全,于是想起刘邦临走时说过的话,万一有什么不测,去找周勃。于是,她把如意抱到了周勃府上。周勃把孩子接过来,说:"夫人放心,孩子交给我保证万无一失。"不料第二天周勃就把孩子领到宫里交给了吕雉。吕雉问道:"你把他领来做什么?"

"昨日戚夫人找我,说最近她那出了不少事,害怕有人暗害这孩子,让我给她带着。我是个武人,哪带得了孩子?我想这孩子交给皇后带是最放心不过的了。所以就把他领了来。"

吕雉想了想，把孩子留下了："行，交给我吧，你就不用管了。"

过了几天，戚姬在庭中散步，又看见吕雉领着如意在井边坐着，吓得魂都掉了。她跑过去抱孩子，吕雉不给："你不是怕有人害他吗？既然你保护不了这孩子，那你就别管了。这会交给你，万一有个三长两短，我说不清楚。"戚姬有苦难言，气呼呼地跑到周勃府上，骂道："亏你还是个将军，这么点事都担待不起，陛下白信任你一场。把我的孩子交给她，不是往虎口里送吗？"

周勃嘿嘿笑着说道："夫人这是哪里的话，孩子交给皇后是最安全不过的了。"

两个月后，刘邦平定了燕国，生俘燕王臧荼。刘邦封卢绾为燕王，留下樊哙帮助卢绾继续扫除臧荼余部，然后很快返回了栎阳。戚姬见了刘邦，一一述说了刘邦走后宫里发生的种种怪事，最后，把周勃狠狠地告了一状，刘邦听后嘿嘿一笑，道："周勃可属大事也。"

"您还笑呢，他能主什么大事？这么点事他都不敢担待。"

"这你就不懂喽！"

正说着，吕雉把如意领来了，两个月不见，如意又长高了，养得又白又胖。吕雉走后，刘邦指着孩子说道："你看，这不是带得挺好嘛！"

第二十七章 君臣反目

　　韩信从淮阴回到楚王府，见了钟离昧，大吃一惊，道："皇上下了诏令，到处在追捕你，你怎敢这样大摇大摆出没于市中？"

　　"这有什么不敢？九里山之战，大将军不是也闯到我营中去了吗？"

　　"将军何必这么躲躲藏藏的？不如自去朝中向皇帝谢罪，以君之才，皇帝必委以重任。"

　　"忠臣不事二主。昔日项王待我恩重如山，终不忍背之。"

　　"此一时彼一时也，君效忠楚国，已尽心尽力，如今项王已死，何不顺应潮流，再展宏图？将军若肯复出，我可在皇帝面前鼎力推荐。"

　　"昔有伯夷、叔齐不食周粟，令后世称颂，我今若投降，岂不落个千古骂名？况刘邦反复小人，以人所不齿之术偶然窃取天下，终难长久，非但我不投降，也劝大将军早做打算，以免落入他人之手。"

　　"将军不要听信外间传言，皇帝乃仁厚之君。胸怀宽广，明于治道。陛下待我同样恩重如山，时间久了你自会知道。"

　　"看来是话不投机呀，人各有志，不能强勉，咱们不说这个了。今投奔大将军来，是想找个暂时栖身之地，大将军若能容我，我就暂住些时日，若不能，在下就不打搅了。"

　　"你这是什么话！我这里还能没有你一口饭吃？只是过不得明路，无法使将军一展雄才，只好委屈你闲居在这里了。"

　　于是钟离昧在韩信府上住了下来。两人朝夕相处，亲如手足。闲来两个人便在一起饮酒下棋，谈论兵法。季布归附以后，韩信又劝过钟离昧几次，希望他能去自首，出来做官，但钟离昧终不肯为。韩信帮着卢绾剿灭共骜之后，所招的部队一直没有遣散，成了楚国的常备部队。战事刚刚结束，地面上不太平，那些无家可归的乱兵和小股土匪经常出来活动，加之项羽旧部一直不服，除了共骜，还不断有小股的反叛武装出现，于是韩信经常陈兵出入。韩信治军极严，违反军纪者或打或罚绝不留情，治国也是如此，遇事不肯通融，因此一些部下对他怀恨在心，汉六年十二月，有人状告韩信谋反。

　　刘邦一直在密切注视着各诸侯王的动向，稍有风吹草动都会有人向他报告。起初有人报告韩信兴土木、修宫室、选秀女,他都没放在心上,听了这些他反倒放心了。后来又听说钟离眛在韩信府上藏着,他一直将信将疑,直至近来韩信陈兵出入,又大规模地扩大武装,刘邦才觉得有点坐不住了。他把告状信翻来覆去看了几遍,信上说的句句让他担心,他将几个心腹将领召集到一起,准备兴兵讨伐。众将个个摩拳擦掌,争着要领兵前往,刘邦把众将扫了一眼,尽管这些将领们信誓旦旦的,但是刘邦知道他们都不是韩信的对手,于是派人把陈平请了来。陈平看了看那封信,觉得信中说韩信谋反,证据不足,因此没有说话。刘邦问:"你怎么不说话?"

陈平根本不相信韩信会谋反,但是也不敢替韩信打这个包票,害怕把自己牵连进去,于是只好说:"臣无话可说。"

刘邦追问再三,陈平还是不说话。于是刘邦屏退众将,又道:"有什么顾忌的吗?这回你说吧。"

"众将怎么说?"

"众将争相讨之。"

"可是臣以为这封信不可信。"

"反迹不是这两天才发现的,早就有端倪了。天下之事,可不是儿戏,宁可信其有,不可信其无。"

陈平见说不动刘邦,只好作罢,问道:"陛下准备派谁去讨呢?"

"众将恐怕都不是他的对手,故请你来。"

"陛下自料关中最精锐之师能否比得上韩信的部队?"

"韩信历来善于治军,恐怕不及。"

"如今兵不及楚精,将不及韩信能,贸然发兵征讨,是逼韩信出兵反也,如此则天下危矣,故臣不敢言。"

"幸亏请你来了,否则后果不堪设想。有什么别的办法吗?"

陈平想了想,问道:"除了刚才各位将领,这封上书还有人知道吗?"

"没有。"

"韩信知道吗?"

"不知道。"

"这就好办。陛下可仿古之天子巡狩会诸侯之礼,伪游云梦,令诸侯会于陈县。陈县位于楚西边境,韩信以为无事,必迎于郊外拜谒陛下,陛下可因而擒之。此乃一武士之事,何必发兵?"

于是,刘邦派使者遍告诸侯,天子将游云梦,令诸侯于陈县相会。使者至楚国,韩信不知是计,直到刘邦快到陈县了,韩信才知道有人上书告他谋反,韩信吃了一惊,把几个心腹官员找来商议对策,陈贺道:"反正已经背上了这么个恶名,不如干脆反了,何必受制于他人?"

韩信道:"不许胡说!我韩信忠心耿耿事汉,绝无二心,即使有人诬我,皇帝必不信,为何要铤而走险?"

孔聚道:"可是楚将钟离眜在大王宫中,这事恐怕说不清楚。"

另一位将领说道:"告大王谋反者,能坐实的就是这一件事,不如杀钟离眜以献陛下,如此则皇帝不疑矣。"

"更是胡说! 钟离将军与我情同手足,我怎能做此不仁不义之事?"

商量了半天,也没拿出一个像样的主意,韩信屏退众人,来到宫里,对钟离眜说道:"钟离将军在此藏匿,已有人告到圣上面前,我不能再留将军了,将军有两条路可选,一是随我去见皇上,一是逃命。"

钟离眜道:"我亦闻汉皇疑大将军反,大将军何不就此反了,在下正可助大将军一臂之力。"

"将军不要劝我了,我是不会反汉的。将军赶快决定自己的去留吧。"

"大将军放心,我绝不连累你。我死不足惜,只恐我死之后,大将军随之而亡矣!"说完,拔剑自刎。

韩信没想到钟离眜是这样的烈性子,后悔不该和他说得太直率。如今老友亡故,心中悲痛不已,无奈刘邦已到了边境,他只好令人将钟离眜装殓了,抬着棺材来到陈县。刘邦早已做好准备,令武士们埋伏左右,韩信一到,立刻把他捆了个结结实实。韩信没想到刘邦真会这样对待他,叹道:"果如人言:狡兔死,走狗烹;高鸟尽,良弓藏;敌国破,谋臣亡啊!"

"你说什么?"

"哼! 天下已定,我固当烹! 有什么好说的?"

"有人告你谋反!"

"陛下可有证据?"

刘邦无言以对,道:"等回到关中再说。"他装作忙着会见诸侯,暗中却命御史大夫周昌带人前往楚国调查韩信的反迹去了。

刘邦回到关中不久,周昌也回来了。调查的结果,让刘邦感到有点失望。周昌不但没有找到韩信谋反的证据,而且认为韩信治国有方,应当给予褒奖。刘邦听了很不高兴:"怎么能说没有证据? 他把钟离眜窝藏了这么久不就是证据吗?"

周昌道:"窝藏并不等于谋、谋反。况楚王一直劝——劝钟离眜自——(阿就)守,是君——君子之风,且、且想为——为陛下,保留人才。正当褒,褒奖才是。"

"你还让我褒奖他?褒奖个屁!"刘邦大发雷霆,要是别人早吓得不敢吭声了。可是周昌却不管那一套,据理力争,丝毫也不让步。他口吃,自己急得脸红脖子粗的,也把刘邦气得够呛。

周昌回京的同时,楚国也派出了一支庞大的游说队伍,悄悄地来到了栎阳,这些人联络了栎阳城里韩信的一些老部下,四出游说,想请萧何、张良、卢绾、樊哙等一班近臣出面为韩信说句话。可是,事关谋反,众人不知内情,都怕牵连到自己,谁也不敢去刘邦面前说情。

这一天,张良正在家中静坐练功,来了四五个楚人要见他,张良对家人说道:"就说我病了,不见。"无奈这些人赖在门口不走,张良只好请他们进来。众人坐下七嘴八舌地说了半天,张良静静地听着。听完了,道:"我都听明白了。你们回去吧。"

"这么说先生答应了?"

"答应什么?"

"到皇帝面前说情啊。"

张良笑笑说道:"你们不是说楚王无罪吗?既然无罪,皇帝就不会杀他,也就用不着去说啦。我去说,还能比你们说得更清楚吗?"

"可是我们还是放心不下。"

"你们对谁放心不下?是对楚王的为人放心不下,还是对皇帝的判断力放心不下?"

众人不知该如何回答,张良道:"我说没事就没事,放心,回吧!"说完一挥手,进屋去了。

第二天上朝,群臣奏事完毕,刘邦正准备退朝,周昌把释放韩信的奏本提了出来。刘邦最害怕在朝廷上议论此事,他知道抓韩信证据不足,有点理亏,正骑虎难下,周昌当众提了出来,刘邦很难堪:"那就当庭议议吧,大家说,这事该怎么处置?"

武将们当初都是怂恿刘邦征讨的,此刻谁也不吱声了,文臣们虽知道韩信不该杀,但摸不透刘邦的想法,也不敢贸然说话,半天没人吭气。刘邦道:"窝藏敌将,这是证据确凿的。至于算不算谋反,大家说说看。"

刘邦这一说,大家心里更觉得没谱了,一个个低着头不吭声,刘邦只好点名了:"萧何,你说算不算谋反?该怎么处置?"

"臣不知内情,不敢妄加判断。"

周昌道:"丞相荐楚,楚王于,于陛下,当了——了解楚王为人,为,为何不敢说,说实话?"

萧何被周昌问了个大红脸,低下头没再吭声。刘邦又问曹参:"曹参,你说呢?"

"臣昨日才从齐国来,更不知情。"

曹参本是来京城办事的,今早原可以不上朝,是周昌硬把他拉来的。周昌是考虑曹参这几年一直跟随韩信,韩信为齐王,曹参为相,韩信为齐王时不反,现在怎会谋反?他把这番道理对曹参说了,曹参深有同感,但是此刻曹参却不说话了,周昌一听,立刻火了:"曹将军,你,你刚才怎、怎么说的?想不到你——你这么小——小人!"

曹参自知理亏,也没敢再吱声。刘邦在一旁看得明白,群臣心里不是没有看法,而是在看他的脸色行事,这是他的权威,他需要权威,但是也需要周昌这样的诤臣,因此不能做得太过火。于是说道:"算了,我也不难为你们了。韩信窝藏敌将,知情不

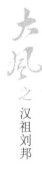
报,废其楚王之位,然念其有功,不予责罚,徙为淮阴侯。诸位以为这样处置公平吗?"

群臣一齐跪下高呼:"吾皇万岁,万岁,万万岁!"

难题解决了,大家心里都松了一口气。从此,自萧、曹以下,皆畏惮周昌三分。

这次处理韩信事件,陈平立了大功,加上这几年跟随刘邦左右,出了不少好点子,于是刘邦封陈平为户牖侯。陈平道:"此非臣之功也。"

刘邦诧异,问道:"怎么能这么说?我封你不是为这一件事,早就该封你了,不是忙着没顾上嘛!"

"然而若无魏无知举荐,臣安能到陛下跟前?陛下果欲封,就封魏无知吧。"

刘邦感叹道:"陈平真可谓不忘本也,难得,难得!"于是刘邦又下令重赏魏无知。陈平谢过恩要走,刘邦道:"事情还没完哪。突然空出来楚国这么大块地方,你说怎么办?"

陈平知道诸将都在盯着这块地方,于是问道:"陛下可谋之于丞相乎?"

"没有。问他干吗?"

"此事关乎天下之制。不知陛下做何考虑?"

"说到这儿我倒想起来了,我早就想问问你,你说秦的郡县制好不好?我看比夏、商、周还好呢,全国一盘棋,想怎么走怎么走。一道命令下去,直达每一个老百姓,多痛快。"

"按说统一政令军令没什么不好,可是为何秦实行郡县制却没保住江山呢?"

刘邦道:"你有什么话直说。不要有所顾忌。"

"臣近来一直在考虑此事,说不好,试言之。臣以为秦虽然表面上统一了政令军令,但是各级官吏皆为俸禄而来,并没有人真心为朝廷考虑,故太平时看似强大,一旦有变,郡县政权立刻土崩瓦解,各地驻军纷纷反叛自保,只剩下一个孤零零的朝廷,没有外援。"

"可是分封制还不是一样?一旦有事,这些王侯有几个为我考虑的?"

"至少有一个——齐王刘肥。"

"噢!——我明白了。"刘邦长出了一口气,"你的意思是说多封刘姓子弟?"

"岂止是多封,要使天下都姓刘,非刘姓不得为王。如此则万一天下有变,诸王子势必拼死来保朝廷。"

"可是已经封了的这些功臣怎么办?"

"这就不是臣考虑的了。"

刘邦会意,不再深究,可是封谁好,却让他颇费踌躇,刘肥已经封为齐王,除了太子,其他的儿子都还小,刘邦的亲兄弟只有刘仲和刘交,可是刘仲连一天仗也没打过,封他恐怕不好对众将交代,于是他想到了堂兄刘贾,决定将楚国一分为二,封给刘交和刘贾。想好之后,他又问陈平:"你看这样行吗?"

陈平道："我看没什么不可以。"

"可是众将都红了眼盯着楚国这块地方,这么封他们能服气吗?"

"问题还在丞相身上,丞相是大汉第一功臣,丞相不争还有何人敢争?"

刘邦立刻冲外面喊道:"来人!请萧丞相!"

趁着萧何还没到,陈平继续说道:"要是丞相再出面为刘交、刘贾说句话,估计群臣就不会有人反对了。"

刘邦点点头道:"嗯。对了,我还要问你,上次封刘肥是不是你的主意?"

陈平如实说道:"皇后问计于臣,臣不敢不言。"

"我说不像是她的主意么,连说话的语气都不像。"

不一会儿,萧何来了。对政制问题,萧何建议采取分封制和郡县制相结合的办法,兼取两者之长,去两者之短,刘邦非常赞同。于是,西汉的政治体制就这样逐步酝酿形成了。最后,刘邦提出了封刘交、刘贾为王的问题,暗示萧何在朝堂上上一个奏本。萧何知道众将都在盯着楚国这块肥肉,如果由他提出封给谁,肯定要得罪一大批人,犹豫着没有答应。刘邦道:"这回是要让你做恶人了。"

萧何十分为难地说道:"做就做吧,我不下地狱谁下地狱?"

不久,刘邦封刘贾为荆王,王原楚国淮东之地;封刘交为楚王,王淮西。

韩信获释之后,来到宫中向刘邦叩头谢恩。刘邦道:"让大将军受惊了。"

"陛下明察秋毫,能不杀信,信已感激不尽。"

韩信客套了一番,把该尽的礼数尽到,准备告辞回淮阴去,刘邦道:"别急着走啊,我还有事找你呢。开国这么久,你也不来帮我一把,这回来了就别走了。你和子房两个大闲人,没事把兵书整理整理吧。"

"诺。"韩信这才明白,他连淮阴也回不去了。

第二天上朝,韩信没想到谒者竟让他排在曹参、卢绾之后,与周勃、灌婴等同列。韩信大感羞惭,从此常称病不朝。

一天,韩信在城中闲转,偶然看见一座院落,房屋十分高大,门脸也修得很讲究,便问:"这是谁家?"

随行的侍卫告诉他是樊哙的家,韩信道:"进去看看。"

樊哙刚刚平定了燕、代回来,听见家人通报说韩信来了,急忙迎了出来,跪在地上叩首拜道:"大将军怎肯光临寒舍?臣不胜荣幸。"

"闲着没事,出来走走,正好路过你家,便进来看看,樊将军房子盖得不错呀!"韩信大摇大摆地进了院子,樊哙从地上爬起来,恭恭敬敬地跟在他身后。

韩信本想看看就走,可是樊哙不依,执意要留他吃饭,韩信推辞不过,只好留了下来。席间,樊哙不停地给韩信斟酒夹菜,韩信心情烦闷,喝得有点多了。出了门,仰天长叹道:"唉,想不到我韩信今生竟要与樊哙之流为伍!"

第二十八章　白登脱险

汉七年夏天，刘邦召韩王信入关。刘邦召之甚急，韩王信没有准备，只带了几骑人马匆匆赶到了关中。

韩王信这次进关受到的接待规格非同一般。刘邦把自己的住处腾了出来让给他住，然后又派人给韩王信送来十二个美女，都是新近从各地选来的，年龄大都在十六七岁，各个长得如花似玉，让人看了不由得心动。接着，夏侯婴又给他送来两匹宝马，一车珠宝。韩王信不知刘邦这样对待他是何用意，心中颇为不安。他想起去年来朝，刘邦大骂臧荼的情景，心中料定不是什么好事，但是刘邦这样安排，也不像要把他怎么样的样子，这样忐忑不安地在宫里住了三天，刘邦来了。

"知道我为何请你来吗？"

"不知。"

"遇到难处啦。这些年咱们忙着灭秦朝，打项羽，不防备北边匈奴坐大了！我听说他们控弦之士有三十二万人，都是骑兵，一天一夜能跑七八百里，整天在边界上骚扰，抢人抢粮抢牲畜，闹得百姓不得安宁。朝中这些将领，我掰着指头数来数去，也只有你能和他们较量较量。"

韩王信不知是计，让刘邦几句好话夸晕了头，以为是让他去带兵平定匈奴。敖仓被俘之后，韩王信未能死难，心中一直觉得是一种耻辱，在人前抬不起头来。此刻听说让他去打匈奴，心想，正好可以利用这个机会打几个漂亮仗给大家看看，以雪前耻。因此，心中充满了豪情，道："天下兴亡，匹夫有责，陛下既然这么信任我，信愿率领十万精兵前往平定匈奴之乱。"

刘邦大喜："好！我就等你这句话呢。不过对匈奴作战不是一天两天的事，恐怕得长期驻扎在那里。所以，我让人给你备了车马、美人，还继续当你的王，但是封地改在代地，都城就设在晋阳，我相信以韩王之才勇，到那里一定会有一番作为的。"

韩信这才知道上了刘邦的当，他自幼生长在韩国，怎么能舍得离开故土？但是刚刚答应了，又没法反悔，心里有苦难言。况且，刘邦早有准备，也容不得他反悔。

罢了韩信的楚王之位，刘邦总算去掉了一块儿心病。但是还有一人一直让他放心不下，这就是韩王信。韩国北近巩、洛，南迫宛、叶，东有淮阳，皆天下劲兵处。当年刘邦打进武关就是从这里出发的，它的战略位置太重要了。韩王信驻在在这里，等于卡住了关中的咽喉,而且韩王信素有雄才大略,一旦有变,将不可收拾。于是,刘邦下决心要把韩王信搬开。

刘邦走后,韩王信来找张良,想让他帮着出个主意,张良道:"大王自己看着办吧。"

韩王信道:"先生别的什么都可以不管,可这是失国呀。"

"星移斗转,暑往寒来,世事总是在变的,该得的时候会得,该失的时候总要失,非人力所能为,只能顺其势而不可逆其理。"

"这么说没什么办法好想喽?"

战后,张良已下定决心,不再参与诸侯之间的纷争,于是摇摇头说道:"没有。大王好自为之吧。"

韩王信含着眼泪离开了栎阳。到了边塞,数遇匈奴入侵,匈奴皆骑兵,往来神速,待汉军接到传报出兵讨伐时,匈奴早已逃之夭夭了。韩王信正年轻气盛,觉得晋阳(今太原市西南古城营)离边塞太远,不利于与匈奴作战,于是上书刘邦要求将都城前移至马邑(今山西朔州西北),刘邦欣然允诺。

汉七年秋,匈奴发兵数万,将马邑团团包围,韩王信试图与之一战,但匈奴士卒各个勇猛剽悍,汉军根本不是对手。经过几次交手,韩王信才知道了匈奴的厉害,眼看马邑要失守,情况万分危急,韩王信一面派人急驰关中去搬救兵,一面派出使者与匈奴谈判,以拖延时间,等待援兵的到来。

匈奴是我国北方的游牧民族。商、周时期称猃狁,战国时期始称匈奴,主要分布在蒙古高原,南达阴山,北抵北海(今贝加尔湖)附近。他们过着逐水草而居的游牧生活。善骑射,食畜肉,穿兽皮缝制的旃裘。战国后期,由于中原各国忙于兼并战争,与匈奴接壤的秦、赵、燕三国对北方的防御力量大为减弱,匈奴得以迅速扩张势力,并乘虚南下,占领了河南(今内蒙古河套地区),对秦的后方造成极大威胁。秦始皇三十二年(公元前215年),大将蒙恬受命率三十万大军北攻匈奴,一直打到河套以北,阴山以南地区,并重新设置九原郡。随后,秦在原秦、赵、燕三国旧长城的基础上修筑了一座西起临洮(今甘肃岷县),东至辽东郡碣石,绵延一万余里的长城。从此,匈奴不敢南犯。

蒙恬死后,匈奴在冒顿单于率领下又开始试探性地逐步向南蚕食。

冒顿是个胸有大志的单于。他原为匈奴太子,后来老单于头曼的一个十分宠爱的阏氏生了一个儿子,头曼打算废掉冒顿,改立少子,便让冒顿去月氏当人质。冒顿去了不久,头曼急攻月氏,企图假月氏之手杀掉冒顿,不料冒顿却偷了一匹马骑着逃回来了。路上,冒顿遇到重重围追堵截,凭着自己一身精良的武艺和超人的胆略冲出了重围,回到家时已是遍体鳞伤。头曼见儿子如此英勇,后悔不该对儿子下这样的毒手,从此打消了废立太子的念头,并让冒顿统帅一万骑兵。但是,此事却在冒顿心中留下了不可磨灭的阴影,他决心杀掉老单于和他宠爱的那个阏氏。冒顿制造了鸣镝,训练他所率的部众骑射,他给自己的近侍、卫队下令:"无论在何种情况下,只要我的鸣镝一响,你们都要跟着一齐射向鸣镝所射的目标,违令者斩!"有一次,冒顿将自己心爱的战马拴在树下,让众人去射,众人不敢,于是冒顿带头射出一支响箭,左右皆跟着射起来,有两名卫士觉得不忍心,拉了拉弓又把手放下了,冒顿当即杀了这两个卫士。过了一段时间,冒顿又领着人射杀自己的爱妻,冒顿鸣镝射出,左右无人敢射,冒顿把身边十几个卫士统统杀掉了,其余的人见此情景,急忙举弓搭箭向冒顿的妻子射起来。此后,无论冒顿箭射向哪里,众人皆不敢再犹豫,一起跟着射。冒顿知道这支队伍可以用了。有一次,他跟随父亲外出打猎,抬手一支响箭射向自己的父亲,众人立刻举弓向老单于射去,老单于当即毙命。接着,冒顿又率人杀了老单于宠爱的那个阏氏和他的几个同父异母的弟弟,自己登位做了单于。

　　冒顿即位时,东胡正强盛。听说冒顿杀父自立,便乘机要挟,派使者对冒顿说,想得到头曼骑过的千里马。群臣十分气愤,大家都说:"千里马乃匈奴宝物,岂能随便给人?"冒顿刚刚继位,立足未稳,不想与东胡结怨,道:"邻国相处,以和为贵,何惜一匹马?"于是将千里马送给了东胡。东胡以为冒顿软弱可欺,过了些时日,又派人来对冒顿说,想要冒顿的一个阏氏。左右皆怒不可遏,道:"这也欺人太甚了。竟然敢要单于的阏氏!单于不发兵讨伐他们更待何时?"冒顿笑道:"能与邻国和睦相处,何惜一女子?"于是,将所爱的阏氏给了东胡。从此,东胡王更不把冒顿放在眼里,开始逐步西侵。东胡与匈奴之间有一块儿荒弃之地,无人居住,宽约千里,双方各自在自己的边缘地带建立守望哨所,东胡派使者对冒顿说,这块荒芜之地对匈奴无用,我们想占有之。冒顿问左右大臣。有位大臣说:"这本是块荒芜之地,给也可,不给也可。"冒顿当即就火了:"地者,国之本也,怎能随便给人?"冒顿当即就把那位大臣杀了。然后,率领部队向东胡发起了全面进攻。东胡一直没把匈奴放在眼里,疏于防备,冒顿一举将其彻底消灭。并杀了东胡王。

　　冒顿刚继位时,东有东胡,西有月氏,前后都受到威胁。自从灭了东胡之后,匈奴的势力顿时膨胀起来。冒顿趁势向西打败了月氏,向南吞并了楼烦、白羊两个少数民族部落,又全部收回了蒙恬所夺取的匈奴旧地,跟汉王朝以原河南塞为界,势力范围曾到达朝那、肤施(今陕西延安),后又进而侵扰燕、代。这时汉军正与项羽相持不下,中原疲于兵戈,因此冒顿得以自强,手下控弦之士达三十余万人。

　　匈奴的祖先是夏后氏的后代,其首领名为淳维。从淳维到冒顿,经历了一千多年,其间不断分化组合,时大时小,到冒顿时,匈奴最为强大。匈奴设有左右贤王、左右鼓蠡王,左右大将,左右大都尉,左右大当户,左右骨都侯。他们称贤者为"屠耆",故常以太子为屠耆王。从左右贤王以下至当户,大的有部众万骑,小的几千,共二十四名首领,这些首领的称号又统称为"万骑",官位世袭。二十四首领之下也各自设置千长、百长、什长、裨小王、相封、都尉、当户、且渠之类的官职。

　　每年正月,各首领在单于王庭小集会,举行春祭。五月,在龙城(今蒙古境内)大集会,祭祀其祖先、天地、鬼神。秋天,马长肥了,在森林周围大集会,核算人口、牲畜数目,征税。匈奴的律法是,重伤人者处死,犯盗窃罪者没收其全部家产,犯轻罪者处以鞭刑。坐牢时间不超过十天,一国之囚不过数人。单于早晨走出毡帐,朝拜初升的太阳,黄昏拜月亮。居坐以左为尊,面向北。送丧之具有棺椁金银衣裘,冢地不种树,不穿丧服。打仗时,斩获首虏赐酒一壶,所获战利品均归其所有,抓到俘虏便作为奴婢。故作战时人人自动趋利,看见敌军部队会自动逐利前进,如鸟雀云集,败时便土崩瓦解,风流云散。

冒顿在完成了恢复疆界的目标之后,又向北征服了混庚、屈射、丁零、鬲昆、薪犁等国。匈奴贵族和大臣们都很佩服冒顿,认为他贤能,匈奴的势力也因此发展到了顶峰。

刘邦接到韩王信的急报,亲自率领卢绾、樊哙等军前来救援。途中听说韩王信数次派使者与匈奴谈和,刘邦心中大为不快,怀疑韩王信有二心,派人入城责问。韩王信以区区几万人马监守马邑已经两个多月了,日夜盼望汉军援兵来救,听说刘邦大军赶到,正准备里应外合打个胜仗教训一下匈奴,没想到刘邦竟怀疑他通敌,这下把他心中所有的不满一下全勾了起来。一气之下,韩王信投奔了匈奴。

冒顿得了马邑,又会合了韩王信的部队,乘胜向太原发起了进攻。刘邦在铜鞮(今山西沁县南)大破信军,斩大将王喜。韩王信逃往匈奴。他的部将白土(今内蒙古伊克昭盟境内)人曼丘臣、王黄等拥立赵王之后赵利为王,收集了韩王信的败散之兵,与韩王信和匈奴一起来攻汉军。冒顿派了左右贤王率领万余骑兵与王黄等屯驻在广武(今山西省代县西南)以南,在晋阳与汉军交战,汉军大破之。汉军一直追至离石,再破匈奴,匈奴退至楼烦(今山西宁武县),刘邦令车骑兵再战匈奴,匈奴节节向北退去。

这一仗打破了匈奴不可战胜的神话,大长了汉军的士气。刘邦住在晋阳,打算乘胜追击,一举彻底打败匈奴。他一面秘密集结部队,准备大规模向匈奴开战,一面不断派人前去侦察匈奴的动静,先后派了十几个使者前往。其实,这场表面上的胜利只是冒顿的一个诱兵之计,看见刘邦已经上当,冒顿心中大喜,他将精兵良马统统隐藏起来,做好了一个大大的圈套,只等汉军来钻了。汉军先后派出十几股人马进行侦察,所见皆老弱残兵及瘦弱牲畜,刘邦欲往击之,刘敬在一旁劝道:"两国相争,必欲现己所长,今使者所见皆赢瘠老弱,此乃匈奴故意现短,诱我进兵之计,陛下不可贸然进兵。"

刘邦道:"既然如此,那你就再去探看一番,看看究竟是真是假。"刘敬亲自来到匈奴境内察看了一番,回来对刘邦说道:"臣所见与众人别无二致,然臣越发觉得可疑,以臣所知,匈奴之实力,绝不止此,一定是埋伏了奇兵诱我上钩,因而绝不可贸然进兵。"

刘邦大怒:"你这个齐国小人,靠着三寸不烂之舌到我这来骗官做,竟敢胡言乱

语坏我士气。来人,先把他给我押起来,等打完这一仗我再回来跟你算账!"

刘邦将刘敬囚禁在广武,率领大军出发了。其实刘邦的决心早就定了,早在刘敬回来之前,汉军的先头部队已经越过句注山(今山西代县),二十多万汉军主力也随后出动了。

汉军到达平城(今大同市东北),刘邦登上白登山瞭望敌阵,不禁大吃一惊,只见四面八方皆是匈奴骑兵,仿佛从地底下冒出来的一般。西面是清一色的白马,北面全是黑马,东面是黄骠马,南面是枣红马,阵容整肃,杀声震天。刘邦中计了。冒顿四十万大军包围了平城。

白登山在今大同东,又名马铺山。它西临浑河,东接采凉山,北面五六十里外就是长城,南面是大同盆地。山势自西北向东南逶迤铺开,刘邦的二十万大军就被包围在这方圆二十多里的沟谷坡梁之间。汉军仗着首先占据了有利地形,不断向山下发起冲击,但是只要一进入平川,就不是匈奴的对手了,一次次冲击又一次次被打退回来。匈奴的骑兵机动性极强,无论汉军选择哪个方向做突破口,只要迎面的匈奴能抵挡半个时辰,其他方向立刻增援上来,根本无法突破。时值数九寒天,大雪纷飞,二十万大军被困在山上,无处宿营,士卒们十之二三冻掉了手指脚趾,有些将士夜间值哨,便直挺挺地冻死在哨位上,部队战斗力大大减弱,冲击的力量一次次递减,而始终没有找到合适的突围方向。已经到了第六天,汉军仍没有找到突破口,眼看匈奴的包围圈越缩越小,汉军已经处于绝境。刘邦蹲在火盆旁边,问陈平:"还有没有办法可想?如果没有,咱们就只有硬拼了。"

陈平过去也没有和匈奴交过手,没想到会碰上这样强的对手。这些天来他一直在了解匈奴的情况,琢磨着突围之计,搞了几次声东击西的战术,都没有奏效,这会正皱着眉头发愁,脑子里不停地翻腾着,可就是找不出一条妙计来。刘邦随军带的两个美人过来添火,不小心碰到了陈平的手,陈平抬头一望,那美人一双水灵灵的眼睛正和他碰在一起,陈平打量了那两个美人一眼,真是天下绝色,心中为之怦然一动,随之有了主意。

"陛下,臣有一计,不过……"陈平看了看身边的两个美人,刘邦冲她们说道:"你们先出去一会儿!"

两个美人出去之后,陈平道:"臣有一计可以突围,不知陛下可舍得这两位美人?"接着,陈平将自己的想法和盘托出,刘邦道:"这有什么舍不得的?只是你这计管用么?"

"管用,管用,陛下不知女人在这上面心有多重。"

当夜,陈平潜入匈奴营中,来见单于阏氏。这位阏氏才二十多岁,穿一身戎装,透着几分英武之气,她是匈奴中第一美女,冒顿十分宠爱,对之言听计从。阏氏性情十分开朗,喜欢骑马射箭,舞刀弄枪,常和冒顿一起出征,而且讲得一口流利的汉话。阏氏见了陈平,心中吃了一惊,她还从未见过这么英俊美貌的男子,打算戏弄他一下,于是厉声喝道:"来者何人?"

"大汉使者陈平。"

阏氏盯住陈平看了半天,一言不发,倒真把陈平看得不好意思了,只好垂下眼皮,等她的下文。阏氏走下座位,绕着陈平走了一圈,突然嗖的一声抽出佩剑,剑锋直抵陈平的咽喉,她原以为陈平会吓得跪地求饶,没想到陈平脸不变色心不跳,反而抬起眼睛来直视着她,这回是她不好意思了,只见她脸色微红,道:"看你像个大姑娘,没想到还真有点男子气,找我有什么事呀?"

"在下奉大汉皇帝之命,特来给阏氏赠送珠宝。"

"你那些珠宝我不稀罕,倒是这脸蛋长得挺不错的。"

陈平心想,你个小女子居然敢来戏弄我,于是回敬道:"殿下的脸蛋也很漂亮。"

阏氏没想到陈平如此大胆,脸一下子红到了脖子根,她有点恼羞成怒,把手中的剑使劲往前一顶,在陈平的脖子上顶出了一个窝,再稍微一用力,陈平就没命了。阏氏咬着舌尖说道:"你胆子不小,那就别走了,留下来陪陪我如何?"

"臣倒是愿意,只怕单于不答应。"

"放肆!不怕我一剑要了你的命?"

"能死于阏氏剑下,是臣的荣幸。"

"哈哈哈哈!算你有种,我就喜欢你这样的男人。说吧,找我有什么事?"阏氏把剑放下来,插回了鞘中。

"来人!把东西抬进来!"

陈平随身带来的十几个人将几箱珠宝抬了进来,一一放在帐中,打开了箱盖。帐篷里点着十几盏吊灯,那些璀璨的珠宝在灯光下闪闪发光,阏氏看得爱不释手,最后说道:"东西倒是好东西,你们送这么重的礼给我,必是有求于我喽?"

"正是。"

"想让我放你们出去,是吧?休想!要是你一个人想活命,我倒可以想想办法。"

"臣知道阏氏殿下做不了主,只求阏氏为我们引见一下单于。臣还有一份礼物送给单于。"

"这倒不难。是什么礼物,能让我看看吗?"

"可以。"

陈平一挥手,从帐外飘然走进两个女子。两个人皆穿着貂皮裘,头上裹着厚厚的羊毛围巾,只露出两只眼睛。阏氏以女人特有的敏感从那露出的眼睛里看到了威胁。她走上前去,拉下她们的头巾,不禁大吃一惊。两个女子都是天姿国色,远非匈奴女子可比。阏氏早已闻中原女子漂亮,特别是皮肤之细腻,不是匈奴女人能比的,匈奴女人整日要骑马奔波,就是长得再漂亮,也不可能有汉家女子那样水豆腐一般的皮肤,阏氏又拉过两个女子的手看了看,更加惶惶不安,和她们相比,自己的手简直就是柴火棍。她忽地沉下脸来,问陈平:"你这是什么意思?"

陈平装傻,道:"并无他意,只是想把她们献给冒顿单于,以求两家和好。"

阏氏大怒:"来人! 把这一行人统统给我抓起来!"

"阏氏殿下息怒。抓了我等,于事无补。明日汉皇陛下还会派人再送几个女子到单于帐下。"

"你这奸人,难道还要拆散我夫妻不成?"

"臣并无此意。阏氏若不喜欢这样,臣可以把她们带回去。不过,我有个条件。"

"什么条件?"

"就是刚才阏氏说过的,放我们出去!"

阏氏一屁股坐在了椅子上。这事情太大了,她有点担待不起。

陈平进一步逼迫道:"阏氏如果做不了主,也不必勉强,我们再求他人就是。"

"谁说我做不了主? 我答应你们。不过我也有个条件。今晚必须把这两个女子杀掉。"

"可以。"

陈平走到两位美人面前,心情十分沉重地说道:"我等男儿无能,无法救皇上出去,只好求助于两位姐妹了。苍天有眼,来生若能相见,我陈平愿为二位姐妹当牛做马。"

那两位女子早有准备,从怀中掏出短刃,割断了自己脖子上的动脉。鲜血呼地一下喷了出来,一片血红在明晃晃的灯光下闪耀,放射出生命的最后光彩。

第二十九章　道法自然

第二天拂晓,浓雾弥漫,数尺之外便看不见人影了。汉军按照阏氏指定的路线撤出了重围。为了防止万一,陈平令弓弩手走在两边,弓拉满,箭在弦,随时准备对付可能发生的意外。将近午时,大雾散去,汉军已全部撤离。冒顿发现刘邦跑了,急忙率军来追,这时,樊哙率领的援军赶到了。冒顿见恋战无益,引兵向北退去。

突围之后,刘邦命樊哙率领十万人马平定代地,并封其兄刘仲为代王。然后,率军撤回广武。

一到广武,刘邦立刻来到狱中看望刘敬。他亲自为刘敬打开枷锁,一个劲儿地给他赔不是,刘敬见他这样,反而不好意思了,道:"军情判断难免有失,陛下何必这样自责,倒叫臣过意不去了。"

刘邦执着刘敬的手,来到自己帐中,道:"匈奴皆骑兵,胜时呼啸而来,势不可挡,败时转眼即逃得干干净净,追都没处追去。北方草原那么大,很难将其彻底消灭,对付他们恐怕得有个长远办法才是。"

"臣近日在牢中也在考虑此事,今天下初定,百姓、士卒疲于征战,而匈奴强悍,很难以武力征服。臣有一策,可使其子孙世代臣服,只恐陛下不能为。"

"果真能使之臣服,有何不能为?不妨说说看。"

"陛下若将长公主嫁与匈奴单于,以公主之美貌,必得单于宠爱,日后生子必为太子。如此,则冒顿在,为子婿,冒顿死,则外孙为单于。有翁婿、祖孙亲情在,匈奴必不来犯边,岂有女婿打丈人,外孙打大父之理?"

"这主意倒是不错。可是我只有这么一个女儿,且已嫁人,如何使得?"

"这就看陛下如何处置了,匈奴之俗倒不计较嫁与未嫁。"

"可否从后宫选个美女冒充公主?"

"天下没有不透风的墙,冒顿迟早会察觉,一旦察觉,和亲的作用就不大了。"

"那就按你说的办吧。"

匈奴大军北撤之后,樊哙没费多少力气便平定了代地。刘邦见前线已无大的战事,便准备回长安去,途中绕道来到赵国,打算看看女儿鲁元公主。大军经过曲逆(今河北省顺平县),刘邦与陈平、刘敬等登上城楼,见城内建筑高大,鳞次栉比,感叹道:"壮哉曲逆。我游遍天下,除了关中,只有洛阳可与之相比。"刘邦问随行的御史,"曲逆有多少人口?"

"秦时三万余户,如今只剩了五千余户了。"

"可惜呀,不然这儿都可以做国都了。这仗打的,人口越来越少了。"

陈平在一旁插言道:"没关系,经过几年休养生息,这里很快就会繁荣起来。不过做国都恐怕不行。"

"怎么不行?你看,从在这里南去不远就是一眼望不到边的大平原,心里多敞亮,怎么,你不喜欢这里?"

"怎么不喜欢?臣不但喜欢这里的景,更喜欢这里的人。"

刘邦笑着问道:"这里的人怎么了?是不是美女多?"

"非也,此地乃尧帝故居,而且臣闻自古燕赵多慷慨悲歌之士。"

"可是我也听说燕赵之民风剽悍,难于挟制。"

"那要看什么人来挟制了。"

"哦?那你来怎么样?"

"臣一定能与地方官绅和百姓们和睦相处,如鱼得水。"

"那好,我就把曲逆封给你了。"

刘邦感念陈平奇计突围之功,当即封陈平为曲逆侯,除前所封户牖乡。

刘邦与陈平一行来到邯郸,赵王张敖和鲁元公主得知刘邦到来,率全城军民人等出城迎接,队伍排出了四五里长。

张敖生得文质彬彬的,不似他父亲那样豪爽,有魄力。刘邦很不喜欢他这种气质。因而张敖就越发显得拘谨,他脱下外衣,亲自进出厨房,为刘邦进献饮食,执礼甚恭。越是这样,刘邦越看不上眼,一边吃着饭,嘴里一边骂骂咧咧的:"你爹怎么会生出你这么个东西,一棒子打不出个屁来。你现在是一国之主,那端酒端饭的事让下人去干不就行了?还用得着你下厨房吗?狗肉包子上不了席的货,早知这样真不该把元儿嫁给你!"骂得张敖脸上红一阵白一阵的,但是刘邦是皇上,又是老泰山,怎么骂也得忍着,因此,任凭刘邦怎么发火,张敖一言不发,倒是赵国的一班老臣看不下去了。相国贯高以及赵武等人都是张耳的老臣,年已六十多岁,见刘邦如此无礼,张敖居然一声不吭,私下说道:"赵王太懦弱了。"于是问张敖,"大王待圣上甚恭,而皇上却如此无礼,大王如何能忍耐得下去?"

张敖用牙咬着指头不说话,不自觉间,指头都咬破了,血顺着嘴角流下来。贯高等见此情景,说道:"这是在赵国地界,不能由着他胡来,我等为大王杀之。"

"胡说!皇帝乃天下之君,先父失国,是靠了皇上才得以复国的。我等能有今日,皆仰仗于皇上,怎么能出此言?"

贯高等人退出,私下商量道:"我王乃长者,不忘皇帝恩德,然我等臣属怎能看着我王受辱?今必杀之,以雪吾王之耻。事成归王,事败独身坐。"当下十余人商议已定,在刘邦下榻的地方埋伏了刀斧手,张敖全然不知。那天晚上,刘邦喝多了,宴罢,张敖陪着刘邦坐上马车,要送他回住所休息。走到半路,刘邦觉得浑身不舒服,心怦怦直跳,问道:"你们要把我送到哪里去?"

"柏人。那是我专为陛下修的行宫。"

"你刚才说那个地名叫什么?"

"柏人。"

"这个地名不好。柏人者,迫人也,我不去!"

"那您去哪里?要不先住在后宫?"

"哪有老丈人住在女婿后宫里的?传出去成何体统?你还是送我去传舍吧。"

张敖有些不忍心,但刘邦执意要走,最后,只好把他送到传舍中休息。张敖不知道,贯高等人早已在柏人行宫埋伏下刀斧手,专等刘邦一来便要动手杀他。没想到刘邦半路突然改变了行程,传舍周围到处是刘邦的卫队,没法下手,贯高等人只好作罢。

刘邦醉得糊里糊涂,睡到半夜醒来要喝水,卧榻旁边坐着个美人,给他倒了一杯水,刘邦一饮而尽,头脑清醒了许多,定睛仔细看那美人,长得还有几分姿色,顿时没了睡意,拉着美人的手问长问短:"你姓什么?"

"姓赵。"

"你怎么会在这里?"

"是赵王让我来伺候皇上的。"

"你是赵王的什么人?"

"赵王后宫之女。"

"赵王很喜欢你吧?"

"不。赵王可能还不认识我。"

"这么说你还是个姑娘?"

姑娘点了点头,没答话。刘邦往前凑了凑,抓着姑娘的手,小声问道:"知道男女之间那点事吧?"

姑娘羞得红了脸,把头埋在胸前更不敢说话了。刘邦把她往怀里一拉,道:"来,我教你。"

刘邦回到关内以后,贯高的仇家得知他谋刺皇帝,向朝廷告发了此事。刘邦命人将张敖、贯高、赵午等一干人悉数索拿进京。听说皇帝的使者来到,同案的十几个人纷纷刎颈自杀,赵午也要自尽,贯高骂道:"你们都死了,谁来给赵王作证?让赵王替你们承担罪责吗?"

贯高坐着囚车,随同赵王一起来到关内。张敖的门客孟舒等十余人,剔发束颈随行。刘邦命将他们统统下狱治罪。贯高至庭对狱,说道:"此乃贯高一手所为,与赵王及门客无关。"狱吏审讯时,棒责数千,打得贯高体无完肤,贯高还是坚持不改口。

吕后将女儿刘元召至宫内,详细问明了缘由,对刘邦说道:"我已仔细盘问过公主,确实不是张敖干的。哪有女婿谋害丈人之理？"

"她知道什么？果真得了天下，你那宝贝女儿在他眼里值几个钱！"

又过了几堂，贯高仍坚持原口供不改，狱吏将情况如实报告了刘邦，刘邦想起在曲逆时陈平说过的话，叹道："燕赵果真多壮士。朝中谁与贯高熟悉，私下问问看如何？"

中大夫泄公在一旁答道："臣与贯高同乡，素知其为人。贯高乃赵国义士，重然诺，视名誉如生命，贯高所言绝无假话。"

"你去私下问问试试。"

泄公来到狱中，贯高已被打得站不起来了，靠在榻上微笑着示意泄公坐下。贯高将事情的经过原委一一向泄公说明了，最后说道："此案若坐实，已牵连到我父母三族，难道赵王比我的父母还亲吗？我为何要说假话保他？是谁干的就是谁干的。我绝不牵连任何人。"泄公回来将贯高的话禀报给刘邦，刘邦赦免了张敖，徙其为宣平侯。刘邦感叹贯高为人守信义，让泄公到狱中告诉贯高，张敖已获释，同时也赦免了贯高。

贯高听说张敖已出狱，十分高兴，问泄公："是真的吗？"

"是真的。而且，皇上十分推崇你的为人，看样子还会重用你呢。"

"我贯高身已残而不死，无非是想为赵王洗清不白之冤，今赵王已获释，臣死而无憾矣，何复他求？况人臣有篡杀之名，还有何面目复事上哉？纵皇帝不杀我，我不愧于心乎？"说罢，一头撞死在墙上。

刘邦的使节在逮捕张敖等人的同时，将其三族并后宫人等一齐索拿到关中来了，其中也包括那晚曾经为刘邦侍寝的赵美人。刘邦离开赵国后，张敖不敢将她留在宫中，专为她另修了一处别宫，专门派人伺候。张敖被捕时，赵美人也一起被押解到了栎阳。刘邦在赵只住了三天，不料那赵美人却有了身孕。被捕之后，赵美人被关押在狱中，其弟赵兼四处活动，拐弯抹角托审食其见到了吕后，说明了赵美人怀着刘邦的孩子，他本指望吕后会拉他姐姐一把，不料吕后却说："这种丢人的事还有脸来说！我不管，要说你自己跟皇上说去！"

赵兼不过赵国小吏，哪里见得着皇上，无奈，又来找审食其，审食其有自己的为难之处，终不肯直接去对皇上讲，最后，赵美人将孩子生在了狱中。赵美人在狱中又是羞愧，又是悔恨，生下孩子以后就自杀了。临死前，她把刚生下来的婴儿交给了狱卒，说道："这是皇上的亲骨肉，请你一定想办法把他交给皇上。"

狱吏经过层层上报，最后将婴儿抱到了刘邦面前，刘邦万万没有想到会发生这种事情，悔恨交加。亲自到狱中为赵美人安排后事，将其安葬在祖籍真定。

那孩子就是后来的淮南厉王刘长，是刘邦的第七个儿子。

处置完贯高之后，刘邦与吕后商议和亲之事，吕后听说要将女儿嫁给匈奴单于，非常吃惊："鲁元已经出嫁多年，难道还要拆散其婚姻不成？"

"是呀,我也不忍心这样做,可是为了天下社稷,恐怕只能如此了。"

"胡说!你那么多文官武将灭不了匈奴,保不了江山社稷,却要在我女儿身上打主意,亏你说得出口!"

"匈奴皆骑兵,来无踪去无影,消灭他们谈何容易!我打了这么多年的仗,还从来没有见过这么凶悍的敌手。"

"我就这一个女儿,说什么也不行!你要是硬让她改嫁,除非先杀了我!"说罢,吕后放声大哭。刘邦起初还试图说服吕雉,后来自己也心软了,实在不忍心将女儿的婚姻拆散,远嫁匈奴。于是,便从外戚中选了一名少女冒充公主,前往匈奴和亲。

这是汉朝对匈奴和亲政策的开始。以后,汉朝历代皇帝都把和亲作为一项重要国策承袭下来,派去匈奴和亲的女子甚多,都没有留下姓名,只有王昭君得以流芳千古。王昭君与屈原同乡,家住秭归香溪,幼年被征入长安为宫女。在后宫无数宫女中,她是默默无闻的一个。当匈奴单于呼韩邪向汉元帝刘奭提出求亲时,王昭君是自愿报名的。她想以自己单薄的身躯去抵挡匈奴的数十万大军,用自己满腔的热情去化解两个民族千百年来的仇怨。作为一个弱女子,她付出的实在是太多了。语言不通,气候恶劣,生活习惯相去甚远,最可悲的是,她嫁到匈奴才两年,丈夫便死了,奉汉皇帝之命,她又嫁给了自己丈夫的儿子。十年之后,她的第二个丈夫也死了。十二年间,她替老单于生了一个儿子,又给小单于生了两个女儿。从此后,年不满三十的王昭君,只好在荒凉的草原上度过她孤独寂寞的后半生。

如今,在内蒙古境内,到处都有王昭君的墓和雕像,最大的一座在呼和浩特南郊,名曰青冢,高三十多米。皇帝窘困,美女解围,武将无能,少女救国。王昭君受到了蒙汉两族人民的尊敬和爱戴,她的故事也将世世代代传诵下去。

刘敬作为刘邦的使者,前往匈奴结亲,去了半年多才回来。刘邦详细询问了匈奴的生产、民俗、军事等各方面的情况,最后问道:"你以为和亲之后匈奴还会再打吗?

"很难说。匈奴一旦识破送去的不是长公主,和亲的作用就不大了,而且还可能反目成仇,对此不能不防。匈奴河南白羊、楼烦王,离长安近者七百里,一日一夜可驰至关中。而秦中新破,人口稀少,一旦有战事,很难保全。"

"那怎么办?"

"陛下可徙关东之民益实之。关中北近胡寇,东有六国之族,齐国田氏、楚国昭、屈、景氏皆名门望族。此次反秦之役既已看出,非这些豪强大户,难以成大事,故愿陛下徙六国豪杰名家居关中,无事可以备胡,有事可以东伐,此乃强本弱末之术也。"

刘邦道:"善。"于是令刘敬负责迁徙事宜。

汉七年,新的都城长安已初具规模,城内最大的宫室长乐宫已全部完工。长安城建于秦都渭南宫区的长安乡(位于今陕西咸阳市东,西安市西北),故新都城称为长安。将都城选在这里,是因为地名吉利,取长治久安之意。长乐宫是在秦兴乐宫的基础上改建的,所以只花了一年多时间便完成了。长乐宫比起当年的兴乐宫,面积扩大了几倍,也更加雄伟壮观,仅这一座宫室就差不多占了全城面积的四分之一。而整个长安城的规划就更为壮观,城南为南斗形,城北为北斗形,周回六十三里,经纬各长十五里,八街九陌九市,十二城门,蔚为壮观。建城之前,请风水先生看过,说这里依山带水,是块不可多得的风水宝地,从终南山上流下来的灞、浐、泾、渭、澧、镐、潦、潏八条河都流经长安附近,俗称八水绕长安。后来的司马相如在《上林赋》中对八水绕长安的情景曾有过精彩的描述:

> 终始灞、浐,
> 出入泾、渭;
> 澧、镐、潦、潏,
> 纡馀委蛇,
> 经营乎其内;
> 荡荡乎八川分流,
> 相背而异态。

长乐宫成之后,萧何请刘邦来视察。一个风和日丽的上午,刘邦率领文武百官一百多人来到了长安。众人骑着马先在城里转了一圈,看了一下整体布局,除了已建成的长乐宫,在城的西南角还有一座与长乐宫大小差不多的宫室——未央宫,已经开始动工了。两宫的中间和城的北半部,是官员和百姓们居住的地方。中间还夹杂着一些相对较小的宫室——明光宫、北宫、桂宫等。城的正中是钟鼓楼,钟鼓楼的南面是一座武库。四周城门皆已修好,美中不足的是城墙还未来得及修,因为修城墙耗费人力太大,萧何打算在农闲时再征集民夫来做。刘邦绕城转了一圈,觉得十分满意,又率领众人来到长乐宫。

长乐宫的东门正对着城东三座门中最南边的霸城门,南门对着城最东边的一座南门——覆盎门。一进南门是三座大殿,依次为大夏殿、殷商殿、西周殿,为了显示帝王的威仪和力量,萧何命人将原立于咸阳宫司马门外的十二个巨型金(属)人也移到了长乐宫大夏殿前。传说十二金人是以秦临洮守将翁仲的名字命名的,因而也称为十二翁仲。翁仲一直驻守在长城的最西端,在对匈奴作战中屡立战功,匈奴闻其名而丧胆。刘邦立在殿前,望着那十二个金人道:"这次打匈奴要是有这么十二员战将就好了。唉,打不过人家呀,只好让小女子前去顶着。"

在场的武将听了,一个个都低下了头,谁也不敢吭气。韩信在一旁说道:"匈奴何足惧?陛下给我十万人马,臣一年之内扫平北疆!"韩信这话憋了不是一天两天了。听说刘邦率领二十万大军被围在白登,众将居然一筹莫展,韩信真是气不打一处来,心里骂道:一群废物!近来他在关中憋得实在难受,早就想向刘邦请缨去打匈奴,这会借着刘邦的话脱口就说了出来。这话让刘邦很尴尬,但是也得应付:"好,下次匈奴再来让你去。"说完带着众人向里面走去。

萧何为了打破这尴尬局面,边走边说道:"诸位不能光看,这门上殿里到处都还空着,没有题字,大家给题一题呀。"于是众人开始搜肠刮肚地琢磨题词,武将们多想的是威、武、镇、扬之类的字,文官们则是安、平、泰、和等词,各有千秋,有些大家觉得不妥,就暂时搁置了,也有不少当场就决定采用的。

三大殿后面是上朝的正殿。殿宽四十九丈,两边的配殿各三十五丈。殿前有个很大的院子,院子正中是一块儿巨石,起着屏风的作用,绕过巨石才能看到正殿的门。巨石两丈多高,是从华山上采来的,石形诡异奇绝,像个出征的武士,换个角度看,又像个智慧的长者。石质细腻如玉。萧何指着石头说道:"这是陛下治理天下的地方,这块石头上的题字可是要讲究一点的,不知诸位有什么好句?"

叔孙通头一个说道:"我看'克己复礼'四个字最合适。孔子曰:悠悠万事,唯此为大。一日克己复礼,天下归仁焉!"

刘邦道:"不好不好!约束太多,听着别扭。"

周昌道:"易经上有元、亨、利、贞,这四个字可谓大吉大利。"

可是众人依然觉得不满意。韩信满脑子想着匈奴的事,于是说:"用'扬威怀远'四字如何?"

萧何道:"立意似乎不高,还不如前两个。如果没有更好的,我看不如用长安城的名字,就题'长治久安'如何?"

叔孙通道:"还是立意的问题,太平了点。类似的还有'政通人和'、'国泰民安'之类的,这些话书在这里总觉得有些浅薄。"

刘邦见张良一直没说话,指着他问道:"子房,你说这里题个什么好?"

张良道:"我看就用'道法自然'四个字最好。"

张良一出口,众人一齐说好,刘邦道:"那就用它吧。萧何,这四个字可得你来写。"

原来萧何还是汉初著名的书法家,他的大篆、小篆、隶书都很拿手,笔力雄浑苍劲,据说,为写这几个字,他"覃思三月"才动笔,"以秃笔书之,观者如流"。

穿过正殿,后宫完全是另一番景致,一反前殿的庄严肃穆,变得活泼起来。当中一个面积很大的湖,呈不规则形,湖中之水穿过亭台楼榭,任意流淌,湖上荷花盛开,几艘小船在湖面上飘荡着,划船的都是些十四五岁的少女。沿湖四周,是错落有致的建筑群,西面有临华殿,是皇后居住的地方;北面有温室殿,冰室殿,是供皇帝在冬夏两季居住的,还有长定、长秋、永寿、永宁等大大小小的宫殿,是姬妾们居住的地方;东面临湖,是一座鸿台,高数十丈,上圆下方,台上可容纳数百人,上面有亭,尚未命名。刘邦率领百官登上鸿台,整个长安城尽收眼底。众人对萧何的这种大

手笔交口称赞,刘邦却满脸的不高兴:"天下汹汹,劳苦数岁,成败尚未可知,耗费这么多人力物力营建宫室,太奢靡了!"

萧何道:"正因为天下未定,才要大建宫室。天子以四海为家,非令壮丽,无以重威。今作此是使后世无以有加也!"

听了这话,刘邦觉得有道理,又高兴了起来,恰好一队大雁从南向北飞过,刘邦从身边一位侍卫手里要过弓箭,抬手一箭,恰好射中了头雁,那只大雁一头栽了下来。众人皆拍手称赞,说是上上大吉之兆。

刘邦问萧何:"整个工程什么时候完工?你什么时候才能让我们搬进来?"

萧何道:"陛下若想搬,现在就可以搬。宫里居住已经没有问题了。"

"我有地方住了,在场的诸位怎么办?"

"诸位大人的官邸只有等搬进来以后自己盖了,因为臣不知各位大人的偏爱、喜好,无法代劳。至于临时住处,臣这里安排几千人不成问题。"

"可是城墙还没有呢!"

"城墙好办,陛下率领群臣来到长安之前,臣一定把城墙修好。"

"你可别跟我吹牛,八十多里城墙是那么好修的?"

一个月后,刘邦率领群臣搬到了长安。让刘邦惊讶的是,萧何果真把城墙修好了。刘邦走时,正是农闲季节,萧何调集了三百里内的民夫十四万六千人,日夜抢修,三十天就把城墙修好了,刘邦问道:"你是用的什么鬼办法,怎么这么快?你不是糊弄我吧?"

萧何道:"请陛下亲自登城检验。"

刘邦登上城墙看了看,墙高三丈,底宽一丈五,皆是从龙首山运来的土筑成的。城墙采用的是版筑式,土夯得结结实实。初建时用的是黑土,后经日晒雨淋,色如赤火,坚如磐石。刘邦道:"看来又得好好奖赏你了。"

"这不是臣的功劳。臣若整天在这里修城墙,陛下不但不该奖赏,反倒该罢臣的官了。"

"那是谁干的?"

"少府阳城延。"

第三十章　废立之争

都城刚刚搬到长安不久,代王刘仲又送来了紧急军情报告,韩王信勾结匈奴频频向代地发起进攻,代国不保。刘邦接到军报,再次御驾亲征,樊哙将兵随行。刘邦在东垣(今河北石家庄市东)一带大破韩王信军。韩王信孤身逃跑。刘邦大胜而归,本以为这一仗就把韩王信打垮了,至少短时期内,韩王信再没有进攻的能力了。谁知刘邦率军刚走到洛阳,就碰上了率军逃跑的代王刘仲,原来刘邦刚离开代国,韩王信的部下王黄等人就攻占了代地。刘邦望着这个无用的哥哥,哭笑不得,问道:"王黄有多少人马?"

"一万多人。"

"一万多人你都顶不住?"

"他还领着许多匈奴兵,那些匈奴兵实在是太厉害了。"

"你让我怎么说你呢,你哪怕坚守上十天半月,我这里援兵就到了。这么一箭不发就跑回来了,让我怎么处置?"

"兄弟,你也别埋怨我了。我知道我无能,我当不了这个王,我也不想当了,你还是让我回老家种地去吧。"

"什么兄弟兄弟的!国有国法,家有家规,父亲没做太上皇时见我都要行国礼,你怎么这么不知深浅?你以为不当了就没事了?擅自逃跑失国,是要杀头的!"

刘仲一听,腿都软了,扑通一声跪下说道:"陛下,看在你我兄弟的份上,就饶过你哥哥这一回吧。"

"真是个废物,把刘家的人都丢尽了,起来吧!"

回到长安后,刘邦下令废刘仲为平民。后来,看在太上皇的面子上,刘邦又给他封了个合阳侯。张敖、刘仲先后被废,北部边疆立刻陷入了危机。派谁去镇守呢?正在左右为难之际,刘邦接到韩信的上书,主动要求去代地镇守边关,消灭匈奴。

周昌早就向刘邦建议起用韩信,但是刘邦很不情愿。好不容易把这只老鹰的翅膀剪掉了,再放他出来,那不是放虎归山吗?这一次要是让韩信坐大,今后再想收拾可就难了。可是,思来想去,除了韩信,恐怕没有人能对付得了匈奴。看了韩信的上书,刘邦打算起用他。于是,刘邦亲自来到韩信府上,请他出山。

韩信被释后一直称病在家,很少上朝,终日在自己府中借酒浇愁,常常喝得酩酊大醉。来到长安后，文武百官都在忙着修建自己的住宅，韩信却一点心思都没有，他就住在传舍中，连街上都懒得去。眼看大家的住宅都陆续建好了，他那块宅基地，还连地基都没动呢。一日，他正在传舍中一个人喝闷酒，萧何来了。萧何能来看他，让他喜出望外。

寒暄了几句之后，萧何问："大将军，你那块地方怎么还不动啊？人家都盖好了房子，准备回栎阳接家眷去了。"

"我没那份心思。"

"怎么了？心里还在愤愤不平？"

"不平倒在其次。只是整天这么闲着没事干，憋得难受。"

"皇上不是让你编纂兵书吗？"

"那都是纸上谈兵，边界上整天战事不息，今日一个败仗，明日一个败仗，让我坐在这里编书，我如何编得下去？"

"原来是为这个。我想奉劝将军几句，将军决战岂止在战场？人生处处都是战场，将军若不能战胜自己，如何战胜敌人？"

"我如何不能战胜自己？胯下之辱我可以忍，罢官免爵我也可以不计前嫌。我不能释怀的是，皇上为何这样不信任我？"

"上次在长乐宫皇上不是说还要用你吗？"

"可是这次平定韩王之乱皇上又亲自去了。"

"大将军恕我直言，光是不计前嫌还远远不够，必须从心里把这事放下。胯下之辱是一时之辱，好忍；做人可是一辈子的事，要真正做到虚怀若谷、宠辱不惊，才能永远立于不败之地。似将军这样终日愤愤不平，若我是皇帝，我也不敢用你。"

萧何这一席话说得韩信心服口服，道："丞相为何不早教我？"

"怕你听不进去。大将军若肯听，我再送你一句话：不怨天，不尤人，反求诸自身，一切都会迎刃而解。"

"好，我这就去看我的宅基地。"

萧何陪着韩信挨家走着看了看，只见文武百官的住宅盖得一家比一家奢华，一家比一家精巧，若不是在京城中有所限制，还不知要盖多大。最后，韩信道："让我看看丞相的住宅如何？"

萧何道："我那里简陋一些，没什么看头。"

到了萧何府上，让韩信大吃一惊，萧何的院落里只有几间简陋的房屋，与普通民房无异。院子里也没有那些湖山之类的装饰，而是种着各种蔬菜，像个普通农家。"

"丞相的居所何以简陋至此？不为自己想，也该为儿孙们想一想啊。"

"我正是为他们想才如此。果真他们有出息，自会出去创一番事业；若是无能，多大家业也会败光的。后世若贤，师我俭；若不贤，留下家业也是给他们惹祸招灾。"

"还是丞相看得透彻。"

从那以后，韩信觉得心胸开阔多了，不再为眼前的处境终日烦恼，开始研究起前线的形势来。

刘邦来到的时候，韩信刚搬进自己的新宅，一个人在院子里练剑，听说刘邦来了，且惊且喜，刚要迎出门去，刘邦已经进来了："大将军气色不错呀，关中的水把你养胖了。"

韩信跪下欲给刘邦叩头，刘邦将他拦住了："就别跟我客套了，走，进屋说话。有什么好酒吗？今天我要和你好好喝一场。"

"好酒有，陛下不要急，我还有更好的东西献给陛下。"说着，韩信兴致勃勃地把刘邦领进上房。正面墙上挂着一道金丝绒的帷幕，一直垂到地面。韩信拉了拉墙角的绳子，帷幕向两面徐徐打开，墙上是一幅巨幅的北部边疆地图，是韩信亲手绘制的。因为没有那么大幅的绢帛，只好把它绘在墙上。刘邦站在那里看了半天，问："白登在哪儿？"

韩信伸手指出白登的位置，刘邦叹了口气道："唉！白登之围若有你在，怎么也不至于输得那么惨。"

"胜败乃兵家常事，陛下何必总挂在心上？"韩信命家人摆上酒菜，一面给刘邦斟酒，一面述说自己对匈奴作战的计划。刘邦听了非常高兴："你去了我就放心了。来，别光给我倒酒，你也喝几杯。这次出征你准备带谁去？"

"诸将皆无不可，陛下派谁就是谁，臣可因才而用之。"

"你觉得诸将里谁最能打？"

"若论勇猛，首推雍齿、樊哙，若论将才则参差不齐。"

"你觉得雍齿怎么样？"

"雍齿中情烈烈，外貌桓桓，此乃千夫之将。给他一万人马就有点数不过来了。这种将领，一个人也是往上冲，给他十万人还是一齐往上冲。"

刘邦点了点头："嗯。樊哙呢？"

"樊哙粗中有细，知人饥寒，察人劳苦，可称万夫之将。"

"周勃怎样？"

"周勃、灌婴等当与樊哙等列。武将中唯曹参诚信宽大，能举贤进能，闲于理乱，此乃十万人之将也。"

"那你看我能带多少兵马？"

韩信用兵十分诡诈，可是一离开战场，他就完全换了一个人，从不会说假话，道："陛下能将十万兵马。"

"那你呢？"

"多多益善。"

刘邦有些不悦，但是脸上没有带出来，笑着问："这么说我还不如你喽？"

"非也,陛下不善将兵,而善将将,所以臣为陛下所擒也。"

前面的不快倒没什么,可是韩信提到自己被擒,刘邦的心忽悠地向下一沉,两人之间毕竟有了裂痕,韩信难道真的不记仇?刘邦觉得吃不准。

回到长乐宫,刘邦又改变了主意。他对韩信还是不放心。通过今天这场谈话,他感觉韩信骨子里仍是一副桀骜不驯的性格,很难驾驭,即使现在不计前嫌,以后怎么变化也很难说。他毫不怀疑韩信能够打败匈奴。一旦战胜匈奴,势必又像当初在齐国那样,由他取而代之,那时,韩信恐怕比匈奴难对付多了。他最终打消了起用韩信的念头,而封阳夏侯陈豨为赵相国,以相国的身份将、监赵、代之兵。

陈豨是宛朐(今山东菏泽西南)人,刘邦西征时加入刘邦的起义军,曾跟随刘邦一直打到关内。平定燕王臧荼之乱,陈豨立了大功,并充分展示了他的军事才能,刘邦拜他为将,一是看到了他的才能,二是因为他在朝中职位不高,势力不大,打胜了不至于闹独立、反叛,但是又担心他资历浅,镇不住,因此没有派监军,将将兵和监军之权统统交给了他。刘仲被废后,刘邦封三子如意为代王,如意年龄还小,未能就国,赵代两王之位都空着,陈豨实际上拥有两王之权。

临行前,陈豨来向韩信辞行。韩信还在等着刘邦的诏命,不料刘邦已经任命了陈豨,让他感到十分震惊。他对刘邦彻底失望了。对自己的后半生,更是感到绝望。

陈豨此来主要是请教军事上的问题,见韩信情绪不好,寒暄了一阵便欲告辞。韩信道:"且慢走,我还有话跟你说。"韩信屏退左右,执着陈豨的手步入庭院中,叹了口气说道,"唉!有些话不知当讲不当讲。"

"臣跟随大将军多年,大将军有话只管吩咐,不必顾忌深浅。"

"君此去须谨慎从事,前方的明仗好打,后方的暗箭难防啊!"

"此话怎讲?"

"你现在手握重兵,又居边关要塞,稍有不甚,就会引起猜疑。"

"陛下将监、将之权一并交与我,是不疑也,何况我陈豨对大汉朝一向忠心耿耿,何疑之有?"

"君不闻曾子杀人之典乎?母子之间尚且如此,况君臣乎?当初我对皇上难道不忠吗?"

"大将军乃千古功臣,如今落魄如此,我等皆不服,所以今日特来看望大将军。"

"不说这些了,你去吧,多加小心,遇到什么难心的事来找我。"

却说周昌见刘邦没有任用韩信,反倒派了一个不知名的小将前去镇守边关,甚觉不妥。他急匆匆地赶到长乐宫来找刘邦,想劝他改变主意。到了前殿,一个小黄门进去通报了,回来说,刘邦有事正忙,请他在值事厅稍候,这一候候了一个多时辰,也不见刘邦召他进去。他实在等不住了,让黄门再去通报,刘邦这才让黄门领他进去。进了宫,七拐八弯到了清凉殿,又坐在殿前等了半天,刘邦才让人叫他进去。周昌进到刘邦的起居室,看见刘邦正在穿衣服,戚姬坐在一边对着镜子梳一头散乱的头发。戚姬看见周昌进来了，冲他笑了笑，转身进里间屋去了。周昌一见这情景，扭头就走，嘴里骂道："真桀纣之主也！"

"你别走！"刘邦追上去拽住周昌，不料用力过大，一把把周昌拽了个大跟头，跌倒在地上，刘邦顺势骑到周昌背上，举拳就打，边打边问："你说我是什么主？"

"桀纣之主！"

刘邦本来是和周昌开玩笑，见他真的火了，赶紧松了手，扶起周昌道："老兄，别生气，我和你闹着玩呢。千万别当真。"刘邦嬉皮笑脸地赔着不是，周昌理都没理，掸掸身上的土，拂袖而去。刘邦十分尴尬，一个人小声自言自语道："他娘的。"

戚姬从里间屋走了出来，挨着刘邦坐下，娇滴滴地说道："陛下，都怪我不好，耽误了陛下的正经事。"

"这不关你的事。"说着，刘邦起身要走。戚姬拉住他说道："你又走了！"

"怎么？这半天还没折腾够？"

戚姬脸一红说道："臣妾不是那个意思。"

"那你要干什么？"

"陛下答应臣妾的事，怎么老是忘啊？"

"噢，你是说废立太子的事，没忘没忘，明天上朝就议。"

"还议什么呀，陛下说了谁还敢不听？"

"那倒也是。"

近来，刘邦老是泡在戚姬这里，对戚姬的话言听计从。对此，不仅吕后心里不是滋味，原来曾经比较受宠的几位美人也打翻了醋缸，本来她们都是戚党，近来却常常和吕雉联起手来对付戚姬。戚姬在后宫越来越孤立。她家里没有兄弟，只好把几个堂兄弟弄到朝廷里来做官，希望能给她撑撑腰，但是这些人无功受禄，又引起大臣们的不满，反而使她的处境更为艰难了。刘邦渐渐老了，她担心刘邦百年之后，他们母子的性命不保，想来想去，没有什么别的办法，唯一的出路就在儿子身上，只要如意做了太子，她就什么都不怕了。于是她使尽浑身解数来讨刘邦的欢心，最后终于促使刘邦下定了决心。

第二天一上朝，刘邦便提出废黜太子刘盈、立刘如意为太子之议。汉初还没有后来那些完备的奏议制度，刘邦自己直接提出来，本打算一宣布就完了，没想到却遭到了大臣们的激烈反对。首先是吕泽、吕释之兄弟，然后是樊哙站出来反对。刘邦一看，这几位皆是和吕氏沾亲带故的，其他人都缄口不言，也就没有放在心上，道："舅舅和外甥亲，反对废太子情有可原，还有人反对吗？没有就这么定了。"

"陛下且慢，臣反对。"太傅叔孙通出班奏道，"废长立幼，自古乃取乱之道。前朝之鉴，不可不察，远的不说，秦灭亡就在眼前。太子刘盈在诸公子中最贤，仁而爱人，而且近来学问日益精进，诗书礼乐，无所不通，熟于先贤治乱之道，继承大统，光耀汉室，正是最佳人选，诸公子虽不乏贤者，然年龄尚小，还看不出哪一位能超过太子,陛下换之何急也?"

"你就别说了。太子都是跟你学坏了。"

"臣不解,臣所教皆诗书礼义,况太子心领神会,太子方十三岁,正己修身之严已超过成年之人,一言一行皆合圣人之道,怎能说是学坏了?"

"若在寻常百姓家,太子的确是个好孩子,可是我大汉江山是马上得来的,是靠拼杀打出来的,是用鲜血换来的。靠诗书礼义,能保得住吗?"

"当然能……"

叔孙通还要辩解,刘邦脸一沉,道:"不要再说了,吾意已决。"

叔孙通道:"陛下必欲废长立幼,臣愿先伏诛,以血污地!"

刘邦道:"别拿死来吓唬我,你没那个志气,我知道。要死你早死了。"

叔孙通被刘邦戳到了疼处,没了脸,果真一头向廊柱上撞去,头上顿时流出血来,众文武急忙把他拉住,刘邦气得脸色铁青,厉声问道:"还有谁反对?说!"

周昌站出来说道:"臣反对!"

"你的理由呢?"

"臣,臣以为……"

刘邦道:"你简单点说!"

周昌越急越说不出话来,脸憋得通红,道:"臣口,口不能言,然臣,臣——期期以为不可!"

"那我要是就这么定了呢?"

"陛下必,必欲废太子,臣,臣——期期不奉诏!"

如果刘邦当堂定了,历史也许会是另外一个样子。但是叔孙通和周昌如此坚决地反对,刘邦就没有再坚持,打算下来再听听大臣们的意见,于是宣布废立之事缓议。

散朝之后,刘邦将周昌留下来说了说韩信和废立太子之事,大臣们都走光了,周昌才出来。转过大殿前的屏风石,看见吕雉从对面迎了过来。走到跟前,吕雉突然给他跪下了。周昌不知何意,十分惊诧,扶起吕雉,道:"使不得,使不得,皇后娘娘为,为何如此?"

"今朝堂上若不是周大夫拼死相谏,太子几乎废掉了。我替太子谢谢大人。"

原来,吕雉早已在刘邦左右安插了自己的耳目,朝堂上正在争辩时,已有人给她报了信,吕雉顾不得宫里的规矩,直接来到前殿,准备必要时拼死一争,朝堂辩论时,她正躲在屏风后面偷听。假如周昌说服不了刘邦,说不上吕雉会闹出什么事情来。

"事关江山社,社稷,臣——自当据,据理力争,只是还,还要有人——说话才行。"

吕雉知道,在群臣中,刘邦最器重的是张良,几乎是言听计从,于是便来到张良府上，希望他能出面为太子说句话。张良正在午睡，听说吕后来了，急忙起身来迎。吕雉和张良很熟，说话也随便，一坐下便直截了当地问："皇上要废太子，你不知道吗？"

"听说了。"

"那你怎么还在家里睡大觉？你也当过太子的师傅，难道就这样袖手旁观不成？"

"不袖手旁观，又能怎样呢？"

"皇上最听你的，你就不能去劝劝皇上？"

"昔日马上征战，陛下于困急之中，或能用臣之策。今天下已定，陛下自能治之，何须臣在一旁多嘴多舌？况骨肉之间，慢说我一人，就是百人又能奈何？"

吕雉见请不动张良，便来到哥哥吕泽府上商议对策。吕泽道："张良不肯强争，让他出个计策嘛。此人足智多谋，一定能想出办法。"

"那你去把他请来。"

连着三天，吕泽每天都到张良府上来请，张良推说身体不适，就是不肯来。吕雉十分恼火："你再去，就是用绳子捆也得把他给我捆来。"

第四天下午，已经到了吃晚饭的时间，张良正在家中闲坐，门上来报说，皇上召他进宫，有要事相商，已经派了马车在门外等着呢。张良听说皇上召见，不敢怠慢，穿戴整齐，立刻出门上了车。谁知马车直奔吕泽府上而来，张良这才知道上当了。

吕雉和吕泽恭恭敬敬地迎候在大门外。进了门，宴席早已经摆好了，满桌子的大鱼大肉，张良一看就觉得恶心。他近来在辟谷，已经半年多不吃饭了，每天只吃几颗红枣、松仁之类的干果，再加一点清水煮菜，因此一看见荤腥就恶心。吕泽举起酒杯说道："吕某不恭，敬请先生谅解。"

吕雉道："这是我的主意，你别在意。我也是被逼得没办法了，请你来给出个主意。没有别的意思。来，随便吃点。"

"请皇后和国舅爷原谅，臣近日来一直在辟谷，莫说酒肉，连粮食也不吃的。"

吕泽眼中闪过一丝不易察觉的微笑。吕雉道："哎呀，人生一世，草木一秋，何必这样苦着自己。不行，今天无论如何也要吃，你尝尝，这是我亲手做的鹅掌。"

吕后用筷子夹起两片鹅掌递到张良面前，张良本不想吃，可是吕雉手举着筷子，张良只好先接过来，放在自己面前的盘子里。

"吃呀！"吕雉重新将鹅掌夹起，递到了张良嘴边，张良实在拗不过，只好吃了两口，两片鹅掌刚下肚，便"哇"的一声吐了出来。

吕雉见他实在不能吃，便命人将席撤下，换了些时鲜水果来。兄妹俩你一言我一语一个劲地给张良说好话，张良苦笑着说道："不是我不说，实在是没有什么办法好想。"

吕泽见他不肯说，便道："一时想不出也没关系，先生不妨住在这里慢慢想，这

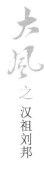

儿什么都方便。"说罢,冲门外一挥手,进来两个绝色美人,身披薄纱,酥胸半袒,眼含春波,冲着张良微笑着。吕泽道:"你们两个好好陪着这位侯爷,不许出半点差错。"

"诺!"两个美人答应着,来到张良跟前,一左一右挽住了张良的胳膊。吕雉和吕泽退出门外,张良起身追到门口,道:"吕将军,你这是做什么?"

吕泽把门一关,从外面反锁住了:"先生好生消受吧,别不好意思。"说完就走了。两个美女缠着张良,就要往他身上靠,张良急得面红耳赤,厉声问道:"你们要做什么!"

两个美女松了手,吓得直往后退,不知道这位侯爷为什么发这么大的火。

"去把你家老爷找来,我有话要说。"

"可是门锁着,我们也出不去。"

张良试着推了推窗子,竟一下推开了,张良道:"那就委屈你们了,从这里出去吧。"

两个美人狼狈不堪地从窗户上爬了出去。不一会儿,那两个美人把吕泽叫回来了,吕泽笑嘻嘻地问道:"先生找我何事?是不是对这两个美人不满意?要不要再换两个来?"

张良没好气地说道:"得了吧我的吕大人,我给你出主意还不行吗?"

第三十一章　醉　相

　　曹参陪着刘肥母子来到齐国。一路上，曹参一直在考虑齐国的治理问题。在韩信手下为相一年多，曹参对齐国并不陌生。一山一水一圣人，代表了这块古老国土深厚的文化底蕴。

　　曹参陪着刘肥，沿途先去鲁城拜谒了孔庙、孔林，然后又来到孟子的故乡邹城。在邹城，曹参和刘肥一起登上了峄山。峄山只有一百多丈高，但却可以把周围几百里内的平原、丘陵尽收眼底。曹参对刘肥说道："孔子登此山而小鲁，登泰山而小天下……"刘肥一路上听着曹参的介绍，长了不少见识，他深为有这样一位父亲般的贤相感到欣慰，同时也对治理齐国充满了信心。接着，君臣二人又怀着虔敬的心情游历了泰山。在半山腰，他们见到了秦始皇曾经避雨并封之为五大夫的那棵松树，山顶上有李斯撰写的为秦始皇歌功颂德的石刻碑，以及关于泰山的种种充满神秘色彩的传说，这些都没有引起刘肥太大的兴趣，倒是山顶上一块儿能言石引起了他的沉思。传说它最后一次说话是在秦始皇三十七年，说的是："太重了。"他对着石头大喊了几声，的确听到那石头发出嗡嗡嘤嘤的回声，很像人的说话声。刘肥笑道："这哪儿是说话呀？这不就是回声吗？"

　　曹参道："石本不能言，但是秦税民太苦，石头出来说话又有什么奇怪呢？"

　　齐鲁文化若说只有一圣人，有失偏颇，事实上，在孔夫子之后，齐国出现了百花齐放、百家争鸣的繁荣局面。齐都临淄西门外曾设有稷下学宫，谈说之士会于稷下学宫，前后达一百五十多年，在其鼎盛时期，稷下学士达"数百千人"。曾提出著名的五行学说的驺衍，就曾经在这里讲学。还有荀卿、淳于髡、慎到、环渊、接子、田骈、驺奭等一大批著名学者在这里"各著书言治乱之事以干世主，岂可胜道哉"！

　　治理这样一个国家，既容易也难。容易是因为这里人才济济，不乏有识之士，经过孔夫子以后儒家学派数百年来的教化，民风质朴，人心向善，只要因势利导，不难迅速繁荣；难的是这样一个礼仪之邦，人们见多识广，稍有不慎就会招致批评、非议，难以真正使民心归顺。

　　曹参一到临淄，立即召集齐长老、诸生、名士共商大计。请来的各路精英几百人，大家仁者见仁，智者见智，对于今后的治国方略，众说纷纭，莫衷一是。刘肥和曹参一起耐心听了三天，越听，刘肥越觉得糊涂。毕竟是孔夫子的故乡，来者儒生占多数,最后,儒家的修齐治平、内圣外王的理论占了上风。曹参年轻时曾认真研读过儒家的经典,他深知儒学的价值所在,但是儒家学说自孔孟开创至今数百年来,之所以没有被任何一个帝王全面采纳,是有它的局限性的。要治国,单靠正心诚意修身齐家是远远不够的。因此,三天的高谈阔论之后,不仅刘肥没了主意,曹参也觉得收获不大。他打听到胶西有位盖公,善治黄老之学,于是不惜重金将其请到临淄,两人谈得十分投机。曹参钻研《老子》已久,能倒背如流,早就想找个人探讨一番,一直没有遇到知音,在洛阳解黄老之学,遭到萧何的嘲弄,心中大为不快,此刻见了盖公,他又把自己的那一套治国理论端了出来,希望能得到盖公的首肯,盖公道:"说得不能算错,然《老子》开篇即言:'道可道,非常道。'能够用言语说出来的道,已经不是道或者已经偏离道了。"

"哦!——"曹参恍然大悟,突然明白了为什么张良对他的解道笑而不答,心中感到一阵羞惭,"原来这头一句就没读懂。"

"那倒不打紧,只要用心领悟,自然会离道越来越近。以老朽之体验,道能近之就已经很不易了,常人岂可望得之?"

"盖公这样一说我就明白了,得道者不言,言者未得。"

"此言近乎道。如此则先生可知请我来讲道亦是不道之举。道哪里是讲得的?"

"这样看来我朝中似已有得道之人。"

"谁?"

"张良。此人真乃深不可测。"

"得道之人大有人在,只是你我不识耳。在下请问,朝中好黄老之学的人多吗?"

"似我之辈不少,臣虽愚昧,但亦知道家学术乃治国之要术。然亦有人不以为然,臣的减法理论在朝廷上提出即遭到嘲笑。"

"曹相国又犯了一个错误,道即是道,不是术。大道无形,若使之有形,便成了术,我等凡人之所以求道而不得,即误在这里。"

"哦!——"这再一次的纠正使曹参对这位盖公肃然起敬。

"朝中什么人敢于嘲笑将军呢?皇上?还是什么身居高位之人?"

"既然盖公问到此,我也不必隐瞒,就是我们那位大相国萧何。一个相国,怎么能不问治国之道,整日埋头于具体事务呢?"

"他是怎么说的?"

"他说他不懂什么加法减法,只知道什么该做什么不该做。"

"那怎能断定他不问治道,埋头事务呢?依我看来,知道什么该做什么不该做,已经近乎道了。"

"哦!——"

曹参已经是第三次惊愕了。三哦之后,曹参羞愧不堪,他本以为自己的道学修养已经达到了一定的境界,可是在这位盖公面前却是捉襟见肘,漏洞百出。细想萧何之一言一行一举一动,还未发现哪一点做得不合适;再一想,如果换了自己会怎么样?尽管自己有一套理论,但无论如何也超不过萧何。第二天,他从自己的正房搬出来,让盖公住了进去。

曹参到了齐国后,并没有什么特别的建树,关中来了什么指令就照着发下去执行,很少有自己的想法和创新。他办的唯一的一件大事就是大修齐王宫。刘肥已经懂事了,不主张过分奢靡,曹参道:"其他的事情可以省,这上面省不得。齐国广大,宫室太小不足以壮声威,何以震慑天下?"后来,他又到关中去了一趟,发现萧何也在大修宫室,而且想法和他一模一样,于是更加没了顾虑,不仅主张修,而且亲自规划,亲自到现场监工,为这事忙活了整整一年,把相国府的事倒丢在了一边。一位新近提拔的儒生提醒他:"相国要注意大事,这些事尽可以交给别人去办。"

曹参道:"什么是大事?天下初定,修宫室就是大事,你说还有什么比这更大的事吗?"

儒生道:"国中大事比这重要的多得是呀。"

"你说说,还有什么比这重要的?"

"首先是农桑,此乃关乎民之生计的大事,相国不可不察。"

曹参问道:"我不到地里去农民下不下田?庄稼长不长?我让老天爷下雨,他下不下?"

儒生无法回答。曹参问道:"其次呢?"

"其次还有,田赋、官制、市场、狱讼……"

儒生一连列举了十多项要务,曹参听得不耐烦了,问道:"不是各有各的主管官员吗?要他们是干什么的?"

"此言不差,然新立之国,各项法度还都不健全。"

"谁说的?关中相国府三日一函,五日一令,不都是法度吗?还需要另立法度吗?难道你比萧相国还高明?"

儒生遭了曹参一顿抢白,不敢再说什么。后来又不断有人劝诫曹参,都被他顶了回去。之后就没有人敢再说了。但是下面对曹参却是一片议论声,尤其是那些儒生,十分担心这样一位无所事事的相国究竟能不能治理好齐国。这些议论渐渐传到了刘肥耳朵里,刘肥也提醒他:"曹相国不可为侄儿操心太多,以免耽误了国事。"

曹参道:"大王放心,国事我都安排好了,误不了的。"

曹参做的另一件很有影响的事是喝酒。如果仅仅是喝酒算不得一件事,但是他喝酒喝出了名,因为喝酒还误了不少事,因此还成了事。曹参酒量极大,不论是白酒、黄酒、米酒、果酒,只要是好酒他都喜欢,不管什么酒,他只要用鼻子一闻、伸出舌头一舔,立刻能说出酒名、产地、度数、什么粮食做的以及窖藏的年头。他常常提着酒壶到堂上理事,没事就抿两口,老是一副醉醺醺的样子,有人回事就随口应付着,也不知道他听清楚了没有,甚至把好多事情生生地压下耽误了。好不容易等到宫室建好了,众人都以为曹参该好好管管国中大事了,可是曹参照样什么都不管,每天只是和文臣武将们在一起饮酒作乐。一日,刘肥召集文武官员们议事,一位言官上表弹劾曹参,言辞十分激烈,众文武都知道曹参是大汉朝数一数二的功臣,即使再大的错,恐怕也难以弹劾得动,所以都不敢搭腔。但是言官上表,刘肥不能不说话,让大家议又没人敢议,王庭里一片尴尬。曹参见刘肥有些为难,自己站出来说道:"这位言官所言句句属实,我曹参上任以来理事不多,喝酒不少。然曹某以为,我这个相国是否合格,不是以理事多少,喝酒多少来论的,而应看齐国粮食是否增产,人口是否增加,狱讼是否减少,市场是否繁荣,人民是否安居乐业,果真粮食增产,人口增加,狱事减少,市场繁荣,我多喝几杯酒,少理几件事又何妨?"接着,曹参让管农、商、讼、户各署的官员分别介绍了一年来各方面的情况,果真是粮食大幅度增产,人口迅速增加,狱讼急剧减少,市场出现了前所未有的繁荣。在场的人听了无不感到惊讶,而细细一想,又都样样属实。曹参道,"诸位知道这是为什么吗?这都是我曹参喝酒的功劳。诸位别以为是我运气好,碰上好年景了,我身为相国,喝酒自然有喝酒的道理。老子曰:我无为而民自化;我好静而民自正;我无事而民自富;我无欲而民自朴。这位言官说我不爱民,老百姓活得好好的,用得着你去爱他吗?你不爱还好,一爱,反倒帮了倒忙。去年有几个村子涝了,有人建议我组织人马去帮助排涝,我一算账,这几个村子排涝得动用上万人,排完了,当年的庄稼也种不上了。可是这一万多人省出来能多种多少粮食?大家每人省出一口来不就够这几个村子吃的了吗?诸位说,排涝是爱民呢,还是劳民呢?说我喝酒误事,误了哪些事呢?是误了那些本来就不该办的事。让我勤政,我勤什么政?是让我去揠苗助长还是让我往狱里多送些人?"

说到这里,众人忍不住笑开了,曹参也笑着说道:"所以,我奉劝诸位今后少管点事,多喝点酒。不该管的事不要管,不要无事扰民。当然,喝酒要掏自己的俸禄,不能喝官家的,更不能喝百姓的。诸位的酒量增大了,齐国的粮食、人口也就随之增加了,诸位说是不是这么个道理?"

"是!"众人对曹参的一番宏论佩服得五体投地,从此再也没有人私下议论了。

关于曹参不理政的议论也传到了关中,刘邦对此十分担心,让御史大夫周昌亲自带人到齐国来了解情况。周昌先在临淄做了一些调查,然后又要下到郡县去了解,曹参害怕这一行人吃住游览,再加上送礼等等给下面造成负担,于是千方百计制造障碍,不想让他们下去,今天说下雨,明天说路断了,后天又说某某郡守不在,每天拉住周昌,把他灌得醉醺醺的,周昌在朝中还有许多事要办,耽搁不起,拖了几天实在拖不了了,只好带着他的人马回关中去了。周昌经过初步了解,本来对曹参印象还不错,可是曹参挡着不让他下去,引起了他的疑心,回到关中,他将曹参不理政事却又政绩斐然的情况以及曹参挡着不让他下去调查的事一一报告了刘邦,刘邦听了,觉得非常奇怪:"真是个怪鸟,不理政事为何又能政绩斐然?"他让人把萧何叫了来,问了问齐国纳粮纳税的情况,按人口比例算下来,齐国在各诸侯国中情况是最好的。刘邦问萧何:"你说这是怎么回事?他整天喝酒,不问政事,可是政绩怎么会这么好? 是不是碰运气?"

"非也,曹相国历来崇尚黄老之学,他这是无为而治。"

"他娘的,他这个相当得倒轻松,整天喝酒就把国治了。我看你一天忙得团团转,难道还不如他?"

周昌在一旁说道:"大,大小不同也。"

萧何道:"也不是,性情使然,臣办事拘谨,举轻若重,曹相国比臣洒脱,能举重若轻。"

刘邦和周昌对望了一眼,他们都知道萧何与曹参不和,但是萧何能说出这样的话来,让他们感到钦佩。

曹参也并不是什么事都不管,有几件事他很重视,首先是狱讼,曹参在沛县时就已经形成了自己的治狱理论,这就是:重教轻罚,惩前毖后,宁宽勿严,给犯人重新做人的机会。他这套政策执行了一年,齐国的狱讼大大地减少了。不少过去的监狱已经空了,改成了盐铁作坊。其次是市场,自古以来各国都实行重农抑商的政策,商人在社会上没有地位,被看成是贱人、奸人,秦朝歧视商人的现象更为严重,商人的社会地位仅高于罪犯。而曹参却看到了商业在国计民生中的重要作用,在齐国,不仅给了商人和普通百姓以平等的社会地位,而且积极为商贾经商创造条件,在城乡开辟了无数大大小小的市场,很快使齐国的商业繁荣起来。在用人上,曹参也有他独到的眼光,他重用的人都是些看起来有点木讷、讷于文辞的重厚长者,而对于那些言文刻深,欲务声名者,则坚决排斥。官吏的任用,不仅是办事能力和效率的问题,用什么样的人,直接关系到民风和吏治的好坏。曹参的用人之策,使齐国淳朴的民风得以发扬。

几年之后,从长安到齐国乡下,人们对曹参无不交口称赞,开始戏称他为酒相、醉相,后来曹参的威望越来越高,没有人再敢戏谑,于是大称贤相。

这一日,曹参喝得醉醺醺的回到家里,看见盖公正在收拾行李,问道:"盖公这是做什么? 要离我而去? 是不是看我整日喝酒,太不争气?"

"相国这是哪里的话,相国将齐国治理得井井有条,老朽待在这里已经多余啦。"

"盖公莫不是挖苦我?"

"不敢不敢,老夫是发自内心地为相国感到高兴。"

"可是我还有一事没有请教。"

"是何事? 恐怕相国早已成竹在胸了吧?"

"臣有一事一直憋在心中不快。说来惭愧,臣与萧相国本是莫逆之交,萧相国待我如兄弟,我视其为兄长,可是后来却有了隔阂,说来是为了些小事,可是又解释不清楚,不知该如何处置？"

　　"真是当事者迷,既然是些小事,又何必挂在心上？解释不清楚就不必解释。这事有何难？还是那四个字……"

　　"顺其自然。"两个人几乎是异口同声地说道。

第三十二章　养生之道

汉九年,未央宫成。未央宫比长乐宫面积稍小,却更加奢华。宫内大大小小的殿就有二十多座,其中供皇帝和皇后居住的温、凉两殿更是奢华无比。温室殿以椒和泥涂壁,取其温暖有香气和多子之意,以桂木做柱,门窗及墙壁上披挂着锦绣的织帛,床上的帷帐是用鸿雁的羽毛做的。地上铺着西域产的昂贵的地毯。屏风内还设有能控制温度的装置。清凉殿则以画石为床,紫琉璃为帐,紫玉为盘,盘上雕龙刻凤,盘内装满了各种珍贵的玉石珠宝。又以玉晶为盘,用以贮冰置于膝前。其设计和陈列、布置极尽奢华。

宫成之后,刘邦将太上皇接到未央宫。恰逢太上皇的生日,刘邦在未央宫前殿举行家宴,大宴群臣,为太上皇祝寿。刘邦捧着一个玉卮,先给太上皇敬了一杯酒,敬完之后,手里拿着空卮(读 zhī)问道:"儿臣小的时候,太上皇常骂儿臣无赖,不如刘仲能治产业,现在大人看看,谁治的产业多?"群臣听罢大笑,一起山呼万岁。太上皇也笑了。

今日是刘邦的家宴,比较随便一些。太上皇看见谒者们一排排站在大殿四周,问道:"那些人在干吗?"

萧何道:"他们是管朝堂秩序的,害怕大臣们失礼。"

太上皇道:"让他们出去,今日是我的家宴,不要他们管,告诉大家随便喝,喝醉了才好。"于是萧何把那些谒者们打发走了。

萧何端着酒杯往来穿梭于文臣武将之间,在不知不觉中将众人安排在一种和谐而有序的气氛之中。大臣们见了萧何,各个毕恭毕敬,纷纷举杯向他敬酒,萧何也十分潇洒地频频举杯,向人们点头致意,不时呷上两口,喝得脸上红扑扑的。萧何已经是白发苍苍了,但是精神依然十分矍铄。他好不容易摆脱了众人的纠缠,来到张良面前:"子房,你可是越活越年轻了。我听说你正在练习导引辟谷之术,已经不食人间烟火了。有什么灵丹妙药,可否也给我们尝一尝啊?"

"哪有什么灵丹妙药,不过养生而已。"

"那就说说你的养生秘诀吧。"

"要问我的秘诀,就是八个字:少吃少睡,无虑无忧。"

叔孙通正好坐在一旁,插言道:"先生之说我还是第一次听到,过去只闻多吃多睡,有益健康,先生如何反其道而行之?"

"我的经验是少吃少睡,不过也因人而异,不可强求。"

萧何道:"少吃少睡好办,岁数大了,想吃吃不下,想睡睡不着,可是这无虑无忧却难。我这个大管家,吃喝拉撒睡,什么鸡毛蒜皮的事都得管,那能像先生这么轻松自在呀?"

"这是性情的不同,丞相喜欢忙碌,我喜欢清闲。"

"这可是应了百姓常说的一句话,不养活孩子不知道肚子疼,我倒想像你这样轻闲几年,可是办得到吗?"

"是呀,能者劳,智者忧嘛。"

"子房,这就是你的不对了。你跑到一边躲清闲,还要说别人的风凉话,是不是该罚酒一杯呀?"

张良举杯说道:"我可以认罚,不过在下确实不敢打趣相国,相国日理万机,朝廷之事全赖相国支撑,相国劳苦功高,小弟愿先敬相国一杯。"

两人举着杯相互让着,谁都不肯喝。身边陈平、叔孙通、周昌等人一齐围上来起哄,让他们两个一起喝掉。这时,赵尧从周昌身后闪了出来,道:"两位大人不胜酒力,我来代劳吧。"说着,接过张良和萧何的酒杯,一口一杯将酒喝干了。

赵尧新近才被提拔为符玺御史,是周昌向刘邦举荐的。刘邦平定天下后,深感人才的缺乏,因此要求各级官吏都要定期向上级举荐人才,而御史大夫、相国和太尉则直接向刘邦举荐。赵尧是通过举荐而得到重用的,还不到三十岁,非常干练,处理事情很有分寸,上任不久就得到上上下下一片赞扬声,大家都夸奖他能干,佩服周昌的眼力。周昌也觉得有了一个得力助手,轻松了许多,走到哪里便把赵尧带到哪里。

张良杯子里倒的本是白开水,他生怕赵尧说出来挨罚,可是赵尧将水喝了,脸上却没有任何表情,连看都没有看张良一眼,又不动声色地抓过张良几上的"酒"壶给他满上了。给其他人斟酒的时候,则又换上了自己的酒壶。这一连串的动作看似不经意,却没有瞒过萧何的眼睛,他伸手接过张良的酒杯尝了一口,说道:"子房这是白开水呀。怎么办?认打还是认罚?"

张良道:"对我来说这就是琼浆玉液了。"

叔孙通道:"还有这位年轻人,欺骗长者,该怎么罚?"

赵尧见势不妙,撒腿就溜。陈平望着他的背影说道:"这个年轻人不简单。将来代周大夫者必是此人。"

周昌道:"何至于此?不过一刀,刀笔吏耳。他还差,差得远。"

萧何道:"年轻人跑了,不管他了,子房是始作俑者,罚一杯!"

张良见势不妙,用求救的目光望着萧何道:"臣愿立功赎罪,免罚这杯酒行不行?"

萧何道："我得先听听先生打算如何立功。"

"臣愿为丞相言养生之道。"

萧何道："那我就替你喝了这杯。你说吧。"说完，萧何一饮而尽。

张良道："只要无欲无求，便可无虑无忧。"

萧何不解，问道："我有何欲何求？"

"相国不贪酒色财货，但依然心有所求。"

"天地可鉴，真的没有。"

"有。"

"那你说我所求的是什么？"

"青史留名。"

"啊？！"萧何嘴巴张得大大的，半天说不出话来。

"这就是相国所以累心的原因。"

这时陈平走上前来说道："子房说得对，相国大人严以律己，宽以待人，的确是我等学习的楷模。然皎皎者易污，峣峣者易折。这样活得太累，不如似我等，今朝有酒今朝醉，来得更快活。"

萧何笑道："承蒙二位指点，在下茅塞顿开，不过，似先生那样的活法我也学不了。"

一句话说得陈平红了脸。原来，他最近又纳了小妾。张良笑问道："这是第几房了？"

陈平支吾着转身走了，萧何和周昌也端着酒杯往别处去了。张良重新坐下来，邻座叔孙通问道："先生能否说说道家养生的精髓是什么？"

张良道："养生就是养生，何言道家？"

"道家历来倡导无为而治，无为无不为。我观先生自天下平定以来，一直不闻政事，朝野上下之事一概任其自然，深合道家之法，故私下揣测先生所宗乃道家之学。"

"那叔孙先生所宗是哪家呢？"

"儒家。"

"儒家宗师孔老夫子不是也讲'毋意、毋必、毋固、毋我'吗？"

叔孙通一听，大为兴奋，"这么说，先生是融儒道两家为一体喽？"

"什么儒家、道家！自春秋以来，百家争鸣，各执一说，一人一义，十人十义，百人百义。譬如老庄，后人皆称之为道家，老子之言和庄子之言已相去甚远，同为儒家，孔子之言与孟子之说又大不相同，先生之言比之孔孟之言更不可同日而语。如此言之，我什么家也不是。"

叔孙通仍然不解，还想再问几句，可是宴席已经散了。张良跟着众人往外走，又被萧何拦住了："先生慢走，我还有事请教。"

"相国有事吩咐就是了,何必这么客气?"

萧何将张良拉到一边坐下,说道:"方才听了先生一席话,有豁然开朗之感。由此便又想到一件事。"

"什么事?"

"我想告老还乡。"

"相国说的恐怕不是心里话。"

"是心里话,千真万确。"

"即便如此,朝中也离不开您。"

"正因为如此,我才要离开。"

萧何现处的位置是一人之下,万人之上,他的权力太大了,大臣们有什么事都来找他,他不可能事无巨细都一一向刘邦禀报,就是报了,刘邦也不听,总是那句话:"我不管,你看着办吧。"说是这样说,可是哪一件事办不好也不行。而且,刘邦处处在防着萧何。萧何的贤相之名已经传开,群臣赞扬,百姓称颂,对刘邦已经形成了压力,有了前次关中的教训,再加上韩信的前车之鉴,萧何不得不更加谨小慎微,但是仍免不了时时引起刘邦的猜忌。萧何拦住张良,是想让张良给他出个主意,以摆脱目前的尴尬处境。张良听明白了他的意思,道:"办法倒是有,多设相国便是。"

"这个办法我也想过,只是没有合适的人选。我想在陛下面前举荐先生,不知先生肯与不肯?"

一听这话,张良起身便要走:"我好心好意为相国排忧解难,不料相国却要拿我当替死鬼,如此则不必再谈了。"

萧何急忙赔着笑脸说道:"先生息怒。先生不愿意我绝不强求,只是在下处于万难之际,求先生给我指一条生路。"

张良道:"其实事情并没有那么复杂,相国之才胜我十倍,区区小事何求于我?"

萧何道:"今日确实有求于先生了。"

张良见他说得恳切,不忍心就走,道:"刚才我已经说过了,相国是为名所累,眼下相国盛名遍播天下,百姓只知朝中有相国,不知有皇帝,这是为人臣者所忌讳的。只要相国不过分爱惜自己的名声,当不至于有忧。"说完,张良走出了大殿。刚一出门,又被一个车夫拦住了:"先生,我家主人有请。"

"你家主人是谁?"

"我家主人就在前面车上,先生上车便知道了。"

张良莫名其妙地跟着那个车夫拐过一个街角,那里停着一辆车轿,车夫恭恭敬敬地做了个手势,请张良上车,张良上了车一看,原来是韩信。

今天这种场合,韩信本不愿来,可是太上皇的生日又不能不来应付一下。这种场合太使他难堪了。人们像避瘟神一样避着他,可是表面上又不得不装出一副笑脸,他看不了这种脸。他自己难受,别人见了他也不自在。所以,给太上皇拜过寿之后,他就借故躲了出来,本想直接回府,但是看见张良在里面,便有心找他聊聊。张良和他一样,很少上朝,平日里闭门谢客,又不好去打搅,所以,他已经很久没有见到张良了。

"想不到大将军今日在这里设伏啊!"

张良跨进车轿,马车沿着宽阔的大道向前驶去。韩信道:"今天这伏没有白设,逮着个大的。我想子房兄还不至于像别人那样害怕与韩信之流为伍吧?"

"看来大将军心中还是有些不平啊!朝野上下各色人等都有。如若事事计较,岂不把自己变得狭隘了?"

"我是变得狭隘了,常常以小人之心度君子之腹。过去我是以君子之腹去度小人之心,可总是度不准。"

"度不准又何必去度呢?想当年大将军连胯下之辱都忍了,那是何等胸怀?难道今日还有什么心中容不下的事吗?"

"当年辱我者乃一屠夫,而如今……"

"如今都是些达官显贵是吗?"

"还不止是达官显贵……"韩信说到这里突然打住了。张良道:"还有皇上对吧?可是他们和淮阴屠夫有何不同?"

这话让韩信感到震惊,他没想到张良竟这样大胆直率,接下来的话同样让他感到吃惊:"昔日徘徊于淮阴街头的韩信与今日之功名显赫的大将军又有何不同?"

韩信感觉似乎悟到了一点什么,但是一时还想不清楚,道:"这倒有点庄周即蝴蝶,蝴蝶即庄周的味道。"

"大将军在读《庄子》?"

韩信点点头,道:"惭愧,并没有真正读进去。所以许多事情仍不能释怀。譬如刚才说的,对那些达官贵人,你尽可以藐视他们,把他们看得连屠夫都不如,可是有些事实在是太让人伤心了。"

"那是因为你的心可伤,如若不可伤,则无人能伤之。"

听了这话,韩信顿觉心头一亮,问道:"子房兄近来在读什么书?"

"《孙子》。"

"我是问哪些修身养性的书。听说子房兄在这方面已经造诣很深了,可否将府上所藏秘籍借小弟一阅?"

"我哪有什么秘籍,闲了不过读些平常的书。"

"近来我把《诗》、《书》、《礼》、《易》、《内经》以及论、孟、老、庄,都细细读了一遍。可是终不得要领,身体也每况愈下。依先生看来,哪些书最有利于修身养性?从哪里入手为好呢?"

"大将军最喜欢的是什么书?"

"当然首推《孙子》。"

"那就从《孙子》入手好了。"

"可那是兵书,满篇讲的是奇谋诡道,怎能用来修身养性?"韩信瞪大了眼睛问道。

"我看倒不尽然。方才酒席筵上,叔孙通也这么问我,我说,你喜欢《论语》,就从《论语》入手好了。"

"《论语》当然是用来修身的,可是《孙子》和修身养性有什么关系?"

"当然有。譬如刚才所谈心之可伤与不可伤,《孙子》上不是就讲过:'昔之善战者,先为不可胜,以待敌之可胜。不可胜在己,可胜在敌'吗?实际上大将军这方面的修养已经很深了,只是把它从战场上移到生活中便是了。"

韩信似有所悟,点头说道:"接着说。"

"孙子云:'将有五危,必死,可杀也;必生,可虏也;忿速,可侮也;廉洁,可辱也;爱民,可烦也。'此五者,难道不是为将者修身之要吗?故吾以为修身之道不是凭空修炼,也不必拘于一格,儒者须从儒者之道入手,将军须从为将之道入手,方为捷径。"

韩信听了,心服口服:"真是听君一席话,胜读十年书啊。如此说来,我韩信真是枉为将军多年,惭愧,惭愧!"

"大将军不必自责。昔日征战于沙场,我观大将军之修养在许多方面已经达到极高的境界,如今只需稍做调整,把战时换到平时,就已经是炉火纯青了。好了,我到家了。"

大臣们散去之后,太上皇要和孙子们在一起乐一乐,于是,吕雉带领诸皇子和他们的母亲来到大殿,给太上皇祝寿。众嫔妃把小皇子一个个领到太上皇面前,太上皇抱抱这个,亲亲那个,乐得嘴都合不上了。吕雉为了讨好太上皇,悄悄给刘盈使了个眼色,刘盈已经长大了,也懂得礼数,以成人之礼恭恭敬敬地上前给太上皇敬了一杯祝寿酒。太上皇十分高兴,抚摸着刘盈的头说道:"盈儿长大了。"

吕雉在一旁看了,暗自有几分得意,不料这时如意也端着一杯酒走近前来,学着刘盈的样子说道:"祝太上皇福如东海,寿比南山!"

如意天生是个机灵鬼,并没有人教他这样做,但是做得却十分得体,太上皇高兴得一把将如意抱起来,放在了自己的腿上,问这问那,早把站在一旁的刘盈忘了。吕雉皱着眉头,下意识地冲着如意喊道:"这孩子,怎么这么不懂事?太上皇累了,快下来!"

戚姬在一旁看不过去,但是当着刘邦和太上皇不敢发作,走上前去把如意领了过来,边走边说:"快下来吧,别把太上皇累着。"走到吕雉面前,她故意笑着说道,"你再不下来,有人眼珠子里就要冒血了。"戚姬说话的声音很小,只有吕雉一个人能听到,吕雉知道戚姬在激她,回敬道:"等着吧,也有你眼珠子冒血的时候。"

刘邦见状,厉声呵斥道:"你要干什么?今天是什么日子你不知道吗?存心在这惹太上皇生气!给我滚!"吕雉当着这么多人的面受辱,觉得很没面子,但是为了儿子的前程,她不敢再闹下去,一句话也没说,走了。寿宴不欢而散。

当晚,刘邦又宿在了戚姬处,戚姬哭哭啼啼地说道:"今天的情景你都看见了吧?将来万一陛下要是不在了,我们母子可怎么活呀?"

刘邦道:"你放心,我早晚会把太子换掉的。"

过了几天,刘邦带着刘盈去上林苑打猎,还不满十岁的如意也要跟着去,刘邦让人给他找了一匹蒙古矮种马骑上,父子三人在卫士们簇拥下出发了,如意虽然小,却跑在了最前面,上林苑中林木茂盛,不一会儿就没了影子。刘邦不放心,让几个卫士追上去照看,没想到如意果真出了事,从马上栽了下来。如意伤得并不重,刘邦以为是他年纪小不会骑马所致,可是侍卫却在草丛里发现了绊马索。过去,戚姬总是说有人要害如意,刘邦从来都不相信,现在他相信了。

一连几天,刘邦闷闷不乐。不用说,朝野上下都怀疑是吕雉指使人干的。连吕雉也觉得这次事情吕家难脱干系。吕雉吓坏了,她将吕氏族里吕产、吕禄、吕台等子侄辈全召集到一起,问是谁干的,动员他们出来自首,可是查了半天也没查出个结果。吕雉费尽了口舌向刘邦解释,刘邦相信事情不是她干的,但是这件事却坚定了刘邦换太子的决心。

第三十三章　家天下

当初吕泽硬逼着张良给他出主意,张良建议他到商洛山中去找四皓。四皓皆已年过八十,早在战国时期,为了躲避战乱,他们就躲进深山,不再见人。四皓的学问修养在当时名震天下。太子若能得到这四人的辅佐,则无人再能撼动其太子之位。吕泽按照张良的指点,亲自带了人去商洛山中寻找四皓,不料人没找到,自己却病在了半路上,随行人等把他送回长安,刚到家不久就去世了。吕雉在朝中又失去了一个依靠,越发感到自己和太子的地位岌岌可危,终日里愁眉不展。吕释之见状,只好带着人马再次到来到商州。

吕释之刚走,刘邦就又在朝堂上提出了换太子的问题,这一次比上一次的反对声更为激烈。其中最坚决的是叔孙通。

叔孙通在太子身上费尽了心血,洛阳定朝仪之后,有人称他为圣人,一下子把叔孙通的全部激情调动了起来,他以为孔夫子和孟老先生为之奋斗一生而没有实现的政治理想就要在他手里实现了,摆出了一副"欲治当今之天下,舍我其谁"的架势,向刘邦进了不少言。刘邦左耳朵听,右耳朵冒,根本没把他这套内圣外王的学问放在眼里,或者说,刘邦根本就没有听懂。叔孙通很善于变通,他想尽小法使自己的理论变得尽可能通俗易懂,让人能够接受。他不仅对刘邦讲,而且逢人便讲。然而,在朝廷大臣们中间,却知音了了。且不说大臣们是否对儒学感兴趣,首先对他这个人就不感兴趣,普遍认为他是个投机分子,靠制定朝仪而得到皇上重用,是无功受禄,许多人对此不服气。到处碰钉子,使他有点灰心丧气,但是,在太子刘盈身上,他却看到了希望。这位才十几岁的太子,不仅天资聪颖,而且对儒家学说极为推崇,读起《论语》来,手舞之,足蹈之,那种会心的领悟溢于言表。这么小的孩子能够对儒学有这样深刻的理解,使他感到欣慰。他把自己未完成的心愿,完全寄托在了这位未来的大汉皇帝身上。但是,他支持太子的理由,正是刘邦要换太子的原因。刘邦不喜欢刘盈的文弱仁爱,他认为大汉天下是用鲜血换来的,靠诗书礼乐是保不住的。他觉得让叔孙通做太子太傅是自己的失误,后来又让张良去做太子少傅,可是太子的思想并没有多大改变。刘邦知道这不完全是叔孙通的错,太子的文弱,更多的是天性里带来的,别人无法改变,因此才下决心废掉他。

吕雉四处奔走,拼尽全力把朝中能动员的人全部动员了起来,到刘邦面前说情。刘邦对吕雉的做法十分反感。如果仅仅是为太子奔走倒也罢了,可是朝中大小事情,她都要插手,而且,到处安插吕家的人。以她的身份和性格,大臣们都畏惧她几分,俨然是宫中二皇帝。吕雉还年轻,刘邦真担心将来他百年之后,这天下究竟是姓刘还是姓吕!但是,这么多大臣反对,刘邦也不能不有所顾忌,因此,废立太子的事又搁置了下来。矛盾尖锐到这种地步,已经不是换不换太子的问题了,而是他百年之后,如意母子还能不能活下去的问题。一想到他死后几个儿子将骨肉相残,刘邦心里就感到一阵透彻骨髓的寒意。只几天的时间,刘邦的头发白了一大半。

一日,赵尧来宫中回事,看见刘邦愁眉不展,于是问道:"陛下有何心事,这样愁眉不展?"

"我这儿发愁的事多了,和你说也没用。你去忙你的吧。"

"陛下可是为皇后与戚夫人不和,担心公子如意将来不能自全?"

刘邦见他猜到了,也就不再避讳,问道:"有什么好办法吗?"

"陛下何不让如意公子就国,使其离开长安?这样三皇子就安全了。"

"他还小啊,代国那个地方,匈奴一天能骚扰三趟,放一个孩子在那儿我怎么能放心?"

"赵王之位不是还空着吗?"

"赵国倒是块好地方,可是如意还不到十岁,还是镇不住啊!"

"陛下可仿照齐国先例,派一得力重臣辅佐。此人必须是皇后、太子及诸大臣所畏惧者,如此则可保公子无虞。"

近来刘邦的身体状况一天不如一天,他感到自己在世的日子已经不多了,开始一步步地着手实现他的家天下的构想,赵尧的主意恰好解了他的心头之患,他动了心:"这倒是个好主意,可是派谁去呢?"

"御史大夫周昌。周大夫刚直不阿,疾恶如仇,朝中自皇后、太子至诸大臣皆敬畏之。非周昌无人可担此任。"

于是,刘邦立刻召周昌进宫,把托付赵王如意的意思讲了一遍。周昌顿时老泪纵横,道:"臣从陛下初,初起,一直——跟随左右,如今陛下要,要将臣弃,弃之于诸侯乎?"

刘邦见周昌这样说,心里也很难过,道:"我也是不得已。我知道到赵国为相是左迁,可是我更担心将来我死了之后如意性命不保。我将朝中大臣掰着指头数了一遍,除了你,恐怕没人能保得住赵王,只好委屈你了。"

于是,刘邦改封代王如意为赵王,徙御史大夫周昌为赵相。

周昌带着十岁的如意就国去了。戚姬也要跟着一块儿去,可是按宫里的规矩她不能走,再说刘邦已经老了,一身病,也离不开她,戚姬只好含着眼泪送走了她唯一的亲骨肉。

周昌走后,御史大夫的职位立刻空了出来。刘邦问群臣:"谁可当此任?"

众人几乎是异口同声地说:"赵尧。"

于是,拜赵尧为御史大夫。

汉十年十月,新年伊始,淮南王黥布、梁王彭越、燕王卢绾、荆王刘贾、楚王刘交、齐王刘肥、长沙王吴芮皆来朝。刘邦大喜。这一段时间内外安定,百姓安居乐业,天下一副太平景象。他忽然想起曾让陆贾著书立说之事,便让人去宣陆贾进宫。

陆贾出使南越回来之后,刘邦对他非常器重,经常带在身边,询问一些治理天下的道理,可是陆贾言必称诗书,刘邦很反感,有一次忍不住骂道:"你爷爷我是在马上得的天下,和诗书有屁的关系!"

陆贾不服气,争辩道:"马上得之,宁马上治之乎?昔日商汤、周武逆取而顺守之,文武并用,才是长治久安之计,而吴王夫差、智伯穷兵黩武以至败亡;秦以变法而强,得有天下,然其一味强调严刑苛法,终又导致天下大乱。倘使秦并天下之后,行仁义,法先圣,陛下安得有天下?"一席话说得刘邦面有惭色,尽管有点下不了台,但是他知道自己错了:"嗯,有道理。我听说你早就想著一部书?"

"然。"

"那你赶快写,把秦之所以失天下,汉之所以得天下以及古今各朝各国之成败的道理都给我写出来。"

于是,陆贾著成一部《新语》,全书共计十二篇。刘邦宣他进宫时,刚刚完成了"道基"、"无为"、"辅政"三篇,他没有敢直接呈给刘邦,而是先给萧何、张良、叔孙通等人传看,想听听他们的意见。谁知书稿一传出去,竟在大臣们手中传开收不回来了。刘邦宣他进宫时,稿子已传到齐国曹参手里。陆贾只好凭着记忆给刘邦连背带讲,刘邦听完之后道:"说得好。听说大臣们都在传看你的《新语》,他们觉得如何?"

"和陛下的看法差不多。"

"这么传看多慢,何不再抄录一份,明日当堂奏来,让大家都听听。趁着诸侯朝拜的机会,人也全。"

第二天上朝,陆贾当堂将"无为"一篇奏上,他抑扬顿挫地念道:"夫道莫大于无为,行莫大于谨敬。何以言之?昔虞舜治天下,弹五弦之琴,歌《南风》之诗,寂若无治国之意,漠若无忧民之心,然天下治……"

陆贾的《新语》是汉初黄老之学的主要代表作之一,对汉初的统治思想产生了巨大的影响,同时也引起了刘邦和群臣的强烈共鸣,每奏一篇,皇帝无不称善,左右皆山呼万岁。

周昌护送着赵王如意来到邯郸,陈豨还在前方边境,听说赵王已到邯郸就国,急忙赶到邯郸来拜见。

陈豨自到赵、代之后,曾与匈奴多次交战,打了不少胜仗,基本上守住了赵、代边境,匈奴不敢轻易来犯。冒顿单于见武的不行,便让韩王信设法劝说陈豨归降。韩王信派了他的部下王黄、曼丘臣等人来劝降,被陈豨严词拒绝。陈豨还年轻,很想有一番作为,自到赵国之后,便广揽天下英雄,追随其左右的宾客数以千计。此次来邯郸,光是宾客们的车辆就有千余乘,塞满了邯郸的大街小巷,邯郸的传舍都住不下了。周昌见了,大吃一惊,一国之相竟有如此大的排场,如此虎狼之相赵王如何能驾驭得了?于是,等陈豨一走,周昌立刻返回长安,向刘邦秘密报告了此事。陈豨本来资历就很浅,此次担任封疆大吏,朝中多有不服气者,认为他德不当其任,能不胜其职,在刘邦面前诋毁他的人很多,周昌再这么一说,刘邦心里更不踏实了。

"如若只是养宾客,倒也无妨,有反迹吗?"

"尚,尚未察觉。然,然陈豨擅兵于外数——数年,无人就,就,就近驭之,势力一,一天天增长,俨然一方霸,霸主。其志不,不在小,若听,听其所为,日后即便不,不反,也难,难于驾驭。"

"嗯。这个我心里明白。你回去可暗中察访一下,看看他有无图谋不轨的行为。"

周昌在长安还听到不少关于陈豨的闲言,回到邯郸后,听到的就更多了,说他纵容部下抢占民田,强娶民女为妻妾,私吞粮饷给自己盖别墅等等,不一而足。这些毛病几乎所有带兵的将领都有,事情本来与谋反没有关系,但是周昌是御史出身,多年来养成的职业习惯使他本能地容不得这些事,于是竟大张旗鼓地查了起来。查来查去,这些事大都与陈豨和他周围的几员心腹将领有关。陈豨有点坐不住了。他想起临行前韩信说过的三人成虎、暗箭难防的话,心中感叹不已,于是给韩信修书一封,大发了一通牢骚。三年来,陈豨与韩信的书信往来一直没有断过,他时常在信中向韩信请教一些军事问题,有时也说说自己孤军戍边的难处和苦衷。韩信是个极守信用的人,每信必复,但都十分简短,除了军事问题,几乎什么都不谈。虽然什么都没谈,陈豨也能从字里行间感受到韩信郁闷、孤独的处境。然而这一次却不同,韩信在回信中极力劝说他与周昌和睦相处,不要居功自傲、铺陈张扬,以自己的行动取得周昌和朝廷的信任,并建议他推心置腹地与周昌谈一次,以消除误解。陈豨接到信后大惑不解,觉得这信不像是韩信写的。但他还是接受了韩信的建议,决定与周昌好好谈谈。这一次,他只带了十余骑卫士来到邯郸,不料周昌却如临大敌,在陈豨的住所周围布满了岗哨,使这场谈话一开始就处在一种紧张的敌对气氛当中。

到邯郸的第二天,陈豨带着一大堆礼物来见周昌,一进门就碰了个大钉子:"请你把这些东西抬,抬回去。我周昌一、一向不谋——不义之财。"

陈豨十分恼怒,但是忍着没有发作,让手下人把礼物抬走了,周昌这才让他坐下:"将军是来给,给你的部下说,说情的吧?"

周昌位居三公多年,说话居高临下惯了,他自己不觉得,陈豨听着却很不舒服:"相国误会了,臣来是想和相国好好谈谈,你我都是为朝廷守边来的,将相不和,于国家十分不利。臣此来是想消除一些误解……"

"什么误，误解？什么将，将相不和？我是秉，秉公办案，谈不上和，和与不和！"

陈豨还没说完，就被周昌打断了。他的话同样使周昌感到不愉快，周昌资历比他老得多，他不该把自己和周昌相提并论。尽管周昌说话不恭敬，陈豨还是忍了："既然大人说到这里，我也说几句。有些事，宜粗不宜细，大军在外作战，有些违纪犯法的事是难免的，不可过于认真。定要一一查清，势必株连太多，如果闹得人人自危，怕是要动摇军心哪！"

"我早知你是来说，说情的。你不用来吓，吓唬我。我周昌虽是文，文官，可也不是没，没打过仗。国有国——法，家有家，家规，军纪国法岂能当，当儿戏！"

"大人要查也可以，只是有几员大将屡立战功，是否可以宽免？"

"将军不闻赏，赏贱罚贵乎？我这次就，就要杀，杀几个大将，以儆效尤！"

"大人万万不可，那样会激起兵变，于国不利呀！"

"于国不利？恐怕是于，于将军不利吧？"

"周大夫，你太过分了！"

陈豨气得一甩袖子走了。本来，他有一肚子话要对周昌讲，可是让周昌把他堵得一句也没说出来。离开相府，他越想越气，三年来，他把妻子老母都丢在栎阳，一个人在这荒郊野外和将士们风餐露宿、同甘共苦，好不容易打退了匈奴，守住了边境，想不到竟落得如此下场。一回到太原，他立刻叫人去请王黄和曼丘臣来，被左右拦住了。

恰在这时，太上皇驾崩了。朝廷派使节召陈豨回长安，陈豨与左右商量，害怕其中有诈，不敢贸然前去，于是称病不朝。这下刘邦和周昌都紧张了，长安和邯郸两地皆传说陈豨要反，邯郸城日夜戒备，连百姓都不许随便出入。陈豨已经没了退路，汉十年九月，陈豨自立为代王，与韩王信合兵一处，宣布反汉。在匈奴冒顿单于的支持下，陈豨和韩王信率军向赵国发起了进攻，占领了邯郸以北的大片国土，不到一个月的时间，叛军已发展到十几万人，直向邯郸城逼来。

消息传到长安，整个京城为之震动。刘邦集中了关中所有的兵马，准备再次御驾亲征。所有在长安的武将差不多都到齐了，只有张良、韩信称病不出。近来刘邦感觉韩信有了很大变化，心态比以前平和多了，不再像从前那样说话总带着刺，对什么事都愤愤不平。韩信办事极为认真、守信用，说话凌厉、深刻，见解不俗，过去和韩信在一起，刘邦总是感到有一种压迫感，心里不舒服，现在韩信变得随和多了，给人的感觉已不再像过去那样咄咄逼人。刘邦非常欣赏韩信的才干，有心再起用他，可是始终下不了决心，这一次，刘邦打算把他带上，观察一下再说。于是，刘邦让萧何去请韩信，自己则亲自来请张良。前次北征，刘邦没有叫张良随军出征是因为韩王信，张良与韩王信两家是世交，刘邦不想使张良为难，可是白登被围之后，刘邦再也不敢轻视匈奴了，这一次无论如何也得把张良拉上。张良见刘邦亲自来了，知道是躲不过去的，只好跟着刘邦出发了。

张良来了，韩信却没有来。韩信早已失去了主动请缨去征匈奴时的那股豪情，开始厌倦人世间的纷争。他现在的处境是进退两难：进，一旦有功，又要遭人嫉妒；退，肯定要惹刘邦不高兴。他反复权衡，觉得刘邦防他的心比用他的心要重得多。他知道这种进退两难的处境是他自己造成的，也不再怨天尤人，打算从此不再参与任何军政事务，安心修身养性、著书立说，这样刘邦不高兴也只是一时的，如果再搅和到这些是是非非中去，要拔脚可就难了。因此，他打定了主意，任凭萧何说下大天来也不去。

　　刘邦听说韩信不肯来，气得暴跳如雷。萧何劝道："韩大将军既然身体不适，我看也不必勉强。有子房、陈平在，陛下定能全胜而归。况京城内也需要一个像韩大将军这样的人，万一有个变故，也好应付。"

　　刘邦盛怒之下，头脑很不冷静，道："我这边倒不怕，只怕京城内有什么变故。"

　　"陛下放心，有臣在，关中当不会出大乱子。"

　　可是刘邦还是不放心。临走，对吕雉说道："这次征讨陈豨可是倾国出动，关中可就交给你了。"

　　"陛下放心，关中有我和相国在，谁也翻不了天。"

　　"要是相国翻天了呢？"

　　"你现在怎么变得这么多疑？相国要反早反了，还用等到今天？"

　　"可能是我多疑，不过还是多加小心为好。关中只剩了你哥哥吕释之一员大将，告诉他，要日夜防范，不可掉以轻心。特别是韩信，别以为他是个死老虎，到一定时候死老虎也会活的。"

　　"他手中没有一兵一卒，就是想反也反不了。"

　　"你别忘了，他可是萧何推荐来的。"

　　"你今天是怎么了？大概是老糊涂了吧？"

　　"我一点也不糊涂，我问你，真要遇到紧急情况你先做什么？"

　　"我先把韩信杀了。"

　　听了这话，刘邦心头一震，但是他放心了。

　　刘邦和张良骑在马上并辔而行。刘邦把对韩信的一肚子气全撒在了张良身上，刚一过灞桥，就开始大骂："你这个没良心的家伙，老子的江山都快让别人坐了，你还有闲心练辟谷？全是你们韩国人捣的鬼，要不是你那个世交韩信，陈豨何至于反？你还要给他复国，复他娘的屁，老子这回抓住他，非把他剐了不可……"

　　张良知道刘邦的脾气，任凭他怎么骂，不吭气就是了。过去年轻，骂也就骂了。可是近年来，张良在群臣中威望越来越高，不仅受到大臣们尊重，连刘邦、吕雉和太子都敬他三分。因此，今天听见刘邦这样骂人，感到格外刺耳。他一心想超脱出来就是这个原因，朝廷是个名利场，在这里待久了，迟早要受辱。因此他抱定主意，这次仗打完之后，无论如何也要想办法彻底脱离政事。

张良骑在马上，耷拉着脑袋，半闭着眼睛，看样子好像是睡着了一般，任凭刘邦怎么骂，就是不吭声。

"唉！你他娘的哑巴啦，怎么不说话呀？我说你哪，聋啦？"

"臣已老迈无用了，耳朵是有点背。"

"装蒜！我骂你不爱听是不是？"

队伍渡过河水，刘邦问张良："向东还是向北？"

张良迷迷糊糊睁开眼睛看了看，道："哪面都行。"

刘邦一听就火了，"我说你睡醒了没有？这是打仗，不是小孩子过家家。"

"我知道。"

"我问你是向东取邯郸，还是向北取太原？"

"都可以。"

"我要是兵分两路呢？"

"也无不可。"

"我说你是成心怄我是不是？我这个人你还不知道吗？急了就骂人，我骂你几句你还真跟我赌气呀？"

"非也，臣不敢跟陛下赌气。向东有向东的打法，向北有向北的打法，兵分两路有兵分两路的打法。各有利弊。"

"那你说到底是向哪面？"

"那就先向北吧。"

第三十四章　生死一知己

　　刘邦走后不久，吕释之的部下抓获了陈豨的信使，搜出了陈豨给韩信的一封信，信中有"弟已举兵反汉，望大将军里应外合，共图天下"之语。吕释之看了信后立刻来见吕雉，吕雉十分震惊，道："你先派人监视韩府，我去见萧相国。"

　　吕雉深夜来到萧何府上，萧何看了信以后说道："此信只是陈豨写给韩信的，并不能证明韩信参与其事。"

　　"我知道。但是韩信对上不满已有多年，且韩信与陈豨关系十分密切，不能不防。"

　　"韩信手中无一兵一卒，要反也不会在这个时候。"

　　"韩信诡计多端，当年只用一些老弱残兵即把陈余二十万大军打败了。待到他要举事时，我等恐早为他人俎上肉了。"

　　"可以让吕将军加强戒备，但绝不能轻举妄动，若是让韩信感觉到对他不信任，是逼其反也。"

　　"我已让释之派兵去监视韩府了。"

　　"什么？让他赶快撤回来。"

　　吕雉回到宫中，立刻让吕释之把监视韩府的兵马撤回来，可是吕释之没有彻底执行她的命令，还留了几个人装成乞丐监视韩府。这几个人立功心切，不仅日夜不停地在韩府周围转悠，还经常拉住韩府进出的人攀谈，企图套出一点"情况"来，被韩府家人察觉，报告了韩信。韩信略施小技将这几个人赚到府中，经过一番盘问，弄清了事情的原委。韩信怒不可遏，派人将吕释之请来，责问道："吕将军派人监视我是何用意？怕我反了不成？"

　　吕释之赔着笑脸答道："哪里哪里，我不过是为了大将军的安全而已。况且，大将军手中没有一兵一卒，就是想反，如何能反得了呢？"

　　韩信本想把吕释之叫来教训一顿，让他把人领回去就算了，可是吕释之话里明显带有威胁的意思，韩信如何能忍受？他冷笑道："哼哼，谢谢吕将军的美意。我韩信本无反心，真的要反，何须一兵一卒，只动员城中的妇女便足够你应付的了。来人！送客！"

　　"大将军且慢，请把我的人放出来。"

"本来我是想让吕将军带他们回去的,可是将军出言不逊,那就别怪我不客气了。我要将他们斩首示众,看看今后谁还敢在我韩府门前屙屎!"

"韩大将军,派人保护韩府,是皇后的意思,其中可有我吕家的人,你敢杀么?"

话赶话逼到这里了,韩信咽不下这口气,恶狠狠地说道:"我杀的就是你吕家的人!"

吕释之气急败坏地走了。不一会儿,就派人包围了韩府,然后进宫报告了吕雉。吕雉顾不得哥哥的情面,拍着桌子骂道:"蠢货!事情全让你搞糟了!"可是事已至此,吕雉再骂什么也没用了,韩信已经喊出了杀人的口号,而且杀的就是她吕家的人,这还有什么可说的!她冷静了一下,阴沉沉地说道:"看来韩信确有反心,不如就此除掉算了,以免后患。"

"我就等妹妹这一句话了。"

吕释之转身就走,恰好萧何闻讯赶来,把他拦住了。萧何命吕释之将包围韩府的人撤走,亲自到韩府来劝慰韩信,韩信这才把人放了。

萧何走后,韩信一个人呆呆地坐了很久,觉得与吕释之闹这一场很没意思,实在有失身份。近来,他不知是变得超脱了,还是厌倦了,对人世间的纷争越来越感到厌烦。他想不明白,人们争来争去到底是为了什么。他想起在临淄时张良说过的话,纵有广厦万间,晚来睡的不过半张床;纵有良田千顷,一顿也不过吃得两碗饭。他很想再和张良聊聊,可惜张良到前线去了。闲得没事,他随手翻开桌子上的《庄子》,希望能从中悟到一点什么,可是读了半天一句也读不下去。从各方面传来的消息也不容他再安心读书了。他听说陈豨反叛之后有一封给他的信落在了吕雉手里,城中吕释之的部队日夜处于戒备状态,人不离马,马不离鞍,这些显然都是冲着他来的。他有点儿后悔那天不该意气用事,在吕释之面前失言。可是转念又一想,说了又如何?君子坦荡荡,我韩信又没做什么亏心事,干吗这么前怕狼后怕虎的。想到这里,他心中反倒释然了,每天该干什么干什么,不再花费心思去想这些无聊的事。

正在这时,吕雉收到了刘邦从前方捎来的信,说是缴获了大批韩信写给陈豨的信,要她密切注视韩信的动向。吕雉虽然没有发现韩信有什么新动向,但是心中已经动了要杀韩信的心思。韩信太张狂了,如今刘邦在世还这样,将来若是太子刘盈继位,还有谁能制服得了他?于是她和哥哥吕释之商量好了一个计策,诈称刘邦在前线已诛杀陈豨,让群臣进宫祝贺,然后趁韩信进宫的时候将其杀掉。可是要让韩信相信这是真的,必须得萧何亲自出马。萧何不肯,吕雉沉下脸来说道:"相国身居宰辅之位,有人谋反而坐视不管,将来如何向皇上交代?"

萧何一听,立刻给吕雉跪下了:"皇后殿下,韩信并未谋反。"

"我说他反了,皇上是听你的还是听我的?"

吕释之在一旁给萧何铺了个台阶:"如果我拿出足够的证据证明韩信反迹已明,相国管不管呢?"

萧何见这兄妹俩已经下了决心，知道是躲不过去的，只好说道："既是反迹已明，那只好将其除掉了。"

第二天，满城中敲锣打鼓，庆贺刘邦平定陈豨叛乱的胜利，并且打出了欢迎王师不日回朝的标语。在长安的列侯、官员纷纷进宫向皇后表示祝贺，萧何住得离韩信不远，特意将车子停在韩府门前，约韩信一起进宫。韩信听说萧何亲自来接他，出门向萧何道谢，并称病不想进宫，萧何道："时间不会太久，虽说病了，也要去应付一下，不然皇后更加疑心了。"

韩信觉得萧何说得有道理，就跟着萧何上了车。车子没有走正门，而是从侧门进了宫。一下车，韩信就被一群武士捆了起来。萧何本以为韩信会大骂他一顿，那样他心里也许会好受一些，可是韩信一声没吭。

萧何来到前殿，吕雉正在应付朝仪，萧何附在吕雉耳朵上告诉她人已抓到，吕雉不动声色地点了点头。朝仪结束之后，群臣退去，吕雉问萧何："人在哪里？"

"在钟室。"

"快带我去看看。"

萧何扑通一声跪在吕雉面前，道："臣斗胆求皇后殿下允我一件事。"

"相国不要这样，有什么事只管说。"

"皇后答应了，臣才敢起来。"

吕雉历来敬重萧何，亲手将他扶起说道："我答应，你起来说吧。"

"看在韩信为汉家打下半壁江山的份上，饶他不死。"

吕雉斩钉截铁地说道："不行！皇上不在，京城空虚，一旦城中反起来将不可收拾，必须立即处死。他一死，别的人也就不闹了。"

"皇后！"

"别说了，这个事说什么我也不能答应你。留下他迟早是个祸害，而且对你也不利。快随我去钟室吧。"

"如此臣还是不去的好。臣与韩大将军共事多年，情同手足，实在不忍见其死。"

"你这个人哪，什么时候变得这么婆婆妈妈的？你不去，我一个女人家名不正言不顺的，怎么处置？皇上出征前将国事托付给你，这么大的事你竟然撒手不管，以后如何向皇上交代？况且，抓韩信你是主谋，这会儿想做好人也晚了，走吧！"

这最后一句话刺痛了萧何，可是也只能听之任之，他能向谁去表白？萧何像一头老牛，被人牵住了鼻子，跟在吕雉后面颤颤巍巍地上了钟楼。

韩信虽然被五花大绑，却若无其事地在那里欣赏着钟上的铭文，吕雉和萧何进来，他连头也没回。吕雉厉声喝问道："韩信，你知罪吗？"

韩信转过身来，看都没看她一眼，冲着萧何微笑道："没想到相国也会诈术。"

萧何感到无地自容，他避开韩信的目光，道："恳请大将军谅解，何身为汉臣，乃不得已而为之。"

"噢,这倒没什么,能死在相国手下,是我韩信的造化,可引以为荣。但愿别让我死在这些女子小人手里。"

吕雉喝道:"韩信,你死到临头了,还张狂什么?"

"别吵,我正和相国说话呢。"说完,韩信转过头对萧何说道,"我一生敬佩相国的为人,临死也佩服相国的手段。可是,相国不怕这样做会毁了自己一生的名节么?"

"大将军不要说了。我萧何对不住你,今生欠你的,下辈子愿意变牛变马还你。"

"相国也不必自责,你并不欠我什么。当初,是你把我举荐给汉王,我韩信才得以名扬天下,功垂千古。我韩信一直思报无门,今日咱们就算两清了吧!"说完,韩信转过身去,用调笑的口吻对吕雉说道:"现在你可以说话了,你想说什么?"那口气,倒好像他是审判官,吕雉是犯人。吕雉气得脸色铁青,不知道说什么好,憋了半天才说道:"你聚众谋反,大逆不道。"

"哈哈哈哈,聚众谋反,众在哪里?证据何在?要杀就杀,不要找什么理由了,欲加之罪,何患无辞?"

"什么叫欲加之罪,今有证据在此。"说着,吕雉从袖子里掏出一份事先拟好的罪状书,递给萧何,"给他念念。"

萧何接过那张白绢,脸色惨白,手直发抖,哪里念得下去?韩信道:"念哪,我听着呢。"

汗水顺着萧何的脸淌了下来,吕雉见不得他这副样子,伸手将白绢夺过来,自己念了起来,韩信根本没有听她念的是什么,仰天长叹道:"可惜呀!当初我没有用蒯通之计,今日反为儿女子所诈,悲夫!"说完,转过身去,继续看钟上的铭文,后背正对着钟锤,那钟锤是枣木做的,铁块子一般重,有一丈多长,碗口粗细,用两根铁链子悬在梁上,吕雉实在看不过韩信那副嚣张样子,她不再费口舌去念那份罪状,将白绢往地上一扔,伸手拉起了钟锤,拉满之后,猛地一松手,钟锤照着韩信的后心砸去……

萧何惊恐地闭上了眼睛。

韩信死后,吕雉下令夷其三族。韩信被葬在长安郊外,后人在他的墓前题了一副对联:生死一知己,存亡两妇人。

刘邦率领的征讨大军到达太原时,已是深秋时节。陈豨和韩王信早有准备,在太原以南布下了重兵,由韩王信统一指挥,准备与汉军决一死战。周勃、樊哙等攻了数日也没有攻下来。邯郸方面又连连告急,陈豨亲率一支大军,已经迫近邯郸。刘邦急得如坐针毡,他放心不下赵王如意,欲率兵东进去解救邯郸,被陈平拦住了:"这是陈豨的围魏救赵之计,陈豨去打邯郸,正说明他们对防守太原没有信心,太原周围都是平原,无险可守,韩王信坚持不了多久,如果就此放弃,恰恰中了他们的计。

不如急攻太原,太原一破,陈豨必然来救,到那时我们就主动了。"

"可是看这样子,太原也不是一天两天能攻下来的。等陈豨破了邯郸再来攻我,还不是一样腹背受敌?"

"臣已想好破敌之策。韩信防守虽在太原,粮草辎重却在马邑,可令周勃率一支奇兵,绕道袭击马邑。劫了韩信的大本营,太原之敌军心必乱,不攻自破。"

刘邦没有说话,抬头问张良:"子房以为此计如何?"

"陈平所言极是。拿下马邑,恰如釜底抽薪。然陛下仍放心不下赵王是么?"

"正是。"

"臣愿陪陛下前去解救邯郸。"

"可是就这点兵马,分成三路,仗还怎么打?"

"不须分兵,臣一个人跟随陛下去就够了。"

刘邦和众将都不知张良何意,一起望着他,张良道:"陈豨反军皆汉人,害怕为匈奴所劫不能回家,因而反心不固,只要陛下赦免其罪,沿途招降纳叛即可获数万兵马。还有齐、燕、梁三国之军,陛下可立即传令,令其援救邯郸,如此则有三路兵马会剿陈豨,加上陛下收容的部队,则是四路大军,何须从这里分兵?"

众将皆不敢让刘邦去冒这个险,一致反对,可是刘邦却同意张良的方案。为了确保刘邦的安全,最后决定由灌婴率两千骑兵随行。走到半路,刘邦对张良说道:"马邑之战,关系重大,周勃一个人我不放心,你还是去帮帮他吧,这边有我就够了。"

张良不肯走:"主意是我出的,我怎能丢下陛下不管?"

"你放心,连韩信都说我指挥十万兵马没问题,你还信不过我?"

"如此则陛下多加小心。"

张良拨马回头追周勃去了。刘邦和灌婴一路走一路宣传,凡原汉军士卒愿意归降的,一个不杀,将校官复原职。果然不出张良所料,才走了两三天,就有不少叛军将士陆续来降,越往前走,来归降的人越多。到邯郸附近,已经聚集了两三万人马。然而,就在他们即将到达邯郸的时候,邯郸失守了。周昌带着赵王如意逃了出来,与刘邦在漳水南岸相遇。刘邦扎下营寨,一面编组训练刚刚归降的士卒,一面等待曹参和卢绾的兵马到来。新收编的叛军士卒倒不少,可是一个棘手的问题是有兵无将。来降的大多是士卒和下级军官,那些大将害怕朝廷治罪,无人敢回来,任凭刘邦怎样宣传也无济于事。于是刘邦问周昌:"赵国有可为将者乎?"

"自古燕赵多——多壮士,只是邯、邯郸新破,就近难、难以物色,勉、勉强举之,有四人。"

刘邦命将四人带来,问道:"带过兵吗?能打仗吗?"

四人面面相觑,不敢回答。刘邦骂道:"就你们这熊样,一上阵还不尿到裤裆里?"

其中一个不服气,道:"士可杀不可辱,陛下要用我们就相信我们。不相信就别用!"

刘邦见他还有点血性,满意地点点头,又问其他三人:"你们呢?怕死不怕?"

三人齐声答道:"不怕!"

"好!能不能带兵,且不说起码像条汉子。我封你们四人为千户侯。随我阵前去破陈豨,敢不敢?"

"敢!"四人齐声答道。刘邦大喜,对灌婴说道,"你先去给他们讲讲怎么带兵吧。"

灌婴将人领走了。周昌问刘邦:"当初追、追随陛下入、入关、伐楚的功臣还、还未尽封,为、为何封此四人?"

刘邦道:"你懂什么?封了这四人,赵国将士都会奋力争功。何止四人之力?如今大敌当前,邯郸以北皆为陈豨所有,一旦陈豨来攻,连性命都难保,我何惜这四千户!"

在场众人频频点头,无不钦佩刘邦用人的胆识。

陈豨刚刚攻下邯郸,刘邦跟着就到了,陈豨有点措手不及。接着,东面曹参、北面卢绾也开始率军向邯郸逼近,陈豨命令他手下大将张春前去迎战曹参,命侯敞迎战卢绾,同时,让王黄紧急向匈奴请求救兵。自己则坐镇邯郸,准备迎战刘邦。陈豨错误地判断了形势,以为刘邦率领的是汉军主力,因此把绝大部分兵力用在了邯郸的防守上,而刘邦利用他这种错误判断,白天将城东的部队调到城西,晚上又把城南的部队调到城东,同时,命令四乡百姓赶造车、梯,摆出一副马上要攻城的架势,实际上他最害怕的是陈豨主动向汉军发动进攻,于是,一面虚张声势地要攻城,一面派人到梁国调兵。齐、燕、梁三国,梁国离邯郸最近,只要坚持三两天,彭越的部队就可以赶到,但是彭越却没有出兵。

彭越不出兵是因为心里有气,当初封他为梁王,刘邦只给他留了两千人马,后来,匈奴犯境,韩王信和陈豨先后反叛,梁国周围时常受到乱军骚扰,彭越几次向刘邦报告,希望就地招募一些人马,抵御乱军的骚扰,同时还可以帮助朝廷追缴叛党,可是刘邦就是不同意。齐、燕两国皆有自己的常备军,而唯独不准梁国建军,是何道理?彭越不服气,背着刘邦悄悄建立了一支防卫部队,不料刚刚建好,刘邦就派人来调兵,彭越犹豫了一下,没有发兵。刘邦恨得咬牙切齿,可是大敌当前,他只能先忍耐着。

不久,曹参在聊城一带大破张春,卢绾的部队也从北面压了过来。陈豨被迫退出邯郸,刘邦度过了一场危机。刘邦派周昌前往梁国,责问彭越为何不发兵,彭越见周昌来了,知道事情非同小可,准备亲自去向刘邦谢罪。手下人劝道:"前者皇帝征兵而未往,今往则必被其所擒,君不见淮阴侯之先例乎?不如就此反了,以绝后患。"可是彭越下不了反的决心,只是称病没有前往邯郸谢罪。刘邦见彭越不肯来见他,大怒,对周昌说道:"这不是反了吗?你马上带人把彭越给我抓起来!"

周昌道:"彭越虽未发、发兵,然反、反迹未明,不、不便抓人。"

"等他反迹明了,还抓得住吗?那时就等他来抓我们吧。你赶快去,趁其不备,先抓了再说。抓完之后,不要带到这里来,先把他押到洛阳。等我打完陈豨再来处置他。"

于是周昌再次秘密来到定陶,彭越毫无戒备,周昌没费什么劲就把彭越抓了,押解到洛阳。刘邦命廷尉王恬前往洛阳办理此案。王恬本是秦旧吏,为人阴狠歹毒。他没有多少战功,只是靠熟悉律法,富有办案经验而身居高位,众文武大臣皆不服,他也急于想立功,因此,一到洛阳便对彭越等人施以酷刑。彭越始终不承认谋反,于是便向下株连,先后将几十个人牵连进此案。其中有的经不起严刑拷打,被迫承认谋反,重刑之下,又胡乱指认证据,最后终于按谋反罪给彭越定了案。从彭越被抓到定案,前后不过一个多月时间。王恬得意洋洋地将结果报给刘邦,刘邦心里知道彭越是冤枉的,赦免了彭越的死罪,只令将其废为庶民,徙至蜀中青衣(今四川名山县北)。

第三十五章　欲加之罪

　　陈豨逃到曲逆,遭到了卢绾部队的阻击,紧接着,刘邦和曹参两支大军也赶到了。三军准备合围消灭陈豨叛军,但是王黄已经到了匈奴营中,卢绾担心背后遭到匈奴的袭击,于是派了部下张胜前往匈奴为使,声称陈豨军已破,希望匈奴能保持中立,不要参与汉家内部的事。

　　张胜到了匈奴军中,被安排在客舍中住下,恰好与王黄住在一处。张胜还没有见到匈奴的大首领,王黄先拜访他来了。张胜对王黄十分冷淡,本想三言两语把他打发走就算了,可是王黄一张利嘴,说着说着就把张胜的心说动了:"先生知道燕王为何看重你吗?"

　　"不知道。"

　　"那是因为你从小在北地长大,懂胡语,习胡事。"

　　张胜点了点头,王黄又说道:"先生知道皇帝为何如此重视燕王吗?"

　　"不知。"

　　"以诸侯数反,兵连不绝也。今先生为了燕国,急欲灭陈将军,殊不知唇亡齿寒,陈将军一灭,马上就轮到燕国了。"

　　"王将军不要危言耸听,燕王与皇帝亲如手足,不仅是同乡,还是同年同月同日生。燕王随同皇帝打天下,出生入死,可谓患难之交。何患之有?"

　　"什么患难之交!自古欲得天下者,连父母妻子都不顾,哪里顾得什么同乡难友?先生不要做美梦了。难道不见韩信、彭越皆已为虏乎?"

　　"韩信、彭越谋反,咎由自取,燕王对皇帝忠心耿耿,有何顾虑?"

　　"呵呵,兄弟夫妻之间尚有口角,何况君臣?况且,说韩信、彭越谋反,有何实据?不过皇帝疑之而已。焉知有一天不会疑到燕王头上?退一步说,君治一国,是他人无力征伐你安全呢,还是相信别人不会征伐你更安全呢?"

　　张胜终于被王黄说服了,非但不再阻止匈奴出兵,反而帮助王黄怂恿匈奴发兵助陈豨。

　　卢绾正与陈豨打得不可开交,忽然听说张胜背叛了朝廷,与王黄和匈奴勾结在一起,准备从背后袭击燕国军队,卢绾大怒,立刻将张胜的亲属统统抓了起来,并报告了刘邦,准备夷其三族。张胜回到燕国,卢绾不由分说,将张胜也关进了大牢。张胜几次求见,卢绾拒不接见。直到行刑的前一天,卢绾才来到狱中,想听听他有什么说的。张胜痛陈不能灭陈豨的理由,卢绾并不相信张胜从王黄那里听来的那套说辞,可是听了张胜声泪俱下的诉说,知道他是为自己着想,不忍心杀他,于是将张胜一家从牢里放了出来。可是卢绾要灭张胜三族的消息已经传得沸沸扬扬,很难收场了。卢绾只好找了一个和张胜同名的人顶上,又杀了几个不相干的人,以掩人耳目,这才算对上对下有了一个交代。

世上没有不透风的墙,事情很快就传到了刘邦的耳朵里,刘邦派人来,责问卢绾为什么把张胜放了,卢绾拒不承认,这下引起了刘邦的疑心。刘邦很快就给卢绾派来了监军。张胜趁机向卢绾进言,卢绾动摇了,他觉得,刘邦既然已经不信任他,自己就不得不留一手了。于是命张胜返回匈奴,表示愿意与匈奴保持友好睦邻关系。匈奴见卢绾态度暧昧,有机可乘,马上又向他提出放陈豨一条生路,以表诚意,卢绾也答应了,令属下范齐前往陈豨营中联络,同意陈豨以"突围"的方式趁夜间从自己阵地上撤出。

刘邦走后,张良和周勃成功地攻克了马邑,将韩王信的粮草辎重能带走的带走,带不走的付之一炬,然后回兵来攻太原。马邑被攻破,韩王信立刻慌了手脚,仓促撤出太原,向北汇合匈奴去了。张良和陈平得知刘邦已将陈豨包围在曲逆,决定继续兵分两路,一路由张良、周勃率领追击韩王信,一路由陈平、樊哙率领增援曲逆。汉军从四面八方压过来,陈豨的处境已是四面楚歌,眼看就要将其彻底歼灭,不料王黄带领匈奴军从北面杀过来,卢绾"腹背受敌",不得不让开正面,让陈豨"突围"出去了。

韩王信逃到匈奴之后,本想借匈奴一块儿地盘暂且喘息一段时间,但是匈奴不肯让这些汉人长期居住在自己的地盘上,因此,竭力怂恿韩王信向南进攻,收复失地,并拨出一万人马配合他行动。韩王信知道匈奴单于不肯收留他,所以明知不是汉军的对手,也只好硬着头皮不断向汉军发动进攻。不久,又被张良在参合(今山西阳高县南)拖住,刘邦率领樊哙、灌婴等人赶到,将韩王信合围在参合。刘邦令人给韩王信带了一封信,劝其归降,使者对韩王信说道:"陛下宽仁,不忍刀兵相见,诸侯及将军们有叛亡的,只要复归,全部赦免,官职一个都没变,也未曾杀一人。今大王并无反心,只是因守不住马邑而降匈奴,非有大罪,何不就此归降?"

韩王信道:"臣并非无罪。臣的罪过多了,当初救援荥阳,出师不利,周苛死难,臣却畏死偷生,苟活了下来,陛下对此早有看法,只是不说而已,这是其一;匈奴攻马邑,臣不能坚守,以城降匈奴,这是其二;今又为匈奴将兵,致使生灵涂炭,将士送命,这是其三。昔日文种、范蠡无一罪而身死,今我负三罪而欲苟活于世,先生认为可能吗?"

使者道:"人生在世,谁能无过?陛下既然答应了,就一定不会杀你,还是跟我去向皇帝谢罪吧!"

"我并不是不想投降,如今我亡匿于这荒山野岭间,整天看着匈奴的眼色行事,你以为我愿意这样吗?我日夜思归如痿人不忘起,盲者不忘视也,势不可耳。"于是,韩王信重新整军来与汉军战,几日之后,便被汉军攻破城池,韩王信死于樊哙刀下。

消灭了韩王信之后,刘邦大出了一口长气,令樊哙留下继续剿灭陈豨余部,其余人马班师回朝。刘邦从平阴津渡河,来到洛阳,不料却在这里碰见了吕雉。

刘邦十分吃惊:"你怎么会在这里?"

吕雉微笑着说道:"听说陛下在前方打了胜仗,臣妾特赶来这里迎接。"

吕雉杀了韩信之后,确信关中已没有能够掀动汉室江山的势力了,可是对前方的情况却放心不下。她放心不下的不是战事的胜负,而是戚姬和如意。刘邦此去是为解救如意之危,而随行伺候的恰又是戚姬,刘邦的一班重臣,除了萧何,几乎全带在身边,搞不好半路上就会把太子换掉,她连知道都不知道。因此,她在长安再也待不下去了,不顾萧何百般阻拦,要亲自到赵国探探虚实。

吕雉走到郑县(今陕西华县境内),碰到一群押解犯人的狱吏。看见皇后乘坐御辇而来,狱吏和犯人统统跪伏在路两边。吕雉命人停下车,从车里探出头来,问押的是什么人,押往哪里去,狱吏刚要回答,只见一个犯人站起身跑到路中间跪下喊道:"皇后殿下,彭越冤枉!"

吕雉见道上跪的是彭越,心中一惊,不知是什么事情,下车来将彭越扶起说道:"梁王何至如此?起来慢慢说。"

彭越扛着枷锁,戴着脚镣,蓬头垢面的,已经被折磨得不成人样了,要不是听声音,吕雉根本认不得他。彭越一把鼻涕一把泪地诉说了自己的冤情,希望这位同乡皇后能给他说句话:"……事已至此,臣不敢再奢求平反复位,只望不要把这把老骨头扔在他乡就行了,臣愿回故里昌邑,请皇后代我向陛下言之。"

吕雉想了想,道:"行。我正要去见陛下,跟我一起走吧,上车。"吕雉将彭越放在副车上,载到了洛阳。

刘邦见了吕雉,开口先问:"你把韩信杀了?"

"杀了。"

刘邦听了,眼睛一亮,随之又黯淡下来。他长叹了一声说道:"唉!可惜呀,天下恐怕再也找不到韩信这样的将才了。"

"有什么可惜的?留下他将来和你争天下呀?"

"这天下本来就有一半是他打下来的。杀了他,人们背地里不定怎么骂我呢。"

"怕什么?这个恶名我替你背了。我不怕,谁爱骂谁骂去。"

"说是这么说,毕竟名声不好。他临死前都说什么了?"

"他说悔不该没听蒯通之言,落得如此下场。我不知蒯通是什么人。"

刘邦道："回头我让人查一下。"

"这个先不忙。我问你，你为何要把彭越发配到蜀中去？"

"历朝的犯人都往那里发配。那是个不毛之地，放在那他只有等死的份，难道还会反了不成？"

"谁说的？你要是没在汉中待过说这话还可以。你不是从那反出来的吗？那边地方又富，人口又多。以彭越的才干，要不了三年就坐大了。既然要杀就杀干净，不然就别碰他，既结了怨又不杀，留下将来必为大患。"

让吕雉这么一说，刘邦倒抽了一口凉气："那怎么办？人已经押走了，这会怕是快到蜀中了，不过还来得及，我马上派人再把他抓回来。"

"不用派了，人我已经给你带回来了。在大牢里押着呢。"

"啊?！可是我已下诏免了他的罪，怎好出尔反尔？"

"定个罪名还不容易！你别管了，把他交给我吧。"

吕雉命人将王恬找来，问道："彭越一案你是怎么审的？"

王恬不知吕后是什么意思，支吾着没敢直说，直到听明白了吕雉的意图，才大着胆子说道："当初已经定了谋反罪，是皇上法外开恩，免其死罪。"

"皇上忙成那样，怎能顾得上这些事？你们不奏明原委，皇上当然不清楚。发回去重审！"

王恬摸透了吕雉的意图，又将那个供出彭越谋反的人重新找来审了一遍。那人本来已被释放回家，又重新被抓来审问，不知是吉是凶。他已经吃尽了苦头，无论是死是活，都不敢再顶了，王恬给个杆他就往上爬，王恬没费多大劲，就把彭越谋反的罪名罗织好了。吕雉以刘邦的名义发布上谕，夷灭彭越三族，并将彭越枭首示众。彭越的头被挂在洛阳东门，上谕明文规定，有敢来收尸者，夷三族。

吕雉到了洛阳，发现刘邦并没有换太子的迹象，加之她新近刚刚诛杀了韩信和彭越，为刘邦去掉了两个心头之患，她估计太子之事暂时不会有什么变化，一颗心暂时放到了肚子里。这天下午，吕雉趁刘邦不在家，提着个篮子来看戚姬。戚姬正在看着如意读书，看见吕雉进来，大吃一惊，她没想到吕雉会到这里来。她知道来者不善，很不情愿地跪下给吕雉磕了个头。吕雉笑着说道："妹妹一路辛苦了，我特地做了一样菜，来看看妹妹。"

戚姬不知吕雉今天为什么这么客气，既然人家送来了，不能不接，于是接过篮子放在一边，道："这些事，让宫娥们跑一趟就行了，何劳皇后亲自送来？"

"交给她们我不放心。还是我亲自送来的好。妹妹不想打开看看里面是什么吗？"

戚姬打开篮子一看，里面是一碗剁成烂泥的生肉。戚姬不知为何给她送这个，问道："这是什么肉？"

"人肉。"

戚姬大惊失色，篮子从她手里掉到了地上。

"怎么样？不想尝尝吗？这是彭越的肉。我给每个诸侯送了一碗，看看今后谁还敢造反！"说完，吕雉扬长而去，戚姬吓得尖叫着从屋里跑了出来，刚跑出门，就栽倒在地上，晕过去了……

吕雉回到自己的住所，有人向她报告，东门外有位叫栾布的，在为彭越收尸，吕雉不知是什么人如此大胆，命人将栾布逮捕下狱。

栾布原为臧荼手下大将，臧荼叛乱时，曾被汉军虏获。彭越闻栾布贤，在刘邦手中将栾布保了出来，任其为大夫。彭越被抓时，栾布奉命出使齐国去了。回来时彭越已被枭首。栾布不顾刘邦的禁令，来到东门外，站在悬挂着彭越人头的城门下，流着泪向死去的故主奏报了出使齐国的情况。然后，向附近人家借了一架梯子，爬上城楼将彭越的头摘了下来，用一块儿红绸子包好，准备和尸体一起安葬。栾布的举动惊动了所有路过的人，不一会儿，东门外就围得人山人海，人们感叹着、议论着，像看戏一样看着这位胆大包天的官员给彭越收尸，既没有人上前帮忙，也没有人阻拦。栾布刚刚将彭越的头包好，一队士卒冲了过来，冲散了人群，将栾布五花大绑捆了起来。

栾布被押到廷尉署设在洛阳的衙门。刘邦亲自审讯了栾布，王恬在一旁陪审，他将各种刑具都准备齐了，连烹人的水都烧开了。刘邦坐在案前，问道："栾布，你好大胆，我明令禁止为彭越收尸，难道你不知道吗？"

"知道。然梁王待我恩重如山，我不忍见其风吹雨淋，故收之。"

"你他娘的跟他这么亲，是不是也参与谋反了？"

"没有。非但臣没有参与谋反，彭王也没有谋反。"

"你分明和彭越是一伙儿的，还敢嘴硬，来人，给我押出去烹了！"

栾布脸不变色地答道："等我把话说完再烹不迟。"

刘邦示意刽子手停下，道："让他说。"

"当初陛下困于彭城，兵败荥阳、成皋间，与楚相距两年多不分胜负，是何原由？是彭王与汉军合纵攻楚，从背后牵制了楚军，故项羽不能放手西进。以当时之情势，彭王一顾，与楚则汉破，与汉则楚破。且垓下之战，若无彭王之力，陛下亦难以灭楚。今陛下征兵于梁王，梁王因病而不能往，即疑其谋反。反形未见而诛灭之，臣恐今后功臣人人自危，汉室江山不保矣！今梁王已死，臣生不如死，愿就烹。"说完，栾布自己朝着那口烧着开水的大锅走了过去。刘邦急忙让人把他拦住，感叹道："忠心难得呀，放了他吧。"

栾布走后，刘邦问："那个蒯通抓住了没有？"

王恬答道："抓住了，如何处置，正等陛下的旨意呢。"

"把他给我带上来。"

不一会儿，狱吏将蒯通押了上来。刘邦问道："是你教韩信谋反的吗？"

蒯通有几分得意地说道："正是。可惜韩信不能用臣之策,故而自取灭亡。如若韩信用臣之策,陛下安得擒而夷之乎？"

刘邦大怒,喝道："你这个摇唇鼓舌的小人,死到临头了,两片嘴还这么硬,来人！烹了他！"

"陛下凭什么要烹我？难道不怕冤枉好人吗？"

"你教人谋反,理固当烹,有什么冤枉的？"

"当然冤枉。秦之纲绝而维弛,山东大乱,异姓并起,英俊乌集。秦失其鹿,天下共逐之,于是高材疾足者先得之。当是时,臣唯独知韩信,不知有陛下也。且天下英雄豪杰,欲称王称霸者不计其数,陛下岂可尽杀之？"

刘邦见他说得有道理,当堂便把他放了。

处理完这两桩公案,刘邦顿觉浑身疲惫。他很重情义,对韩信、彭越,他都下不了手,但是吕雉替他做了。尽管他不忍心这样做,但是他觉得吕雉是对的,她比他更清醒,考虑得比他更深、更远。他暗自庆幸有这样一位贤内助,这是张良、萧何等人无法替代的。

刘邦拖着疲惫的身体回到宫中,一进门,戚姬就扑在他怀里大哭起来。刘邦不耐烦地将她推开,道："又怎么了？怎么连一刻都不能让我安生？"

戚姬将白天发生的事情从头到尾讲了一遍,刘邦还有点不相信,戚姬将那个装肉醢的篮子提到他面前,道："陛下若不相信,自己看吧。"

刘邦打开篮子一看,恶心得直想吐,喝道："赶紧给我拿开！"

刚才他还在心中赞叹吕雉的眼光和魄力,这会儿却突然觉得他并不了解这位和他一起生活了二十年的妻子,"这也太狠毒了,简直不是人干的！"现在,他开始为子孙们感到担忧了。他已经老了,而吕雉还年轻,他仿佛看到了他百年之后,他的儿子们会一个个死于吕雉的刀下,心中不寒而栗。吕雉先前留在他心中的那个吃苦耐劳、助他打天下的贤内助形象突然间变了,变成了一个青面獠牙的恶魔,在他脑子里挥之不去。那天晚上,刘邦做了一夜噩梦。第二天,他病倒了。

征讨陈豨的队伍悄悄回到了关中。

吕雉派人将彭越的肉醢送到淮南王黥布手里时,黥布正在打猎。见了专使送来的肉醢,十分惊恐。待使者走后,黥布立即召集部将商议对策。黥布以为刘邦疑其谋反,很快会发兵讨伐,于是将境内所有的兵马都调动起来,日夜警惕,生怕有什么意外。他一面扩充兵马,一面悄悄派人到长安去打探消息,看看有无征讨他的动静。过去每逢这种大事,他都要听听老泰山吴芮的意见,这次也不例外。可是吴芮正在病着,也接到了吕雉的这份特殊礼物。收到之后,连病带吓,竟一命呜呼了。

过了一段时间,见长安没有动静,黥布也就没再当回事,重新过起先前那种悠闲的享乐生活。

黥布有位爱姬,名唤陶然的,长年患头疼,吃什么药都不管用,只有六城一位盲医能治她的病。这位盲医针灸的功夫相当好,扎了几次,陶然的病大有好转。因为目盲,这位医生从不出诊。无论王公贵族还是巨商富贾,凡是看病的必须到他家来。陶然年轻,不想摆架子破了医家的规矩,便常来他家看病。恰好黥布手下的中大夫贲赫就住在医家对门。贲赫见陶然隔三岔五地来医家看病,便有心巴结一下这位淮南王的宠姬,每次陶然来看病,他都要备一份厚礼相赠,陶然不肯白受人家的礼,下次再来时,便带些回赠物品。一来二去熟了,贲赫便留她吃饭,贲赫本是黥布十分赏识的重臣,陶然也就没有多想,让她留就留,让她喝酒就喝酒,可是不料黥布却起了疑心,以为陶然和贲赫有了私情。有一次,陶然喝得脸上红扑扑的回到了宫中,黥布大怒,当即把陶然吊起来毒打了一顿。贲赫听说以后,吓得称病在家,不敢去上朝。这下黥布更加认为两人确有私情无疑,于是要捉拿贲赫问罪。朝中有贲赫的耳目将消息传了出来,贲赫乘坐皇家驿站的马车连夜逃出了六城。

贲赫一口气跑到长安,向刘邦告发了黥布企图谋反的事。刘邦刚刚回到长安,病体十分虚弱,他将贲赫的状子拿给萧何看,萧何看了之后说道:"黥布就国之后,虽然纳粮纳税不积极,对朝廷也颇有微词,但是还不至于反。且近两年纳税纳粮也比从前好多了。一定是有人借此泄私愤,不如先将贲赫囚禁了,再派人暗中察访一下黥布的动静。"刘邦不能断定真伪,按照萧何的意见,先将贲赫囚了,然后派御史大夫赵尧前往调查。赵尧调查得虽十分细致,但也不能断定其谋反,至于扩军备战之事确曾有过,但那也是事出有因。赵尧走后,黥布坐卧不安,他想起韩信、彭越和韩王信的悲惨下场,料定刘邦不会放过自己,于是夷灭贲赫三族,发兵反了。

第三十六章　四　皓

　　刘邦回到长安,调养了几天,身体渐渐有了一些起色,便起来理事。刘邦封了刘交、刘贾之后,引起了朝中大臣们的极大不满,但是大家也就是发发牢骚而已,众人私下里衡量自己,功劳大不过萧、曹、张良,这三个人不争,谁也不敢出面去争。过了一阵子,舆论就渐渐平息了。后来刘邦又封刘仲为代王,同样引起了一些议论,但是这一次反对的声音比上一次小多了。因为大家已经看清楚了,刘邦是存心要这样做,稍有点心计的人就不再多说什么了。及至封了如意为赵王,大家已经习以为常,听之任之了。彭越被杀,梁王之位又空了出来,现在刘邦已经用不着再遮遮掩掩了,回到长安不久即下诏封四子刘恒为代王、五子刘恢为梁王。

　　虽说封了诸皇子为王,刘邦还是觉得心里不踏实。此次出征,刘邦深感人才的匮乏,周勃、樊哙等老将,都已经头发灰白了,还能在战场上拼杀几年?那些封了王的皇子,也没有足够的人才辅佐。对他刺激最大的是刘仲的逃跑,假如刘仲手下有一批能征善战的将领,也不至于如此。于是他让赵尧起草一份求贤诏,赵尧写好之后拿给刘邦,刘邦看了看,说:"你写的这叫什么呀?洋洋千言,说了半天也没说到点子上,你那些书都读到哪里去了?"

　　赵尧十分不好意思,道:"臣拿回去再重写。"

　　赵尧又改了一稿,刘邦仍不满意,不耐烦地说道:"算了,拿笔墨来,我自己写!"

　　于是,刘邦亲自动手草拟了一份求贤诏,诏曰:

　　　　盖闻王者莫高于周文,伯者莫高于齐桓,皆待贤人而成名。今天下贤者智能岂特古之人乎?患在人主不交故也,士奚由进!今吾以天之灵、贤士大夫定有天下,以为一家,欲其长久,世世奉宗庙亡绝也。贤人已与我共平之矣,而不与我共安利之,可乎?贤士大夫有从我游者,吾能尊显之。布告天下,使明知朕意。

　　　　御史大夫下相国,相国下诸侯王,御史中执法下郡守,有其意称明德者,必身劝,为之驾,遣诣相国府,署行、义、年。有而弗言者,免。年老癃病者,勿遣!

　　诏书刚写完,萧何来了。刘邦道:"刚好你来了,看看哪里不合适,再帮着改改。"

　　若不是亲眼所见,萧何真不敢相信这份求贤诏是刘邦写的,他从头到尾读了一遍,道:"真是篇好文章,可以说一字不易呀!"

"少他娘的奉承我,我那点脓水我清楚。快,你说怎么改?"

萧何道:"不是奉承,真是写得不错,可以放到学馆里做蒙生的读本了。"

刘邦还有点不相信,问道:"真的不用改了?"

"不用了,我马上让人誊出来发下去。"

还有一件事刘邦一直念念不忘,就是韩信那把剑。韩信死后被抄了家,东西都放在吕释之那里,刘邦命吕释之将那把剑找了出来,并亲自来到钟室,将自己佩戴的干将剑和韩信的莫邪剑挂在了一起。据说,每到夜间,钟室里便发出一阵阵嗡嗡嘤嘤的鸣声,似一对男女在低声吟唱。

吕雉见刘邦的身体好些了,建议借他的五十二岁生日给他摆一次寿宴,冲冲晦气。刘邦本不大相信这些,但是也乐得和大家在一起乐呵乐呵,便同意了。宴席上,文武百官皆来给刘邦祝寿,后宫姬妾们也都来了。轮到太子敬酒时,太子端着酒杯走上前来,身后还跟着四位须发皆白的老者,每人端着一杯酒。刘邦大吃一惊,等他们敬完酒,走上前问道:请问几位老者姓名尊号?"

四皓分别报了姓名,刘邦道:"我寻找你们多年,一直避而不见,如今为何与我儿交游甚得?"

绮里季答道:"陛下轻士善骂,臣等义不受辱。窃闻太子仁孝,恭敬爱士,天下人皆饮颈为太子死,故臣等来辅之。"

刘邦见太子羽翼已成,从此打消了废太子的念头。他恭恭敬敬地给四位老者每人敬了一杯酒,道:"望诸公尽力调护太子。"

吕释之费尽周折,在商州东七十里的商洛镇附近的熊耳山中找到了四皓。四位老者名为:东园公、甪里先生、绮里季、夏黄公。东园公姓庚,字宣明,因居于园中,因以为号;夏黄公姓崔,名广,字少通,齐人,因隐居夏里修道,故号夏黄公;甪里先生姓周名术,字道元,到了长安之后常到灞桥附近漫步,因此人们又称他为灞上先生。因张良多次在刘邦面前提起四皓,建国后,刘邦曾几次派人到山中去请他们,但四皓始终避而不见。天知道吕释之是用了什么办法把四位老人弄到了长安。

刘邦回到戚姬身边,指着四位老者说道:"你看,羽翼已成,怕是难动了。看来,吕雉命中注定是你主啊!"

戚姬一听这话,顿时泪如泉涌,哭得差点昏死过去。刘邦赶紧命人将她扶到后宫去了。

晚宴散后,刘邦来到戚姬住的椒房殿,戚姬两只眼睛哭得又红又肿。刘邦问道:"没吃饭吧?让人给你弄碗汤来?"

"不用了,我什么也吃不下。"

刘邦知道现在说什么也没用,便由着她去哭,让她发泄发泄。过了一会儿,刘邦道:"别哭了,来,给我跳个舞。"

戚姬擦擦眼泪说道："没有管弦。"

"就这么跳吧，我给你唱。"说着，刘邦拿起一双筷子，敲着桌边唱道：

> 鸿鹄高飞，一举千里。
>
> 羽翮已就，横绝四海。
>
> 横绝四海，当可奈何？
>
> 虽有缯缴，尚安所失！

他唱了一遍又一遍，唱着唱着自己也流下了眼泪。

在废立太子的问题上，刘邦左右为难。不管怎么说，刘盈是他的亲骨肉。刘盈若能继承大统，安定天下，保住大汉江山，他当然也是求之不得的。吕雉在废立之争中表现出的能量再次让他刮目相看。看来，有吕雉在，刘盈的江山是坐稳了。可是吕氏一族势力的膨胀也让他担忧。刘盈最终能撑起天下吗？将来的天下会不会由吕氏取而代之？是不是该早做打算，趁着自己还在，剪除这股势力？想来想去，没有别的选择，只有让刘盈继位，由吕雉扶助他坐稳江山。可是，让吕氏控制局面，如意母子怎么办？还有其他几个公子，能够平平安安地活下去吗？

刘邦已经是五十多岁的人了，连年征战，使他疲惫不堪，加之酒色过度，身体过早地衰老了，如今的刘邦已经是满头白发，背也驼了，牙齿也不全了。面对着家国天下，理不清数不尽的矛盾，刘邦有一种心力交瘁的感觉，加之身后之事无所托，寿宴之后，刘邦又病倒了。

不久，前方传来捷报，樊哙彻底剿灭了陈豨残部，于阵前斩杀陈豨。这消息让刘邦稍稍感到一点安慰。可是没过几天，樊哙回到了关中，又带回了一个让刘邦感到震惊的消息：卢绾反了。刘邦无论如何也不相信卢绾会反。他和卢绾从小在一起长大，比亲兄弟还亲，卢绾怎么会反？他认为这是谣传，以他对卢绾的了解，即使反了，也是出于某种不得已的原因，他一定能让他回心转意。于是，他让赵尧去前线召回卢绾，打算和他当面谈谈。赵尧到了卢绾军中，说破了嘴皮，卢绾也不敢相信他，称病没来。刘邦病势沉重，吕雉让人把消息压下，没有告诉刘邦，又悄悄派了审食其为使，一面继续劝说卢绾回京，一面察看一下虚实。审食其一去，卢绾更不敢来了。吕雉和审食其的关系他是知道的。吕雉杀韩信、诛彭越，已经在诸侯和大臣中引起了极度的不安。卢绾料定吕雉不会放过他，私下里对张胜说道："如今非刘姓而王的只有我和淮南王黥布了。吕后去年杀韩信，今年诛彭越，专杀大功臣。如今皇上已老，属事于吕后，我等若回长安，必死于吕后刀下。"卢绾依然称病没有来。而卢绾的部下张胜、范齐频繁往来于匈奴、陈豨和燕国之间等事实已经被赵尧和审食其察觉，赵尧和审食其先后将所知情况一一报告了刘邦，刘邦道："看来果真是反了。"于是，以樊哙为征讨大将军，再次北征讨伐卢绾。

樊哙走后，刘邦躺在病床上，心灰意懒，谁都不想见。只有戚姬一个人在身边伺候汤饭茶药。朝中大小事情无人做主，吕雉趁机把许多事情揽了过来，有些事她不敢做主,便来请刘邦示下,刘邦只是让戚姬往来传话,根本不让吕雉到他房间里来。戚姬占据了这个位置,吕雉心中十分别扭,因为每天给他下指示的不是刘邦而是戚姬;戚姬更觉得不舒服,因为朝中大小事务已完全决于吕雉,眼看着吕雉的权力一天天膨胀起来。

一天,吕雉来到椒房殿,要见刘邦,不一会儿,戚姬从里面走了出来,对吕雉说道:"陛下让你有事去和萧相国商量。"

吕雉道:"可是这事萧相国也做不得主。"

"是什么事?"

"樊哙请求回长安,要陛下派一员大将去接替他。萧相国说他从来不参与军中事务。"

"那我进去替你问问吧。"

不一会儿,戚姬出来了,说:"陛下让建成侯率军前往。"

吕雉听说要派吕释之前往,心里很不情愿,因为刘邦病势沉重,京城中万一有变,她唯一的依靠就是这个哥哥,因此说道:"你替我回陛下,就说建成侯病了。"

戚姬一听就知道她在撒谎,于是说:"陛下心情烦躁,见人就骂,我不敢回。"

吕雉把眼睛一瞪,说道:"我让你回个话怎么了?耽误了前方战事你负得了这个责任吗?"

"既然前方战事紧急,那皇后自己去回好了。"

一句话把吕雉噎了个倒憋气,她不敢当面去和刘邦讨价还价,只好说:"反正话我已经传给你了,回不回你看着办。"说完,气呼呼地走了。

戚姬进到里面,将吕雉的话原原本本传给了刘邦,刘邦听后大怒:"我这还没死呢,就敢不听令了?你去告诉她,去不去由她看着办!"

戚姬刚要出去传话,刘邦一想,自己正病得厉害,还是不要在这个时候激化矛盾为好,于是说道:"别去了,去不去由他们自己决定吧。唉,猫老了不避鼠啊!"

戚姬趁机进言道:"有些话,臣妾已经想了很长时间,不知当讲不当讲。"

"想说什么就说!"

"臣妾听说卢绾不来长安是因为审食其的原因。"

"和他有什么关系?赵尧去了不是也没用吗?"

"陛下不知还有另一层缘故。"

"什么缘故?"

"臣妾不敢说。"

"你这么吞吞吐吐还不急死我呀,快说!"

戚姬扑通一声跪在地上,说:"臣妾冒死言之,皇后与审食其私通。"

"什么?!"刘邦一听立刻从病榻上坐了起来,气得眼珠子都要瞪出来了,"此话当真?"

"如今朝廷上下无人不知,只瞒着陛下一个人了。"

"我杀了这一对奸夫淫妇!"说着,刘邦摘下墙上的剑就要往外冲,可是他身体太虚弱了,才走了两步,眼前一黑就摔倒了。戚姬将他扶回床上,刘邦喘着粗气问道:"这是什么时候的事?"

"早了,天下未定时就有人在说。"

"你为何不早告诉我?"

"大臣们嘱咐我不准说。说了会天下大乱。"

"是哪些大臣?"

"谁都没有明说过,只是告诉我这个意思。"

"那你就说说是谁告诉你这个意思的?"

戚姬知道这事非同小可,一旦捅出来不仅会牵扯到当事人,还会牵连一大批朝廷重臣,这些朝臣各有各的立场,有些是出于爱护她而劝她,有些则是直接威胁她,说出来就会要她的命。事情捅出来究竟会是什么结果,她根本无法预料,说天下大乱一点不为过,自己的性命能否保住也难说。因此,她一直不敢把此事作为对付吕雉的武器,而是把它深埋在心底。她希望有人将此事捅出来,可是多少年过去了,也没有人敢捅这个马蜂窝,这是明摆着的,谁说谁先死。如今换太子已经无望,她只好拼死做最后一搏。可是问到其他人,戚姬却坚决不肯再说了,无论刘邦怎么追问,她就是不开口,气得刘邦大骂:"你给我滚!滚!滚得越远越好!"

刘邦被戚姬所说的事情彻底打垮了。他是个很重情义的人,看到那些大臣们在战场上拼死相救,为了尺寸之争,却反目为仇,他感到寒心。没想到自己家里也是这样。现在,他们夫妻之间除了赤裸裸的权利、利益关系,哪还有半点情意可言?当然,他和吕雉之间的关系还牵扯着无数人的利益在里面,他们都被这张无形的利益之网套在里面,谁也出不来,以至于完全变成了一种动物,不能按照本性行事了。

戚姬走后,刘邦强迫自己先冷静下来,在没有想好对策之前,不采取任何行动。他静静地在床上躺了一天,越想越觉得事情严重,越想越觉得不能轻举妄动。如果是当初在中阳里的刘邦,他一定会去和审食其拼命或者休掉吕雉,可是如今他是天下君主,绝不能以儿女私情来对待这件事,难怪朝臣们对戚姬说此事捅出来会天下大乱。事情真是不那么简单哪!可是心中这口气实在咽不下。两个小黄门按时把饭菜汤药端进来,放凉了,再端出去,过一会儿,又端了进来。直到天黑,刘邦一口汤水未进。

伺候刘邦的两个小黄门,一个叫闳孺、一个叫籍孺。孺者,小孩也,两个孩子都不大,十一二岁,为了讨皇上高兴,他们每天像女孩子一样,脸上涂着脂粉,头上戴着插满锦鸡羽毛的帽子,穿着也是花花绿绿的和女孩子差不多,不留心还真以为他们是女孩呢。这两个孩子年龄虽不大,却知道伺候皇上是大事,见刘邦一天滴水未进,心中急得不得了,想去叫人,可是刘邦嘱咐了不准,谁要告诉外面,立刻乱棍打死。天都快黑了,两个小黄门跪下来请刘邦吃饭吃药,刘邦不吃,他们就不起,还一个劲地打自己的嘴巴,嘴里念叨着:"让你惹皇上生气! 让你惹皇上生气! "

刘邦见这两个孩子十分可怜又可爱,道:"好了,你们别打了。看在你们俩的面子上,我吃。你们说,是先吃药还是先吃饭? "

刘邦边吃饭边和两个小黄门聊天,问他家在哪里,父母是干什么的,今年收成如何。两个单纯的孩子,问什么答什么,不留心眼,刘邦倒觉得和他们在一起很轻松。第二天,刘邦让阂孺去找一副骰子来,稍微有点精神的时候,就和两个孩子掷骰子赌钱玩,赌累了,刘邦就躺一会儿。两个孩子千方百计要讨刘邦的欢心,刘邦要躺,阂孺就把腿伸过来让他枕着,然后一个给他捏头,一个给他捶腿。和这两个孩子在一起,刘邦仿佛又回到了自己的童年时代,暂时忘却了眼前的烦恼。多少年来他都没有这样轻松过,病也似乎好了一些。他真想就这样和他们玩下去,永远不再回到那个皇帝宝座上去。他赢弱的身体似乎再也承受不了那样尖锐的矛盾了,如果再回到朝中,他感觉自己马上就会窒息。因此,一有人来奏报事情,刘邦心里就烦得要命,所有的酸甜苦辣会随着来人一起涌上他的心头。因此,凡是有人来奏报什么,他就对籍孺说:"去告诉他们,皇帝要死了,再不见他们了。"他们当然不敢这样说,只是对大臣们说,皇上不准奏报事情。

就在这时候,黥布反了。群臣一起来到宫外,要求觐见皇上。阂孺、籍孺挡住不让进,夏侯婴对两个孩子说道:"既然不能进,你们去给皇帝回个话吧。"两个孩子说不敢,夏侯婴道:"你们都是懂事的孩子了,我告诉你们,这件事和以前奏报的事不一样,这件事要是不报,会天下大乱的。你们回了皇上,皇上非但不会怪罪,还会奖赏你们的。"

阂孺问道:"是什么事? 我们怎么跟皇上说? "

"就说黥布反了。"

"就这四个字? "

"就这四个字。"

阂孺进去回了话,马上就出来了。众人急切地问道:"皇上怎么说? "

"皇上说反就让他反吧。"

大臣们急得似热锅上的蚂蚁,害怕刘邦这样下去会出问题。众人来找吕雉,吕雉不敢去劝,来找戚姬,戚姬不敢去惹。就这样,又过了十多天,樊哙从前线回来了。听说刘邦这样,樊哙对众人说道:"这样下去哪行? 走! 大家随我去闯宫! "

樊哙带领众人来到长乐宫椒房殿,不顾黄门和侍卫们的阻拦,硬冲了进去。

刘邦正枕着阂孺的腿养神,樊哙跪下奏道:"当初陛下与臣等起丰沛,定天下,何其壮哉! 今天下已定,陛下还有何难处不能排解? 陛下病甚,大臣震恐,难道陛下真的要舍我等而去吗? 陛下故可一走了之,然将置天下于何地? 陛下不见赵高之先例乎? "说完,涕泪横流,在场诸臣无不为之动容。刘邦起身下地,笑道:"我不过歇息几天养养病,你们这是干什么? 都给我起来! "

于是,刘邦和大臣们一起来到前殿,刘邦问樊哙:"不是让你去征讨卢绾吗? 你跑回来做什么? "

原来,卢绾在前线已经受够了匈奴和汉家两头的夹板气,他很后悔当初错误地听了张胜的意见,如今有家不能回,却要做匈奴的走狗,心中实在不甘。他将一家大小数百口人集中在长城之下,与樊哙对峙军前,道:"樊将军,你我同侍皇帝,忠心耿耿,有人说我反叛你相信吗? "

樊哙道:"我不相信,可是陛下两次召你不回,是何打算? 今将军跟我回长安去,我可向陛下证明你绝无反心。"

"我为何不回长安,将军是知道的。只为一妇人耳。如今我一家几百口人均在这里。我欲在阵前亲见陛下,陈述苦衷,陛下是杀是赦皆无悔恨,请你转告陛下,臣不愿死于妇人之手。"

多年的生死之交,樊哙不忍与之兵戎相见。他相信卢绾说的都是真心话。于是向刘邦请示,派人来接替他,他要亲自回长安向刘邦陈述卢绾的隐情。可是左等右等,就是不见长安方面的消息,于是将兵马留在前线,一个人匆匆忙忙赶回了长安。一到长安,吕媭就把他叫到家里去了。吕雉正在家里等着他,见了面问道:"你这么急急忙忙地赶回来做什么? "

樊哙将卢绾的情况一一对姐妹俩说了,但是卢绾骂吕雉的那些话,他都隐瞒了,只说是再给卢绾一次机会,可是吕雉却从他的话里听出了一点味道。她再三盘问,终于将樊哙的实话套了出来。吕雉道:"你忠于皇上没错,可是你想过没有,皇上迟早是要老的。真要让卢绾回来,将来太子这个天下能坐稳吗? 我相信有皇上在他暂时不会反。可是他这个劲头你还看不出来吗? 除了皇上谁能驾驭得了? 你是他的对手吗? 这是大事,可讲不得哥们义气呀! "

吕媭没有吕雉那么有耐心,直截了当地说道:"这不是明摆着的事吗? 你怎么连里外都分不清楚? 卢绾和皇后过不去,和太子过不去,该站在哪儿一边你还不清楚吗? 亏你当了这么多年将军,连我个妇人都不如。"

樊哙让这姐妹俩骂了个狗血喷头,顿时改变了主意,见了刘邦,完全换了一套说法:"卢绾逃遁匈奴,一时找不到踪影,我听说这边黥布反了,深为皇上担忧,所以才跑回来看看。"

樊哙刚到前线不久就回来,刘邦深感意外,可是听了樊哙的话,又为他的忠心所感动,他觉得樊哙这几年征战在外太辛苦,既然回来了,就打算让他留在关中休息休息,于是派了郦商到前线去接替樊哙的职务。临走时嘱咐郦商:"我总觉得卢绾迟早还会回来的。你到了前线见机行事,但凡他有回心转意的意思,就别打了,告诉他我保证不杀他,让他接着当他的燕王。"

郦商领命去了。众人开始商讨如何讨伐黥布。夏侯婴道:"臣门下客薛公做过楚令尹,熟悉楚地风俗且颇有见地,陛下可召而问之。"刘邦的这些臣属当中,夏侯婴是比较注意养士的一个,而且给刘邦举荐过不少人才。刘邦生病的这段时间,夏侯婴一直在和门客们探讨破敌之策。

刘邦命人将这位薛公请来,问道:"我待黥布不薄,他为何要反?"

薛公道:"黥布当反。去年杀韩信,今年诛彭越,此三人一体同功,唇亡齿寒,两人皆死,黥布自疑祸及其身,故反耳。"

刘邦点头道:"是逼其反也。"

薛公道:"陛下不必自责。既然已反,悔之无益,兴兵讨之就是了。"

"黥布之反,能有多大作为?"

"倘使黥布出于上计,则山东非汉所有;出于中计,胜负之数未可知也;出于下计,陛下可安枕而卧矣。"

刘邦问:"什么是上计?"

"东取吴,西取楚,并齐取鲁,传檄燕、赵,固守其所,则山东非汉所有。"

"那中计是什么?"

"黥布并吴、楚之后若不取齐,忽略燕、赵,直奔魏地,占据敖仓,则胜负之数未可知。"

"下计呢?"

"黥布并吴、楚之后,并无北进的打算,而身归长沙,偏安一隅,则陛下可安枕而卧,汉室无忧矣。"

"你料黥布会取何策?"

"下策。"

"何以如此断定?"

"黥布乃骊山刑徒,素无大志,能偏安一隅,自图享乐,即可满足,绝无争天下之心。故征讨黥布之役或长或短,最终必胜。陛下可安枕而卧。"

刘邦大喜,重赏了薛公,准备不日出征,讨伐黥布。众将见刘邦身体这个样子,又要御驾亲征,皆有些不忍。有人建议让太子率军前去讨伐。太子还不满十六岁,刘邦有些不放心,可是反过来一想,趁自己还活着,让他上阵锻炼一下,还不至于出大事,真的等到自己百年之后再面对这样的局面,那就谁也帮不了他了。因此他同意了这个建议。

消息传到吕释之那里,吕释之问四位老者去还是不去,四人相顾而望,一致认为不能去,因为太子去了,战胜则太子之位无以加,战败则皇帝必要重新提出换太子,且诸将皆为从皇帝定天下的枭将,让太子去指挥这些人无异于以羊将狼,根本使不动,战败是肯定的。吕释之听了四位老者的话,不知该如何抉择,连夜来见吕雉。

第二天,吕雉来见刘邦,哭得鼻涕一把泪一把的,道:"他还是个十几岁的孩子,让他带领这些虎狼之将去打仗,他能使得动吗?再说,陈豨和韩王信反时,陛下御驾亲征都未能打败他们,怎么能把这么大的事交给一个孩子?我知道你身体欠佳,我也不忍心让你去,可这是没办法的事呀!"

刘邦冷笑了一声道:"当初你们抢着让他当太子的时候是怎么说的?不是文也好武也行吗?这会儿怎么又说不行了?哼,我早就知道他不行,算了吧,还是我自己去吧。你们把家给我看好!"

"陛下放心。还有什么交代的吗?"

"这还用交代吗?韩信死了,关中还有谁?"

"我不明白陛下为何老是这么疑神疑鬼的。上次征陈豨,你就不放心萧何,可他还不是帮我杀了韩信?"

"你懂什么?如今萧何名震天下,百姓拥戴,群臣慑服,万一我要是死了,太子能镇得住吗?你能镇得住吗?能支撑这天下的,除了我,只有萧何。到时候,他就是不想反,群臣也会拥戴他。你懂吗?"

几句话说得吕雉倒抽了一口凉气。不过她很快就镇定下来了:"陛下吉人天相,不会有什么事的,你放心去吧,我多加小心就是了。真要是有什么意外,我也能对付。"

刘邦拖着病体,怀着一肚子的不安,离开了长安。这一次张良没有随行,他真的病了。因为常年辟谷,他的身体已不适应马上颠簸的生活,不吃饭,体力跟不上,吃了就上吐下泻,回到长安就躺在病床上起不来了。刘邦出征那天,他挣扎着从病床上爬起来,一直把刘邦送到灞桥,十分伤感地说道:"臣跟随陛下十五年,如今陛下有了难处,臣却不能为陛下分忧,让陛下亲临战阵,实在于心不忍。"

"别说这些了。你放心养病吧,一个黥布我能对付得了。"

"楚人剽悍,陛下切莫与之争锋。"

"我知道。子房还有什么嘱咐的吗?"

"陛下可命太子为将军,统帅关中部队。"

听了这话,刘邦心里为之一亮。关键时刻,张良又给他支了一招,于是当即让人传下令去,封太子刘盈为镇国将军,统帅所有关中部队。

黥布的叛军发展很快,刚刚起兵不久,就兼并了荆国,荆王刘贾抵挡不住黥布的猛烈进攻,兵败而走,被黥布的部下斩杀于富陵(今江苏盱眙)。黥布很快用荆国俘虏补充了自己的部队,接着又北渡淮水,与刘交战于徐(今江苏泗洪)僮(今江苏濉宁)间。刘交将楚军一分为三,成倚角之势,以便于互相援救。有人劝刘交道:"我军与黥布战于此,士卒离家近,易散,这样分兵把口,一军散,则其他两军皆散,不如合兵一处正面阻击,或可与黥布一战。"刘交不听。黥布立刻看出了刘交的破绽,大笑道:"刘交居散地(士卒易散之地)而分兵把守,不足畏也,于是集中全力来攻刘交这一路,刘交大败,只身逃走。原指望另外两支部队来援,谁知那两路兵马一见刘交败下阵来,早已吓破了胆,立刻四散奔逃,土崩瓦解。就这样,黥布轻而易举地把荆、楚两国拿下了。此时刘邦正在患病,朝廷对黥布的反叛没有作出任何反应。恰如薛公所言,黥布既没有取齐鲁,也没有进兵魏、赵,而是陶醉在吞并荆、楚的胜利之中。不久,关中讨伐大军到达了蕲县附近。

黥布笑道:"皇帝老啦,恐怕带不动兵了,必是派了什么人领兵前来。皇帝跟前诸将,我所畏者唯韩信、彭越而已,如今二人皆已死,我还怕谁?走,会会他们去!"

两军在蕲西相会,刘邦和黥布皆大吃一惊。黥布没想到刘邦会亲自率军前来征讨,刘邦没想到黥布的阵容如此严整,与当初项羽楚军毫无二致。刘邦来到阵前,对黥布说道:"黥布,我刘邦待你不薄,何苦而反?"

黥布一笑答道:"想当皇帝。"

刘邦想起张良勿与争锋的嘱咐,也不和他生气,道:"想当皇帝我可以让给你,何必动刀动枪的呢?"

"既然如此,我可就不客气啦。"

"那就说好,明日一早,到这里来拿印玺如何?"

"一言为定?"

"一言为定!"

其时天色已晚,双方均无准备,立刻交战,双方都感到没有把握取胜,于是就在这种表面上的说说笑笑中不约而同地各自后撤了五里。

当晚,刘邦派灌婴前往劫营,灌婴带了五千骑兵,直接从正面突入黥布营中,黥布早有防备,两军杀了一阵,双方各有死伤,灌婴令撤出战斗。过了半个时辰,灌婴又命手下将领带了几百人前去袭击楚营。那位将领问灌婴:"是否换个方向?"

灌婴道:"不用,就从正面打。也不用硬打,打一阵子,吆喝几声就回来。"

那位将领去了,打了一阵,又令士卒们呐喊了半天,就回来了。又过了半个时辰,灌婴又派出一支骚扰部队,呐喊几声,杀几个哨兵,又回来了。如此反复了七八次。开始,喊杀声一起,黥布的部队立刻从四面八方向西面增援,黥布一会儿接到一个报告,说是汉军前来劫营,可是每次调动部队增援,都没有发现大股汉军。黥布大发雷霆:"这是小股汉军骚扰,意思是不让我军睡觉,这还不明白吗?正面无事,传令其他方向加强戒备!"到后来,黥布的部队被折腾得筋疲力尽,再怎么喊也没人动弹了。黥布发了脾气,也没人敢再来报告。到了后半夜,灌婴道:"时候到了。"于是,率领五千精骑兵全数杀进敌营,黥布军大乱,人马四处奔逃,天亮之后,黥布哪还记得与刘邦有约,仓皇向东退去了。

打扫战场时,灌婴手下的将领问他:"将军为何选择正面进攻?"

灌婴道:"攻其不备嘛。"

"那又为何选择后半夜攻击呢?"

"常见不疑。开始他以为是真的,后来骚扰多了,他就不相信了,认为是假的。这时候再给他来真的。"

众将听了，无不佩服。

初战告捷，汉军将士有些洋洋得意，不再把楚军放在眼里。可是楚军很快便卷土重来，向汉军发起了猛烈进攻。两军在蕲县附近相持了半个多月，汉军渐渐不支。就在这时，刘肥和曹参率领十二万车骑兵赶到了。黥布这时已被消耗得差不多了，汉军两面合围，黥布不敌，被迫撤到了淮南。刘肥年轻气盛，乘胜穷追猛打，加上曹参在一旁出谋划策，打得黥布节节败退，最后只剩了百余人逃往江南去了。

追剿黥布的残部，大部队已经用不上了，刘邦命人将吴芮的儿子吴臣找了来，问道："你姐夫谋反你知道不知道？"

吴臣才二十多岁，没见过什么世面，吓得面如土色，跪在地上一个劲地为自己开脱。刘邦道："你不用说了。你知道不知道，参与没参与，我都不想问，也不想知道，全看你以后怎么做了。黥布兵败之后肯定会去找你。到那时怎么办，就看你自己了。如若配合朝廷拿了黥布，你父亲的王位就是你的；若是参与反叛，我灭你三族。"

吴臣千恩万谢地磕了头。刘邦又将贲赫叫到跟前，道："捉拿黥布的任务就交给你和吴臣了。事成之后，我封你为期思侯，相吴国。"

贲赫叩谢道："谢陛下隆恩，臣定不负陛下厚望！"

刘邦没想到曹参竟能在这么短的时间内动员起十二万车骑兵，他为齐的国力强盛感到欣慰，也为曹参的组织能力感到惊讶。看见儿子刘肥已经长大，能够独当一面了，心里别提多高兴了。

"肥儿，你们用了什么魔法，在这么短的时间内组织起这么强大的一支兵马？"

"这都是相父的功劳。上次打陈豨，有点手忙脚乱，回去以后，相父就搞了一套预备役制，养兵马于百姓之家，一有战事立即集中，既不误农时，又不误打仗之急需。"

"好啊。你们这个办法好。曹参，有你的。肥儿有点长进，可多亏了你呀。"

"哪里哪里，齐王文武兼备，睿智英明，治理齐国十分勤奋，老臣不过锦上添花，略加点缀而已。"

"他那点脓水我还不知道？恐怕你的点缀是主要的吧。肥儿，跟着相父好好学点真本事，可不许在相父面前翘尾巴。"

"孩儿不敢。"

当晚，刘邦专门为齐国君臣和将士们举行了庆功会，刘肥和曹参极力邀请刘邦到齐国看看，休养一段时间，刘邦也正想脱开那些没完没了的琐碎事务的纠缠，找个地方好好休息一下，理理心中烦乱的思绪，便欣然允诺了。

晚宴后，刘邦将刘肥叫到跟前，悄悄问道："你一口一个相父，我想问问你，国中的事情是你做主还是曹相国做主？"

"当然是儿臣做主。曹相国很少理事，更不爱揽权。只是在儿臣做错了的时候，

设法纠正一下。"

"嗯,这我就放心了。你去吧。"

刘肥走后,刘邦又把赵尧找来,道:"肥儿和曹参请我去他们那里看看,我可能要在那休息一段时间。你先回关中去,替我慰劳慰劳萧相国。关中有什么事情,直接报到军中。"

赵尧心领神会,第二天一早就走了。接着,刘邦宣布封刘友为淮阳王,刘长为淮南王,王原黥布属地。刘友、刘长年纪都还小,不过四五岁,可是刘邦感到自己的时间已经不多了,说不定哪一天会突然倒下,因此,他必须得把身后的事情提早安排好。

刘邦汇合了齐国的队伍浩浩荡荡向北开去,快到沛县的时候,刘邦心里突然涌起一股强烈的思乡之情,周围熟悉的山山水水使他想起了自己的童年,想起了生他养他的这块土地。十五年了!他离开故乡已经整整十五年了。远远的,已经能够看到沛县的城楼了,他再也按捺不住满心的激动,将刘肥和曹参叫到面前说道:"我不能跟你们去临淄了。我要回老家看看。"

第三十七章　归故乡

前方一打仗,萧何就忙开了。首先要准备粮草、车马、被服。大军一走,接着就要组织役夫解决后续供应问题,然后是安置前方下来的伤病员,组织后续兵员。好在已经建国多年,征集粮草、物资和兵员都不像从前打天下时那么难了,只是忙而已。除了前方所需,百姓们正常生产生活的事一样也不少。萧何已经五十多岁了,自觉精力已大不如从前,每天都是忙到半夜才回家,累得腰酸腿疼,连饭也不想吃,那边刘邦和黥布还没交手,这边萧何已经瘦了一圈下去。一日回到家中,见吕雉正在家里坐着和他老伴聊天,萧何急忙跪下给吕雉请安:"臣萧何恭请皇后殿下大安。"

吕雉笑着将他扶起说道:"在家里就别这么客气啦。论起来,连皇上都得称你大哥才是。"

"不敢,不敢。君臣之义乃天下大伦,绝不可乱。"

"随便一点总可以吧,别老那么板着,大家都难受,我也就坐不住了。嫂子早把饭给你做好了,我还带来几样宫里做的小菜,就等你回来了。我也饿了,今天就在你这里吃了。"

萧何一面小心翼翼地陪着吕雉吃饭,一面看着吕雉的脸色,嘴里聊着前线后方的各种事情,心里却在猜测着吕雉来这里的用意。这顿饭吃得比上朝还累。吕雉走后,萧何问老伴:"皇后都和你聊了些什么?"

"跟我能聊什么?无非是些家长里短,大部分是说孩子们的事。"

"你是怎么说的?"

老伴把刚才说过的话叙述了一遍,问他:"怎么了?我没说错什么吧?"

"没怎么,睡吧。"

"你怎么心事重重的?是不是又有什么事情?"

"这是皇帝陛下对我不放心,所以特派皇后来探看动静。"

"让她来探看好了,咱们又没做什么对不起皇上的事。"

"你一个妇人家懂什么!"

果然,从那以后,吕雉三天两头就来家里"串门",刘邦也不断地从前线派人回来慰问他,萧何有点儿坐不住了。他知道刘邦对他不放心。对眼前的处境,他不知该如何处置才好。他时时想起张良曾经说过的话:只要不过分爱惜自己的名声就不会有大问题,可是他觉得自己并没有刻意要给自己立个好名声,名声已经在外,怎么改变呢?他想不出什么好办法,心想,只要自己对皇上没有二心,猜疑就让他猜疑去吧。一天,他正在忙着给关中各县派粮、派夫役,赵尧从前线回来了,刘邦让赵尧给他带来了大批的各色珠宝,还加封了他五千户。按照刘邦的意思,吕雉又给他派来了五百名侍卫,由一名都尉率领,由萧何自由调度,并负责保护相府的安全。在长安的文武百官得知后,纷纷前来祝贺,萧何却有苦难言,他心里知道,自己离危险已经不远了。

夏季天长,吃完了晚饭太阳还没有下山。萧何心思烦乱,想出去走走,便一个人出了城,漫步来到城东,不知不觉来到一块儿瓜田边。这家的西瓜在长安一带很有名,又大又甜,瓜田的主人是萧何的老朋友,姓召名平,秦时被封为东陵侯,秦灭亡后,废为百姓,以种瓜为生。召平很聪明,种地不光是用力气,还肯动脑子,他四处求访优良瓜种,并采用杂交的办法,自行培育出了一种新的西瓜品种,结出来的瓜个个都在二三十斤以上,因为他做过东陵侯,他的瓜被人们誉为东陵瓜,他本人被称为瓜王。萧何听说之后,便亲自来拜访召平,向他请教种瓜的窍门。萧何是相国,不仅关注农桑生产,对农业技术也十分关心,长安一带的菜王、蚕王、冶铁大王都是他的朋友。他来到城东的时候,召平正在地里闲坐着,萧何见满地的瓜都已经熟了,问道:"这瓜都熟透了怎么还不摘呀?"

召平道:"今夜便摘头一茬。"

萧何诧异,问道:"为何要等到夜里?"

"这是我多年摸索出来的经验,这瓜晒了一天的太阳,要等晚上凉快凉快吃起来才甜。"

"瞧你说的,莫非这瓜还通人性不成?"

"那当然了,瓜也是有灵性的,你善待它,它自会好好报答你,你若种到地里不管了,一定结不出什么好瓜。说它通人性不敢说,可是还真有几分灵性,每年收瓜的时候,我夜夜都在这里守着,说来也怪了,我在这儿守着,摘下来就甜,我要是不来,那瓜味儿可就差远了。"

"我看你是爱瓜爱得有点着魔了。"

"不信我摘一个您尝尝,明天我再给您送一个,您一比就知道了。"说着,召平从地里摘下一个瓜,用刀切开,拿给萧何一块儿,萧何尝了尝,道:"我吃着味道还行啊!"

"一会儿等它凉快下来您再尝尝,您一比就知道了。相国要是不忙着回去睡觉,今晚就在我这里等着吃瓜吧。"

萧何长叹一声说道:"唉,睡觉倒是不忙,可是哪有心思吃瓜呀?"

召平十分诧异,问道:"怎么?相国遇到什么难心的事了么?"

萧何一肚子的苦衷,没法对朝中的大臣们讲,但是对这位前东陵侯却从不隐瞒。因为召平和朝中的官员们没有任何来往,和他说了,即使他帮不了自己什么,也不至于坏事。况且这个召平也是个极有见识的人,在农桑生产上曾给他出过不少好主意。于是萧何将刘邦近来怎样疑他,怎样百般笼络的情况一一对召平说了。召平听完之后说道:"如此说来相国目前的处境的确很危险。臣不善谋划,若问长远之计,相国可另请高明,如解眼前之急,臣倒有一计,不知可行不可行……"

萧何听罢,急切地说道:"这哪行?我一辈子都没做过这种事!有没有别的办法?"

召平道:"事到如今,您不能再顾及名声了。这是解救目前危机的唯一办法,您的名声太大了,稍微损一点都没用,必须要使自己名声扫地才能保住性命,否则不仅您有危险,连家人也要跟着遭殃。"

第二天,萧何将赵尧送来的那一批珠宝拿了出来,让管家拿到集市上卖掉,然后去放高利贷。管家跟了萧何一辈子,从来没做过这种事,不解地望着萧何问道:"您这是……"

萧何不耐烦地说道:"让你去你就去,别问那么多了!"

"可是放高利贷放给谁呀?"

"我哪知道?急等钱用的人有的是,你不会去问呀?"

"那放出去万一要是收不回来怎么办?"

"哪来那么多罗嗦事?先放出去再说!"

管家走后,萧何又将小儿子和长孙叫了来。萧何的两个大儿子都跟随刘邦上前线去了。只有一个小儿子和几个孙子在家,长孙十五,小儿子十六岁。萧何道:"你们两个人再带几个家人到城南去给我抢一块儿地回来。要长三百丈,宽三百丈。谁敢阻拦就说是我让抢的。不给就给我打。"

两个孩子似乎没有听懂萧何的话,问道:"抢地干什么?"

"这还不明白!盖房子呀!咱们住的地方太小了,我要盖个大庄园。否则你们将来娶了媳妇住在哪儿?"

小孙子问道:"大父不是教我们莫以善小而不为,莫以恶小而为之吗?在孙儿看来,这是大恶呀?!"

萧何道:"大父教错了,从今以后,你们就要给我学恶。"

儿子争辩道:"可是,这样做了,我们如何做人,父亲如何做人?"

"他不懂事,难道你也不懂事?我教你去做就去做,不这样做才没法做人,以后你会懂的。"

两个孩子不肯去,萧何骂道:"你们连这么点勇气都没有吗?让你们去抢块地都不敢,将来如何上阵打仗!"

两个孩子从来没见萧何发过这么大的火,没敢再问下去,带着几个家人走了。才出城不一会儿,就被人打得鼻青脸肿地回来了。后面还跟着一大群百姓,萧何迎

出门来,百姓们都知道萧何平易近人,见了他既不害怕也不下跪,其中有认识萧何的,冲着他嚷嚷道:"萧相国,这两个小杂种冒充您的儿孙,来抢我们的地,我们不相信,把他们押来了,让您认一认,看看是不是您的孩子。"

面对着这些百姓,萧何羞愧得无地自容。他脸色铁青,嘴唇颤抖着答道:"乡亲们,地是我让他们抢的。我萧何不仁不义,做出这等伤天害理的事来,你们要打,就打我吧,你们打我一顿,我心里或许会好受一些。打死我,我也不怪你们。"说着,萧何给百姓们跪了下来。

百姓们见萧何这样说,都愣住了。他们万万没有想到,他们心中十分景仰的萧相国竟会做出这种事来。

两个老家人不忍看着萧何受辱,规劝围观的百姓们散去。百姓们见真的是萧何干的,也不敢久留,纷纷散去,边走边骂:

"原来以为他是个清官,敢情都是一路货!"

"哪有什么清官,天下乌鸦一般黑!"

"这回可知道他是个什么东西了。"

"少说两句吧,他要是这么个东西,还不要咱的命!"

"咱那点地恐怕真的保不住了。"

"……"

这些话深深地刺痛着萧何的心,他原以为自己可以不在乎自己的名声,现在他才知道,名声对自己有多么重要。可是,既然已经出手,不能半途而废,他知道自己和儿孙们都不是做这种事的人。于是便让吕释之派给他的那些士卒们出动,把那块地硬抢了过来。他担心这样恶名还传播得不够远,让这些士卒又分别从城东城西各抢了一块儿地。因为抢地,还打伤了不少人。这下事情不仅在百姓中传开了,连城中的官吏们都在议论:"萧相国这是怎么了?难道是疯了不成?"

刘邦提出要回沛县,刘肥和曹参都想留下陪刘邦一起回去看看。可是十二万大军跟在后面,两个人不能都留下,最后曹参说道:"国不可一日无君,还是大王先回去吧。"于是,刘肥告别了父亲,先回临淄去了。刘邦让队伍驻扎在城外二十里的地方,对周勃、樊哙、灌婴、夏侯婴等说道:"我等若这样大模大样进城,一切都得听他们安排,他们一下子把咱们接进县庭,什么也看不到,甚是不自在。不如扮作当年模样悄悄进城,不打搅县里的官员,等咱们玩够了再去找他们如何?"

几个人一听,觉得这主意不错,齐声表示赞同。于是,几个人装扮成贩绸布的商队说说笑笑进了城。为了不让人认出来,他们每人戴了一顶大斗笠。一进城门不远,飘过来一阵刚出锅的狗肉的香味,刘邦吸着鼻子说道:"真香啊,好久没闻到这么香的狗肉了,樊哙,这回回去你是不是得给咱们露一手啊?"

"那是自然。只是这么多年没动手,不知道手艺还行不行。"

几个人寻着味儿来到一个狗肉摊子上,不料摊子前面立了块牌子,上面竟赫然写着"樊哙狗肉"四个大字。樊哙看看卖肉的,并不认识,便放心上前问道:"你这是樊哙狗肉么?"

卖肉的是个小伙子,身材之魁梧不亚于樊哙,瓮声瓮气地答道:"正宗的樊哙狗肉,不信客官尝一尝。"说着切下一块儿狗肉递给樊哙,樊哙尝了一口,道:"味道还说得过去,给我们称几斤,就按一人一斤来吧。有酒吗?"

几个人在狗肉摊上坐下来,樊哙边吃边说道:"你这不是正宗的樊哙狗肉。"

"客官为何说不是正宗?"

"我听说樊哙十几年前就跟着刘邦走了,哪来的正宗樊哙狗肉?"

"客官不知,樊大将军走后,这城里所有卖狗肉的就都自称是樊哙狗肉了。可是他们都是冒牌货,只有我的是正宗。"

"为何说你的就是正宗?"

"首先我这锅老汤是花大价钱买下的樊家老汤。"

"哦?是谁卖给你的?"

"是樊家的人卖给我的。"

"他娘的,哪冒出来的……"

樊哙刚要发作,刘邦拽了拽他的衣角,樊哙急忙把后半截话咽了回去。

"你看咱这煮肉的方式,全是整葱整蒜,不剥皮,这是正宗的樊哙狗肉的煮法。你再看咱这身板,像不像樊哙?卖樊哙狗肉也得有那个派头才行,一副畏畏缩缩的样子,也敢来卖樊哙狗肉?瞅着就不像,吃着也不对味。客官说是不是?"

樊哙道:"这话倒是有点道理,可是光凭长相能说明什么?要说长得像,我比你还像呢。"

卖肉的看了看樊哙,道:"客官是做大买卖发大财的,哪会做我们这种小生意?"

"你说错喽,十几年前我就是靠干你这行混饭吃的。"说着,几个人哈哈大笑起来。夏侯婴怕暴露了身份,把话岔开说道:"别看这小买卖,做好了也能发大财。"

卖肉的说道:"发大财别想,混口饭吃还行。"

刘邦问道:"那你说做什么能发大财?"

卖肉的说道:"如今要发大财,有三条路:酿酒、缫丝、冶铁。"

"那你为何不去酿酒、冶铁,却在这里卖狗肉?"

"没有本钱。可惜我一身的好气力,一肚子的发财经,眼下却只能在这里卖狗肉。"

刘邦道:"既然是缺本钱,我给你几百两银子干去吧,别在这儿卖狗肉了。"

"那不行,君子爱财,取之有道,我堂堂七尺男儿怎能白拿你的银子!我要是想靠别人,早就发了,还用等你们来!"

"看你还有几分英雄气,这气派倒真有点像樊哙。叫什么名字?"

"纪通。"

"你见过樊哙吗？"

"樊将军走时我还小，见过他在这街上卖狗肉，如今就是见了，怕也不认识了。"

"你想见见樊哙吗？"

"想是想，可惜无缘。"

"那我就给你引见一下，这位就是樊哙。"

"啊?！"纪通大惊失色，忙给樊哙跪下磕头，"不知大将军到此，多有冒犯，请大将军恕罪。"

刘邦笑道："起来吧。要说冒犯，你今天冒犯的人可就多喽。你知道这几位是谁吗？这位是周勃，这位是曹参，这位是夏侯婴。想必你都听说过吧？这位你可能不熟，这是灌婴将军。"

年轻人刚才只顾说话，没注意看客人的脸，这会盯着刘邦突然惊叫道："您是皇上！"

"你不认识这几人，如何认得我？"

"我看您长得与家父极像。"

刘邦一愣，仔细看了看那年轻人，问道："你是纪信的儿子？"

小伙子一下红了脸，低头说道："正是。"

刘邦十分激动，抓着纪通的肩膀问道："这么多年你为何不到长安来找我？"

纪通不好意思地答道："家母不准，她要我们兄弟靠自己的本事吃饭。刚才不慎说走了嘴。"

"你母亲还健在？快带我去看看老人家。"

夏侯婴道："咱们这一去别吓着老人家，还是让纪通先回去说一声，改日再去，也让老人家有个准备。"

刘邦道："也好。你回去想想怎么跟老人家说，别惊着她。另外，不要对任何人说我们来了。"

"我知道。"

说完，刘邦冲夏侯婴使了个眼色，夏侯婴趁着纪通不注意，把一锭金子塞在了狗肉担子里。

刘邦一行告别了纪通，来到城中心鼓楼，这是当年刘邦就任沛公的地方，比起长安的建筑，这座鼓楼也许算不得什么，可是它那经过日月蚕食的古旧建筑风貌却也透着几分雄伟和苍凉。登上鼓楼，整个县城尽收眼底，刘邦心中感慨万端。看见城里的民房大部分是新翻盖的，心里多少感到了一点安慰。鼓楼对面是一座新盖的酒楼，看上去雕梁画栋的，煞是气派，刘邦道："那是谁家开的酒楼？看看去。"

进了酒楼，一行人找了张大桌子坐下，一边喝酒，一边与店小二攀谈，原来酒楼的主人正是当年在泗水镇上开酒店的王媪。刘邦问："老太太今年有多大年纪了？还硬朗吗？”

“硬朗，七十多了还每天在这里张罗。”

“你去把她叫来。”

不一会儿，王老太太从后堂出来了。灌婴迎上去说道："老人家，有几位熟客想见见您，您可千万沉住气，别声张。"

“嗨，我这开酒店的，五湖四海什么人没见过，别跟我大惊小怪的。”可是走到桌子跟前，老太太还是吃了一惊，一屁股跌坐在凳子上，如果不是有人扶着，非摔倒不可。老太太张着嘴半天没说出话来。当朝的皇帝和这些名震天下的大臣们，难道就是当初进进出出她那小酒店的人吗？刘邦举着一杯酒走到她面前，道："老嫂子，生意不错呀！我敬你一杯，你当年在泗水镇上怎么招待我们，今天还怎么招待。来，喝了这杯。"王媪饮了一杯酒，镇定了许多，刘邦告诉她不准磕头，不准行礼，让她坐下来一起聊聊天。开始老太太还有些不自在，可是见这些人都没有架子，还像当年一样，也就无拘无束地聊了起来。看见王媪，刘邦迫切地想知道武妇的情况，便转着弯子问，王媪听出了刘邦的话音，不动声色地说道："陛下知道在泗水镇上和我一起开酒店的那个武妇吧，如今她可是发了。两个儿子，一个开矿冶铁，一个开酒作坊，生意那叫一个好，这不，咱们喝的这个酒就是从她那里进的。"

“她的作坊在哪儿？带我去看看。”

“哪用得着陛下亲自去？如今我们已经是儿女亲家啦。待会儿让我孙子去把她喊来就是了。”

“我想看看她的作坊是什么样。”

“那也不难，等吃完饭老身陪陛下去。”可是吃完了饭，刘邦却走不了了。县尉领着一百多名士卒包围了王家酒楼，说是皇帝要来沛县巡查，刘邦一行被当做刺客嫌疑犯押到了县衙。

回到故乡，刘邦暂时忘却了宫中的烦恼，他命县令将县中父老子弟及年龄大一点的妇女统统召至县庭，就在县庭院里搭起大篷，摆开了酒筵。恰逢十月，刚刚过完新年，县里闹社火、扭秧歌的队伍还没散，县令就把各乡闹社火的年轻人组织到一起，在县庭里载歌载舞，以助酒兴，老人们说起刘邦当年的种种趣事，有确有其事的，也有附会演绎的，逗得满堂的人笑声不断。年轻人的歌舞感染了刘邦，他也借着酒兴和年轻人一起扭起了秧歌，唱起了歌。众人见他歌唱得好，舞也跳得潇洒，便悄悄退下场，让他尽情地表演，最后只剩了刘邦一个人在场地中间。刘邦一时兴起，击筑唱道：

> 大风起兮云飞扬，
> 威加海内兮归故乡，
> 安得猛士兮守四方！

唱罢，众人一齐叫好，刘邦又让社火队的年轻人随他一起唱，刘邦随着那慷慨

激昂的曲调不由自主地跳起了舞。几遍唱罢,刘邦泪流满面。两位老者上来给刘邦敬酒,刘邦接过酒杯一饮而尽,对面前几位老者说道:"游子悲故乡。我虽都关中,然万岁之后我魂魄犹乐思沛也!"

刘邦当即宣布免除沛县百姓的徭役,永世不变。百姓们山呼万岁。

刘邦在沛县一住就是半个月,每日开怀畅饮,以歌舞为乐,他一生从来没有像现在这样痛快过。

在沛县逗留期间,刘邦没有忘记去看看武妇的酒作坊,看到她一家生活得很好,刘邦感到十分欣慰,刘邦本想给她留点钱,可是武妇非但不收,还提出要给刘邦大军赠送一点劳军费,刘邦只好作罢。然后他又去拜访了纪通的母亲,并决定把他们母子带到关中去。这期间,刘邦还接到赵尧的密报,说萧何为了盖私宅强占民田,闹得关中民怨四起,听到这个消息,刘邦十分高兴,他再也不用害怕关中有人篡权了。

该走了,刘邦还有些恋恋不舍,乡亲们也一个劲地挽留他,刘邦道:"我人马太多,怕给乡亲们增加负担呀!"

众人说不怕,但是刘邦还是执意要走,乡亲们只好依他。临行那天,整个沛县的百姓倾城而出,一直将刘邦送出十里之外,刘邦还要到丰邑看看,丰邑百姓早已在村外搭起大篷欢迎刘邦一行,要留刘邦再住些日子。于是,又在丰邑停留了三天。

刘仲在代王位上被废之后,在长安住了几天,后来儿子刘濞被封为沛侯,他便跟着儿子回到了故乡丰邑。刘邦在丰邑逗留期间,刘濞一直跟随左右,帮助县令安排刘邦一行的吃住起居。这位沛侯可比他的父亲刘仲强多了。在丰邑搭起大蓬挽留刘邦就是他出的主意。刘邦在宣布免除沛县徭役的时候,特意把丰邑排除在外了。刘濞要借此给乡亲们说说情。晚上,趁着刘邦酒兴正浓,刘濞和沛县令一起向刘邦提出免除丰邑徭役的问题,跟前一些德高望重的老者也七嘴八舌地跟着说好话,刘邦叹道:"丰邑乃生我养我的故乡,我何尝会忘记!只因当初雍齿投靠魏国与我为敌,而丰邑百姓皆助雍齿攻我,那一仗险些要了我的命啊!唉,这个事什么时候想起来什么时候让我伤心。"

刘濞道:"百姓们不过一时糊涂,陛下胸怀天下,不会与他们计较的。陛下连雍齿都能容,难道还会跟乡亲们过不去吗?"

"好吧,那就听你们的,丰邑也和全县一样,一起免了吧。难得你这样爱护百姓,我看你比你爹强,让你待在沛县这小地方有点屈才了,你干脆去给我守土安邦去吧。"

于是,封刘濞为吴王,王故荆地。

第三十八章　相约来生

离开沛县,刘邦又将樊哙派往前线去了。他要把郦商换回来,因为郦商的老部队都在栎阳,有郦商镇守关中,刘邦更放心一些。如今外患已不足惧,害怕的是内部不稳。

回到关中时,已是寒冬季节,关中才下了一场大雪,雪深将近一尺,刘邦心想,看来明年的收成会不错。他坐在车里,正和戚姬说话,忽见一群百姓拦路告状,茫茫雪地里黑压压跪了一大片。刘邦让一名御史前去问问是怎么回事,御史回报说是告萧何的,百姓们说,皇帝要是不收状子他们就跪在那里不起来。

刘邦面露喜色:"那就赶紧把状子收上来呀,告诉他们,不管是告什么人,我一定会秉公处置的。"

告状的百姓们散去,可是走了没多远,又是一起,接连碰到三次,共接了几十份状子,都是告萧何的,刘邦大致看了看这些状子,萧何总共抢占了三处民田,涉及一百多户人家、上千斤黄金的财产。刘邦回到长乐宫,萧何前来拜谒,刘邦将那些状子往萧何面前一扔,道:"看看你做的好事吧。"

萧何面色苍白,跪下连连叩头:"臣罪该万死!罪该万死!"

平日里,总是刘邦有什么不对,萧何来规劝他,想挑萧何点毛病都挑不出来。今日可逮着一个机会,刘邦没完没了地数落道:"这就是你说的爱民如子?这就是你所谓的利国利民?一个相国做出这样的事来,让我怎么跟百姓们交代?你想盖房子,要地,跟我说呀,怎么能用这种办法?处置你吧,你是功臣;不处置吧,百姓和大臣们怎么能服气?"

萧何道:"臣愿听凭陛下处置。"

刘邦拍着案几说道:"好汉做事好汉当,你自己去向百姓谢罪吧。"

"诺。臣一定将强占的土地如数退回,并亲自去挨家谢罪。"萧何转身欲走,刘邦又把他叫住了,道:"关中这两年连续旱灾,加上这几起兵祸,百姓们苦得够呛,相国有没有什么好办法?"

萧何道:"这几年关中人口剧增,耕地已显得严重不足,如今上林苑中还有大片土地闲置无用,陛下是否可以考虑让百姓们进去耕种?"

上林苑是皇帝养马的地方,方圆上百里。从秦始皇时就开始经营,苑中养有百兽,皇帝秋冬季常来这里打猎,各地献来的名果异卉三千余种皆植于苑中。苑内有离宫别馆七十余座,汉初时大部分已被破坏,正在进行恢复性重建。刘邦听说萧何要为百姓们请命占他的上林苑,立刻火了:"你这是什么意思?你自己占了百姓的地,要拿我的地去卖人情?你大概是受了什么人的贿赂吧。来人,把这个贪得无厌的家伙给我关起来!"

刘邦将萧何下了大狱,令廷尉审理。文武百官知道此事后,纷纷来向刘邦求情。刘邦下令,任何人不得再来为萧何说情,其中鄂千秋言辞最为激烈,刘邦一怒之下将他也下了狱,又驳了几个重臣的脸面,从此没人再敢为萧何说情。

不久,从长沙传来消息,黥布被彻底剿灭了。黥布兵败后,果如刘邦所言,派人到长沙来找吴臣,吴臣一面稳住使者,一面调兵遣将,悄悄地包围了黥布活动的地方,然后亲自出马将黥布赚到一农户家中杀了。刘邦没有食言,让吴臣做了长沙王。吴臣纯粹是个傀儡,对汉家江山已经构不成任何威胁了。恰在这时,刘邦的第八个儿子刘建出生了。

回到长安后,刘邦的身体每况愈下,经常病得无法上朝理事。郦商到了长城以后,卢绾再次表达了想和刘邦直接对话的意思,郦商回到长安,如实报告了刘邦,刘邦感到诧异,卢绾与樊哙交情更深,这些话为何不对樊哙说,倒要对郦商讲?他从直觉上感到事情和吕雉有关。近来吕雉把樊哙拉得越来越紧了,还有一些老臣也在悄悄地向吕雉靠拢。他们大概是觉得刘邦老了,需要寻找新的靠山了,吕雉也在借机培植自己的势力。诸异姓王差不多剿灭干净了,可是不知不觉中又冒出了一股更大的势力,这就是以吕雉为核心的吕党。这是对刘氏政权威胁最大的一股势力。看着他们就在自己眼皮底下套近乎,拉帮结派,刘邦真想再发动一次大规模的内部清洗,把他们统统杀掉。可是真的要把吕党剿灭,刘氏后代中又有谁能坐镇天下?那样非得天下大乱不可。想来想去,唯一可托付天下的人只有吕雉,刘氏、吕氏两族中,都没有人能取代她,否则就只好把江山交给外姓人了。刘邦躺在病床上琢磨了很久,终没有万全之策,最后采取了一个不是办法的办法。在刘建满月那天,借着喝满月酒的机会,他把朝中大臣们集中在长乐宫前殿,当众封刘建为燕王。至此,刘邦的八个儿子已全部受封为王。对于诛杀异姓王的议论早已过去,天下乃刘家天下,已经没有人再敢提出任何异议。今天,他特意让吕后和各位皇子的母亲都到前殿来。酒至半酣,夏侯婴将一匹白马牵至殿前,刘邦将众人领到庭院当中,说道:"我刘邦提三尺之剑斩白蛇起义,经过八年征战,得有天下。如今海内一统,天下太平,为使皇权永固,天下苍生免遭战乱,今我与诸臣杀白马盟誓,非刘姓而王者,天下共击之!"

众臣一起喊道:"非刘姓而王者,天下共击之!"

喊声刚落,刘邦抽出身上的宝剑,使足了全身的力气,一剑将马刺死。鲜血从马的脖腔里喷了出来,溅了刘邦和大臣们一身。

刘邦道:"有非刘氏而王者,形同此马!"接着,谒者们将马血滴入酒中,给每位大臣手中递了一杯。众人一饮而尽。

　　整个过程，吕雉一直站在刘邦的身边，开始她还面带微笑，频频向大臣们点头致意，此刻她却笑不出来了。显然，其他异姓已经没有称王的可能，有这种力量和可能的，只有她吕家，因此这一场盟誓是对着谁来的还不清楚吗？诸位王子的母亲却各个面带笑容，仿佛过节看社火一般。除了刘肥和刘长的母亲不在，其余五位都到了，她们都很年轻，整个宫中刘邦最宠爱的就是这几位了，而吕雉最恨的也是她们几个，只要一有机会，吕雉就要找茬收拾她们。这几位中除了薄姬不掺和她们的事，其余三个都是戚党，经常联起手来对付吕雉。刘邦这一举动，简直就是当着众人的面在扇吕雉的耳光，也替她们出了一口恶气。因此，几个人在下面悄悄递着眼色，暗暗称快。有了这个盟誓，她们更觉得有恃无恐了，因为她们都有自己的儿子做靠山，料将来吕雉也把她们怎么样不了。可是戚姬心里却不轻松，废立太子的计划失败以后，她的精神完全垮掉了，几个月的时间老了一大截，人瘦得成了一把骨头，头上冒出了缕缕白发，形容憔悴，面色枯槁。还不到三十岁的玉君，看起来已经像个中年妇人了。她知道刘邦这是在安排后事，她也知道，刘邦百年之后，吕雉是不会放过她的。尽管如此，也不能输了眼前这口气，她挺直了腰板，趁着刘邦转身和别人说话的工夫，往吕雉身边靠了靠，小声说道：“皇后脸色怎么不大好呀？”

　　吕雉回敬道：“还说我呢，回去照照镜子吧，比你强多了。”

　　“我们还年轻，不要紧的。皇后可是有年岁的人了，得注意保重身体呀。”

　　“我老了，经得起摔打，倒是你们这些嫩骨头怕是一捏就断哪。”

　　旁边几位见戚姬没占上风，马上过来帮腔，刘建的母亲乔姬新近颇受宠爱，加上刚给刘邦生了个儿子，把谁都不放在眼里，道：“我听说老骨头脆，一碰就断。”

　　另一位王母吴姬也上来帮腔道：“就是，人老了，说不上哪天一个跟头摔倒就爬不起来了。”

　　吕雉气得脸色铁青，咬着牙根说道：“咱们看看谁的骨头先断。”

　　立春之后，刘邦感到身体好像恢复了一些。在宫里待了一冬天，有点憋闷，想出城去踏踏青。他不想兴师动众，只带了几个卫士来到城南，恰好碰到一个农民在那里耕地，刘邦走上前去和他攀谈起来。一聊才知道，原来这块地就是萧何曾经抢占过的。那位农夫说道：“听说皇上把萧相国下了狱，我们都觉得于心不忍，早知这样，真不该去告状。萧相国的家人已经给我们退了地，还登门来谢罪，皇上就把他放了吧。”

　　“国有国法，我也不能说放就放啊。”

　　“说实话，我们这些告状的，回到乡里挨了不少骂。”

　　“为何？”

　　“大家说我们欺负老实人，当初秦朝的官吏那么凶，你们谁敢告？还说，萧相国抢地一定是不得已。我们村上一位读过书的老先生说他这是自污，因为他做官太清廉了，朝中有人嫉妒他，所以他才想出这个办法。”

"是么？那位老先生说没说是谁嫉妒他？"

"没有，朝中的事谁能说得准？"

那位农夫的话是随口说的，可是对刘邦震动却很大。回去的路上，刘邦问侍驾的王卫尉："你觉得萧相国这个人怎么样？"

王卫尉脱口答道："当然是好人。以萧相国的为人，绝不至于抢占民田，朝中大臣们对萧相国此举也都感到不可思议。那位农夫说得对，萧相国抢田一定有不得已的理由。陛下何不派人再仔细核查一下？"

刘邦道："我听说李斯为秦相，有善归主，有恶自与。可是萧何却拿我皇家的地给自己买名，取媚于百姓，一定是受了商贾的贿赂。"

"据臣所知，萧相国不是那样的人。他要想得利，哪里不能得，何苦要从皇家苑林上去取，那无异于虎口夺食。相国的为人有口皆碑，也用不着再去给自己买名，倒是那位老先生说的有点儿靠谱，他好像是在故意玷污自己的名声。"

"至于这样吗？谁人有这么大的能量，把萧何逼成这样？"

"必是能够置相国于死地的人。"

听了这话，刘邦沉默良久，没有再说话。回到宫中，他立刻下令释放了萧何。萧何出狱后，按照规定的礼节，光着脚来到宫中向刘邦谢罪。刘邦惭愧地说道："相国为民请愿，吾不许，我不过为桀纣之主，相国乃天下贤人。别记恨我，我囚系相国，是欲令百姓闻我过矣。"

萧何见刘邦如此坦白地向一个臣属承认错误，也深受感动。

在郊外受了点风寒，回到宫中后，刘邦又病倒了。这一次病势十分沉重，茶饭不进，有时候正说着话就昏迷过去了。关中的名医都请遍了，无人能够医治，医家暗示吕雉和大臣们，该准备后事了。吕雉说什么也不相信，这样一个生龙活虎的人怎么能说不行就不行了呢？她真希望刘邦能再多活几年，除了夫妻情分，还有天下的考虑。太子还小，兄长无能，刘邦一去，眼看这天下重任就落在了她的肩上，而这副担子实在是太沉重了，她担心自己扛不起来。于是，她又派人到关外各地去寻找名医，一定要把刘邦的病治好。

一天，趁着吕雉不在，刘邦将戚姬叫到跟前，道："为了汉室江山，太子的事只能这样了。我对不起你。我已经为你想好了后路，你现在马上去找夏侯婴，他送你去赵国，守着儿子好好过吧。有周昌在，你们母子不会有什么危险，将来周昌老了，如意也就大了。今生能遇见你，是我的造化，愿来生还与你做夫妻。"

戚姬听了这话，放声大哭起来："不，陛下，我不走，你的病会好的。"

刘邦攥着她的手说道："趁我还没死，赶紧走。我死了，你就走不了了。"

戚姬停止了哭声，擦了擦泪水，道："不，我不走。陛下走了，我横竖也是活不成的，要死，我和你一起死。我愿意给陛下陪葬。"

"这可不是任性赌气的时候，别耍小孩子脾气了。快走！"

"我不是任性耍脾气,是真的,他们早就说了,等陛下百年之后,就把我和如意一起杀掉。"

"传言不可信,我想他们还不至于。"

"这是樊哙当着我的面说的。"

刘邦一听,立刻从床上坐了起来,"樊哙这是恨我不死呀,这不是反了吗?给我叫周勃、陈平来!"本来,安排完刘建和戚姬,刘邦心里已经平静了,他觉得可以给自己的一生画上一个圆满的句号了。可是戚姬一番话又激起他一肚子的怒火,他猛然想起,樊哙突然从征讨卢绾的前线跑回来,甚是蹊跷,后来郦商回来说的话又和他不一样,原来他们根本就不想给卢绾留退路。

不一会儿,周勃、陈平来了。刘邦道:"你二人驰传火速到樊哙军中,就于军中将樊哙斩杀。周勃代樊哙之职统帅前线兵马,陈平回来复命!"

"诺!"二人见刘邦一脸怒气,没敢多问,领命出来就走了。

这里,刘邦死劝活说,总算把戚姬说服了,她含着眼泪最后望了刘邦一眼,离开了椒房殿。

为了慎重起见,夏侯婴没有在白天行动,而是等到夜深人静才出发,可是还是被吕雉察觉了。他们才出函谷关,就被吕释之率兵追上了:"夏侯将军,不要走那么急嘛,皇后有令,戚姬暂缓之国。"

"可是送戚姬之国,是皇上的命令。"

"皇上驾崩了。"

"啊?!"

其实,戚姬从出宫开始,就没有逃出吕雉的视线,但是刘邦还在,吕雉还不敢对她下手。吕释之已将满城的卫戍部队全都换成了他的人,戚姬每路过一个关口,都有人向他报告,他又将情况不断地报告给吕雉,吕雉道:"跑就先让她跑去吧,我就不信她能跑出我的手心去。先别管她,你先把长乐宫的侍卫全部给我换下来。"

"前几天刚换过。"

"再换一茬。挑那些和这班老将没有任何关系的部队,防止有人往里边掺沙子。还有椒房殿那两个小黄门,也把他们打发走,让吕台、吕产、吕禄他们弟兄几个亲自来伺候。这里绝不能让任何外人插手进来。"

"知道了。"

戚姬走后,吕雉带来了一位从江南请来的名医。此时,刘邦已经完全从人世的纷争中解脱出来。他一脸的平静,医家要给他诊脉,他说道:"不用费那个劲了。"

医家道:"陛下的病可治。"

刘邦骂道:"少来骗我。我以布衣持三尺剑取天下,此非天命乎?治得了治不了我比你清楚!命乃在天,虽扁鹊在世,又能如何?"骂完,刘邦又恢复了平静,看着医

生尴尬的样子说道,"我这个人好骂人,你别在意,我知道你是一片好心。来人!赏他五十金。"

医家走后,刘邦又昏厥了过去。他醒来的时候,吕雉正垂泪坐在床边。看见刘邦醒了,急忙擦去眼泪,给刘邦端来一碗参汤,刘邦喝了两口,黯淡的眼神渐渐明亮起来,显得精神好多了,于是对吕雉说道:"来,扶我起来。"

吕雉扶着他坐起来,刘邦道:"你这一辈子跟着我南征北战、担惊受怕,真不容易。我刘邦对不住你,我这个人一辈子好酒及色,又管不住自己。我知道你恨我……"

"陛下,千万别这么说,你相信我,我一点不恨你。我说句不该说的话,你要走就踏踏实实地走,心里可千万别带着这些疙瘩。"

刘邦笑笑说道:"这就是俗话说的不是冤家不聚头吧,可是你也够胆大的,敢拿了性命去换自己想要的东西……"

说到这里,吕雉脸腾地一下红了。她知道刘邦指的是什么,她一直以为刘邦不知道他和审食其的关系,而且从她对刘邦的了解来判断,刘邦的确不知道。没想到他能在她面前把这事藏在心里,藏得这么严实。当然,她也很快判断出是什么时间什么地点什么人告诉他的了。

"……开始我恨你,后来我原谅了你,比起我对你的伤害来,这算不得什么,也算我多少还了你一点欠账吧;再后来,我就有点佩服你了。不管怎么说,事情都已经过去了,再大的恩怨也都该了结了。你知道我佩服你什么吗?"

"不知道。"

"佩服你的胆识。你的胆识、魄力,有我不及之处。记得咱们刚结婚时铡草的情景吗?我提铡刀你续草,那速度,比小伙子还快。一不小心就会把手续进去,可是你一点都不害怕。我觉得咱们俩这一辈子配合得就像那次铡草,惊险而又充满乐趣。所以,有你在太子身边,我就放心了。"

刘邦说完,好像是累了,吕雉急忙扶他躺下,刘邦的目光开始黯淡下去。吕雉这才突然意识到刚才是回光返照,她还有一肚子的话要说,可是没有时间了,只好拣主要的问道:"陛下百岁之后,萧何若不在了,令谁代之?"

刘邦重又打起精神答道:"曹参可。"

"曹参之后呢?"

"王陵可。然陵少戆,陈平可以助之。陈平智有余,然难以独任。周勃重厚少文,然安刘氏者必勃也,可令为太尉。"

"再往后呢?"

"再往后,就不是你能知道的了。"

说完,刘邦闭上了眼睛。

……

第三十九章　生死关头

陈平和周勃接到刘邦的命令,丝毫不敢怠慢,乘了驿站的马车日夜不停奔燕国去了。陈平和周勃当初为受金之事闹得不可开交,因此两人一直不和,平时没来往,见了面连话都不说,这次同乘一车,两个人都觉得很尴尬,各想各的心事,谁也不理谁。走了三四天,陈平终于忍不住试探着对周勃说道:"周将军,马上就要到了,你说皇上的旨意该怎么执行?"

"你说呢?"

"一路上我一直在想,樊哙乃皇帝故人,况且又是皇后的妹夫,相比之下,你我倒是外人了,皇上是一怒之下发的指令,咱们要是真把他杀了,万一以后皇上后悔了怎么办?皇后追究起来怎么办?还有那樊夫人吕媭也不是好惹的呀!"

其实这也是周勃正在考虑的问题,除了陈平说的这些以外,他与樊哙还是故交,他不相信樊哙会做出背叛刘邦的事情,更不忍心看着樊哙死于他的刀下。于是试试探探地说道:"是,我也在想,这事怎么办才好?"

陈平见周勃也有顾虑,索性把话挑明了说:"我看不如将其囚禁,带回关中,由皇上自行处置,到那时也许皇上不想杀他了也未可知。"

"好,就这么办。"

两个人商量好了,来到军前。他们没有进樊哙军营,而是以皇帝的名义召樊哙出营接旨。樊哙来到之后,陈平向他宣读了皇帝的诏书,然后将其绑缚囚车之中。周勃接了樊哙的职位,陈平仍乘传车押着樊哙回长安复命。才走出不远,看到远处一片尘土飞扬,一辆传车飞奔而来,两车相遇,陈平让车停了下来。对面的传车也停了,赵尧从车上走了下来。陈平大惊,迎上前拜道:"赵大夫亲自出马到前线来,难道有什么大事吗?"

赵尧虽年轻,职位却在陈平之上。他将陈平拉到一边说道:"先别说这些。我问你,你把樊将军杀了?"

"没有。路上我和周将军商量,皇帝这个命令下得太突然,恐怕是受了什么人的挑唆,担心皇上将来会后悔,所以我俩私下决定,先把他押回长安,由皇上自己处置。"

赵尧长出了一口气,道:"没杀就好,真是万幸,否则连我都不好交代。"

"赵大夫,你就别吞吞吐吐的了,快告诉我,朝中究竟发生了什么事?"

"皇上驾崩了。"

"啊?! 怎会这么快? 不是说病可治吗?"

"皇后让我来找你,命你马上赶到荥阳去,协助灌婴将军加强荥阳一线的防守,以防关东有人反叛。"说着,赵尧将盖有皇帝玉玺的诏令拿了出来,陈平相信这是真的,连看都没看就将诏令揣了起来,问道:"那樊将军怎么办?"

"交给我吧。"

说完,两个人换了传车,陈平道:"那我就先走一步了。"

陈平一上车,就催着车夫赶快走,车夫赶着马车飞奔起来,陈平一个劲地督促着:快!快!车夫已经尽了最大的努力,可是陈平还嫌车速太慢,不时地夺过马鞭,拼命地抽打着两匹驾车的马。到了驿站,刚一换车,陈平又催促新换的车夫,道:"快!快! 越快越好!"

陈平这么急并不是要赶往荥阳,而是要回长安。刘邦一死,樊哙之事肯定要翻案。他害怕吕媭在皇后面前告他的状。况且,他做督军期间,得罪人不少,历来与武将们不和,如若有人趁他不在,在皇后面前奏他一本,他也受不了,他必须要赶在吕媭之前向皇后解释清楚这件事,否则性命难保。传车到了函谷关,陈平已经等不得传车换马,干脆从驿站挑了一匹快马,骑上直奔长安去了。

刘邦死时,除了吕产、吕禄弟兄守在门外,只有吕雉一人在场。她严令几个侄子不许将事情说出去。她要给自己争取一点时间,好好想一想。在此之前,她曾无数次考虑过,万一刘邦走了,她该怎么办? 她认为自己完全有能力接过刘邦手中的权力,稳住汉家江山,可是事到临头,她才知道事情不那么简单。刘邦一死,仿佛天塌了一般,她突然一下没了主意。她嘴上说不恨刘邦,可是有时想起来还是恨他,不是恨他贪酒色,而是恨他的白马之盟。既然把江山托付给她,为何又要搞白马盟誓? 这么多年的夫妻,为何对她这样不信任? 竟然要让大臣们来挟制她,这真让吕雉寒透了心。没有这场盟誓,吕雉在诸位大臣面前确实是说一不二,尤其是杀了韩信、彭越之后,朝中大臣没有不怕她的。可是有了这个盟誓就大不一样了,所有的大臣都知道,她的权力有限,只要越过这个线,人人皆可诛之。这使她感到处处受限,只要不小心惹恼了哪位大臣,他们都可以打着刘家的旗号来讨伐她,何况那么多皇子及他们的母族,要找个刘家人领头也不是什么难事。她越想越觉得这个天下没法治。想着想着,又一个人掉起了眼泪。天渐渐黑了下来,吕雉不敢一个人在房子里再待下去,出来对吕禄说道:"去把你爹和审食其叫来。"外面淅淅沥沥下着雨,吕雉站在房檐下,两眼茫然地望着雨中的亭台楼阁。在等待吕释之和审食其的这段时间里,她暗自拿定了主意,必须把这帮老臣干掉,否则,这个权力的宝座她永远坐不稳。

不一会儿,吕释之和审食其来了。吕雉把他们让进殿里,点亮了蜡烛说道:"皇上已经去了。你们别怕,这个事暂时还不能声张,眼前一件急事需要你们俩帮我拿个主意,对这帮老臣怎么办?我的意思是……"接着,她说出了自己的想法。刚说完,只见一道闪电划过夜空,蓝色的电光照在刘邦那没有血色的脸上,十分吓人。紧接着,一声炸雷响起,吓得三个人浑身一哆嗦。审食其道:"咱们换个地方说话吧。在这儿似有对皇上不敬之嫌。千万别惹恼了神灵。"

吕媭道:"怕什么!神灵信则有,不信则无。就在这里说吧。这里最安全。"

吕释之对妹妹的想法表示赞同:"先把张良、萧何干掉,这两个人中,无论哪一个想当皇帝,大臣们十之八九都会拥护。所以,有他们俩在,太子就别想坐稳这个皇位。"

审食其道:"这两位都是德行极高的人,当不至于做出这等悖逆之事来。"

吕媭道:"那可难说,连这死鬼都要畏惧他们三分呢。皇上每次出行都要三番五次地派人来慰问萧何,为什么?就是怕他造反!而且,还不止这两个,要杀就杀个彻底,把那些对太子有威胁的一次杀净,不留后患。"

吕媭刚刚说完,又是一道闪电划过,惊天动地的雷声滚滚而来,三个人不由得感到一阵发自心底的恐惧。

审食其镇定了一下说道:"若能杀得了自然是好,只怕是杀不了别人,让人先把我们杀了。故而,我劝皇后慎重考虑,有没有这个力量。如没有把握,则一个也不能动。"

吕释之道:"不怕,京城的部队都在我掌握之中。"

"虽说如此,可是侯爷的部队大部分是先帝从沛县带出来的老班底,萧、曹一说话,难保不会站在他们一边。"

吕媭道:"不知樊哙是否还活着,有他在,就有把握了。"

审食其道:"樊将军在也未必肯做这样的事。"

吕媭道:"那由不得他,先诱他杀个刘家的人,他就是想退也退不了了。"

吕释之道:"要干就得快,夜长梦多。樊哙是死是活还不知道,就是活着,等他回来也来不及。"

审食其道:"栎阳还有郦商的部队,他担任栎阳尉多年。郦家十几口子都在栎阳军中,郦食其的儿子郦疥也在栎阳,他的部队谁能调得动?"

吕释之道:"如若动起来,郦商不会与我们为难,过去打仗我们常在一起,算得上生死之交,皇后对他也不薄。"

吕媭道:"这种关头谁怎么样很难说,你最好去探探他的口气。"

吕释之道:"直接挑明了问不好,郦商的儿子郦寄与吕禄很要好,可以让郦寄探探他父亲的口气。"

最后,三个人决定派吕禄去探探郦商的态度再说。商议完毕,吕释之道:"妹妹连日来辛苦了。今晚我在这里守着,你回去歇息歇息。明天白天你还得在这盯着,否

则会引起别人怀疑。"

于是，吕雉和审食其离开了椒房殿。出了门，吕雉对审食其说道："上我的车吧。"

未央宫建好之后，吕雉一直住在那里。她不愿意看见刘邦和姬妾们调笑的情景，也不想在这里和她们争风吃醋惹闲气，一想起戚姬在这里骄横不可一世的神态，她就讨厌长乐宫，恨不能一把火把它烧掉。如果不是为了太子的皇位，她根本不想踏进长乐宫一步。

"今晚别回家了，陪陪我。"说着，吕雉将头靠在了审食其肩上。

审食其紧张地说道："皇上刚刚去世，恐怕不合适吧。无论是天命还是人事，这都是犯大忌的。"

"你怎么老是前怕狼后怕虎的？又不是让你陪我怎么样，我是心里难过，需要有个人说说话。再说，这么多大事等着处理，你也得帮我出出主意嘛，白天我敢去找你吗？"

"我倒没什么，我怕对皇后不好。"

"你又满嘴皇后皇后的了，你怎么就不能像个大男人让我靠一靠呢？我太累了，我需要一个男人的肩膀，让我靠着，可以放心地安安稳稳地睡一觉。"

"好，我就做个大男人，今晚你放心睡吧。"说是这样说，可是审食其在她面前已经永远成不了大男人了。在巨大的皇权面前，再阳刚的男人也是雌性的，权力才是雄性的。除非审食其做了皇帝，否则在吕雉面前永远是个小男人。对于权力加身的女人来说，在她们背负着权力的时候，也不得不充当雄性角色。两个人幽会时，审食其对吕雉总是温存倍至，可是她需要的不是这个，而是男人的粗鲁和强壮，她时常想起那次在广武涧刚被项羽释放的时候，审食其撕破了她的衣裳将她按在地上的情景，她甚至怀念年轻时刘邦将她打得遍体鳞伤的那些经历，也许那也是一个女人幸福的一部分。她希望审食其是这样的男人，可是那个粗鲁、阳刚的审食其却再也找不到了。吕雉每次召见他的时候，他能够顺利勃起，已经算是很英雄了。

车子在未央宫清凉殿前停了下来，吕雉靠在审食其的肩膀上睡着了。车夫走过来侍立在车门旁边，等着他们下车，审食其撩开窗帷做了个手势，示意他不要出声，可是吕雉已经醒了。她揉了揉惺忪的睡眼，问道："到了么？"

"到了。"

吕雉顺势躺在审食其怀里，道："抱我进去。"

审食其慌了手脚："这怎么行？让人看见可怎么好？"

"现在还怕什么？这儿都是我的人。"

无论吕雉和吕释之把消息瞒得多么死，大臣们还是猜到了刘邦的死，这些久经沙场的老将们判断敌情都有一套，宫里的变化怎能瞒过他们的眼睛！往日，每天大臣们都集中在长乐宫前殿,等待皇上的召见,刘邦病得重的时候,就传话让他们回去,有时精神好一点,便传一两个人进去说说话,大臣们要等到被传的人出来,问问皇帝的病情才肯离去,可是那日一大早,吕产就让闳孺出来给大臣们传话,说皇帝今天不见人,次日一早,闳孺又来传话说皇帝不见人,第三天还是这样,大臣们就有点吃不住劲了,七嘴八舌地问闳孺:"皇上气色如何?"

"吃东西怎样?"

"睡得怎样?"

"皇帝说过什么话没有?"

往常碰到这些问题,闳孺都会一一回答清楚,然后大臣们才肯离去,可是今日闳孺却吞吞吐吐说不清楚,大臣们急了,问道:"到底怎么回事你直说,有什么都别瞒着我们。"这些大臣们连哄带吓唬,把闳孺逼急了,只好说实话:"到底怎么了,我也不知道。"

"啊?!"

"原来你也不在皇上身边!"

"那谁伺候皇上呢?"

"……"

闳孺知道说漏了嘴,赶紧打住话头进去了。大臣们想起从前天夜里开始,长乐宫和未央宫周围突然加岗加哨,城里城外也在频繁地调动部队,再加上吕台、吕产、吕禄兄弟突然进宫等种种可疑迹象,大家判断皇帝已经死了。开始是一传俩俩传仨地咬着耳朵说,后来就仨一群俩一伙儿地聚堆儿说起来。第三天,闳孺仍说皇帝不见人,大家已经基本证实了自己的判断,可是,皇帝死了不发丧是何用意?大臣们一下恐慌起来。长安城里谣言四起,纷纷传言说吕后要诛杀功臣,大臣们人人自危。萧何见大家竟在前殿公开议论起来,急忙大声说道:"大家不要疑神疑鬼,我等皆是跟着皇上出生入死过来的,怎么碰到点事就这么沉不住气?回去各司其职,我保证不会有什么意外的。"

萧何的话在群臣中是很有分量的,他这么一说,老臣们都感到有点惭愧,赶紧带头走了,人群很快散去。可是,埋在大家心底的阴影却没有散去。

却说吕禄按照父亲的旨意来找郦寄,郦寄恰好被郦商派到栎阳去了。在这种时刻,郦寄当然不是到栎阳玩去了,而是奉父亲的命令去慰问栎阳守军,同时,讽之以时势,让各位将领加强戒备,防止有变。吕禄追到栎阳,恨不能马上把郦寄拉回来,可是郦寄有父命在身,不敢轻易回来,吕禄又不能明说皇帝死了,费了九牛二虎之力,才算把郦寄说动了。郦寄回到长安时,离刘邦的死已经隔了一天了。郦商看见儿子没有他的命令擅自回来了,气得直发抖:"你这没用的东西,怎么这么没脑子?我不是让你待在那儿不要动吗?"

郦寄道:"父亲息怒,儿回来还有更重要的事情。"

"还有什么事情能比这个更重要?"

"昨日吕禄到军中找我,说话吞吞吐吐,神色异常。儿判断朝中出了大事。"

"什么大事?"

"儿判断皇帝已经不在了。所以匆匆赶了回来。"

郦商吃了一惊,这和大臣们的判断一样,"这是吕禄说的?"

"吕禄没有明说,可是他问了我好几次,假如朝中有变,你站在哪儿一边?你父亲会站在哪儿一边?"

"他还说什么了?"

"他说,皇后对您的健康十分关心,问您近来身体如何,皇后有空还要亲自来看您。"

"看来他们真的是要诛杀功臣了。我问你,你是不是我的儿子?"

"当然是。"

"假如朝中有变,你会站在哪儿一边?"

"当然是站在父亲一边。"

"废话!"郦商笑了,"那你知道你父亲站在哪儿一边吗?"

"当然知道,父亲永远站在皇上一边。"

"这才像我的儿子。我告诉你,我现在出去一下,吕禄马上要来找你打听消息,你就说还没见到我。"

"儿明白。"

郦商来到萧何府上,天已经快黑了。萧何刚刚吃完饭,拿着把锄头在侍弄自家的菜园子。园子不大,却种得很齐全,茄子、辣椒、豆角、油菜样样都有,头年栽的韭菜刚刚割过一茬,大蒜已经开始抽薹,新种的黄瓜也已经开始爬秧了。萧何望着满园的绿色,心里乐开了花。这些菜都是他亲手种的,虽然有家人帮着照管,可是像选种、下种、栽秧、打杈等关键环节,他是不准家人随便动手的。他选的种子肯定是方圆百里之内最好的品种,而且各个颗粒饱满。同样的种子,别人种的和他种的也不一样。两个成了年的儿子不服气,经常要和他比试比试。有一次比赛种黄瓜,两个儿子处处模仿他,从选种、翻地、下种的深浅到浇水的时间、次数以及掐花、打杈等环节的操作都和他一模一样,开始看不出什么差别,可是到结瓜的时候,萧何种的那两排,结出的黄瓜各个都比他俩种的那些要长,还结出一个两斤多重的瓜王,为第二年留下了种子。哥俩问父亲是怎么回事,萧何道:"也没什么诀窍,只是用心而已。"

萧何对种菜似乎有一种特殊的爱好。无论遇到什么烦心事,只要往菜园子里一蹲,就什么烦恼都没有了。每日饭后侍弄菜园子的这一刻,是他一天最愉快的时光。

他刚把一片菠菜地剔了苗,装了满满一筐,郦商进来了。萧何知道他有事,但是并不急着问他,指着手里的菜篮子说:"你看这小菠菜多嫩,分你一半,待会儿走时想着带上。"

"想不到相国还会种地?"郦商一面搭讪着,一面用焦急的眼神看着萧何身旁的两个老家人。萧何装作没看见,继续说:"相国要是不会种地,那还当什么相国?我不但会种,还是个好庄稼把式。不信你看看我的菜,保证比长安城里任何一家长得都好。你家里种了没有?要不要我去帮你把把脉、传传经啊?"

"不敢劳动相国大人,我来是有要事向相国大人禀报。"

萧何向两个老家人使了个眼色,让他们退下,指着院里的石凳让郦商坐下,问道:"什么事这么急?"

"难道相国没有听说诛杀大臣的事?"

"那不过是些猜测嘛,有什么新的动静吗?"

"有。"郦商将郦寄所说的情况加上自己的判断一一向萧何说了。萧何道:"这是谣言,不可信。"

"相国,臣敢拿性命担保,臣的判断绝对没错。"

"吕禄说皇帝崩了?"

"没有。那是臣的猜测。"

"吕禄说让你参与诛杀功臣?"

"也没有。也是臣的判断。"

"可是光凭判断不行呀,现在没有任何凭据证明皇上已驾崩,更没有证据证明吕释之要杀功臣,我等能怎样呢?"

"等拿到证据就晚了,恐怕不等看到证据,我等早就一命呜呼了。"

"即便如此,又能如何?有人杀我,是他不义,而未杀你之前,你能如何?你能先去杀他?"

"总不能坐以待毙,无所作为吧?"

自从上次被刘邦下了狱之后,萧何对生死已经看淡。他再也不肯用自己的名节去换取一时的平安了。他深为自己自污以求苟活的举动感到羞耻,因此,丝毫不为郦商的话所动:"能有何作为?有作为则是我先不仁,故不如听之任之。孔子曰:有杀身以成仁,而无求生以害仁,今有人成我之仁,我当谢之。"

"相国可以置自身生死于不顾,可不能看着诸臣惨遭屠戮吧?"

"这……"萧何无言以对,但终不肯说出采取什么对策。

郦商在萧何这里讨不到解决办法,又来找张良。张良笑道:"鸟飞兔走,日月穿梭,生者来死者去,本自然之道,人力岂能为之?该我等死逃也逃不掉,不该死者杀也杀不掉。何苦为这些事烦恼?由它去吧。"

郦商知道张良足智多谋,所以磨蹭着不肯走,好话说尽,一定要请张良出个主

意,救救大家。张良实在缠不过他,只好说道:"还用我出什么主意?将军知道了,我等就安全了。我等性命皆悬于将军之手,将军若欲救我等,还不赶快动作,在我这里磨什么时间?"

"我不明白先生的意思。"

张良道:"这有什么不明白?他们之所以到现在还没有动作,是在等你呀!"

"哦!"郦商恍然大悟。他告别了张良,一个人匆匆朝长乐宫去了。他想奉劝吕雉和吕释之,千万不要铤而走险。走到半路,他又改变了主意,他怕直接说到吕雉脸上会激出变故,一怒之下将他关了杀了也未可知。自己死了倒没什么,可是为了大家的安全,他必须留在外面,以保证有足够的威慑力量。于是,他找了一匹快马骑上,火速奔栎阳军中去了。

吕禄去了两天,什么消息也没得到,回到长乐宫,被父亲臭骂了一顿:"你这个笨蛋,事情办不成不会早点回来吗?我们还可以想别的办法。这是什么时候?整整两天呀,你要再耽搁两天,恐怕连你爹也见不到了。"

也难怪吕释之着急,这两天的时间对他们来说太重要了。如今大臣们纷纷猜测皇帝死了,如过再不动手,恐怕就要出乱子了。吕释之打算不再等郦商,立刻动手,被审食其劝住了:"留一步,再看看。这一步留下,进退都有路,一旦踏出这一步,就无法挽回了。"第二天一大早,不等吕释之发话,吕禄就奔郦府打听消息去了。直到快中午时,吕禄才气喘吁吁地回来报告说,郦商昨晚已回到栎阳军中了。栎阳驻军此刻已经整装出城,不知要干什么。

吕雉一听这话,立刻就慌了。举事的时机已经错过,现在她考虑的已经不是杀不杀功臣,而是自己会不会被杀的问题了。吕释之也毛了,在屋里来回踱着步说:"怎么办?怎么办?怎么办?"倒是审食其还沉得住气,道:"先别慌,到现在为止,我们毕竟还没做什么,要回头还来得及。"

吕雉道:"赶快传令,让萧何设置灵堂,诏告天下,给这死鬼发丧!"

第四十章　母子之争

　　刘邦的灵堂设在长乐宫前殿。陈平一进门，看见吕后穿着孝服站在那里和大臣们说话，心里多少踏实了一点。他没有和吕雉打招呼，而是直接扑倒在刘邦的灵前，放声大哭道："先帝呀，怎么我刚走你就弃我等而去呀……"其哭声甚哀，嗓子都哭哑了，哭到后来，他竟膝行爬到棺材跟前，一面哭一面用头撞着棺材，用嘶哑的声音喊道："先帝呀先帝，你等等我，等等我呀，带上臣跟你一起去吧！"

　　吕雉见陈平脸上鲜血直流，被他的忠心所感动，赶紧上前把他拉住，叫道："陈平，陈平！你克制些，人死不能复生，哭坏了身子怎么办？朝中还有好多大事等着你来办呢。"

　　陈平听到这话，心放下了一大半，渐渐止住了哭声。吕雉等他平静下来问道："你怎么回来了？你没碰到赵尧？"

　　"碰到了，可是臣必须先回来一趟。一是要再见先帝一面，一是要向皇后说清楚，拘押樊哙将军乃先帝之命，我等实出不得已。"

　　"这个我知道，不用你说。樊哙现在怎么样了？还活着吗？"

　　"活着！活着！在路上。我与周将军私下商议，樊将军本无罪，不当死，一定是有小人惑乱其中，惹得先帝发了怒，故到边境之后，没有执行先帝之令，只是将樊将军囚禁带了回来。我料先帝气过之后必不会杀樊将军。"

　　"你这事办得不错嘛，干吗还那么害怕？"

　　"人言可畏，臣必须当面向皇后说清楚。"

　　"你是忠臣，我知道，你放心，谁在我这说什么都没用，你赶快下去歇息一下吧。"

　　"不。臣要在这里为先帝守灵。"陈平心里还是不踏实，他知道长安城里的部队都是吕释之的人，害怕他们会杀他。吕雉再三劝说，陈平还是不肯走，吕雉只好答应让他守灵。第二天一早，陈平要返回荥阳，吕雉道："你既然回来了，就别走了。先帮我料理一下这边的事，那边有灌婴就行了。"

　　陈平还是不放心，吕雉道："你别害怕，我命你为太子少傅，你就住在太子那里，由太子陪着你，看他们谁敢把你怎么样！"陈平这才把心放到了肚子里。陈平谢过了恩，吕雉又嘱咐道："你去了要帮太子做好两件事，一是丧礼上不要出错，免得让天下耻笑,二是准备登基。国不可一日无君,发完丧马上就得办。到时候别弄得手忙脚乱的。"

"诺!"

四月丙辰,吕后与群臣葬刘邦于长陵。第二天,立太子刘盈为皇帝,号孝惠帝,在太上皇庙举行登基大典。群臣皆曰:"高祖起细微,拨乱世反之正,平定天下,为汉太祖,功最高。"于是,尊刘邦为高皇帝。

安葬完刘邦之后,诸位王母纷纷要求就国,和自己的儿子待在一起。其时,除了刘肥以外,其余六王还都是孩子,最大的刘如意刚刚十二岁,最小的刘建还不满周岁,十分需要母亲的照顾,只是因为刘邦病重,谁也不能提出走,因此诸皇子大部分到封地去了,而他们的母亲还都留在关中。诸皇子之国之后都由乳母跟着照料,政事则由相国料理。刘盈欲批准诸王之母就国,吕后道:"就什么国?一个也不准走!"吕后一声令下,将她们全部扣留在了关中。

刘盈登基后,吕后做的第一件事是召赵王如意回宫。周昌知道吕后想斩草除根,坚决不准赵王回长安,使者往返三次,周昌顶着就是不办,使者道:"此乃皇上和太后的旨意,周相国这么顶着,不仅臣不好交差,相国亦难办。这是抗旨不遵之罪呀!"

"我就,就是抗旨——不遵,能奈我何?今若遣,遣赵王回宫,太后必,必欲杀之,你我将来如,如何去见先帝?"

使者无奈,只好如实回复吕后,吕后大怒,道:"我就不信拧不过这个老东西,你让他到长安来见我!"

使者又回到邯郸,转达了太后的旨意。这下周昌为难了,太后召赵王,可以以赵王年幼为由推托,可是召他,他却不能不去,即使暂时躲过了,以后也躲不过去,至少一年一度的回京述职是躲不过的。他思来想去,没有什么妥善的办法,只好答应马上进京。临走,他吩咐下属,无论何人下令,都不准带赵王离开。可是他走了,别人哪里顶得住?他前脚走,吕后后脚就派人将赵王如意接到了长安。

周昌回到长安,立刻来见惠帝,把吕后召赵王之事向惠帝报告了。幸好刘盈头脑还清楚,他知道如意此来凶多吉少,于是亲自迎到灞上,将如意接到自己的寝宫,与之同吃同住,连上朝都带着他,须臾不离左右。吕后一时无法下手。一日,惠帝出去晨猎,本想带着如意一起去,可是看他睡得正香,不忍心叫醒他,便一个人走了。回来的时候,看见如意七窍流血躺在地上,人已经死了。

刘盈和吕后大闹了一场,吕后根本不避讳人是她杀的,道:"我这不是为了你吗?杀个人你心里就这么下不去,将来怎么治理天下?像你这样心慈手软,怎么能当好这个皇帝?人家要换你的时候可没这么好心。"

"可是他还是个孩子,他知道什么?要是让天下人知道了,我这个皇帝连亲兄弟都杀,百姓们谁还拥戴你?"

"你别做梦了，秦始皇是靠百姓们拥戴上来的吗？你爹是靠百姓拥戴上来的吗？别指望谁会拥戴你，他们拥戴的是你手中的权力！只要把权力紧紧抓在手里，谁敢不拥戴？要想牢牢抓住这个权力，只需记住一个字：狠！"

刘盈已经完全接受了叔孙通那套正心诚意修身齐家治国平天下的理论，所以母子俩的想法格格不入，刘盈知道说再多也是对牛弹琴，索性什么也不说了。吕后也不指望一下就能改变儿子，于是换了个口气问道："你知道让周昌去赵国是谁出的主意吗？"

"知道，是赵尧。"

"把他给我免了。"

刘盈很不习惯母亲这样对他说话，他毕竟是一国之君。但是他并不喜欢赵尧这个人，觉得他心眼太多，难以驾驭，于是就点点头答应了。可是事情并不算完，吕后又问道："这个御史大夫你打算让谁来当啊？"

"还是让周昌来当吧。他当了多年的御史大夫，又是先皇的老臣，靠得住。"

"不行！"吕后斩钉截铁地说道，"连我的话都敢不听，还当什么御史大夫！"

"这正说明他对先帝的一片忠心啊。"

"可是你用了一个不听话的人，以后谁都敢和你叫板抗命。"

"当不至于，果有忠臣抗命，那一定是儿臣错了。"

"我的傻孩子，你可真实心眼儿，皇帝哪有错？要错也是大臣们的错，你给我记住，永远不能在臣子面前承认你错了。你这个样子，可真让我担心哪。我已经给你挑好了人，就让任敖做御史大夫吧。"

"可是此人儿臣并不了解。"

"你放心吧，娘给你选的人没错。"

刘盈未置可否，他还是想用周昌，可是周昌病了。

周昌得知如意被害，心中悔愧万分，先帝将如意托付给他，他没有能保住如意的性命，如何对得起先帝？从此称病不朝，不久抑郁而死。

戚姬等五位王母被关进了长乐宫永巷。永巷本为宫内长巷，起初，宫女们犯了过失，临时被关押在这里，罚舂米、洗衣、淘厕等体力劳动。后来就成了规矩，索性改成了后宫的监禁之所，并设有守、丞专门管理其事。这五位王母被关进来之后，巷守按照吕后的吩咐，让她们舂米、洗衣、淘厕，每日有两个狱吏提着鞭子监工，手底下稍微一慢，鞭子立刻抽了下来，几乎每个人都被打得遍体鳞伤。她们还不知大祸即将临头，以为有儿子为王，迟早会出去的，因此心中一直愤愤不平，暂且将仇恨压着，等待将来出去报仇。只有戚姬不抱任何希望，她知道别人或许能够出去，她是没有希望的。每日十几个小时舂米，累得她腰酸腿疼，狱吏动不动就打，还不给饱饭吃，这日子不知什么时候才能熬到头。一日，正在舂米，忽然想起儿子如意，心中顿

觉伤感不已,不由自主地唱道:

> 子为王,母为虏。
>
> 终日春薄暮,常与死为伍。
>
> 相隔三千里,当使谁告汝?

可怜戚姬此时还不知道,如意已经先她离开了人世。正唱着,狱吏过来一鞭子抽到了她的脸上,脸上顿时开了花,鲜血顺着脸颊流了下来。

正在这时,吕雉来了,巷守和一群狱吏跟在她后面。吕雉穿戴得珠光宝气的,和这些蓬头垢面的姬妾们一比,真是天上地下。这些日子,她的心思全在刘盈身上,瞪大了眼睛看儿子的权力宝座周围还有没有什么威胁。直到她确信没有任何危险了,才来对付戚姬等人。如今大权在握,按照她的脾气,恨不能把这几个人都杀了才痛快,但那样她就与这些王子们结了死仇。可是放了她们,照样是仇敌,她们回去一定会天天给自己的儿子灌输仇恨。与其让她们回去用仇恨教育自己的儿子,还不如现在就杀了她们。可是把他们都杀了也不行,最后她决定分化她们,区别对待。

吕雉令将几位姬妾押到跟前,阴阳怪气地问道:"几位姐妹近来怎么样啊?"

众人见她来了,知道这会儿是惹不起的,一起跪下给她磕头,可是戚姬没有跪。吕雉也不生气,现在她可以像猫玩老鼠一样玩她们了,用不着生气,"几位不是骨头都挺硬的吗?跪下干什么?看人家戚姬,人家就不跪,那才叫骨头硬。不过,我倒要试试她有多硬。来人,看看她是不是没有膝盖骨呀。"

两个狱吏走到戚姬身后,照着她的腿弯一人一脚,狠狠踹了下去,戚姬跪倒在地,愤怒地高声骂道:"吕雉,要杀就杀,不许侮辱我等!"

吕雉冷笑道:"我今天先不杀你,先让你看看杀人是怎么杀的。上次谁说年轻的骨头硬来着?"

乔姬没想到吕雉会杀她,吓得磕头如捣蒜,"太后饶命!小的再也不敢了。太后饶命呀!"

吕雉道:"别害怕,我不杀你,只是看看你的骨头硬不硬。"说着,吕雉冲身边的狱吏摆了摆手,两个狱吏上前将乔姬架起来,吕雉伸手从一个狱吏手中接过一条钢鞭,照着她的胫骨就是一鞭,乔姬一声惨叫,胫骨顿时被打断了。吕雉将钢鞭扔给狱吏,冷冷地说道:"也不是很硬嘛。"

乔姬疼得昏了过去。吕雉命人用凉水把她泼醒,然后重新坐下,问道:"还有一个硬的呢?是谁呀?"

吴姬知道这回轮到自己了,吓得面如土色,把头磕得"咚咚"响,嘴里连连求饶。可是吕雉看都不看她,冲着狱吏使个眼色,四个狱吏上前分别拉住吴姬的四肢,一齐抛向空中,只听"砰"的一声,吴姬脸朝下落在地上,顿时七窍流血死了。吕雉道:"今天就到这儿吧。你们几个听着,这叫恶有恶报,我今天也让你们看看善报是什么。薄姬,你不用在这里跟他们一起做苦工了,从今天起,你自由了。你们几个给我听着,除了戚玉君以外,有谁想改过从善,我还可以饶她不死,要是再跟着戚玉君跑,那就和吴姬同样下场!"说完,带着巷守和狱吏们走了。

当晚,戚姬用一根绳子把自己吊在了房梁上,想一死了之,可是没有死成,被狱吏发现了。从此,她被单独关押起来,与众姐妹失去了联系。她不想活着受辱,后来又几次想办法自杀,都未能逃过狱吏的监视,最后终于落到了吕雉的手里。一天,吕雉专门来"看"她,道:"你想死呀?咱们姐妹一场,我哪能就这么让你轻易死去呀,你还得活着。"说完,吕雉让人截断了戚姬的四肢,同时吩咐道:"注意止血,还要给她疗伤,让她活着,她要是死了我要你们的命。"

过了一段时间,戚姬的伤好了。吕雉又来了。

"怎么样我的好妹妹,活得还不错吧?我说话算数,说不让你死就不让你死,我这当姐姐的一定对你尽职尽责。"

戚姬躺在床上一动不能动,骂道:"你这禽兽不如的东西,做出这等残忍之事,必遭天谴雷轰。你将来要遭报应的,你死得也不会比我好,子孙万代都跟着你受虐……"吕雉得意洋洋地来这里,想看看戚姬是什么反应。让戚姬这一骂,骂得她心惊肉跳的,对狱吏说道:"给她点哑药,以后不要让她再说话了。"

又过了几天,吕雉又来"看"戚姬,戚姬已经不能说话了,可是一双愤怒的眼睛还在盯着她,看得吕雉毛骨悚然。吕雉又命人将她的眼睛挖了去,用火钳烧聋了她的耳朵,将其装在坛子里,称之为人彘,并让大臣和后宫佳丽们前去参观。一日,惠帝退朝之后,吕雉将他引到猪圈里,让他参观人彘,惠帝看了半天不知是什么东西,吕雉道:"这就是和你争皇位的那个如意他娘呀!"

刘盈脸色大变,道:"这简直不是人干的!"

吕雉把脸一拉道:"你这是和谁说话呢?我今天让你来看就是为了告诉你,治天下就要有这股狠劲,要让天下人都怕你。"

"够了!母后这样为人,儿臣无法治天下。"

惠帝受了惊吓,一病不起。吕雉遍请名医给他调治,总算保住了一条命,但看着总是有弱症,身体的元气再也没有恢复过来。病好之后,也无心再理政事,将诗书礼乐丢到一边,每日只是纵酒淫乐,天塌下来也不管,因为大权本来就不在他手里,而是在吕后手中。

周勃接了樊哙的将军之职,来到阵前,见到了卢绾。两军阵前,老朋友相见,心情格外复杂。卢绾道:"周将军,听说皇帝病重,十分惦念。我知道你手中有二十万大军,可是我并不怕你,只是不想在皇上病重的时候和你开战。我想等皇上病好之后,当面去向皇上谢罪,如若周将军不肯,我的几百号家眷都在这里,周将军抓了去请功便是。"

周勃道:"既然燕王有悔过之心,那我等你。我劝燕王还是早早归来向皇上谢罪

的好,免得刀兵相见。"

不久,皇帝病逝的消息传来,周勃令军中穿起孝服,然后来到阵前,再次和卢绾对话:"燕王拿定主意没有?是战是降,今日给你最后一次机会。今日如若不降,你我只好刀兵相见了。"

卢绾见汉军中皆缟素,且张起了白幡,问道:"敢问周将军,可是皇帝崩了?"

周勃道:"正是。皇帝陛下于五日前在长安去世。"

卢绾道:"皇帝既去,中原已无我等立锥之地,吕后绝不能容我等归顺,故请将军见谅,臣不能降。"

言罢,两军击鼓而战。卢绾早有准备,在匈奴部队的掩护下,向北撤去。周勃一直追击至长城附近,在下蓟(今北京市西南)、混都(今北京市昌平县东)、上兰(今河北怀来县东北)、沮阳(今河北怀来县南)接连打了几个大胜仗,迅速平定了上谷郡十二县、右北平(今天津蓟县)十六县、辽西辽东二十九县、渔阳(今北京市及周围地区)二十二县。自此,卢绾叛军主力已完全被消灭,卢绾只身逃往匈奴。

当初陈平因为拘禁樊哙吓得要死,周勃心里也不踏实。回到长安后,他第一件事就是去向樊哙谢罪。刘盈登基后,按照吕后的旨意,废除了相国法,改设丞相,丞相的职权比相国略小一些,但仍居三公之位。萧何任右丞相,樊哙任左丞相。让樊哙做左丞相,显然是为了分萧何的权并对萧何有所制约。周勃来到樊府,吕媭堵着门不让他进:"周大将军回来啦?你可给汉家立了大功了。这么大功臣怎么肯屈尊到我们这小人家来呀?是找樊哙来的吧?"

"正是,我来看看樊将军。"

"他不在。"

"到哪里去了?"

"死了。"

周勃知道她心里有气,也不和她计较,道:"樊夫人息怒。我知道樊将军无罪,可是皇命不可违,还请夫人原谅。"

"你当初一刀把他砍了,不就没这么多麻烦了吗?你既然知道他无罪,跑那么快干吗?跑慢了怕他死不了是吗?没想到他还能活到今天吧?"

周勃历来不善言辞,被吕媭骂得脸上红一阵白一阵的,转身要走,樊哙听见声音从里面出来了:"周勃,别走啊,进来喝两杯。"

吕媭转过身冲樊哙骂道:"喝什么喝?!狗带帽子就是好朋友,你也不看看自己什么德行,你配和人家喝酒么?"

樊哙道:"你个女人家懂什么!我早跟你说了,不让你掺和男人的事,你又出来做什么?"说着,他就要出来,吕媭把两只胳膊往胸前一抱,拦在他面前道:"你给我回去!"

樊哙站在那里不敢动了。隔着吕媭的身子对周勃喊道:"那什么,周勃,改天我去看你呀！”

“看什么看，人家已经走了。”

周勃还没有走远，吕嬃的话全听在耳朵里，心里感到一阵难过。这边两口子进了屋，吕嬃的气还没消，接着骂道：“没见过你这么不知好歹的东西。人家把你卖了，你还帮着人家数钱呢。”

“可是他说的是实话，那是皇上的命令，他也没办法。再说，他和陈平没有杀我，应当感激人家才对，怎么能恩将仇报呢？”

“什么叫恩将仇报？你怎么知道是恩？你在前方傻乎乎光知道往前冲，人家这边要杀你了你都不知道。”

“那也不是他要杀我嘛。”

“是皇上要杀你，可是你知道是谁给皇上进的言？”

樊哙一惊，道：“我还以为是戚姬那个小娼妇。难道是他俩？不会吧，至少周勃不会。”

“你怎么知道不会？平定韩王信、陈豨、黥布都是你的功劳，周勃早就盯上你了。当初你们俩功劳相等，平起平坐，后来你居于他之上，他心里能舒服吗？”

樊哙被老婆说得有点疑惑，可是仍然不相信周勃会鼓动刘邦杀他。

“你别以为我是个女人什么都不懂，你知道他来找你是为什么吗？”

“为什么？”

“他想当太尉。”

“他当什么太尉？他还差得远呢。”樊哙和周勃虽是好朋友，可是在打仗的事情上，他历来不服周勃。

“人家不是刚刚立了功回来吗？”

“他那点功劳算个屁，老子功劳比他大多了。”

“可你已经是左丞相了。”

樊哙知道，这个左丞相不过是个空头衔，只要萧何在，谁当左丞相都是空的。太尉才是掌握全军的实权人物。樊哙有点着急了，问道：“你怎么知道？”

“我当然知道。”吕嬃把脖子一仰，得意地说道。如今的吕嬃已经不似从前了，现在皇后当权，她不仅知道许多朝中的事情，有时吕后还主动征求她的意见。她已经成了吕后的重要谋士。按照刘邦的遗嘱，吕后准备任用周勃做太尉，可是却遭到吕氏家族的强烈反对。吕释之知道自己不够资格，极力保举樊哙。这在吕氏家族内部是很容易统一的，可是却遭到惠帝和萧何、叔孙通等人的反对。吕后来做刘盈的工作，刘盈坚持要让周勃来当，在这个问题上，他无论如何不能让步。两面相持不下，反倒走漏了消息。吕嬃将事情告诉樊哙之后，樊哙立刻找了一帮拥护自己的将领，到皇帝面前游说。周勃本无心争这个太尉，可是听说樊哙动员了不少人到皇帝面前说他的坏话，也坐不住了，也纠集了不少人到皇帝面前诋毁樊哙。刘邦去世后，周勃和樊哙成了朝中仅次于萧何的重臣,两个人这么一闹,几乎所有的将领都分成了两派,不是樊党就是周党,而且闹到了剑拔弩张的地步,樊哙扬言要杀周勃,周勃则说要抄樊哙的老宅,眼看着政局已经稳定不住了。这下,无论是吕后还是惠帝都害怕了。母子俩不约而同地想到了萧何,现在只有请他出来收拾局面了。萧何来到樊哙家中,樊宅周围布满了哨兵;再到周勃家里一看,周勃身上连铠甲都穿上了。萧何分别向二人晓以利害,把事态暂时平息下来。然后回到宫中,向吕后和惠帝禀报了事情的经过,吕后长长地舒了一口气。萧何道:"光凭我这么两边说和还不行,还得有个彻底的解决办法。"吕后和惠帝急忙问什么办法。萧何道:"暂时不能再设太尉之职了。"

第二天上朝,刘盈宣布本朝不设太尉之职,一场风波才算彻底平息。

就在樊哙和周勃争得不可开交的时候,卢绾又领着匈奴打回来了。

匈奴知汉皇帝崩,立刻自大起来,往来边境更加肆无忌惮。周勃走后,匈奴又给了卢绾一些兵马,指使其南犯,重新收回燕地,因而刚刚收复的上谷等地又重开战端。冒顿单于不知是出于无知还是有意挑衅,派使者给吕后送来一封信,内言:"孤偾之君,生于沮泽之中,长于平野牛马之域,数至边境,愿游中国。陛下独立,孤偾独居。两主不乐,无以自娱,愿以所有,易其所无。"这封信带有严重的挑衅味道,言语之间还有调戏吕后的意味。无论冒顿出于何种用意,在朝廷大臣们看来,这都是一种不能容忍的耻辱。吕后亲自上朝和大臣们讨论对策,大臣们各个义愤填膺,樊哙道:"给我十万大军,可横行匈奴中。"支持樊哙的人很多,朝堂上一片喊杀声,那气势,不踏平北疆绝不罢休,只有少数几个人还保持着冷静。中郎将季布出班奏道:"樊哙大言误国,可杀。当初高祖将兵三十二万与匈奴战,尚且不胜,困于平城,樊哙不能解其围,天下歌之曰:'平城之下亦诚苦,七日不食,不能彀弩。'今歌吟之声未绝,伤痍者甫起。而哙欲摇动天下,妄言以十万众横行匈奴中,简直是当面欺君。夷狄譬如禽兽,得其言不足喜,恶言不足怒也。何苦与之争一日之短长?"

季布已归顺汉朝多年,大臣们皆知其慎言语重承诺,他一出言,几乎所有的人都不吭声了。朝堂上一片寂静,气氛十分沉重,仿佛匈奴大军压了过来一般。吕后先是大怒,欲兴兵讨伐;听了季布之言,又感到十分恐惧,因此在对策上显得过分软弱。退朝之后,她悄悄让大谒者张泽写了一封回信:"单于不忘于弊邑,赐之以书,弊邑恐惧。退日而自图,年老气衰,齿发坠落,行步失度,单于误听传言,实不足以自污。弊邑无罪,宜在见赦。窃有御车二辆,马二驷,以奉常驾。"信写好之后,吕后没有敢让大臣们看,便让匈奴使者带回去了。因为这封信实在是丢尽了她和国家的脸面。而匈奴来使在长安看到的情况却足以使匈奴感到畏惧,没敢发兵来犯。过了一段时间,匈奴又派了使者来谢,曰:"未尝闻中国礼义,陛下幸而赦之。"使者还带来了一些马匹献给吕后。

于是,吕后令刘敬再入匈奴为使,复与匈奴和亲。

第四十一章　鞠躬尽瘁

惠帝二年,楚元王刘交、齐王刘肥皆来朝觐。兄弟、叔侄相见,分外亲热。行过朝觐大礼之后,于礼仪上便不那么讲究了,几个人在一起饮酒、打猎,常常不分君臣,以兄弟、叔侄相称。一日,刘盈设家宴招待刘肥等,吕后也在座,刘盈以哥哥年长,坚持要刘肥坐上座,如家人礼,刘肥推脱不过,只好坐了。吕后对于封刘肥为齐王本来就不甘心,此刻见他竟不顾君臣之礼坐在了上首,顿时起了杀心。她悄悄令人准备了两杯鸩酒,置于刘肥面前。刘肥不知,起身为吕后祝寿,刘盈见刘肥站了起来,也跟着站起来,端起了另一只酒杯。吕后见刘盈也端了一杯毒酒,神色大变,急忙起身走过来,伸手打掉了刘盈手中的杯子。刘肥吃了一惊,不过他毕竟已经经历过不少事情,没有惊慌失措,而是装醉离开了酒席。

吕后再次加害于刘氏子弟,惹怒了惠帝刘盈,当天晚上,他下令逮捕了审食其。

刘邦一死,审食其立刻成了朝中炙手可热的人物,表面上刘邦在世时的一班老臣仍然各司其职,没有什么变化,实际上朝中大小事务皆决于吕后、吕释之和审食其三人。如今审食其在朝廷里说话的分量比萧何还要重。吕后新当政,有许多事情要咨询,常把审食其带在身边。两个人的关系也越来越公开化,有时商议事情晚了,审食其就宿在宫中。

权力重心的转移,把许多人吸引到了审食其的周围,同时也引起了相当一部分人的不满。不久,有人将审食其和吕后的私情捅到了惠帝面前。刘盈听说审食其竟敢在父亲去世的当天夜里偷宿在未央宫,气得肺都要炸了。可是吕雉毕竟是自己的母亲,刘盈忍了下来,暂时没有发作。刘肥事件的刺激,使他再次怒火中烧,不顾一切地下令逮捕审食其,打入死牢。

吕后惭愧,既不敢到儿子面前去说情,又没脸启齿去求别人。审食其命在旦夕,他知道朝中这些有头有脸的大臣们是不会出来为他说话的,而那些巴结他的人在皇上面前又说不上话,情急之中想起一个朋友,名叫朱建,号平原君。

朱建曾在淮南王黥布手下做过丞相,黥布欲反时曾征求过他的意见,他坚决反对,黥布不听。黥布被诛之后,刘邦得知朱建曾制止过黥布叛乱,并坚决不参与其事,便没有治他的罪。平原君为人刻廉刚直,行不苟合,义不取容。审食其见他是个人物,有心结交,但是朱建不肯见他,弄得审食其很尴尬。后来,朱建的母亲死了,家里穷得连发丧的费用都没有,丧服都要到别人家去借。陆贾见朱建如此困窘,便对审食其说道:"恭喜食其兄,平原君的母亲死了。"

审食其不解地问道:"平原君丧母,为何要恭喜我?"

"食其兄不是一直想结交平原君吗?平原君之所以不能与先生结交是因为其母尚在。平原君之为人绝不肯将身轻许于人,但许之,必能以死相报。其母在,自然不肯轻易与人深交,如今其母已丧,平原君可交矣,况其如今穷得连丧服都要假贷,君若助之,平原君至死不忘君矣。"

于是,审食其马上派人给朱建送了五百金,并亲自前往吊唁。朱建是楚人,长安城里认识他的人并不多,如今审食其竟然送五百金给朱建,而且亲自前去吊唁,长安城里的达官贵人不知朱建是什么来头,纷纷前来吊唁,有点身份的都仿效审食其之先例,每人给朱建赠了几百金。朱建对审食其感激不尽。

审食其在狱中托人去找平原君,希望能在狱中见他一面。朱建对来人说道:"这是皇上亲自过问的大案,我现在不敢见先生。"

朱建在长安几乎没有什么朋友,有几个也帮不上什么大忙,此事十万火急,必须得想特殊办法。于是,他来到长乐宫,设法将闳孺约了出来,一见面便劈头盖脸地问道:"是你把审大人告了?"

闳孺大吃一惊,道:"没有啊!"

"满长安城里都说是你告的,你还不承认?"

"这是天大的冤枉,我一个小孩子家怎敢参与朝中这么大的事?"

"可是众人的口就是杀人的刀,你说不是,怎么能说得清楚?你得罪了太后,恐怕是活不长了。"

闳孺吓得当即给朱建跪下磕了几个头:"大人救我!大人见多识广,帮我想个办法吧。"

"办法倒是有一个,你只要设法说服皇上,把审先生放出来,太后必感激你。你再从容对太后言明不是你告的,太后必信无疑。到那时两主共幸君,君即可大富大贵了。"

"可是皇上怎么会相信我说的呢?"朱建教了他一套说辞。

闳孺即刻回宫,见了皇帝说道:"陛下何囚辟阳侯如此之急也?"

刘盈无法解释,不耐烦地说道:"你一个小孩子家问这个干吗?不关你的事。"

"可是这关乎陛下和太后的名声,臣不能不言。"

"朕的脸面已经让他们丢尽了,哪还管得了那些?"

"非也。陛下以坊间谣言囚辟阳侯,然谣言岂可信?谣言皆言审食其不轨,是污太后也,证据何在?证人何在?"

"现在满长安城都知道了,只是瞒了朕一人,还要什么证据?"

"满长安传言也只是传言,无人能证实其事,今陛下若杀辟阳侯是为传言作证也。"

刘盈恍然大悟,立刻下令放了审食其。

审食其在狱中听说朱建不肯来见他,以为朱建背叛朋友,十分愤怒,及至出了狱才知道,朱建为人,不仅有胆,而且有谋。但是那个说服惠帝放了审食其的阉孺却没有像朱建说的那样得到什么大富大贵,刘盈觉得这个孩子太精了,知道的事情也太多了,于是将他和籍孺发配到长陵为刘邦守陵去了。

刘肥回到齐邸(各诸侯国在长安均设有自己的官邸),越想越害怕,他知道如意是怎么死的,这次来朝也是为了解除太后和皇上的疑心,可是没想到吕后竟对他下这样的毒手,他估计难以逃脱,心情十分烦闷。第二天,他让跟随他来的齐国内史士名叫季勋的出去打探消息,季勋回来说道:"大王不必担忧了,皇上在救你。"

"如今太后掌权,只怕皇上也救不了我。"

"大王不知,皇上虽然年轻,可挺有韬略,他把审食其抓了。"

刘肥一听就知道是怎么回事。刘氏子弟中数他最年长,当年跟着审食其逃难时,他就隐隐约约感到审食其与他这位继母的关系非同一般,但是审食其曾无数次地冒着生命危险保护他们,他一直不愿意往这方面去猜测。听了季勋的话,刘肥道:"那咱们赶紧走。"

季勋道:"咱们不能这么一走了之,否则以后还会有麻烦。"

"那怎么办?"

季勋献计道:"太后只有皇上和鲁元公主两个亲生的孩子。今我王王齐七十余城,而公主食邑仅数城。王若以一郡献上,作为公主汤沐邑,则太后必喜,必不再嫉恨我王。"

过了几天,审食其被放出来了。刘肥按照季勋所说,将城阳郡献给了鲁元公主。吕后知道审食其的事为何而起,不敢再为难刘肥,况且刘肥对她已经给足了面子,她也十分高兴,趁机拉拢刘肥道:"你是我一手拉扯大的,和我亲生的一样。这一走,又得等到明年才能见,我还真想你们呢。下回来,一定把孙子带来让我看看。"

刘肥已经很有城府了,顺着吕后的话头说道:"请母后放心,儿臣下次一定带他们来。母后也要多多保重身体,以免儿臣惦记。"

审食其被放出来之后,觉得没脸见人,很长一段时间闭门不出,吕后从此也收敛多了,儿子的事情她尽量不插手。大臣们重又恢复了往日的处事状态。吕后一度曾经觉得这样也挺好,没有她干预,儿子把朝政也处理得挺好。她有心就此退居后宫颐养天年,可是吕氏家族的人不依。刘邦死后,吕家的人都知道吕后在朝中说了算,于是都想借此机会捞一把,从吕婴、吕释之到那些八竿子打不着的亲戚,都来给吕雉吹风,开始是试探着说,后来见吕后能听进去,就越说越凶了,说刘盈是萧何的傀儡,如今天下已成了萧何的天下,萧何挟天子以令诸侯,已经是不戴皇冠的皇上,将皇上取而代之只是时间问题。开始,吕后听了这些闲言碎语并没有当回事,后来就有点坐不住了。尤其是在审食其的事情上,究竟是谁在惠帝面前说的话,始终是个谜。吕后暗中察访了很长时间没有结果,便开始怀疑萧何,再加上周围的人帮她一分析,她更加怀疑萧何了,不过比起汉家江山来,这还是小事。真正刺激她的,是吕释之的部队被调出长安。

当初吕雄诛杀功臣的阴谋虽然没有得逞,但是大臣们各个心有余悸,为了让大家放心,萧何建议惠帝将吕释之的部队撤出长安,由郦商的部队接替。刘盈允准,当即下令让吕释之即刻与郦疥换防。吕释之不敢抗命,一面准备将部队往城外撤,一面派人报告了吕后,吕后终于坐不住了,乘车来到长乐宫。

刘盈登基后,大部分时间住在临华殿。这会儿他刚刚下朝,衣服还没换,看见母亲来了,急忙跪在道边迎接。母子见过了礼,吕后拉着儿子的手进入殿中,迫不及待地问道:"你要将你舅舅的部队调往城外?"

"正是。"

"这么大的事你怎么不和我商量一下?这是谁的主意?是萧何吧?"

"是又怎样?"

"你知道他们这是什么用意?这是要对我们下手啊!"

刘盈一听,禁不住笑了:"母后太过虑了。您说是谁?谁对我们下手?"

"萧何呀,你没听说萧何要把你取而代之?"

刘盈哭笑不得,道:"简直是笑话!丞相一生为国为民,鞠躬尽瘁,忠心耿耿,怎么会做这样的事?况如今丞相已是垂暮之人,一身是病,朝不保夕,他要这江山做什么?"

吕后说过了头,让儿子抓住了把柄,一时不好转圜,但是她绝不能允许把吕释之的部队换走,于是说道:"即使不是他的主意,你也不能这样做,释之是你的亲舅舅,缓急之时,总会用得着的。你怎么连里外都分不清啊?"

"他的部队住在城里,大臣们不安。"

"我就是要让他们不安,这样你的江山才能坐得稳。他们要是安了,你就该不安了。你马上把命令给我收回来!"

"我不!"刘盈把脖子一梗,坚决地说道。

吕后见说不动刘盈,扑通一声给他跪下了:"我的儿,你听母亲这一次吧,这可是关乎刘、吕两族身家性命的大事呀!"

刘盈见母亲这样,跪着将她扶起,道:"母后也听儿臣一句话,父皇病重时,城里纷纷传言母后和舅父要诛杀大臣,故大臣们人人惴恐不安。如今若再收回成命,大臣们势必以为又要有变故,人心恐怕就难收拾了。既然母亲不同意这样做,那就让他们暂住城外如何?"

就这样,母子间达成了妥协。吕释之将部队分成南北两军,分别驻在城南城北。

这次调兵事件之后，吕后觉得再也不能袖手旁观了。她不能由着那些大臣们左右皇上，她必须要施加自己的影响。惠帝成年之后，因为身边有姬妾们在，不方便，她已经很少关心惠帝的生活了，可是近来，她又开始频繁地进出文华殿，对惠帝的吃穿用度关心起来。母子间已经有点生分的感情重又开始恢复。来得多了，就发现了新问题，惠帝长大了，后宫佳丽一大群，已经有好几个先后怀了孕，其中一个已经为惠帝生了个儿子，可是还没有立皇后，吕后本来对这事不着急，想看看再说，而且，立后还关系到立太子的问题，两个问题必须一起考虑。随着第一个孙子的出生，吕后开始考虑立谁做皇后的事情了。这几个生了孩子怀了孕的姬妾，她一个也看不上，勉强有两个顺眼的，还不知道将来能不能生男孩，生出来的孩子能否继承大统就更不知道了。

恰好这时张敖去世了，女儿鲁元公主带着孩子守寡，住在封国很不方便，惠帝便将她接到长安来，住在长乐宫。姐弟俩多年不在一起，见了面十分亲热。刘元的女儿已经十二岁了，名叫灵儿，十分聪明伶俐，见了刘盈一点不害怕，总是叫他皇帝舅舅，刘盈十分喜欢这孩子，下朝之后，总要陪着灵儿玩一会儿。吕后看在眼里，喜在心里，悄悄地问鲁元："这孩子来红了没有？"

"来过一次，可是这两个月又没动静了。"

刘元以为母亲随便问问，没想到过了几天，母亲做出了一个让她瞠目结舌的决定，她要把灵儿嫁给刘盈，立为皇后。刘元当即说道："那怎么行？差着辈分呢。"

"怎么不行？谁说过差着辈分不能结婚？"

"在民间，这样是不行的。"

"我们是皇家，哪能按百姓的规矩办？"

"可是我听说，近亲结婚，生出来的孩子不是呆傻，就是怪胎。何况还差着辈分！"

"你胡说什么，还不给我闭嘴！事情还没办，你就咒上了！"

刘元年轻，见识少，找不到什么更有力的理由说服母亲，只是觉得不合适，道："可是她还小啊。"

"也不小了。来了红就能生育了，还小啊？我反复想过了，只有他们俩最合适。我一辈子就生了你们兄妹俩，让盈儿和你的骨血成亲，将来生了孩子，继承汉家江山，我是最放心不过的了。哪还有比这更合适的婚配？"

刘元抗不过母亲，尽管一百个不愿意，吕后一瞪眼，就什么也不敢说了。吕后压住了刘元这一头，又来做儿子的工作，刘盈也是大吃一惊，坚决不同意，但是架不住吕后死缠硬磨。刘盈倒还扛得住，只是姐姐夹在中间实在吃不消。刘盈恐再闹下去，姐姐精神上承受不住，于是悄悄对刘元说道："先按母后的意思办吧，做个名义夫妻，你我心里有数就行了，等将来我自己能做主的时候，我会还灵儿一个清白的。"

最不能接受的是灵儿自己，一提这事，吓得她躲在房间几天不敢出来。可是一个十二岁的孩子,又能怎样呢?让吕后一顿家国天下教育得满腔豪情,立刻准备为大汉国献身。大婚那天,吕后逼着硬把惠帝和小皇后关在洞房里,灵儿像准备赴沙场一样,悲壮地脱光了自己的衣服,早早钻进了被窝。刘盈见把孩子作弄成这样,心中十分难过。为了对付吕后派来听窗的人,他将灯吹灭,悄悄来到床前,小声说道:"灵儿,你别怕。"

灵儿用颤抖的声音说道:"我不怕,太后说了,这是关系汉家江山的大事,是好事。"

刘盈趴在她耳朵上悄悄说道:"别听她胡说。汉家江山怎能让你一个孩子来承担?我和你娘商议过了,你我先做个假夫妻,把太后应付过去再说。不过你不能说出去,如果说出去,假的就得变成真的。"

灵儿听了这话,一下子扑在舅舅怀里放声大哭起来。

有了这一步,吕后觉得长远的问题解决了,可是眼前大臣们威重、皇帝权轻的问题还没有解决,于是她开始实施下一步计划。一天,她趁着儿子高兴,道:"赵王之位如今还空着,该找个人填上才好。"

刘盈道:"是,我也正想着让谁去呢。"

"你看梁王刘友如何?"

"刘友倒是合适,可是让谁去做梁王呢?"

"我打算让你大舅的儿子吕台去做。"

"那不行。"刘盈斩钉截铁地说道。吕后没想到儿子这么坚决,但是她的决心比他还大,无论有多大阻力,她必须要冲破这层禁令。于是拉下脸来说道:"你现在翅膀硬了,连我的话也不听了。你听谁的?听那些大臣的?你就那么相信他们?你知道他们在想什么?当初造反,他们哪一个不想当皇帝?不过是你父皇压着,他们争不过罢了,一旦有可能,他们一定会把你取而代之的。你父皇在世时处处都防着他们,你还年轻啊,不知道这里面的厉害。"

"可是父皇临终前与诸臣有白马之盟,非刘氏不得为王。"

"此一时彼一时也,当初有当初的情况,现在有现在的考虑,你看看满朝文武当中,全是外姓人,你的兄弟们都还小,但凡有个缓急,谁能真心帮你?还不是这些舅舅表兄弟们?"

任凭母亲怎么说,刘盈就是不吭气,最后实在被吕后逼急了,道:"当初刑马盟誓,所有的朝臣都在场,就算我同意了,他们也不会同意的。"

"哪能由了他们!我去和他们说,看看谁敢反对!"

于是,吕后开始在大臣们中间游说。其中一部分人迫于压力已经默许,但是萧何不表态是没有人敢说话的。于是吕后来到萧何府上。萧何近来病着,一直没有上朝。吕后带了重礼来看他,萧何知道又有事情,强撑着病体给吕后请了安。寒暄了一阵之后,吕后切入了正题:"皇上想立吕台为梁王,已经和诸位大臣们商议过了,大臣们也都没有反对，现在只等丞相一句话了。"

事实是怎么回事，萧何十分清楚，但是经吕后这么一说，仿佛所有的人都赞成，只有他不同意了，萧何马上把球踢了回去："普天之下，莫非王土，率土之滨，莫非王臣，皇上想立谁为王，臣子岂能干涉？"

"皇上虽然想立梁王，可是当初先帝有白马之盟，皇上也不能不有所顾忌。皇上年轻，掂不来轻重，还须丞相指点。"

萧何见躲不过，只好先来个缓兵之计，道："既然大臣们都同意，何不在朝堂上公议？哪些人赞同，哪些人反对，臣想听听他们如何说。"

萧何软中带硬把吕后顶了回去，吕后仍不甘心，逼着刘盈将事情拿到朝堂上公议，而且她还要亲自参加。刘盈害怕大臣们顶不住，也来找萧何，一进门就说道："朕给丞相惹祸了。"

"陛下为何这样说？"

"朕顶不住母后的压力，答应她上朝公议。朕害怕大臣们也顶不住，所以特来找丞相为我撑腰。"

萧何道："臣只想知道陛下的真实想法，陛下究竟想不想立吕台？"

"立他做什么？朕是被逼无奈呀！"

"那就好。只要陛下主意拿定，臣不惜肝脑涂地，也要维护白马之盟。"

第二天上朝，吕后坐在了皇帝的龙椅上，刘盈则侍坐在一侧，大臣们一看这阵势，就知道不对劲。吕后坐的位置，把许多人震慑住了。这是一场公开的较量，朝堂上的气氛紧张到了极点。

吕后道："皇上想立周吕侯之子吕台为王，可是有人不同意，我想听听不同意的理由是什么？"

惠帝没想到母亲竟打着他的旗号说话，气得脸通红，刚要张口说话，吕后把他制止了："先听听大臣们的吧。"

朝堂上一片沉寂，大臣们谁也不敢答话。吕后把众人扫视了一圈，大臣们为了回避她的目光，纷纷把头低了下去，吕后道："说话呀，都闷着头干什么？"

萧何知道吕后已经在下面做了不少工作，要等着吕后一一点名表态，这些人恐怕顶不住吕后的压力，而一旦表了态，就不好转变了，那样势必又要分成两派，局面就不好收拾了。于是萧何抢先答道："先帝曾与臣等刑白马盟誓，非刘氏不得为王。"大臣们一下子松了一口气，那些吕后事先打过招呼的人，生怕得罪了吕后，正不知怎么应付，萧何一说话，立刻把心放到了肚子里。萧何为了堵住后面人的嘴，转过身冲着大臣们说道："当初先帝刑马盟誓，我等皆在场，先帝言非刘氏而王，天下可以共击之。此话音犹在耳，诸位一定不会忘了吧？"

这话对在场的人有一种强烈的震慑力量，连那些答应过吕后的人也不敢再说话了，因为皇上就在上面坐着，说不定一怒之下马上就会把谁拉出去砍头。吕后最得力的两员干将——审食其和吕释之此刻却都不便说话,审食其刚放出来,不敢在皇帝面前太放肆,而吕释之则因为涉及自己的侄子无法开口。吕后只好自己出马了,"萧何,你这样杀气腾腾的吓唬谁呀?你安的什么心,难道大家还不清楚吗?你想把皇帝当玩偶,自己操纵朝政。告诉你,有我在,你休想!大家说,不要怕!"

萧何最珍惜的是一个忠字,尽管他做了冒死进谏的打算,还是经不住吕雉这几句话的刺激,加上本来就病着,一口气没憋住,"哇"的一声吐出一口鲜血来,当即晕倒在大殿上。众人慌了手脚,急忙上前抢救,惠帝本来想出面为萧何说几句话,可是这会儿也顾不上了,他让人把萧何先抬到侧殿,宣布退朝,封王之事就这样不了了之。

萧何这一病,就再也没有起来。相府之事,全部由左丞相樊哙打理。主了几天事,樊哙才知道,他根本不是这块料,一要周旋于帝后之间,他哪面也惹不起,而两面又常常意见相左甚至截然对立,害得他左右为难;二是财政拮据,入不敷出。官府机构日益增加,官吏越来越多,开支越来越大,后宫的规模也在不断膨胀,萧何主事时,坚持削减开支,人们还不敢说什么,可是他一主政,底下好像故意欺负他一样,各方面都来向他伸手要钱。就在这时候,吕后又提出要仿照未央宫的样子在上林苑再盖一座新宫室,她不想在未央宫再待下去了。这可怎么办?樊哙没了主意,来找萧何。他想增加赋税。刘邦在世时规定十五税一,大大减轻了百姓们的负担,可是十五税一也太少了点,实在难以维持这样庞大的开支。萧何的病日甚一日,听了樊哙的想法,急得直咳嗽。好不容易止住了,喘着粗气对樊哙说道:"樊将军,你记住,朝中各项制度、法令,什么都可以动,唯独税法和徭役法不能动。秦之所以失天下,汉之所以得天下,全在于此。动了这两项,就动了汉家根基。先帝在世时,把这个看得比白马之盟还要重要。"

"我知道,可是我守不住啊。下边的还好说,后宫这些娘儿们我可拿他们没办法,不是皇上的人就是太后的,再不就是公子、公主们来要,都是些皇亲国戚,你说我敢得罪哪一个?"

樊哙干不下去了。第二天,他向惠帝提出辞职。

樊哙走后,萧何十分担忧,先帝定下的制度,连樊哙这样老资格的大臣都守不住,还有谁能守得住呢?"他感到自己已经快不行了,心中想着还有许多事要向皇上交代,于是打算进宫一趟,把后事向惠帝做个交代。恰好惠帝来看望他,他借机把该说的话都说了,惠帝表示一定秉承先帝的旧制不变,萧何心里多少感到了一些安慰。惠帝见他病得厉害,已经不避讳谈死,便问道:"假使相国百岁之后,谁可以代之?"

萧何道:"知臣莫若君。陛下想是已经有了人选了。"

惠帝问道:"曹参何如?"

萧何道:"帝得其人,臣死而无憾矣!"

惠帝二年,萧何病逝,谥为文终侯。

第四十二章　萧规曹随

却说曹参在齐国得到萧何去世的消息,心中悲痛不已。直到萧何死,两个人最终也没能解开心中的疙瘩。虽说曹参已将世事悟透,但毕竟心里留下了遗憾。他一个人躲在房子里,偷偷掉了一阵眼泪,出来对家人说道:"收拾收拾东西吧,准备进京。"于是,夫人开始为他打点行装。曹参道:"不是给我一个人收拾,全家一起走。"

夫人道:"为何?"

曹参道:"我将入京为相。"

夫人笑道:"我与你共同生活了二十多年,未见你如此爱做官。今日怎就急成这样?"

"不是我急,是朝廷的事急,惠帝年幼,身边不可一日无人辅佐。"

"朝廷的诏令未到,急什么?朝中文武大臣数百人,你怎就知道让你做丞相?"

"张良是请不动的,除了我还有谁?等诏令到了,必是催得十万火急,到时你又该埋怨我事先不告诉你了。"

果真,这边家里还没收拾好,皇帝的诏书已经来了,任命曹参为丞相,令其火速进京。使者不仅带来了皇帝的诏书,连接替曹参任齐丞相的人都带来了。新任丞相问曹参有何要交代的,曹参道:"送君四个字:勿扰狱市。"

继任者不解,问道:"治无大于此乎?"

曹参道:"不然。监狱乃善恶并容之所,若扰之,使奸人无处藏身,必致乱也;市场乃互通有无之地,繁荣农工之所,市场一乱,必扰乱到民生。是以先嘱之。至于其他事宜,想必君已深思熟虑,用不着老夫多言了。"

曹参来到长安,见了惠帝,问道:"是谁向陛下推荐臣做丞相的?"

惠帝答道:"萧丞相。"

"丞相还说什么了?"

"他说有你继任,他死而无憾。"

曹参鼻子一酸,忍不住在皇上面前哭了起来,惹得惠帝也跟着掉了半天眼泪。哭罢,惠帝嘱咐道:"你刚来,许多事不知原委,可以先问问樊哙。"

"诺。"

"有两件事是必须谨守的:一是白马之盟,一是赋税徭役不能增加。"

"诺。"

"你来之前,为这两件事闹得不可开交,否则萧丞相还能多活几年。你要多加小心才是。"

"诺。"

惠帝将前面吕后争权,萧何拼死抗争的过程详详细细地向曹参做了交代,曹参只是点头称诺,一句话也没有。惠帝见他好像有点糊糊涂涂的,也不知道这个丞相选得对不对,多少有些放心不下。

曹参继任丞相后,一尊萧何生前约束,举事无所变更,但其行为方式却与萧何完全不同。他还是像在齐国时一样,每天喝得醉醺醺的。大臣们有事,经常找不着他,没办法,许多人就找到家里来,来了,曹参便请他们喝酒。他家里时刻都备着好酒,似乎随时准备着有客人来。凡来者都是有事来找他,可是曹参总是说,不忙不忙,喝完再说。喝到半截,客人刚要张口说事,曹参就又端起酒杯劝酒,直到把客人喝醉,想不起要说什么了,这才算罢,然后再派人把客人送回去。相府的后院是一片单身吏员的宿舍,这些年轻人还没结婚,每日公事办完,就聚在一起喝酒,喝醉了就大呼小叫的,有时还弄些丝竹管弦来边喝边唱,相府官员们都觉得有点不像话。一日,趁着曹参空闲,一位侍郎把曹参领到了相府后花园。这片花园刚好挨着吏舍,这一日又是洗沐日(汉初政府吏员每五天一个洗沐日,是吏员的休息日),吏员们都在吏舍休息,就在院子里摆开架势喝起来,一边喝酒猜拳一边吹拉弹唱,声音一片嘈杂。那位侍郎把曹参领到后花园,是想让曹参教训教训这些不懂事的年轻人。曹参听到隔墙那边喝酒猜拳的声音,非但没有制止,反而对侍郎说:"你听那边多热闹,咱们也在这摆一桌,给他来个对台戏。"侍郎没办法,只好去置办酒菜,在相府后花园摆开了宴席。曹参道:"把那些看门的、值事的都找来,咱们也痛痛快快喝一场。"这一喝就喝到了半夜,席间,曹参还怂恿年轻人和墙那边对唱,一直唱到隔墙那边没有声音了,这边才散。类似这样无关紧要的小缺点,曹参总是尽量替人遮掩,官员们办错了事,他总是说不要紧,下次办好就是了。

惠帝见曹参不理事,每日只是饮酒,心中十分失望。但毕竟是先皇旧臣,也不好说什么,就对曹参的儿子曹窋说道:"你回去悄悄问问丞相,为何整日饮酒不理事?似这样无所事事,如何能治天下?但不要说是我说的。"

曹窋当时任朝中大夫,做事勤勉可靠,朝中对父亲的议论他也听到不少,于是利用洗沐日回家的工夫,劝了父亲几句,曹参听罢大怒,骂道:"古人云,子不言父过,你倒教训起老子来了,是谁教你这么说话的?你才做了几天官就不知道天高地厚了,天下事是你这样的毛孩子能知晓的吗?"说完,让家人狠狠抽了曹窋两百鞭子。

萧何去世了,曹参又不理事,大臣们深为汉朝的江山感到担忧。于是,纷纷来找张良,让他出面劝劝曹参。张良听了众人的议论,笑呵呵地说道:"俗话说,不在其位,不谋其政。丞相怎么做自有丞相的道理。大家不必担忧,天塌不了。真要是塌了,靠你我之辈也顶不住。"众人走后,张良派家人给曹参送去了十坛好酒。家人回来之后,张良问:"曹丞相说什么了没有?"家人答道:"丞相说主人太小气了,才送了这么点酒。"

大臣们不断往张良这里跑,引起了吕后的注意。张良在老臣们当中的威望太高了,他只要跺跺脚,天下都会颤动。这一段时间,吕后虽然一直忙着对付萧何,可是心里却始终没有忘记张良,时常派人前来问候一下,实际上是来探探虚实,见他整日练功,并不参与政事,也不大与朝臣们来往,因此她觉得张良已经不是什么威胁了。可是萧何一死,张良的作用立刻显示出来了。吕后又开始睡不着觉了。吕释之看出了她的心思,问道:"妹妹想除掉他?"

"想归想,可是杀他可不容易,这个人谋深似海,不可窥测。搞不好要惹出大乱子。"

吕释之笑道:"那有何难?他辟谷,练习导引轻身,最怕荤腥油腻。辟谷之人腹肠皆空,一进油腥,其气必乱,轻者致病,重者致命。妹妹可以太后身份强其多食,如此则张良必死无疑。"

这一日,惠帝在后宫摆下家宴,请了为数不多的几位老臣,为吕后庆祝生日。张良平日不上朝,但是遇到皇帝皇后生日这种大事是不能不来应付一下的。他还像往常一样,不吃不喝,倒上一杯白开水应付着,可是他不知道吕后今天是专门冲他来的。

"子房,今日是我的生日,平时我是不喝酒的,今天高兴,陪我喝几杯如何?"

吕后知道他杯子里是白开水,也不揭破,只是让他干掉,可是第二杯却没法在吕后面前作弊,吕后给他斟了满满一杯。张良说了许多不能喝的理由,吕后哪管那些,硬是强迫他干了几大觞,然后亲自给他夹了几样菜,张良不吃,吕后道:"人生在世,如白驹过隙,何至自苦如此!吃!不吃我生气了。"

张良拗不过,只好吃了,可是还没吃完,吕后又给他夹了许多,看着他吃,一面力劝一面还不停地给他夹。张良给她讲了许多辟谷不能突然暴食暴饮的道理,吕后根本不听,还是没完没了地要他吃,张良感到不对味儿了。在这激烈的权力斗争中,他为自己设计的退身之计不灵了,吕后终于对他下毒手了。借着如厕的工夫,他把吃进的东西大部分吐了出来,可是大量的酒肉下肚,还是扰乱了他的肠胃功能,回去以后就病倒了。吕后不断派人前来问候病情,后来,听说张良的病好些了,又亲自带了许多滋补品前来看望,可是张良不在家,家人说他进山去了。张良有两个儿子,大的叫张不疑,那天刚好陪着母亲到庙里上香去了;小的叫张辟彊,聪明过人,才十二三岁,已经读了不少书。吕后驾到,主人不在家,家人们都慌了手脚,小辟彊却不惊不慌,学着大人的模样跪下给吕后磕了个头,道:"小民张辟彊参见太后!"

吕后拉着他的手把他扶起来，道："好可怜见的孩子，快起来吧，家里大人呢？"

"家父进山去了，家兄陪家母到庙里上香去了。"

"你爹什么时候回来呀？"

"家父常去山里拜会朋友，每次或一月两月或半年不等，这次家父说要走得远一点，时间长一点，什么时候回来还不知道。"

"难得你一个孩子家把事情说得这么清楚。认了多少字了？"

"不多，只认得两三千字。"

"去过宫里没有？想不想跟我到宫里玩玩？"

"想是想，只是怕给太后添麻烦。"

"没关系，不麻烦。现在就跟我走如何？"

"等家父回来，小民禀过家父之后，就进宫去给太后请安。"

"这孩子，哪那么多规矩，跟我走吧，回头让家人跟你娘说一声就行了。"

张良的夫人上香回来之后，听说太后把辟彊带到宫里去了，吓得脸都白了，急忙让大儿子不疑到山里去找张良。

张良这次出行，半是访友，半是避难。既然吕后决心要除掉他，迟早还要下手，如果在长安再待下去，不仅自己性命难保，妻儿也要跟着受牵连。张良在山里有不少朋友，有农夫、猎户、采药的医家、往来的商贾，也有避世的隐士和修行的道人。他每次进山，从不带仆人，也不带钱物，只随身带一袋上好的红枣，以备急需。因有多年辟谷的基础，渴了，捧一口山泉喝；饿了，山中的松仁、榛子、核桃及各种野果足以充饥。就算有什么其他需要，凭着一手好字，满脑子智慧，替人写写字、出出主意，也足以解决温饱问题。一进山，夹杂着草香味的空气扑面而来，他张开嘴巴，贪婪地做了几个深呼吸，顿觉神清气爽。像每次进山来一样，他既不选择方向，也没有目的地，信步而行，走到哪儿算哪儿。走着走着，前面林中出现了一块儿开阔地，地上刚刚生出三寸来长的毛茸茸的小草，像铺着一层绿色的地毯。草丛中点缀着各种黄的、白的、蓝的野花，树上的小鸟唧唧喳喳地叫着，张良突然感到一阵莫名其妙的感动，直想放声大哭一场。每次进山，他都会有一种心灵的悸动，有时他怀疑自己的修炼工夫不到家，动摇了中气。后来他领悟到，这未必是坏事，他分明感到那是大自然对他的呼唤，每逢这时，他都感到四体通泰，有一种美妙无比的感觉。他像个孩子一样，在草地上打着滚翻了半天跟头，翻累了，来到草地中央，仰面朝天躺在草地上，身体呈一个大字舒展开来，闭着眼睛聆听着山林里的天籁之音，尽情地享受着这里的宁静、安详。他真想就此躺下去，与天地融为一体，永远不再起来了。可是太阳出来了，透过树叶的缝隙照在了他的脸上。

张良从草地上爬起来，四周望了望，想找出点特征，好记住这个地方，以便以后能常来。恰好前面有块巨石，石面光滑似玉，张良便到附近农户家借来了錾子、锤子，花了半个多月的时间，亲自在巨石上刻下了"天、地、人"三个大字。

刻完之后，反反复复端详了一阵子，觉得还算满意，便归还了农家的工具，继续朝前走。走了几日，远远地望见山半腰有座小茅屋，便走了过去，茅屋前面种着几棵果树，粉红的桃花正在盛开，雪白的梨花已经绽出蓓蕾，淡淡的花香随风飘了过来，沁人心脾。果树下面放着一张石桌，两个石凳，一位鹤发童颜的老者正坐在石凳上品茶、看书，听见有人来了，把一编书"哗啦"往石桌上一撂，问道："不知仙长来自何方？怎会有此闲情光临寒舍？"

"在下张良，乃长安闲人，信步闲游到此。"

"原来是子房先生。久闻大名，不料今日却于山林中相见。"

"先生是……"

"山野小民，陈婴。"

"你就是当年东阳起事的陈婴？久仰久仰。你不是在楚元王那里为相吗？"

"当初起事本为不得已，为楚相更是不得已，臣一向不愿与人相争，早就向往田园耕读的生活。然已经名声在外，欲归故乡不得，故楚元王败给黥布之后，臣就躲到这里来了。子房先生为何到这里来？"

"在下游山路过此地，远远望见老神仙所居乃人间仙境，特来沾点仙气。"

"什么仙不仙的，老夫不过在此偷生度日而已。"

"枕石漱流，品茗读书，不是神仙，胜似神仙，凡人哪有这等福分？老先生读的什么书呀？"

"闲来无事，翻翻《诗经》。恳请子房先生回到长安不要说出去。"

张良笑道："要想不让我说出去，最好的办法是别让我走，我就在这里陪先生做个神仙，不知先生肯不肯收留？"

"我这两间茅屋随先生住就是了，愿意住多久住多久，只怕先生耐不得这里的寂寞。"

"那我可就不走了。"

张良留下来，和陈婴住了一段日子，白天一起云游四方，晚上对着星星促膝闲谈，过起了神仙般的日子。可是好景不长，张良在这里住了半年多，终于被官府发现，找到了这里。

张良离家走后，吕后给各诸侯王、各郡县发了一道密旨，让他们暗中察访张良的下落，官府终于在商洛山中找到了张良。他们并没有把张良怎样，只是根据他的需要，送来了一些过冬的物品。陈婴却无法在这里待下去了，楚王刘交派了车马来接他，要他回去继续做丞相，陈婴临走苦笑着对张良说道："子房害我不浅哪！"

陈婴走后，张良病倒了。在吕后寿宴之后，张良一直没有调整过来，肠胃时好时坏，入冬之后，腹泻不止，日渐消瘦，不得不终止辟谷，吃点东西调养一下，但是元气已经大伤，再怎么养也补不回来了。正在这时，张不疑找到了山里，把张良接回了长安。

　　张良刚一到家,妻子便向他哭诉,说吕雉将辟彊劫进宫中做了人质,张良心中大为不快,但是也没说什么,劝慰妻子道:"别老把人往坏处想,太后带他到宫里去,那是因为喜欢他。"

　　"你让我怎么能不想?连个招呼都不打就把人带走了,不是做人质是什么?"

　　"即便如此,我又不谋逆,不造反,他们还能把他杀了?孩子让太后养着,咱们不是省心了嘛!"

　　"你说得倒轻松,谁家的孩子不是娘身上掉下来的肉?他还是个孩子,哪能离得开娘?"

　　"我说你就别吵了好不好?你不吵不闹,辟彊在宫里什么事都没有,你一闹,辟彊恐怕就危险了!"

　　听了这话,妻子不敢再说什么了。第二天,她按照张良的嘱咐,带着大儿子进宫去给太后谢恩,顺便给辟彊带了些吃的东西和换洗的衣服。

　　吕后见张良的夫人来谢恩,笑着说道:"惊着你们了吧?我实在是太喜欢这孩子了,所以没打招呼就把他带来了,我看这孩子比大人还懂事呢,就让他在我身边做个侍中吧!"

　　却说曹窋挨了父亲一顿揍,第二天上朝一瘸一拐的,惠帝看见了,问道:"这是怎么回事?"

　　曹参道:"是我打的。我替陛下教训教训他。"

　　"曹窋有何过失,丞相把他打成这样?"

　　"他在家居然教训起我来了,若是不打,我怕他将来还敢教训皇上呢。"

　　"是朕让他问你的。丞相整日不问政事,是否看朕年轻,不值得丞相伺候?"

　　曹参摘下头上的冠谢罪道:"陛下息怒。臣绝不是那个意思。"

　　"那你整天喝得醉醺醺的不理事,究竟是什么意思?"

　　曹参反问道:"陛下自察圣武比之高帝如何?"

　　"朕安敢望先帝?"

　　"陛下观臣与萧何孰能孰贤?"

　　"君似不及也。"

　　"陛下之言是也。高帝与萧何定天下,法令既明,令陛下垂拱,参等守职,尊而勿失,不亦可乎?"

　　惠帝转怒为喜,道:"丞相所言极是。那你就接着喝你的酒吧。朕再赐你两百坛好酒。"听皇上如此说,满朝文武都笑了起来。

　　其实曹参醉酒装傻还有其他的用意。惠帝嘱咐的两条,要坚持谈何容易!萧何为此把命都搭上了,还差点没守住,他必须得有个万全之策才行。他就是用这种办法挡住了吕后和整个后党的进攻。他刚来长安时,为了拉拢他,吕后下了很大工夫,曹参是给东西就收着，请吃饭就去，去了就喝，一喝就醉，别人说什么都答应着，可是过后一问，却什么都想不起来了。吕释之常到他家里来，可是每次都让他灌得醉醺醺的。有一次，吕后亲自来了，曹参不敢灌她，只好自己喝，借着给太后敬酒的由头，一个劲地猛喝，等到吕后要说正题了，他已经舌头发硬，话都说不清楚了。

第二天，吕后将曹参召到未央宫，责问头一天的事情，曹参醉酒是有名的，也不怕她追究，反正认错就是，就这么一个错，你看怎么办吧？吕后也着实拿他没办法，于是提出在上林苑修宫室的事，曹参道："哦，我知道，我知道，我记着这事，回去就办。"吕后见他答应得这么痛快，当时很高兴。可是过了很久不见动静，就派人来打听，那些人哪是曹参的对手，没有一个能从他这里得到准话的，得到一点消息也没用，曹参过后就忘得干干净净。你再跟他提，他什么也想不起来了。吕后气得火冒三丈，再次把曹参召到未央宫，责问道："上次你在我这答应得好好的，怎么这么久了还拖着不办？"

曹参一拍脑袋，道："哦！臣忘了给太后回话，没钱，国库里没钱哪。"

"当初修长乐宫、未央宫是哪来的钱？"

"这个臣不知，臣回去问一下。"

"你别跟我绕弯子了，我知道国库没钱，你不会多收点税吗？"

"就是，就是，多收点税就行了。臣回去就办。"这一"办"又是几个月过去了。等吕后再找他的时候，他道："税不好办，有税法。先帝和萧何定的。"

"税法不会改吗？"

"对对对，臣回去就改。"这一改又改了几个月，吕后再找他的时候，不用问，都已经知道他要说什么了。他就是靠这种软磨硬泡的办法，死死守住了刘邦、萧何生前定下的"清静无为"的国策，气得吕后背地里骂道："这个老滑头，比萧何还难对付。"

第四十二章　萧规曹随

三二九

第四十三章　天、地、人

惠帝六年,樊哙去世。临死之前,他给惠帝上书一封,主动荐周勃担任太尉。周勃听说后,深为自己当初的行为感到羞愧。可是当他到樊府看望老友的时候,樊哙已经离开了人世。紧接着,曹参又病倒了。

惠帝欲纳樊哙之言,可是吕后不同意。她觉得这样挺好,军权分置,武将们可以相互制约,便于驾驭。可是萧何、樊哙相继去世,曹参又一病不起,惠帝担心政局不稳,坚持要设,吕后道:"要设也行,但不能让周勃来当。"

"那要谁来当?"

"吕禄。"近来吕释之也病倒了,看样子病得不轻,只是挨日子的事了。否则吕后一定会坚持要吕释之来做太尉的。

"吕禄怎么当得了太尉?他连仗都没打过呀!"

母子俩相持不下,惠帝来请教曹参。曹参道:"可如此如此。"

过了几天,刘盈接到紧急奏报,说匈奴单于率领二十万大军进至边境,刘盈拿着十万火急的军报来找吕后,吕后脱口说道:"赶紧让周勃带兵去征讨呀。"

惠帝道:"母后不是说让吕禄做太尉吗?就让吕禄带兵去吧。"

"哎呀,他哪行啊,他连仗都没打过,能对付得了匈奴?"

"那周勃以什么名义去带兵啊?"

"这都到什么时候了还不明白?赶紧封他做太尉呀!"

惠帝将事情的结果告诉了曹参,曹参大笑。恰好周勃也来看望曹参,曹参一时兴起,冲着家人喊道:"拿酒来!"

曹参久病,身体已经极度虚弱,根本经不起酒力了,惠帝和曹参的家人一起劝他少喝点,可是他根本不听,道:"不就是个死吗?怕什么?我还能醉几回?我喝了一辈子酒,临死不让我喝酒,就这样走了岂不遗憾?来,周勃。咱们俩一起给皇上敬一杯。"

曹参已经很久没有喝酒了,闻到酒香,先已醉了三分。那天,他喝了很多,很尽兴,喝完之后就安然睡去了。从此,再也没有醒来。

曹参为相四年,百姓歌之曰:"萧何为法,讲若画一;曹参代之,守而勿失。载其清净,民以宁一。"

这一年，建成侯吕释之、齐王刘肥也相继去世。按照刘邦的遗嘱，吕后让王陵担任了右丞相，陈平任左丞相。

萧何、曹参先后去世，刘盈顿时失去了依托。吕后开始肆无忌惮地插手朝中大小事务，王陵对相府事务并不熟悉，而陈平又畏惧吕家势力不敢说话，刘盈不得不经常面对面地和吕后争吵，后来，他实在受不了这种窝囊气，索性撂下不管了，任由吕后一个人去折腾。他又回到了当初那种贪恋酒色的生活中去了。

吕后将张辟彊带到宫中，非但没有难为他，反而十分疼爱，处处关照，只是不准其回家。后来张良回来了，她又亲自到张良府上看望了一次，见他确实病得厉害，也就不再把他作为对手放在心上。和萧何、曹参斗了几年，碰了不少钉子，她渐渐地体会到了刘邦的深谋远虑，知道了白马之盟和刘邦遗嘱的力量。她并不想用曹参、王陵等人，但是她别无选择，刘邦已经把什么都料到了。现在，她知道了哪些东西是可以动的，哪些是不能碰的。她已经学会了让步、妥协和忍耐，学会了软硬兼施、恩威并重。她越来越多地使用计谋而不是强权来达到自己的目的。

刘长从小就没了母亲、刘建的母亲死于吕雉之手，为了笼络刘氏子弟，吕后把这两个孩子抱到了未央宫，亲自抚养，一方面为了培养感情，另一方面也怕别人给他们灌输对吕家不利的东西；刘友、刘恢还没到婚娶的年龄，吕后就开始给他们张罗婚事，从吕氏家族里为他们挑选王后，一个王后还怕拴不住他们的心，还选了一大批吕氏家族的女子充陈各王的后宫，连惠帝住的长乐宫都塞进了不少吕家女子。除了生育的目的，这些人还可以充当耳目，使诸侯王完全处在她的监督控制之下。

在这些方面，吕后费尽了心机，可是感情的东西是掺不了假的，无论吕后怎么努力，刘邦的这些儿子还是和她亲近不起来，刘长、刘建总是叫她母后，吕后纠正了多次，让他们叫娘，可是两个孩子就是叫不出口；给刘友、刘恢选的后妃，他们也不喜欢。

事情总是不能按照她的意愿发展。灵儿进宫几年了，一直不生育，这使吕后大伤脑筋。开始她也没在意，以为灵儿小，还不到生育年龄，可是三年多过去了还没有动静，她有点怀疑了。她把灵儿叫来偷偷盘问了半天才知道，刘盈根本就没有和她同过床。这么大的事居然把她瞒了三四年。吕后气得怒火中烧，可是儿子一天天大了，这种事情没办法再强迫他。于是她又想了个计策，趁着后宫一个美人怀孕，她让灵儿用枕头把肚子垫了起来，随着那位美人身子的加重，灵儿也比着她的肚子不断地向枕头里填塞新瓤子。小皇后的肚子一天天大了，惠帝发现后大吃一惊，关起门来严厉地问道："你怀的是谁的孩子？"灵儿一口咬定是皇上的，这是吕后交代好的，一来是为了江山社稷，二来也为了灵儿自己。灵儿这样做，是冒了生命危险的，无论是与人私通还是欺骗皇上都够得上死罪。惠帝莫名其妙地说道："不可能啊！我没有与你同过床怎么能是我的？"

"怎么没有？皇上想想，皇上哪一次喝醉了不是我来服侍你？"

这下刘盈不敢肯定了。因为他一喝醉就人事不省，酒后与宫女们同房的事情也是有过的。他相信灵儿没有撒谎，可是这却给他自己带来了巨大的精神压力，他答应过姐姐，也答应过灵儿，日后一定还灵儿一个清白，如今却做出这等乱伦的事情来，有何面目再见姐姐，又有何面目面对大臣和百姓？没有这事，日后总有洗清自己的时候，可是有了这事，还有何面目再苟活于人世？一阵急火攻心，刘盈病倒了。

过了几个月，那位后宫美人生了个男孩，当天夜里吕后就让人把她杀了，然后将孩子抱给了灵儿。刚出满月，这孩子就被立为太子。可是刘盈的病却一天重似一天，上次看了人彘受到了惊吓，刘盈曾大病一场，从那以后就落下了弱症，夜里经常做噩梦，醒来之后便大汗淋漓。后来又一度沉溺于酒色，身体愈加虚弱，这次一病，竟至于卧床不起。太子还未满周岁，刘盈却先撒手去了。

惠帝的灵柩停在长乐宫前殿好几天，吕后不准发丧，每日扶着棺材干号，眼中却没有泪。大臣们都慌了，知道要出事，可是却不知怎么办好。十五岁的张辟彊悄悄对王陵和陈平说道："太后只有皇上这么一个儿子，如今皇上驾崩，二位丞相可知太后为何哭而不悲？"

"为何？"

"皇帝年轻，几个儿子都小，后继无人，太后畏惧诸君，心有不安。太后不安，则君等危矣。"

张辟彊所言正是陈平所虑的，陈平感叹道："真是有其父必有其子呀！你这个小东西简直和你爹一模一样，那事情当怎么解呢？"

"可请太后拜吕台、吕产、吕禄为将军，将兵居南北军，然后再请诸吕入宫主事，如此则太后方能安心，诸君可以脱祸矣！"

陈平按照张辟彊说的，拟了一份奏折，想与王陵联署，被王陵拒绝了："先帝曾与我等刑白马盟誓，就是害怕吕氏居中用事，这样做如何对得起先帝？"

陈平道："如今你我的性命都不保了，哪还顾得上那些？先过了眼前这一关再说吧。"

"豁出性命一搏又怎样？我等在战场上死过又不是一回两回了，难道还怕死不成？"

"豁出性命于事何补？如今不光你我二人有性命之忧，这一帮老臣的性命都握在你我手上。况且，当初杀白马盟誓，先帝只是说，非刘氏而王，天下共击之，这还没到非刘氏称王的地步吧？"

"军政大权都交与吕氏一族，这不比称王还厉害？"

王陵终不肯署名，陈平只好去说服周勃，与周勃联署把奏折递了上去。吕后见了奏折,眼泪这才下来,扶着儿子刘盈的棺材大哭了一场。之后,将吕产、吕禄叫到跟前,当面交与虎符,嘱咐道:"你们俩给我记住,接管南、北两军之后,任何人不得调动这两支部队,除非见到虎符或者我亲自到军中来。"

"那太尉呢?"

"废话!防谁你们还不知道?"

"诺!"

吕后当面将虎符的一半交给了吕产、吕禄兄弟俩,还是觉得不放心,又将陈平、周勃找来,要求将郦商的部队撤出长安,调樊哙和吕嬃的女婿营陵侯刘泽进驻长安。陈平、周勃立即答应下来。郦商的部队撤出了长安,吕后这才同意给惠帝发丧。

惠帝死后,太子即位为皇帝。因其年龄太小,未设年号,实际上是吕后当政,这位从大泽边上走来的农家媳妇,终于登上了历史的前台。

吕后称制后要做的第一件事便是封诸吕为王。她私下里已经向陈平、周勃等重臣吹了风,估计不会遇到过于激烈的反对,才在朝堂上提了出来。没想到刚一开口便被王陵顶了回去:"高帝在世时曾与我等刑白马盟誓:'非刘氏而王,天下共击之。'今王吕氏,岂不违背了当初的誓约?"

吕后还不知道陈平曾经劝过王陵一节,被王陵噎得无话可说,在大臣们面前又不好发作,她看了看陈平,道:"陈丞相,你说呢?"

陈平道:"臣以为可行。既然高帝定天下能王刘氏子弟,今太后称制,欲王昆弟诸吕,亦无不可。"

吕后又问周勃:"太尉觉得如何?"

周勃道:"陈丞相之言是也。"

吕后又问群臣,群臣见陈平、周勃都说可行,于是一起跟着说可行,就是心里反对,嘴上也不敢吭气。王陵回头扫视了众人一眼,心中感到一阵悲哀,当初盟誓,这些人差不多都在场,可是如今坚守誓约的却只有他一个人。散朝之后,王陵将陈平、周勃叫住,责问道:"二位大人什么时候学会了这套阿谀奉承的本事?当初喋血盟誓,二位不在吗?今高帝才去不久,汝等即忘了当初的誓言,我看你们将来有何面目见高帝于九泉之下!"

陈平道:"我早就对王大人说过,反对又有何益,太后要做什么,能挡得住吗?"

"怎么挡不住?你们二人只要不松口,大臣们哪个敢出来说话?"

"王大人,让我再往下说就不好说了,这不是明摆着嘛,谁挡路就要搬掉谁,等把你、我、太尉三人搬掉之后,你看还有人敢出来反对吗?"

周勃道:"面折廷争,臣不如丞相,然定刘氏之后,丞相不如臣。"

王陵气得一甩手走了。过了没几天,太后下诏免去了王陵的丞相之职,徙为皇帝太傅,以陈平为右丞相,审食其为左丞相。陈平知道他这个右丞相不过是个傀儡,索性不再理事,将大小事务悉数委托给审食其,每日只是纵情于酒色。

却说当日陈平和周勃拘执樊哙,险些杀了樊哙的头,吕媭对此一直怀恨在心,于是到处收集陈平的劣迹,三番五次地在吕后面前诋毁陈平:"陈平为相不治事,整日贪酒好色,已经娶了十几房妾,太后任用这样的人是要误国的。"这话传到陈平耳朵里,他越发纵情于酒色,不仅家中不停地纳妾,有时还到长安青楼里去找那些风尘女子,诗酒弹唱,无所不为,朝中大臣们对他也颇有微词。吕后听了吕媭的话和朝臣们的议论,不但不生气,心里反而觉得踏实了。她现在不怕这些重臣不理事,怕的是他们揽权。因此,不管吕媭说什么,她只是左耳朵听,右耳朵冒。可是陈平心里却不踏实,吕媭毕竟是太后的亲妹妹,虽说眼下太后不信她的,可是说多了谁能保证太后不信?连萧何那样谨慎的人都免不了被皇上猜忌,何况他呢!因此,陈平提出辞去丞相之职。吕后知道他畏惧吕媭进谗,道:"你放心干你的,谁在我这儿说你的坏话都没用。"尽管如此,陈平还是心有余悸。吕后见他不放心,有一次,当着吕媭的面说道:"俗话说:'儿妇之言不可信',我只看你对我如何,所以你不用怕她在我面前说你的坏话。"

搬掉王陵之后,吕后加紧了封王的步伐。她先放出了一个信号,追封已故的哥哥吕泽为悼武王,试探一下阻力有多大,没想到居然一个反对的也没有。她正兴高采烈地准备推进下一步的计划,鲁元公主又突然病死了。

灵儿"怀孕"之后,鲁元公主心中一直惴惴不安,总有一种大祸即将临头的负罪感,生怕女儿怀上个怪胎。但是她生性懦弱,既不敢和母亲说,又不愿去给弟弟增加烦恼,有什么想法都窝在心里。如果弟弟刘盈能够给她一点安慰,也许她不至于死,可是刘盈至死也没有见她一面。刘盈一走,她的精神彻底崩溃了。半年以后,她也随弟弟去了。

吕后一夜之间老了半截。一双儿女都先她而去,对她的打击太大了。而且,是自己把他们逼上了绝路。她极力回避这个事实,不愿意承认这一点,可是夜深人静的时候,这种可怕的念头还是不断地袭上心头。一连半个月,吕后都觉得精神恍惚,无法上朝理事。如果不是审食其,她恐怕也就随之而去了。

半个月后,大臣们见到她的时候,吕后已经从一个精神焕发的中年妇女变成一个白发苍苍的老太太了。虽说大臣们对她心怀怨恨的居多,但是看到她这副模样,仍不免感到同情。但是,一说到具体事务,她的眼睛里立刻放出了往日的光芒。她先宣布封张敖和鲁元公主的儿子张偃为鲁王,封郎中令刘无择为博城侯,封齐王刘肥的次子刘章为朱虚侯,另外还封了几个异姓侯,最后宣布封本家侄子吕种为沛侯,吕平为南宫侯。然后宣布退朝。

这第二步的试探仍没有什么反应,吕后又走出了第三步,封刘盈的儿子刘强为淮阳王,刘不疑为常山王,刘山为襄城侯,刘朝为轵侯,刘武为壶关侯。这几位虽说都是刘家子弟,但也是吕后的亲孙子。封完之后,吕后道:"有人借白马之盟污蔑我,说我想王吕氏,夺刘氏天下。大家都看到了,我是替刘家考虑多呢还是替我吕家考虑得多？"

任敖出班答道："太后为了汉室江山尽心竭力，所封功臣亦甚公平，臣等有目共睹。"

"这还算句良心话。难道我不是刘家的人？还有谁比我对刘家的事更上心呢？大家都看到了，高帝崩后，诸王年纪尚小，小的我养着，大的我给他们娶亲，哪一个不像我亲生的儿子一样？为了汉室江山，我把心都操碎了，可是还有人背地里诋毁我，到处散布谣言，蛊惑人心，唯恐天下不乱。我吕雉对先帝和汉室的一片忠心天地可鉴。可是话又说回来了，天下有功之臣都可以封王封侯，难道唯独不能封吕氏子弟？这是谁家的道理？"

审食其奏道："太后息怒，那都是过去的事情了。如今臣等皆已知太后之心，无人再对此持有异议。太后秉公处置就是了。"

吕后道："我怎么处置？我怎么处置都会有人说不公平，还是大家公议吧。总之，有功的一视同仁，无功的不能受禄。"

于是，大臣们揣摩着吕后的心思，提出立吕泽、吕释之的儿子吕台、吕产、吕禄等人为王。从此，吕后开始无所顾忌地加封诸吕。先是封吕台为吕王，后来，又陆续封吕嫛为临光侯，吕他为俞侯，吕更始为赘其侯，吕忿为吕城侯，先后封了十余名吕氏子弟。

吕后很想把几个大国让吕氏子弟接下来，可是事到临头才发现，吕氏子弟中挑不出几个能挑大梁的人物，吕产、吕禄勉强还能用，其他就差得太远了，若勉强封之，没有得力大臣辅佐，去了也坐不住。至于那些远亲，她根本就信不着他们，与其把大片国土封给他们，还不如就这样维持个平安算了。荆、楚、吴、燕、赵、齐、代诸王都是刘氏后代，他们已渐成气候，各王手下都有一批能臣，惹恼了他们也不是好对付的。她原以为大权在握就可以为所欲为，可以改变一切，可是封王之事却没有能按照她的意愿进行到底。她再一次感到了刘邦的存在，那股无形的力量始终在限制着她的一举一动，她不能不佩服刘邦虑事的细密、深远。清明节，她怀着十分复杂的心情到长陵去祭奠刘邦。她觉得，直到现在她才真正开始了解刘邦。

回长安的路上，审食其道："太后不是想在上林苑中修座新宫吗？我已经看好了地方，太后有时间亲自去看看就可以动工了。"

"算了。我不过是和萧何、曹参他们怄气。一修宫室势必又要搅动天下百姓不安，咱们也实在再经不起任何折腾了。"

也是在清明节这一天，张良去世了。这几年，张良大部分时间是在山里度过的，陈婴那座小茅屋成了他的栖身之所。为了儿子和家人的安全，他的余生只能在这里度过了。他也真心喜欢这个地方。高兴了，出去会会朋友，走个十天八天再回来。也有不少朋友来看他，当然都是山里交的朋友。他们知道他需要什么，时常给他带些山珍野果和四时的新鲜蔬菜。儿子不疑则到处淘换他所需要的书籍，按时给他送来。地方官府每隔一段时间来看望他一次,送一些生活必需品来,他用不了许多,就分给朋友们。他知道这些官员负有监视他的责任,所以每次出游都在石桌上留下字条,写明到哪里去了,好让官员们放心。惠帝去世的那年冬天,他的身体支持不住了,儿子不疑将他接回家中。

整整一个冬天,张良都没有缓过劲儿来。开春以后,病情稍有好转,他又要进山去,夫人和儿子说什么也不让他走,恰好这时刘伯来了。两个老朋友已经十多年没见了,一阵寒暄之后,张良道:"天道有常,看来谁也欠不了谁的。我刚说要走,讨债的就来了。"

刘伯不解,问道:"讨债?讨什么债?"

"这一冬天,我就一直在琢磨着,我这一辈子,在世上没有欠过谁的,唯独还欠你一笔债未还。"

"欠我什么债?"

"当初鸿门宴上你救了我君臣性命,皇上答应与你结为儿女亲家,过后却食言了,这件事我始终觉得对不住你。"

刘伯一笑道:"咳!我当什么事,这有什么大不了的,让你惦记了半辈子。说实话,没有结倒好了,皇上的女儿是那么好伺候的?再说,皇上也不算食言,没杀我的头,还封我一个射阳侯,我已经感激不尽了。咱们的债,两清了。"

"你这样说,我还多少感到一点安慰。真要我还,我也是还不起的。我要走了,送我一程吧。"

"你要到哪儿去?"

"到一个非常美妙的地方。"

"好啊,我陪你去。"

不疑见父亲执意要走,十分放心不下,也要跟着去,张良道:"也好,那就一起走吧。"三个人在山里转了几天,来到张良刻了字的那块巨石旁。这几年,每年春天张良都要到这里来一次。草地还是原来那副生机勃勃的样子,刘伯一眼认出"天、地、人"三个字是张良的笔体,道:"子房的书法又有长进呀!"

"唉!信手涂鸦,不值一提。你看这块地方怎么样?"

"真好,你可真会找地方,这简直就是天堂嘛!将来我死了,要能葬在这里就好了。"

"此话当真?"

"当真。"

"那好啊,来陪我做个伴,免得一个人寂寞。"

"原来你早就相中这里了。"

"是呀,能长待在这里多好。"说着,张良浑身放松,又像那天一样呈"大"字形躺在了地上。

刘伯道："草地上潮,别躺在那儿。"

张良道："我累了,要休息了。"说完,就永远地闭上了眼睛。

传说张良经过多年修炼,得道成仙,解形于世,葬于龙首原。成仙后,位为太玄童子,曾从太上老君于太清宫中,其第九世孙张陵得道,朝昆仑之夕,子房往焉。

　　小皇帝一天天长大了,不知道什么人透露了他的身世,他非常生气,凭着一个孩子的本能道:"太后焉能杀我母?等我长大了,定要为我母报仇!"吕后听说走漏了消息,气得咬牙切齿。她知道事情非同小可,立即将小皇帝囚于永巷,对外称皇帝病重,神智已昏乱,不能再继承大统,于是先将其废掉,又派人将其秘密杀害,之后,立了刘盈的另一个儿子常山王刘不疑为帝,改名为刘弘。

　　逼死儿女,如今又亲手杀了自己的亲孙子,吕后精神上几乎崩溃了。小皇帝死时,大臣们还不知道是怎么回事,后来消息就渐渐传开了,刘氏子弟开始恐慌起来。吕后花了几年的时间才把他们安定下来,使他们相信她不会对刘氏子弟下手,为此,她还让诸侯王将成年子弟送进宫,作为宫中宿卫,以表明她对刘氏子弟的信任。刘肥的次子,齐王刘襄的弟弟朱虚侯刘章也被送进了宫里。刘章年方二十,长得虎背熊腰,从小练就一身好武艺,天生是个将才,在刘家第三代中可算是出类拔萃的人物。吕后早就看上了这孩子,在刘章十几岁时就让吕禄把自己的女儿嫁给了他。为了笼络刘章,也为了让年轻人多见见世面,吕后常让他入宫侍酒。这一天,逢吕后生日,刘、吕两家的小辈们都来给太后贺寿,吕后令刘章为酒吏,刘章请求道:"孙儿本是将种,请得以军法行酒。"吕后许之。刘章端起酒觞,先喝了三大觞,借着几分醉意,在筵席上舞起剑来,一阵醉剑舞得满堂生风,众人齐声叫好。舞完之后,吕后让他坐下,可是刘章意犹未尽,对吕后说道:"今日是太后的寿辰,我再给太后唱首歌如何?"

　　吕后道:"好啊,唱个什么?"

　　"我就给太后唱个《耕田歌》吧。"

　　吕后笑道:"你们这些王子王孙们从小娇生惯养的,哪里懂得耕田?要说你爹见过一点我还相信。"

　　刘章道:"我懂!"

　　"好,那我就听听你怎么唱。"

　　刘章唱道:

　　　　　　深耕密种,

　　　　　　立苗欲疏,

非其种者，

杂而除之。

······

吕后听了之后，脸色大变。俗话说，一层肚皮十层山，看来刘氏的后代是永远不会和她一条心的。吕雉心中骂道："真是一群喂不熟的白眼狼！"幸好是在夜晚灯光下，没有人注意。大家喝了一会儿酒，吕氏一位子弟醉了，该喝的酒没喝就跑了，刘章提剑追了出去，不一会儿，提着一颗人头回来了："启禀太后，有亡酒者一人，臣已依法斩之。"在场的人大吃一惊，吕氏子弟刷地一下抽出了随身兵器，刘氏子弟更不示弱，也都拔出了刀剑，这是一场营垒分明的较量。吕后一看要出事，忙喝道："你们要干什么？都给我把刀剑放下！"

吕氏中一人不服，指着刘章喝问道："你为何杀我兄弟？"

刘章道："事前我已禀过太后，按军法行酒令，逃酒自当斩！"

吕后知道吕氏这些子弟加起来也不是刘章的对手，况且，就是能打胜也不能让他们火并，于是对那位吕氏子弟说道："是我许他的，你们不许闹事！"

寿筵不欢而散。从此，吕氏子弟皆忌惮刘章，连大臣们都暗暗称赞刘章的勇武。

这一次，吕后没有杀刘章。她反复衡量了得失，刘章还是个孩子，目前还没有能力撼动她的权力宝座，如果杀了他，势必又要掀起一场轩然大波，得不偿失。

对于吕后称制，诸吕弄权，老臣们担忧，公子们怨恨，但是吕后权势赫赫，无人能够摇撼得动，这种怨恨和担忧只能埋藏在心里，一时出现了万马齐喑的局面。可是在平静的表面下，一股暗流正在悄悄地涌动，暗中引导这股潮流的是平时并不大出头露面的陆贾。

陆贾使南越、著《新语》，功劳远在隋何之上，早该封侯的，可是刘邦忙着讨伐叛党、安排后事，直到临死还有一批功臣未封，陆贾也并不在意。他的处世态度和他的治国理论是一致的，一切顺其自然，为尺寸之封争来争去，到头来也未必是福。吕后称制后，陆贾觉得既然不能面折廷争，在朝中再待下去也无益，于是辞官归家，用出使南越时尉佗赠与的黄金在好畤(今陕西乾县东)买了一些田产，让儿子们在那里安家耕种，自己则安车驷马，带着十来个随从，轮流到五个儿子家吃饭，每家十天。(陆贾共有五个儿子，他把出使南越时尉佗赠送的珠宝变卖成一千斤黄金，给每个儿子分了二百斤，作为安家立业的资本。)陆贾对五个儿子说道："我到谁家，谁负责供给我的人马酒食，要好酒好饭。将来我死在谁家，车马侍从还有我身上这把宝剑就归谁。我一年还要经常出去走走，会会朋友，到你们每家去不了几次，也不会太搅扰你们，你们各自把自己的日子过好就行了。"

陆贾因为不争，与大臣们处得都很好。一日，陆贾到陈平府上造访，看见门开着，门人不知忙什么去了，陆贾便径直进了正堂。陈平正在闭目沉思，听见脚步声，还以为是家人，也没睁眼看，继续想他的心事。陆贾也不吱声，悄悄在一旁坐下。过了一会儿,陈平长叹一声,睁开了眼睛,看见陆贾在这坐着,很吃惊,急忙站了起来,拱手作揖道:"不知陆生来访,失礼失礼!"

陆贾道:"丞相何必这么客气?你看我都不客气,来了也不通报,径直就坐下了。"

"本来就应该这样。先皇老臣一个个都去了,剩下的已经不多了,见一面少一面了。"

"丞相正富于春秋,怎会出此悲声?"

"我也不年轻啦。你看,都有白头发了。"

"丞相这是操心操的。"

"我现在是饱食终日,无所用心,还有什么心可操?"

"丞相不必跟我打哑谜了,丞相的心事如何能瞒得过我?"

"你说我有什么心事?"

"无非是诸吕用事,少主年幼,担心将来天下不稳而已。"

陈平见已经被他猜中,也就不再隐瞒,道:"知我者陆生也。然陆生有什么好办法吗?"

陆贾道:"天下安,注意相;天下危,注意将。将相调和,则士人归附,士人归附,则天下虽有变,大权不至于分散,故如今之天下,在丞相和太尉掌握耳。臣观太尉亦与丞相有同样忧虑,只是不肯明言而已,臣曾试探过太尉,太尉素与臣戏言惯了,并不正面作答,但臣深知太尉之心,和你我想的是一样的。丞相何不结交太尉,共商大事?"

"平与太尉曾有小隙,故多年不来往,今欲结交也须找个由头才是。"

"这个不难,下个月是太尉生辰,丞相可借祝寿之机与太尉言归于好。"

陈平按照陆贾的指点,在周勃生日那天,送去了五百斤金,两人从此言归于好。两个人心照不宣地表明了心迹,又给了陆贾一大笔钱,让他往来于公卿大臣们之间,广泛结交有识之士,以备不时之需。陆贾因辞去了官职,身份不大引人注意,加之他结交的什么人都有,包括审食其、吕产、吕禄等都是他的座上客,所以没有任何人怀疑他。但是,反后党的力量,已经开始通过他慢慢地集结到了周勃和陈平的周围。

吕后一天天老了,现在正像她给匈奴单于的信中形容的那样,已经是"年老气衰,齿发脱落,行步失度"了。然而朝廷的大权仍然紧紧地抓在她的手里。目前,朝野上下还没有她的对手。她担心的是她百年之后身后之事怎样安排,这时又发生了一件大事。赵王后进宫密报,说赵王刘友扬言等吕后百年之后要杀尽诸吕。当初吕后欲将梁王刘恢徙为赵王,好将梁王之位腾出来封给吕台,但是惠帝不同意,最后将淮阳王刘友徙为赵王。吕后听说刘友扬言要杀吕家的人,大怒,立刻召刘友进宫,亲自审问,可是刘友不承认说过这样的话,"这完全是王后嫉妒臣与后宫姬妾们来往,自己编出来的。"吕后将赵王后找来对质,王后已经把事情闹大了,害怕太后怪罪,一口咬定是刘友说的。吕后相信自己的侄女不敢在这么大的事情上撒谎,于是逼着赵王招认,一天不说实话就一天不让吃饭。赵王被软禁在赵邸,吕后下令谁敢给赵王送吃送喝就杀谁的头,但还是有人不顾死活悄悄地买通看管人给刘友送饭,太后知道后,果真杀了几个人,才把送饭的挡住。一连几天,刘友连口水都喝不上,不禁悲从中来,唱道:

> 诸吕用事兮刘氏危,
> 胁迫王侯兮强受我妃。
> 我妃既妒兮诬我以恶,
> 谗女乱国兮上曾不寤。
> 我无忠臣兮何故弃国?
> 自决中野兮苍天举直!
> 于嗟不可悔兮宁早自财。
> 为王而饿死兮谁者怜之?
> 吕氏绝理兮托天报仇。

可怜赵王刘友竟活活饿死在赵邸。

赵王死的那天,恰好长安发生了日食。大白天太阳被吞没了,天空一片漆黑。百姓们都慌了,说是天狗吃了太阳,把家里的锅、盆等铁器都拿出来使劲地敲,要把天狗赶跑。吕后心情十分晦暗,道:"看来这是为我呀。"

审食其道:"太后不要瞎想,这种事我见过好几次了,也没见天下出什么大事,见怪不怪,其怪自败!"

刘友死后,吕后对权力格局做了很大的调整。徙梁王刘恢为赵王,封吕产为梁王,但不准其之国,为帝太傅,同时还兼掌北军。将梁国更名为吕国,吕国更名为济川。

刘恢从梁王徙为赵王,并无什么不满,可是对于吕后安排给他的几个后妃,他实在是头疼。这些人仗着吕后的势力,对国中事务横加干涉,动不动以太后相威胁,后来,刘恢对国事也懒得管了,交给丞相,由她们爱怎么干涉怎么干涉去,索性躲进后宫过起了纸醉金迷的生活。就是这样,王后仍不甘心。一天,竟派人用鸩酒毒死了他的爱姬。为了怀念死者,同时也是抒发内心的愤懑之情,刘恢作了歌诗四章,令乐人吟唱。王后说这是发泄对太后的不满,强令停止,不准再唱。刘恢怀着满腔悲愤之情,拔剑自刎。

消息报到长安,吕后又是一惊。尽管此事再一次在刘氏子弟中引起了强烈震动,但是依然触动不了她的权力宝座,她很快镇定下来,宣布刘恢因妇人而废宗庙礼,废其后嗣。然后,派人到代国,告代王刘恒以刘恢自杀之事,并封刘恒为赵王。在刘姓诸王中,目前只有代王辈分最高,年龄最大,只要把刘恒安抚住,其他各王就闹不起什么大事来。其实吕后是过虑了,刘恒目前哪里是她的对手,自保还来不及,哪有力量来和她闹事!刘恒很像他的母亲,生性宽仁平和,从不与人争长短。吕后已经连杀三个赵王,刘恒觉得那是个是非之地,他不能去,于是让使者给吕后带话,称愿意驻守代国边塞,以保障京师安全。

吕后安排刘恒去赵国,只是为了拉拢一下,见他不愿去,立刻将吕禄徙为赵王,同时,封吕台的儿子吕通为燕王,封长安卫尉刘泽为琅琊王。

刘泽本是刘邦的远亲,并没有多少战功,只是因为娶了吕媭的女儿,才一下身价百倍的。高祖十一年,刘泽随同刘邦一起征讨陈豨,因生擒王黄有功,被封为营陵侯。惠帝去世时,刘泽被调往长安。刘泽一进京,就被大臣们看作是后党,所以大家处处防着他,很少与之来往;而后党的这些大臣们,又因为他姓刘,而且经常讨好刘氏而疏远他。刘泽有点进退失据,处境十分尴尬。后来,齐人田生给他出了不少主意,这才算在京城站住了脚。为了感谢田生,他花了两百金为田生祝寿。田生本无意在官场上周旋,只是因为贫困缺乏游资才来到长安,以策干人。得了刘泽的赠金之后,他便回齐国去了。田生一走,刘泽手下再也找不到这么得力的谋士了。刘泽占据了这么重要的位置却没有得到一块儿像样的封地,有点不甘心,于是又派人到齐国去请田生,希望田生再来帮他谋划一下。

田生来到长安,并不去见刘泽,而是租了一套豪宅,让他的儿子想办法去请大谒者张子卿。张子卿是当时吕后最宠信的人物之一,田生花了几个月的时间才把他请到。田生在院子里张设起华丽的帷帐,一用器皿都是金银玉石的,并且请了乐师和歌舞女,以接待诸侯之礼接待张子卿。张子卿虽然权倾一时,但是谒者的地位在朝廷官员中属于下三品,还从来没有受过这样隆重的礼遇,心中十分感动,道:"臣不过一谒者,先生为何以诸侯之礼相待?"

田生道:"张卿本该封侯的,故以诸侯礼待卿。"

"咳,似我这样的人手无缚鸡之力,身无尺寸之功,岂敢奢望封侯?"

"先生差矣,大丈夫建功立业岂止在战场?我有一计,可让先生立即封万户侯。"

张子卿十分感兴趣,把凳子往前挪了挪,问道:"是何妙计?"

"吕氏是最早辅佐高帝打天下的,功劳最大。如今太后年岁已高,而诸吕又弱,太后极欲立吕产为王,王代,而太后自己难以开口,卿何不讽大臣们上书,太后听了一定高兴,到那时太后还不封您个万户侯么?"

"臣亦想过此事,然亲近诸吕必然得罪诸刘和这帮老臣,臣不敢为也。"

"然今日之事不得不为。卿身为太后近臣,太后之所想卿不闻不问,太后难道不怪罪你?卿若在这么大的事情上装糊涂,必将大祸临头。"

张子卿深然其言。回去之后,便把这事对陈平等人讲了,并说是太后的意思,陈平自然知道吕后的心思，也不敢怠慢，很快联络了一批人上书，请求立吕产为王。于是吕后封吕产为吕王，王旧梁地。事后，吕后得知此事乃张子卿所为，赏了他一千金。张子卿把赏金分了一半给田生，田生不要，乘便又对他说道："吕产封王，诸臣多有不服。特别是刘氏子弟未得封者不服。"

"刘氏子弟该封的都封了，还有哪个没封？"

"营陵侯刘泽。他既是刘家的人又是吕家的女婿，没有封侯，心中如何能平？卿可对太后说，从齐国的土地中割出十几个县来安定刘泽，则天下无忧矣！"

张子卿又将这话禀报了吕后，吕后当时就答应了，但是一直没办。答应了是为了稳住刘泽，毕竟他手里掌握着京城的卫戍部队；没办是因为不情愿，刘泽到处活动着要给自己封王，有挟兵要挟的味道，吕后觉得这个人不能再用了，得想办法把他调出京城。她在悄悄地组建另一支由刘、吕两家子弟率领的卫戍部队，但是对刘泽，一直没有找到合适的机会动手。直到晚年，她感到自己时间不多了，才忍痛割爱，封了他一个琅琊王，好让他撤出京城。

刘泽得到封地之后，按照吕后的命令，将部队撤出了长安。田生劝他马上离开京城，刘泽道："为何要这么急？"

"将军还看不出来吗？太后封你为王并不情愿，只不过为了让你撤出京城，不快点走，太后恐怕要反悔的。"

于是刘泽带着家眷离开了长安。吕后见刘泽的部队已经撤出长安，心中大出了一口长气，可是一想起刘泽竟敢要挟她，气就不打一处来，她立刻派人去追赶刘泽，打算收回成命，可是刘泽已经出了函谷关，和他的部队会合到了一起。再追，恐怕就要动刀兵了。吕后这才罢了。

刘泽走后，吕雉封了本家侄子吕更始为长乐宫卫尉，以保障宫中的安全。

一天傍晚，吕后处理完宫里的事务，从长乐宫回到未央宫。自从上次日食之后，她心里一直有团阴影不散，打那之后，便觉得身体不适。盛夏季节，天气闷热，回去也睡不着，她想下车走走。于是审食其把凤辇打发回去，陪着他在宫里散步。月光如水，树影婆娑，一阵清风吹来，吹得树叶沙沙作响，让人感到凉爽、舒适。吕后选了树下一块儿石头坐下，忽然一只黑犬从草丛里蹿了出来，直奔她腋下扑来，吕后吓得惊叫一声，倒在了地上。回到温室殿便觉腋下疼痛，接着就发起了高烧。连着吃了几天药，高烧不退，腋下也疼得更加厉害了。吕后躺在榻上，强忍着疼痛说道："我知道，这是如意的阴魂不散，找我算账来了。"吕雉说看见一只黑犬朝她扑来，可是同行的审食其并没有看到黑犬，不知她是说胡话还是真的吓成这样，劝道："太后不要胡思乱想，不过是受了点风，很快就会好的。"

吕后道："不用安慰我了。人到这个时候自己都明白，我该走了。你把吕产和吕禄给我叫来吧。"

不一会儿，吕产、禄来了。吕后嘱咐道："高帝在世时，与诸臣有约：'非刘氏而王,天下共击之。'今汝等为王,大臣不平。我马上就要走了,皇帝还小,大臣们恐怕要闹事,你们要谨守两宫,加强城内城外护卫,不要参加丧礼,以免为人所制。"

吕产、吕禄一边答应着,一边流泪。吕后又吩咐审食其起草了两道上谕:一是命审食其为帝太傅;一是封吕产为相国,位在丞相之上。这样就把皇帝和相府大权控制住了。审食其问道:"丞相之职还保留吗?"

吕后道:"陈平已多年不问政事,留不留无所谓。今后怎么变,那就是你们的事了。"

吕产、吕禄走了,房子里只剩了审食其和吕后两人。吕后拉着审食其的手说道:"我如今是恶名在外,怎么洗也洗不清了。恐怕连你也会认为我这个人太狠毒。可是,不狠一点,这个江山能坐得住吗?我封了几个吕家的人为王,不过是为了有几个得力的帮手,大臣们以为我要夺刘氏天下,且不说我有没有那个心,就算有,吕门之中能找得出能撑起天下的人吗?我当政这些年,什么事不是先考虑刘家的子弟?可是我的心就是操碎了,他们也还是把我当外人。他们相信那些先皇的老臣,可是,老臣们就那么可靠?还有谁对刘家的事能像我这么上心?要是没有我,没有吕家这些子弟帮衬,恐怕这天下早已不姓刘了。我也想把权力交给刘邦的儿孙,可是这些儿孙哪一个能撑得起天下?要不是我在这镇着,别说外人来杀,弟兄们自己就先杀开了。可是我这份心,有谁能知道?"

审食其道:"我知道。"

"老臣们背地里骂我,以为我多么爱权,多么爱当这个皇上,可是我不当他们哪一个能当得了?连萧何、张良都算上,他们有这个本事吗?我要是不当这个政,早就天下大乱了。我已是垂暮之人,还能吃多少穿多少?我要这份权力有何用?还不是为了汉家江山?"

说着说着,吕后有些激动起来,审食其劝道:"太后正病着,别为这些事生气,当心气坏了身体。"

吕后仿佛没听到他说什么,接着自己的思路说:"我当政十五年,对外没打过一场大仗,内部没有发生一场大乱子,赋税徭役没有增加,应该说,我对得起刘家,对得起天下百姓,也对得起我那死鬼。人们爱说什么就让他们说去吧。让我特别寒心的是,老鬼到死都不信任我。"

"事情都过去这么多年了,您就别老放在心上了。"

"而让我感到安慰的是还有一个人能理解我,那就是你。今生碰到你,是我的福分。我要走了,我想让你再抱抱我。"

审食其流着眼泪把吕雉抱了起来,吕雉把头靠在他的胸前,仰脸望着他,替他擦去脸上的泪水,道:"后人要知道我临死还和你这样,会骂我的。可是,就像敢当皇帝一样,我不怕!让他们骂去吧。"说完,含着幸福的微笑着闭上了眼睛。

第四十五章　权力的真空

　　吕后死后,周勃、陈平等开始秘密筹划诛灭诸吕之事,还没等他们动手,刘氏子弟首先动作了起来。他们已经等了整整十五年,终于等到了这一天。朱虚侯刘章首先给他的哥哥齐哀王刘襄带信,让他发兵入关讨逆,他和弟弟东牟侯刘兴居准备联合朝中大臣作为内应。

　　刘襄得到消息后,与其舅父驷钧和郎中令祝武、中尉魏勃商议,准备发兵。不料事机不密,被丞相召平知道了。汉初各诸侯国的丞相是由中央政府委派的,直接对皇上负责,召平本是吕后的人,听到刘襄要发兵讨伐诸吕,立刻派兵把齐王府包围了。刘襄大惊,想不到关键时候召平会有这一手。幸好他们没有被召平一网打尽,还留了个魏勃在外面。魏勃找到召平,装作告密,对召平说道:"齐王欲发兵,但其没有朝廷虎符,属谋反之列,丞相当机立断是对的。否则岂不要天下大乱?"

　　召平本是文官,不会带兵,被魏勃一阵花言巧语说动了,便把包围王府的部队交给他指挥,魏勃一拿到兵权,立刻放出齐王,反过来包围了相府。

　　魏勃本是个布衣,年轻时有点抱负,想接近曹参,找一个进身之阶,但是又不认识那些达官贵人,苦于无人引见,只好想了个笨办法,他看到相府有位舍人每天天不亮就要出来扫街,于是他就每天夜里起来,先把相府周围打扫干净。那位舍人连着几天出来都发现周围已经打扫过了,心中好奇,那天晚上便没睡,偷偷在门洞里守着,看看是谁替他扫街,守到半夜,听见门外扫帚刷刷响,于是开门出来,看见了魏勃。舍人问魏勃为何要这样做,魏勃知道曹参不喜欢高谈阔论,因此不敢说满腹经纶、怀才不遇之类的话,只说想让舍人引见一下丞相。舍人将事情对曹参说了,曹参听舍人说起他的行为方式,以为必是个大才,急忙让舍人把他领到相府来。曹参问道:"先生有何以教我者?"

　　魏勃道:"晚生久闻丞相乃天下贤人,只欲求一见耳,何敢言教?如蒙丞相不弃,晚生愿为丞相执鞭驾车。"

　　曹参知道他是来谋官的,故意装作看不出来,想难为难为他,道:"那我,这正好缺个赶车的,你愿意来吗?"

　　"晚生愿意。"

　　"来了可别后悔!"

"能为丞相驾车,是小民的荣耀,有什么可后悔的？"

于是,魏勃真的给曹参赶起了马车。用了一段时间,曹参觉得他确实有些才干,对于驾车之事也还尽职尽责,并无怨言,就把他推荐给了刘肥,刘肥任之为内史。刘肥去世后,长子刘襄继位为齐王,魏勃趁势而起,深得刘襄的信任,权力比齐相还重。

召平被围之后,十分后悔交出兵权,感叹道:"'当断不断,反受其乱'乃是之谓也。"遂自杀身亡。于是刘襄任命舅舅驷钧为相,魏勃为将军,祝午为内史,准备发兵进关讨伐诸吕。由于多年不打仗了,齐国军队数量有限,于是祝午道:"臣愿去琅琊,以三寸不烂之舌说服琅琊王出兵讨逆。"

齐王问他:"你怎样说服琅琊王？"

祝午将自己的打算如此这般对刘襄说了,驷钧、魏勃都在一旁,认为可行。于是,祝午来到琅琊,对刘泽说道:"吕氏作乱关中,齐王欲发兵讨之,诸臣为内应。然齐王自以为年少不更事,又不习兵戈之事,愿举国委大王。大王自高帝时起就领兵,身经百战,何不率诸刘子弟进关讨之？我王正在临淄待大王前去商议讨贼之事,大王可速速动身前往临淄,顺便将齐国部队带走。"

刘泽信以为真,跟着祝午来到临淄。刘泽一到临淄就被软禁起来,刘襄令其交出兵符,刘泽没想到被这个自称少不更事的刘襄骗了,哭笑不得,只好交出兵符,刘襄将两军并为一军,实力大增。

刘泽见不得返国,生怕在这里被无缘无故地杀掉,于是反过来对齐王说道:"齐悼惠王乃高帝长子,推本言之,大王乃高帝长房长孙,当立。臣于刘氏子弟中年最长,今诸大臣狐疑未觉,定是等待臣前往商议大事。今大王留臣无益,不如让臣前往长安为大王预作安排。"刘襄一听,觉得他说得有道理,况魏勃、祝午已控制了刘泽的部队,刘泽不可能再返回军中,就答应让他先走。

刘泽走后,刘襄很快攻灭了吕国。刘泽的一番话,点燃了刘襄心中的欲望之火。他派人给刘氏诸王各送了一封书信,内云:

高帝平定天下,王诸子弟,悼惠王于齐。悼惠王薨,惠帝使留侯张良立臣为齐王。惠帝崩,高后用事,春秋高,听诸吕擅废高帝所立,又杀三赵王,灭梁、燕、赵以王诸吕,分齐国为四。忠臣进谏,上惑乱不听。今高后崩,皇帝春秋富,故恃大臣诸侯。今诸吕又擅自尊官,聚兵严威,劫列侯忠臣,矫制以令天下,宗庙所以危。今寡人率兵入诛不当为王者。

齐王的信中虽有欲为领袖之意,多少引起了一些不满,但是仍给刘氏诸王出了一口恶气。诸侯心中无不称快,然形势尚未明朗,还不知有哪些未知因素,诸侯不敢轻举妄动,但是在倒吕这一点上,绝对没有半点含糊,诸侯私下里都在悄悄做准备,随时准备出兵支援刘襄。

长安城里,刘章、刘兴居等也没有闲着,他们和曹窋、张辟彊等一批年轻人已经自动组织起来,主动来找周勃请缨,恰好陈平、灌婴、夏侯婴等几位老臣都在。夏侯婴责备刘章道:"你们这些孩子,性子太急,让齐王发兵怎么也不和大人们商量商量,真把吕产逼急了,他会将我们一网打尽的。我们老了,无所谓了,可是你们都还年轻,万一你们要是出点事,让我们这些老臣怎么去见先帝?"

刘章道:"都是孙儿不好,如若有什么事情,孙儿一人承担。"

周勃骂道:"你承担个屁!这么大的事你能承担得了吗?事情都让你们搞糟了,本来吕产、吕禄没有任何防备,搞掉他们是很容易的事,现在可就麻烦大了。"

刘章惭愧地低下头,一声也不敢吭。陈平道:"算了。既然已经做了,再责备他们也无益,得派个人和齐王联络一下才好,让他不要乱来,等这边准备好了再说。"

听说要去联络齐王,几个年轻人争着要去,灌婴道:"算了,还是我去吧。让他们去,说不定又惹出什么事来。"

陈平道:"灌将军若能去最好,可是将军目标太大,会引起他们怀疑。"

正说着,灌婴的家人来找他,说是皇上宣他立刻进宫。大家面面相觑,不知该如何应付,陈平道:"灌将军可先去探探虚实,等将军回来再做定夺不迟。"

灌婴去了不到一个时辰就回来了。原来是吕产以皇帝的名义给灌婴下令,让他率领十万大军前往征讨刘襄反军。灌婴的旧部大部驻扎在荥阳,是专门用来防范关东事变的,因长期驻扎在外,吕后对他有点不放心,所以才把他召回长安来。现在吕产派他去征讨刘襄,正好解决了刚才的难题,周勃道:"看来吕产还不知道我们要做什么。"

陈平道:"那咱们就不要在这里扎堆了,以免被他们察觉。诸位后生各归各位,有什么情况马上来告诉我和太尉。"

灌婴道:"这里是吕氏的大本营,你们要多加小心。万一有什么不测,立刻派人告知我,我随时都可以率兵打回来。"

陈平道:"将军到了前线,稳住即可,没有我和太尉的指令,千万不要贸然向长安进兵,以免打草惊蛇。这里有我和太尉来对付他们就足够了。"

灌婴来到荥阳,往军中一坐,再也不用装模作样了,立刻派出使者给齐王和其余刘姓王带话,让他们不要轻举妄动,静观以待变。齐王已经打到旧梁地境内,马上就要与灌婴的部队碰面了,听了灌婴使者的劝告,又将部队撤回,停在齐国西界,等待消息。

吕禄、吕产知道,刘襄起兵,定与长安城内有约,是谁不用调查,猜都猜得到,别看那些老臣们一个个在吕后面前规规矩矩,言听计从,但是真要打起来,十之八九都是向着刘氏的。摆在他们面前的有两条路,一是丢掉中央政权不管,回封国去,那样暂时没有危险,但是刘氏子弟日后必将会找他们算账;另一条路是完全控制大局,彻底解决问题,那样一来,一场真刀真枪的较量是不可避免的。但是内有朱虚侯刘章和老臣们的威胁,外有刘襄大兵压境,他们觉得动手没有十分把握,想等等灌婴的消息,如果灌婴打胜了,他们就得到了强有力的外援,城内的抵抗也会弱得多。

长安城里,群臣人人自危,因为吕产、吕禄随时都可能动手。作为总指挥的周勃和陈平,本想等一个适当的时机动手,可是一直没有找到机会。周勃试着想凭自己在军中多年的威望进入北军,但是没有进去,吕禄控制得非常严。陈平也到相府去过两次,可是吕产不让他插手任何事情。陈平怕引起他怀疑,便不再去相府,但是朝中大小事情依然瞒不过他们的眼睛。这些功臣的后代已经成长起来了,曹窋、刘章、刘兴居、张辟彊等密切注视着诸吕的动向,只要有一点风吹草动,周勃和陈平立刻就能得到消息。

曹窋这时代行御史大夫之职。这天,他去找相国吕产计议事情,刚走到相府正殿,听见里面有人说话,便留了个心眼,没有进去,只听里面一人说道:"相国还做梦呢,指望灌婴去打刘襄,他们早就一个鼻孔出气了。灌婴在荥阳按兵不动,刘襄已经撤回齐国去了。"说话的人是吕产派去暗中监视灌婴的郎中令贾寿,是诸吕的死党。

只听吕产说道:"看来只有各回各的封国去了。"

贾寿道:"现在去就国已经晚了,灌婴没走时还可以去,现在灌婴已经到了荥阳,恐怕想回也回不去了。"

吕产没了主张,问道:"那怎么办?"

"现在只有拼个你死我活了,否则早晚为人所灭。"

"你赶快到北军去找吕禄,叫他到这里来。"

曹窋听到这里,估计贾寿马上要出来,急忙退身出来,一口气跑到陈平家里,将情况一五一十向陈平报告了。恰好周勃也在场,周勃道:"不能再等下去了,得马上动手。"

陈平焦急地说道:"可是我们手里没有兵啊!"

周勃道:"我再去闯北军,我就不信他吕禄能拦住我!"

陈平道:"那样没有把握,太尉已经去了一次,再去很危险。我听说郦商的儿子郦寄和吕禄要好,可以让郦寄到北军把吕禄赚出营来,然后太尉再去。"

"我也知道这层关系,可是在这种时刻,郦寄肯为我们卖命吗?"

"让他爹和他说。"

"他爹?他爹更靠不住,当初吕释之在世时,两个人好得穿一条裤子,你怎么敢相信他?"

当初刘邦死时,是郦商调动出栎阳的部队,才镇住了吕雉,没有诛杀功臣,但是此事大臣们知道的并不多,周勃只知道郦商与吕释之有旧交,因此对郦商极为不信任。陈平道:"既然郦商靠不住,那咱们就得采取特殊手段了。"

于是,周勃和陈平决定劫持郦商作为人质,强迫郦寄出面将吕禄从北军赚出。这边周勃安排人去劫郦商,陈平又让人把刘章找了来,对他说道:"你赶快带几个人骑马去追贾寿,不要让他进入北军,详细情况来不及说了,总之,无论想什么办法,都要把他挡在北军大营外面，不让他和吕禄见面，明白吗？"

刘章焦急地说道："明白是明白，可是我不认识贾寿呀！"

正在这时，张辟彊和刘兴居来了，辟彊道："我认识，丞相放心，这事就交给我和兴居去办吧，不需朱虚侯出马！"

说完，不等陈平同意，拉着刘兴居就走了。

郦商这几年一直病着，这天正躺在卧榻上，忽然家人报说皇上有请，接他进宫的车已经来了。郦商不敢怠慢，拖着病体就上了车，没想到车夫把他拉到了陈平家里。郦商见周勃也在，问道："丞相和太尉找我，干吗还要用皇上的名义，还怕我不来吗？"

陈平和周勃一起给郦商施礼道歉，陈平道："恳请郦将军谅解，值此生死存亡之秋，人人自危，各个心存戒惧，我等真是害怕将军不来，所以才用了这样的法子。有失恭敬，有失恭敬！"

"我知道你们要我来做什么，去让人把郦寄找来吧。"

一会儿，郦寄来了，看见一直病卧在床的老父亲在此，吃了一惊："您怎么来了？"

郦商道："事关国家兴亡，我怎么能不来？你去告诉吕禄，让他马上去就国，他放着诺大个赵国不去享受，在这儿捣什么乱？知道怎么说吧？"

"知道。"

"那就快去，这可是关系到国家生死存亡的大事，办不好回来我打折了你的腿！"

"诺！"

郦寄领命去了，这里周勃和陈平感到十分不安，陈平道："想不到老将军比我等考虑得还周到。我们真是错看了老将军，再次恳请将军谅解。"

"二位既要采取行动，早该和我说一声。"

周勃道："早让陆贾给老将军带过话，可是将军一直病着，陆贾不得进门。"

"那就不怪你们了，是我的过错。"

"还说什么错不错，将军病着，赶快躺下吧。"说着陈平就要派人送郦商回去，郦商道："呵呵，请神容易送神难，你们让我走我就走？就这么打发我走了，连顿饭也不管？"

陈平道："主要是考虑老将军的身体欠佳，怕照顾不周。"

"没关系，我一时半会儿还死不了，既然来了，我就不走了，我还里等着看结果呢，在这也能帮你们出点主意。"

周勃知道他是怕他们不放心，也不勉强，道："那好，丞相在这里陪着郦将军，我得立即到北军去。"

周勃出了洛城门，直奔北军大营。远远地有几个人迎了过来，领头的是纪信的儿子纪通，现掌管着北军的符节。前次周勃来闯北军，就是以纪通为内应，可是没有成功，因为吕禄控制得极严，纪通虽然名义上掌管着北军符节，但是这几天吕禄临时又把符节收回去了，纪通费了九牛二虎之力才把符节弄到手，正要去找周勃，周勃来了。见了面，周勃问道："郦寄来了吗？"

"来了，正在和吕禄说话，太尉是硬闯还是等等郦寄的消息？"

"不等了，先进去！"说着，几个人来到营门，营门侍卫将他们拦住了："吕将军有令，任何人不得进入。"

纪通拿出符节，喝道："闪开！我是奉吕将军之令来接太尉的。"

侍卫见是纪通亲自带领，又有符节在手，不疑有他，就放他们进去了。

周勃前脚进了北军大营，后脚贾寿就到了，门卫拦住他不让进，贾寿道："你们快放我进去，我是贾寿，是吕相国叫我来的。"

周勃一听他就是贾寿，立刻对纪通说道："得想办法把这个人扣起来，否则郦寄说什么吕禄也不会信了。"

贾寿还在那里和门上的侍卫争辩，纪通走上前去刚要说话，只见张辟彊骑着一匹白马追到了营门前，气喘吁吁地对贾寿说道："郎中令跑得可真快，我紧赶慢赶才追上你，吕相国有话让我带给你！"

贾寿回头一看是张辟彊，问道："什么话？"

张辟彊指着近处一片小树林说道："这里不便说，咱们到那边去说吧。"

贾寿以为真是吕产有什么紧急命令，跟着他便往回走，边走边问："什么事？快说吧，我得马上进北军大营去！"

张辟彊顺口胡编道："吕相国要重赏你，让我给你带来一颗东海夜明珠。"

贾寿财迷心窍，还以为是真的，眼睛一亮，道："是么？快给我看看！"

张辟彊指着树林说道："随我来的两个小黄门拿着呢！"

贾寿懵懵懂懂地跟着他进了树林，刘兴居早已带着人等在那里，贾寿一到便把他捆了个结结实实。

却说郦寄来到北军，吕禄像热锅上的蚂蚁，正急得团团转，见郦寄来了，分外高兴："刚好你来了，快帮我出个主意。"

郦寄故作不知，问道："出什么主意？"

"你说我们兄弟是之国好呢，还是留在京城好？"接着，吕禄说了说两种选择的利弊，这下郦寄连开场白都不用了，他连想都没想就答道："当然是之国好。将军留在这里，诸公子疑惑，大臣们不安，迟早要酿出祸端。一旦闹出事端，将军自思能敌得过周勃、灌婴么？"

"当然不敌。"

"既然不敌，何不早早向老臣们示好？诸臣畏惧者，将军手中之兵权，日夜谋夺之,如今将军死死抓住不放,是与公子、大臣们结怨也。一旦结下仇怨,将来就是想回封国,怕也回不去了。不如现在就将兵权交与太尉,以示宾服,方不至于惹祸上身。"

"吕产想来硬的,可是来硬的咱们哪是对手,搞不好要家破人亡!"说到这里,吕禄长叹了一声,"唉!软也不是硬也不是,真让人难心哪!"

郦寄道:"既然这么难心,不如先把它放一放,我陪将军去打打猎,说不定回来主意就拿定了。"

"唉,都这种时候了,哪还有心思打猎!"

"男子汉大丈夫,拿得起放得下,越是这种时候越要沉得住气,那才叫真英雄!"

吕禄经不起这一激,道:"好,听你的。"说完,摘下墙上的弓箭和郦寄骑着马出了营门,奔上林苑去了。

两个人打猎一直打到天黑,满载而归。途中路过吕禄的姑姑吕嬃家,吕禄对郦寄说道:"走,到我姑姑家吃饭,听听她怎么说。"

两个人敲开吕嬃的家门,吕嬃看见吕禄,吃惊地问道:"你不在军中,到这里来做什么?"

吕禄嘿嘿笑着说道:"我来看看姑姑。"

吕嬃见他满身背着猎物,立刻把脸拉了下来,"你出来多久了?"

"上午就出来了。"

吕嬃一听,气得脸都白了:"完了,完了!你这没用的东西。全完了!"说着,把家里的衾笼箱柜全部打开,把里面的金银珠宝统统掏了出来,扔得满院子都是,一边扔一边骂道:"废物!饭桶!养你们这些子孙干什么?早知道小时候把你们一个个都掐死,免得做人刀下鬼!"

吕禄抓住姑姑的手说道:"姑姑为何生这么大的气,好好的东西都扔了干吗?"

"留着有什么用?留着也是别人的了。这是什么时候,你竟敢离开军中?"

"侄儿错了,现在马上回去还不行吗?"

"晚了!你已经回不去了!"

正说着,门外传来一阵杂沓的脚步声,周勃已派人包围了樊宅。

却说周勃进了军营,先藏在纪通帐中没有露面。不一会儿,只见吕禄和郦寄骑着马出去了。白发苍苍的周勃头戴金盔、身披铠甲走了出来,几个侍卫立刻把吕禄调兵的印信全部送了过来。其实已经用不着了。周勃一露面,军中立刻欢呼起来,将士们就像走失的孩子突然看见了父母,高喊着:"太尉!太尉!太尉万岁!"纷纷向周勃围拢过来。周勃在将士们的簇拥下来到平时训练用的指挥台上,频频向将士们招手致意。等人们情绪稍稍平静了一些,周勃令各军列队集合,并让纪通派快马通知陈平。周勃站在台上,高声说道:"自从先帝去世之后,天地昏暗,日月不明,今天到了正本清源的时候了！我周勃等了十五年,头发都等白了！终于等到这一天了！"

台下齐声喊道:"太尉万岁！太尉万岁！"

"咱们明人不做暗事,为吕氏,右祖,为刘氏,左祖！"

三万多将士,一个不少,一齐祖出了左臂,其中有几十个吕氏子弟,也祖出了左臂,被众人从队伍里推了出来。来之前,周勃把所有的困难和危险都想到了,就是没想到人们会这样齐心向汉,激动得老泪纵横。

第四十六章　紫气东来

　　周勃得手之后,立即将北军主力调往城南,包围了南军。南军只有一万多人,吕产不在军中,群龙无首,谁也不敢乱发命令。周勃派了纪通进到南军大营里,安抚南军诸将,告诉他们不要轻举妄动,诸将心里有了底,也就不再害怕了,一切听从周勃的命令。

　　周勃走后,陈平坐立不安。胜负在此一举,可是周勃手中没有一兵一卒,光靠一张嘴去说服北军将士,毕竟风险太大了,他一生从没有打过这样没把握的仗。郦商劝道:"丞相不必担心,军中的情况我知道,人心向汉,不会有多少人跟着吕禄跑的。只要太尉进入军中,就是吕禄在,也奈何不得。况且郦寄还在那里,不会一点作用不起。我担心的是一旦吕产得知太尉控制了北军,会把少帝劫走,少帝虽年幼,可他毕竟是皇上,到时候人家给我们来个挟天子以令诸侯,恐怕也不好对付。"

　　陈平道:"是呀,我也正在考虑此事,可是不等太尉,哪里去调兵啊?"

　　刘章道:"我那里还有一百多人,丞相可以随便调遣。"

　　陈平道:"一百人不够,吕更始的长乐宫卫队至少有两千人,怕不是对手。这样吧,曹窋,你先进宫去,设法稳住少帝。只要能稳住他一两个时辰,太尉那边就能调出兵来了。刘章可先把你的队伍带出来应急,不过不到万不得已先别动手,最好能等到北军派兵来!"

　　曹窋和刘章答应着去了。

　　曹窋来到长乐宫门口,正好碰上长乐宫卫尉吕更始,曹窋满面笑容迎上去说道:"恭喜恭喜,吕将军请客吧。"

　　吕更始莫名其妙地问道:"请什么客?曹大夫别拿我打趣了。"

　　曹窋十分惊讶地说道:"你还不知道吗?将军已经荣升北军副将啦,吕相国让我告诉你,让你立刻去北军接替指挥。"

　　吕更始让鬼迷了心窍,一听有这等好事,连想都没想,简单向卫丞交待了几句,立刻骑了匹马奔北军去了。支走了吕更始,曹窋来到文华殿,只见审食其正在教少帝读书,曹窋道:"不好了太傅,临光侯突然中风,吕相国和上将军都在那里,相国要您火速前往,说有要事相商。"

　　小皇帝才七八岁,还不知道朝中正在发生天翻地覆的变化,抬头问道:"姨奶奶怎么了？"

曹窋道："只是中风,不大要紧的,陛下放心。"

审食其放下手中的竹简,对少帝说道："陛下累了。可到院子里换换脑筋,清醒一下。"

小皇帝见师傅放他出去玩,十分高兴,站起身蹦蹦跳跳出去了。审食其已经料到发生了什么事情,道："曹大夫不必拐弯抹角了,有话直说吧。老夫真不愿意看到刘、吕两家自相残杀的场面,但是看来已不可避免,曹大夫若成全我,就把我杀了吧。"

连日来,审食其一直处在痛苦的矛盾中,他是个读书人,为刘邦的丰功伟绩深深地折服,能够生在这样一个时代,亲眼目睹并亲自参加这样一场改天换地的斗争,开启一个新的历史时代,他从心底里感到自豪。但是由于他的特殊身份,在目前这场你死我活的斗争中,他哪一面都不能参与而又无力回天,他对曹窋说的是真心话,一旦两家自相残杀起来,他只有一死。看不见是他最大的愿望。

曹窋见自己的心思已经被他窥破,心中有点慌张,两手紧紧握着腰间的剑柄,一时不知如何是好。审食其道："曹大夫不必为难,如果大夫不好动手,把剑交给我,我自己来。"

曹窋紧紧地攥着剑柄说道："太傅,你走吧。离开这里。"

审食其见他不肯动手,站起身来一头向殿中的廊柱上撞去,鲜血顺着额头流了下来。曹窋急忙将他扶住。这时小皇帝进来了,看见审食其满脸是血,吓了一跳,拉着曹窋的衣襟问道："师傅怎么了？"

曹窋道："没事,太傅是不小心摔倒了。"

小皇帝吓得直往曹窋身边靠,嘴里说着："曹大夫,我害怕。"

曹窋趁机吓唬他说："陛下知道师傅为什么这样吗？"

"不知道。"

"有人要谋害陛下,师傅一着急就摔倒了。"

这样一说,小皇帝更害怕了,问道："是谁想谋害我？他们要把我怎么样？"

"陛下先别问了,赶快给侍卫下令,任何人不准进宫来。"

小皇帝立刻让人把长乐宫的卫丞找了来,曹窋对卫丞说道："马上去传皇帝的命令,宫中各门紧闭,任何人不准放进宫来！"

曹窋是当着皇帝的面下的命令,卫丞毫不怀疑地走了。这时,审食其醒了。曹窋重又紧张起来,手握剑柄对审食其说道："有人要谋刺皇帝,丞相也不必这么慌张,你看摔成这样,让皇帝陛下多着急！"审食其知道曹窋是递话给他,心想,既然自己不准备参与任何一方,说破也无益,于是又闭上眼睛装作昏了过去。小皇帝带着哭腔喊道："师傅！师傅！"

曹窋道："师傅没事了,让他闭上眼睛休息一会儿。咱们到隔壁去。"

曹窋把小皇帝领出来，门上禁卫来报："吕相国求见。"

曹窋道："不是和你说了吗？任何人不准进宫！"

侍卫道："相国大人说，有人要谋刺皇上，相国是来保驾的。"

小皇帝不假思索地答道："那就赶快让他进来吧。"

曹窋道："让他进来做什么？皇帝难道不知道？想杀陛下的就是他呀！"

"啊?!"小皇帝吓得傻了眼。曹窋对那侍卫喝道："赶快去叫人，让前门上顶住！要是进来一个人，小心你们的狗命！"

却说吕产在相国府一直等着贾寿的回话，左等不来右等不来，心中觉得不妙，立刻派了人前往北军探听虚实，去的人又被扣留了。吕产凭直觉判断出事了，他一面派人去南军调动部队，一面乘车赶到长乐宫来，想先控制住小皇帝，以便于发号施令。可是到了宫门口，侍卫却不让他进去，吕产骂道："你们疯了，敢不让我进？"

侍卫道："这是皇上的命令，请相国大人原谅。"

吕产跳着脚喝道："你们马上进去给我回皇上，就说有人要谋刺皇上，我是来保驾的！"

门卫进去通报了，回来之后还是不让进。吕产气得在宫门口来回乱转，转了一会儿，好像明白过味儿来了，突然问道："谁在皇帝身边？"

门卫答道："曹大夫。"

"你有没有胆量去告诉皇上，就说……"吕产刚说到这里，刘章带着人马来了。刘章挥剑直向吕产背后刺来，吕产不防，被刺中了后心，他强忍着疼痛，拼尽最后的力气对门卫喊道："就说曹窋、刘章是谋刺皇帝的主谋。"

刘章拔出剑来，又在他身上补了几剑。门卫看见这一幕，是彻底糊涂了，搞不清究竟，也不知谁是谋刺皇帝的真凶，立刻把宫门闭上了。刘章被关在了门外。

里面长乐宫的卫丞听见吕产的喊声，一面从四处调集人马来守宫门，一面亲自来给小皇帝报信。卫丞趴在小皇帝耳朵上说了几句什么，小皇帝大惊，对卫丞说道："还不赶快把曹窋给我抓起来？"卫丞不敢违抗皇帝的命令，立即令人把曹窋捆了，小皇帝没了主张，命人将曹窋带到隔壁问审食其，审食其闭目不答，曹窋道："太傅，你就发个话吧，让皇帝陛下暂且不要放任何人进来，等外面安定下来再作主张如何？"审食其睁开眼睛对小皇帝说道："陛下可令人持节劳朱虚侯，令其暂在宫外等候，等事情搞清楚再说。"

于是，皇上派了一位谒者持节信来到宫门，谒者见了刘章，表达了皇上的意思，刘章害怕夜长梦多，想快刀斩乱麻把事情解决了，于是伸手去夺谒者手中的节信，谒者早有防备，一闪身将节信揣在了怀里，刘章没有抢到，大门又闭上了。

刘章不知该不该攻打长乐宫，派人去请示周勃，周勃道："所虑者唯吕产，吕产已死，大局已定。"于是，周勃令刘章撤军，并派使者进宫向少帝报告了事情的经过，放出了曹窋。

周勃收服了南军之后，又派出部队四处搜捕诸吕余党。凡吕氏家族人等，不问男女老少，一律就地斩首。长安城里，住着吕氏上百户人家，人口上千，加上诸吕的亲朋及党羽，几天之内，杀了数千人。

吕禄和吕嬃被押到相国府，周勃、陈平并排坐在堂上，两边行刑的刀斧手分立两旁，周、陈二人本打算在这里审判吕氏的主谋吕嬃，但是吕嬃在堂上撒开了泼，破口大骂："周勃、陈平！我早就知道你们心怀不轨，你们当面一套背后一套，骗得过太后，骗不过老娘我……"

陈平被她骂得插不上嘴说话，不禁怒从心起，冲旁边的廷尉使了个眼色，廷尉让刽子手把吕嬃押下去，痛打一百鞭子，打完之后，重又押回堂上，吕嬃仍然大骂不止，廷尉令当堂再打，直到打老实为止。刽子手一鞭一鞭地抽下去，鲜血顺着吕嬃的身上、脸上流下来，吕嬃仍然不服，嘴里还在不停地骂，骂着骂着突然一下子仆倒在地，没了声息。刽子手摸了摸吕嬃的鼻孔，已经没有气了。刽子手看了看廷尉，廷尉看了看陈平，陈平道："看我干什么？拖下去埋了。"

周勃对吕禄说道："看来你吕氏一门的罪责得由你一个人来承担了。"

吕禄已经吓破了胆，爬着匍匐到周勃脚下，哭诉道："太尉饶了我吧，我可没干什么坏事呀！那都是他们干的，和我没有关系呀！"

周勃最见不得男人没骨气，心中十分厌恶，喝道："来人，押下去斩了！"

将诸吕诛杀完毕，大臣们集中在相府商议下一步怎么办。大家心照不宣的一件事是少帝的去留问题。少帝虽不是皇后所生，但却是刘盈的亲儿子，还有他的四个兄弟，都是吕后的亲孙子，这些人将来长大了，如果知道了这一场诛杀惨案，说不定会闹出什么事来，因此大臣们心中惴惴不安，可是又没人敢说话，因为这几个孩子也是刘邦的孙子。憋了半天，夏侯婴说话了："少帝及他的几个兄弟皆非孝惠帝子，而是吕后诈名他人子抱进宫来的，以扩充吕氏势力。此属将来若用事，吾属无类矣！不如就此斩草除根，以绝后患。"夏侯婴说出了大家不敢说的话，同时也提供了最好的杀人借口，于是大家出了一口长气。

陈平问道："那诸位的意思是立谁为帝呢？"

郦商道："齐王乃高帝长房长孙，可立。"

刘泽道："齐王文才武略都没得说，然其母家极恶，其舅父驷钧横行乡里，无所不为，若立齐王则又生一吕氏。"刘泽说的是实话，驷钧的恶是有名的。于是大臣们一致否定了立齐王的意见。又有人提出立淮南王，可是淮南王还小，看不出能有什么作为。灌婴道："高帝在世的儿孙子中数代王为人仁孝宽厚，近年来守边多有建树，其母薄氏最是谨良贤淑，堪为天下母。且代王在刘氏子弟中年龄、辈分都居长，乃顺理成章之事，代王仁孝之名闻于天下，立代王无可争议！"

众人皆认同灌婴之议，于是，决定立代王刘恒为帝，并派灌婴前往中都迎接代王。

刘恒才二十六七岁年纪，这些年来守边，一面积极抵抗匈奴的侵犯，一面与朝中的各种势力周旋，年纪虽然不大，却已经历练得很有城府了。经历了无数血雨腥风的变故之后，他已不会轻信任何人。灌婴兴致勃勃地来到中都，向代王转达了大臣们的心愿，刘恒不知是福是祸，他只是静静地听着，脸上没有任何表情。灌婴说完，他一句话也没说，就安排他到传舍中休息去了，然后召集臣属们把灌婴所言向大家通报了一遍，想听听臣属们的意见。大家七嘴八舌莫衷一是，大致分成去和不去两派，主张不去的以郎中令张武为代表，张武道："朝中大臣皆高帝时大将，习兵，多谋诈，我王难以驾驭，去也是做傀儡。此次大臣们接大王进京绝非出于本意，只是想让我王替他们承担罪责。高帝崩后，朝中政局动荡不安。今新喋血京师，料局面已不可收拾，才来请大王。大王万不可往火坑里跳。"多数人同意张武的看法，但是中尉宋昌反对："臣以为诸臣所言非也。夫秦失其政，诸侯豪杰并起，人人皆以为可以称王称霸，然卒践天子之位者，刘氏也，诸侯各显神通，终不及刘氏，已然驯服，不再望有天下，此其一也；高祖封王子弟，诸侯国犬牙相制，如磐石之宗，诸侯服其强，此其二也；汉兴，除秦苛政，约法令，施德惠，百姓安居乐业，人人自安，难以动摇，此其三也。今朝野上下，人心向汉，夫以太后之严，立诸吕为三王，擅权专制，然而太尉以一节入北军，振臂一呼，士皆左袒，足以说明民心可用。况今内有朱虚侯、东牟侯等相佐，外有吴、楚、琅琊、淮南、齐、代诸侯国相助，天下有何难治？今高帝子仅存淮南王与大王，大王年又居长，贤圣仁孝闻于天下，故大臣们顺天下之心而迎大王，大王勿疑也。"

宋昌的一番宏论，说得刘恒有些动心了，但是他仍然下不了决心，又请卜者用龟甲卜了一卦。卦象大吉，卦辞曰："大横庚庚，余为天王，夏启以光。"代王道："寡人固已为王矣，又何王？"卜者道："所谓天王者乃天子也。"

刘恒依然没有表态，回到后宫，将事情一五一十向母亲禀报了。薄夫人一直教导儿子不要太争强好胜，凡事退一步，正因为如此，刘恒才能在血雨腥风的权力斗争中得以保全。听了刘恒的叙述，薄夫人道："如今你长大了，朝中之事，母亲不如你们知道得多，该如何定夺，你和大臣们商量吧。如果还拿不定主意，不如先让你舅舅到京城探探虚实，看看事情究竟如何。"

刘恒一拍脑袋说道："还是母后想得周到，我怎么就没想到派个人去看看呢，这些大臣们也和我一样糊涂！"

于是，代王派了舅舅薄昭前往京城察看。

薄昭去了不久就回来了，对刘恒说道："京城诸吕已经彻底剿灭干净，长安城秩序井然，大臣们真心期望大王进京主政，大王不必再犹豫了。"

刘恒终于下定决心，带领宋昌、张武等六位大臣乘传车前往长安，灌婴率军随驾护送。快到长安时，刘恒一行在高陵（位于长安东北）住下来，让宋昌前往长安预做安排。宋昌见了周勃、陈平，问准备好了没有，周勃说当晚还要清宫，请代王第二

天一早进城。宋昌没有再多问,带着御辇回高陵复命去了。

灌婴去接代王的这段时间,周勃和陈平派人诛杀了燕王吕通,废掉了鲁元王张偃,至此,吕氏一族被彻底剿灭干净。最后只剩了少帝和他的四位兄弟,所谓清宫,就是清这几位吕氏后代了。周勃将这件事交给了夏侯婴和刘兴居。天黑以后,两人来到长乐宫,小皇帝刚要睡觉,还不知大祸即将临头,问道:"卿等找朕有何事?为何不事先通报一声?"

刘兴居道:"足下非刘氏后代,不当立,我等特来请你出宫。"

夏侯婴冲门口几个值事的侍卫使了个眼色,几个侍卫转身走了,夏侯婴请小皇帝上了预备好的乘辇,小皇帝有点惊慌,问道:"你们要送我到哪儿去?"

夏侯婴道:"别怕,肯定给你安排个好地方。"

连日来,除了门口的侍卫,没有一个大臣到他这里来,小皇帝也知道宫里发生了重大变故,但是具体是怎么回事,并不十分清楚,也不敢多问。车辇来到永巷,小皇帝的几个兄弟刘强、刘朝、刘武、刘山等也都被押到了这里,弟兄几个在这黑黢黢的永巷里碰面,皆知大事不好,几个孩子抱在一起放声大哭起来,刘兴居喝道:"不准哭,谁哭把谁的嘴塞住!"

几个孩子止住了哭声,夏侯婴道:"都别哭了,来吧,吃点夜宵,吃完去睡觉,我明天把你们都送到明光宫去。"

说完,侍卫们将饭菜端了上来,几个孩子除了少帝都饿了一天了,一见饭菜上来,狼吞虎咽地吃了起来,吃着吃着便一个个口吐白沫倒在地上,少帝吃了没几口,发现几个兄弟不对劲了,起身要跑,刘兴居一剑刺中了他的后心。

黎明时分,全城的军民都起来了,准备迎接新皇帝的到来。代王将立的消息已经传得家喻户晓。从秦的暴政下逃生出来的百姓们一心希望有一个好皇帝,听说新皇帝仁德宽厚,高兴得像过节一样。他们不知道,就在他们迎立新皇帝之前,又有五个幼小的生命从这个世界上消失了……

欢迎的队伍从长乐宫一直排到灞桥以东,周勃和陈平率领大臣们站在欢迎队伍的最前列。

天渐渐亮了,满天的星斗悄悄隐去,一轮红日冉冉升起。远远的,一辆六匹枣红马拉的御辇飞奔而来。快到跟前的时候,刘恒下了车,整了整衣冠,面带微笑朝他的臣民走来。在他的头顶上,弥漫着一道紫色的霞光……